Edik S.

GOLDMANN

Buch

Riva Staulet ist die schönste – und reichste – junge Witwe der High Society von New Orleans. Doch was niemand weiß: Jahre zuvor hieß Riva noch Rebecca und war die jüngste der drei schönen, aber bettelarmen Benson-Töchter. Und es gab damals einen attraktiven Mann, dem ihr Herz gehörte: Edison Gallant, der reiche Erbe einer der angesehensten Familien in Louisiana.

Aber die junge Rebecca mußte die bitterste Erfahrung ihres Lebens machen. Betrogen und zutiefst gedemütigt, schwor sie damals Rache. Und nun, nach so vielen Jahren, bietet sich die Gelegenheit dazu, denn Edison stellt sich als Gouverneur zur Wahl – eine Karriere, die Riva zerstören könnte, denn nur sie kennt die dunklen Geheimnisse seiner Vergangenheit.

Von Rachedurst und Bitterkeit getrieben, übersieht Riva beinahe einen Mann in ihrer Umgebung, der ihr gebrochenes Herz wieder heilen könnte. Wird sie diese letzte Chance auf ein Leben voller Liebe und Zärtlichkeit ergreifen?

Autorin

Jennifer Blake wurde in der Nähe von Goldonna, Louisiana, auf der Farm ihrer Großeltern geboren. Mit fünfzehn heiratete sie, mit zwanzig begann sie, Romane zu schreiben. Seitdem hat sie über dreißig Bücher veröffentlicht und sich kontinuierlich in die Spitzenränge der amerikanischen Unterhaltungsautorinnen emporgeschrieben.

Demnächst erscheint im Goldmann Verlag:

Serenade der Leidenschaft. Roman (9998/September 1991)

Von Jennifer Blake liegen bereits folgende Romane vor:

Der Kreole. Roman (9463)
Träume des Südens. Roman (9467)
Mitternachtswalzer. Roman (9675)
Nacht über Louisiana. Roman (9684)
Ein Hauch von Paradies. Roman (9752)
Bitteres Paradies. Roman (9812)
Strom der Sehnsucht. Roman (9814)
Wie Feuer im Blut. Roman (9830)

JENNIFER BLAKE

Feuerlilien

ROMAN

Aus dem Amerikanischen
von Sabine Ivanovas

GOLDMANN VERLAG

Deutsche Erstveröffentlichung

Die Originalausgabe erschien unter dem Titel »Love and Smoke«
bei Ballantine Books, New York

Der Goldmann Verlag
ist ein Unternehmen der Verlagsgruppe Bertelsmann

Made in Germany · 10/91 · 2. Auflage

Umschlaggestaltung: Design Team München
Umschlagillustration: Schlück/Berni Garbsen
Satz: IBV Satz- und Datentechnik GmbH, Berlin
Druck: Elsnerdruck, Berlin
Verlagsnummer: 9997
Redaktion: Ursula Walther/SD
Herstellung: Heidrun Nawrot/SC
ISBN 3-442-09997-8

L'amour et la fumeé ne se cachent pas.
Liebe und Rauch kann man nicht verbergen.

Altes Sprichwort der Kreolen
in Louisiana

1

Sie konnte ihn vernichten.

Das Wissen um ihre Macht erfüllte weißglühend Riva Staulets Gedanken, während sie den Mann auf der Rednertribüne ansah. Sie empfand dabei eine Mischung aus Freude und Triumph. Keinen Mann verachtete sie so sehr wie Edison Gallant, den erst kürzlich nominierten Kandidaten der Demokraten für das Amt des Gouverneurs von Louisiana; und kein Mann hatte sie so sehr verletzt wie er. Zugleich war ihr unbehaglich zumute, als sie spürte, daß sie diese Macht tatsächlich einsetzen wollte. Sie war kein rachsüchtiger Charakter, und die Befriedigung, die sie empfand, weil sie Edison jederzeit aufhalten konnte, schien ihr nicht richtig. Aber sie würde sich durch derartige Skrupel nicht an irgend etwas hindern lassen. Die Gefahr eines Mißlingens war zu groß.

Von Rivas Gefühlserregung war äußerlich keine Spur zu erkennen. Sie saß mit locker im Schoß gefalteten Händen und höflich interessiertem Ausdruck auf ihren klaren Gesichtszügen in ihrem Sessel. Sie war immer noch eine Schönheit mit ihren vierzig Jahren, eine elegante und anmutige Frau, in cremefarbenes Leinen gekleidet, und die schimmernde Doppelreihe der berühmten Staulet-Perlen lag um ihren Hals. Ihr Haar glänzte gesund und zeigte keine Spur von Grau in der klassisch kinnlang geschnittenen goldbraunen Frisur. Ihr ovales Gesicht hatte ernste Züge – hauptsächlich wegen ihrer dunklen, geraden Augenbrauen. Ein breitrandiger, cremefarbener italienischer Strohhut warf Schatten über ihre grünen Augen, deren Iris von einem warmgoldenen Ring umgeben war, und zeichnete ein apartes Spitzenmuster auf ihre hohen Wangenknochen. Der Hut war praktisch ein Schutz vor der grellen Sonnenhitze Louisianas, die auf die Leute herunterbrannte, die hier zu dieser politischen Versammlung, einer Wahlveranstaltung im Stil der alten Zeiten, versammelt waren, aber gleichzeitig gab er ihr auch einen geheimnisvollen

Touch. Sie wirkte wie eine Dame, kühl und beherrscht, die aber ihre Geheimnisse für sich behielt. Riva wußte genau, wie sie aussah und warum. Wenn sie etwas gelernt hatte in den fünfundzwanzig Jahren seit sie Edison Gallant zum letzten Mal gesehen hatte, war das die Beherrschung ihrer Gefühle.

Er hatte sich verändert. Er war jetzt schwerer, seine Stimme klang voller und tiefer und in seinem perfekt geschnittenen blonden Haar schimmerte schon etwas Silber. Seine Erscheinung besaß die typische Perfektion, die bei Schauspielern und Politikern üblich ist. Nichtsdestotrotz waren seine Augen immer noch von einem durchdringenden Blau, und er hatte eine Ausstrahlung, die jede Frau im Publikum dazu brachte, sich ein wenig gerader hinzusetzen und zu lächeln, wenn er in ihre Richtung sah. Jede Frau außer Riva Staulet. Sie begegnete seinem Blick, als er sie streifte, ohne jede Spur von Regung. Ihre Unbeweglichkeit und ihre ungerührte Art zogen seine Aufmerksamkeit auf sich, denn sein Blick hielt plötzlich inne. Eine kleine Unsicherheit flackerte über sein Gesicht und verschwand. Er nickte sein kleinstmögliches Nicken in ihre Richtung und setzte dann seine Rede fort.

Edison erkannte sie nicht. Zweifellos glaubte er sie zu kennen, aber er hatte nur die Witwe des bekannten Geschäftsmannes Cosmo Staulet erkannt, die jetzt zusammen mit ihrem Stiefsohn Noel Staulet die Eigentümerin der Staulet Corporation war, einer internationalen Gesellschaft, deren Engagement in so unterschiedlichen Bereichen lag wie Zucker und Öl, Schiffahrtsversicherungen und Mikroprozessoren. Es war nicht verwunderlich, daß er so dachte. Ihr Gesicht zierte oft die Gesellschaftsnachrichten der Zeitungen im ganzen Land, besonders der Tageszeitungen von New Orleans zur Karnevalszeit; sie war aber auch in den Zeitschriften der Ostküste und Europas nicht ganz unbekannt. Man hatte sie gelobt für ihre ständigen Bemühungen zur Erhaltung und Restauration zahlreicher historischer Gebäude; sie bemühte sich sowohl um öffentliche Bauwerke als auch besonders um die auf ihrer Plantage mit dem bekannten Haus aus der Zeit vor dem amerikanischen Bürgerkrieg, das als Bonne Vie bekannt war. Ihr architektonisches Geschick, das in ihrem sogenannten ›Wochenendhaus‹ in Colorado und ihrer Villa auf einer Insel der Bahamas zum Ausdruck gekommen war, hatte man vor einiger Zeit sowohl in *Architectural Digest* als auch in *Modern Home* bewundern können, und schon ein paarmal waren die Redakteure der Fernsehserie ›Das Leben der Reichen und Berühmten‹ an sie herangetreten, wobei sie allerdings abgelehnt hatte, sich filmen zu lassen. Sie war eine Frau, die oft in der Öffentlichkeit zu sehen war, die allerdings auch sehr genau auswählte, wann sie sich zeigte. Doch in diesem Augenblick war es nicht wichtig, wer sie jetzt war, sondern wer sie früher einmal gewesen war.

Sie war sicher, daß Edison sie ganz bestimmt nicht erkannte. Sie wußte nicht, ob sie sich darüber eher freuen oder ärgern sollte. Riva hatte Edisons politische Aktionen schon seit einiger Zeit verfolgt, genaugenommen seit Jahren. Sie hätte sie schon längst bremsen können, und vielleicht hätte sie das auch tun sollen. Cosmo hatte ihr geraten, sich zurückzuhalten. Einfache Rache sei unter ihrer Würde, hatte er gesagt. Sollte die Vergangenheit vergangen bleiben. Jeder wußte, was geschieht, wenn man Pech anfaßt.

Cosmo hatte solche Maximen gern gehabt. Er war auch ein sehr kluger Mann gewesen. Aber das war jetzt egal. Er war schon seit sechs langen Monaten tot, und das Leben hatte sich geändert. Sie würde das Pech anfassen müssen. Die Frage war nur, wie schmutzig sie sich dabei machen würde.

Die Leute auf der Tribüne hinter Edison sahen erhitzt aus. Die beiden anderen Kandidaten für das Amt, die schon gesprochen hatten, und Edisons Leiter der Werbekampagne, der Organisator dieser politischen Versammlung in Süd-Louisiana, saßen blinzelnd da, und Schweißtropfen liefen ihnen über das Gesicht. Edisons Ehefrau, in marineblaue Seide gekleidet, fächelte sich mit dem Taschentuch Kühlung zu, und sein sandblonder Sohn zuckte mit seinen breiten Football-Spieler-Schultern und zupfte am Kragen seines Hemdes.

Der Duft der Jambalaya – ein Eintopf, reichlich komponiert mit Schinken und Krabben –, die jetzt bald serviert werden würde, zog über die Versammlung. Damit vermischten sich der alkoholisch-hefeschwere Duft der gekühlten Bierfässer, die schon angestochen worden waren, und der Heugeruch des frisch gemähten Grases im Park. Eine sanfte Brise strich über die Menge hinweg, milderte die Hitze für einen Augenblick und raschelte mit kühlem Flüstern in den Blättern der immergrünen Eichen, die hier und da wuchsen. Sobald der Wind erstarb, schloß sich die heiße, feuchte Luft wieder über ihnen.

Neben Riva rutschte der Mann, der sie hierherbegleitet hatte, in seinem Stuhl zur Seite und unterdrückte mit der Faust ein Gähnen. Sie lächelte ihm kurz entschuldigend zu. Sie wußte, daß Dante Romoli politische Reden normalerweise nicht als passende Freizeitbeschäftigung für Samstagnachmittage empfand. Dante schüttelte aber nur seinen Kopf mit den dichten braunen Locken, und sein dunkler Blick war müde, aber geduldig. Er war bei Riva, und das war ihm das wichtigste.

Beifall ertönte. Edison Gallant winkte noch einmal mit beiden Händen und verließ das Mikrofon. Sein Werbemanager machte eine Ankündigung über den Gumbo – ein weiterer einheimischer Eintopf – und die Jambalaya, die schon so lange warteten und genauso erhitzt waren wie die Zuhörer. Die Leute standen aus ihren Klappstühlen auf und unterhielten sich, während sie in den Schatten der Bäume oder zu den in einer Reihe aufgestellten Zelten mit dem Essen gingen.

»Tante Riva! Hallo!«

Riva drehte sich in die Richtung, aus der der Ruf gekommen war. Eine junge Frau kam auf sie zu, die so lebhaft und attraktiv war, daß die Leute sich umdrehten, als sie vorüberging. Ihr Haar war goldblond und fiel in fülligen Locken über ihre Schultern, und ihre Augen waren klar und funkelten grün. Sie bewegte sich mit dem langen, selbstbewußten Schritt eines Models, obwohl sie sich so wenig aus ihrem Aussehen machte, daß es entwaffnend war. Rivas Gesicht erhellte sich beim Anblick ihrer Nichte, der Tochter ihrer Schwester, und sie machte sich auf Erins überschwengliche Umarmung gefaßt.

Erin begrüßte Dante und wandte sich dann sofort wieder Riva zu. »Wenn ich gewußt hätte, daß du kommst, hätte ich dir einen Platz im Schatten reserviert. Warum hast du mir nichts davon gesagt?«

»Ich habe mich erst in letzter Minute entschieden.«

»Von dieser Sorte Leute muß es eine ganze Menge geben. Ich bin gerade Noel begegnet. Sieht so aus, als ob einer seiner alten Freunde vom College diese Sache organisiert und ihn überredet hätte, auch zu kommen.«

Riva sah über die junge Frau hinweg und nickte dem großen, dunklen Mann zu, der hinter ihr hergeschlendert kam. Ihr Gruß war ebenso förmlich wie seine Erwiderung. Noel Staulet war der Sohn ihres toten Mannes aus seiner ersten Ehe. Da sie Noel erst wenige Stunden zuvor am Frühstückstisch begegnet war, gab es keinen Grund für eine herzliche Begrüßung, und doch kam ihr die Zurückhaltung zwischen ihnen beiden plötzlich absurd vor, ebenso absurd wie der vertraute Schmerz, den sie in ihr hervorrief. Sie waren beide erwachsen, und es waren mehr als zwanzig Jahre vergangen seit jenem Nachmittag, als Cosmo Staulet seinen Sohn ihretwegen fortgeschickt hatte. Noel war damals kein verlassenes Kind gewesen, sondern ein junger Mann, der volle fünf Jahre älter war als sie. Ihr war klar, daß Noel gute Gründe hatte, sie nicht leiden zu können, und trotzdem versuchte er, ihr etwas entgegenzukommen. Ihr Verhältnis war alles andere als herzlich gewesen, seit er von seinem – man könnte es fast Exil nennen – Aufenthalt in Frankreich kurz vor Cosmos Tod zurückgekehrt war, aber es würde ihn doch sicher keine allzugroße Mühe kosten, wenigstens in der Öffentlichkeit freundlich mit ihr umzugehen. Ihre Nichte Erin redete weiter und beanspruchte Rivas Aufmerksamkeit. »Ich weiß schon, warum du gekommen bist, Tante Riva, mir machst du nichts vor. Du wolltest einen Blick auf Josh werfen, das ist es. War es nicht nett von ihm, daß er dort sitzen geblieben ist trotz der Hitze, nur um seinen Vater zu unterstützen? Und ist er nicht wirklich ein erstaunlicher Brocken? Komm mit, ich stelle ihn dir vor. Dann kannst du auch gleich den zukünftigen Gouverneur kennenlernen.«

Riva ließ sich von ihr wegziehen. Vielleicht war es ja besser so. Sie sah über ihre Schulter nach Dante, der neben Noel hinter ihnen beiden herging. Dantes Anwesenheit bei dieser Begegnung würde beruhigend sein, aber so hatte sie es nicht vorgesehen. Falls es sich als Fehler erweisen sollte, konnte sie daran jetzt nichts mehr ändern.

Edison hielt hof unter den ausladenden Ästen einer riesigen immergrünen Eiche. Reporter standen um ihn herum, was Riva hätte erwarten können, wenn sie darüber nachgedacht hätte. Sie wartete im Hintergrund, denn sie wollte diese offensichtlich kurzfristig zustande gekommene Pressekonferenz nicht stören. Erin ging zur Seite der Gruppe und winkte Edisons Sohn zu. Ein Grinsen teilte Josh Gallants breites Gesicht, als er Erin sah. Er hob eine Hand und watete durch die um seinen Vater versammelte Menge. Als Erin ihre Tante vorstellte, gab Riva dem jungen Mann die Hand. An dem selbstbewußten Blick aus seinen blauen Augen, dem Schwung seines Mundes und der Form seines Kinns war etwas, was ihr für einen kurzen Moment den Hals zusammenschnürte.

»Mrs. Staulet«, sagte er, »Erin hat schon so viel von Ihnen erzählt, daß ich das Gefühl habe, als würde ich Sie schon kennen.«

Sie entschloß sich zu einem Lächeln. »Ja, ich... ich muß sagen, mir geht es auch so.«

Der junge Mann schüttelte auch Noel und Dante die Hand und sah dann über seine Schulter nach hinten. »Ich glaube, die Pressehaie haben jetzt genug bekommen. Ich bin sicher, daß meine Eltern Sie auch gern kennenlernen möchten.«

Einen Augenblick später stand Riva vor Edison Gallant und seiner Frau. Ein nervöses Schaudern lief ihr über den Rücken und verschwand wieder. Mit erhobenem Kopf stand sie da – in einer Haltung, die sie sich im jahrelangen Umgang mit der guten Gesellschaft angeeignet hatte. Sie war nicht mehr das einfache Mädchen vom Lande, gekleidet in verblichenem Baumwollkleid. Es gab keinen Grund, eingeschüchtert zu sein.

»Erins Tante? Ich hätte Sie eher für ihre Schwester gehalten«, sagte Edison mit erfahrenem Charme, nachdem die Formalitäten hinter ihnen lagen. »Es ist uns eine große Ehre und Freude, Sie hier bei uns zu haben. Meine Frau und ich wissen es zu schätzen, wenn Sie sich angesichts Ihres vollen Terminkalenders Zeit für uns nehmen.«

Wie auf ein Stichwort murmelte Anne Gallant: »Ja, wirklich.« Sie stand steif und unbeweglich da, als fühle sie sich als Politikergattin ein wenig unbehaglich. Dabei schien sie hervorragend geeignet für die Rolle, ganz in der Art der Matrone für die Junior-Liga mit dem weißen Peter-Pan-Kragen, blauweißen Pumps und ohne Schmuck. Nichtsdestotrotz schimmerte aus ihren nußbraunen Augen eine seltsame Mischung von Langeweile und Besorgnis. Als sie ihren Sohn Josh ansah, der einen Arm um Erins Schultern gelegt hatte, wurde das etwas starre Lächeln in ihren Augen wärmer und lebhafter.

»Das Vergnügen ist ganz auf meiner Seite«, antwortete Riva und war stolz auf ihren gleichmäßigen, gefaßten Tonfall. Sie ignorierte Edisons Bemerkung als offensichtliche Schmeichelei. Dennoch fand sie das anerkennende Licht in seinem Blick beunruhigend. Sie zog es vor, daß der Kontakt zwischen ihnen unpersönlich blieb und sie die Begegnung so schnell wie möglich hinter sich brachte.

Einer der Fotografen aus der sich zurückziehenden Gruppe der Reporter sah nach hinten. Als er Riva und ihre Nichte bemerkte, drehte er sich um, kam zurück und nahm den Deckel von der Linse seiner Kamera. Ob er sie erkannte oder nur den Anblick anziehend fand, den sie und Erin mit dem neuen Gouverneurs-Kandidaten samt Frau und Sohn boten, wußte Riva nicht, aber seine Aufmerksamkeit schien sich auf Erin zu konzentrieren. Der dunkelhaarige und schlanke junge Mann grinste die junge

Frau an, bevor er den Fotoapparat an sein Gesicht hob und richtig einzustellen begann.

Riva war daran gewöhnt, fotografiert zu werden, aber daß diese Begegnung festgehalten wurde, war ihr nicht sehr willkommen. Sie hob die Hand in einer abweisenden Geste. Doch sie konnte sie nicht vollenden, denn Edison lächelte schon sein gewohntes Lächeln und legte seinen Arm um Erin. Die Fünfergruppe erstarrte, während der Fotoapparat klickte und schnurrte. Der Fotograf rief ihnen seinen Dank zu, wobei er rückwärtsgehend immer noch Erin betrachtete, dann drehte er sich schließlich um und trabte los, um die anderen Reporter einzuholen. Riva wünschte, sie wüßte, zu welcher Zeitung der junge Mann gehörte, damit sie den Druck des Bildes verhindern konnte. Da sie es aber nicht wußte, blieb ihr nur die Hoffnung, daß es unter den vielen anderen Bildern, die heute gemacht worden waren, untergehen und niemanden interessieren würde.

Edison wandte sich Riva wieder zu. »Wir sprachen gerade über Erin, nicht wahr? Sie hat uns während der Wahlkampagne im Büro sehr geholfen. Darüber hinaus tut sie Wunder in bezug auf die Atmosphäre dort.«

»Ich bin sicher, daß diese Erfahrung sehr wertvoll für sie war.« Rivas Stimme klang kurz angebunden. Erin war Jurastudentin an der Tulane-Universität, also konnte man sie wohl kaum als die kleine Freiwillige hinstellen, wie er es gerade getan hatte.

»Das hoffe ich«, antwortete er. »Sie ist uns eine große Hilfe.«

Noel Staulet und Dante Romoli wurden den anderen vorgestellt, als sie sich zu der Gruppe gesellten. Eine Weile standen alle da und sprachen über Edisons Rede und die vielen Leute, die gekommen waren. Dann ging Josh mit Erin fort, um angeblich bei den Zelten etwas zu essen zu holen.

Das Gespräch stockte. Edison Gallant sah sich um, als wäre er auf der Suche nach anderen Bürgern, die er noch begrüßen müßte. Riva fühlte Dantes Hand an ihrem Ellenbogen und sah, daß er drauf und dran war, sich und sie zu entschuldigen, da atmete sie ein, um sich zu beruhigen.

»Ich frage mich, Mr. Gallant«, sagte sie, »ob es wohl möglich wäre, einmal in aller Ruhe mit Ihnen zu sprechen.«

Seine Aufmerksamkeit kehrte sofort zu ihr zurück, seine blauen Augen waren voller Vermutungen. »Aber gern. Ich werde meinem Sekretär sagen, daß er einen Termin mit Ihnen vereinbart. Vielleicht am Montag zum Mittagessen?«

»Jetzt gleich wäre mir eigentlich am liebsten. Ich werde Sie nicht allzu lange aufhalten, und ich bin sicher, Sie werden unser Gespräch als wertvoll zu schätzen wissen.«

Riva bemerkte Dantes besorgten Blick und sah, wie Noels Augen sich verengten. Sie ignorierte sie jedoch und wartete auf Edisons Antwort.

Sein Blick schweifte schnell und diskret über die Rundungen ihres Körpers, bevor er wieder in ihr Gesicht sah. Dann lächelte er ihr mit einer kurzen Bewegung seiner wohlgeformten Lippen zu. »Wie Sie möchten. Sollen wir dort hinüber unter die Bäume gehen?« Er entschuldigte sich weder bei den anderen noch bei seiner Frau, sondern wandte sich sofort in die Richtung, in die er gezeigt hatte. Riva berührte kurz Dantes Arm, sagte ihm, daß sie ihn in ein paar Minuten bei den Zelten treffen würde, und wanderte dann in die gleiche Richtung wie Edison. Doch sie spürte deutlich Noels Blick im Rücken, während sie mit dem Kandidaten für das Amt des Gouverneurs wegging.

Ihr Gehirn war wie taub. Sie konnte irgendwie nicht glauben, daß sie ganz ruhig über die Wiese ging mit diesem Mann, den sie seit so vielen Jahren verabscheut hatte. Um sich Zeit zu geben, um zu entscheiden, wie sie sagen sollte, was sie sich vorgenommen hatte, sprach sie etwas abwesend über die Organisation der Kampagne, welche Vereine gekocht hatten, welche Betriebe in der Stadt zur Aufstellung der Zelte beigetragen hatten und wie dadurch ihre Unterstützung für seine Kampagne zum Ausdruck gebracht wurde. Schließlich kamen sie zu einer Stelle im tiefen Schatten einer immergrünen Eiche, die weit genug von den anderen entfernt war, daß niemand sie hören konnte, aber sie waren doch noch nah genug, so daß die Anwesenheit anderer jede mögliche Unannehmlichkeit verhindern könnte. Riva nahm den Hut ab und strich sich mit der Hand übers Haar, um es etwas zu lockern. Sie sah dem Mann neben sich kurz in die Augen und hob das Kinn. »Ich fürchte, ich habe Sie gerade etwas in die Irre geführt. Die Angelegenheit, über die ich mit Ihnen sprechen möchte, ist nicht politischer Natur.«

»Wie bedauerlich.« Seine Stimme klang zwar unverbindlich, sein Lächeln war jedoch warm, und sein Blick leuchtete. »Ich hatte schon so etwas wie Hoffnung auf eine engere Verbindung mit der Staulet Corporation. Und mit Ihnen.«

Einen Augenblick erinnerte sich Riva daran, was sie einst in diesem Mann gesehen hatte, was sie einst für ihn empfunden hatte. Unter den vielen Schichten von Egoismus war wirklicher Charme verborgen. Und er war nicht immer so tief verborgen gewesen. »Das Problem ist genaugenommen«, sagte sie, und ihre Stimme wurde härter, »daß unsere Verbindung jetzt schon viel zu eng ist.« Seine Augenbrauen bewegten sich mit einem Stirnrunzeln aufeinander zu. »Ich verstehe nicht.«

»Ich spreche von meiner Nichte und Ihrem Sohn Josh.«

»Josh? Was hat er getan?«

»Getan? Er hat nichts getan. Es geht darum, wer er ist.« Er starrte sie eine ganze Weile an und sagte schließlich: »Sie müssen mir verzeihen, Mrs. Staulet, aber ich habe nicht die leiseste Ahnung, wovon Sie reden.«

»Ich möchte nicht, daß Ihr Sohn sich weiterhin mit meiner Nichte trifft. Ich möchte, daß Sie dem einen Riegel vorschieben.« Ein Lachen, aus dem sowohl Überraschung als auch Ärger sprachen, brach aus ihm hervor. »Josh ist über einundzwanzig Jahre alt, beide sind sie es. Was erwarten Sie von mir?«

Sie hatte diese Haltung und diese Frage vorausgesehen. »Sie könnten Josh zum Hauptquartier Ihrer Wahlkampagne in den Norden Louisianas schicken.«

»Und das sollte ich einfach nur wegen einer Laune von Ihnen tun?«

»Das wäre ratsam.«

»Nach Ihrer Meinung, natürlich.«

Er gab etwas von seiner Vorsicht auf, während sein Ärger wuchs. Ihm war klar, daß er keine Spende von ihr bekommen würde.

Sanft sagte sie: »Es ist mehr als nur das.«

»Wollen Sie mir drohen?«

»Wie können Sie so etwas glauben?« In ihren Worten lag eine Spur von Ironie. Wie gut es ihr tat, nach all diesen Jahren die Oberhand zu haben.

»Ich glaube, meine Dame, Sie sollten mir besser sagen, was Sie beabsichtigen.«

»Das habe ich Ihnen bereits gesagt. Ich möchte, daß meine Nichte nicht mehr als nötig mit irgendeinem Mitglied Ihrer Familie zu tun hat, und es wird Ihr Vorteil sein, wenn Sie dafür sorgen, daß ich bekomme, was ich will.«

»Und wenn nicht?«

»Dann wird die Presse erfahren, daß Sie vor fündundzwanzig Jahren in Bigamie gelebt haben.«

Bigamie. Das Wort hing zwischen ihnen in der heißen Stille. Von weitem hörten sie Stimmen und Gelächter und die Musik von Cajun-Fiedeln, die jetzt von der erhöhten Tribüne erklang, von der aus Edison seine Rede gehalten hatte. Über ihren Köpfen raschelte das Laub der immergrünen Eiche, als eine kleine Brise hindurchstrich, dann wurde es wieder still.

Edisons Augen weiteten sich langsam. Die Farbe wich aus seinem Gesicht. Sein Blick wanderte über ihre Züge und prüfte sie eindringlich. Er befeuchtete seine Lippen.

»Das kann nicht sein.«

»O doch, es kann sein.«

»Sie? Die kleine Rebecca Benson? Nein...« Seine Stimme erstarb. Er wich ihrem Blick aus und starrte blind in die Menge, bevor er seine Aufmerksamkeit wieder ihr zuwandte, als ziehe ihr Gesicht ihn magisch an.

Riva konnte fast sehen, daß er die Lage abzuschätzen, einen Ausweg zu finden, sich zu überlegen versuchte, wie schwer ihn diese Anschuldigung treffen würde. Die Folgen konnten bedeutend sein. Das augenblickliche politische Klima erlaubte Persönlichkeiten des öffentlichen Lebens keine moralischen Schwächen.

Sie sagte: »Ich versichere Ihnen, ich *bin* Rebecca.«

»Das hätte ich mir nie träumen lassen. Nicht nachdem ich Ihre Fotos so viele Jahre lang in den Zeitungen gesehen habe. Ich kann es wirklich kaum glauben. Es muß wohl so sein. Niemand anderes –«

»Niemand außer mir weiß das, und ich würde es vorziehen, wenn es so bliebe.«

»Einen Beweis«, sagte er, und seine Stimme wurde wieder kräftiger – jetzt, da er den ersten Schreck überwunden hatte. »Sie haben keinen Beweis.«

»Doch, ich besitze eine Kopie des Trauscheins aus Arkansas.«

Sie war mit diesem Mann verheiratet gewesen. Das hatte sie zumindest geglaubt. Vier Wochen lang hatte sie mit ihm geschlafen, sich von ihm lieben lassen und versucht, aus einem ungezieferverseuchten kleinen Appartement von heruntergekommener Pracht irgendwo in den Hinterhöfen von New Orleans für sie beide ein Heim zu machen, in einer Gegend, in der es immer nach gebratenen Zwiebeln, Knoblauch und Katzen roch. Dann hatte ihr Edison eines Tages gesagt, daß sie gar nicht verheiratet seien und alles nur ein Trick gewesen sei. Er hatte schon eine

Frau, also hatten die Treueschwüre keinerlei Bedeutung und waren juristisch belanglos. Er war fortgegangen und nicht mehr wiedergekommen.

»Mein Gott, hast du dich verändert«, sagte er plötzlich.

»Das ist ja wohl nicht weiter verwunderlich. Ich war erst fünfzehn.« Ihre Worte klangen bitter.

»Alt genug.«

Alt genug für hastiges Fummeln auf dem Rücksitz eines '60er-Chevrolet-Kabrios, für Spiele auf schmierigen Laken, für Verlust und Demütigung.

»Sei's drum«, sagte sie nervös. »Ich denke, Sie werden mir zustimmen, daß es das beste ist, wenn Josh und Erin sich nicht mehr sehen.«

»Mein Gott, wenn ich daran denke, wie –«

»Tun Sie's nicht! Ich möchte nur, daß Sie mir versprechen, Ihren Sohn fortzuschicken.«

Er schüttelte langsam den Kopf. »Warum sollte ich irgend etwas mit meinem Sohn tun? Warum sagen Sie Ihrer Nichte nicht, daß sie ihn nicht mehr treffen soll?«

»Mir ist es so lieber.«

»Was ist der Grund dafür? Bin ich ein Paria? Oder handelt es sich hier um einen eigenartigen Fall von Sippenhaft?«

Sie warf ihm einen harten Blick zu und vermutete irgendeine Doppeldeutigkeit. Aber in seinem Gesicht deutete nichts darauf hin. Die oberflächlichen Gründe waren für den Augenblick ausreichend. Sie zuckte leicht mit den Schultern. »Wie Sie sagen. Sie müssen verstehen, daß ich vermeiden möchte, je auch nur im entferntesten irgendwelche Familienbande zwischen uns entstehen zu sehen. Im Augenblick sind Erin und Josh nur Freunde. Und ich würde es vorziehen, nicht durch meinen Widerstand so eine Art Romeo-und-Julia-Beziehung daraus zu machen.«

»Ich stimme dem zu, sie sind Freunde. Ich glaube auch, daß Sie die Angelegenheit bei weitem überbewerten. Josh ist ein guter Junge. So gut, wie ihn ein Mädchen sich nur wünschen kann.« Aus seiner Stimme klang Vaterstolz. Das verbesserte ihre Meinung von ihm mehr als alles andere, was sie bisher von ihm gesehen hatte. Mit gleichmütigem Blick sagte sie: »Da muß er wohl seiner Mutter ähnlich sein, aber das ist jetzt nicht von Belang. Ich habe Ihnen gesagt, wie ich zu der Angelegenheit stehe. Und ich habe Ihnen auch gesagt, was ich von Ihnen in diesem Falle erwarte.«

Sein Gesicht wurde hart, und er schürzte die Lippen. »Leute, die etwas verlangen, sollten darauf vorbereitet sein, etwas als Gegenleistung anzubieten.«

»Was meinen Sie damit?« Der Klang seiner Stimme ließ ihre Nerven erschauern.

»Ich meine, wir sollten doch noch einmal über das Essen am Montag reden, von dem ich vorhin gesprochen habe.«

»Da gibt es nichts zu reden!«

Sein Blick hielt den ihren fest, und einer seiner Mundwinkel hob sich. »Ich glaube schon. Sie versuchen, mich zu erpressen, und das mag ich nicht.«

»Das ist keine Frage von Erpressung.« In ihrer Brust entstand ein Gefühl von Druck. Sie hätte wissen müssen, daß es nicht so leicht sein würde.

»Wie würden Sie das denn nennen?« Er legte eine Hand auf ihren Arm. »Ich glaube allerdings, daß es mir gelingen wird, Sie dazu zu überreden, daß Sie die ganze Sache vergessen.«

Sie schüttelte seine Hand ab. »Sie müssen verrückt sein!«

»Ja wirklich? Wie wird das denn aussehen, die schöne und reiche Mrs. Cosmo Staulet, vor vielen Jahren verwickelt in eine häßliche kleine Affäre, bei der sie sich zu einer betrügerischen Ehe überreden ließ? Sie können mich nicht bloßstellen, ohne auch sich selbst bloßzustellen, nicht wahr? Ihre Freunde werden Sie mit ihrem Gelächter aus der Stadt vertreiben. Wer wird noch der Führungspersönlichkeit und der Managerin einer Firma trauen, die so wenig Einschätzungsvermögen hat?«

»Das mag schon sein«, sagte sie, »aber was Sie noch nicht verstanden haben, ist, daß mir die Sache vielleicht den ganzen Ärger wert ist, um Sie und die Ihren loszuwerden.«

»Ist sie es wert, daß Sie Ihren Platz in der Leitung der Staulet Corporation aufs Spiel setzen oder den Wert der Aktien der Gesellschaft zum Sinken bringen? Ich bezweifle, daß die anderen Mitglieder diese Einstellung teilen, besonders Noel Staulet nicht. Genaugenommen wäre er aber vielleicht auch froh über einen Anlaß, Sie hinauszuwerfen. Wenn Sie die Absicht haben, ihm diese Gelegenheit zu geben, werde ich das wohl kaum ändern können.«

Er war scharfsinnig, das mußte sie ihm zugestehen. Ihr war nicht klargewesen, daß ihre Schwierigkeiten mit Noel so bekannt waren, und sie hatte sicher nicht erwartet, daß Edison sie sofort an ihrer schwächsten Stelle treffen würde.

»Warum wollen Sie solche Schwierigkeiten machen? Es ist doch keine große Sache, um die ich Sie bitte.«

»Nein, aber die Art, in der Sie mich gebeten haben, gefällt mir nicht, meine Dame. Ich mag es nicht, wenn man mich von oben herab behandelt, und auch nicht, wenn man mich bedroht.«

Ruhig sagte sie: »Das war eigentlich mehr ein Versprechen.«

»Ja wirklich? Darüber werden wir noch verhandeln müssen und auch darüber, was Sie für mich tun werden, falls ich – setzen wir das einmal voraus – Ihrer Forderung zustimmen werde. Und jetzt zu dem Mittagessen – oder würden Sie ein Abendessen vorziehen?«

Die Spur einer Drohung in seiner Stimme brachte sie in Wut, während gleichzeitig ein Warnton in ihrem Gehirn schrillte. Sie konnte im Augenblick nichts sagen, um ihn zu überzeugen. Er war zu sehr darauf festgelegt, ihr zu widersprechen und sie zu besiegen, weil sie es gewagt hatte, ihn herauszufordern. Es war möglich, daß ihr vielleicht in der Zeit bis zu ihrer Verabredung eine Methode einfallen würde, ihn zur Vernunft zu bringen, aber ihn noch einmal an irgendeinem Ort treffen zu müssen war das letzte, was sie wollte.

Edison neben ihr erstarrte spürbar. Riva drehte den Kopf und sah Noel langsam auf sie zukommen. Cosmos Sohn bewegte sich ohne Eile, eine Hand hing locker an seiner Seite, und in der anderen hielt er das Jackett seines Anzugs, das er über seine Schulter geworfen hatte. Sein Verhalten erschien normal, als er näher kam, aber sein Blick war alles andere als entspannt. Edison sprach leise, damit ihn der Näherkommende nicht hören konnte. »Im Royal Orleans Hotel, Montag ein Uhr. Wir werden in einem Zimmer essen. Meine Sekretärin wird Sie anrufen und Ihnen die Zimmernummer durchgeben.«

»Nein danke«, sagte sie mit offensichtlicher Abneigung gegen einen solchen Vorschlag und schlug dann das konservativste Restaurant vor, das ihr im Augenblick einfiel. »Commander's Palace. Meine Sekretärin wird einen Tisch reservieren. Auf meinen Namen.« Bevor Edison antworten konnte, hatte sie Noel erreicht. Seine Stimme klang ruhig und beiläufig, als er sagte: »Erin hat mich geschickt, ich soll dir sagen, daß sie Freunde aus Tulane nach Bonne Vie zum Schwimmen eingeladen hat. Sie ist schon vorausgefahren, um dafür zu sorgen, daß alles bereit ist.«

»Prima«, antwortete Riva, musterte ihn jedoch prüfend. Es war für Noel nicht unbedingt typisch, den Boten für Erin zu spielen – oder auch für sonst jemanden. Dennoch gab ihr sein Auftritt die günstige Gelegenheit zu gehen. »Es ist wirklich zu heiß, um sich Gedanken über ein Essen am Montag zu machen. Ich glaube, ich werde jetzt auch nach Hause gehen.«

»Hört sich gut an.« Noel wandte sich ab, ohne Edison mehr als nur ganz kurz zugenickt zu haben.

Riva verabschiedete sich so höflich von Edison, wie sie es nur bei ausgesprochen Fremden tat, und begleitete Noel. Sie sah nicht zurück.

Sie gingen an den Zelten und an der Rednertribüne vorbei zum Parkplatz. Sie wanderten durch die gleißende Sonne und durch kleine Schattenflecke, die vergleichsweise kühl wirkten, von zertretenen Sandwegen über Rasenflächen, die wie grüner Samt dazwischen lagen. Riva war Noel dankbar, daß er sie aus einer Situation befreit hatte, die ihr fast außer Kontrolle geraten war, ging aber nicht davon aus, daß er in diesem Falle versucht hatte, den Ritter zu spielen. Sie sah kurz zu seinem Gesicht auf. Schatten wanderten über seine Züge, während er weiterging, und betonten seinen nachdenklichen, abwesenden Ausdruck. Seine Erscheinung, die Form seines Kopfes, seine breiten Schultern brachten eine flüchtige Erinnerung in ihr Gedächtnis zurück.

So war Cosmo gewesen, als sie ihm zum ersten Mal begegnet war. Er war sechsundvierzig gewesen und sie sechzehn, so wie Noel jetzt vermutlich fünfundvierzig oder sechsundvierzig sein mußte. Noel hatte das ungewöhnliche Aussehen seines Vaters, jenes undefinierbar aristokratische Etwas, das eine Folge seines Körperbaus, seines einwandfreien Geschmacks in bezug auf Kleidung und jener bestimmten Art von Selbstvertrauen war, die dem Vorhandensein der Porträts der Vorfahren im Flur entstammt, aufgrund derer man genau weiß, wer und was man ist. Sein schwarzes Haar hatte silberne Strähnen an den Schläfen, und sein Gesicht war sonnengebräunt. Seine Brauen lagen dunkel und dicht über den tiefliegenden grauen Augen, und sein festes Kinn war leicht gemustert von den schwarzen Bartstoppeln. Auf seinen Wangen über den hohen Wangenknochen waren Lachfältchen zu sehen, und die Form seines scharf geschnittenen Mundes deutete auf seine Empfindsamkeit hin, allerdings zeigte er Riva diese beiden Züge seines Charakters nicht. Schon seit Jahren nicht mehr.

Als ziehe ihn ihre Betrachtung an, wandte sich Noel ihr zu und sagte: »Gallant ist in seinen Reden nicht sehr stark, was konkrete Pläne und Fakten angeht, aber mir scheint, was ihm an Substanz fehlt, gleicht er durch Charisma aus.«

»Ich denke, er hat vor der Wahl noch Zeit, sich zu verbessern.«

»Vier Monate sind nicht allzu lang, nicht wenn noch mindestens acht andere Demokraten im Spiel sind, ganz zu schweigen von den drei Republikanern.«

»Der Sommer wird wie üblich seinen Tribut fordern.«

Noel nickte. »Ich kann mich nicht erinnern, daß mein Vater je erwähnt hat, er würde Gallant unterstützen, auch nicht, daß er ihn überhaupt kannte.«

›Mein Vater‹ – Noel bezeichnete Cosmo immer mit diesem formalen Titel. Riva erinnerte sich, daß es eine Zeit gegeben hatte, in der er ihn Paps genannt hatte, aber das war schon längst vorbei. »Ich glaube nicht, daß Cosmo ihm je begegnet ist.«

»Ihr beide scheint euch aber gut zu kennen.«

»Überhaupt nicht.«

Noel wandte sich ihr mit einem direkten Blick zu. »Wenn deine Bekanntschaft mit Gallant geschäftlicher Art ist, sollte ich vielleicht davon erfahren.«

Dieser Vorschlag hatte eine gewisse Logik, denn jede ihrer Handlungen, die die Staulet Corporation betraf, war auch seine Angelegenheit. Sie vermutete allerdings, daß es in diesem Falle nur ein Vorwand war, herauszufinden, was sie mit Edison zu tun hatte. »Staulet hat nichts damit zu tun. Genaugenommen geht es um Erin.«

»Und es soll zu seinem Vorteil sein, wenn du mit ihm über Erin sprichst?« Seine Stimme klang nüchtern, und er sah sie an. Sie zwang sich zu lächeln. »Als liebende Tante mußt du mir schon etwas Spielraum lassen.«

»Ich vermute, du hast versucht, ihn zu überreden, daß er sie für ihre harte Arbeit bezahlt.«

Der Vorschlag war nicht schlecht, sie konnte ihn als Ausrede gebrauchen. Sie fächelte sich mit dem Strohhut zu, den sie immer noch in der Hand hielt, denn plötzlich war ihr sehr heiß.

»Erin hat viele Stunden in seinem Büro in New Orleans verbracht. Glaubst du nicht, daß sie eine Bezahlung verdient?«

»Ich glaube, es macht ihr Spaß, bei der Kampagne mitzumachen und mit Josh Gallant zusammenzusein. Erin ist eigentlich nicht der Typ, der zum ernsthaften, slogansdreschenden Dienstmädchen für eine politische Maschinerie wird.«

Erin und Noel waren sich viel nähergekommen, seit er wieder da war. Rivas Nichte war in den letzten fünf Jahren oft in Bonne Vie gewesen, seit sie in Tulane studierte. Obwohl sie ein Zimmer auf dem Campus der Universität hatte, war das Haus auf der Plantage ihr Heim geworden, seit sie nicht mehr zu Hause wohnte. Ihre Eltern, Rivas Schwester Margaret und ihr Mann, lebten im Norden des Landes. Sie konnten es sich nicht leisten, ihrer Tochter das College zu finanzieren, vor allem nicht ein so teures, und so hatte Riva es übernommen, sowohl für das College zu bezahlen als auch ihr Heim zur Verfügung zu stellen, damit sich Erin vom Streß des Studiums erholen konnte. Es war ihr angenehm und eine Freude gewesen, bis Erin Josh Gallant begegnet war.

»Es freut mich, daß du Erins Qualitäten zu schätzen weißt.« Riva war im Augenblick in bezug auf Erins Zukunft etwas empfindlich, obwohl sie ziemlich sicher war, daß sich das kaum zeigte.

»Wer würde das anders sehen? Diese Mischung aus Schönheit und Verstand findet man schließlich nicht sehr oft.«

Klug und schön, und jetzt schon mehr als sieben Jahre älter, als sie gewesen war, als Cosmo sie geheiratet hatte. Riva empfand die Spur eines Gefühls, das vielleicht Neid oder sogar Eifersucht hätte sein können, wenn das nicht wirklich lächerlich gewesen wäre. Sie hatte nicht das geringste Interesse daran, von Noel Staulet bewundert zu werden. Zumindest war es ihr aber jetzt gelungen, sein Interesse von Edison abzulenken.

Das glaubte sie wenigstens. Aber sie hätte sich daran erinnern sollen, daß Noel in geschäftlichen Zusammenhängen oft ein wenig ablenkte, um dann plötzlich wieder anzugreifen.

»Wenn ich du wäre, würde ich mich etwas vorsehen, was dein Verhältnis zu Gallant betrifft«, sagte Noel. »Er steht in dem Ruf, Frauen sehr zugetan zu sein, und zwar oft und vielen.«

Riva sah ihn scharf an. »Du brauchst dir keine Sorgen zu machen. Ich habe nicht die Absicht, mich auf ihn einzulassen.«

»Ich habe mir auch keine Sorgen gemacht, ich dachte nur, du solltest das wissen.«

»Bitte entschuldige, wenn mich deine Aufmerksamkeit etwas verwirrt.« Es war jetzt schon über zwanzig Jahre her, seit er zum letzten Mal so viel Interesse an ihrem persönlichen Leben gezeigt und er sie anders angesehen oder angesprochen hatte als eine Gegebenheit im Hause seines Vaters oder als Geschäftspartnerin. Oft war es ihr sogar so vorgekommen, daß er während seiner seltenen Besuche im Laufe der Jahre und auch bei seinem jetzigen Aufenthalt in Bonne Vie eher vermieden hatte, ihr zu begegnen oder mit ihr zu reden, wenn es nicht absolut notwendig war.

Ein Muskel an seinem Kinn zuckte, und er wandte ihr seinen dunklen Blick zu. »Es gab einmal eine Zeit, als Sarkasmus nicht zu dir gepaßt hat.«

»Soll das heißen, jetzt tut er es?«

»Ich weiß es nicht. Vielleicht täusche ich mich, vielleicht war es aber auch schon immer so.«

Riva machte den Mund auf, um etwas zu sagen, aber es kam nichts. Sie war erschrocken über den Ausdruck von Schmerz, den sie plötzlich in seinen Augen zu sehen glaubte. Ein Kloß entstand in ihrem Hals.

Einen Augenblick später war schon alles vorbei, und nur etwas peinliche Berührtheit blieb zurück. Riva sah zur Seite. Sie näherten sich den Zelten. Um das unangenehme Schweigen zu brechen, sagte sie: »Du weißt nicht zufällig, wohin Dante gegangen ist?«

»Nein«, lautete seine wenig herzliche Antwort.

»Ich muß ihn suchen, denn ich bin mit ihm hierhergekommen.«

Er nickte kurz. »Ich sehe dich dann ja zu Hause.«

Als er fortging, stand Riva da und beobachtete die Bewegungen seiner langen Beine und seine dynamische Haltung, die wirkte, als habe er Kraftreserven, die nur selten gebraucht wurden, Kräfte, die in der Geschäftswelt, in der er sich üblicherweise bewegte, unnötig waren. Er war ein sehr in sich zurückgezogener Mann, es war schwer, ihn zu beurteilen, obwohl viele ihn als starken Verbündeten schätzten. Wie schade, daß er nicht auch der ihre sein konnte.

Ehemalige Geliebte konnten, ebenso wie ehemalige Freunde, eben gefährliche Feinde sein.

2

Es gab keine Tore an der Zufahrt zu Bonne Vie, keinen Pförtner oder Ähnliches. Die einzigen Wachen waren die Eichen, eine Allee von immergrünen Eichen, die schon so alt waren, daß bei manchen die Äste so stark wie Baumstämme waren und bis zum Boden herunterhingen, um sich dort abzustützen. Die stattlichen Bäume reichten in gerader Linie bis zum Haus, ihre inneren Äste wölbten sich im Bogen über den Kiesweg in der Form eines Kathedralendachs, so daß das Haus am Ende wirkte wie ein Altar. Die historische Form wurde durch die Abgelegenheit des Hauses, aber vielleicht auch durch die respektheischende Anlage unterstrichen. Bonne Vie war eines der berühmtesten Plantagenhäuser aus der Zeit vor dem Bürgerkrieg, die es im Süden gab, seine spezielle Lage und die schön proportionierte Fassade waren auf zahllosen Bucheinbänden und Postkarten zu bewundern.

Cosmo hatte nie etwas davon wissen wollen, das Haus gegen Diebstahl und Vandalismus oder auch nur die neugierigen Besucher zu schützen, die manchmal die Auffahrt heraufkamen. Er hatte gesagt, Bonne Vie sei weder ein Waffenlager noch ein Gefängnis; es war sein Heim, nicht mehr und nicht weniger. Riva hatte seit seinem Tod nichts daran geändert. Es half ihr natürlich, daß es eine kleine Armee von Hausangestellten gab, Laufburschen, Zimmermädchen, eine Köchin und einen Chauffeur, die immer in der Nähe waren, und die alle eine enge Bindung an das Haus und die Familie der Staulets hatten. Kein Fremder konnte unbemerkt oder ungefragt eindringen. Es hatte nie irgendwelche Schwierigkeiten gegeben. Dante Romoli lenkte seinen Alfa Romeo in die Einfahrt und hielt zwanzig Meter vor den Eingangsstufen des Hauses auf einem der Parkplätze neben den drei oder vier anderen Autos, die dort schon standen. Er stieg aus und ging zur Tür auf Rivas Seite. Der schnelle Sportwagen hatte die etwa siebzig Kilometer zwischen der Stadt, wo die Veranstaltung gewesen war, und Bonne Vie rasch zurückgelegt, trotzdem war Riva jetzt etwas steif – vielleicht nur aufgrund ihrer inneren Anspannung – als sie sich von Dante auf die Beine ziehen ließ. Sie lächelte ihm dankbar und entschuldigend zu. Sie war ihm bei der Fahrt keine unterhaltsame Gesellschafterin gewesen, denn ihre Gedanken waren zu sehr anderweitig beschäftigt.

»Du bleibst doch, oder?« fragte sie. »Wie wäre es mit einem späten

Mittagessen? Angesichts der Tatsache, daß Erins Freunde das Haus bevölkern, wäre es ganz nett, wenn außer mir noch jemand über Dreißig hier wäre.«

Dante zögerte nicht. »Du kennst mich. Ich versuche, keine Mahlzeit auszulassen.«

Das war eine ihrer vielen kleinen Scherze, die sie miteinander machten. Sie kannten sich schon sehr lange, seit den sechziger Jahren, als es noch die schmierige Küche hinter einem der berühmten Restaurants im French Quarter und die schmuddelige Oben-ohne-Bar in der Bourbon Street gegeben hatte – seit der Zeit, als sie beide auf sich selbst gestellt gewesen waren – ganz unten am Rande der Gesellschaft, aber noch nicht ohne Hoffnung.

Damals hatte Dantes Interesse an allem, was mit Essen zu tun hat, begonnen. Angesichts seiner ständigen Beschäftigung mit der Zubereitung, dem Geschmack und der unendlichen Vielfalt der möglichen Kombinationen von Gerichten hätte er eigentlich so dick wie ein Wal sein müssen. Er machte sich keine Sorgen über gute Gelegenheiten, was die Liebe betraf, und er war schlank genug, selbst angesichts seines stabilen Körperbaus, den er von Cajun-Franzosen und Italienern geerbt hatte. Er tat so, als müsse er einen harten Kampf bestehen, um in Form zu bleiben, spielte Rakett und Tennis und lief jeden Morgen drei Kilometer, aber in Wahrheit verarbeitete sein Körper von sich aus und aufgrund seines dicht gefüllten Terminplans so viele Kalorien, daß er essen konnte, was er wollte, ohne mehr als hier und da einmal ein Pfund zuzunehmen, das er dann aber auch immer problemlos wieder los wurde.

Es gab gute Gründe dafür, daß er so vom Essen fasziniert war. Er war der Eigentümer des Restaurants ›Lecomte's‹, eines Hauses, das für seine gute Küche genauso bekannt und beliebt war wie Commander's Palace und dessen Wurzeln sogar noch tiefer in der Geschichte von New Orleans verankert waren. Es existierte seit 1843, war Schauplatz von so manchen berühmten Mahlzeiten und berüchtigten Skandalen in der reichen Zeit vor dem Bürgerkrieg gewesen, als Baumwolle noch das Wichtigste war, hatte aber auch danach in den fröhlichen neunziger Jahren noch viele Gesellschaften beherbergt. Die ursprünglichen Eigentümer hatten es Mitte des zwanzigsten Jahrhunderts verkauft, und es war von einer Hand zur anderen gewandert, bis Dante, der dort als Kellnerlehrling gearbeitet hatte, es schließlich vor zehn Jahren gekauft hatte. Der Besitzer von Lecomte's zu sein hatte für ihn die Erfüllung eines Traums bedeutet. Er hatte es liebevoll und sehr sorgfältig restauriert, so daß es jetzt wieder das ursprüngliche Aussehen eines Pariser Bistros hatte. Dann hatte er einen bekannten Küchenchef engagiert und dafür gesorgt, daß sich das Etablissement bezahlt machte. Geld war eine wichtige Sache für Dante, obwohl ihm mehr daran lag, es zu verdienen, als es zu besitzen. Seine Investition in eine Restaurantkette, in der es würzig gebratene Hähnchen gab und die bekannt war für die Qualität ihrer Produkte, hatte ihm die Möglichkeit gegeben, der Besitzer von Lecomte's zu werden. Er vergaß sicher nicht, daß er durch gebratene Hähnchen zum Restaurantbesitzer geworden war, und entschuldigte sich bestimmt niemals dafür.

Dante war auch nicht damit zufrieden, daß er sein wichtigstes Ziel erreicht hatte. Er hatte erst kürzlich ein neues Restaurant und Nachtlokal am Pontchartrain-See eröffnet, das die jungen Leute wegen der gut zubereiteten Meeresfrüchte wie auch wegen der lauten Musik und der modernen Beleuchtungsanlage in der Disco anzog.

Bonne Vie schien Riva so wie immer zu Hause willkommen zu heißen. Es hatte eine Atmosphäre, die immer für ihre Bequemlichkeit und Zufriedenheit sorgte wie ein lieber Freund, der nicht urteilt und nicht fordert. Es war im neoklassizistischen Stil gebaut, mit Wänden, die in warmem Pfirsichrosa gestrichen waren. Seine Erscheinung war massig, sein Grundriß war quadratisch mit einer Seitenlänge von dreiundzwanzig Metern, zweieinhalb Stockwerke hoch, und es hatte einen Aussichtsturm. Oben und unten waren an allen vier Seiten balkonartige Galerien angebracht. Gestützt wurde es von insgesamt achtundzwanzig dorischen Säulen, die vom Boden bis zum Rand des Daches reichten. Trotzdem empfand Riva seine Größe nicht als einschüchternd, sondern als schützend.

Die Zimmer im Innern waren geräumig, mit hohen, stuckverzierten Decken und mit Möbeln, die eine Mischung aus den Staulet-Antiquitäten und modernen Stücken darstellten, um den formellen Eindruck etwas zu mildern. Trotz der Größe gab es nur acht Hauptzimmer, vier oben und vier unten, dazu noch ein paar kleinere, die zu Ankleide- und Badezimmern umgebaut worden waren. Ein breiter Flur teilte das Haus auf beiden Stockwerken. Im unteren Stockwerk erstreckte sich die Halle breit und wie ein geräumiges Willkommen bis zu den hohen Fenstertüren der Rückseite. Die gewundene Treppe mit dem Mahagonigeländer erhob sich rechts hinten aus der Halle, und durch die Fenstertüren erreichte man die mit Ziegeln gepflasterte untere Galerie auf der Rückseite des Hauses. Dieser Bereich war in der Art eines Vorraumes möbliert mit pastellfarben gepolsterten schmiedeeisernen Sesseln, die um Tische mit gläsernen Tischplatten gruppiert waren. Große Krüge waren mit ausladenden Farnen oder rosa Geranien bepflanzt, unter denen verschiedene Efeuarten rankten. Zwei breite ziegelgepflasterte Stufen führten hinab zu einer Ziegelterrasse, die bis zum Swimmingpool reichte. Jenseits des Pools erstreckte sich ein weiter Park im englischen Stil über einen sanften Abhang hinab bis zu einem Zierteich, in dessen Mitte eine kleine Insel lag, auf der eine Laube oder eher ein Häuschen stand, das die Form eines kleinen römischen Tempels hatte. Das mit weißem Marmor eingefaßte Schwimmbecken mit der Reihe von Säulen an der dem Haus abgewandten Seite erinnerte Riva immer an den römischen Teich in der Verfilmung von *Der große Gatsby*. Es war nicht ganz so groß, und hier und da standen ein paar Palmen, die dem ganzen eine eher tropische Note gaben, trotzdem hatte es eine Wirkung von klassischer Pracht. Dennoch, wenn man schon einen Swimmingpool neben einem solchen Haus aus der Zeit vor dem Bürgerkrieg haben wollte, konnte man sich kaum eine Stilrichtung vorstellen, die besser dazu gepaßt hätte. Cosmo, der den Pool für Riva angelegt hatte, als er erfahren hatte, wie gern sie schwamm, war dem neoklassizistischen Geschmack der Erbauer des Hauses im neunzehnten Jahrhundert gefolgt.

Das Geräusch erhobener Stimmen und das Plätschern von Wasser lockten Riva in Richtung Pool. Die jungen Leute aus dem College hatten das Gelände mit Beschlag belegt, planschten am tiefen Ende, sprangen ins Wasser und prosteten sich auf am Rand ausgebreiteten Handtüchern zu. Der Geruch von Chlorwasser und mit Kokosnuß- und Ananasaroma versehenem Sonnenöl hing in der Luft, aber auch der Duft von Essen. An einer Seite stand ein Tisch mit einem Buffet, dort gab es Platten mit dünn geschnittenem Roastbeef und Schinken, einen großen Topf mit Gumbo und Schüsseln mit Kartoffelsalat, Nudelsalat, grünem Salat und verschiedenen Früchten. Dazu gab es drei Sorten hausgebackenes Brot und vier Sorten Kuchen und Torten. Kalte Getränke, Bowlen, Wein und Bier standen eingebettet in zerstoßenes Eis in einem Kupferfaß neben dem Tisch.

Erin hatte mit Hilfe des Küchenpersonals die Zeit gut genutzt. Seit sie in Bonne Vie war, hatte sie sich an den Lebensstil gewöhnt, der dort herrschte. Riva war wirklich froh darüber, obwohl sie sich gleichzeitig vornahm, ihre Nichte nicht zu sehr zu verwöhnen.

Als sie Erin am Rand des Pools sitzen sah, winkte sie ihr zur Begrüßung zu.

Erin rief herüber: »Wo sind eure Badesachen? Wollt ihr denn nicht auch hereinkommen?«

»Vielleicht später«, erwiderte Riva. »Wir brauchen erst einmal Verpflegung.«

»Noel wollte auch nicht reinkommen. Er mußte wieder weg, gleich nachdem er angekommen war. Irgendein Anruf vom Flughafen.«

»Vom Flughafen?«

Erin zuckte mit den Schultern und rückte den knallrosa Bikini zurecht, der ihre vollen Rundungen nur knapp bedeckte. »Sonst hat er nichts gesagt.«

Riva nickte, gab Dante einen Teller und nahm sich selbst auch einen. Noel, ihr ehemaliger Stiefsohn, kam und ging, wie er wollte, ohne viel zu erklären; sie konnten von Glück sagen, daß er ihnen diesmal so viel gesagt hatte. Wenn er auf diese Art sein Mittagessen versäumte, war das nicht ihr Problem.

Erst als sich Riva auf einen der Sitze auf der Galerie setzte, fiel ihr der junge Mann auf, der mit langen Schwimmzügen den Pool durchquerte. Er schwamm auf Erin zu, zog sich am Marmorrand hoch und setzte sich neben sie. Er fuhr sich mit den Fingern durchs Haar, um das Wasser von seinem sandblonden Kopf zu streifen, und lachte Rivas Nichte zu.

Riva, die gerade ihre Serviette auseinanderfaltete, hielt mitten in der Bewegung inne. Der junge Mann war Josh Gallant.

Sie hätte es wissen müssen. Er war zusammen mit Erin bei der Wahlveranstaltung gewesen. Und selbst wenn Erin nicht gewollt hätte, daß er mit nach Bonne Vie kam, war sie doch zu wohlerzogen, um ihn von der Einladung auszuschließen. Doch das Lächeln, mit dem Rivas Nichte ihn bedachte, bewies, daß er ihr mehr als nur willkommen war.

Sie mußte wirklich etwas unternehmen. Unbedingt.

»Stimmt was nicht?« fragte Dante und ließ sich in einen Stuhl neben Riva fallen.

Sie lächelte ihm geistesabwesend zu. »Nein, nichts. Hast du die Himbeeren versucht? Sie waren herrlich beim Frühstück.«

Er beantwortete ihre Frage mit einem Nicken. »Ich habe in letzter Zeit mit diesem ungarischen Dessert experimentiert, das aus einem Kuchen besteht, der mit Rum getränkt, dann mit einer Schicht Vanillecreme, Himbeeren und Sahne bedeckt und schließlich mit Mandeln bestreut wird. Hier gibt es nicht sehr oft Himbeeren, aber an der Ostküste sind sie billig, und es gibt sie zu dieser Jahreszeit in Mengen. Ich sage dir, *chère*, du solltest diese Torte unbedingt einmal versuchen!«

Er erzählte noch von anderen ungarischen Torten, die mit vielen Hasel- oder Walnüssen, Schokolade und Sahne zubereitet wurden und die sein Küchenchef bei Lecomte's ausprobiert hatte. Torten, so sagte er, würden die nächste Modeerscheinung im Bereich der Desserts sein. Riva ließ seine Worte über sich hinwegströmen, während sie ihre Aufmerksamkeit wieder ihrer Nichte und Edisons Sohn im Pool zuwandte. Sie schwammen jetzt und umrundeten sich, so daß ihre Körper im glitzernden Wasser aneinander entlangglitten. Das erinnerte sie schmerzlich an einen anderen Sommer, in dem sie auch viel geschwommen war.

»Welche von euch ist die kleine Fliegerfrau, die im Moment verlassen und einsam ist?«

Das waren an jenem Tag Edisons erste Worte beim Teich gewesen. Das Wasserloch, das sie Teich zu nennen pflegten, war genaugenommen ein winziger See im Wald, von einer Quelle gespeist und überhangen von Ahorn, Birken und Eichen. Er lag hinter dem Haus der Bensons, in dem Riva, die damals noch Rebecca hieß, mit ihrer verwitweten Mutter und ihren Schwestern Margaret und Beth lebte, gehörte jedoch ihrem Nachbarn. Er war einer ihrer liebsten Plätze in jenem heißen Sommer 1963, vor allem weil das städtische Schwimmbad geschlossen war.

In jenem Jahr waren die Bürgerrechte ein wichtiges Thema gewesen, es hatte Demonstrationen und Märsche auf der Hauptstraße und vor dem dortigen Schulamt gegeben. Es herrschte ein starker gesellschaftlicher Druck, alle öffentlichen Einrichtungen den Schwarzen ebenfalls zugänglich zu machen, angefangen von den Schulen und den Bussen bis hin zu den öffentlichen Toiletten im Gerichtsgebäude und dem Schwimmbad. Besonders im Zusammenhang mit dem Schwimmbad waren die Leute heikel. Im schwarzen Teil der Stadt war ein viel schöneres und neueres Schwimmbad. Also warum, um Himmels willen, wollten die Schwarzen ins Schwimmbad der Weißen gehen, wo Risse mit Teer zugeklebt waren und das Fußbecken aussah wie ein Bahnhofsklo? Die Weißen konnten es nicht verstehen.

Es gab natürlich Gründe, aber in der Hitze des Konflikts schienen sie keine Bedeutung zu haben. Im schwarzen Teil der Stadt, Quarters genannt, gab es Agitatoren. Liberale aus dem Norden voller Idealismus und liberalen Gedankenguts unterstützten Veränderungen, die sie nicht verstanden und deren Konsequenzen dann die weißen Südstaatler bewältigen mußten. Überall schäumten die Emotionen, besonders zwischen den jungen weißen Rednecks aus dem ländlichen Umland, die das Gefühl hatten, jetzt genug herumgestoßen worden zu sein, und den militanten Schwarzen, die es leid waren, immer wieder kuschen zu müssen. Also hatten die Stadtväter beschlossen, lieber das Schwimmbad der Weißen zu schließen als zu riskieren, daß wegen irgendeiner Auseinandersetzung womöglich jemand ertrank.

Infolgedessen blieb also den jungen Weißen nichts anderes übrig, als das nicht geringere Risiko einzugehen und während der ganz heißen Zeit ins Schwimmbad der Schwarzen zu gehen oder zu riskieren, daß sie in den Teichen und Bächen der Umgebung ertranken. Also versammelten sie sich im allgemeinen bei dem Teich hinter dem Haus der Bensons drei Kilometer südlich der Stadt. Es waren hauptsächlich Jungen im Oberschulalter und ältere, die dort schwimmen gehen durften. Das Wasser in den Bächen und Teichen war immer trüb von aufgewirbeltem Schlamm und dem dunklen Saft der Bäume, der heruntertropfte. Unter Wasser gab es Baumstümpfe und plötzliche Senken, und niemand hatte einen Lebensretter angestellt. Man mußte ziemlich gut schwimmen können, um diesen Gefahren zu trotzen, zu denen auch der Unsinn gehörte, der hier unbeaufsichtigt gemacht wurde. Kleinere Jungs waren zu unerfahren, um allein hinzugehen, und die meisten älteren waren bei der Arbeit. Für die Mädchen war der Teich zu abgelegen, so daß es zu viele Möglichkeiten für alle Arten von schlechtem Benehmen gab, das nichts mehr mit einfachem Unsinn zu tun hatte. Die meisten Mütter weigerten sich, ihre Töchter hingehen zu lassen.

Doch die Mutter der Benson-Mädchen konnte gewöhnlich zu allem überredet werden. Mrs. Benson hatte wenig Kraft für Diskussionen. Der Grund dafür war ihr Herz, das schon seit Jahren schwach war. Sie verbrachte die meisten Tage damit, auf dem Sofa zu liegen und das einzige Fernsehprogramm anzuschauen, das es in der Gegend damals gab, wobei sie nach Fliegen klatschte und die heiße Luft zu atmen versuchte, die der Ventilator an der Decke durch die halboffenen Fenster hereinsog. Ihre drei Töchter kochten und machten sauber, wuschen und bügelten. Sie kauften ein, bezahlten Rechnungen und kümmerten sich darum, daß ihre Mutter ihre Medizin einnahm. Sie hatten das Gefühl, daß sie für sich selbst sorgen konnten und ein Recht hatten auf jede Ablenkung, die sich nach der harten Arbeit bot.

Beth, die älteste, war ihre Anführerin. Sie war eine verheiratete Frau von neunzehn Jahren, also erfahren mit Männern oder zumindest mit einem Mann. Ihr junger Ehemann Jimmy war in der Luftwaffe so etwas wie ein Elektronikspezialist und jetzt schon seit mehr als einem Jahr auf den Philippinen stationiert. Beth schrieb ihm montags und donnerstags und dachte während der restlichen Woche nur selten an ihn. Sie hatte eine üppige Figur und ein freches Glitzern in ihren braunen Augen. Sie vergnügte sich gern, hielt sich gern auf, wo musiziert und gelacht wurde, und sie schwamm gern.

Die Jungs am Teich pfiffen und jauchzten, als an jenem Junitag die drei Mädchen den Hügel herunterkamen. Die Mädchen boten einen bemerkenswerten Anblick mit ihren von der Sonne gesträhnten blonden Haaren, langen gebräunten Beinen und kurzen Badeanzügen, die sie unter den alten Hemden ihres toten Vaters trugen. Keines von ihnen war unterentwickelt. Obwohl sie keineswegs wie Drillinge aussahen – Beth war die größte, Margaret war gedrungener und besaß die breiten Hüften der Bensons, und Rebecca hatte schmalere Knochen, so daß sie graziös und stromlinienförmig wirkte – glichen sich ihre Gesichter sehr in Form, Farbe und Bewegungen.

Ihre Reaktionen auf die laute Anerkennung ihres Publikums waren unterschiedlich. Beth lachte und rief einen fröhlichen Gruß. Margaret, die zwei Jahre jünger war und sich in ihrem Körper nie wohl fühlte, errötete in leuchtendem Tomatenrot. Rebecca, gerade fünfzehn geworden, brachte nur ein unbehagliches Grinsen zustande und hielt sich gerader.

Sie hängten die Hemden und die Handtücher, die sie dabeihatten, an die Äste eines Baumes und wateten ins Wasser. Es war eher lauwarm, und ab und an spülte eine kühlere Strömung um ihre Schenkel, als sie tiefer hineingingen. Sie paddelten herum, versuchten den Schlamm nicht mehr als unbedingt nötig aufzurühren und kicherten gelegentlich, wenn sie nicht versuchten, dem zarten Knabbern der Fische auszuweichen.

Sie taten so, als wären die Jungen gar nicht da, allerdings übersahen sie keinen der für sie zelebrierten kunstvollen Schwimmzüge, der Sprünge von einem in einem Baum befestigten Brett und keines von all den anderen zu ihren Ehren veranstalteten Kunststückchen. Und sie waren auch nicht überrascht, als sich ihnen ein paar Minuten später einige der jungen Männer näherten.

Edison hatte seine Frage nach der verlassenen Fliegerfrau gestellt, während er sich mit den Fingern seine Haare nach hinten strich und Wassertropfen auf seine breiten Schultern spritzte, die in den durch die Blätter der Bäume schimmernden Sonnenflecken glitzerten. Er stand vor ihnen, Wasser leckte an seiner Brust, er war ein junger Mann, der Selbstvertrauen und Anziehungskraft ausstrahlte und der mehr als nur ganz gut aussah, was er offensichtlich auch wußte. An seiner Seite war Boots Green, ein sich langsam bewegender, langsam sprechender Junge mit der kupfernen Hautfarbe seiner indianischen Vorfahren. Boots war bekannt für seine Verläßlichkeit und seinen Spitznamen, der von den hohen Schuhen stammte, die er immer trug.

»Ich zum Beispiel«, antwortete Beth Edison. Sie betrachtete ihn ebenso direkt wie er sie und leckte sich dann langsam das Wasser von den Lippen.

Edison grinste unverschämt. »Dann sind deine einsamen Tage jetzt vorbei.«

»Glaubst du?«

»Ich weiß es.«

Die drei Mädchen wußten, wer der Neuankömmling war, sie hatten auch gewußt, daß er hier war. Jeder in der Stadt, besonders alle Mädchen im heiratsfähigen Alter wußten, daß der alte Gallant, der Nachbar der Bensons, seinen Neffen zu Besuch hatte. Der Neffe war noch College-Student und studierte Jura in Tulane. Er lebte im Süden Louisianas und fuhr ein rassiges Chevy-Cabrio. Es war dasselbe Cabrio, das die Benson-Schwestern von ihrem Küchenfenster aus über die mit Holzbalken gepflasterte Straße hinter ihrem Haus hatten rumpeln hören, die zum Teich hinunterführte. Er war der eigentliche Anlaß für ihren Besuch am Teich.

Beth war nicht so leicht aus der Fassung zu bringen. Sie warf den Kopf nach hinten und schwamm weg, wobei sie Boots etwas zurief, so daß er ihr folgte. Anstatt ihr ebenfalls zu folgen, blieb Edison Gallant stehen und sprach mit Margaret und Rebecca. Die drei stellten sich vor, erzählten sich, wo sie wohnten und was sie im Laufe dieses Sommers gemacht hatten, als wüßten sie nicht schon alles voneinander.

Während sie sprachen, ließ Edison seine Blicke immer wieder über die weichen Hügel der Brüste unter den Badeanzügen der Mädchen wandern. Schließlich machte er eine Geste in Richtung auf das Oberteil von Margarets gerafftem Bikinioberteil. »Sind die beiden süßen Dinger, die du da drunter hast, echt, oder sind das nur Imitationen?«

Margaret schnappte nach Luft und sah Rebecca aus großen Augen an. Noch nie hatte jemand gewagt, sie so direkt mit solchen Fragen anzusprechen. Wenn das das typische Benehmen im Süden von Louisiana war, zweifelten sie daran, ob ihnen das gefiel.

»Nun komm schon«, sagte er. »Man will schließlich wissen, woran man ist.«

Margaret senkte in plötzlicher Scham den Kopf und stammelte, sie trage keine Imitationen. Rebecca ärgerte sich darüber, daß sie sich auch schämte. Sie sah Edison verächtlich an und sagte dann: »Ich werde dir sagen, woran du bist. Wir sind hier, und du stehst da ganz hinten, und da lassen wir dich auch stehen!«

»Oho, ein kleiner Drachen, so was gefällt mir«, sagte er und bewegte sich im Wasser auf sie zu. Rebecca spürte, wie seine Hand ihre Taille berührte und sein Bein das ihre streifte. Bevor sie sich bewegen konnte, war er hinter ihr, seine Arme umgaben sie und drückten ihre Brüste hoch, so daß die bleichen, zarten Rundungen über dem Ausschnitt ihres Badeanzugs sichtbar wurden. »Hübsch, mein kleiner Drachen, sie sind beide wirklich sehr hübsch.«

Rebecca wurde von Wärme durchströmt, als sie ihn hinter sich und um sich herum spürte. Seine Dreistigkeit war wirklich atemberaubend, aber noch mehr erschreckte sie ihre eigene Reaktion auf seine Nähe, die in Wellen über ihren Körper zu fließen schien. Dieses neue Gefühl in ihr traf sich mit ihrem Zorn. Rein instinktiv rammte sie ihren Ellenbogen nach hinten gegen seine Rippen. Der Stoß bewirkte aber nur wenig, denn er hatte sie schon wieder losgelassen und glitt auf ihre Schwester zu. Rebecca schwankte im Wasser und verlor das Gleichgewicht. Margaret stieß einen unterdrückten Schrei aus, als Edison vorbeischwamm und seine Hand unter der Wasseroberfläche zu ihren Schenkeln ausstreckte.

»He!«

Boots hatte das gerufen. Er watete auf sie zu, während Beth direkt hinter ihm war. Boots war größer als Edison, und sein Gesicht zeigte ein ernstes Stirnrunzeln. Er betrachtete Margaret als sein Mädchen, selbst wenn sie das nicht immer anerkannte. Dann machte Beth einen Satz nach vorn – die große Schwester bei der Rettung der jüngeren – stürmte an Boots vorbei, rammte Edison und spritzte ihm Wasser ins Gesicht.

Edison zog sich zurück, wehrte sich und prustete. »Was machst du da eigentlich?«

»Das weißt du genau, du Witzbold! Hol dir lieber jemanden aus deiner sonstigen Bekanntschaft.« Sie stellte sich aufrecht hin, die Hände in die Hüften gestemmt. Wasser strömte von ihrer herrlichen Amazonengestalt herab, und Wut funkelte in ihren Augen. Edison lächelte sie dreist an. »So wie du zum Beispiel?«

»Mit dir nehme ich's jeden Tag auf.«

»Meinst du?«

»Das weiß ich«, sagte sie und warf den Kopf und ihre Haare zurück, während sie ihm direkt in die Augen starrte.

»Ein Drachen, eine Prüde und eine Wunderfrau. Welche Auswahl!«

»Du hörst dich an wie jemand aus einem schlechten Film«, sagte Beth in beißendem Ton, während sie sich Margaret wieder zuwandte, die vor Demütigung in Tränen auszubrechen drohte. Doch Boots war schon bei ihr und legte dem schniefenden Mädchen einen schützenden Arm um die Schultern.

Beths Ausspruch ließ Rebecca kichern. »Ja, er klingt wirklich wie im Film. Wie im Gangsterfilm.«

Diese Beleidigung traf, denn Röte stahl sich unter Edisons braune Gesichtshaut. »Tue ich das, wirklich? Vielleicht willst du auch noch sehen, was Gangster mit Mädchen tun, die ihnen zu schnippisch sind?«

»Halt dich zurück«, sagte Boots als leise Warnung.

Edison sah den anderen jungen Mann an, und sein Blick wanderte über Boots' breite Brust. Dann milderte sich seine kriegerische Haltung wieder etwas. »Also hör mal, lieber Cousin, ich habe doch nur Spaß gemacht.«

»Der war aber nicht sehr komisch.«

»Meinst du? Kann ich noch was retten, wenn ich auf die Knie falle und mich entschuldige?«

»Ich finde, du hörst dich nicht an, als wenn es dir leid täte.« In der Stimme des Größeren klang ein gewisser Unterton mit. Sie alle kannten

Boots; er war friedlich und fing nie Streit an, aber er führte gewöhnlich die Auseinandersetzungen zu Ende, auf die er sich einließ. Daß Edison ihn Cousin nannte, war eine kleine Erinnerung daran, daß die beiden entfernt verwandt waren. Aber das änderte eigentlich nicht viel. Die meisten Leute in dieser Stadt, die früher eine abgelegene Landgemeinde gewesen war, fanden irgendeine Art von Verwandtschaft miteinander, wenn sie sich genug Mühe gaben und weit genug in der Vergangenheit suchten.

»Schon gut, Boots«, sagte Beth. »Ich glaube, wir gehen jetzt besser.«

»Laßt mich doch nicht einfach so stehen«, sagte Edison schnell, »wir lernen uns ja gerade erst kennen.«

»Ich bin mir nicht sicher, ob ich dich überhaupt kennenlernen will«, sagte Beth. Margaret und Rebecca stimmten ihr eilig zu. »Wollt ihr nicht?« fragte Edison leise. »Wollt ihr das wirklich nicht?«

Sie stiegen aus dem Teich, ohne zu antworten, und gingen nach Hause. Eine ganze Weile sahen sie nicht viel von Edison Gallant. Der Sommer wurde heißer, und die Lage im Zusammenhang mit den Bürgerrechten spitzte sich zu. Beth schrieb jetzt nur noch einmal in der Woche an ihren Mann anstatt zweimal. An anderen Abenden saß sie im Dunkeln auf der Schaukel vor dem Haus oder stahl sich spätabends zu dem alten orangeweißen Mercury ihrer Mutter und fuhr weg. Sie sagte nie, wohin, sondern meinte: »Ich fahre nur so herum, um mich ein bißchen abzukühlen.«

Doch an einem Samstagabend fuhren Margaret und Rebecca mit Freunden in die Stadt, um ins Kino zu gehen. Die Story war lahm, aber wenigstens war das Kino klimatisiert. Später hatten sie noch keine rechte Lust, nach Hause zu gehen, und wanderten auf dem Platz vor dem Gerichtsgebäude umher.

An diesem Tag war eine Demonstration gewesen, bei der Schwarze Plakate mit ihren Forderungen durch die Straßen getragen hatten. Eine Menge Leute waren wegen Unruhestiftung festgenommen worden. Die meisten der Demonstranten würden bis zum kommenden Morgen festgehalten und dann wieder freigelassen werden; diese Maßnahme diente dem Schutz der Leute und entsprach dem Gesetz. Das Gefängnis im obersten Stockwerk des Gerichtsgebäudes hatte weder einen Ventilator noch eine Klimaanlage, und die Fenster standen offen. So konnten sie die Stimmen der Demonstranten hören, die ihre Wahlsprüche riefen und sangen »We Shall Overcome«. Die langsame, traurige Melodie ließ Rebecca erschaudern. Sie verstand den Zorn ihrer Nachbarn, denen die Gleichberechtigung förmlich aufgezwungen wurde. Selbst sie hätte sich ärgern können, daß die Leute in Washington und die freie Presse kein Verständnis dafür hatten, daß eine Menge Geld nötig war, um wirklich Veränderungen zu erreichen, und wie viele Gefühle in der Angelegenheit verletzt wurden. Andererseits klang das, was die Schwarzen forderten, nicht unvernünftig. Sie waren Mitbürger und Mitmenschen und verdienten es, mit derselben Würde und Gerechtigkeit behandelt zu werden wie Weiße.

Die Stimme einer Frau klang lauter als alle anderen, ein durchdringender Sopran. Jeder kannte die Frau, die da sang; sie war eine streng aussehende Weiße mit Locken, die Kleidung aus Armeebeständen und T-Shirts ohne BH trug. Sie lebte in den Quarters bei einer schwarzen Familie, war allerdings bei einer anderen Familie schon hinausgeworfen worden, weil die Gastgeberin das Gefühl hatte, die Bürgerrechtlerin wäre ihrem Mann etwas zu nah gekommen, und sie daraufhin mit einem Rasiermesser bedroht hatte. Die Bürgerrechtlerin hatte geschworen, es sei nicht so gewesen, aber niemand hatte ihr geglaubt.

Das Quietschen von Reifen zog Margarets und Rebeccas Aufmerksamkeit auf sich. Das Geräusch kam von einem Chevy-Cabrio, das zu schnell um die Kurve vor dem Gerichtsgebäude fuhr. Die Musik aus dem Autoradio dröhnte, und der Schein der Straßenlaternen spiegelte sich in dem schimmernden, weißen Lack. Hinter dem Steuer saß Edison Gallant, lachte und rief dem Mädchen neben sich etwas zu. Das Mädchen war Beth.

Margaret schnappte nach Luft und sah Rebecca an. Ihr Gesicht war blaß vor Schreck und Zorn. »Wie kann sie das tun? Das ist eine Sünde, Ehebruch. Genau das ist es. Na, wenn die nach Hause kommt!«

Rebecca starrte hinter den beiden her und war entsetzt. Aber andererseits hatte das glänzende, weiße Auto auch etwas an sich – die schnelle Fahrt durch die Nachtluft mit der Musik, die der Fahrtwind davontrug, der junge Mann, der sich so nah zu ihr beugte und lachte... Rebecca wurde von hilfloser Sehnsucht ergriffen.

Beth kam an diesem Abend erst spät nach Hause. Margaret wartete an der Haustür auf sie. Es gab eine Menge Dinge, über die Margaret aus Scham nicht gern sprach, aber unmoralisches Benehmen konnte sie nicht hinnehmen.

»Bist du eigentlich absolut durchgedreht?« fragte sie mit wütendem Flüstern, um ihre Mutter nicht zu wecken. »Was denkst du dir dabei, einfach so mit Edison Gallant durch die Stadt zu fahren, wo dich jeder sehen kann?«

Beth starte ihre Schwester direkt an, griff in ihr Täschchen, nahm eine Zigarette heraus und zündete sie an. Sie nahm einen tiefen Zug, blies den Rauch aus, offensichtlich ohne ihn inhaliert zu haben, einfach nur weil es ihr Spaß machte. »Was ärgert dich jetzt so, Schwesterlein? Daß ich mit Edison Gallant ausgegangen bin, oder nur, daß man uns gesehen hat?«

Rebecca sah den beiden vom Sofa im Wohnzimmer aus zu. Sie wußte, daß Beth etwas Falsches tat, mußte aber doch ihren Mut bewundern. Sie wäre wirklich froh, wenn sie erst einmal so alt wäre, daß sie die verletzenden Dinge, die Margaret manchmal sagte, verkraften konnte, ohne sich darum zu kümmern.

»Du hast einen Ehemann!« rief Margaret voller Anklage. »Was ist mit dem?«

»Der ist nicht hier, und da wo er ist, amüsiert er sich auch. Dort drüben auf dieser Insel sind die Straßen voller Frauen, die alles für einen Dollar tun. Er hat mir geschrieben, daß er mir jetzt ein paar interessante Dinge zeigen kann. Na ja, vielleicht werde ich ihm dann auch das eine oder andere zeigen.«

»O Beth«, sagte Rebecca voller Mitgefühl. Sie konnte den Schmerz aus den Worten ihrer Schwester heraushören, auch wenn Margaret das nicht konnte.

»Das ist ja widerlich!« rief Margaret.

»Meinst du wirklich? Du solltest es mal versuchen.« Beth paffte wieder an ihrer Zigarette.

»Wann hast du dir diese eklige Gewohnheit zugelegt?«

»Edison raucht.«

»Du wirst ganz schön was zu hören kriegen, wenn Mama das erfährt.«

»Wird sie ja nicht.«

»Vielleicht doch!«

»Du warst immer schon eine Klatschbase.«

»Bin ich nicht!«

»Egal. Wenn Mama es erfährt, wird sie nur seufzen und sagen, daß ich mir auf diese Weise meine Gesundheit ruiniere.«

»Und genau das tust du auch, während du dabei noch mit diesem schmierigen Edison Gallant herumläufst! Ich verstehe wirklich nicht, was du an ihm findest. Ich dachte, du kannst ihn nicht leiden.«

»Er hat mir nichts getan. Und er hat sich entschuldigt, daß er dich und Rebecca aufgezogen hat. Auf jeden Fall ist er lange nicht so schlimm, wie er tut, das ist alles nur Theater. Die Mädchen in New Orleans erwarten so was, sagt er.«

»Pff, das glaube ich«, sagte Margaret höhnisch. »Hört sich auch ganz nach Aufschneiderei an, daß er dir diese ganzen schmutzigen Sachen beibringt.«

»Das einzig Schmutzige daran ist deine Phantasie, Schwesterlein.«

»Ach ja? Boots hat mir erzählt, daß Edison überhaupt nur hier ist, weil er Schwierigkeiten mit irgendeinem Mädchen hatte.«

Beths Augen verengten sich. »Was für Schwierigkeiten?«

»Hat Boots nicht gesagt, aber man kann nicht vorsichtig genug sein.«

»Dann sei du vorsichtig, und ich tue, wozu ich Lust habe.«

»Falls du glaubst, daß ihm was an dir liegt und er vielleicht an etwas Ernstes denkt, dann täuschst du dich gründlich!« Margarets Lippen verzerrten sich, während sie sprach.

Beth schüttelte sich die Haare aus dem Gesicht. »Edison hat Geld, und er gibt es gern mit mir aus, und das ist mehr, als man von den meisten Männern in dieser Stadt sagen kann. Und warum denkst du, daß ich etwas Ernstes will?«

»Wenn nicht, dann bist du eine Hure, sonst nichts!«

»Arme Margaret. Wenn du dich selbst erst einmal so gut verstehst, wie du alle anderen zu verstehen glaubst, wird es dir wesentlich bessergehen.«

»Was meinst du damit? Wenn du denkst, Edison gefiele mir –«

»Habe ich das gesagt?« Ihre Worte klangen allzu unschuldig.

Margaret schien vor Zorn anzuschwellen. »Was du da tust, ist Mist, hörst du, Mist. Mach so weiter, und du wirst dich noch in Schwierigkeiten bringen. Und dann glaub nicht, daß ich dir helfe!«

Beth trat die Zigarette mit dem Schuh aus, bevor sie Margaret schief anlächelte. »Wenn du mir helfen willst, indem du mich wieder anblökst, werde ich wohl lieber darauf verzichten.«

Beth drängte sich an Margaret vorbei, ging durchs Wohnzimmer und ins untere Badezimmer.

Rebecca setzte sich aufrecht auf das Sofa. Sie kaute auf der Innenseite ihrer Wange, während sie Margaret zusah, die noch mit rotem Gesicht, wogender Brust und geballten Fäusten dastand. Schließlich fragte sie: »Stimmt das?«

»Stimmt was?«

»Daß dir Edison gefällt, wie Beth meint?«

»Nein, das stimmt nicht!«

»Du brauchst mir ja nicht gleich den Kopf abzureißen, ich meine ja nur. Du scheinst Boots auch nicht gerade zu lieben.«

»Boots ist... na eben Boots. Er ist vielleicht nicht wahnsinnig aufregend, aber verläßlich, und er würde alles für mich tun.«

»Glaubst du, daß Edison aufregend ist?«

Margaret sah sie entnervt an. »Rede nicht über Dinge, für die du zu jung bist.«

Rebecca reckte das Kinn in die Luft. »Ich bin nur zwei Jahre jünger als du, und ich weiß genausoviel wie du! Du meinst sexy, stimmt's?«

»Die Frage ist trotzdem idiotisch.« Margaret setzte sich aufs Sofa und zog ihren Rock über die Knie herunter. »Ich gebe zu, daß Edison gut aussieht, aber er ist die übelste Sorte Mann, die es gibt, nur Lächeln und warme Worte, bis er kriegt, was er will. Soll ich dir sagen, was er letzte Woche zu mir gesagt hat? Er hat gesagt, er wettet, daß ich besser küsse als jedes andere Mädchen in der Stadt, nur weil ich die Lippen immer wie eine Pflaume zusammenhalte.«

»Ich wußte gar nicht, daß er überhaupt etwas zu dir gesagt oder daß du ihn getroffen hast.«

»Nun, es war aber so, vor dem Lebensmittelladen. Und geküßt hat er mich auch, bevor ich ihn daran hindern konnte!«

»Ja, wirklich?« Rebeccas Augen weiteten sich. »Hat dir das denn nicht gefallen?«

Margaret schüttelte übertrieben den Kopf. »Und nicht nur das. Er hat auch noch gesagt, du seiest das süßeste Ding, das er je gesehen hat, und er würde dich gern wie ein Stück Karamel im Munde zergehen lassen.«

»Hat er nicht gesagt!«

»Und er hat was Schmutziges damit gemeint, das habe ich gemerkt.«

»Woran?«

»Ich konnte es eben sehen, das ist alles. Vielleicht war es einfach die Art, wie er mich aus seinen großen blauen Augen angeschaut hat, so als würde er uns auslachen, mich und dich und Beth.«

Rebecca runzelte die Stirn, und ihre weichen jungen Lippen wurden schmaler. »Den werde ich schon noch zum Lachen bringen.«

»Du halte dich lieber von ihm fern, hörst du? Bleib weg von ihm.«

Das war nicht leicht. Edison kam jetzt zwei- oder dreimal in der Woche zu den Bensons nach Hause, immer unter einem anderen Vorwand. Er war Mrs. Benson gegenüber die Höflichkeit in Person, sprach mit ihr, als wäre sie eine ältere Schwester, und machte einen so charmanten Eindruck auf sie, daß die Frau ihn ermutigte, so oft zu kommen, wie er wollte, und so lange zu bleiben, wie es ihm gefiel. Er begriff bald, daß Margaret und Rebecca keine Szene machen würden, um ihre Mutter nicht zu beunruhigen. Das nutzte er schamlos aus, flirtete mit ihnen, neckte sie und schmeichelte sich langsam, aber sicher ein.

In Wahrheit war er gar nicht so wild, wie er vorgegeben hatte, denn er konnte lachen, reden, im Topf rühren und Popkorn in einer Pfanne auf dem Herd machen wie jeder andere Freund hier auf dem Land. Es konnten ganze Stunden vergehen, ohne daß er eine geschmacklose Bemerkung machte oder versuchte, in irgendeiner Ecke jemanden zu küssen. Es schien ihm Spaß zu machen, daß er fast zur Familie gehörte. Das sei eine ungewöhnliche Erfahrung für ihn, sagte er. Seine Eltern waren schon Ende Dreißig gewesen, als er geboren wurde. Er war eigentlich nie wirklich ein Kind gewesen. Seine Mutter hatte ihn immer ihren kleinen Mann genannt und ihn dazu gebracht, dazusitzen und mit ihren Freunden Konversation zu treiben, wenn sie zu Besuch kamen. Sein Vater war Richter gewesen, der Strafen und Einschränkungen über seinen Sohn mit nicht mehr Gefühl zu verhängen schien als über den übelsten Schurken, dem er den Prozeß machte. Daß die beiden innerhalb eines Jahres gestorben waren, hatte Edisons Freiheit bedeutet. Er genoß sie immer noch.

Der Juni glitt in den Juli hinüber, und der Juli zerfloß zum August. Der September nahte. Während der Schulanfang näher kam, flackerten die Gewalttätigkeiten im Zusammenhang mit den Bürgerrechtskämpfen, die während der größten Hitze etwas zur Ruhe gekommen waren, wieder auf. Die Demonstrationen wurden häufiger. Es gab ein Sit-in im örtlichen Supermarkt. Ein paar Kreuze wurden in den Vorgärten von Leuten in den Quarters oder vor Geschäften verbrannt, die zu sehr mit den Schwarzen kooperierten. An einem Wochenende gab es einige Aufregung, als Fernsehkameras von einem landesweiten Fernsehsender überall in der Stadt unterwegs waren. Gerüchte gingen um, daß eventuell

Bundessoldaten oder vielleicht auch Bundespolizeioffiziere kommen würden, um dafür zu sorgen, daß am ersten Schultag die Gleichberechtigung wirklich eingehalten wurde. Was die Benson-Mädchen am meisten beschäftigte, war, daß Edison Schwierigkeiten mit seinem Auto hatte. Das Cabrio fing an zu spucken und mußte zur Reparatur gebracht werden. Es war wichtig, daß es bald repariert wurde, denn Edison wollte wenige Tage später abreisen, weil die Vorlesungen in Tulane wieder anfingen. Als er an jenem letzten Samstagabend vorbeikam, fuhr er das alte graue Auto von seinem Onkel. Er blieb nicht lange. Mrs. Benson war ganz besonders müde, weil die Hitze nicht nachlassen wollte. Beth fühlte sich nicht wohl, irgendeine kleine Magen-Darm-Infektion, die in der vergangenen Woche verschiedene Leute gehabt hatten. Margaret hatte sie am Tag zuvor hinter sich gebracht und war immer noch etwas blaß. Als Rebecca Edison gegenüber andeutete, er könne sich vielleicht anstecken, verschwand er rasch unter irgendeinem Vorwand.

Es war eine schwüle Nacht, ein Wärmegewitter flackerte im Südwesten, und die Grillen und Frösche verkündeten Regen. Die Luft wirkte dick und war mit Staubgeruch beladen. Das unnachgiebig heiße Wetter der vergangenen Wochen schien jedermanns Nerven zum Zerreißen gespannt zu haben. Jeder hatte das Gefühl, als fehle im etwas, als warte er auf etwas, aber keiner wußte, was das war.

Im Haus der Bensons gingen alle früh zu Bett, als ob die Luft, die durch die geschlossenen Läden hereinzog, kühler werden würde, wenn sie sich hinlegten. Es half nichts. Rebecca wälzte sich auf ihrem schmalen Bett hin und her und legte sich quer über die Matratze, so daß ihr Kopf fast auf der Fensterbank lag, trotzdem perlte der Schweiß an ihrem Hals und lief ihr in die Haare.

Einmal glaubte sie, sie hätte ein gedämpftes Ächzen gehört. Sie setzte sich auf, hörte aber nichts mehr. Sie sah zu Margaret, die im anderen der beiden Betten des Zimmers lag. Sie hatte sich nicht gerührt. Das Geräusch stammte wahrscheinlich von einem der streunenden Hunde, die immer in der Nähe waren, weil Mama manchmal Essensreste für sie in den Hof warf. Rebecca legte sich wieder hin.

Als sie das Ächzen zum zweitenmal hörte, war es deutlicher. Es kam aus dem hinteren Schlafzimmer neben der Küche, aus Beths Zimmer. Rebecca stieg aus dem Bett. Beths Magenbeschwerden waren wohl schlimmer geworden. Im Kühlschrank stand noch Medizin.

Rebecca tapste in die Küche, ohne das Licht anzumachen. Sich im Dunkeln zurechtzufinden war stets ein Spiel für sie gewesen, und außerdem war das plötzliche, helle Licht immer unangenehm in den Augen. Das schwache Licht des Kühlschranks war da kein Problem, und sie fand schnell die Flasche mit der zähen, rosa Flüssigkeit auf dem schmalen Bord in der Kühlschranktür.

Sie hatte die Tür schon wieder zugemacht und war auf dem Weg zur Schublade, um einen Teelöffel herauszuholen, als das grelle Licht von Scheinwerfern den Raum erhellte und an der Wand entlanghuschte. Sie drehte sich um und sah aus dem Fenster in der Hintertür hinaus. Ein Auto raste die holzgepflasterte Straße in Richtung Teich. Es schaukelte und schlingerte aufgrund der Geschwindigkeit zwischen den Bäumen. Sie konnte das Aufheulen des Motors hören. Das Auto verschwand um die Kurve hügelabwärts und alles war wieder dunkel. Einen Augenblick später verstummte der Lärm des Motors ganz plötzlich, als das Auto abgestellt wurde.

Irgendein Pärchen scheint es eilig zu haben, einen Parkplatz zu finden, dachte Rebecca. Außer der illegalen Jagd auf Wild mit Hilfe der Autoscheinwerfer war Parken so ziemlich der einzige Grund, warum je jemand nachts diese Straße hinunterfuhr.

Beim Geräusch des nächsten Ächzens wandte sie sich ab und ging auf das Schlafzimmer ihrer Schwester zu.

»Beth?«

Sie schob die Tür einen Spalt auf, konnte aber im Dunkeln nichts sehen. Als keine Antwort kam, trat sie einen Schritt ins Zimmer und dann noch einen.

»Bethie?«

Das einzige Geräusch war ein schweres Atmen, und es schien vom Fußboden direkt vor ihren Füßen zu kommen. Sie runzelte die Stirn und ging darauf zu.

Ihr nackter Fuß berührte etwas Nasses, Warmes auf dem Boden direkt vor ihr. Ein Schauder überlief sie. Irgend etwas stimmte überhaupt nicht. Sie hielt die Hände vor sich, um sich zurechtzufinden, tastete sich zum Nachttisch und knipste die kleine Lampe an. Sie sah hinunter, und ein erstickter Schrei blieb in ihrer Kehle hängen.

Beth lag in einer Blutlache. Ihr Baumwollnachthemd war von der Taille an abwärts blutdurchtränkt, und ihre Hände waren verschmiert.

Sie lag zusammengerollt und hatte die Beine angezogen, ihre blauen Lippen waren leicht geöffnet, während sie ganz flach atmete.

Direkt vor ihr lag, so als wäre er aus ihren Händen gefallen, ein altmodischer Füller, der ganz blutig war.

Die nächsten vierundzwanzig Stunden waren ein Gewirr von Blinklicht und Krankenhausgerüchen, ernsten Stimmen und Schreien. Beth starb um vier Uhr morgens wegen des hohen Blutverlustes. Ihre Mutter brach sofort zusammen und mußte unter starken Beruhigungsmitteln ins Krankenhaus eingeliefert werden, wo ihr Herz sorgfältig überwacht wurde. Margaret war verzweifelt vor Schuldgefühlen wegen all der Dinge, die sie zu ihrer älteren Schwester gesagt hatte. Sie überlegte sich, daß ihre Schwester ohne diese Worte vielleicht noch rechtzeitig versucht hätte, Hilfe zu bekommen. Die Beruhigungsmittel, die ihr der Hausarzt verschrieb, verwandelten sie in eine Halblebendige, die kaum noch funktionierte, geschweige denn Entscheidungen treffen konnte.

Also plante Rebecca die Beerdigung und suchte den Sarg und das Kleid aus, das Beth tragen sollte. Sie informierte auch die Verwandten und redete mit dem Pastor ihrer Kirche über die Ansprache und die Musik. Hin- und hergerissen zwischen den Bedürfnissen, bei ihrer Mutter im Krankenhaus zu bleiben und als Vertreterin von Beths Familie im Beerdigungsinstitut zu sitzen und die Beileidsbezeugungen der Verwandten und Freunde entgegenzunehmen, war sie ständig unterwegs, bis sie völlig erschöpft war. Rebecca sprach auch mit den beiden Männern vom FBI, als sie ins Krankenhaus kamen.

Sie zeigten ihr ihren Ausweis, entschuldigten sich dafür, daß sie ihre Trauer störten und baten sie höflich, ein paar Fragen zu beantworten. Waren sie oder andere Mitglieder der Familie in der vergangenen Nacht unterwegs gewesen? War es nicht ungewöhnlich, daß sie an einem Samstagabend alle zu Hause gewesen waren? Um welche Zeit gingen sie normalerweise ins Bett? Und wann hatten sie sich in der vergangenen Nacht hingelegt? Hatten sie irgend etwas Ungewöhnliches gesehen oder gehört?

Wie gut, dachte Rebecca, daß sie so müde und abgestumpft war, sonst wäre sie zum Reden zu nervös gewesen. Aber unter den gegebenen Umständen waren ihre Antworten kurz und sachlich. Sie fragte, worum es eigentlich gehe, war sich aber nicht sicher, ob Leute, die vom FBI befragt wurden, überhaupt das Recht hatten, Fragen zu stellen, oder ob die ernsten Männer einem fünfzehnjährigen Mädchen antworten würden.

Wie auch immer, sie hatte ihnen nichts zu sagen. Da war dieses Auto vor dem Haus gewesen, aber eigentlich konnte niemand sagen, daß es wirklich etwas Ungewöhnliches gewesen war. Und darüber hinaus konnte sie auch nicht erklären, warum und wie sie es beobachtet hatte, ohne zu erklären, wie sie Beth vorgefunden und warum ihre Schwester gestorben war. Letzteres wurde sorgfältig verschwiegen. Ihr Hausarzt, der Mann, der ihre Mutter seit Jahren behandelte, hatte als schützende Geste behauptet, sie sei an einer starken Blutung aufgrund irgendeines perforierten Gefäßes im Darm gestorben. Zum Schutz ihrer Mutter durfte diese Geschichte durch nichts gefährdet werden. Mrs. Benson wußte nichts von der fehlgeschlagenen Abtreibung, die Beth sich hatte beibringen wollen, sie hatte Beths Zustand nicht bemerkt. Rebecca und Margaret hatten in der Nacht den blutigen Füller weggeräumt und eine Decke über Beth gelegt, bevor sie ihre Mutter gerufen hatten. Außerdem war das Auto am Teich wohl kaum von Bedeutung. Das einzig Bedeutsame war, daß Beth, die schöne, vergnügte Beth, tot war und ihre Mutter vielleicht im Sterben lag.

Erst später am Abend im Beerdigungsinstitut hörte sie vom Tode jener anderen jungen Frau, der drahtigen und militanten Bürgerrechtlerin. Sie war ums Leben gekommen, als der Lastwagen, auf dem sie mit ein paar Schwarzen unterwegs gewesen war, von einer Gruppe Weißer in einem dunklen, modernen Auto beschossen worden war. Die Weißen hatten sich davongemacht, und die Polizei hatte sie eine Weile verfolgt, bis sie sie dann irgendwo südlich der Stadt aus den Augen verloren hatte.

Beth und die Bürgerrechtlerin lagen in aneinander angrenzenden Räumen in dem Beerdigungsinstitut aufgebahrt, zwei tragisch ums Leben gekommene junge Frauen. Beth würde am nächsten Morgen beerdigt werden; die Eltern der anderen jungen Frau, die in dieser Nacht in der Stadt blieben, würden sie noch am kommenden Tag mit nach Massachusetts nehmen, um sie dort beisetzen zu lassen. Der Strom der Besucher riß nicht ab. Die meisten von ihnen wanderten in morbider Neugierde von einem Raum in den nächsten. Stunde um Stunde ertrug Rebecca den Geruch der Totenblumen, die Platitüden und Trostversuche und die Fragen nach dem Gesundheitszustand ihrer Mutter. Margaret saß auch eine Weile neben ihr und ließ sich dann vom guten, verläßlichen Boots wegbringen. Sie könne es nicht ertragen, sagte sie. Sie könne es einfach nicht.

Es war schon spät, als Edison kam. Er trat ins Zimmer, stand da und starrte auf Beth in ihrem Sarg. Er schwieg, und der Raum war erfüllt von so viel Tratsch, gemurmelten Kommentaren und scharfen Blicken, daß Rebecca schließlich aufstand und sich zu seiner Unterstützung neben ihn stellte.

Er wandte ihr den Kopf zu, und Tränen glitzerten in seinen Augen. Seine Stimme klang weich und angespannt, als er sprach. »Ich wollte sie nicht töten«, sagte er.

3

Noel Staulet blieb kurz vor den Fenstertüren zur hinteren Galerie stehen. Durch die rechteckigen Scheiben sah er Riva und Dante Romoli an einem der Glastische sitzen. Riva hatte ihren Hut auf einen der Stühle geworfen. Der Widerschein der Nachmittagssonne von den Ziegeln der Terrasse verlieh der Haut ihrer Wangen einen rosigen Schimmer. Sie hatte ihre cremefarbenen Schuhe abgestreift und einen Fuß unter sich auf den Sitz gelegt. Sie und Romoli lasen zusammen eine Zeitung und tranken dazu aus eierschalendünnen Tassen ihren Nachmittagskaffee.

Die Tassen stammten aus dem Geschirr, das Noels Urgroßmutter während ihrer Hochzeitsreise in Frankreich gekauft hatte. Doch das war nicht der Grund, warum er die Stirn runzelte und die Hände zu Fäusten ballte. Es war die entspannte Atmosphäre zwischen den beiden, die lockere Art wie bei einem Paar, das sich so gut kennt, daß weder Äußerlichkeiten noch Schweigen unangenehm wirken können. Mit ihm hatte sich Riva in all den Jahren, die Noel sie kannte, nie so entspannt verhalten. Er hatte noch nie gesehen, daß sie es sich mit so viel Desinteresse daran, wie ihre Kleidung sich um ihre schlanke Figur legte, bequem machte oder ein Gähnen unterdrückte, ohne sich darum zu kümmern, wie sie aussah, wenn ihre weichen Lippen halb geöffnet und ihre Lider schwer waren. In seiner Gegenwart war sie immer wachsam, und sie hatte sich immer unter Kontrolle. Aber eigentlich konnte er sich nicht beklagen; er machte es mit ihr auch so. Er achtete genau auf jedes Wort, jede Geste und jeden Blick, wenn er mit ihr zusammen war. Diese Gewohnheit hatte er schon seit so langer Zeit, daß er sich nicht die Mühe machte, die Jahre genau zu zählen, und sie war ihm schon so sehr in Fleisch und Blut übergegangen, daß er nicht wußte, ob er sie aufgeben konnte, wenn er sich dazu entschließen würde. Es war ihm schwergefallen, diese Beherrschung zu erlangen, nach schlaflosen Nächten, schwerer Anstrengung und mit eisernem Willen. Das war schon vor fast fünfundzwanzig Jahren gewesen und hatte den Sinn gehabt, eine Vielzahl von Gefühlen zu überdecken, die so deutlich gewesen waren: sein Zorn, daß sein Vater seine tote Mutter so schnell ersetzt hatte, die Scham, daß er ein Mädchen gewählt hatte, das so jung war, daß sie seine Tochter hätte sein können, und Mitleid für das Mädchen, das so offensichtlich aus dem Gleichgewicht geraten war. Er hatte damals auch eine intensive Neugierde empfunden, was die körperliche Beziehung zwischen ihr und seinem Vater betraf, dazu den Neid, weil der alte Mann das Recht hatte, Riva mit in sein Bett zu nehmen, und weil er selbst auch großes Verlangen nach ihrem schönen Körper gespürt hatte. Und das war das wichtigste gewesen, zumindest bis zu dem Augenblick, in dem er seiner noch nicht ganz erwachsenen Dummheit die Krone aufgesetzt hatte und die Liebe zu Riva die Liste seiner Empfindungen beendete.

Er hatte seine Stiefmutter geliebt. Mein Gott, dieses Schuldgefühl und die brennende, geheime Freude. Doch das konnte nicht andauern. Es war beinahe eine Erleichterung gewesen, als sein Vater dem ein Ende gemacht hatte. Und trotzdem hatte er seitdem nie wieder etwas Ähnliches empfunden, nie wieder.

Ein klangvolles und doch durchdringendes Klingeln durchbrach die Stille, als jemand die altmodische Glocke an der Haustür hinter ihm zog. Noel hatte Abraham, den Butler, der seit vierzig Jahren in Bonne Vie war, schon vorgewarnt, daß sie Gäste bekommen würden. Der ältere Mann bewegte sich mit gelassener Ruhe zur Tür, um sie zu öffnen, denn offensichtlich waren Constanze und die Kinder jetzt angekommen. Noel hatte auch Riva vorbereiten wollen, aber jetzt war es dazu zu spät.

Noel drehte sich um und beobachtete, wie seine ehemalige Frau die Hausangestellten dirigierte, die ihr Gepäck hereintrugen, während sie zusah und auf die gewünschten Teile aus dem Berg zueinander passender Vuittonkoffer deutete, die aus Noels BMW ausgeladen wurden. Ihm kam der Gedanke, daß er mit dem Lastwagen der Pflanzung zum Flughafen hätte fahren sollen, denn das war das einzige Fahrzeug, das geräumig genug gewesen wäre, um all die Dinge aufzunehmen, die Constanze selbst für einen ganz kurzen Besuch brauchte, um sich wohl zu fühlen. Sie hatte ihm gestattet, den größten Teil der Koffer zu transportieren, aber nicht die Kinder. Es wäre zwar noch Platz zumindest für Pietro gewesen, nachdem alles eingepackt war, aber sie hatte nicht zugelassen, daß der Junge von ihrer Seite ging, sondern darauf bestanden, daß sowohl er als auch Coralie mit ihr im Taxi fuhren. Offensichtlich war er, dachte Noel, ein Vater, dem man seine eigenen Kinder nicht anvertrauen konnte, obwohl Constance sie eigentlich gelegentlich zu ihm bringen sollte, damit sie ihn nicht vergaßen. Sein Ärger über ihre Unvernunft machte ihr regelrecht Spaß. Sie war Italienerin, und nicht nur das – sie stammte auch noch aus einer adligen sizilianischen Familie. Sie war die ehemalige Comtessa Constance di Lampedusa. Sie brauchte nicht logisch zu denken und sah auch nichts Unrechtes darin, wenn sie sich ein wenig an ihm rächte.

Die Kinder kletterten, die neunjährige Coralie voran, aus dem Taxi und stolperten die Stufen herauf. Noel ging ihnen entgegen. Als er an Abraham vorbeikam, nickte er in Richtung auf die hintere Galerie. Der alte Mann bewegte langsam den Kopf in ernster Zustimmung und ging dann durch den Flur, um die Dame des Hauses davon in Kenntnis zu setzen, daß Besuch gekommen war.

Pietro, noch nicht ganz sieben, war müde und durch die Zeitdifferenz zwischen Europa und Amerika verwirrt und weinerlich. Er vermißte sein Kindermädchen, das sich im letzten Augenblick nicht hatte entschließen können, in ein Flugzeug zu steigen, das übers Meer fliegt. Constance war nicht daran gewöhnt, selbst mit den Kindern zurechtkommen zu müssen. In ihrem Bemühen, ihren kleinen Sohn bei Laune zu halten, hatte sie ihn mit Schokolade vollgestopft, was an seinem Gesicht immer noch deutlich zu erkennen war. Mit seinem vollen schwarzen Lockenkopf, den riesigen schwarzen Augen und dem jämmerlichen Gesichtsausdruck sah er jetzt beinahe aus wie ein Kind für ein Werbeplakat vom Kinderschutzbund. Coralie war im Gegensatz dazu still und ruhig und sah sich mit beherrschtem Selbstvertrauen um. Ihr Kleid stammte vom berühmtesten Kinderdesigner Mailands, ihre Schuhe waren von Hand gearbeitet mit Hilfe eines Leistens, der alle drei Monate erneuert wurde, und der Puppenkoffer in ihrer Hand bestand aus Handschuhleder, das mit Seide gefüttert und mit ihren Initialen in Gold graviert war. Sie sah aus wie eine am falschen Ort gelandete Prinzessin, war aber zu bleich und schweigsam, um gesund zu sein.

Noel trat aus der Haustür. Er kniete sich hin, um seine Tochter zu drücken und streckte dann die Arme aus, um seinen Sohn an sich zu ziehen. Er spürte die Schokolade an seinem Kragen, kümmerte sich aber nicht weiter darum. Die Körper seiner Kinder waren warm und wohltuend und ließen eine Enge in seiner Kehle entstehen. Er hatte sie schon lange nicht mehr gesehen.

»Willkommen in Bonne Vie«, sagte er mit leiser Stimme. Dann hob er Pietro hoch und nahm die Hand seiner Tochter. Er trat zurück, um seine ehemalige Frau vorausgehen zu lassen und ging dann mit den beiden Kindern ins Haus.

Er blieb direkt hinter der Haustür stehen. Riva kam von der hinteren Galerie herein. Sie hatte ihre Schuhe angezogen und ihr Make-up aufgefrischt und wirkte ernst und gefaßt. Dante kam nach ihr herein. Der Ausdruck in den Augen des Cajun war besorgt, so als erwarte er Schwierigkeiten.

»Constance, welch nette Überraschung«, sagte Riva und streckte ihre Hand aus.

Constance berührte die Finger der anderen Frau kaum. »Ich bin sicher, es ist eher ein Schreck als eine Überraschung. Sie müssen mir vergeben, daß ich Sie nicht vorgewarnt habe. Ich hatte Angst, daß Noel sagen würde, ich solle lieber nicht kommen.«

Ihre Worte waren angemessen, aber ihr Verhalten war ausgesprochen herablassend, schon beinahe beleidigend. Das war eines der Dinge, die Noel anfangs an dieser Frau wirklich anziehend gefunden hatte, bevor er sie geheiratet hatte, diese herablassende Mißachtung für das, was alle anderen dachten.

Ihr Aussehen war natürlich auch ein Grund gewesen. Sie war so ganz anders als Riva, auf eine beinahe mittelalterliche Art attraktiv, wie ein dunkles, untergründig erotisches Porträt aus der Zeit der Borgias. Ihre grauen Augen waren an den Seiten etwas hochgezogen, und ihre Nase war gerade und schmal. Ihre Unterlippe war voll und geschwungen, doch die obere war schmal als Ausdruck ihrer Willenskraft. Sie trug ihr langes Haar mit einem Mittelscheitel und hinten im Nacken zu einem Knoten geschlungen. Constance war oft unzufrieden mit ihrem Körper und meinte, sie sehe aus wie eine Erdmutter – zu fruchtbar für modische Kleidung. Statt dessen trug sie Dinge, in denen sie halb barbarisch, halb bohemienne aussah, letzteres als Zugeständnis an ihren Beruf als Schmuckdesignerin, in dem sie eher Kunst als Schmuckstücke produzierte. Auf dem Flug hatte sie ein naturfarbenes Kleid aus Wolle und Leinen getragen, das am Saum Fransen hatte, dazu üppigen Goldschmuck von etwas etruskischem Aussehen und einen weichen Schal zur Zierde über eine Schulter gelegt. Sie war eine Frau mit jener Art von satter Körperfülle und dem feurigen Temperament ihrer Landsleute, wie es den meisten Leuten zu gefallen schien. Noel hatte irgendwann einmal geglaubt, er würde sich darin verlieren können. Es war nicht ihre Schuld, daß es nicht so gekommen war.

Riva hatte Dante vorgestellt und bot jetzt Constance an, ihr ihr Zimmer zu zeigen, wobei sie ihr vorschlug, ein Bad zu nehmen und sich auszuruhen, oder sich vielleicht etwas zu trinken oder zu essen bringen zu lassen. Es war möglicherweise das Bemühen, den unerwarteten Gast loszuwerden, bis sie sich auf ihre Gegenwart eingestellt hatte. Constance schien das zumindest zu glauben.

»Sie brauchen sich wirklich nicht die geringste Mühe meinetwegen zu geben«, sagte die Sizilianerin. »Ich bin davon überzeugt, daß Noel mir zeigen wird, wo ich schlafen soll.«

Der Klang ihrer Stimme ließ ihre Worte mehrdeutig klingen. Noel bemerkte den schnellen Blick, den Riva ihm zuwarf, spürte die Hitze eines leichten Errötens und fluchte unhörbar. Er hätte wissen müssen, daß Constance der Versuchung nicht widerstehen konnte und Schwierigkeiten machen würde. Pietro, der die untergründige Stimmung zu spüren schien, rieb sich mit der Faust ein Auge. Constance sprach weiter. »Aber wenn Sie mir einen Gefallen tun möchten, Madame Staulet, könnten Sie vielleicht jemanden finden, der sich um Coralie und Pietro kümmert. Das Reisen ist so schwierig für Kinder – das Warten, das lange Stillsitzen. Sie haben einen schweren Tag hinter sich.«

Dante Romoli sagte sofort mit erfreuter Miene: »Ich melde mich freiwillig. Vielleicht wollen sie ein bißchen ins Wasser gehen, um die Unruhe loszuwerden. Ich verspreche, daß ich auf sie aufpassen werde wie ein Habicht.«

Die Mutter der Kinder runzelte zweifelnd die Stirn. »Ich hatte dabei eigentlich eher an ein Kindermädchen gedacht.«

»Ich bin ein hervorragendes Kindermädchen. Zumindest zeitweise.« Riva mischte sich mit einem Lächeln ein. »Das stimmt wirklich; es ist so. Dante hat mindestens zwanzig Ehrennichten und -neffen, Kinder von

Freunden, die ihn anbeten. Ihr Sohn und Ihre Tochter werden bei ihm bestimmt in Sicherheit sein.«

Constance schürzte die Lippen und warf einen prüfenden Blick auf Dante. Schließlich sagte sie: »Ich denke, es wird schon gehen.«

»Gut«, sagte Riva. »Während Dante auf sie aufpaßt, werde ich mich bemühen, eine Frau aufzutreiben, die sich während der restlichen Zeit um sie kümmert, während Sie hier sind.«

»Ich versuche, ihre Badesachen zu finden. Wenn Noel mich bitte zu ihren Zimmern bringen könnte...?« Constance sah unter den Wimpern hervor ihren ehemaligen Ehemann an. Der Impuls abzulehnen war stark, aber Noel fand es auch wichtig, zwischen sich und Constance so bald wie möglich Klarheit zu schaffen. Er überließ seinen Sohn Dante, und Riva nahm Coralies Hand, dann wandte er sich der Treppe am Ende der Empfangshalle zu. »Hier entlang.«

Sie stiegen schweigend die gewundene Treppe mit dem irgendwie orientalisch wirkenden Geländer hinauf. Dann zeigte er Constance eines der Schlafzimmer an der Vorderseite des Hauses und erklärte ihr, daß ihr eigenes gegenüber liege.

»Wo schläfst du?« fragte sie, und ihre Lippen waren zu einem provozierenden Lächeln geschwungen.

»Unten. Im alten Zimmer meines Vaters hinter der Bibliothek.«

»Du meinst, du hast deine Stiefmutter verdrängt? Was sind das für Sitten?«

Sein Gesicht wurde streng. »Ihr Zimmer ist hier oben neben deinem, wenn du es genau wissen willst.«

»Also hatten sie und dein Vater getrennte Schlafzimmer? Wie kultiviert, aber ich bin sicher, sie kann nichts dafür. Wie viele Jahre Altersunterschied waren zwischen ihnen?«

Sie versuchte ihn zu ködern, und er wußte das. »Dreißig. Warum?«

»Sie ist eine so erstaunlich junge Witwe. Warum hast du ihr eigentlich nicht gesagt, daß du ganz verrückt nach ihr bist, und sie dann vor den nächsten Altar gezerrt?«

»Hättest du das erwartet?«

»Seit mindestens sechs Monaten und auch schon vorher.«

»Tut mir leid, wenn ich dich enttäuscht habe.« Seine Stimme klang trocken.

»Was hält dich zurück? Das ist doch bestimmt nicht Respekt, oder? Ich dachte, daß Trauerzeiten aus der Mode gekommen sind und Trauern heutzutage einfach nur geschmacklos ist.«

»Dann hast du falsch gedacht.«

»Meinst du? Die süße Riva trägt aber ganz eindeutig kein Schwarz.«

»Wir werden jetzt nicht über Riva reden.«

Sie starrte ihn mit einem verzerrten Lächeln an. »Das hast du noch nie getan, nicht wahr, mein Lieber? Diese Frau hat meine Ehe ruiniert, aber ich durfte nie über sie reden, und ich darf immer noch nicht den leisesten Schatten über ihren Namen bringen.«

»Es ist kein Schatten möglich. Sie hatte nichts mit dem Bruch zwischen uns zu tun.«

»Aber ich bitte dich! Du kannst dich ja vielleicht dumm stellen, aber ich werde das nicht tun.« Sie wandte sich ab und stellte sich ans Fenster.

Er runzelte die Stirn. Sympathie für seine ehemalige Frau war ein unpassendes Gefühl. Constance war nie in der Lage gewesen, anzuerkennen, daß er mehr Wert auf seine persönliche Freiheit als auf ihren Titel oder den Zugang zu ihrem Körper legte. Sie konnte sich die Trennung nur erklären, indem sie eine große, dramatische Dreiecksgeschichte daraus machte.

»Es war nicht eine Handlung von Riva, die mich dazu brachte, dich zu verlassen«, sagte er. »Sie hat erst davon erfahren, als es schon vorbei war.«

»Willst du damit behaupten, daß du mich nicht aufgrund deiner damaligen Gefühle für sie verlassen hast – die noch immer dieselben sind?«

»Das«, sagte er, »geht dich nichts an.«

»Wie kannst du so etwas sagen?« rief sie und drehte sich zu ihm um. »Dein unnatürliches Gefühl für diese Frau hat immer zwischen uns gestanden. Ich hasse es! Und ich hasse sie!«

Die einzige Art, sie davon abzuhalten, daß sie kreischend zu streiten begann – das hatte er schon vor langer Zeit gelernt –, war es, sie abzulenken. »Und du hast die ganze lange Reise gemacht, um mir das zu sagen. Komisch, ich dachte, du haßt mich auch.«

»Niemals. Dich habe ich noch nie gehaßt, das schwöre ich.« Sie sah ihn mit einer seltsamen Mischung aus Enttäuschung, Leidenschaft und Erwartung an, bevor sie weitersprach. »Ich bin gekommen, weil ich wissen wollte, warum du deine Verlobung mit Riva Staulet noch nicht bekanntgegeben hast. Ich glaube, jetzt weiß ich es.«

»Ach ja? Ich hoffe, du willst das nicht vor mir geheimhalten.«

»Du hast einen Rivalen.«

Seine Lippen verzogen sich zu einem Lächeln, als er wiederholte: »Einen Rivalen.«

»Das ist doch das richtige Wort, oder? Ich meine, da ist noch ein anderer Mann, dieser Dante Romoli. Er steht dir im Wege.«

»Du hattest immer schon eine lebhafte Phantasie.«

»Ja«, stimmte sie ihm ohne weiteres zu, um sich nicht von ihrem eigentlichen Thema ablenken zu lassen. »Er ist sehr attraktiv. Und nett zu Kindern; das ist wichtig bei einem Mann.«

Noel spürte eine gewisse Enge in seiner Brust, weigerte sich jedoch, das anzuerkennen. »Vielleicht solltest du es selbst bei ihm versuchen, wenn du ihn so faszinierend findest.«

»Das werde ich vielleicht auch tun. Das wäre doch eine nette Rache, nicht wahr? Ihr den Mann wegzunehmen, so wie sie mir meinen genommen hat.«

»Sei nicht albern. Sie kennen sich schon seit Jahren. Was immer zwischen ihnen ist, du wirst nichts tun können, um das zu ändern.«

Er erwartete, daß sie wieder aufbrausen würde. Aber sie verstummte und starrte ihn an. Schließlich sagte sie: »Du weißt nicht, was zwischen ihnen ist? Du weißt nicht, ob sie sich lieben oder nur Freunde sind oder ob sie sich je geliebt haben?«

»Ich habe nie danach gefragt.«

»Aus dem einfachen Grunde«, sagte sie und verengte die Augen zu schmalen Schlitzen, »weil du es nicht wissen willst. Vielleicht würde es dir gefallen, wenn ich ihr diesen Dante wegnehme. Vielleicht würdest du mir sogar... na, sagen wir, dankbar sein.«

Während sie die letzten Worte sagte, bewegte sie sich auf ihn zu und strich dann mit ihren Fingern über sein Kinn. Er griff nach ihrem Handgelenk und drückte es nach unten. »So dankbar nicht.«

Sie fluchte, entriß ihm ihr Handgelenk und wandte sich heftig ab. »Du bist ein Dummkopf! Und ich bin verrückt, daß ich hierhergekommen bin, verrückt, daß ich geglaubt habe, du hättest deinen Verstand wiedergefunden und würdest mich und deine Kinder zurückhaben wollen!«

»Ja, das warst du. Wenn du dich allerdings entschließen könntest, mir das Sorgerecht für Coralie und Pietro zu überlassen, wäre das eine andere Sache.«

»Das glaube ich! Aber egal. Ich denke, ich werde hier einen netten, langen Aufenthalt haben. Und wenn er vorüber ist, werden wir ja sehen, wer verrückt ist.«

»Ich sollte dich vermutlich noch darauf hinweisen, daß ich dich nicht eingeladen habe und daß dies hier mein Haus ist.«

»Deines und das deiner Stiefmutter!«

»Nein, nur meines. Sie ist nur Mitbesitzerin der Dinge, die durch und mit meinem Vater erworben wurden, seit sie geheiratet haben. So lautet das Gesetz in Louisiana.«

»Was gehen mich eure Gesetze an? Wie auch immer ihr Anteil an diesem Haus aussehen mag, weiß ich nicht und will es auch nicht wissen, aber ich bin sicher, es wird sie interessieren, zu erfahren, was du für sie empfindest.«

Kein Muskel bewegte sich in Noels Gesicht, während er die Drohung zur Kenntnis nahm. »Warum glaubst du, daß sie es nicht weiß?«

Constance lachte. »Sie betrachtet dich mit den Augen einer Frau, die eine Gefahr erwartet und nicht die Möglichkeit der Liebe. Sie sieht in dir eher einen Feind als einen Geliebten. Sie weiß es nicht.«

»Also sage es ihr«, meinte er leise, »und dann ist sie nicht die einzige, die einen Feind sieht.«

Die Belustigung verschwand aus ihrem Gesicht. »Vielleicht ist mir ein Feind lieber als überhaupt nichts.«

Riva zog einen durchbrochen gewobenen Kaftan aus cremefarbener Baumwolle an und darunter einen creme- und korallenfarbenen Badeanzug, dann ging sie wieder zum Pool hinaus. Schuhe trug sie keine. Sie liebte es, barfuß zu gehen, und ließ keine Gelegenheit dazu aus. So fühlte sie sich immer freier und war mehr sie selbst.

Für Riva war Kleidung eine willkommene Form der Tarnung. Sie gebrauchte sie, um das darzustellen, was sie darstellen wollte: kühle, aristokratische Eleganz. Manchmal spürte sie, daß sie und ihr Image nicht zusammenpaßten, aber nicht sehr oft. Am Anfang war sie durch Cosmos Geschmack und Leitung zu dieser Fassade gekommen. Sie hatte jedoch bald gemerkt, wie nützlich so etwas war, und sich selbst eine solche Haltung angeeignet. Wenn sie dahinter immer noch ein wenig das Mädchen vom Lande war, immer ein wenig schüchtern, nicht ganz von sich überzeugt, so gab es doch nur sehr wenige, die das Privileg hatten, es zu wissen. Einer von diesen wenigen war Dante Romoli. Er grinste sie an, als er ihre nackten Füße sah und die Art, in der sie nur über die schattigen Stellen der Terrasse ging, um den heißen Ziegeln auszuweichen. Er hatte sich auch umgezogen und trug jetzt eine Badehose.

Er stand im Wasser an der flachen, dem Haus zugewandten Seite des Beckens. Coralie und Pietro wateten beide hinter einem großen blauen Ball her, den er für sie geworfen hatte. Das Desinteresse der beiden Kinder war verschwunden, und sie vergnügten sich etwas müde. Riva setzte sich an den Rand des Beckens. Sie zog den Kaftan aus und hängte dann die Füße ins Wasser. Sie hatte Lust zum Spielen, wenn Noels Kinder sich dazu geneigt zeigten, sie zu akzeptieren, wollte aber nichts erzwingen. Das Schwimmen reizte sie im Augenblick nicht. Sie bewegte sich lieber am frühen Morgen, war aber keine Sonnenanbeterin. In manchen Teilen des Landes mochte eine satte Bräune vielleicht ein Zeichen für Wohlstand sein, aber in Louisiana bewies sie entweder jugendlichen Leichtsinn oder Dummheit. Sonnenbaden in der feuchten Hitze war nicht nur qualvoll, sondern regelrecht gefährlich. Und außerdem war in diesem Teil des Landes eine Hautfarbe im Weiß der Magnolienblüten eigentlich nie so ganz aus der Mode gekommen.

Erins Freunde aus dem College spielten im Wasser Fangen. Da Erin ›aus‹ war, schwamm sie auf Riva zu, stand dann im flachen Wasser auf und watete zu ihrer Tante hinüber, neben die sie sich setzte. Während sie ihr langes Haar über eine Schulter zog, um das Wasser herauszudrücken, deutete sie mit dem Kopf auf die beiden Kinder. »Ich kann nicht glauben, daß Noels Frau hier ist. Ich dachte, sie kann ihn nicht leiden.«

»Ich nehme an, er hat das Recht auf einen Besuch seiner Kinder.«

»Mutig, einfach herzukommen, ohne auch nur eine Postkarte zu schreiben.«

Riva hob eine Schulter. »So ist das vielleicht bei Aristokraten.«

»Die Kinder sind ja süß, allerdings ein bißchen still. Wie ist sie denn?«

»Ich hatte vergessen, daß du ihr noch nie begegnet bist. Sie ist ziemlich hübsch.«

Erin hob eine Augenbraue und sagte mit glitzerndem Blick: »Keine allzu warmherzige Aussage.«

»Eigentlich kenne ich sie kaum«, protestierte Riva. »Ich habe sie selbst erst ein paarmal gesehen, einmal hier kurz nach ihrer Hochzeit und vielleicht zweimal in Paris.«

»Ich habe nie verstanden, was passiert ist, bevor sie sich haben scheiden lassen. Vorher lebten sie noch friedlich in Frankreich mit ihren Kindern, und als nächstes hat sie dann irgendwo Metall zu Schmuck verarbeitet, und Noel war wieder allein.«

»Genaugenommen war es nicht einfach irgendwo«, sagte Riva mit einem schrägen Lächeln, »sondern ein Gartenappartement, das ganz zufällig in der Nähe eines ehemaligen Flirts der Gräfin von Windsor lag. Ansonsten weißt du genausoviel wie ich. Wenn du mehr wissen willst, mußt du Noel fragen.«

»Nein, danke! Ich lege Wert auf meinen Kopf, das solltest du wissen.«

»Das kann ich dir nicht verdenken.« Noel war bei einigen Themen nicht allzu gesprächig; was persönliche Dinge betraf, war das besonders extrem. So war er immer gewesen.

Sie schwiegen ein paar Minuten und sahen Dante mit den Kindern zu. Er hatte entdeckt, daß sie schwammen wie die Fische, und war mit ihnen ins tiefere Wasser gegangen. Coralie hatte die Arme um seinen Hals geschlungen und hing an seinem Rücken, und Pietro stand auf Dantes gebeugtem Knie, den Kopf nach hinten gelegt, und hielt sich an seinen Händen fest. Die Kinder jubelten vergnügt und schienen sich die größte Mühe zu geben, ihn zu ertränken.

Erin deutete mit dem Kopf in Dantes Richtung. »Er müßte eigentlich selbst Kinder haben.«

»Dazu braucht man im allgemeinen auch eine Mutter.«

»Das weiß ich auch, stell dir vor!«

»Ich habe mich gerade gefragt, ob deine Bildung vielleicht in diesem Punkt ein wenig mangelhaft ist.« Riva sah die junge Frau an.

»Das glaube ich dir, aber versuche nicht, vom Thema abzuweichen. Wie wäre es zum Beispiel mit dir?«

»Ich bin zu alt.«

»Nein, bist du nicht. Eine Menge Frauen haben noch Kinder, wenn sie älter als vierzig sind. Man muß einfach nur etwas vorsichtig sein.«

»Vielen Dank, Frau Doktor«, sagte Riva.

»Das hat keinen Sinn, Erin«, rief Dante herüber. »Deine Tante versucht, diskret zu sein. Es wird noch mindestens sechs Monate lang nicht von Ehe, geschweige denn von Kindern gesprochen.«

Riva runzelte die Stirn. Sie hätte sich daran erinnern sollen, wie gut man Stimmen übers Wasser hören kann. »Das habe ich nie gesagt.«

»Wirklich nicht?« fragte er ganz unschuldig. »Ich hätte schwören können, du hast so etwas gesagt.«

In Dantes schwarzem Blick las sie so etwas wie ein Versprechen, doch schon einen Augenblick später bekam ihn Coralie in den Würgegriff und lenkte ihn ab. Trotzdem spürte Riva Erins Blick auf ihrem Gesicht. Sie konnte sich vorstellen, was die junge Frau dachte. Riva wußte schon lange, daß alle glaubten, sie hätte eine Affäre mit Dante. Alle, sogar Noel. Diese Affäre wurde für schon lange andauernd gehalten, so lange, daß sie sozusagen bereits eine gewisse Respektabilität erreicht hatte. Die Wahrheit war schwierig und nur ihr und Dante selbst bekannt. Und sie wollten es auch so belassen.

Ein leiser, bewundernder Pfiff ertönte über das Wasser. Er stammte von einem der College-Männer im Pool. Sein Blick war auf die hintere Galerie gerichtet, und er hörte so plötzlich auf zu schwimmen, daß er unterging und dann prustend wieder hochkam. Aus den Abendschatten, die sich auf der Galerie sammelten, kam gerade eine Frau über die Terrasse. Sie bewegte sich ohne Hast und völlig ungeniert, obwohl sie fast nackt war. Ihr Bikini bestand aus drei kleinen Dreiecken aus meerblauer mit Silberfäden durchzogener Seide, die von dünnen, silbernen Bändern gehalten wurden. Von ihren Schultern hingen drei hauchzarte silberne Tücher, die mit jeder Bewegung um sie herumwehten. Ihr dunkles Haar lag in einem dicken, glänzenden Zopf über einer Schulter, und ihr voller, gerundeter Körper war gleichmäßig gebräunt.

Einen Augenblick wünschte sich Riva, sie wäre nicht so empfindlich gewesen, was die Sonne betraf. Dann stand sie auf und hieß Constance willkommen.

Die Frau antwortete den Rufen ihrer Kinder mit einem Winken, begrüßte Erins Freunde mit einem Nicken, zog dann die silbernen Tücher aus und ließ sie auf die Ziegel fallen. Sie hob sich auf die Zehen und sprang mit dem Kopf voraus ins Wasser. Sie schwamm bis ans Ende und wieder zurück und kümmerte sich überhaupt nicht um die jungen Männer aus dem College. Schließlich näherte sie sich Dante und hielt wassertretend vor ihm an.

»Es war nett von Ihnen, daß Sie sich um Coralie und Pietro gekümmert haben«, sagte sie mit gedämpfter Stimme. »Ich habe mich vorher wirklich nicht angemessen bei Ihnen bedankt und möchte das hiermit nachholen. Ich fühle mich Ihnen sehr verpflichtet.«

Dantes Gesicht war voller Bewunderung, als er sie ansah, doch dahinter lag Besorgnis. »Auf keinen Fall«, sagte er. »Es war mir ein Vergnügen.«

»Es sieht ihnen gar nicht ähnlich, daß sie Fremden gegenüber so schnell auftauen. Sie müssen ein sehr ungewöhnlicher Mann sein.«

»Ich habe ihnen nur die Möglichkeit gegeben, zu schreien und zu toben und Unsinn zu machen, denn nach transatlantischen Flügen habe ich auch immer dieses Bedürfnis.«

Constance lächelte, als ob sie nicht sicher wäre, ob sie ihm glauben solle. »Ja, wirklich?«

»Ja, jedesmal.« Dante wehrte einen Angriff von Pietro ab, indem er ihn sich über die Schulter schwang und dann ins Wasser kippen ließ.

Die Sizilianerin wandte bei dem Klatschen den Kopf zur Seite und schwamm dann um Dante herum zu einer Stelle, wo das Wasser flacher war, so daß sie mit den Füßen auf den Boden kam. Ihre Augen verengten sich bewundernd, und dann sagte sie: »Sie haben ein sehr interessantes Gesicht, wie von einer alten Münze.«

Dante zog eine Grimasse. »Ich weiß. Ich habe das, was man eine ausgeprägte Nase nennt.«

»Eher markant würde ich sagen, und Gesichter sind zufällig eines meiner Hobbys.«

»Zumindest erfüllt sie ihren Zweck.«

Riva, die die beiden im Wasser beobachtete, die von den Kindern umrundet wurden, bemerkte Dantes Ausweichmanöver. Falls Constance die Absicht hatte, Dante für sich zu interessieren, wie es ganz den Anschein hatte, sollte sie besser weniger offensichtlich zu Werke gehen, dachte Riva. Trotz seines sehr lockeren Lebensstils war Dante ein ungeheuer konservativer Mann.

Ein scharrendes Geräusch ertönte von der Terrasse herüber. Noel war herausgekommen und hatte sich auf einen Stuhl gesetzt. Er hatte seine Krawatte abgelegt und seinen Hemdkragen geöffnet und war gerade dabei, sich die Ärmel seines Hemdes aufzukrempeln. Ein Hausmädchen, das ihm folgte, stellte ein hohes, schmales, mit einem Minzezweig verziertes Glas vor ihn auf den Tisch. Er bedankte sich leise, nahm das Glas und trank, ohne den Blick von seiner ehemaligen Frau im Wasser zu wenden. Sein Gesichtsausdruck war neutral.

Riva nahm ihren Kaftan auf, zog ihn sich über den Kopf, stand auf und ging zu Noel. Er erhob sich und zog einen Stuhl für sie heran, in den sie sich fallen ließ.

»Möchtest du einen Drink?« fragte er.

Sie schüttelte den Kopf. Er setzte sich wieder, griff nach seinem Glas und trank noch einen Schluck. Sie betrachtete die weiche Bewegung seines Halses beim Schlucken. Schließlich sagte sie: »Werden Constance und die Kinder lange bei uns bleiben?«

»Einen oder zwei Monate.«

»Das ist ja sehr... erfreulich für dich.«

Er sah sie direkt an. »Tut mir leid, sie werden viel Arbeit machen.«

»Das macht doch nichts. Dies ist schließlich dein Haus.«

»Aber du führst den Haushalt.«

Das stimmte. »Mit sehr viel Hilfe. Deine Gäste sind kein Problem für mich.«

»Das habe ich auch nicht angenommen. Du bist immer auf alles vorbereitet, nicht wahr?«

Aus seinen Worten klang eine Spur von Ironie, so als ärgere ihn ihre effektive Art. »Das habe ich von deinem Vater gelernt.«

»Ja, natürlich. Du warst gut geübt. Die Haushofmeisterin von Bonne Vie.«

»Eine kompetente Gastgeberin, hoffe ich.«

»Ja, das ganz sicher.«

Sie empfand einen plötzlichen Widerwillen für die höfliche Form ihres Wortwechsels. Das war eine Art von Kriegsführung. Vielleicht wäre es besser, alles ganz deutlich auszusprechen, damit sie, wie die Kinder im Wasser, schreien und toben und Unsinn machen konnten. Doch andererseits war es vielleicht auch besser, wenn sie manche Dinge auf sich beruhen ließen.

»Da du jetzt schon davon sprichst«, sagte sie und stand auf, »vielleicht sollte ich lieber gehen und mich um die Vorbereitung für das Abendessen kümmern.«

Noel sagte nichts, als sie fortging. Aber er sah hinter ihr her, bis die bleiche Farbe ihres Kaftans nur noch ein heller Fleck in der Empfangshalle war.

»Papa! Papa, hast du gesehen, wie ich geschwommen bin?«

Das war Pietro, der aus dem Wasser kletterte. Er rannte auf Noel zu und hinterließ nasse Fußabdrücke auf der Terrasse. Ein Lächeln wanderte über Noels schmales Gesicht, und er spürte, wie sein Herz größer wurde, als er den kleinen feuchten Körper seines Sohnes hochhob und ihn sich auf den Schoß setzte. Er hatte gefürchtet, Pietro hätte sich ihm in der Zeit, die sie getrennt gewesen waren, entfremdet. Beide Kinder sahen jetzt nach dem Spiel im Wasser viel besser aus, die Langeweile und die Müdigkeit, die sie so fahl hatten wirken lassen, waren wie fortgeblasen.

»Ja, ich habe es gesehen«, antwortete Noel mit warmer und tiefer Stimme. »Das hast du prima gemacht.«

»Ich habe immer daran gedacht, was du gesagt hast. Ich habe mich an alles erinnert, was du gesagt hast, als du noch bei uns gewohnt hast.«

»Das sehe ich, und ich bin stolz auf dich.«

»Ich wünschte, du würdest wieder mit uns nach Hause kommen. Ich vermisse dich, Papa.«

Coralie, die ihrem Bruder etwas langsamer folgte, kam herbei und lehnte sich an die Schulter ihres Vaters. Sie löste ihr Haar, das mit Wasser an ihren Hals geklebt war und schob es mit einer seltsam erwachsen wirkenden Bewegung hinter ihr Ohr. Trotzdem klang ihre Stimme dünn und kindlich, als sie fragte: »Kannst du denn nicht wieder mit uns nach Paris kommen?«

Noel legte seinen Arm um die schmale, sonnengewärmte Schulter seiner Tochter und drückte Pietro gleichzeitig an sich, wobei er die wirren Locken seines Sohnes mit den Lippen streifte. »Ich vermisse euch auch, mehr als ich sagen kann, aber ich kann nicht mit euch kommen.«

»Warum?« fragte Coralie.

Noels Blick wanderte über den Kopf seines Sohnes zur Empfangshalle des Hauses, in der Riva verschwunden war. »Ich gehöre hierher.«

»Und was ist mit uns?«

»Ich wünschte, ihr könntet auch hierhergehören.«

»Ich auch«, sagte Pietro und wand sich dann in Noels Armen.

»Nicht, Papa, du drückst mich zu fest.«

»Entschuldige«, sagte Noel leise. »Tut mir leid.«

4

Edison Gallant wartete in der Limousine, bis der Portier des Hotels ihm die Tür geöffnet hatte. Der Mann war schließlich dazu angestellt, den Diener für die Gäste zu spielen, also sollte er es auch tun. Außerdem gefiel es Edison, durch die dunklen Scheiben zuzusehen, wie die Touristen glotzten und ganz ergeben auf den großen Augenblick warteten, daß er auf den Bürgersteig trat, wobei sie dann gewöhnlich seinen Namen murmelten. Große Wagen waren ein Teil seines Images, selbst wenn er sie nur mietete. Die Leute erwarteten so etwas von ihm, und er wollte ihnen bieten, was sie erwarteten. Anne hielt das große Auto für affektiert, aber sie weigerte sich nicht, mit ihm darin zu fahren.

Anne hatte das Hotel hier im French Quarter ausgesucht. Ihm wäre das Sheraton oder das Marriott auf der Canal-Street lieber gewesen, abseits von der Enge der schmalen Straßen dieses Stadtviertels hier, aber sie hatte immer wieder vom Royal Orleans mit seiner interessanten Atmosphäre gesprochen, von diesem Hotel, das es schon seit immerhin über einhundertfünfzig Jahren gab. Schließlich hatte er sich damit einverstanden erklärt, darin zu wohnen, damit sie endlich still war. Sie war ganz verrückt auf alles Alte.

Eigentlich war das Haus nicht wirklich so alt, es war nur auf alt getrimmt, mit langen Reihen von Bogenfenstern und gußeisernen Gaslampen. Der Service war gut, und Edison mußte zugeben, daß diese Adresse einen gewissen Stil hatte. Es war nur ein Katzensprung zu so hervorragenden Restaurants wie K-Paul's, Brennan's und Antoine's; man brauchte dazu nicht die Limousine zu bestellen, also fielen diese Kosten schon einmal weg. Aber den Touristenkarren auf der anderen Straßenseite war nicht zu entkommen, mit den mottenzerfressenen, malerischen Maultieren davor, die alle Strohhüte trugen mit Löchern, durch die die Ohren hervorstanden, mit denen sie ständig wackelten. Ohne die hätte er durchaus leben können. Den Geruch von Maultiermist fand er nicht so begeisternd. Während der Portier in seiner prächtigen Livree seiner Frau beim Aussteigen half, gab Edison dem Chauffeur seine Anweisungen für den nächsten Morgen. Dann folgte er Anne durch die schweren Messing-Glastüren, die für sie aufgehalten wurden. Innen stiegen sie die wenigen Marmorstufen zur Empfangshalle hinauf, wo sie durch das Gepäck der normalen Leute wateten und dann auf den Aufzug zugingen.

Sie hatten den Aufzug für sich – ein kleines Wunder. Als er anfuhr, wandte Anne den Kopf und sah Edison an. »Du warst so still auf der Rückfahrt. Stimmt etwas nicht?«

Es war einer der typischen Tricks seiner Frau, zu warten, bis sie allein, aber doch nicht ganz unter sich waren, um ihm solche Fragen zu stellen. Sie wußte, daß er das nicht leiden konnte; manchmal glaubte er, daß sie es genau deswegen tat. Sie wußten auch, daß er ihr eine Antwort geben würde, ohne einen der Ausdrücke zu gebrauchen, die sie ordinär zu nennen pflegte, falls sie jemand hören konnte. Das verdammte Image erforderte das. Meistens. »Vergiß es«, sagte er.

Die Stille in ihrer Suite war ebenso tief und kühl und luxuriös wie der Teppich. Edison warf sich in einen Sessel und verlangte einen Bourbon mit Eis. Anne ging zur Anrichte, um ihm einen Drink aus den bereitstehenden Flaschen einzugießen, und nahm das Eis aus dem Eimerchen. Sie reichte ihm den Drink schweigend und ging dann ins Schlafzimmer. Er hörte sie herumgehen und nach einer Weile im Badezimmer verschwinden.

Edison nahm einen großen Schluck von seinem Drink, stellte dann das Glas auf einen Beistelltisch und zog sein Jackett aus. Er warf es auf den Boden und lockerte seine Krawatte. Mein Gott, er brauchte jetzt wirklich dringend eine Dusche. Nachdem er den ganzen Nachmittag in der furchtbaren Hitze gestanden hatte, stank er jetzt wie ein Eber.

Er wollte sich entspannen, aber das wurde in letzter Zeit immer schwieriger. So eine Scheiße, daß er, um sein Image aufrechtzuerhalten, das Rauchen hatte aufgeben müssen. Vielleicht würde er später eine Tablette nehmen. Er stand auf, nahm sein Glas und ging zum Fenster. Der Blick ging hinaus auf eine Art Hof, der sich auf dem Dach eines tieferliegenden Stockwerks befand – eine kleine Fläche mit in Töpfen wachsenden Bäumen und Gruppen von Stühlen auf einem Natursteinboden. Das war ja wirklich die totale Langeweile. Er schob die Gardine zur Seite und lehnte sich an die Wand, während er darauf hinabstarrte.

Rebecca Benson. Riva Staulet. Er hatte immer noch ein Gefühl, als hätte ihn jemand in den Magen getreten. Oder besser gesagt, in die Eier. Er dachte, er hätte die ganze Geschichte vergessen. Und er hatte es verdammt lange versucht.

Mein Gott, sie war wirklich süß gewesen, das süßeste Ding, das er je gehabt hatte. Das war ein Sommer gewesen, sein letzter Sommer damals

als freier Mann. Er hatte sich für unwiderstehlich gehalten mit seinem weißen Chevy-Cabrio und dem ganzen anderen Stuß, den er für die Mädchen inszeniert hatte, aber er hatte doch eigentlich noch kaum etwas davon verstanden.

Dieser Tag unten beim Teich... Der alte Boots hatte sich solche Sorgen gemacht, daß er die Benson-Schwestern schockieren würde. Das hatte er wahrscheinlich auch getan, aber sie waren so reif dafür gewesen, daß er einfach nicht hatte widerstehen können. Es war ihm durch Mark und Bein gegangen, als sie ihn einfach ausgelacht hatten – ja, sie hatten über ihn gelacht. Er hatte sich daraufhin vorgenommen, daß er sich das nicht gefallen lassen konnte, und sich geschworen, alle drei zu nehmen, bevor der Sommer vorbei war. Das hatte er nie jemandem gesagt, nicht einmal Boots. Er hätte das nie verstanden. Aber Edison verstand es. Er hatte sich etwas beweisen müssen. Er hatte sich beweisen müssen, daß er gewinnen konnte, um sich wieder richtig wohl zu fühlen, und daß er die Abwehr der Leute durchbrechen und sie dazu bringen konnte, ihn zu mögen, obwohl sie es eigentlich gar nicht wollten. Er mußte sie dazu bringen, ihn zu lieben. Zumindest für eine Weile. Wenn er bekommen hatte, was er wollte, war es ihm egal, was sie dann noch für ihn empfanden.

Mit Beth war es leicht gewesen. Teufel, sie hatte ihn mindestens so ausgenutzt wie er sie. Sie war mehr als bereit gewesen, ihrem Mann in Übersee den Rücken zuzukehren, bereit für ein bißchen Aufregung und dafür, sich im Heu zu wälzen und das zu tun, woran sie sich als Jungverheiratete gewöhnt hatte. Und diese andere, wie hieß sie noch? Mary? Martha? Nein, Margaret, genau – die war von der frommen Art gewesen. Alle wußten, daß das manchmal die heißesten waren. Sie kicherte ständig und lächelte aufreizend, hatte so getan, als wäre sie entsetzt, als er sie küßte, obwohl es ihr gefallen hatte, denn sie hatte ihn auf alle möglichen Arten ermutigt. Er wäre auch bis in ihr Höschen gekommen, wenn er genügend Zeit gehabt hätte.

Aber er hatte keine Zeit gehabt.

Es brach ihm immer noch jedesmal der kalte Schweiß aus, wenn er an den Abend dachte, der das Ende jenes Sommers gewesen war. Sein Cabrio war bei der Reparatur, also lieh er sich den Wagen von seinem Onkel aus. Er fuhr durch die Gegend, trank Bier und versuchte, sich im Fahrtwind zu erfrischen, er und Boots und zwei oder drei andere. Sie fanden das abgesägte Gewehr unter dem Sitz, wo sein Onkel es aufbewahrte. Damals, als die Bürgerrechtler Ärger machten, um den Schwarzen zu helfen, konnte man so was immer ganz gut gebrauchen. Boots und einer von den anderen Idioten spielten damit herum, bis jemand vorschlug, in den Wald zu fahren, um ein paar Karnickel und Rehe aufzutreiben. Alle brüllten vor Begeisterung. Als der Lastwagen mit den Schwarzen sie überholte, fanden sie es alle wahnsinnig komisch, das Gewehr hinter ihnen herzuschwenken und sie zu verfolgen. Edison fand die Idee auch gar nicht so schlecht. Am Steuer des Lastwagens saß nämlich diese drahtige Yankee-Ziege. Er hatte einmal abends im Kino versucht, ihr näherzutreten, und sie hatte ihn einen weißärschigen Milchbubi genannt, ihn ausgelacht und ihm gesagt, er solle lieber schnell heimgehen zu seiner Mama. Es war ein prima Gefühl, sie das Fürchten zu lehren und ihr zu zeigen, daß er nicht so feucht hinter den Ohren war, wie sie glaubte.

Sie verfolgten den Lastwagen, und die Ziege am Steuer versuchte, sie abzuhängen, indem sie das Gaspedal ganz durchtrat. Sie folgten dem Lastwagen über Hügel und durch Kurven mit quietschenden Reifen, auf schmalen Straßen und durch die Randbezirke der Stadt. Dann wurde es der Yankee-Frau leid, zu flüchten. Sie hielt mit knirschenden Reifen, stieß zurück, wendete und fuhr auf das Auto der Jungen zu. Sie hätte sie wirklich beinahe von der Straße gedrängt und saß mit einem bösen Grinsen hinter dem Steuer. Die Jungs im Auto fluchten und schrien, und Edison wendete auf einem Vorplatz in einer Staubwolke und setzte die Verfolgung fort. Dann drehte die Frau wieder um und raste noch einmal auf sie zu.

Irgendeiner brüllte: »Mensch, schieß doch! Die solln mal 'n bißchen kleiner werden! Dann vergeht ihnen das Grinsen.«

Jemand schob Edison das Gewehr in die Hand. Er hielt das Ding etwas unbeholfen in einer Hand und das Steuer in der anderen, während er wartete, daß der Lastwagen näher herankam. Er sah, wie das Gesicht der drahtigen Bürgerrechtlerin ihn im Licht der Scheinwerfer wieder hämisch angrinste. Dann hob er das Gewehr und drückte ab.

Er wollte sie eigentlich nur beunruhigen – das war alles, Gott war sein Zeuge. Er hatte nicht einmal richtig auf sie gezielt, eigentlich nicht. Aber die Windschutzscheibe des entgegenkommenden Lasters zersprang in tausend Stücke, und aus dem Gesicht der Frau floß Blut. Der Laster kam von der Straße ab und rumpelte über die Wiese, bis er die Mauer eines Hauses rammte.

Edison trat das Gaspedal ganz durch und versuchte, möglichst schnell wegzukommen – raus aus der Stadt und irgendwie über Land. Die Jungs im Auto fluchten und schrien sich gegenseitig an. Boots wies Edison an, am Haus der Bensons vorbei und zum Teich zu fahren. Die meisten der Jungs stiegen dort aus und gingen zu Fuß nach Hause. Edison saß ziemlich lange im Auto, bis seine Hände aufhörten zu zittern. Schließlich fuhr er zum Haus seines Onkels und stellte das Auto in die Garage. Er reinigte das Gewehr sorgfältig und legte es wieder an die Stelle, an der er es gefunden hatte. Als er damit fertig war, ging er ins Haus, ließ sich ins Bett fallen und schlief sofort fest ein.

Der Tod von Beth, zusätzlich zu dem Tod der anderen Frau, traf ihn wirklich so hart wie nichts zuvor. Er sah sie an, wie sie wächsern und leblos in ihrem Sarg lag, und weil er wußte, daß sein Kind mit ihr gestorben war, drückte ihm das Schuldbewußtsein fast die Luft ab. Er glaubte, im Schmerz zu ertrinken. Der Schmerz und die Trauer waren unerträglich, aber die kleine Rebecca – Riva – hatte ihn aus dieser tiefen Depression geholt.

Er brachte sie an jenem Abend vom Beerdigungsinstitut nach Hause, und sie saßen eine Weile im Auto vor dem Haus. Sie sprachen von Beth und davon, wie sie gewesen war, wie sehr sie das Leben geliebt hatte, wie schrecklich es war, daß sie fort war. Sie weinten beide etwas und trösteten sich gegenseitig, bis Edison fast schon selbst davon überzeugt war, daß er Beth ein wenig geliebt hatte und über ihren Verlust verzweifelt war, wie er Rebecca versicherte. Sie redeten lange miteinander, bis sich Edison wieder gefaßt hatte und merkte, wie sich die Brüste von Beths kleiner Schwester unter ihrer Bluse hoben und senkten. Plötzlich nahm er den Duft ihres Haars wahr. Er war so überwältigt von ihrem Aussehen und von seinem Verlangen, sie an sich zu ziehen, daß er gar nicht auf das hörte, was sie sagte.

»Was?« fragte er, und das Wort klang sogar in seinen eigenen Ohren völlig entgeistert.

Rebecca wiederholte geduldig: »Glaubst du, daß es richtig war, den Männern vom FBI nichts von dem Auto zu erzählen, das ich zum Teich habe hinunterfahren sehen? Glaubst du, ich bekomme Schwierigkeiten, weil ich geschwiegen habe?«

O Himmel. Er mußte nachdenken. Er setzte sich aufrecht hin. »Wem – wem hast du denn sonst davon erzählt?«

»Keinem. Zuerst habe ich überhaupt nicht mehr daran gedacht. Ich mußte mich um so viele Dinge kümmern – mit Mama im Krankenhaus und Bethie – na ja, ich hatte eben keine Zeit.«

»Und Margaret?«

»Sie war nicht dabei. Ich bin allein aufgestanden, um nach Beth zu sehen. Aber ich weiß, daß das Auto irgendwas mit der Frau zu tun gehabt haben muß, die erschossen worden ist, wenn ich jetzt darüber nachdenke. Wer immer darin saß, hatte es einfach zu eilig, und sie haben gesagt, man hat es zuletzt auf dem Weg nach Süden gesehen – in unsere Richtung. Wenn ich mir vorstelle, ich könnte etwas dazu beitragen, die Leute zu fassen, die sie so grausam umgebracht haben... Es ist doch scheußlich, nur dazustehen und nichts zu tun.«

»Aber du weißt doch gar nicht, ob wirklich ein Zusammenhang zwischen dem Auto und dem – dem Tod der Frau besteht. Vielleicht war es nur ein Pärchen, das da unten parken wollte.«

»Das habe ich auch zuerst gedacht, aber irgend etwas an der Art, wie das Auto da runtergerast ist, beunruhigt mich.«

Er vollzog eine weitläufige Geste im Dunkeln. »Vergiß es. Zehn zu eins, daß dieser Vorfall geklärt wird. Es ist das beste, sich nicht mit den Staatsbeamten einzulassen.«

»Glaubst du wirklich? Ist das deine – deine Ansicht als Jurist?«

Seine Ansicht als Jurist. War das nicht wirklich süß? Sie stellte ihn sich schon als Rechtsanwalt vor. »Genau«, sagte er und streckte sich, so daß sein Arm, als er ihn wieder herunternahm, auf der Lehne des Sitzes hinter ihr lag. Er konnte sich nicht darauf verlassen, daß sie seine Behauptung so ohne weiteres akzeptierte, also war es das beste, sie abzulenken.

Er beugte sich zu ihr hinüber und atmete ihren süßen warmen Duft ein. Rebecca wandte den Kopf, um ihn im Dunkeln anzusehen. Das Licht von der nackten Glühbirne im Vorraum des Hauses traf ihre weit geöffneten Augen. Ihr Blick war so voller Sorge und unschuldiger Weisheit, daß er das Gefühl hatte, als könne sie direkt durch ihn hindurchsehen.

Er mußte diese Augen schließen. Er drückte seinen Mund auf die frischen Konturen ihrer Lippen, die so weich und feucht waren wie die eines Kindes. Er legte seine Hand auf ihre Brust und drückte das weiche, aber doch feste Fleisch unter dem Stoff; in ihm stieg plötzlich das heiße Verlangen auf, sie schnell und kraftvoll zu nehmen – gleich hier auf dem Autositz.

Er tat es nicht. Er tat es nicht, weil sie ihn wegstieß.

»Ich – ich dachte, daß du Beth liebst.«

»Das tue ich auch – ich habe es getan. Aber du bist ihr so ähnlich, daß es fast so ist, als wäre sie bei mir. Du bist irgendwie noch mehr, du bist so süß und außergewöhnlich. Ich weiß, du könntest mir helfen zu vergessen.«

»Beth zu vergessen?«

Ihre Stimme war voller Grauen, und er mußte schnell etwas sagen. »Nein, nein, das niemals, aber du könntest mir helfen, den Schmerz und die Scham zu ertragen.«

Er lehnte seine Stirn an ihre mit einem Seufzer, der nicht nur gespielt war. Als sie nicht auswich, küßte er sie noch einmal langsam und ausführlich.

Diesmal war sie weniger abweisend. Trotzdem entzog sie ihm ihre Lippen und rutschte zur Seite, dann stieg sie aus dem Auto. Er öffnete die Tür auf seiner Seite und stieg auch aus, um sie zur Haustür zu begleiten. Er habe eine Menge Zeit, sagte er sich.

Er hatte wirklich eine Menge Zeit. Er ging mit ihr zur Beerdigung, stand mit gebeugtem Kopf in der Sonne und wirkte schuldbewußt. Er holte Mrs. Benson zusammen mit Rebecca aus dem Krankenhaus und blieb noch, um die ältere Frau zu unterhalten und Rebecca und Margaret beim Kochen des Abendessens zu helfen. Er blieb so lange in der Stadt, bis seine Kurse in Tulane wieder anfingen, und es fiel ihm schwer abzureisen. Er hatte Angst.

Er hatte Angst vor dem, was Rebecca wußte und was sie entdecken konnte, wenn sie in seine Augen sah. Er hatte Angst, daß sie vielleicht etwas verraten könnte, wenn er nicht in der Nähe war, um sie davon abzuhalten, und daß sie ihrer Mutter und Margaret alles erzählen könnte. Möglicherweise würde dann die Polizei auf seine Spur kommen und seine Zukunft zerstören. Und er wollte sie wie nie zuvor etwas in seinem Leben. Er wollte sie nicht nur, weil sie so süß und irgendwie etwas Besonderes war, sondern weil er wußte, daß sie ihm vertraute, wenn sie sich ihm hingab, daß sie ihn gern hatte und ihn nicht für zu schrecklich hielt, um ihn zu lieben. Eines Abends brachte er Rebecca nicht direkt nach Hause, nachdem sie zusammen beim Eisessen gewesen waren, sondern lenkte das Auto über die Straße zum Teich hinunter und parkte. Er wandte sich ihr zu und sagte die Worte, die er schon seit Tagen auf der Zunge hatte.

»Heirate mich.«

»O Edison, das ist doch nicht dein Ernst. Du hast noch ein paar Jahre College vor dir und ich –«

»Was ist mit dir?«

»Ich bin erst fünfzehn.«

»Alt genug«, sagte er und küßte sie, kostete ihre Lippen, als wären sie Karamel mit einer weichen Füllung.

»Mama wird das nie erlauben«, murmelte sie, als sie wieder reden konnte.

»Wir können einfach über die Grenze gehen. In Arkansas braucht man nicht zu warten; sie wollen nicht einmal eine Geburtsurkunde sehen.«

»Aber Mama wäre so verletzt, so schockiert. Das könnte sie umbringen.«

»Vielleicht ist sie am Anfang etwas gekränkt, aber du weißt doch, daß sie mich mag, und sie freut sich bestimmt, wenn sie weiß, daß du sicher versorgt bist mit einem Rechtsanwalt als Mann.«

»Margaret müßte dann ganz allein für sie sorgen.«

»Margaret ist die geborene Märtyrerin; das wird ihr gefallen. Außerdem heiratet sie sowieso bald Boots, und dann können die beiden bei deiner Mutter leben.« Er unterstrich seine Argumente mit Küssen und Zärtlichkeiten. Er spürte den schnellen Schlag ihres Herzens wie den Kampf eines kleinen, gefangenen Tiers. Unter seiner Hand war ihre Brustwarze zu einer festen Knospe geworden, und er bemerkte die Neugierde in ihrer Verwirrung. Mädchen waren immer neugierig.

Er flüsterte ihr liebevolle Worte zu, ohne zu wissen, was er genau sagte, abgelenkt von dem drängenden Klopfen des Gliedes zwischen seinen Beinen. Mit einer Hand knöpfte er sich sein Hemd auf, nahm dann ihre Hand und drückte sie vorsichtig auf seine haarige Brust, ließ ihre Handfläche immer wieder darüberstreichen, bis sie selbst zu forschen begann.

Wie schlank ihre Taille war, und ihre Brüste waren so voll und weich. Obwohl sie voller drahtiger Kraft steckte, wirkte sie in seinen Armen so schmal, daß er das Gefühl hatte, er könnte sie ohne größere Mühe überwältigen. Trotzdem hatte er Angst, sie zu erschrecken. Oh, sie war die süßeste kleine Kirsche, die er je gekostet hatte. Als er ihre Bluse öffnete, verschlug es ihm den Atem – ihre Brüste waren bläulichweiß und vollendet. Die Bewunderung schmerzte ihn fast, als er die rosa Spitzen eine nach der anderen in den Mund nahm. Die kleinen Laute, die sie von sich gab, machten ihn fast wahnsinnig, so daß er zu fest saugte und sie aufschrie und er den Schmerz wieder besänftigen mußte. Die Haut ihrer Schenkel war auf der Innenseite so seidig. Und in ihrem Höschen war sie so eng und doch so warm und feucht. Er mußte erst ihren leisen Protest überwinden, als er sie an einer so intimen Stelle berührte, aber er wußte genau, wie und wo er reiben mußte, und das tat er ganz, ganz sanft.

Eng, sie war so eng und so vollkommen. Er fühlte, daß er brannte, sein Körper war heiß, und in seinem Gehirn loderten Flammen, die ihn zu verzehren drohten. Und das Steuerrad behinderte seine Bewegungsfreiheit. Er hielt die Luft an und zog sie vom Sitz, auf dem sie halb unter ihm gelegen hatte. Er machte die Tür an seiner Seite auf und half ihr heraus, dann legte er den Sitz nach vorn und drängte sie auf den Rücksitz.

»Nein, Edison«, flüsterte sie und versuchte, sich ihm zu entziehen. »Ich... will das nicht tun. Bring mich nach Hause. Bitte.«

Er wußte genau, wieviel er auf solchen Widerstand in der letzten Minute geben mußte. Er schob sie hinein. Sie stolperte und fiel dann auf den Sitz. Er glitt neben sie und zog die Tür hinter sich zu. Dann griff er nach ihr, zog sie fest an sich und drückte seinen heißen Mund auf den ihren, während er nach der offenstehenden Vorderseite ihrer Bluse tastete. Er umfaßte eine ihrer Brüste und beugte dann lustvoll den Kopf hinunter, um an der Brustwarze zu saugen.

Ihr atemloser Protest raubte ihm endgültig die Beherrschung. Er drückte sie nach hinten und faßte unter ihren Rock und schob ihn entschlossen hoch, während er gleichzeitig mit der anderen Hand ihr Höschen herunterzog. Sein Knie auf das ihre gestützt, machte er den Reißverschluß seiner Hose auf und schob sie mit der Unterhose hinunter. Dann war er über ihr, drängte sein Knie hart zwischen ihre Beine, spreizte sie mit beiden Händen auseinander und brachte sich an jener kleinen, diamantförmigen Öffnung in Stellung. Mit einem harten Stoß seiner Hüften drängte er sich hinein. Er hörte ihren Aufschrei, spürte, wie sie sich unter ihm bog, um sich seinem Zugriff zu entwinden. Er kümmerte sich nicht um ihren Widerstand, spürte nur noch das harte Pulsieren seines Bluts und ihre enge, ihn fast umgebende Hitze. Er drängte sich noch tiefer in sie, indem er seine Hüften leicht vorschob, schaudernd vor Lust. Ohne sich noch bremsen zu können, bäumte er sich auf und stieß in sie hinein, rammte sich immer wieder in sie, drückte ihre Beine weiter auseinander, ihre Knie weiter nach oben, bis er sich schließlich mit einem rauhen, heiseren Grunzen in ihren Tiefen verströmte.

Erst eine kleine Weile später spürte er, daß sie schauderte, als ob ihr kalt wäre, und ihre Brust sich hob, als würde sie ihre Tränen zurückhalten. Einen kurzen Moment lang fühlte er sich wie ein Schuft, dann war es vorüber. Er tröstete sie, gab ihr sein Taschentuch und flüsterte Entschuldigungen und all die anderen Worte, von denen er wußte, daß sie sie jetzt hören wollte und mußte. Er half ihr, ihre Kleider und ihr Haar in Ordnung zu bringen, obwohl er am liebsten ihren Rock hochgehoben und sie gleich noch einmal genommen hätte. Schließlich hielt er ihren Arm, während sie wieder auf den Vordersitz kletterte, dann setzte er sich neben sie und ließ den Motor an. Er wendete den Wagen und fuhr los, legte dabei seinen Arm um sie und drückte sie ganz eng an sich. Bei der Hauptstraße bog er in Richtung Arkansas ab. Es gab keine weitere Auseinandersetzung.

Edison Gallant, in seiner Hotelsuite in New Orleans, nahm noch einen großen Schluck von seinem Drink. Er hatte sich damals nicht um die Gefahr gekümmert, die Rebecca, die gute Riva, für ihn dargestellt hatte, und er würde es wieder tun. Genaugenommen wäre es wirklich ungeheuer reizvoll, es noch einmal genauso zu machen. Die große, mächtige Mrs. Staulet würde schon merken, daß es ein Fehler gewesen war, ihn zu etwas zwingen zu wollen.

Hinter ihm kam Anne aus dem Schlafzimmer. Sie hatte gebadet und einen rosa Seidenumhang mit passenden Schuhen angezogen. Sie war rosig und duftete nach ihrem Badeschaum. Sie sah ihn nicht an, sondern hielt die Lider gesenkt. Ihr Gesicht war ausdruckslos. Edisons Mund wurde hart. Er haßte die Art, wie sie sich zurückzog, und Anne wußte, daß er sie haßte. Sie erinnerte ihn an seine Mutter, die ihm immer voller Kälte begegnet war, wenn sie ihm böse war. Seine Frau hätte eigentlich wissen müssen, daß es nicht gut war, ihm dumme Fragen zu stellen. Wenn ihr die ebenso dummen Antworten nicht gefielen, die er ihr darauf gab, war sie selber schuld.

Er leerte das Glas in seiner Hand und ging zur Anrichte, um es erneut zu füllen. Er sah über seine Schulter nach Anne, die sich eine Zeitschrift genommen hatte. Mit neutraler Stimme sagte er: »Riva Staulet ist eine faszinierende Frau, findest du nicht?«

»Ich denke schon.« Die Antwort war kühl.

»Sie hat alles; sieht gut aus, ihr Verstand ist ausgezeichnet, sie hat eine gute soziale Position, und jetzt hat sie auch Geld, seit der alte Staulet nicht mehr am Leben ist.«

»So ist es.«

Annes Stimme klang scharf, und ihre Hand am Rand der Zeitschrift festigte ihren Griff. Edison bemerkte beides mit Befriedigung. Sie wußte, was jetzt kommen würde. Er sagte genüßlich: »Ich hätte gern ein Stück von ihrem schönen, reichen Hintern.«

Anne sah ihn voller Abscheu und Schmerz an. Ihre Stimme war jedoch fest, als sie fast ausdruckslos erwiderte: »Das glaube ich dir gern, denn du scheinst diesen Ehrgeiz ja den meisten Frauen gegenüber zu verspüren. Ich muß allerdings sagen, daß ich bezweifle, daß Riva Staulet dir das Vergnügen machen wird.«

»Ach, glaubst du?«

Anne nickte abschätzend. »Ja, ich hatte den Eindruck, daß sie eine Frau mit Geschmack ist.«

Er grunzte. Das hatte getroffen. Das würde er ihr heimzahlen. Er stellte sein Glas ab und ging auf sie zu. »Und wie ist das bei dir?«

Sie warf die Zeitschrift zur Seite, stand auf und ging in Richtung Schlafzimmer. »Ich«, sagte sie entschieden, »bin im Augenblick nicht in Stimmung für Spielchen.«

»Wie bedauerlich, ich schon.«

Er machte eine schnelle Bewegung, um ihr den Weg abzuschneiden, griff entschlossen nach ihrer Schulter und drehte sie zu sich herum. Er zog den Gürtel in ihrer Taille auf und schob den Umhang von ihren Schultern. Sie war nackt darunter, und das hatte er gewußt. Seine brave, gute Frau hatte nämlich eine sinnliche Veranlagung, die ihn manchmal wirklich erstaunte. Nicht, daß sie je wirklich Lust auf Sex hatte, aber manchmal verhielt sie sich so, als müßte sie eigentlich gut im Bett sein.

Sie stieß ihn weg, und er umklammerte ihr Handgelenk und zog sie an sich. Er legte eine Hand auf ihr Hinterteil, drückte das Fleisch und preßte die harte Schwellung an seinen Leisten gegen sie.

»Laß mich in Ruhe«, rief sie. »Du stinkst nach Schweiß!«

»Und das gefällt dir, stimmt's nicht?« Er ließ ihr Handgelenk los und vergrub seine Finger in ihrem Haar, dann verschloß er ihren Mund mit dem seinen und stieß seine Zunge so tief wie möglich hinein. Er bewegte die andere Hand über ihren Hintern und spreizte die beiden Teile auseinander. Sie erstarrte.

Er lachte ganz tief in seiner Brust, drängte sie dann rückwärts ins Schlafzimmer, bis er schließlich mit ihr über das Bett fiel. Er riß sich die Kleider vom Leib, rollte über sie und schob sie unter sich in die richtige Position. Dann drängte er sich in sie und spürte, wie sie sich zurechtrückte, damit es nicht so unbequem war. In wildem Bemühen stieß er sein Becken vor und zurück und war im Geiste wieder auf dem Rücksitz seines Chevy, und die Frau unter ihm war die enge, heiße kleine Rebecca. Er ächzte enttäuscht und lustvoll zugleich, als er zu früh kam. Er wünschte, es hätte länger gedauert, nicht etwa wegen Anne, sondern seinetwegen.

Anne Gallant lag eine Weile lang unbeweglich da, nachdem ihr Mann fertig war und sich zurückgezogen hatte. Sie fühlte sich irgendwie taub, und ihre Beine hingen über die Bettkante. Gleichzeitig spürte sie ein Brennen im Gehirn, und Tränen drückten ihr die Kehle zu.

Sie wollte nicht weinen. Sie bewegte sich vorsichtig, als ob ihr Körper zu gespannt und voll wäre, um das Gleichgewicht richtig zu halten, erhob sich vom Bett und machte sich auf den Weg ins Badezimmer. Sie lehnte sich kurz an den Toilettentisch und starrte ihr Gesicht im Spiegel an. Es sah plötzlich verschwollen aus, und sie hatte dunkle Ringe unter den Augen. Ihre Brüste schmerzten von seinen groben Zudringlichkeiten, und ihre untere Körperhälfte war wie geprellt. Übelkeit stieg in ihr auf, aber sie schluckte sie wieder hinunter.

Er hatte sie benutzt. Sie wußte es und verachtete sich dafür, daß sie es zugelassen hatte. Es war immer so gewesen und würde immer so sein. Sie hatte gelernt, mit den körperlichen Problemen zu leben; sie wußte, wie sie ihre eigene Entspannung fand, und sie würde es auch gleich wieder so machen wie immer, wenn sie noch einmal badete. Sie wünschte nur, es wäre nicht nötig gewesen.

Sie war frigide. Der Grund dafür war nicht schwer zu finden. Sie hatte genug gelesen, um zu wissen, daß sie einfach nicht genug stimuliert wurde, um zu verstehen, daß sie nichts dafür konnte. Wahrscheinlich. Und doch hatte es auch ein paar Gelegenheiten gegeben, bei denen Edison tatsächlich versucht hatte, ihr zu helfen. Das Problem war nur, daß sie wußte, daß er es nur zu seinem eigenen Vergnügen tat oder um sich etwas zu beweisen. Sie hatte auch gewußt, daß seine Ungeduld jeden Augenblick siegen konnte und es höchstwahrscheinlich tun würde, lange bevor sie bereit war.

Und so fühlte sie sich irgendwie minderwertig, weil sie nicht in der Lage war, mit ihrem Mann zum Höhepunkt zu kommen. Und das Problem war auch, daß es ihr weh tat, benutzt zu werden, wenn sie nicht vorbereitet war.

Sie hatte sich schon tausendmal gefragt, warum sie bei Edison blieb. Und in Wahrheit hatte sie ihn geliebt, seit sie als Kinder zusammen im Tanzkurs gewesen waren. Ihre Liebelei war außerdem von ihren Eltern beiderseits willkommen geheißen worden. Die Absicht der Eltern, ihre Kinder zu verheiraten, hatten sie akzeptiert. Als sie frisch vermählt waren, hatte Anne Edisons scheinbar meisterliche Künste im Bett ziemlich aufregend gefunden, obwohl sie das Gefühl gehabt hatte, daß da noch mehr sein mußte. Später, als sie dann herausgefunden hatte, was ihr fehlte, hatte sie angenommen, die Ursache dafür sei nur sein männliches Unwissen, und dann auch versucht, die Angelegenheit vorsichtig zu regeln. Es hatte nicht funktioniert. Edison hatte jeden Versuch, seine Technik zu verbessern, abgelehnt. Er konnte einfach nichts Falsches daran finden, denn schließlich behauptete er, er hätte andere Frauen auf diese Art zufriedengestellt, und er selbst war mehr als befriedigt.

Erst nach Jahren war ihr schließlich klargeworden, daß er niemals auf jemand anderen Rücksicht nahm, daß er jede Überlegung in bezug auf andere von vornherein ausgeschlossen hatte und niemanden so sehr liebte wie sich selbst. Zu jener Zeit war er schon politisch engagiert gewesen, und es hätte seiner Karriere ernsthaft geschadet, wenn sie ihn verlassen hätte. Männer, die in ihrer Ehe nicht zurechtkamen, waren eindeutig im Nachteil, wenn es darum ging, eine politische Position zu erlangen. Auf diese Art hatte sie eine Waffe gefunden, die sie einsetzen konnte, um wenigstens sein Verhalten ihr gegenüber in der Öffentlichkeit etwas zu mildern. Und es war auch ein Faktor in dem stillen Krieg, den sie jetzt gegen ihn führte. Er bekam nicht immer alles, was er wollte. Soweit sie das im Griff hatte, ließ sie ihn nun für jeden blauen Flecken und jeden Kratzer bezahlen, den er ihr beibrachte. Und wenn nichts anderes wirkte, gab sie wenigstens sein Geld aus für Dinge, die ihr Freude machten.

Trotzdem gab es Augenblicke so wie jetzt, in denen sie es kaum ertragen konnte, in seiner Nähe zu sein und bei ihm zu bleiben.

Aber wo sollte sie sonst auch hingehen? Sie hatte zwar einen College-abschluß in den Geisteswissenschaften gemacht, aber eigentlich keinen Beruf gelernt. Und was noch schlimmer war: sie hatte keinen Ehrgeiz. Sie hatte nie Karriere machen, nie etwas anderes sein wollen als Hausfrau und Mutter. Sie arbeitete gern freiwillig im wohltätigen Bereich, besonders wenn es um Kinder oder die Erhaltung von Gebäuden und Landschaft ging – das hatte sie mit Riva Staulet gemeinsam. Und darüber hinaus war sie auch so eitel, zu glauben, daß sie eigentlich eine gute Politikerfrau war, was die Repräsentation betraf. Doch keine dieser Fähigkeiten schien ihr auf die Dauer die Möglichkeit zu geben, Geld für den Lebensstil zu verdienen, den sie immer gewohnt gewesen war.

Das war es nämlich. Sie haßte den Gedanken, mit einem geringeren Lebensstandard vorliebnehmen zu müssen. Es gab Dinge, an die war sie ihr Leben lang gewöhnt gewesen: ein komfortables und sogar luxuriöses Heim, Haushaltshilfen, gutes Essen, die Gesellschaft von Menschen aus den besten Kreisen. Und sie glaubte nicht, daß sie wirklich ohne sie auskommen konnte. Wenn sie das zum Snob machte, nun, dann war sie eben ein Snob. Das einzige Problem war nur, daß sie manchmal glaubte, sie sei außerdem auch noch ganz schön dumm.

Es gab Gelegenheiten, bei denen sie sich flüchtig fragte, wie es wohl wäre, mit einem anderen Mann zu schlafen. Oft wenn Edison sein eigenes Flugzeug flog, stellte sie sich vor, wie es wohl wäre, wenn er abstürzte. Sie dachte sich in allen Einzelheiten aus, was sie bei der Beerdigung tragen, wie sie sich verhalten, was sie sagen, wo und wie sie danach leben wollte. Und sie spielte mit dem Gedanken, wie es sein würde, wenn sie frei war für einen anderen Mann, nachdem eine angemessene Trauerzeit verstrichen wäre.

Manchmal vergnügte sie sich bei langweiligen Veranstaltungen damit, sich vorzustellen, wie sie sich fühlen würde, wenn sie ein aufregendes Verhältnis mit dem Redner oder irgendeinem anderen interessanten Mann im Raum hätte. Bei anderen Gelegenheiten zog sie sie im Geiste aus. In den letzten Jahren hatte sie sich immer wieder dabei überrascht, wie sie das knackige Hinterteil von Fußballspielern oder den wohlausgestatteten Schritt von Männern in Badehosen anstarrte. Manchmal fühlte sie sich so frustriert und ohne Chancen im Leben, daß sie das Befürfnis hatte, mit aufgeknöpfter Bluse die Straße hinunterzulaufen oder das Telefon zu nehmen, um irgendeinen fremden Mann anzurufen und zu sagen – nein, sie wußte eigentlich nicht, was sie sagen wollte. Solche Impulse beunruhigten und beschämten sie, aber sie fanden nur in ihren Gedanken statt. Und dort würden sie auch bleiben.

Riva konnte das Autotelefon in ihrem Wagen nicht leiden. Sie hatte seiner Installation eigentlich nur zugestimmt, weil sie jederzeit erreichbar sein wollte, als Cosmo so krank gewesen war, aber auch weil Erin es vorgeschlagen und Riva das Gefühl gehabt hatte, sie würde in den Augen ihrer Nichte altmodisch wirken, wenn sie keines hätte. Aber eines zu haben bedeutete, daß man sie sogar stören konnte, während sie mit dem Wagen unterwegs war, und das verabscheute sie.

Der Morgen war eine von Rivas liebsten Zeiten, um Dinge zu erledigen. Sie hatte im Wagen einen ausklappbaren Schreibtisch mit einem kleinen, durch das Geräusch der Stimme zu aktivierenden Diktaphon, ein Notizbuch aus weichem Kamelleder mit verschiedenen Unterteilungen und einem schlanken goldenen Stift darin, einen ganz kleinen Rechner mit Ausdruck und einen vergoldeten Hefter. Mit diesem beweglichen Büro im Kleinformat konnte sie in der Stunde, die sie nach New Orleans brauchte, soviel Arbeit bewältigen wie am Rest des Vormittags, wenn sie erst einmal im Staulet-Gebäude angekommen war. Im Büro nahmen ihre Mitarbeiter sie ständig in Anspruch. Als Noel zurückgekommen war und den Platz seines Vaters einnahm, hatte sie sich verpflichtet gefühlt, ihm anzubieten, daß er jeden Morgen mit ihr ins Büro fahren könne, obwohl sie die Einladung durch alle möglichen Gründe ergänzt hatte, aus denen er es vielleicht unangenehm finden würde. Als er ablehnte, war sie außerordentlich erleichtert gewesen. Sie konnte sich kaum etwas vorstellen, was sie mehr bei der Arbeit stören würde, als wenn er still und mit seiner ablehnenden Haltung neben ihr sitzen würde. Cosmos Gegenwart hatte ihr nie etwas ausgemacht. Er hatte in verschiedenen Zeitungen gelesen und dabei geschwiegen. Genaugenommen hatte sie das Gefühl gehabt, es amüsiere ihn, wie sie versuchte, sich ihre Zeit sinnvoll einzuteilen.

Das Klingeln des Telefons, das sich in ihre Konzentration drängte, erschreckte sie immer sehr, auch an diesem Morgen. Sie sah auf und beobachtete ihren Fahrer George, der mit Liz, der Köchin von Bonne Vie, verheiratet war, während er zuerst die Kassette mit dem Mozartkonzert leiser stellte, den Lincoln konstant auf siebzig Meilen pro Stunde hielt und dann die Hand nach dem Telefonhörer ausstreckte.

»Es ist Miss Margaret«, sagte er und gab ihr den Hörer nach hinten.

Die Stimme ihrer Schwester ertönte laut und rauh in Rivas Ohr. »Ich verstehe nicht, warum ich erst ein halbes Dutzend Leute überwinden muß, wenn ich dich sprechen will. Ich vermute, dein Gefühl von deiner persönlichen Wichtigkeit wird dadurch gehoben, wenn an jedem deiner Telefone jemand anderes sitzt.«

»Vor allem habe ich dadurch mehr Zeit und mehr Privatsphäre, Margaret. Wie geht es dir?«

»Eigentlich ganz gut für jemanden, der Herzrhythmusstörungen hat, seit er die Morgenzeitung in der Hand hatte! Es war wirklich ein Alptraum. Du mußt völlig übergeschnappt sein!«

»Kann sein«, antwortete Riva ironisch. »Wovon redest du?«

»Von diesem schrecklichen Foto rede ich! Sag nicht, du hättest es noch nicht gesehen.«

»Nein, habe ich nicht«, sagte Riva und schwieg dann plötzlich. Sie wußte mit schlagartiger Sicherheit, von welchem Foto Margaret sprach. Es war ziemlich wahrscheinlich, daß das Foto von ihr und Erin mit Edison, seiner Frau und seinem Sohn, das der junge Fotograf auf der Wahlveranstaltung gemacht hatte, über die Hälfte aller Zeitungen des Landes verbreitet worden war. Wenn sie verhindert hätte, daß es publiziert wurde, wäre es wahrscheinlich irgendwo unter einem Aktendeckel verschwunden und nie wieder aufgetaucht.

»Wie konntest du das nur zulassen, Riva?« fragte ihre Schwester aufgebracht. »Gerade du? Es ist einfach abstoßend. Wenn ich es sehe, wird mir schlecht. Irgendwas müssen wir tun!«

»Ich tue mein Bestes, Margaret.«

»Nun, offensichtlich ist das nicht gut genug! Wenn du die Sache nicht selbst in Ordnung bringen kannst, werde ich herunterkommen und die Sache persönlich in die Hand nehmen müssen.«

»Auf jeden Fall. Wie?«

»Weiß ich nicht! Kannst du nicht mit Edison reden und an seine Vernunft appellieren?«

»Das habe ich gerade versucht, als das Foto gemacht worden ist. Er war nicht besonders kooperativ.«

»Wenn es zum Schlimmsten kommt, kannst du ihm immer noch sagen –«

»Nein«, sagte Riva mit harter Stimme.

»Reiß mir doch nicht gleich den Kopf ab. Du weißt, daß diese Sache nicht weitergehen darf!«

»Ich habe auch nicht vor, das zuzulassen. Ich werde Edison heute zum Mittagessen treffen. Irgendwie werden wir uns schon einigen.«

»Wirklich, Riva, jetzt ist nicht der richtige Moment, um ihn unter Druck zu setzen. Ich weiß es, du fängst es völlig falsch an. Denk daran, mit Honig fängt man mehr Fliegen als mit Essig.«

»Vielen Dank für deinen weisen Rat. Unglücklicherweise kann man mit Honig aber auch die Ratten anlocken.«

»Was meinst du damit?« Margarets Stimme klang ziemlich scharf.

»Ich meine, Edison hat sich nicht geändert. Sein Entgegenkommen hat vielleicht einen Preis.«

»Was könntest du denn schon für ihn tun? Oh, ich denke, du meinst einen finanziellen Beitrag zu seiner Wahlkampagne.«

»Ich glaube, er hat einen persönlicheren Dienst im Sinn.«

Ihre Schwester hielt schockiert den Atem an, das war deutlich hörbar. »Du willst doch wohl nicht sagen, daß er nach all den Jahren wieder mit dir ins Bett will. Das bildest du dir bestimmt ein!«

»Vielen Dank, meine Liebe. Du bist wirklich eine Stütze für mein Ego.«

»Damit hat doch dein Ego nichts zu tun. Das ist eine ernste Angelegenheit.«

»Ich bin mir mehr als jeder andere«, sagte Riva mit ruhiger Betonung, »dieser Tatsache bewußt.«

»Nun ja, gut, vermutlich ist es so«, ertönte die grollende Antwort. »Aber ich mache mir solche Sorgen, daß ich nicht klar denken kann. Was immer Edison auch will – eine Spende, Unterstützung, deinen mächtigen Freunden vorgestellt werden, was auch immer – du mußt es ihm geben. Das ist alles, was du tun sollst.«

Margaret wußte nicht, was sie sagte. Auf jeden Fall mußte Riva das annehmen. Ihre Schwester dachte wirklich nicht vernünftig, wenn es um Erin ging. »Ich habe nicht die Absicht, Edison irgend etwas zu geben; er hat schon genug von mir bekommen. Er sollte sich besser Sorgen darum machen, was ich ihm nehmen kann.«

»Mein Gott im Himmel, Riva! Du ruinierst bestimmt alles. Edison wird sich nicht einfach so bedrohen lassen.«

»Das werden wir ja sehen.«

»Oh, mein Herz, ich fühle, wie es rast. Ich kann das einfach nicht ertragen, Riva, ich kann es nicht! Wenn ich mir vorstelle, was alles auf uns zukommen könnte! Ich kann es einfach nicht glauben.«

»Nimm deine Medizin und leg dich hin«, sagte Riva mit besänftigender Stimme. Margaret war sicher, daß sie das schwache Herz ihrer Mutter geerbt hatte, obwohl die Ärzte bei ihr nur nervöse Rhythmusstörungen finden konnten. »Es wird schon alles gut werden.«

»Hoffentlich hast du recht, oh, ich hoffe es wirklich. Aber rufe mich bitte nach deinem Mittagessen mit Edison an, ja? Ich kann es nicht ertragen, wenn ich nicht weiß, was los ist.«

»Ja, ich rufe dich an, mach dir keine Sorgen.«

Nach noch etwas mehr Zuspruch hängte Margaret ein. Riva gab George den Hörer zurück und lehnte sich ins Polster, sah dem Verkehr um ihren Wagen herum zu und betrachtete die Gebäude, ohne sie wirklich wahrzunehmen. Es wäre eine angenehme Sache, dachte sie, wenn es ihr gelingen würde, sich ihrer Sache wieder sicher zu sein.

5

Das erste, was Riva im Staulet-Gebäude machte, war, ihre Sekretärin bei ›Commander's‹ einen Tisch reservieren zu lassen, wie das erste Restaurant der Stadt liebevoll genannt wurde.

Sie wünschte sich zum tausendsten Mal, sie hätte dem Treffen mit Edison nie zugestimmt. Sie hätte sich am Samstag überhaupt nicht auf eine Diskussion mit ihm einlassen, sondern ihm einfach nur sagen sollen, was sie wollte, und dann hätte sie gehen müssen, so daß er die Folgen selbst zu verantworten hatte. Das war eigentlich auch ihr Plan gewesen, und es störte sie, daß es anders gekommen war.

Andererseits war es sinnlos, sich Sorgen über Dinge zu machen, die im Augenblick nicht zu ändern waren. Sie verbannte jeden Gedanken daran aus ihrem Gehirn und konzentrierte sich auf ihre Arbeit.

Die Staulet Corporation war eine alte Firma. Sie war kurz vor dem amerikanischen Bürgerkrieg gegründet worden, als Cosmos Urgroßvater einem befreundeten Baumwollhändler Geld geliehen hatte. Der Mann war ein schlechter Geschäftsmann gewesen, und Staulet hatte sich, obwohl er aus einer Familie kreolischer Aristokraten stammte und Handel als erniedrigende Beschäftigung empfand, um das Geschäft gekümmert, um seine Investition zu schützen. Er hatte herausgefunden, daß ihm Kaufen und Verkaufen gefiel, besonders wenn es um Ländereien ging. Er hatte Bonne Vie und auch den kleinen Tempel in der Mitte des Teiches gebaut. Obwohl er seinen Anteil Gold zu der verlorenen Sache der Konföderierten beigetragen hatte, war er als kluger Mann auf die Idee gekommen, einen beträchtlichen Betrag kurz vor dem Zustandekommen der Seeblockade vor den Südstaaten nach England zu transportieren. Dieses Geld hatte es ihm und seinem Sohn in der Zeit des Wiederaufbaus erlaubt, ihren Wohlstand zu vermehren und ihrem Besitz weitere Ländereien hinzuzufügen.

Zu der Zeit, als sein Enkel, Cosmos Vater, erwachsen geworden war, hatte die Firma schon riesige Ländereien mit Zuckerrohr und Reisanbau besessen. Sie hatte auch große Flächen Sumpfland in Louisiana erworben, was ihre Konkurrenten damals lächerlich fanden.

Eben dieser Staulet hatte auch eine Leidenschaft für Schiffsreisen entwickelt und sich für Handelsschiffahrt interessiert, nicht zuletzt, weil er die Schätze, die er im Orient erworben hatte, nach Hause transportieren wollte. Er hatte seine Schiffe verkauft, als die Luftfahrt den Profit zu verringern begann, doch zu jener Zeit war seine Sammlung von chinesischem Porzellan schon vollständig gewesen, die er dann bei seinem Tod dem staatlichen Museum vermacht hatte. Ein weiterer Teil seiner Errungenschaften waren die herrliche Jade-Sammlung, die im Eingangsbereich des Staulet-Gebäudes im Erdgeschoß ausgestellt war, sowie der große, würdevoll im Schatten sitzende Bronze-Buddha, der das Tempelchen in Bonne Vie zierte.

Erst Cosmo hatte in den fünfziger Jahren begonnen, nach Öl zu bohren, wodurch das Sumpfgelände, das der Gesellschaft schon so lange gehörte, in flüssiges Gold verwandelt worden war.

Das Öl hatte in Cosmos Entwicklung eine so große Rolle gespielt, daß er es kaum hatte akzeptieren können, daß es auch dort einen Niedergang geben konnte. Riva hatte ihn gewarnt, daß die fetten Zeiten des Ölgeschäfts nicht anhalten konnten und daß er ein gefährliches Übergewicht seiner Geschäfte auf diesen Bereich verlegt hatte. Sie wollte keinen Dank, als sich herausstellte, daß daraufhin wirklich ein Niedergang auf dem Erdölmarkt folgte, auch nicht dafür, daß sie erkannt hatte, daß Mikroprozessoren den neuen Aufschwung zur nächsten Ebene des Wohlstandes brachten. Letzteres war ihr im Gespräch mit Noel bewußt geworden. Doch zu jener Zeit war Cosmo nicht in der Stimmung gewesen, seinen Sohn zu sehen, geschweige denn sich seinen Rat zu Herzen zu nehmen. Riva hatte Cosmo überredet, Noel die Entwicklung seiner Technologie in Frankreich zu ermöglichen und aktiv die Beziehungen nach Asien zu unterstützen, die Noel aufgebaut hatte und mit deren Hilfe die notwendigen elektronischen Teile so billig hergestellt werden konnten. Zumindest in diesem Punkt hatte sie Vater und Sohn zusammengehalten, anstatt sie sich weiter zu entfremden. Das war ihr ein Trost gewesen.

Der Morgen verging viel zu schnell. Riva hatte das Gefühl, als wäre sie gerade erst angekommen, als ihre Sekretärin anklopfte, den Kopf durch die Tür streckte und ihr sagte, daß der Wagen warte, um sie zum Restaurant zu bringen.

Riva schloß die Akte, an der sie gerade gearbeitet hatte, und schob die Kappe auf ihren Füller. Sie legte beides zur Seite, nahm ihre Handtasche aus der untersten Schublade ihres Mahagonischreibtisches und überprüfte ihr Make-up. Sie stand gerade auf und wischte sich die kleinen Papierfitzelchen, die eine unvermeidliche Folge von Arbeit mit Papier waren, vom Rock ihres korallenfarbenen Kostüms, als sich die Tür noch einmal öffnete. Noel kam herein. Er zögerte, als er sah, daß sie stand, schloß dann die Tür hinter sich und kam ins Zimmer.

»Auf dem Weg zum Essen mit Gallant?«

»Ja, zufällig.«

»Gehe ich recht in der Annahme, daß du keine Verstärkung brauchst?«

Sie starrte ihn einen Moment lang überrascht an. Wenn sie es nicht besser gewußt hätte, hätte sie geglaubt, daß er ihr seinen Schutz anbot. Das war natürlich Blödsinn. »Ich habe dir doch schon gesagt, daß die Sache nichts mit der Gesellschaft zu tun hat.«

»Das habe ich auch so verstanden.«

»Aber du zweifelst daran?«

»Habe ich das gesagt?« Sein Ton klang jetzt etwas unsicher.

»Nein, natürlich nicht, das ist nicht deine Art. Genaugenommen sagst du sehr wenig, also muß ich raten, was du meinst. Ich nehme an, du machst dir Sorgen, daß ich die Staulet Corporation kompromittiere, indem ich zu freundlich mit dem Mann umgehe, der wahrscheinlich der nächste Gouverneur wird, und daß ich mich auf jene Art von privaten, unter dem Tisch geschlossenen Arrangements einlasse, die zu öffentlichen Schwierigkeiten führen. Ich kann dir versichern, daß mir bestimmt nichts ferner liegt als das.«

»Und Gallant geht es wahrscheinlich genauso. Ich nehme an, sein Interesse an dir liegt eher unter der Bettdecke.«

Sie war schon seit Jahren nicht mehr rot geworden. Die Scham, daß ihr das jetzt passierte, brachte einen scharfen Klang in ihre Stimme. »Da das bei mir nicht so ist, gibt es keinen Grund zur Besorgnis.«

»Es gäbe noch weniger Grund dazu, wenn man aus dieser Verabredung einfach ein Geschäftsessen machen würde.«

»Bist du so neugierig, daß du dich selbst einlädst, mit uns zu essen?« So etwas zu sagen war ein Risiko, das sie eingehen mußte. Sie mußte unbedingt allein mit Edison sprechen.

»Ich versuche – offensichtlich ohne Erfolg – dir im Zusammenhang mit diesem Mann besonders große Vorsicht nahezulegen.«

»Das ist nicht nötig. Ich bin immer vorsichtig.«

Sein Gesicht wurde hart. »Sehr wahr«, sagte er, »ich hätte daran denken sollen.«

Er ging an ihrem Schreibtisch vorbei und stellte sich an das vom Boden bis zur Decke reichende Fenster, durch das ihr Büro mit Licht überflutet war. Er steckte eine Hand in die Tasche und schaute über die Dächer und kleinen Grünflächen des French Quarter zur großen Biegung des Mississippi. Riva sah an ihm vorbei und entdeckte einen Frachter, der langsam die schlammbraune Wasserstraße entlangfuhr, ein Containerschiff, beladen mit den kastenförmigen Lastwagenaufsätzen voller Waren für Afrika oder Südamerika oder irgendeinen anderen exotischen Ort. Aus der entgegengesetzten Richtung kam eines der Ausflugsschiffe, das aussah wie ein altmodischer Dampfer, rot-weiß gestrichen, mit doppelten Schornsteinen und einem Schaufelrad am Heck. Den beiden zuzusehen, wie sie sich dort in der Flußbiegung begegneten, war, als sähe man Vergangenheit und Gegenwart zusammenkommen und sich dann in verschiedene Richtungen entfernen.

Der Tag war strahlend und heiß. Noel stand als Silhouette vor dem Sonnenschutzglas. Seine Haltung war entspannt, seine Schultern unter dem hervorragend sitzenden Jackett breit und kantig. Dennoch vibrierte die Spannung in der Luft zwischen ihnen beiden, und das machte Riva unruhig. Dieses Gefühl war ihr nicht neu; eigentlich hätte sie sich inzwischen längst daran gewöhnen müssen. Sie fragte sich manchmal, ob Noel das auch spürte, wenn sie zusammen waren. Er schien es nie zu bemerken – er wirkte immer so distanziert und selbstzufrieden, daß sie das Bedürfnis hatte, ihn zu schlagen, ihn zu schockieren, irgend etwas zu tun, um diese Barriere zu durchbrechen, die er zwischen ihnen errichtet hatte.

Sie atmete einmal tief durch, um sich zu beruhigen, bevor sie wieder sprach. »Ich verspreche dir, ich werde nichts tun, um die Gesellschaft zu gefährden. Bist du jetzt zufrieden?«

»Glaubst du denn wirklich, daß das das einzige ist, was mich daran interessiert?« fragte er, ohne sich zu ihr umzudrehen.

»Nein, absolut nicht. Ich hätte sagen sollen, daß ich auch nichts tun werde, um den Namen der Staulets zu gefährden.«

Er lachte hohl. »Ach ja, der Name der Familie.«

»Dein Vater fand ihn sehr wichtig.«

»Daran zweifle ich nicht. Ich bin nicht mein Vater. Ich bin ihm nicht einmal entfernt ähnlich.«

»Er... war ein feiner Mann.«

»Das brauchst du mir nicht zu sagen.«

Plötzlich erinnerte sie sich deutlich an den nicht allzu lange zurückliegenden Verlust und den sehr lange zurückliegenden Schmerz. Sie sah auf ihre Uhr und sagte in betont abschließendem Ton: »Da bin ich auch sicher. Ich glaube, ich gehe jetzt besser, sonst komme ich zu spät zu meiner Verabredung.«

Er drehte sich um, um sie anzusehen, und in seinen dunklen Augen war ein eigentümlich intensiver Ausdruck. »Du hast Angst vor mir, nicht wahr?«

»So ein Unsinn! Warum sollte ich Angst vor dir haben?«

Ihre Worte klangen fest genug, aber in Rivas Brust tobte ein Gefühl von Panik. Noel hatte immer die feinen Unterströmungen gespürt, die in den meisten Gesprächen und Beziehungen herrschten. Es hatte in der Vergangenheit auch schon einmal Zeiten gegeben, in denen er ihre Ängste und Unsicherheiten viel zu gut gespürt hatte. Auf ein solches Mitgefühl konnte sie im Augenblick wirklich ganz gut verzichten. Sie umfaßte ihre Handtasche fester, maß mit einem unauffälligen Blick die Entfernung zur Tür und fragte sich, ob er sie jetzt wohl zurückhalten würde, wenn sie versuchte zu gehen. »Ich weiß nicht, warum, aber es ist so. Du kannst es grundsätzlich nicht ertragen, länger als nur ein paar Minuten in meiner Gegenwart zu sein. Du sprichst so selten wie möglich mit mir. Du sitzt an jedem Tisch so weit wie möglich von mir entfernt. Wenn ich in ein Zimmer komme, findest du einen Grund zu gehen. Du denkst dir komplizierte Geschichten aus, um nicht im selben Auto mit mir fahren zu müssen. Was ist los mit dir?«

»Nichts ist mit mir los. Du bildest dir das alles nur ein.«

»Ja, natürlich. Du würdest bestimmt auch jetzt abstreiten, daß du dir überlegst, wie du am besten aus dem Zimmer kommst.«

»Ich habe eine Verabredung!«

»Du glaubst doch wohl nicht, daß ich dich angreife oder gleich hier auf dem Boden deines Büros über dich herfalle, oder?«

Erstaunt sah sie ihm in die Augen. Die einzige Antwort, die ihr dazu einfiel, war die klare Wahrheit: »Nein, das käme mir nie in den Sinn.«

Er machte ein leises Geräusch, fast wie der Hauch eines Lachens. Seine dunkelgrauen Augen funkelten ganz kurz, so daß Riva nicht sagen konnte, ob es Schmerz oder Leidenschaft oder beides gewesen war.

Sie befeuchtete ihre Lippen. »Du . . . ich muß zugeben, daß du ausreichend Gründe hast, mich nicht leiden zu können. Wenn ich nicht wäre, würde alles dir gehören – die Gesellschaft, das Haus, alles.«

»Du hast über zwanzig Jahre mit meinem Vater zusammengelebt. Ich sollte doch besser als alle anderen wissen, wie hart du gearbeitet hast.«

In dieser Bemerkung lag eine Spitze, und sie spürte sie. Mit scharfem Ton erwiderte sie: »Um Arbeit ging es überhaupt nicht.«

»Das bezweifle ich auch gar nicht. Ich weiß, daß mein Vater dir alles überlassen hätte, was du wolltest, egal, was du getan hättest. Aber Tatsache ist, daß du seine rechte Hand geworden bist, jemand, auf den er nicht mehr verzichten konnte.«

Sie hob das Kinn. »Nun, ich hatte aber nicht erwartet, mit dir zusammen Eigentümerin von allem zu werden.«

»Wolltest du alles?«

»Ich bin doch nicht dumm. Ich weiß, daß das angesichts der Gesetze des Staates Louisiana unmöglich ist.«

»Sonst hättest du vielleicht –«

»Nein! Nein, das habe ich nicht gemeint. Ich wäre mit einem guten Einkommen völlig zufrieden gewesen.«

»Was für dich ein gutes Einkommen ist«, sagte er leise, »wäre für jeden anderen ein Vermögen.«

Es war sinnlos, etwas zu erklären oder zu erwarten, daß er ihre Haltung verstehen würde. Sie hätte es wissen müssen. Sie hob in einer achtlosen Geste eine Schulter. »Natürlich habe ich nicht erwartet, in einer Sozialwohnung zu wohnen und von Sonderangeboten leben zu müssen.«

»Statt dessen bist du Präsidentin der Gesellschaft, zu deren Aufbau in ihrer augenblicklichen Größe du beigetragen hast. Was kann natürlicher und richtiger sein?«

»Wenn du das wirklich glaubst«, sagte sie und betrachtete genau sein Gesicht, um jede Veränderung des Ausdrucks zu bemerken, »dann hast du eigentlich keinen Grund, mich hinauszudrängen.«

»Genau.«

»Also warum versuchst du es dann?« Die Frage kam ganz plötzlich aus einem inneren Gefühl.

Er strich sich mit einer Hand über das Haar. »Ich hatte eigentlich vorgehabt, die Atmosphäre zwischen uns zu bereinigen. Wir müssen lernen, zusammenzuarbeiten, du und ich, irgendwie. Das geht nicht, wenn wir uns nicht vertrauen.«

»Ich glaubte, wir hätten das schon seit sechs Monaten getan.«

»Hat das, was wir getan haben, irgendeine Ähnlichkeit mit deiner Zusammenarbeit mit meinem Vater? Gibt es zwischen uns Diskussionen, Geben und Nehmen, ein völliges Verständnis während der Entscheidungsfindung?«

Sie schüttelte widerwillig den Kopf. »Wohl kaum.«

»Dann haben wir auch nicht zusammengearbeitet.«

»Ist dir klar, daß das, was du da beschreibst, für uns vielleicht unmöglich ist.?«

»Das ist mir klar«, antwortete er, und seine Stimme klang hart. »Und wenn das so ist, wird einer von uns beiden gehen müssen.«

»Wer?« fragte sie, ohne es verhindern zu können.

Er ging zur Tür und öffnete sie. Sein Blick war abschätzend und dunkel vor Bedauern, als er zu ihr zurückschaute. »Das überlasse ich dir.«

Dann ging er. Riva stand eine Weile da und starrte die Tür an, die er hinter sich geschlossen hatte. Ihre Hände zitterten, sie bemerkte das ohne Überraschung. War das, was er gerade gesagt hatte, eine Bitte oder eine Warnung gewesen? Sie konnte sich nicht entscheiden. Sie konnte sich auch nicht entscheiden, welche der beiden Möglichkeiten sie beunruhigender fand.

Mit dem Herannahen der Mittagszeit war es heiß geworden. Die Luft war gesättigt mit Feuchtigkeit, so daß das Atmen schwerfiel und die Kleidung am Körper klebte. Auf der Fahrt zum Restaurant krochen die scharfen Abgase der Autos und Busse in Rivas Wagen, und das Glitzern der Chromteile in der Sonne war hell wie von grellen Scheinwerfern. Als sie durch die Tür des Commander's ging, kam es ihr vor, als würde sie einen kühlen Tempel, der der ruhigen und luxuriösen Lässigkeit und den Genüssen des Gaumens geweiht war, betreten.

Das Ritual, sich zum Tisch bringen zu lassen, die Speisekarte entgegenzunehmen, die Serviette auszuschütteln und sich auf den Schoß zu legen, war irgendwie tröstlich. Der Tisch gefiel ihr, er lag in der Ecke eines der oberen Räume, und sie konnte auf den Hof sehen. So schön die Tische unten im Hof auch waren, mit den gußeisernen Füßen und Glasplatten darauf, geschützt im Schatten einer riesigen Eiche, so war es doch draußen viel zu heiß. Im ersten Stock hatte Riva die Kühle der Klimaanlage und gleichzeitig die Illusion, in den Zweigen der Eiche zu sitzen, fast wie in einem Baumhaus. Das Dunkelgrün der Blätter wiederholte sich in der Inneneinrichtung und verstärkte diese Wirkung.

Edison war noch nicht da. Riva war eigentlich froh darüber, da sie durch die Unterhaltung mit Noel zu spät gekommen war. Sie war nicht gern unpünktlich, für sie bewies Unpünktlichkeit einen Mangel an Organisationsfähigkeit. Daß Edison nicht da war, verbesserte ihre Meinung von ihm nicht, aber sie vermutete, daß sein Zuspätkommen eine Art Machtspiel war, das sie verabscheute.

Ihr Eindruck bestätigte sich, als er dann kam. Edison riß sofort die Entscheidungsgewalt an sich, bestellte eine Flasche Pouilly-Fuisse und fing dabei eine große Diskussion über Weinlese und Winzer an. Er erklärte, er sei völlig ausgehungert, öffnete die Speisekarte, ohne den Wein richtig probiert zu haben und rief den Ober. Ohne Riva zu fragen, begann er, ein fünfgängiges Menü zu bestellen, einschließlich Hummer für zwei Personen. Riva versuchte zu widersprechen, wurde aber ignoriert. »Entschuldigen Sie«, sagte sie etwas lauter und sah den Ober an.

Der Mann wandte sich ihr in williger Haltung und mit einer Spur von Erleichterung zu. »Ja bitte, Madame Staulet?«

»Mein Gast ißt natürlich, was er wünscht, aber ich hätte gern den Salat des Hauses, ein Krabbenfleischsoufflé und frische Blaubeeren.«

Der Blick, mit dem Edison sie bedachte, enthielt gleichermaßen Erstaunen und Zorn. Ungerührt nahm sie ihr Weinglas und trank einen kleinen Schluck. Er vervollständigte seine Bestellung in knappem Ton und setzte sich dann in seinem Sessel zurück, während der Ober die Speisenkarten nahm und ging.

Edison starrte sie weiter an, dann wich der Zorn aus seinem Blick und wurde durch Amüsement ersetzt. Er verschränkte seine Finger über der Tischkante, schüttelte den Kopf und sagte: »Ich kann es einfach nicht begreifen.«

»Ja?«

»Ich kann nicht begreifen, wie sehr du dich geändert hast. Ich bin sprachlos.«

»Niemand bleibt unverändert.«

»Ja, schon, aber bei dir ist es, als hättest du alles ausradiert und neu angefangen.«

Sie hätte sich daran erinnern sollen, dachte Riva, daß es in die Trickkiste der Politiker gehört, Leute einzuschätzen. Sie lächelte. »Willst du damit andeuten, daß ich erfolgreich meine Arbeiterklassen-Vergangenheit zugedeckt habe?«

Er zuckte mit den Schultern. »So etwas Ähnliches.«

»Wenn das so ist, habe ich es nicht absichtlich getan. Ich nehme an, ich bin als so eine Art Zwischending bekannt, jemand, der nicht mehr in sein altes Leben paßt, sich aber in den oberen Rängen auch nicht wirklich wohl fühlt, so daß ich weder das eine noch das andere richtig bin.«

»Du siehst aber eindeutig aus, als gehörtest du in die oberen Ränge.«

»Ich nehme an, das war als Kompliment gemeint, also vielen Dank.«

»Aber trotzdem erinnere ich mich wieder –«

Die Art seiner Erinnerung war deutlich an dem Leuchten in seinen blauen Augen zu erkennen. Sie sagte kühl: »Ich sehe niemals zurück. Das bringt nichts.«

»Niemals?« fragte er mit leiser Stimme.

»Nicht, wenn ich es vermeiden kann.« Sie hielt einen Moment seinem Blick stand und änderte dann das Thema. »Wo ist Anne heute? Gehe ich recht in der Annahme, daß sie an deiner Kampagne mitarbeitet?«

»Heute abend hält sie eine Rede in irgendeinem Damenverein, aber jetzt gerade habe ich sie in der Royal Street verlassen, wo sie die Antiquitätenläden abklappert.«

»Auf der Magazine Road findet sie bessere Angebote.«

»Angebote braucht sie nicht. Wir haben genug altes Zeug.«

»Ich mag auch gern altes Zeug, wie du es nennst.«

Er grunzte. »Das ist vermutlich das einzige, was ihr beide gemeinsam habt.«

Seine Aufmerksamkeit ließ nach. Sein Blick wanderte durch das Restaurant und suchte nach bekannten Gesichtern. Eine Frau an einem naheliegenden Tisch lächelte ihm zu, und er nickte automatisch als Erwiderung, während er gleichzeitig den Knoten an seiner Krawatte berührte und sich über das Haar strich.

»Aha, ein moderner Mann.«

Wenn er ihren trockenen Ton verstanden hatte, reagierte er doch zumindest nicht darauf. »Ich bin aufgewachsen mit alten Möbeln und altem Geschirr. Ich mag Dinge, die ganz neu und blank sind, mit klaren Linien und ohne Schnörkel und Kanten, die nur Staub fangen.«

»Das ist aber ein Trugschluß. Staub sieht man auf klaren, glatten Oberflächen viel deutlicher.«

»Da ich nicht selbst Staub wische, ist mir das egal.«

»Natürlich«, sagte Riva und lächelte, als sie merkte, daß er sie jetzt verstand.

»Willst du mich reizen?« fragte er unfreundlich.

Sie hob fragend eine Augenbraue, und ihr grüner Blick war klar wie Wasser. »Wie kommst du denn auf die Idee?«

»Du warst immer schon sehr klug. Aber wir sind nicht hierhergekommen, um darüber zu reden, auch nicht über Anne oder Antiquitäten oder Staub. Ich möchte wissen, was genau du mir sagen wolltest, als du mir gedroht hast.«

»Ich dachte, ich hätte das ganz klar zum Ausdruck gebracht. Du weißt, daß dieses Treffen hier nicht meine Idee war. Ich habe alles, was ich sagen wollte, schon am Samstag gesagt.«

»Ja, wirklich? Ich dachte, ich hätte dir schon geantwortet, aber das scheint noch nicht alles gewesen zu sein.«

»Wohl kaum. Du mußt entscheiden, ob du lieber mit mir zusammenarbeiten oder den Sturm riskieren willst, den meine Informationen bei der Presse auslösen könnten.«

Seine Lippen verzogen sich zu einem humorlosen Lächeln. »Das Risiko ist, wie ich dir schon sagte, nicht nur auf meiner Seite. Du wirst nicht die Presse informieren.«

»Ich habe mich mehr verändert, als du denkst, glaub mir.«

»Und selbst wenn du es tätest, würdest du dadurch nicht bekommen, was du willst, nämlich Josh und Erin zu trennen, wenn ich dich richtig verstanden habe.«

»Nein«, sagte sie genüßlich, »aber es könnte mich sehr befriedigen.«

»Ich könnte dich auch befriedigen«, seine Stimme wurde vielsagend tiefer. »Wenn du deine Karten richtig ausspielst, könnte ich mich vielleicht sogar entschließen, Josh für einen Monat oder so wegzuschicken.«

Die Ankunft des Obers mit ihren Salaten hinderte Riva an einer Antwort. Sie lehnte sich mit gesenkten Wimpern zurück und bemühte sich, ihre Beherrschung zu wahren. Sie wagte es nicht, ihr Weinglas noch einmal in die Hand zu nehmen. Sie haßte Auseinandersetzungen außerordentlich, haßte die Aufregung der vergangenen Tage. Was war nur aus ihrem stetigen, gleichmäßigen Leben geworden?

Sie fragte sich, ob es nicht besser gewesen wäre, die Beziehung zwischen ihrer Nichte und Edisons Sohn zu ignorieren. Vielleicht war ihre Reaktion übertrieben, vielleicht würde ja gar nichts passieren. Vielleicht machte sie mit ihrer Sorge die Sache nur schlimmer. Auf jeden Fall machte sie für sich selbst alles schlimmer. Wie auch immer, sie konnte nicht zurück. Jetzt, da sie schon so weit gegangen war, mußte sie es auch zu Ende bringen. Und dabei würde sie Edison Gallant auch ein paar Dinge klarmachen.

Als der Ober gegangen war, beugte sie sich vor. »Hör mir jetzt sehr genau zu«, sagte sie, »denn ich werde es nicht noch einmal sagen. Ich werde nicht mit dir ins Bett gehen.«

»O doch, ich glaube schon«, sagte er, spießte ein Salatblatt auf seine Gabel, schob es sich in den Mund und zerbiß es. Er kaute stetig und lächelte sie dann wieder an.

Sie nahm ihre Gabel und schob den knackigen Spinat zur Seite, auf den sie keinen Appetit hatte. »Bist du schon einmal auf den Gedanken gekommen«, meinte sie, »daß da noch ein anderer – ich will einmal Skandal sagen – ist, den ich erwähnen könnte, wenn ich das wollte? Ich brauche dazu nur einen ganz kleinen Hinweis zu geben. Journalisten sind die besten Detektive der Welt, mit den besten Quellen. Ich müßte eigentlich selbst gar nicht in Erscheinung treten.«

Er schluckte schwer, und die Farbe wich unter seiner Bräune etwas zurück. »Was meinst du damit?«

»Ich glaube, du weißt schon ziemlich genau, was ich meine.«

»Du Nutte.«

Die Brutalität hinter dieser gezischten Beschimpfung erschreckte sie. Sie sah ihm über den Tisch in die Augen und entdeckte dort Schrecken und mörderische Wut. Sie schauderte. Direkt danach kam die Verwirrung. Sie hatte an Beth und an Edisons Rolle bei ihrem Tod gedacht. Dieses Ereignis konnte ihm sehr schaden, aber längst nicht so sehr wie seine bigamistische Ehe mit ihr. Schließlich gab es für seine Mitschuld an Beths Tod keinen Beweis. Einen Augenblick später war sie plötzlich überzeugt, daß Edison überhaupt nicht an Beth gedacht hatte. Ihre Augen verengten sich. »Es gibt auch eine ganze Menge nicht sehr schmeichelhafter Bezeichnungen, mit denen ich dich belegen könnte.«

Er würde sich nicht zu weiteren Indiskretionen verleiten lassen. Seine Züge milderten sich zu einem nichtssagenden Lächeln, während er sich in seinem Sessel zurücklehnte. Er sah sie eine ganze Weile an, bevor er sagte: »Ich habe dich unterschätzt.«

»Ein Irrtum, den du hoffentlich nicht noch einmal begehen wirst.«

»Wahrscheinlich nicht. Wieviel weißt du? Wieviel genau?«

Sie hatte das Gefühl, daß sie gar nichts wußte, hatte aber nicht vor, ihm das zu zeigen. »Genug.«

»Wissen kann manchmal gefährlich sein.«

Die Worte klangen sehr ruhig. Deshalb waren sie plötzlich so beängstigend. »Oft«, sagte sie.

»Du solltest daran denken, daß ich die Absicht habe, Gouverneur zu werden, egal, was ich dafür tun muß oder wer dabei zu Schaden kommt.«

Sie hob das Kinn. »Ist es möglich, daß jetzt du mir drohst?«

»Ich versuche nur, mich mit dir zu einigen.«

Es dauerte einen Moment, bis sie wieder etwas sagte. »Scheint dir das alles nicht etwas übertrieben? Ich habe dich doch nur um eine ganz einfache Sache gebeten.«

Er schüttelte langsam den Kopf. »Du mischst dich in mein Leben ein.«

»Du hast dich vor vielen Jahren in mein Leben eingemischt, sonst wäre dies gar nicht nötig.«

»Das verstehe ich nicht. Warum ist das alles so wichtig für dich?«

»Das habe ich dir schon gesagt. Ich will nicht, daß du der Schwiegervater meiner Nichte wirst.«

»Wie besorgt du doch bist.«

»Das muß ich. Margaret ist dir nicht gewachsen, und auf Boots wirst du vermutlich kaum hören.« Sie erwiderte seinen Blick und gab keinen Millimeter nach.

»Tja, Boots. Unsere Familien sind sowieso schon miteinander verbunden. Was sind Erin und Josh dadurch? Cousin und Cousine fünften oder sechsten Grades? Das ist ja wohl nicht weiter schlimm.«

»Für meinen Geschmack ist das zu nah. Alles ist zu nah für meinen Geschmack.«

Er beugte sich zu ihr vor. »Also gut, damit das ganz klar ist. Ich werde nicht im geringsten irgend etwas dagegen tun, wenn Josh sich mit seiner kleinen Cousine wie auch immer amüsieren will. Wenn er es mit ihr treibt, prima, soll er. Das beweist nur, daß er mein Sohn ist. Und ich gebe keinen Deut darauf, wie groß oder wie mächtig du dich fühlst. Wenn du Wert auf deinen süßen Arsch legst, mußt du verflucht vorsichtig sein mit dem, was du über mich sagst. Spiel ruhig dein Spielchen mit mir, meine Dame, aber du wirst selbst dabei etwas abbekommen. Oder umkommen.«

Riva stand mit Grazie auf und ließ ihre Serviette auf den Tisch fallen. »Wie ungeheuer gut du doch mit Worten umgehen kannst«, sagte sie mit kühler Ironie, während sie sich abwandte, »und mit Frauen. O ja, du bist ein echter Ladykiller.«

»Riva«, sagte Edison in gepreßtem Ton. »Riva!«

Sie sah sich nicht um, als sie fortging. Er klang wütend, oder vielleicht war sein Tonfall auch ängstlich. Sie hörte das Klappern von Besteck, als er aufstand. Er kam hinter ihr her.

Daß er sie durch ein öffentliches Restaurant verfolgte, war unglaublich. Sie ging schneller, lief schon fast zwischen den Tischen hindurch. Sie hörte Edisons Schritte und seine gemurmelte Entschuldigung, als er an einen Tisch stieß. Direkt vor ihr war die Treppe. Sie lief hinunter und trat in den unteren Raum, der voller Leute war, die sich ihrer Mahlzeit erfreuten.

Wahrscheinlich waren auch Freunde und Bekannte darunter, aber sie blieb nicht stehen, um sich umzusehen, während sie auf den Eingang zuhastete.

Der Geschäftsführer des Restaurants stand hinter dem Tisch für die Reservierungen. Riva sagte nur in atemloser Eile. »Tut mir leid, aber ich muß gehen. Mr. Gallant wird sich um die Rechnung kümmern.«

Der Mann nickte voller Würde, als wäre es ganz normal, wenn eine Frau von Rivas Format so einfach aus dem Haus rannte. Dann trat er einen Schritt vor, um Edison abzufangen.

Riva drückte die schwere Eingangstür auf und eilte auf den Bürgersteig. Ihr Fahrer, George, enttäuschte sie nicht. Er wartete im Wagen an der Kurve der Querstraße gegenüber dem Restaurant. Als er sie herauskommen sah, fuhr er los und hielt direkt vor ihr. Sie öffnete die Tür und stieg ein. Der Wagen fuhr ab, weg von Edison, der unter der Markise von Commander's stand, seine Serviette immer noch in der Hand, an einem Arm gehalten vom Geschäftsführer.

Ihre Flucht, die den führenden Kandidaten der Demokraten wie einen Tölpel erscheinen ließ, hätte eigentlich ein Triumph sein müssen. Statt dessen hatte sie das Gefühl, einen Fehler gemacht zu haben.

6

Es sah so aus, als würde Anne Gallant einen Einkaufsbummel in den Antiquitätengeschäften machen. Sie ging in verschiedene Geschäfte an der Royal Street, schlenderte zur Chartres Street und kam dann die Royal wieder herauf. Sie nahm Porzellan- und Silberteile in die Hand und stellte sie wieder hin, ließ ihre Finger über glatte, glänzende Tischoberflächen aus Mahagoni und Ebenholz gleiten und lauschte mit einem erfreuten Lächeln dem Schlag einer Uhr, die die Zeit in den Privaträumen von Ludwig XV. angezeigt hatte. Sie suchte eigentlich nichts Bestimmtes, vielleicht ein Schmuckstück, der traditionelle Trost für verletzte Ehefrauen. Eigentlich wartete sie auf ein Abenteuer.

Dieses Spiel spielte sie mit dem Gedanken ›was wäre, wenn‹. Was wäre, wenn sie entführt und auf ein Schiff gebracht würde, das auf dem Weg zu irgendeinem fernen Hafen war? Was wäre, wenn ein Mafia-Boß vorbeikäme und sie in seine schwarze Limousine ziehen würde? Was wäre, wenn eine Wand sich öffnen und ein gutaussehender Mann in der Kleidung von vor einhundertfünfzig Jahren sie in einen verborgenen Hinterhof der Stadt und in die Vergangenheit mitnähme?

Das war natürlich alles reine Phantasie. Sie erwartete nicht, daß ihr wirklich irgend etwas passierte. Warum sollte es? Es war noch nie so gewesen. Und selbst wenn es dazu käme: sie wußte genau, daß sie eigentlich zu angespannt und sich der Folgen zu sehr bewußt wäre, um es genießen zu können.

Nichtsdestotrotz gab es keinen Ort, der sich für ihr privates Spielchen besser geeignet hätte als das French Quarter in New Orleans. An diesem Ort war so viel Gefährliches und Geheimnisvolles geschehen, die Stadt hatte schon die unterschiedlichsten Bezeichnungen bekommen: *Sin City*, die Stadt der Sünden; *The Town Care Forgot*, die Stadt, die die Sorge vergaß; und in neuerer Zeit auch *The Big Easy*, der große Leichtsinn. *Let the good times roll*, wir lassen uns die guten Zeiten gefallen, war in New Orleans ebensosehr Philosophie wie Slogan. Hier schien wirklich alles möglich zu sein.

Edison schätzte es nicht, wenn sie allein unterwegs war, obwohl sie annahm, daß er sich weniger Sorgen um ihre Sicherheit machte als darum, in welche unangenehme Situation sie sich womöglich bringen könnte. Sie glaubte auch, daß er es ihr nur deswegen nicht verbot, weil er manchmal ganz froh war, wenn sie ihm nicht im Wege stand.

New Orleans war in gewissem Sinne berüchtigt, besonders das French Quarter. Es gab hier Seitenstraßen, denen sie schon am Tage auswich und die sie für kein Geld der Welt nachts betreten hätte. Aber das kribbelnde Gefühl eines gewissen Risikos gefiel ihr nun einmal. Auf den Hauptstraßen hatte sie es eigentlich noch nie gehabt, dort waren zu viele Touristen und Polizeistreifen unterwegs.

Sie liebte das Quarter: die Düfte nach kochendem Fisch und Meeresfrüchten gemischt mit karamelisiertem Zucker aus den verschiedenen Restaurants; das saure Aroma von Senf von den Wagen der Hot-Dog-Verkäufer; der Geruch nach Pflanzen und Blumen aus verborgenen Innenhöfen, aber auch nach alten Büchern, Antiquitäten, Parfüm, Räucherwerk und Massageöl aus den unterschiedlichsten Läden. Und darüber lag immer der Geruch vom Fluß, jene unverwechselbare sanfte Note aus Sumpf und Schlamm. Die Kontraste im Quarter waren faszinierend: farnbehangene Balkone mit Geländern aus Schmiedeeisen wie feine Spitzen drängten sich an heruntergekommene Spelunken, in denen fast nackte Männer und Frauen auf den Tischen tanzten; die Luxushotels standen neben düsteren, kleinen Bars, die sich der Erhaltung des Jazz gewidmet hatten; die geheiligten Wände eines alten Klosters oder einer Kirche waren oft nicht allzu weit entfernt von neonverzierten Läden, die nicht mehr waren als ein Loch, in dem Sexspielzeug verkauft wurde. New Orleans, so schien es Anne, lebte in einer Weise, in der nur wenige Städte zu leben wagten. Diese Stadt glich einer älteren Frau, die in ihrem Leben nicht allzu klug gewesen ist, aber gut genug gelebt hat, um jetzt interessante Erinnerungen zu besitzen, die sich manchmal schön machte, wenn sie in Gesellschaft war, aber die auch nicht allzuviel darauf gab, wenn nicht alles ganz perfekt war, wenn ihre Spitze etwas zerrissen oder ihre Schuhe abgetragen waren. Sie feierte ihre Feste, wie sie fielen, sorgte dafür, daß es oft welche gab, und erwartete das auch von anderen. So war sie nun einmal. Die Leute konnten sie entweder mögen oder verabscheuen. Vielleicht war es mehr als alles andere dieser Mangel an Selbstkontrolle, der Anne immer wieder hierherzog. Sie selbst besaß so wenig davon, daß das ungeheuer verführerisch für sie war. Auf ihrem Weg kam sie auch an der alten Mahagoni-Glastür von Lecomte's, Dante Romolis Restaurant, vorbei. Sie hatte hier schon manchmal mit Edison gegessen, wenn sie in der Stadt waren, und es waren immer Gelegenheiten gewesen, an die es sich zu erinnern lohnte. Die Restaurants von New Orleans standen denen von Paris kaum nach in jener Mischung aus überschwenglicher Freude am Essen und dem außerordentlichen Service, den manche so sehr schätzen, der aber auch so viele einschüchtert. Lecomte's gehörte zu den besten.

Anne sah Dante ein paar Minuten später auf dem Bürgersteig auf der anderen Straßenseite. Er verschwand gerade in einem Haus, das nach einem Fernsehsender aussah, so unwahrscheinlich das auch hier zwischen all den Läden für Touristen und den Sehenswürdigkeiten zu sein schien. Sie war stolz, daß sie ihn erkannt hatte, obwohl sie ihm erst einmal begegnet war. Es war ihr immer schon schwergefallen, Namen und Gesichter in Erinnerung zu behalten, was für die Frau eines Politikers keine günstige Eigenschaft war. Wahrscheinlich war es ihr diesmal gelungen, weil sie gerade erst an ihn gedacht hatte. Eine Auslage mit altem Schmuck bei einem Juwelier auf der anderen Straßenseite fiel ihr auf. Sie wartete, bis ein Bus und ein Wagen mit Touristen vorbeigefahren waren, und ging dann hinüber, um sich die Auslage näher anzusehen. Es waren ein paar recht interessante Stücke dabei, die meisten stammten jedoch aus dem Jugendstil, und Anne war auf Stücke aus der Viktorianischen Zeit und Jet spezialisiert.

Sie wollte sich gerade wieder abwenden, als ganz in ihrer Nähe Dante

Romoli aus dem Haus trat. Jemand in dem Fernsehsender rief noch etwas hinter ihm her. Er drehte sich um und hielt mit der Hand die Tür auf, um zu antworten.

»Ich finde trotzdem, daß Sie ein Naturtalent sind«, rief der Mann drinnen. »Keiner in New Orleans versteht so viel vom Essen wie Sie.«

Dante schüttelte den Kopf. »Mein Cajun-Erbe kann Justin Wilson nicht das Wasser reichen, und Paul Prudhomme denkt in ganz anderen Größenordnungen als ich. Ich bin Restaurantbesitzer, nicht Küchenchef!«

»Bei Ihrem Aussehen schlagen Sie die anderen schon durch Ihren Sex-Appeal. Und daß Sie kochen können, weiß ich, weil ich von den phantastischen Omeletts gehört habe, die Sie für die süßen jungen Dinger machen, die zum Frühstück bleiben. Etwas in der Richtung könnten Sie ja dann im Zweifelsfalle machen.«

»Natürlich könnte ich, wenn Sie mit Ihren Kameras in meine Wohnung kommen«, sagte Dante im Scherz.

»Meinen Sie das im Ernst? Können wir kommen und filmen?«

»Nein, zum Teufel! Ich stehe nicht auf solche Aktionen.«

Man hörte einen Fluch, der nicht allzu hitzig gemeint war. Dante grinste, ließ die Tür zufallen und wandte sich ab.

Anne sah, daß er auf sie zukam. Sie versuchte einen Augenblick, sich zu sammeln, und bemühte sich dann um ihr anmutigstes Lächeln. Sie wollte ihm eigentlich nur zum Gruß zunicken und dann weitergehen, wie sie es bei jeder Zufallsbegegnung tat. Statt dessen sah sie in seine dunklen Augen, die von Lachen und Freundlichkeit leuchteten, und blieb ganz plötzlich stehen.

»Ah, Mrs. Gallant«, sagte er, als er nah genug herangekommen war. »Guten Morgen.«

»Guten Morgen.« Sie streckte ihm die Hand hin, da ihr im Augenblick nichts Besseres einfiel. Sie hatte kurz den Eindruck, er würde sie zu seinen Lippen heben, und empfand eine Spur von Enttäuschung, als er nur mit französischer Höflichkeit den Kopf neigte in einer Geste, die Respekt und Anerkennung auf angenehme Weise verband.

»Wie ist es Ihnen gelungen zu entkommen?« fragte er, nachdem sie die üblichen Höflichkeiten ausgetauscht hatten. »Ich dachte, Sie verbringen die ganze Zeit während einer solchen Kampagne damit, bei Mittagessen Reden zu halten und vor Firmen und Fabriken Leuten die Hand zu schütteln.«

»Ja, ich bin auch sicher, daß jemand einen schrecklichen Fehler gemacht hat, aber heute habe ich einen freien Vormittag.«

Sein Lächeln war wärmer, als es unbedingt nötig gewesen wäre. Sein schnelles Verständnis gab ihr das seltene Gefühl einer spontan guten Beziehung. Außerdem war da noch die stetige Intensität seines dunklen Blicks, der ihr den Eindruck vermittelte, seine ganze Aufmerksamkeit zu haben.

»Gehen Sie einfach nur spazieren?« fragte er, »oder hatten Sie ein bestimmtes Ziel?«

»Ach, ich habe mich nur ein wenig umgesehen, vor allem nach Antiquitäten. In dieser Gegend gibt es so viele schöne alte Dinge.« Anne machte eine vage Geste die Straße hinauf und hinunter.

»Ich würde Ihnen gern helfen, etwas Schönes zu finden, wenn ich kann. Ich kenne mich ganz gut aus und weiß, in welchen der Läden hier was zu bekommen ist.«

»Ich hatte mich heute nach Schmuck umgesehen«, sagte sie, aber weil sie plötzlich das Bedürfnis hatte, als ernstzunehmende Sammlerin von Antiquitäten verstanden zu werden, fügte sie hinzu: »Und nach einem Stuhl, vielleicht einem Schaukelstuhl, aus Korbmaterial.«

Dante runzelte die Stirn. »Der Schmuck ist kein Problem, aber der Stuhl vielleicht. Schaukelstühle aus Korb waren als nicht sehr dauerhaft bekannt. Aber ich kenne einen kleinen Laden auf der Magazine Street, der vielleicht einen haben könnte.«

»Ja, wirklich?« Sie wollte eigentlich nicht dorthin gehen, da sie aber das Gespräch auf den Schaukelstuhl gebracht hatte, mußte sie jetzt zumindest interessiert klingen.

»Mein Auto steht gleich um die Ecke. Ich werde Sie hinbringen.«

»Oh, ich möchte Ihnen keine Umstände machen, Mr. Romoli, aber vielen Dank für das Angebot. Vielleicht sagen Sie mir einfach, wo es ist –«

»Nennen Sie mich Dante. Und es macht mir wirklich keine Umstände, *chère*. Überhaupt keine Umstände.«

Bevor sie so recht begriff, wie ihr geschah, führte Dante sie zu seinem flachen, roten Alfa Romeo und hielt ihr die Tür auf. Als sie aus der Garage auf die Straße fuhren, kam ihr plötzlich der Gedanke, daß es wirklich sträflich dumm von ihr war, sich in das Auto eines fremden Mannes zu setzen. Sie konnte sich gut vorstellen, was Edison dazu sagen würde. Eigentlich hatte sie keine Ahnung, wie es dazu kam, aber sie hatte keine Angst. Dante Romoli war ein vertrauenerweckender Mann durch sein geschliffenes Benehmen und seine Höflichkeit. Es war zwar möglich, daß er ihr das alles nur vorspielte, aber sie glaubte es eigentlich nicht. Immerhin war er ja ein Freund von Riva Staulet. Er mußte ein respektabler Mann sein.

Trotzdem war sie nicht sicher, ob er ganz ohne Hintergedanken so hilfsbereit war. Sie hatte im Laufe der Jahre einen Instinkt für Leute entwickelt, die etwas von ihr wollten. Und ihr gefiel der Gedanke nicht, daß Dante sie vielleicht nur benutzen wollte, um an ihren Mann heranzukommen. Trotzdem war ihr klar, daß das möglich war. Aber das machte nichts. Jetzt war sie mit ihm zusammen, und schließlich wollte sie ja auch etwas von ihm. Vielleicht war ihr der Gedanke schon in dem Augenblick in den Sinn gekommen, als sie ihn gesehen hatte.

Sie wünschte, sie hätte sich etwas Hübscheres angezogen. Ihr blauer Jeansrock mit dem roten T-Shirt unter dem zarten Chambray-Hemd war gut geeignet für den warmen Tag, doch nicht einmal der Strohhut mit dem roten Band, den sie dazu trug, war fein genug, um zu Dantes weißem Seidenhemd und den perfekt geschnittenen grauen Hosen zu passen. Seine Krawatte und sein Jackett lagen auf dem Rücksitz, und seine Ärmel waren bis zu den Ellenbogen aufgekrempelt, trotzdem hatte seine Erscheinung noch die edle Eleganz europäischer Schneiderkunst.

Es war natürlich dumm, sich Gedanken über solche Dinge zu machen. In ein paar Minuten würde Dante Romoli sie vor einem Antiquitätenladen absetzen und dann wieder an seine Arbeit gehen. Da sie sehr wahrscheinlich niemand zusammen sah, war es ganz unwichtig, wie sie aussah.

Anne sprach ihn an, weil sie das Bedürfnis hatte, das Schweigen zu unterbrechen, aber auch weil sich gerade die Gelegenheit dazu bot. »Riva Staulet ist eine ungewöhnliche Frau. Kennen Sie sie schon lange?«

Dante sah sie mit einem prüfenden Blick an. »Ja, schon eine ganze Weile, aber vermutlich noch nicht so lange wie Ihr Mann.«

»Oh, ich glaube, da irren Sie sich. Edison ist ihr an diesem Wochenende zum ersten Mal begegnet.«

»Tut mir leid, dann habe ich mich getäuscht.«

Irgend etwas am Klang seiner Stimme irritierte sie. Sie sagte: »Es ist eigentlich seltsam, daß wir ihr noch nie begegnet sind. Ich meine, wir müssen schon öfter bei denselben Veranstaltungen gewesen sein, wie zum Beispiel Wohltätigkeitsbällen, Parties in Baton Rouge, Inaugural-Bällen im Hause des Gouverneurs und ähnlichen Gelegenheiten.«

»Tja, so ist es im Leben«, sagte Dante mit nachdenklicher Stimme. »Von jetzt an werden Sie keinen Schritt mehr machen können, ohne sie zu treffen. Oder vielleicht auch mich, zum Beispiel.«

»Das wäre nett.«

Er sah sie an, und seine Augen glitzerten vor Vergnügen. »Da spricht die höfliche Politikergattin.«

»Nein, nein, das meine ich wirklich so«, protestierte Anne, und als er daraufhin laut lachte, bemerkte sie erst, daß er sie aufzog. Das war ein ganz neues Gefühl für sie. Es war schon ziemlich lange her, daß sich zum letzten Mal jemand – natürlich außer ihrem Sohn Josh – für das interessiert hatte, was sie dachte und fühlte.

»Im Ernst«, sagte Dante, »es wäre mir ein Vergnügen, Ihnen und Ihrem Mann öfter zu begegnen, allerdings bezweifle ich, daß Sie im Laufe der Kampagne genug Zeit haben, Leute zu treffen.« Da sie zustimmend lächelte, sprach er weiter. »Ihr Mann scheint gute Chancen zu haben, die Wahl zu gewinnen.«

»Ja.«

»Ich weiß, daß Spenden bis zur letzten Minute erwünscht sind, aber ich vermute, daß sein Budget für die Kampagne ausreichend ist, wenn man bedenkt, wie viele Menschen ihn unterstützen.«

»Ich denke auch, aber Platz für eine Steigerung ist natürlich immer.«

»Ich kann mir eigentlich nicht vorstellen, was er als Gegenleistung für die Unterstützung einer Firma wie die Staulet Corporation tun könnte.«

»Ich auch nicht«, sagte Anne in festem Ton. »Und auch nicht, was die Staulet Corporation von ihm erwarten könnte.«

Sie hatten vor einer roten Ampel angehalten und sahen sich an. Ein Lächeln begann in Dantes Augen, und Anne spürte, wie es sich auf ihre Lippen übertrug. Sie lachten genau gleichzeitig.

Die Ampel wurde wieder grün, und Dante fuhr los. »Also gut, ich frage Sie nicht über Ihren Mann aus, wenn Sie mich nicht über Riva ausfragen.«

»Ich kann Ihnen auch nur versichern, daß das bei mir gar nichts nutzen würde. Ich weiß eigentlich nichts. Und ich bewundere Ihre Loyalität gegenüber Mrs. Staulet.«

»Sie haben aber auch ganz gut gemauert.«

»Tut mir leid, das wird einem irgendwann zur zweiten Natur.«

»Sie brauchen sich nicht dafür zu entschuldigen, *chère.* Es geht mich wirklich nichts an, was zwischen den beiden gewesen ist.«

»Mrs. Staulet hat nicht –«

»Nein, sie hat nichts gesagt, außer daß die beiden heute mittag zusammen essen wollen, und ich nehme an, sie hätte es mir gesagt, wenn sie gewollt hätte, daß ich davon weiß! Es ist nur – nun, ich war bei dieser Veranstaltung am Samstag, und ich bin eben neugierig.«

»Ich verstehe genau, was Sie meinen. Edison hat sich auch nicht weiter darüber ausgelassen.« Ohne sich dessen bewußt zu werden, massierte Anne ihr linkes Handgelenk und den blauen Fleck, den sie dort auf ihrer weißen Haut hatte. Dantes Blick folgte dieser Geste, und dann sah er zur Seite.

»Ich bin sicher, daß es nur um Geschäfte geht«, sagte er mit sorgfältig neutral gehaltener Stimme.

»Natürlich«, stimmte sie ihm ebenfalls ohne Gefühlsausdruck zu, dann wechselte sie das Thema.

Sie sprachen über Wirtschaftspolitik, das Hotel, in dem sie und Edison wohnten, über Konventionen und die Weltausstellung, die ein paar Jahre zuvor in der Stadt veranstaltet worden war. Sie waren immer noch im Gespräch, als sie bei dem Geschäft an der Magazine Street ankamen. Dante parkte das Auto und begleitete sie. Sie hatten eine freundliche Auseinandersetzung über die von ihr geliebten viktorianischen Möbel – sie nannte sie solide und schön verziert, er bezeichnete sie als überladen und verschnörkelt – und über die frühen französischen Möbel aus Louisiana, die er vorzog – er nannte sie elegant und einfach, und ihr war einfach ›zu wenig dran‹.

Anne betrachtete den Mann neben sich. Sie sah ihm zu, wie er im Vorbeigehen das Holz und die Samt- und Seidenbezüge der Möbel berührte, als wären sie lebendig. Als er den Kopf zur Seite wandte, betrachtete sie sein sorgfältig frisiertes Haar und seine wohlgeformten Ohren. Sie studierte seinen offenen Gesichtsausdruck und suchte nach dem plötzlich aufflackernden Lachen in seinen Augen. Es machte süchtig, stellte sie fest, sie konnte nicht mehr aufhören, ihn anzuschauen.

Sie fanden einen Schaukelstuhl aus Korbmaterial, aber glücklicherweise war er zu reparaturbedürftig, als daß Anne ernsthaft in Betracht gezogen hätte, ihn zu kaufen. Doch während dieser Suche entdeckte Anne einen bronzenen Putto mit Weinblättern im Haar, die Arme voller Trauben, wie ein junger Bacchant. Er war eine lebensgroße Gartenstatue aus irgendeinem alten Park und nur teilweise restauriert, so daß eine ganze Menge Patina übriggeblieben war. Sie verliebte sich auf den ersten Blick in den kleinen Bronzejungen.

Dante handelte mit dem Ladeninhaber und erzielte einen beträchtlichen Nachlaß, dann trug er die in Papier gewickelte Statue zum Auto und legte sie vorsichtig auf den Rücksitz. Danach war es natürlich unmöglich, seine Einladung zum Essen abzulehnen.

Da Anne keine Lust auf etwas Ausgefallenes hatte, kehrten sie ins French Quarter zurück und gingen zu Ralph and Kacoo's, wo sie beide eine Portion Flußkrebse bestellten, für die gerade die richtige Saison war.

Und sie redeten weiter über jedes Thema, das ihnen gerade einfiel. Die Krebse brachten Dante auf seine Herkunft von den Französisch sprechenden Cajun. In erfreulich ironischer Art erzählte er von seinem Leben und davon, wie es war, unter Dutzenden von Onkeln, Tanten, Vettern und Cousinen aufzuwachsen, die alle zwischen Flußläufen, Kanälen und Seen gewohnt hatten; er erzählte vom Fischen, Jagen und Fallenstellen, das er immer noch betrieb, wenn er Zeit dazu hatte; auch von den Tänzen bei Hochzeiten an Samstagabenden und den Kirchgängen am Sonntagmorgen. Er sagte, seine Mutter habe nicht Englisch sprechen können, bevor sie in die Schule gekommen war, und sie habe es auch jedesmal wieder vergessen, wenn sie wütend gewesen sei. Als sie starb, war sein Vater, ein Italiener mit Beziehungen zu den Gemüseläden auf dem französischen Markt, wieder zurück nach New Orleans gezogen. Dort auf dem französischen Markt hatten die Küchenchefs persönlich das frischeste Obst und die knackigsten Gemüse für ihre Restaurants ausgesucht, und Dante hatte dort seine Leidenschaft für das Essen entdeckt. Während seiner Arbeit als Laufjunge bei Lecomte's, nachdem sein Vater bei einem Streit ums Leben gekommen war, hatten sich seine Berufspläne herauskristallisiert.

Doch ansonsten stellte hauptsächlich Dante die Fragen, über Josh und seine Zukunftspläne, über ihre Pflichten als politische Repräsentantin, ob diese ihr gefielen und warum nicht. Nachdem er sie mit einer ganzen Menge Dinge aufgezogen hatte, angefangen von ihrer Weigerung, den Hut abzusetzen und ihr flachgedrücktes Haar zu zeigen, bis zu ihrer ordentlichen Art, Krebse zu essen, zahlte sie es ihm heim, indem sie sich darüber lustig machte, daß er ein Fernsehkoch sei, wobei sie zugab, das Angebot und seine Antwort darauf gehört zu haben. Sie erwähnte jedoch nicht die hübschen jungen Dinger, für die er zum Frühstück außergewöhnliche Omeletts gemacht hatte – das war ihr doch etwas zu persönlich.

Sie waren mit dem Essen fertig und tranken gerade den Rest von ihrem Tischwein, als Dante plötzlich sein Glas hinstellte und nach ihrer linken Hand griff. Mit einer weichen Bewegung drehte er sie um und konnte so ihr blaugeschwollenes Handgelenk sehen.

»Was ist da passiert, *chère?*« fragte er.

Anne spürte, wie sie langsam rot wurde. Sie versuchte, ihm ihre Hand zu entziehen, was ihr aber nicht gelang. »Es ist nicht so schlimm.«

»Ich vermute«, sagte er in ironischem Ton, »Sie haben sich an der Tür angehauen.«

»So etwas Ähnliches«, stimmte sie ihm zu, konnte ihm dabei jedoch nicht in die Augen sehen. Sie wußte, daß sie eigentlich über seine Neugierde hätte verärgert sein sollen, aber irgendwie waren sie, ohne daß sie es so recht bemerkt hatte, über diesen Punkt schon hinausgekommen. Außerdem hatte sie im Laufe ihres Lebens nicht übermäßig viel Wärme und Verständnis erlebt, so daß sie es sich nicht erlauben konnte, es jetzt einfach zurückzuweisen.

»Sie halten nicht gern Reden, Sie sind nicht gern politische Repräsentantin, und Sie leben zusammen mit einem Mann, der Sie offensichtlich schlecht behandelt. Die Frage, die sich mir dabei aufdrängt ist: Warum bleiben Sie bei ihm?«

»Na ja, da war immer Josh. Ein Junge braucht einen Vater zur Erziehung, und dabei ist Edison eigentlich gar nicht so schlecht.«

»Aber Josh ist jetzt erwachsen.«

»Es würde auch Edisons Karriere so sehr schaden. Ich fände es furchtbar, wenn ich dafür verantwortlich wäre, daß er keine Chance mehr hat, Gouverneur zu werden.«

»Ich würde meinen, deswegen müßte er Sie freundlich behandeln. Sie brauchen sich seine schlechte Behandlung nicht ohne weiteres gefallen zu lassen.«

»Mag sein. Aber dann ist da noch Edisons Reaktion. Er würde es bestimmt nicht ohne Auseinandersetzung hinnehmen, daß ich mich von ihm trenne, und ich habe Angst, das könnte ... häßlich werden. Abgesehen davon sind die meisten Anwälte, die ich kenne, seine Freunde oder Kollegen oder zumindest politische Partner. Es wäre sehr schwierig für mich, jemanden zu finden, dem ich mich und meine Sache wirklich anvertrauen könnte, jemanden, bei dem ich sicher sein könnte, daß Edison nicht an ihn herankommt, um ihn irgendwie zu beeinflussen.«

»Immerhin haben Sie offensichtlich daran gedacht, Ihre Ehe zu beenden.«

»O ja, daran habe ich schon gedacht.« Sie sah ihm wieder in die Augen, und ihr Blick war nachdenklich. »Aber ich bin als Katholikin erzogen worden, und obwohl ich mich davon entfernt habe, da Edison immer darauf bestanden hat, daß ich mit ihm in seine protestantische Kirche gehe, fällt es mir doch schwer, mich von den Lektionen über die Heiligkeit der Ehe zu lösen, die ich als Kind gelernt habe. Außerdem haben Ehen eine gewisse Eigenart. Auf die eine oder andere Art beginnen sie immer mit Liebe, und ob sie nun anhält oder nicht, erwächst daraus immer etwas Besonderes. Eine Ehe zu zerstören ist ein wenig so, als würde man etwas töten. Und ich habe es nie fertiggebracht, damit wirklich anzufangen.«

Er strich mit seinem Daumen ganz zart über den blauen Fleck. »Sie müssen tun, was Sie für das beste halten, nehme ich an. Tut mir leid, wenn ich den Eindruck erweckt habe, daß ich meine Nase in Dinge stecke, die mich nichts angehen.«

»Nein, nein«, murmelte sie fast automatisch. Seine Besorgnis und sein Verständnis waren wie Balsam für eine Wunde, von der sie sich bis zu diesem Augenblick selbst noch nicht einmal zugestanden hatte, daß sie sie hatte.

»Wenn es je etwas geben sollte, was ich für Sie tun kann, *chère*, hoffe ich, daß Sie es mich wissen lassen.«

Tränen standen in ihren Augen. Sie hätte ihnen vielleicht aus purer Schwäche freien Lauf gelassen, wenn sie nicht von der kribbelnden Wärme seiner Finger auf ihrer Haut abgelenkt worden wäre. Irgendwo in ihrem Innern spürte sie eine seltsame Nachgiebigkeit, so als hätte sich ein Teil ihres Seins verschoben. Das war ein beunruhigendes Gefühl, von dem sie sich nicht sicher war, ob es ihr gefiel.

»Sie sind wirklich ein Phänomen«, sagte sie, ohne von ihren einander berührenden Händen aufzusehen, »ein wirklich netter Mann.«

Er ließ sie los. »Nein, bin ich nicht. Wenn Sie hören, was Riva über mich sagt, erfahren Sie, daß ich ein kolossales Ego besitze. Deshalb habe ich ja das Gefühl, daß ich jedem helfen muß, der vorbeikommt.«

»Das glaube ich nicht.«

Er zuckte kurz mit den Schultern. »Vielleicht ist es wahr, ich weiß es nicht. Aber ich mag einfach Leute, und ich hasse es, jemanden leiden zu sehen.«

»Es muß eine Menge Leute geben, die Sie ausnutzen.«

»Manchmal, aber ich bin ja kein Schwachsinniger. Zumindest glaube ich nicht, daß ich einer bin. Ich weiß, wie manche Leute sind; ich weiß auch, daß manche nur eine Chance brauchen. Ich erwarte das Beste, und üblicherweise bekomme ich es auch.«

Anne hatte diesen Satz auch schon von Edison gehört, wobei er gewöhnlich eher von Dingen gesprochen hatte und nicht von Menschen. Edison und dieser Mann waren wirklich grundverschieden. Edison war blond und Dante dunkel. Edison überragte sie um einiges, während Dante nur wenig größer war als sie und sie auch als gleichwertig behandelte. Edison sprach von sich, während sich das Interesse dieses Mannes auf sein Gegenüber richtete. Edison suchte nach den Schwächen der Leute, Dante nach ihren Stärken. Aber Edison war ihr Ehemann, und irgendwie war aus dem Vormittag Nachmittag geworden.

»Ich sollte jetzt wohl besser gehen.«

»Ja, natürlich«, sagte Dante und machte dem Ober ein Zeichen. »Ich werde Sie in Ihr Hotel bringen.«

»Das ist wirklich nicht nötig« protestierte sie. »Ich kann zu Fuß gehen.«

»Das können Sie vielleicht schon, aber glauben Sie nicht, daß dieser Bronzeklumpen, den Sie gekauft haben, auf die Dauer etwas schwer werden könnte?«

»Das ist kein Bronzeklumpen, sondern ein wertvolles Kunstwerk!« Sie nahm seinen scherzhaften Ton wieder auf und war ihm dankbar für seine rücksichtsvolle Art.

»In diesem Falle nehme ich doch an«, sagte er sofort, »daß Sie das Kunstwerk nicht gefährden wollen, indem Sie es durch die Straßen zerren, oder, *chère?* Ich werde Sie zu den Türen Ihres Hotels bringen und Ihre Statue der Aufsicht eines kräftigen Portiers übergeben. Ich bin sicher, er wird sie höchstens ein- oder zweimal fallen lassen.«

Sie war erleichtert, zu erfahren, daß er nicht die Absicht hatte, mit ihr ins Hotel zu gehen. Als sie ihn einen Augenblick später ansah, bemerkte sie jedoch, daß er das wußte, und sie schämte sich. Dante bezahlte. Als sie das Restaurant verließen, sagte er: »Ich habe ganz vergessen, Sie zu fragen, was Sie eigentlich mit Ihrem kleinen Bronzemann machen wollen.«

»Das ist ein Putto«, korrigierte sie ihn. »Ich habe zu Hause einen Wintergarten. Dort ist ein Platz für ihn unter einer Palme, Sie wissen schon, eine dieser viktorianischen Zimmerpalmen. Aber ich wünschte, ich hätte einen Innenhof, wie es sie hier im French Quarter manchmal gibt. Sie haben mich immer schon fasziniert.«

»Ja, wirklich?«

Seine Stimme klang nachdenklich, als er die Autotür für sie aufschloß und aufhielt, damit sie einsteigen konnte. Als Reaktion darauf sagte sie: »Sie sind so geheimnisvoll verborgen wie geheime Lüste.«

»Also, ich muß schon sagen«, stellte er fest, während er sich auf den Fahrersitz setzte, »das ist wirklich eine provokative Bemerkung.«

Hitze überströmte ihr Gesicht. »Ich wollte nicht –«

Ein Lächeln spielte um seine Mundwinkel, als er sie unterbrach. »Ich weiß, *chère*. Waren Sie je schon einmal in einem – ich meine, einem solchen Innenhof?«

Sie weigerte sich, auf seinen Köder einzugehen. »Nur in denen, die zu Restaurants gehören, so wie bei Brennan's oder The Court of Two Sisters.«

»Dann lade ich Sie hiermit ein. In dem Haus, in dem ich wohne, gibt es einen.« Er saß und wartete, die Hand am Zündschlüssel. Anne starrte ihn an, begegnete der feuchten Schwärze seines Blicks mit plötzlich aufkommendem Mißtrauen. Sie wünschte, sie wüßte, was er im Sinn hatte, anstatt es erraten zu müssen, und sie wünschte, sie wäre im Laufe ihres Ehelebens nicht so beschützt gewesen, dann hätte sie jetzt gewußt, was man in einer solchen Situation tut.

Sie drängte diese Gedanken mit Mühe zurück. Aus Dantes Gesicht sprach nichts, was dieses Mißtrauen gerechtfertigt hätte, wirklich überhaupt nichts. Wenn er akzeptieren konnte, daß sie mit ihrer Bemerkung nichts Anzügliches gemeint hatte, konnte sie ihm den gleichen Gefallen erweisen.

Sie wagte ein Lächeln. »Ich würde sehr gern Ihren Innenhof sehen.«

Er lag hinter einem Haus an einer der ruhigen Seitenstraßen des French Quarter, die Anne immer vermieden hatte. Dante nannte das Gebäude, zu dem er gehörte, seine Wohnung, weil er im oberen Stockwerk wohnte und das untere als Büro benutzte. Es gab einen Balkon mit einem Geländer aus schwarz gestrichenem Schmiedeeisen, Türen mit kleinen Bogenfenstern darüber, mit dicken hölzernen Fensterläden, die man wirklich schließen konnte, und einer Bronzeplakette, die seine historische Vergangenheit und seinen gegenwärtigen Wert dokumentierte. Um diesen Innenhof zu erreichen, mußte man durch eine große, massive Tür in einer Ziegelwand gehen und dann einen schmalen Weg entlang, der mit Natursteinen gepflastert und mit Farnen und Springkraut gesäumt war.

Dante ließ Anne im Innenhof zurück, um seine Haushälterin zu bitten, ihnen Kaffee zu machen. Sie sah ihn unter der oberen Galerie verschwinden, die am ganzen Gebäude entlang um den Innenhof führte. Kurze Zeit später hörte sie die Stimme der schwarzen Frau, die ihn versorgte.

Sie schüttelte leicht den Kopf. Es war nicht nur eine Haushälterin anwesend, sondern als äußerste Geste an höflich-korrektem Benehmen wurde sie offensichtlich auch nicht ins Haus gebeten. Sie mußte über ihren eigenen Verdacht von vorher lächeln.

Der Hof war warm, denn die Sonne strömte herein, erhitzte die mit Moos gesäumten Ziegel und beleuchtete die rosigen Wände. Die Hitze wurde jedoch durch den Schatten einer Eiche, eines Goldregenstrauchs und das leise Plätschern eines in mehreren Stufen angelegten kleinen gußeisernen Springbrunnens gemildert. Die grünweißen Blätter von Caladien und das weiche Grau von Samtlichtnelken erzeugten hier und da kühle Plätze, und grellrosa Begonien und noch mehr Springkraut setzten freundliche Farbtupfer. Um die Stämme der Bäume gab es Töpfe mit dunkelgrünen Blattpflanzen, und im Schatten der Eiche stand eine hölzerne Stange, auf der ein knallgrüner Papagei mit gelbem Kopf und lachsfarbenen und dunkelblauen Flecken auf den Flügeln saß. Anne ging zu dem Vogel hinüber. Leise sagte sie: »Hallo, du.«

Der Vogel kletterte über seine Stange näher zu ihr heran, ruckte mit dem Kopf und pfiff mit durchdringender Klarheit wie ein junger Mann: »Hallo, schönes Mädchen.«

Anne lachte fasziniert. Sie streckte die Hand aus, um den Papagei zu berühren, aber er entfernte sich seitwärts und blieb außerhalb ihrer Reichweite sitzen, von wo aus er sie mit seinen orangegeränderten schwarzen Augen musterte, deren Pupillen sich in der typischen Art der Papageien erweiterten und zusammenzogen. Sie sprach noch ein paar Minuten mit dem Vogel und wandte sich dann ab.

In der Nähe der Vogelstange standen zwei mit weißen Plastikbändern bespannte Stühle und ein weißer Metalltisch mit einer Marmorplatte. Anne ging zu einem der Stühle und setzte sich, dann sah sie sich um. Irgendwo in der Nähe hörte sie die Geräusche von einer Straße, aber es war nur ein Murmeln, nicht störender als ein leises Blätterrauschen in den Bäumen. Ein Kardinalvogel flatterte zu dem Springbrunnen und trank. Die leichte Brise trug den Duft von Gardenien von einem zweieinhalb Meter hohen Strauch an einer Seite des Hauses herüber. Anne lehnte sich in ihrem Stuhl zurück. Der Papagei machte ein leises, klickendes Geräusch mit der Zunge und schüttelte seine Federn. Zusammen mit dem Plätschern des Springbrunnens war das eine seltsam einschläfernde Geräuschkulisse. Sie schloß die Augen und atmete tief durch. Sie mußte wirklich kurz eingenickt sein, denn als Dante neben ihr sprach, erschrak sie und öffnete verwirrt die Augen.

»Es ist sehr friedlich hier, nicht wahr?« fragte er.

»Sehr. Und wunderschön. Vielen Dank, daß Sie mich eingeladen haben.«

Er hatte das Tablett mit dem Kaffee selbst mitgebracht. Darauf standen ein silbernes Kaffeeservice mit kleinen Tassen, ein mit einer Serviette bedeckter Kuchenteller aus feinem Porzellan mit goldenem Rand, Waterford-Gläser mit eisgekühltem Mineralwasser und eine schmale Waterford-Vase, in der eine einzige, rosa Rose stand. Als er das Tablett auf den Tisch neben sie stellte, sagte er einfach: »Bitte schön.«

Sie setzte sich etwas gerader in ihren Stuhl. »Ihr Papagei gefällt mir. Er ist fast so charmant wie sein Besitzer.«

»Wahrscheinlich hat er Sie angepfiffen. Er mag Damen.«

»Auch wie sein Besitzer?«

Dante schüttelte grinsend den Kopf. »Genaugenommen deshalb, weil meine Haushälterin ihn füttert, seinen Käfig saubermacht und sich um ihn kümmert, wenn ich nicht da bin. Mich schätzt er wegen der ungewöhnlichen Dinge, die ich ihm zu fressen gebe, wie zum Beispiel diese Teekuchen.« Dante nahm die Serviette von dem Teller, und weiches Gebäck kam zum Vorschein. »Er wird gleich zu uns kommen, um sich etwas abzuholen.«

Das stimmte. Mit Hilfe seines Schnabels und seiner Krallen kletterte der glänzende grüne Vogel von seiner Stange. Er kam bei Dantes Stuhl an, als der sich gesetzt hatte, kletterte über sein Hosenbein hinauf und hockte sich auf sein Knie. Als Dante dem Vogel ein Stück von dem Gebäck gab, stand der Papagei auf einem Bein und hielt es in der anderen Kralle, dann knabberte er daran und ließ einen Regen von Krümeln dabei fallen.

»Kann er fliegen?« fragte Anne.

»O ja, gewöhnlich schon. Aber im Sommer werden seine Flügel gestutzt, so daß er ab und zu draußen sein kann, ohne daß er allzu weit kommt.«

»Wie heißt er?« Während sie sprach, machte Anne eine Geste zu der Kaffeekanne hin, um zu fragen, ob sie Kaffee eingießen sollte.

»Bitte«, sagte Dante als Reaktion auf die Geste und antwortete dann auf ihre Frage: »Sein Name ist Cracker Jack, nach seinem Lieblingsessen. Er mag gern Süßes und ist ziemlich ungeduldig.«

Anne füllte vorsichtig die Kaffeetassen und gab Milch dazu. Die Ablenkung durch den Vogel hatte jede Befangenheit beseitigt, die zwischen ihnen hätte aufkommen können. Außerdem war in ihrem Tun etwas so tröstlich Normales, als hätte sie es schon hundertmal getan. Das hatte sie natürlich auch, aber nicht für diesen Mann. »Ich liebe Ihren Hof wirklich«, sagte sie, »und Ihr Haus finde ich ganz besonders schön.«

»Ich dachte mir schon, daß es Ihnen gefallen würde. Ich mag diesen Ort selbst auch sehr gern und wohne schon seit Jahren hier. Ich hatte vor vielen Jahren hier einmal ein Zimmer gemietet, und als meine Vermieterin starb, kaufte ich das Haus. Riva hat mir geholfen, es zu renovieren.«

»Darauf hätte ich auch kommen können.«

Seine dunklen Augenbrauen zogen sich etwas zusammen. »Worauf hätten Sie kommen können?«

»Daß Ihnen Mrs. Staulet geholfen hat, nicht eine Lebensgefährtin oder Ehefrau. Waren Sie denn nie verheiratet?«

Er schüttelte den Kopf. »Keine Zeit, schätze ich, und zu wenige Gelegenheiten.«

»Das kann doch nicht stimmen«, erwiderte sie ungläubig.

»Was glauben Sie denn, daß ich schwul bin?«

Sie sah zu ihm auf, und ihre Augen weiteten sich. »Auf diese Idee wäre ich nie gekommen. Sind Sie es denn?«

»Nein«, sagte er, und sein Gesicht hellte sich auf, während er über ihre Reaktion lachte, »allerdings bin ich sicher, daß es Leute gibt, die das für möglich halten.«

»Na ja, aber es scheint ja auch Leute zu geben, die es besser wissen.«

Er starrte sie einen Augenblick an und schüttelte dann mit verletztem Gesichtsausdruck den Kopf. »Wenn Sie auf das anspielen, was Miles von dem Fernsehsender gesagt hat, weise ich das kategorisch von mir. Er tut immer so, als ob ich ein verdammter Playboy wäre! Ich habe gemeint, daß ich mit dem Restaurant immer so beschäftigt war.«

»Außer wenn Sie mit Riva Staulet unterwegs sind.«

»Ja.« Das Wort klang schal. Er sah weg.

Da war sie wieder, seine Weigerung, etwas über diese Frau preiszugeben. Anne fragte sich, was Riva Staulet wohl getan hatte, um sich eine so beschützende Loyalität verdient zu haben. Auf eine seltsame Art beneidete sie sie darum.

»Vergessen Sie, daß ich das gesagt habe«, sagte sie mit leiser Stimme.

Er hob eine Augenbraue und wandte sich ihr wieder zu. »Was? Daß Sie ein so schmeichelhaftes Interesse für mein Liebesleben zeigen? Um Ihnen die Wahrheit zu sagen, ich habe als junger Mann so viel Zeit mit Arbeit verbracht, daß Frauen zweitrangig waren. Und in letzter Zeit erscheinen sie mir immer entweder zu jung und gedankenlos oder so erschöpft durch ihr reifes Alter von fünfundzwanzig, daß ich mich neben ihnen wie ein Schuljunge fühle.«

»Eher wie ein Ministrant«, murmelte sie.

»Was!«

Sie lächelte ihm vergnügt zu, und das Lächeln war einem Grinsen so ähnlich, wie es bei einer Dame nur sein konnte. »Ich dachte, dieser Ausdruck würde Ihnen gefallen.«

Er sah sie eine ganze Weile über den Tisch hinweg an und nickte dann nachdenklich. »Das tut er auch.«

Das Einverständnis zwischen ihnen schien in diesem Augenblick tief und unerschütterlich zu sein. Dann wandte er seine Aufmerksamkeit der rosa Rosenknospe zu, die auf dem Tablett stand. Er nahm sie aus der Vase, trocknete den Stiel mit der Serviette ab und begann die Dornen einzeln abzubrechen. Schließlich reichte er sie ihr. »Für Sie.«

Anne nahm die Blume und hob sie zu ihrem Gesicht, um den süßen Duft einzuatmen. Während sie ihn genoß, kam ihr plötzlich der Gedanke, daß alles, was Dante Romoli an diesem Tag getan hatte, nur den Sinn gehabt hatte, ihr Freude zu bereiten. Das gemeinsame Einkaufen, sein Humor, das Essen, der verborgene Innenhof, sein Papagei, der Kaffee und das Gebäck und jetzt die Rose, alles war ein kleines Geschenk gewesen.

Langsam und fast gegen ihren Willen drängte sich ihr der Gedanke auf, daß er im Bett auch nicht anders sein konnte. Er würde sich mit großer Sorgfalt und endloser Bedachtsamkeit um die Bedürfnisse und Wünsche seiner Geliebten kümmern. Niemals könnte er ihr absichtlich Schmerz zufügen oder sich seine Befriedigung auf Kosten der Frau einfach verschaffen. Die Freude der Frau, die er liebte, mußte auch seine Freude sein.

Der Schreck angesichts der Richtung, die ihre Gedanken genommen hatten, durchlief schaudernd ihren Körper. Sie stellte die Kaffeetasse so schnell ab, daß sie auf der Untertasse klirrte. »Jetzt ist es aber wirklich Zeit, daß ich gehe«, sagte sie. Dante versuchte nicht, sie zum Bleiben zu überreden, sondern setzte den Papagei wieder auf seine Stange, begleitete dann Anne zu seinem Auto und fuhr sie zum Royal Orleans. Sie verabschiedeten sich auf dem Bürgersteig. Dabei war Anne etwas angespannt. Sie spähte immer wieder über ihre Schulter, in der Sorge, Edison könnte jetzt gerade zurückkommen. Sie vergaß jedoch nicht, Dante für den wunderschönen Tag zu danken und ihm die Hand zu geben.

Sie hatte sich gewünscht, daß er schnell verschwand, aber in dem Augenblick, als sich sein rotes Auto vom Bordstein entfernte, fielen ihr noch tausend Dinge ein, die sie ihm gern hätte sagen wollen. Aber eigentlich war sie auch erschöpft und wollte sich am liebsten gleich hinlegen.

Edison war nirgends zu sehen. Die Empfangshalle des Hotels war ruhig, fast einsam zu dieser frühen Abendstunde. Die Zeit für Besuche war vorüber, und die Cocktailgäste wurden erst später erwartet. Anne folgte dem Portier, der ihre Statue trug, zum Aufzug. Zusammen traten sie hinein. Die Türen schlossen sich, und sie seufzte erleichtert.

Der Portier sah sie an und sagte: »War heiß heute, nicht wahr?«

Sie nickte und fragte sich im stillen, ob sie wohl genauso überhitzt aussah, wie sie sich fühlte.

»Morgen wird's sicher wieder so werden.«

Sie nickte. Ja, bestimmt. Und auch die darauffolgenden Tage. Aber es würde nie wieder so einen Tag geben wie den heutigen. Niemals.

Dann kam ihr der Gedanke, daß es eigentlich keinen Grund gab, Edison von dieser Begegnung zu erzählen. Allerdings hatte sie bis zu diesem Tag noch nie etwas vor ihm verborgen. Einer der Gründe dafür war, daß sie immer so große Angst gehabt hatte, daß er es trotzdem herausfinden könnte und die Folgen doppelt so schlimm sein würden. Ein anderer Grund war, daß es nur wenig gab, was sie vor ihm geheimhalten wollte.

Aber die Erlebnisse dieses Tages wollte sie ihm verschweigen. Sie wollte diesen Tag so belassen, wie er gewesen war, genauso sauber und frei und voller Lachen und nicht ins Lächerliche gezogen und verzerrt zu etwas, an das sie sich mit Scham erinnerte.

Er gehörte ihr. Sie würde ihn behalten.

7

Der junge Mann kam aus dem Nichts. Riva verließ das Staulet-Gebäude auf dem Weg nach Hause und ließ die schweren Stahl- und Glastüren hinter sich zuschwingen, während sie auf den Wagen zuging, der am Bordstein auf sie wartete, und im nächsten Augenblick stellte er sich ihr schon in den Weg.

Riva trat einen Schritt zurück und hielt schützend ihre Aktentasche vor sich. George, der schon aus dem Wagen gestiegen war, um ihr die Tür aufzuhalten, lief auf sie zu. »Tut mir leid, Mrs. Staulet«, sagte der junge Mann schnell, »ich wollte Sie nicht erschrecken. Aber könnte ich vielleicht eine Minute mit Ihnen reden?«

Einen Augenblick herrschte Schweigen, bevor Riva ihn wiedererkannte: er war der junge Fotograf, der sie bei der Wahlveranstaltung fotografiert hatte. Sie hielt die Hand hoch, um George zu bremsen. Ihr Chauffeur hielt inne, kehrte aber nicht zum Wagen zurück, sondern blieb mit hinter dem Rücken verschränkten Händen stehen.

»Was wollen Sie?« fragte Riva.

Ihr Ton war nicht freundlich und der Ausdruck in ihren Augen noch weniger. Während sie auf eine Antwort wartete, musterte sie den Fotografen von oben bis unten. Er besaß jene schlanke Statur, wie sie normalerweise Leute haben, die alles essen können, was sie wollen – und es auch tun –, allerdings waren seine Schultern breit. Seine helle Haut und die blauen Augen zu den schwarzen Haaren deuteten auf irisches Blut hin. Der Wagemut der Iren zeigte sich auch in seiner Haltung, denn er schien durch ihre Begutachtung nicht eingeschüchtert zu sein.

»Ich habe versucht, mir bei Ihrer Sekretärin einen Termin geben zu lassen, aber sie scheint wohl den Auftrag zu haben, jeden von der Presse abzuweisen. Wenn man mit Hilfe des Namens der Zeitung an jemanden herankommen will, kann das auch manchmal genau den gegenteiligen Effekt haben. Und vor allem hatte ich diesmal ein nicht berufliches Anliegen. Es geht um Ihre Nichte.«

»Das verstehe ich nicht.«

Ein bedauerndes Lächeln erhellte kurz sein Gesicht. »Ich eigentlich auch nicht so genau. Sie gehört nicht zu der Art von Frauen, mit der ich gewöhnlich meine Zeit verbringe. Aber ich habe immer wieder dieses Foto angesehen, das ich am Samstag gemacht habe, und ich kriege sie irgendwie nicht mehr aus dem Kopf. Ich wollte eigentlich nur eine Chance suchen, sie kennenzulernen.«

»Warum wenden Sie sich damit an mich?« Rivas Verhalten war unnachgiebig. Dieser Mann war dafür verantwortlich, daß sich das Interesse der Öffentlichkeit auf ihre Begegnung mit Edison gerichtet hatte. Vielleicht war er wirklich interessiert an Erin, vielleicht auch nicht.

»Ihrer Nichte begegnen zu wollen scheint eines von diesen Spielen ohne Ziel zu sein. Ich habe zwar herausgefunden, daß sie in Tulane studiert, aber wenn sie eine Telefonnummer hat, steht sie zumindest nicht im Telefonbuch. Ihre Angestellten zu Hause und hier bei der Staulet Corporation wollten sie mir nicht verraten, und sie sagen mir auch nicht, wo sie wohnt. Ihre Mutter hat mir, als ich dort anrief, die Ohren heiß geschrien und mir vorgeworfen, ich sei entweder ein Paparazzo oder ein Perverser oder beides. Meine letzte Hoffnung ist es, mich Ihrer Gnade zu unterwerfen.«

»Wie kommen Sie auf den Gedanken, daß ich Ihnen helfen würde?«

»Ich weiß es nicht. Vielleicht weil Sie eine vernünftige Frau zu sein scheinen. Außerdem halten Sie es vielleicht auch für sinnvoller, mir einen Gefallen zu tun, als mir einen Grund zu geben, darüber nachzudenken, warum alle so um Ihre Nichte besorgt sind.«

Er war intelligent, das mußte sie ihm zugestehen. Und auch zäh. Das konnte sie ihm wohl kaum übelnehmen; es war eine Charaktereigenschaft, die sie bewunderte – wenn sie in Maßen vorhanden war. »Erin«, sagte Riva langsam, »ist ein sehr offener und zutraulicher Mensch. Sie ist sich noch nicht der Tatsache bewußt, daß die Welt voller Menschen ist, die einen ausnutzen wollen.«

»Und für so einen halten Sie mich?«

»Die Möglichkeit besteht.«

Er nickte. »Ja, das stimmt. Ich kann Ihnen versichern, daß ich es nicht bin, aber ich glaube kaum, daß es eine Möglichkeit gibt, es zu beweisen.«

Sie hatte Zorn und Kampfbereitschaft erwartet oder einen Versuch, sie zu überreden. Sie war entwaffnet von seiner Zustimmung und gegen ihren Willen beeindruckt. Bei genauerer Betrachtung war er ein recht attraktiver junger Mann – vielleicht noch etwas unausgeprägt, aber attraktiv. Eine junge Frau könnte sein kantiges Aussehen und sein selbstbewußtes Benehmen sehr reizvoll finden, wenn sie diesen dunklen, intensiven Typ gern mochte.

Plötzlich sagte sie: »Andererseits ist Erin bestimmt alt genug, um niemanden zu brauchen, der ihre Verabredungen kontrolliert. Ich werde Ihnen nicht ihre Telefonnummer geben, aber ich werde mir Ihre aufschreiben. Wenn sie neugierig genug ist, kann sie Sie ja anrufen.«

»Wenn das das Äußerste ist, was Sie für mich tun können –«

»Ist es.«

Er begann, in seiner Tasche nach einem Stift zu suchen. »Einverstanden.«

Ein paar Minuten später saß Riva im Wagen und starrte auf die Karte, auf die Doug Gorsline seinen Namen geschrieben hatte. Sollte sie sie Erin geben oder nicht? Sie wußte eigentlich nicht so recht, warum sie es versprochen hatte, außer weil sie es für eine gute Idee gehalten hatte, den Freundeskreis ihrer Nichte zu erweitern. Aber vielleicht konnte Erin auf diese Art vom Regen in die Traufe kommen.

Falls das überhaupt noch möglich war.

Mit plötzlicher Entschlossenheit steckte sie dann die Karte doch in ihre Handtasche, lehnte den Kopf an den weichen Plüschsitz und schloß die Augen. Manchmal hatte sie das Gefühl, immer müde zu sein. Der Grund dafür war nicht schwer zu finden. Seit Jahren hatte sie gleichzeitig mit ihrer Arbeit in der Gesellschaft, ihren Pflichten als Cosmos Frau, als Verantwortliche für Bonne Vie und verschiedene andere Besitzungen und soziale Verpflichtungen jongliert. Überall waren Leute, die ihr halfen, kochten und saubermachten, für sie telefonierten, Reparaturen und Erneuerungen organisierten und alles im Gang hielten, aber die letztliche Verantwortung lastete doch immer auf ihr. Das war sogar schon so gewesen, bevor Cosmo krank geworden war, und jetzt war es ganz sicher so.

Sie genoß ihr Leben eigentlich schon, aber an manchen Tagen erschienen ihr die Autos und Häuser, die Antiquitäten und die anderen edlen Möbel, die Hausangestellten, die Sekretärinnen und besonders die riesige Struktur der Firma als beinahe unerträgliche Last.

Sie träumte davon, frei zu sein. Der Drang, einfach ins Auto zu steigen und wegzufahren, wurde manchmal so groß, daß es sie in den Händen juckte, das Steuerrad darin zu spüren. Sie stellte sich vor, sie würde nach Mexiko ziehen und sich ein Haus in einem kleinen Dorf kaufen, wo sie als die verrückte Amerikanerin bekannt würde, die barfuß ging und Hühner hielt wie eine Bäuerin. Sie stellte sich eine einfache Hütte an einem Strand auf irgendeiner Insel im Pazifik vor, wo sie in einer Hängematte liegen könnte, bis die Sonne unterging, und danach einen Spaziergang am Strand entlang machen würde, barfuß durch den Sand.

Ein Teil des Problems war Cosmos Tod. Sie hatte ihn noch nicht überwunden, nicht ganz. Die Strapazen jener Zeit, die schlaflosen Nächte und die Tage des hilflosen Zusehens, während er langsam starb, hatten ihr mehr abverlangt, als ihr damals klargewesen war.

Es gab viele Leute, die glaubten, sie hätte nach Cosmos Tod eigentlich erleichtert sein müssen. Sie verstanden nichts. Es war, als wäre ihr eine Stütze genommen worden, von der sie nicht gewußt hatte, daß sie sie brauchte. Außerdem gab es viele Arten von Liebe, und jeder Verlust einer Liebe bewirkte Schmerz.

Und jetzt diese Angelegenheit mit Edison. Langsam wurde ihr die Anspannung immer deutlicher bewußt. Sie konnte sie sehen und spüren.

Riva hatte das Gefühl, daß George sie ein- oder zweimal im Rückspiegel betrachtete. Er war wie ein Wachhund, spürte ihre Stimmungen immer sehr genau, kümmerte sich um ihre Bedürfnisse und ihre Sicherheit, wo er konnte. Oft fand sie das selbstverständlich, aber nicht immer.

Als sie seinen Blick bei der Einfahrt zu Bonne Vie wieder auf sich spürte, fragte sie, ohne die Augen zu öffnen: »Was ist los, George?«

Er sprach in seinem tiefen Bariton. »Ich möchte Sie ungern belästigen, aber meine Frau hat mich vorhin angerufen. Sie fragt, ob Sie vielleicht Zeit hätten, ein paar Minuten mit ihr zu sprechen, wenn Sie nach Hause kommen. Miss Constance hat ihr eine große Liste mit Dingen gegeben, die sie für die Kinder kochen soll, Dinge, von denen Liz in ihrem Leben noch nie etwas gehört hat. Sie ist ja bereit, fast alles auszuprobieren, aber an irgend etwas muß sie sich ja auch halten können.«

Constance. Riva hatte fast vergessen, daß sie im Haus war. Vielleicht war es unfreundlich, um nicht zu sagen feige gewesen, sie den ganzen Tag allein zurückzulassen. Trotzdem – die Frau war schließlich Noels Gast. Da er nicht gezögert hatte, zur Arbeit in die Stadt zu fahren, hatte Riva sich nicht veranlaßt gesehen, zu Hause zu bleiben.

Sie begegnete Georges besorgtem Blick im Rückspiegel und sagte: »Ich werde in die Küche hinuntergehen, sobald ich mich umgezogen habe.«

»Liz kann ja zu Ihnen nach oben kommen.«

»Ist schon in Ordnung. Ich weiß, daß sie mit dem Abendessen beschäftigt ist.«

Es hatte einmal eine Zeit gegeben, in der sich Riva Gedanken um den richtigen Umgang mit Hausangestellten gemacht hatte, darüber, was sie von ihr als Chefin erwarteten und wie sie sich verhalten mußte, damit ihr der Respekt zukam, den man ihr als Cosmos Frau zollen mußte. Als sie entdeckte, daß sie eigentlich keine Lust hatte, irgendwelche vorgegebenen Formen einzuhalten, hatte sie sich entschlossen, einfach sie selbst zu sein. Zu ihrer Überraschung hatte ihr das nur Vorteile gebracht.

Trotz der Probleme in der Küche war das Abendessen hervorragend. Es war ein leichtes, einfaches Mahl, in der Art, wie Cosmo es auch in der Hitze des Sommers geschätzt hatte. Es gab in Knoblauch gebratene Hühnerbrüste und eine Mischung aus gartenfrischen Gemüsen, dazu Liz' berühmte Kekse im Quartformat.

»Wo«, fragte Constance mitten beim Essen, »ist das Hühnchen à la D'Albufera, das ich für die Kinder bestellt habe?«

»Wir hatten Probleme mit dem Rezept«, antwortete Riva. »Wenn Sie es der Köchin geben, wird sie es gern morgen kochen.«

»Sonst nicht?«

»Es sieht so aus.«

Constance hob eine Augenbraue. »Was für eine Köchin ist das denn?«

»Eine sehr gute«, erwiderte Riva vergnügt, »aber sie ist Amerikanerin, hier aus den Südstaaten und speziell aus New Orleans.«

Es war vielleicht möglich, daß in Constances Umgebung nicht oft jemand das letzte Wort hatte. In dem Blick, den ihr Sohn Pietro Riva zuwarf, der an Rivas rechter Seite saß, lag Überraschung. Sie lächelte ihm zu, und ein winziges Grinsen spielte um seinen Mund, bevor er seine Aufmerksamkeit wieder seinem Essen zuwandte.

Einen Moment lang spürte Riva einen Druck auf der Brust. Sie sah in

Noels Richtung, der in Gedanken versunken am anderen Ende des Tisches saß, obwohl er seinem Sohn ein Lächeln gönnte. Noels Sohn. Cosmos Enkel. Sie mußte vorsichtig sein, sonst würde sie anfangen, Pietro plötzlich gern zu haben. Das wäre in diesem Falle nicht sehr klug.

Constance beanspruchte noch einmal Rivas Aufmerksamkeit. »Wo ist Ihr Freund Dante? Ich hatte angenommen, daß er heute abend auch hier ist.«

In der Stimme der anderen Frau lag etwas, das Riva dazu veranlaßte, sie genauer zu betrachten. Constance trug ein Kleid aus fließender roter Seide mit einem schmalen Oberteil, das viel von ihrer Mittelmeerbräune sehen ließ und eine gute Grundlage für ein riesiges Goldhalsband war. Ihr Make-up war eigentlich nicht auffällig, aber vielleicht doch ein wenig zu üppig für ein Abendessen im Kreise der Familie.

»Ich denke, Sie werden ihn morgen abend wiedersehen können. Es findet ein Wohltätigkeitsempfang statt, zu dem Sie hoffentlich als mein Gast mitkommen werden. Ich bin sicher, daß Dante auch dort sein wird. Aber an den meisten Abenden zieht er es vor, in seinen Restaurants nach dem Rechten zu sehen.«

»Restaurants?«

Riva erklärte, was es mit Lecomte's und dem anderen Restaurant am See auf sich hatte.

»Wie interessant, besonders das mit der formlosen Atmosphäre. Vielleicht werde ich es einmal besuchen, damit ich in Paris erzählen kann, wie es dort ist.«

In der Stimme der Frau lag mehr als nur ein bißchen Herablassung, aber Riva ignorierte das. »Ich bin nicht sicher, ob Ihnen das gefallen wird. Es ist für ein anderes Publikum gedacht als das, an das Sie vermutlich gewöhnt sind, für die Leute von den Colleges. Das Essen ist hervorragend, aber die Musik ist eher laut.«

»Ich liebe laute Musik.«

»Also tun Sie, was Sie wollen. Sie können gern eines der Autos nehmen, aber George kann Sie auch jederzeit hinbringen.«

»Was, gehen Sie denn nicht hin? Ich würde niemals einen so attraktiven Mann sich selbst überlassen, vor allem unter schönen und gut gekleideten Frauen.«

Riva zuckte mit den Schultern. »Dante kann auf sich selbst aufpassen. Außerdem haben die meisten der gutaussehenden Frauen, die Sie erwähnt haben, einen Mann bei sich, der Dante im Zweifelsfalle ziemlich schnell abwehren würde.«

»Er ist also ein Frauenheld?«

»Das könnte man so sagen, wenn er Zeit hat.«

»Und das macht Ihnen nichts aus?«

»Das geht mich nichts an.«

Constance sah sie mit einem Stirnrunzeln an. Riva schaute von der Frau zu Noel, aufmerksam gemacht durch die plötzliche Bewegung, mit der er nach seinem Glas griff. Er sah sie über den Rand des Glases an, und in seinem Blick erkannte sie sowohl konzentriertes Interesse als auch Ironie.

Riva wandte sich Pietro zu und fragte, was er und seine Schwester den Tag über gemacht hatten. Sie wurde erfreut mit der Geschichte von einem Eichhörnchen, das sie über den Rasen vor dem Haus gejagt hatten, und von dem köstlichen, mit frischen Erdbeeren aromatisierten Eis, das Liz für sie zubereitet hatte und das sie in der Küche gegessen hatten. Morgen würden sie in den Zoo gehen, hatte Papa ihnen versprochen.

Riva sah noch einmal zu Noel. Ein Lächeln spielte um einen Winkel seines Mundes, als er seinen Kindern zusah, doch er sagte nichts. Sein Lächeln verschwand, als er Rivas Blick bemerkte.

»Wie ist es mit dir?« fragte er. »Wie ist deine Verabredung gelaufen?«

Er sprach von ihrem Essen mit Edison. Sie fragte sich, ob er schon gehört hatte, daß sie bei Commander's geflohen war. Es würde sie nicht weiter überraschen; New Orleans war in manchen Beziehungen eine provinzielle Stadt. Im Geschäftsviertel kannte fast jeder jeden, und das Ungewöhnliche zog das Interesse der Leute auf sich so sicher wie Zuckerwasser Insekten.

»Es war... interessant«, antwortete sie schließlich.

»Wenn ich es richtig verstanden habe, hast du festgestellt, daß deine und Gallants Interessen nicht die gleichen waren.«

Also wußte er es. Und wenn sie das harte Licht in seinen grauen Augen richtig deutete, mußte sie sich wohl irgendeine Erklärung für ihn ausdenken. Constance schien auch daran interessiert zu sein, denn sie richtete sich in ihrem Stuhl auf und sah von ihrem ehemaligen Mann zu Riva, wobei sie den Kopf etwas schief legte.

Bevor sich Riva jedoch eine Antwort ausgedacht hatte, klingelte es. Das Geräusch war laut und durchdringend, als hätte jemand mit ziemlich viel Ungeduld den altmodischen Mechanismus bedient. Ein Hausmädchen öffnete die Tür, weil Abraham bei Tisch bediente. Sie hörten das Murmeln ihrer Begrüßung. Dann erklang eine höhere, fordernde Stimme.

»Wo ist meine Schwester? Ich muß sie sofort sehen. Sofort, haben Sie verstanden?«

Es war Margaret. Riva stand auf und ließ ihre Serviette auf den Tisch fallen. Als sie die Tür zum Eßzimmer erreicht hatte, war Margaret schon halb durch die Halle gegangen. Boots, groß und breit und rotgesichtig, folgte ihr mit einem Koffer.

»Riva, da bist du ja«, sprudelte ihre ältere Schwester sofort los. »Ich mußte einfach kommen. Ich schwöre es, mein Herz hat nicht aufgehört, so wild zu klopfen, seit dieser Mann angerufen hat. Wenn ich nur daran denke! Dem habe ich die Meinung gesagt, und als Boots dann von der Arbeit nach Hause kam, habe ich ihn mit gepacktem Koffer an der Tür erwartet. Ich muß sofort nach Bonne Vie, habe ich gesagt, sonst nichts. Ich muß hin.«

»Was für einen Mann meinst du denn?«

»Diesen Fotografen, diesen gemeinen Kerl, der es gewagt hat, das Bild in die Zeitung zu bringen!«

»Ah, ich verstehe.« Riva legte Margaret den Arm um die Schultern, halb, um sie zur Begrüßung zu drücken, halb, um sie davon abzuhalten, ins Eßzimmer zu stürmen. »Hallo, Boots. Habt ihr beide schon gegessen?«

Margaret lachte rauh. »Gegessen? Wie soll ich essen, wenn das Wohlergehen meines Kindes auf dem Spiel steht? Wir haben nicht ein einziges Mal angehalten, nicht einmal, um uns zu erfrischen!«

»Dann würde ich vorschlagen, du kommst jetzt mit nach oben. Wir können uns unterhalten, und Abraham kann noch ein Gedeck für Boots auflegen. Ich bin sicher, daß er hungrig ist, selbst wenn du keinen Hunger hast.«

»Er ist immer hungrig«, sagte Margaret mit einer Spur von Bitterkeit in der Stimme. »Ich bin da anders. Mich belasten manche Dinge so sehr, daß ich keinen Bissen herunterkriege.«

»Vielleicht möchtest du eine Tasse Kaffee?« Riva führte Margaret in Richtung Treppe. Das Gesicht ihrer Schwester war bleich, und die feinen Altersfältchen waren ganz deutlich zu erkennen. Ihr kurz geschnittenes und – als wolle sie die vielen grauen Strähnen verbergen – stark dauergewelltes Haar sah aus, als hätte sie es, seit sie am Morgen aufgestanden war, nicht mehr gekämmt. Ihre bequemen Baumwollhosen und das Hemd dazu sahen so aus wie das, was sie sonst nur im Haus trug, und das war seltsam. Margaret bemühte sich sonst immer, sich gut anzuziehen, wenn sie nach Bonne Vie kam. Es hatte den Anschein, als ob sie trotz ihres etwas melodramatischen Auftritts wirklich verstört wäre.

»Nein, keinen Kaffee, nicht wenn meine Nerven in diesem Zustand sind. Aber ein Glas Tee wäre schön. Mit Zitrone und ganz viel Eis.«

Riva hatte schon früher einmal versucht, Margaret klarzumachen, daß Tee dieselbe Wirkung wie Kaffee hatte, aber Margaret hatte das nie glauben wollen. Sie stiegen die Treppe hinauf, und Boots ächzte hinter ihnen her. Das Hausmädchen hatte angeboten, ihm den Koffer abzunehmen, aber er hatte abgelehnt. Als sie das Zimmer erreicht hatten, in dem er immer mit Margaret schlief, wenn sie hier zu Besuch waren, ließ er seine Last auf ein Koffergestell fallen. Dann murmelte er irgend etwas davon, daß er noch die restlichen Sachen aus dem Auto holen wolle, und verließ das Zimmer.

»O Riva«, sagte Margaret, ging hinüber zum Bett und setzte sich auf die Bettkante. »Ich konnte es einfach nicht glauben, als ich das Bild sah. Erin hat schon einmal über diesen Josh gesprochen, aber als ich ihn dann sah, den Arm um sie gelegt, wurde es mir erst klar ... Ich war schockiert, genau das war ich! Ich habe versucht, die Fassung zu bewahren, aber mein Herz hat den ganzen Tag verrückt gespielt. Das ist die Strafe Gottes, ganz bestimmt. Es ist seine Strafe für das, was wir vor so vielen Jahren getan haben!«

Riva starrte ihre Schwester an. Strafe. Das Wort klang in ihren Gedanken wider. In jener Nacht, vor so vielen Jahren, als sie mit Edison durchgegangen war, hatte sie Gottes Zorn noch gefürchtet. Damals, vor all den Jahren, war es noch eine sehr wirkliche Angst gewesen.

Was sie mit Edison auf dem Rücksitz des Autos getan hatte, war sehr sündig gewesen, so hatte der Pfarrer in der Kirche etwas Derartiges genannt. Es war Unzucht, die Lust des Fleisches, die verbotene Frucht, die Adam und Eva entdeckt hatten. Rebecca, die sich an Edisons Schulter lehnte, war ziemlich sicher, daß sie jetzt wußte, warum das verboten war. Alles, was so viel Kraft bedeutete, mußte eine große Ablenkung vom Göttlichen sein, obwohl die meisten Pfarrer, soweit sie das beurteilen konnte, einfach aus Prinzip dagegen waren.

Aber sie wußte nicht genau, wie sündig es wohl wirklich war, und das verwirrte sie. Da es kein Gebot dagegen gab, war es wohl keine Sünde im eigentlichen Sinne. Trotzdem hatte der Pfarrer gesagt, man würde dafür bestraft werden, und er mußte es ja wissen. Die einzige Möglichkeit, die Dinge wieder ins Lot zu bringen, war, Edison zu heiraten. Aber wenn sie einfach mit ihm durchbrannte, würde der Schock ihre Mutter vielleicht umbringen, wenn sie davon erfuhr. Edison konnte sagen, was er wollte, aber sie wußte, daß ihre Mutter nicht glücklich wäre. Wenn irgend etwas passierte, trug sie die Schuld dafür, und das wäre dann wirklich eine schreckliche Strafe.

Warum hatte sie das getan? Warum hatte sie sich von Edison lieben lassen? Eigentlich hatte sie das gar nicht vorgehabt. Er hatte ihr nur so ungeheuer leid getan, und man hatte ihr beigebracht, allen zu helfen, die in Schwierigkeiten sind. Er war jung und gutaussehend und in einer Weise erfahren, durch die sie sich etwas unbehaglich fühlte. Es war begeisternd gewesen, daß jemand so Besonderes wie er sich um sie bemüht hatte. Inmitten ihres Mitleids war sie von ihrem Mangel an Erfahrung und ihren neuen, überraschenden Reaktionen überrumpelt worden. Es war ihr unmöglich erschienen, sich zurückzuziehen.

Sie hatte den Schmerz erwartet, sie hatte genügend Bekenntnisse von Frauen in Zeitschriften gelesen, um davon zu wissen. Trotzdem hatte sie irgendwie erwartet, daß mehr dabeigewesen wäre. Sie hatte eine Spur von Vergnügen empfunden, eine Idee von Entspannung, und dann war es schon vorüber. Edison hatte es gefallen, das hatte er zumindest behauptet, obwohl er so viel Mühe gehabt und Ächzer von sich gegeben hatte, als hätte er Schmerzen. Sie fühlte sich jedoch nur klebrig und unruhig. Und sie hatte Angst.

Die Fahrt nach Arkansas dauerte nur ein paar Stunden. Sie hielten in einem kleinen Ort gleich hinter der Grenze. Edison kannte den Namen eines Mannes, der die Trauung vornehmen konnte, allerdings wußte Rebecca eigentlich nicht genau, ob er ein Pfarrer oder ein Friedensrichter war. Sie hielten an einer Tankstelle und fragten nach dem Haus des Mannes. Als sie es gefunden hatten, wurden sie von einem Rudel Hunde empfangen, die am Auto herumschnupperten und ihr Bein an den Reifen hoben. Edison wollte nicht aussteigen, sondern blieb sitzen und hupte.

Wenn man bedachte, daß der Mann aus dem Tiefschlaf gerissen worden war, benahm er sich doch eigentlich recht akzeptabel. Er betrachtete Rebeccas bleiches Gesicht, sagte aber weiter nichts, als Edison ihm Geld gab – ein zusammengefaltetes Bündel Geldscheine. Als die kurze Zeremonie vorüber war, stand der Mann neben ihnen, während sie die Eheurkunde unterschrieben. Danach bot ihnen seine Frau Gläser mit Limonade und Stücke von einem selbstgebackenen Kuchen an. Aber Edison lehnte ab und sagte, sie hätten noch einen weiten Weg vor sich, bevor es wieder Morgen würde.

Auf der Rückfahrt saß Rebecca da und starrte die Bäume an, die im Dunkeln vorüberflogen. Es war vorbei. Sie war verheiratet. Jetzt war daran nichts mehr zu ändern. Sie fühlte sich erschöpft und kalt trotz der warmen Nacht. Schließlich schlief sie ein.

Als sie wieder wach wurde, stand die Dämmerung grau am Himmel. Das Land in der Umgebung war eben und, so weit das Auge reichte, auf beiden Straßenseiten bewachsen mit hohem, im Wind schwankendem Gras. Es dauerte einen Augenblick, dann wurde Rebecca erst klar, was das für ein Gras war. Zuckerrohr.

Sie setzte sich gerade hin und holte tief Luft. »Wo sind wir?«

»Schon fast zu Hause.«

»Was meinst du damit? Das ist doch nicht die Straße nach Hause!«

Edison wandte ihr das Gesicht zu, und sein Grinsen wirkte seltsam im grünen Schimmer des Streulichts. »Ich habe lange nachgedacht, während du geschlafen hast. Ich hatte keine Lust auf das Geschimpfe meines Onkels und auf die Tränen deiner Mutter. Für dieses Semester kann ich nicht mehr zurück nach Tulane gehen, und ich wollte immer schon einmal in New Orleans leben. Wir werden uns im French Quarter eine Wohnung suchen und uns ein schönes Leben machen. Was meinst du dazu?«

»Ich will nach Hause!«

Er sah sie beleidigt an. »Du bist jetzt bei mir zu Hause.«

»Aber ich muß mit Mama sprechen. Sie wird glauben, mir wäre etwas Schreckliches passiert. Margaret weiß, daß ich in der vergangenen Nacht nicht zu Hause war, vielleicht hat sie schon die Polizei gerufen!«

Sein Gesichtsausdruck veränderte sich, allerdings wußte Rebecca nicht so recht, was es bedeutete. Kurz darauf sagte er: »Daran hatte ich nicht gedacht. Du kannst sie ja von der nächsten Stadt aus anrufen.«

»Ich habe auch nichts anzuziehen. Und du genausowenig.«

»Ich kann mir meine Sachen schicken lassen. Und was dich betrifft: Die meisten Sachen, die du hast, waren sowieso nicht das Richtige für dich. Ich werde dir ein oder zwei neue Kleider kaufen.«

»Nicht das Richtige! Sie waren genauso gut wie die Kleidung von anderen Leuten.«

Sie wandte sich von ihm ab und starrte durch die Windschutzscheibe auf die Straße.

»Nicht von Leuten, die eine Bedeutung haben.«

»Na ja, wenn du meinst. Meine Familie hat also keine Bedeutung, oder?«

»Nein, nicht besonders.«

Sie hatte ein grauenhaftes Gefühl in ihrem Innern, als sie sich umdrehte und den Mann hinter dem Steuer ansah. Sie kannte ihn überhaupt nicht, das wurde ihr plötzlich klar. Sie kannte ihn absolut nicht. Tränen stiegen in ihr auf, aber sie weigerte sich, sie fließen zu lassen. Das Dröhnen des Motors klang in der Stille plötzlich unheimlich laut.

Edison warf einen Blick in ihre Richtung, und seine Augen hingen schließlich an ihren Brüsten unter dem billigen Baumwollkleid, die sich rasch hoben und senkten. Er streckte die Hand aus, um eine der weichen Halbkugeln zu drücken, und ein lüsterner Glanz leuchtete in seinen hellblauen Augen auf. »Ist nicht so schlimm. Ich habe so das Gefühl, daß du eine ganze Weile nicht sehr viele Kleider brauchen wirst.«

Er hatte recht gehabt.

Sie hatten eine Wohnung in einer kleinen Nebenstraße im French Quarter gefunden. Sie war allerdings nicht ganz so, wie Edison versprochen hatte, denn die Mieten waren höher, als Edison erwartet hatte. Sie war, genauer gesagt, die Hälfte des ersten Stockwerks in einem Gebäude, das früher einmal ein schönes, altes Haus gewesen war, bevor man es in Wohnungen aufgeteilt hatte. Die Fenster hingen etwas lose in ihren Rahmen, die Farbe hatte Risse, und die Tapete löste sich an verschiedenen Stellen von den Wänden; trotzdem gefiel es Rebecca eigentlich ganz gut. Für ihre Begriffe waren die Zimmer groß und luftig, und der Hinterhof hatte Charme, trotz seiner zerbrochenen Ziegel und des rostigen Springbrunnens, der nicht mehr funktionierte.

Die anderen Mieter waren eine seltsame Mischung von Leuten. Neben ihnen wohnte eine ältere Frau, der das Haus gehörte, eine Witwe, die immer in Schwarz gekleidet war, Katzen hielt und eigentlich nur nach Einbruch der Dunkelheit gesehen wurde, wenn sie ihr bißchen Müll nach draußen brachte. Im Erdgeschoß wohnte eine Mulattin, die zwei verschiedene Besucher hatte, einen weißen Mann nachts und einen Schwarzen tagsüber. Gegenüber wohnte im Erdgeschoß ein junger Mann, den man selten sah, weil er tagsüber schlief und während der Nachtschicht in einem Restaurant im Quarter arbeitete.

Edison machte sich nicht die Mühe zu arbeiten. Er verbrachte viele Stunden jeden Abend in den verschiedenen Bars im Quarter, und im Laufe des Tages schlief er, zerrte Rebecca zu sich ins Bett oder schrie am Telefon seine Rechtsanwälte an. Sein Onkel, so schien es, weigerte sich, die Rechnungen für seine Eskapaden in New Orleans zu bezahlen und war so erbost, daß sein Neffe nicht seine Ausbildung abschloß, daß er nicht einmal mehr mit ihm reden wollte. Da sein Onkel aber auch die Vollmacht über seinen Besitz hatte, wurden Edisons Bezüge halbiert. Er sollte wieder den ganzen Betrag bekommen, wenn er zurück nach Tulane ging. Sie hatten gerade genug Geld, so sagte Edison, um ein oder zwei billige Garnituren Unterwäsche und ein paar einfache Baumwollkleider zum Wechseln für Rebecca zu kaufen. Sie hatte vorgehabt, Margaret zu bitten, ihr ein paar Sachen zu schicken, doch dazu gab es keine Gelegenheit. Als sie zu Hause anrief, schrie Margaret sie am Telefon an.

»Du hältst dich für besonders klug, nicht wahr, so einfach davonzulaufen! Du glaubst, du hättest jetzt wirklich dein Glück gemacht, während ich hier mit Boots zurückbleibe! Und Mama! Ich schätze, du bist dir im klaren darüber, daß es sie fast umgebracht hat, als sie erfuhr, daß du durchgebrannt bist.«

»Kann ich mir schon vorstellen, wenn du so herumgebrüllt hast wie jetzt.«

»Sag du mir nicht, wie ich mit Mama umgehen soll, mein Fräulein!«

»Nein, aber es geht ihr doch gut, oder?«

»Ich dachte, ich müßte einen Krankenwagen rufen, wirklich. Ihre Lippen waren so blau, schon fast lila, und ich habe bei jedem Atemzug befürchtet, es wäre der letzte.«

Rebecca biß sich auf die Unterlippe. »Laß mich mit ihr reden.«

»Ich glaube, das ist keine gute Idee. Vielleicht regt sie sich sonst wieder auf, und gerade ist sie eingeschlafen.«

»Ich werde nichts sagen, was sie beunruhigt. Du weißt, daß sie bestimmt gern mit mir reden möchte.«

Falls Margaret den bittenden Ton in ihrer Stimme hörte, so gelang es ihr doch, ihn zu ignorieren. »Ich glaube wirklich nicht, daß das eine gute Idee ist. Ich muß mich jetzt um Mama kümmern, das weißt du. Du könntest dir aber ruhig auch ein paar Gedanken um ihre Gesundheit machen, anstatt nur an dich und deine eigenen Bedürfnisse zu denken.«

»Ja, schon. Ich – ich werde später wieder anrufen und nach ihr fragen.«

»Ja, ist gut«, antwortete Margaret. Sie hängte ein, ohne überhaupt gefragt zu haben, wo Rebecca und Edison wohnten oder wie sie lebten.

Irgendwie schien Margaret anzunehmen, Rebecca würde jetzt ein bequemes Leben in Wohlstand führen. Sie hätte sich nicht schlimmer täuschen können. Die Wohnung hatte einen kleinen Tischventilator, aber keinen an der Decke, um die unerträgliche Hitze dieses langen Sommers zu lindern, die sich jeden Tag wieder von neuem aufbaute, ohne daß es nachts wirklich abkühlte. Und natürlich gab es erst recht keine Klimaanlage, wie Edison sie nötig zu finden schien. Rebeccas Angewohnheit, jeden Abend in der Dämmerung nach draußen zu gehen und sich auf die Hintertreppe zu setzen, die zu ihrer Wohnung führte, fand er gewöhnlich. Edison, der sich nie Gedanken über den Einkauf von Nahrungsmitteln zu machen brauchte, bedauerte jeden Pfennig, der im Lebensmittelgeschäft ausgegeben wurde. Gleichzeitig machte er sich über Rebeccas bedauernswerte Versuche lustig, sie beide eine Woche lang mit zwei Pfund fettigen Hamburgern und ein paar Paketen Nudeln zu ernähren. Oft genug warf er seinen vollen Teller in die Spüle, nannte das Essen Fraß und verließ türenknallend die Wohnung, um auswärts zu essen. Da er jedoch selten vor dem Morgengrauen zurückkam, konnte Rebecca draußen sitzen, solange es ihr gefiel. Auf diese Art lernte sie ihre Nachbarn schließlich so gut kennen, daß sie sich zunickten, wenn sie sich begegneten. Manchmal unterhielt sie sich sogar mit ihnen, vor allem mit der Witwe.

Die Wohnung, die am Anfang einen so lichtüberfluteten Eindruck gemacht hatte, hatte in der Küche und im Badezimmer mehrere dunkle Ecken, die Brutstätten für Feuchtigkeit und Insekten waren. Die Witwe von nebenan gab Rebecca ein Kätzchen, denn sie meinte, das würde das Problem vielleicht verringern, da Katzen gern Kakerlaken fangen. Edison kam nach Hause und entdeckte das Kätzchen, das auf seinem Kopfkissen zusammengerollt schlief. Trotz Rebeccas tränenvoller Proteste warf er es mit einem Tritt aus der Hintertür nach draußen.

Es regnete jeden Nachmittag. Rebecca begann, den Regen zu fürchten, denn der Donner weckte gewöhnlich Edison, und dann wollte er immer mit ihr schlafen. Es war ihm egal, daß er nach Schweiß stank und nach Whisky schmeckte. Ihre Proteste verärgerten ihn, und die leisesten Anzeichen von Widerstand brachten ihn so in Wut, daß sie oft blaue Flecken davontrug, wenn er sie mit Gewalt nahm. Wenn er sich überhaupt je die Mühe machte, an ihre Bedürfnisse zu denken, schien er anzunehmen, daß sie um so eher Feuer fangen würde, je härter und schneller er sich zwischen ihren Schenkeln bewegte. Aber das einzige, was das bei ihr bewirkte, war, daß sie jedes Mal so gefühllos und wund wurde, daß sie ihn drängte, damit sie die Sache möglichst schnell hinter sich hatte. Und das war zumindest niemals ein Problem.

Aus einer Woche wurden zwei, dann drei. Eines Nachmittags in der Mitte der vierten Woche hörte Rebecca eine Katze. Sie miaute in klagender Verzweiflung. Das Geräusch kam aus dem Hof, zu dem sie aus dem Schlafzimmerfenster hinaussehen konnte. Edison lag schlafend auf dem Bett. Das Brummen des Ventilators, unter dem er lag, übertönte die Schreie der Katze; trotzdem hatte Rebecca Angst, der zusätzliche Lärm könnte ihn aufwecken.

Sie schloß die Hintertür auf und lief die Treppe hinunter. Draußen war das Gemauze noch lauter. Es ertönte aus den Ästen der Eiche, die in einer Ecke des Hofs wuchs. Rebecca ging bis unter die ausgebreiteten Äste und sah dann nach oben.

Die Katze saß auf einem dünnen Zweig. Es war das Kätzchen, das die Witwe Rebecca geschenkt hatte. Es hing verzweifelt an dem Ast und war zu unerfahren und verwirrt, um den Rückweg wiederzufinden.

Die Äste der Eiche hingen bis tief über das Pflaster, aber der Stamm war hoch und glatt. Rebecca sah sich nach einer Leiter, Bank oder irgend etwas anderem um, mit dessen Hilfe sie hätte hinaufsteigen können, sah aber nichts. Sie versuchte, der Katze gut zuzureden und sie zu sich herunterzulocken, aber das Tier hatte zu viel Angst, um ihr zuzuhören. Hilflos und ohne etwas tun zu können, stand Rebecca da und starrte auf den Baum.

Irgendwo im Süden grollte der Donner. Ein einzelner Windstoß rüttelte an der Eiche, so daß die in der Hitze schlaff herunterhängenden Blätter raschelten. Die Katze krallte sich an dem Zweig fest und jaulte ängstlich.

Donner, und bald kam Regen. Rebecca, die dastand und mit besorgtem Blick zu der jungen Katze hinaufsah, spürte eine erstickende Enge in der Brust. Sie wuchs und stieg höher hinauf, bis sie in brennenden Tränen hinter ihrer Nase zu stehen schien. Sie kämpfte damit und mit dem plötzlich aufkommenden Bewußtsein, daß sie genauso festsaß wie die Katze und auch nicht in der Lage war, sich selbst zu helfen.

»Sie hängt wohl da fest, stimmt's?«

Rebecca wirbelte herum, als die halb humorvolle, halb mitfühlende Bemerkung hinter ihr ertönte. Sie stand einem jungen Mann mit wild gelocktem, dunkelbraunem Haar, olivfarbener Haut und den freundlichsten Augen, die sie je gesehen hatte, gegenüber. Er trug nur ein Paar abgeschnittene Jeans, und seine Augenlider wirkten schwer, als hätte er bis vor kurzem geschlafen. Das ließ ihn sehr zart erscheinen, dennoch sprach Kraft aus seinen Zügen und den deutlich geformten Muskeln seiner breiten Schultern. Das Bild verschwamm, als sie ihn ansah. Besorgnis breitete sich auf seinem Gesicht aus, und er streckte die Hand aus, um ihren Arm zu berühren.

»He«, sagte er mit weicher Stimme, »es gibt nichts, was Tränen wert ist, *chère*.«

Rebecca atmete tief ein und wischte sich mit einer Hand über die Augen, während sie sich zwang, zu lächeln. »Nein, es ist nur diese dumme Katze.«

Er senkte seine Hand. »Dafür, daß sie eigentlich kluge Tiere sind, können sie manchmal ganz schön dumm sein, nicht wahr? Ich habe ihr gesagt, sie soll nicht da hinaufklettern, als ich sie rausgelassen habe.«

Er war der junge Mann, der in der Wohnung unter ihnen wohnte und immer nachts arbeitete. Sie hatte ihn schon dann und wann abends gesehen, wenn er zur Arbeit ging, und sonntags, wenn er die Messe besuchte. Er grüßte immer ruhig und freundlich, und er lächelte stets.

»Gehört sie Ihnen?« fragte Rebecca. Sie hätte fast noch ›jetzt‹ dazugesagt.

»Ich nehme es an. Ich habe sie vor einer Weile an meiner Hintertür gefunden und den Fehler gemacht, sie zu füttern. Jetzt glaubt sie, daß sie zu mir gehört, oder besser gesagt, daß ich ihr gehöre.«

Als der Donner wieder grollte, diesmal schon deutlich näher, sah Rebecca wieder in den Baum hinauf. »Ich wünschte, es gäbe eine Möglichkeit, sie herunterzuholen.«

Überraschung malte sich auf seinem Gesicht ab. »Das ist doch nichts Besonderes. Deswegen bin ich doch gekommen.«

Er trat an den Stamm des Baums und legte seine Arme darum, dann kletterte er mit geschmeidigen Bewegungen hinauf. Einen Augenblick später lag er schon auf dem untersten Ast, kletterte weiter hinauf und griff schließlich nach dem verängstigten Tier, um es von seinem Zweig zu heben. Er fluchte leise, als die Katze sich umdrehte und über seinen Arm und seine Schulter auf seinen Kopf kletterte, wo sie sich in Todesangst festkrallte. Er schwang sich, die Katze wie einen Hut auf dem Kopf, wieder von Ast zu Ast abwärts, hing einen Augenblick an den Händen am untersten Ast und ließ sich fallen. Dann löste er entschlossen die Krallen der Katze aus seiner Kopfhaut und hielt sie auf dem Arm vor seiner Brust, wobei er sie mit leisem Murmeln streichelte.

Rebecca streckte die Hand aus, um der Katze auch einmal übers Fell zu streichen. Ihre Hand berührte die des jungen Mannes, und sie sah auf. Als sie seinem Blick begegnete, zog ein erleichtertes Lächeln über ihr Gesicht.

Er sah ihr eine ganze Weile in die Augen, und eine ganz leichte Röte stieg in seine Wangen. Er schluckte. »Ich heiße Dante. Dante Romoli.«

Die Katze auf seinem Arm begann zu schnurren und rieb ihren Kopf an den weich aussehenden Locken seines Brusthaars. Ein Lachen entfuhr Rebecca überraschend. Sie zog langsam die Hand zurück und nannte ihm ihren Namen.

Ein Regentropfen fiel auf seine Schulter. Dann kam noch einer und noch einer, und dicke, nasse Flecken entstanden auf den alten Ziegeln zu ihren Füßen. Dann begann der Regen plötzlich zu strömen, ein warmer Guß. Sie rannten los, trennten sich, während sie sich der Hintertreppe näherten. An seiner Tür blieb Dante stehen und sah zu ihr hinüber. Sie hielt an der Treppe an und warf ihm ein letztes Lächeln zu.

»Danke«, sagte sie, wirbelte herum und rannte die Treppen hinauf.

Edison war wach. »Was hast du da unten mit diesem Kerl gemacht?« fragte er, als sie durch die Tür kam.

Rebecca spürte, wie sich ihr Herz in der Brust zusammenzog. Edison stand nackt mitten im Zimmer, die Hände in die Hüften gestemmt, und seine blauen Augen funkelten eisig. »Die Katze, die mir die Vermieterin gegeben hat, saß oben im Baum und konnte nicht mehr runter. Dante ist hochgeklettert –«

»Aha, also ihr duzt euch schon? Was habt ihr beide sonst noch getrieben, wenn ich nachts unterwegs war?«

»Nichts! Heute habe ich zum ersten Mal mehr als zwei Worte zu ihm gesagt, ehrlich. Es war wegen der Katze, die –«

»Erzähl mir nicht so 'nen Quatsch! Ich hab' gesehen, wie du ihn angetatscht hast. Du bist genau wie deine Schwester, kannst deine Hände einfach nicht von den Männern lassen.«

»Beth?« fragte sie schockiert. »Wie kannst du das sagen, jetzt wo sie –«

»Weil sie tot ist, macht das doch keine weniger große Hure aus ihr.«

»Sie war nicht so, das ist nicht wahr! Du solltest das doch wissen, du bist der einzige Mann außer ihrem eigenen, mit dem sie je zusammen war!«

»Armer Kerl in Übersee, der denkt, er kommt zurück zu seiner unschuldigen Braut, und was ist passiert? Sie hat sich schwängern lassen.«

»Von dir!«

»Das war nur ein Trick, um mich dazu zu bringen, sie zu heiraten, die dumme Kuh. Sie hat sich mir sozusagen an den Hals geworfen.«

Rebecca sah ihn an, die abwehrende, kriegerische Art, wie er dastand, die fleckige Röte auf seinem Gesicht, das selbstsüchtige Licht in seinen Augen. Die unsichere Angst in ihrem Innern verschwand. »Das glaube ich dir nicht«, sagte sie. »Du behauptest das nur, damit du besser dabei aussiehst, damit du dich besser fühlst, weil du weißt, daß du an ihrem Tod schuld bist.« Er erreichte sie mit zwei Schritten. Der Schlag traf sie am Unterkiefer und schleuderte sie rückwärts. Sie fiel gegen die Wand, und ein Schrei drang aus ihrer Kehle. Dann war er über ihr und zog sie hoch, eine Hand in ihre Bluse gekrallt. Er schüttelte sie grob und drückte sie gegen die Wand.

»Sag das nie wieder!« schrie er, und sein Gesicht war verzerrt vor Wut. »Nie mehr!«

Sie schmeckte Blut. Ihre Brüste schmerzten von seinem eisernen Griff. Aber in ihrem Gehirn war glühende Hitze. Und dann brüllte sie: »Das werde ich auch nicht, weil ich nicht mehr da sein werde!«

Die Veränderung in seinem Gesichtsausdruck war fast komisch, als wäre er bisher noch nie auf den Gedanken gekommen, daß die Dinge, die er zu ihr gesagt und mit ihr gemacht hatte, irgendwelche Folgen haben könnten. Dann lachte er. »Ja, sicher, renn du nur nach Hause wie ein Kleinkind.«

»Das ist immer noch besser als hier bei dir.«

Der Ärger gefror in seinem Blick. Er löste seinen Griff mit einer plötzlichen Geste. »Dann geh doch. Es wird dir sowieso niemand auch nur ein Wort glauben. Keiner wird etwas anderes denken, als daß du eine kleine Hure bist, die sich hat rumkriegen lassen und die nicht bekommen hat, was sie erwartet hat.«

»Wer soll mir was glauben?« Ihre Knie zitterten. Sie drückte ihre Hände gegen die Wand, um sich zu stützen.

»Ach, spiel doch nicht solche Spielchen mit mir. Ich weiß, daß du es weißt; ich sehe es in deinen Augen, wenn du mich ansiehst. Warum sonst sind wir denn hier?«

Was glaubte er, was sie wußte? Sie konnte sich nur eine Sache vorstellen. »Ich weiß, daß du dich schuldig fühlst wegen Beth, egal, was du sagst.«

Er schwieg, sein Blick wanderte über ihr ausdrucksloses Gesicht. Nach einem Augenblick sagte er: »Klar ist es das. Ich habe ihr gesagt, wie sie das Balg los wird. Ich hab' ihr sogar von dem Buch erzählt, in dem ich gelesen habe, wie man das machen kann. Ich habe sie und das Baby praktisch umgebracht.«

»Aber du hattest keinen Grund, wegzulaufen oder hierherzukommen. Niemand wird dich dafür ins Gefängnis stecken, obwohl du es verdient hättest.«

Seine Augen verengten sich noch einmal. »Keiner wird mir die Schuld geben oder mein Geld deswegen weiter kürzen. Du bist die einzige, die es weiß, und keiner wird dir auch nur ein Wort von dem glauben, was du sagst.«

»Weil ich mit dir durchgebrannt bin und dich geheiratet habe?«

Das Geräusch, das aus seiner Kehle drang, war rauh, und sein Mund verzog sich zu einem höhnischen Grinsen. »Das ist es ja gerade, Süße. Das hast du gar nicht getan.«

Ihr Kopf begann in dumpfem Schmerz zu pochen. Durch ihre Gedanken lief ein Gefühl von Entsetzen, das so stark war, daß sie schauderte. Mit schwacher Stimme hauchte sie: »Was?«

»Wir sind gar nicht verheiratet. Na, wie findest du das?«

»Aber die Trauung, die Urkunde, die wir unterschrieben haben –«

»Sie sind völlig wertlos. Ich war kein freier Mann mehr. Ich habe letzten Mai die jüngste Tochter der besten Freundin meiner lieben Mutter geheiratet. Aber wir verstehen uns nicht sehr gut. Sie ging zurück zu ihrer Mama, und ich war bei meinem Onkel. Das bedeutet, daß die Sache mit dir ungültig war. Null und nichtig. Sie zählt einfach nicht.«

»Das hast du mir die ganze Zeit verschwiegen.«

Er zuckte gefühllos mit den Schultern. »Natürlich. Schließlich werde ich mal Rechtsanwalt.«

»Warum?« rief sie. »Warum hast du das mit mir gemacht?«

»Ich konnte nicht zulassen, daß du durch die Gegend läufst und alles ausplauderst, was du weißt.«

»Das hätte ich niemals getan. Wegen Beth hätte ich es nie getan.«

»Darauf konnte ich mich nicht verlassen. Außerdem war ich scharf auf dich, so scharf, daß ein- oder zweimal probieren die Sache nicht erledigt hätte. Du solltest stolz darauf sein. Ich unternehme nicht oft einen zweiten Versuch, schon erst recht keinen dritten oder vierten.«

Er redete zuviel. Irgend etwas versteckte er hinter seinen breitspurigen, lauten Worten, das spürte sie. Trotzdem wurde diese Erkenntnis verdrängt von den Fragen, die über ihre Gedanken hereinzubrechen schienen.

»Die ganze Zeit«, murmelte sie, »die ganze Zeit war ich hier, und wir waren gar nicht verheiratet.«

»Wir haben in Sünde gelebt. Hat es dir denn etwa keinen Spaß gemacht?«

Übelkeit stieg in ihr hoch. »Das war der Grund, warum du mich nicht mit dir nach Hause nehmen wolltest.«

»Wie klug du doch bist.«

»Ich dachte, du würdest dich schämen.«

»Meiner simplen Braut vom Lande? Na ja, das hätte vielleicht auch ein bißchen peinlich werden können.«

Dieser überlegene und herablassende Ton traf sie ganz tief im Innern. Sie verbarg es, indem sie zornig auffuhr: »Das wäre auch wirklich sehr unangenehm gewesen.«

»Ich habe mir eigentlich nie ernsthaft darüber Gedanken gemacht.«

Er drehte sich auf dem Absatz um und verschwand im Schlafzimmer. Er hatte sich keine Gedanken darüber gemacht, weil es nicht nötig gewesen war. Er hatte nie die Absicht gehabt, sie mit zu sich nach Hause zu nehmen. Sie hörte ihn herumgehen, während er sich anzog. Langsam gaben ihre Beine nach, und sie rutschte an der Wand herunter und sank auf den Boden. Sie legte ihre Hand an ihre schmerzende Wange. Sie fühlte sich heiß an und war geschwollen. In ihrem Innern tobte ein massiver Schmerz, der einfach zu groß war für Tränen.

Edison kam ein paar Minuten später aus dem Schlafzimmer und hatte seine restliche Kleidung unter dem Arm. Er stand über ihr und starrte sie an. »Die Miete ist noch für den nächsten Monat bezahlt, die alte Hexe nebenan hat mich zwei Monate im voraus und noch eine Kaution bezahlen lassen. Vielleicht willst du doch lieber hierbleiben. So wie ich Margaret einschätze, ist sie nicht besonders scharf darauf, daß du nach Hause kommst und deine liebe Mama beunruhigst.«

Er machte diesen Vorschlag nicht aus Sorge um sie, das wußte sie, sondern weil er sie daran hindern wollte, zurückzugehen.

Nichtsdestotrotz stimmte das, was er sagte, und sie brauchte einen Moment, bevor sie wieder sprechen konnte. »Margaret ist meine Schwester, sie wird mich nicht abweisen.«

Er schnaubte. »Eines Tages wirst du schon noch erwachsen werden.«

Sie hob den Kopf. Mit matter Stimme sagte sie: »Los, geh doch, wenn du gehen willst.«

»Oh, ich gehe schon, keine Sorge. Aber ich könnte es vielleicht vorher noch mal mit dir treiben. Ich frage mich, ob das der Mühe wert ist.«

Sie starrte zu ihm auf, und tödlicher Widerstand erhob sich in ihr. Etwas Derartiges mußte auch in ihrem Gesicht zu sehen gewesen sein, denn er wich etwas zur Seite und beantwortete sich seine eigene Frage. »Wahrscheinlich nicht.« Er trat einen Schritt zurück, drehte sich dann um und ging hinaus.

Sie saß unverändert dort, während seine Schritte auf der Treppe verklangen und der Chevy abfuhr. Trotzdem bewegte sie sich nicht von der Stelle, sondern starrte vor sich hin und bemühte sich, an nichts zu denken. Schließlich drängte sich der Gedanke wieder in ihr Gehirn, wie Beth in einem Teich von Blut gestorben war, die lachende, liebe, von Leben sprühende Beth. Und das alles wegen Edison Gallant, dem Mann, der gerade fortgegangen war.

In diesem Augenblick begannen ihre Tränen zu strömen, eine Flut von warmem Schmerz, so rückhaltlos wie der subtropische Regen, der den Hinterhof draußen durchnäßte.

8

»Mama ist im Krankenhaus.«

»Oh, Margaret, geht es ihr schlecht?« Rebecca spürte, daß die Angst wie Gift mit dem Blut durch ihre Adern strömte. Sie hielt den Telefonhörer so krampfhaft, daß sich ihre Knöchel weiß färbten.

»Sie hatte wieder einen Anfall. Ihr Herz rast ständig. Sie war einfach nicht mehr dieselbe, seit Beth gestorben ist und du davongelaufen bist.«

»Ich will mit ihr reden. Ich muß mit ihr reden, Margaret.«

»Ich glaube nicht, daß du das tun solltest, nicht nach dem, was du mir gerade erzählt hast. Sie denkt, du wärst mit einem reichen Mann verheiratet, der für dich sorgt. Sie hat es überwunden, daß du weg bist, und hat sich damit getröstet, daß sie sich auf diese Weise immerhin zumindest um dich keine Sorgen mehr zu machen braucht. Du kannst ihr nicht etwas anderes erzählen, nicht jetzt.«

»Du meinst, du hast ihr das eingeredet.«

»Und wenn es so wäre?« fragte Margaret herausfordernd. »Sie brauchte etwas, das sie beruhigte.«

»Nun, aber irgendwann muß sie ja doch erfahren, daß es nicht geklappt hat. Ich muß wieder nach Hause kommen.«

»Das kannst du nicht tun!«

»Was meinst du damit, Margaret? Ich habe sonst keine andere Möglichkeit. Verstehst du das denn nicht? Edison ist fort.«

»Was hast du denn mit ihm gemacht, daß er weggegangen ist?«

»Ich habe gar nichts gemacht. Ich habe dir doch schon gesagt, daß er mich hereingelegt hat!«

»Das kann ich nicht glauben, wirklich nicht. Stell dir doch nur vor, was die Leute sagen!« jammerte Margaret. »Sie glauben bestimmt, daß ihr gar nicht verheiratet gewesen seid.«

Rebecca holte tief Luft und atmete langsam wieder aus. »Das werden sie wohl, aber dagegen kann ich nichts machen. Edison ist fort, und er kommt nicht wieder zurück. Die Miete ist noch für einen Monat bezahlt, aber ich habe nicht einmal Geld für Lebensmittel. Ich muß wieder nach Hause kommen!«

»Gehe ich recht in der Annahme, daß du das Geld für die Busfahrkarte auch nicht hast?«

»Nein. Ach, Margaret –«

»Einen Augenblick, laß mich nachdenken.«

Die Stille am anderen Ende der Leitung schien ewig anzudauern. Rebecca erwartete, daß jeden Augenblick die Telefonistin sich einschalten und mehr Geld verlangen würde. Es gab in der Wohnung natürlich kein Telefon. Sie mußte zum öffentlichen Telefon im Lebensmittelladen an der nächsten Ecke gehen. Auf der gegenüberliegenden Straßenseite standen zwei schmuddelig aussehende Typen mit Haaren bis auf die Schultern und beobachteten sie. Sie hob die Hand, um den blauen Fleck in ihrem Gesicht zu bedecken, und wandte sich ab.

»Du könntest dir eine Arbeit suchen«, sagte Margaret schließlich.

»Was für eine? Und was soll ich essen, während ich arbeiten gehe?«

Wieder herrschte Schweigen. Margaret seufzte. »Na gut. Ich werde dir Geld schicken, damit du ein paar Wochen davon leben kannst. Vielleicht ist Mama dann wieder kräftiger, und du kannst nach Hause kommen.«

»Wäre eine Busfahrkarte nicht billiger? Ich weiß, daß die Krankenhausrechnungen beim letzten Mal ziemlich hoch waren.«

»Ich bekomme es von Boots.«

»Das kannst du nicht machen. Das wäre wirklich nicht richtig.«

»Warum denn nicht? Wir sind verheiratet.«

Rebecca brauchte einen Augenblick, bevor sie wieder etwas sagen konnte. »Du und Boots – ihr habt geheiratet?«

»Warum denn nicht?«

»Und du hast es mir nicht gesagt oder mich zur Hochzeit eingeladen?« Der Schmerz war deutlich aus Rebeccas Stimme zu hören. Sie hatte das Gefühl, als würde sie gewaltsam von ihrer Familie getrennt.

»Ich kann mich nicht erinnern, eine Einladung zu deiner Hochzeit bekommen zu haben!« antwortete ihre Schwester kurz. »Und außerdem: Wenn du so wenig Geld hast, wie du behauptest, hättest du es dir sowieso nicht leisten können, herzukommen.«

»Bevor Edison gegangen ist, wäre es vielleicht schon möglich gewesen.«

»Das ist jetzt auch egal. Wir müssen das tun, was für Mama das beste ist.«

Mit großer Willensanstrengung schob Rebecca ihre Probleme zur Seite und versuchte, die Welt aus Margarets Blickwinkel zu sehen. Sie sagte: »Mama hat Boots ja immer gern gehabt.«

»Ja, es ist sehr gut für sie, daß er da ist, und für mich natürlich auch. Ich glaube, es hilft ihr, zu wissen, daß er bei mir ist, wenn sie einmal nicht mehr dasein wird.«

»Margaret!«

»Ich weiß, ich weiß, daß es schrecklich ist, so etwas zu denken, und noch schlimmer, es auszusprechen, aber manchen Dingen müssen wir nun einmal ins Auge sehen. Das müssen wir wirklich. Ach, Rebecca, ich habe solche Angst!«

Dieser Ausruf ihrer Schwester klang noch lange in Rebeccas Ohren nach. Es half ihr, sich darüber klarzuwerden, daß Margaret nicht nur gemein und trotzig war, sondern daß sie sich wirklich Sorgen um ihre Mutter machte. Es hatte Rebecca weh getan, daß sie einen Augenblick hatte glauben müssen, ihre Schwester sei vielleicht wirklich so, wie Edison behauptet hatte.

Trotzdem war Rebecca jetzt so allein und einsam, wie sie es noch nie zuvor gewesen war. Die Stadt, die ihr anfangs so unbeschwert und offen gegenüber allen Neuankömmlingen erschienen war, kam ihr nun grausam gleichgültig vor. Hier wurden der Schmerz und der Tod genauso leichtgenommen wie alles andere auch. Das Geld, das Margaret versprochen hatte, kam. Es war nicht sehr viel, aber es reichte, wenn Rebecca sich hauptsächlich von Makkaroni und billigem Thunfisch ernährte. Sie entdeckte, daß es einen großen Vorteil hatte, daß Edison fort war: sie konnte ihren Fisch mit der Katze teilen. Das Tier kam am Morgen, nachdem er abgereist war, maunzend herein, so als wüßte es, daß es jetzt vor ihm sicher war.

Rebecca war schon seit einer Woche allein, als sie eines Abends Schritte auf der Treppe hörte. Ihre Bauchmuskeln spannten sich an, während sie sich der Tür zuwandte. Sie stand offen, nur das Fliegengitter war zu. Sie hatte auch vergessen, bei dieser wenig wirksamen Barriere das Schloß vorzulegen, und jetzt war es dazu zu spät.

Die Schritte kamen näher und hielten schließlich an. Die Gestalt eines Mannes war deutlich durch das Fliegengitter zu erkennen. Er hob eine Hand, die er zur Faust geballt hatte.

Es war Dante Romoli, der mit den Knöcheln sachte an den Türrahmen klopfte. Rebecca atmete erleichtert wieder aus, denn sie hatte vor Schreck den Atem angehalten, und ging dann hinüber, um das Gitter aufzumachen.

»Ich komme wegen der Katze«, sagte Dante. Sein dunkler Blick blieb kurz an dem blauschillernden Fleck auf ihrer Wange hängen, dann sah er zur Seite und betrachtete das Zimmer hinter ihr.

»Oh, möchten Sie sie zurückhaben? Ich wollte sie Ihnen nicht wegnehmen.«

»Das ist es nicht. Ich dachte nur, na ja, es sah so aus, als wäre sie in letzter Zeit hier oben wieder willkommen. Und ich habe nur Sie gehört. Ich habe mich gefragt... Ist alles in Ordnung?«

Rebecca freute sich, daß er sich um sie sorgte. »Ja und nein. Mir geht es gut, wenn Sie das meinen.«

»Das ist prima.« Er entspannte sich etwas. »Aber was ist mit Ihrem Mann? Ich habe zwangsläufig mitbekommen – also, ich meine, ich habe sein Auto schon einige Zeit nicht mehr gesehen.«

»Nein, er... er ist fortgegangen.«

»Auf eine Reise oder so etwas?«

»Für immer.« Ihre Stimme klang gedrückt. Er nickte, als hätte er auch nichts anderes erwartet. Einen Augenblick später lächelte er. »Haben Sie schon etwas gegessen?«

Sie schüttelte den Kopf. Sie aß oft erst spät, wenn überhaupt. Sie hatte nicht viel Appetit. Und außerdem, wenn sie erst einmal gegessen hatte, konnte sie sowieso nichts anderes tun als ins Bett gehen.

»Wissen Sie, *chère,* ich habe gestern meinem Chef im Restaurant vom Krebssoufflé meiner Großmutter erzählt. Er hat eine Portion gemacht, um das Rezept auszuprobieren, dann hat er mir gegeben, was übrig war. Es ist ein ganzer Topf voll. Ich könnte jemanden gebrauchen, der mir beim Essen hilft.«

»Müssen Sie denn heute abend nicht zur Arbeit gehen?«

»Ich habe heute frei. Kommen Sie, ja?«

Er mußte sie noch ein wenig überreden, aber sie erklärte sich schließlich einverstanden. Noch bevor das Soufflé aufgegessen war, hatte sie ihm alles erzählt. Irgendwo mittendrin fing sie wieder an zu weinen. Sie zuckte zusammen, als er seinen Arm um sie legte, aber sein Griff war nichts anderes als ein Ausdruck von menschlicher Wärme und Sympathie. Er hielt sie ganz lange im Arm und murmelte ihr tröstend irgend etwas Unverständliches ins Ohr, das sie schließlich als Französisch erkannte. Sie verstand nicht ein einziges Wort, aber das machte nichts. Als sie sich dann schließlich wieder gerade hinsetzte, die Tränen von den

Wangen wischte und noch ein letztes Mal schluchzte, fühlte sie sich wohler.

Danach sah sie Dante sehr oft. Sie schalt ihn scherzhaft, weil er sie bei sich aufnahm wie eine heimatlose Katze, aber er lachte nur und sagte, sie sei ihm als Gesellschaft lieber. Dante besorgte ihr schließlich sogar den Job als Geschirrspülerin. Er zeigte ihr auch, wie sie mit den endlosen Stapeln von Geschirr und Silber klarkam, die ihr immer wieder gebracht wurden, wie sie es vermied, sich an dem fast kochendheißen Wasser zu verbrennen, und wie sie ihre Hände einfetten mußte, damit sie nicht rauh wurden und anschwollen.

Und Dante fragte sie auch, ob sie schwanger sei, nachdem er den dritten Abend beobachtet hatte, wie sie mit der Übelkeit kämpfte, als sie die kalten Essensreste, die in fetter Sauce festklebten, von den Tellern kratzte.

Sie starrte ihn an, ihr Gesicht war bleich, und ihre Augen waren trüb vor Verzweiflung, wobei sie ihre Finger auf die Lippen drückte. »Oh, Dante, was soll ich denn jetzt nur tun?«

»Heirate mich«, sagte er.

Sie liebte ihn in diesem Augenblick, weil er das gesagt hatte, ohne zu zögern und ohne auch nur eine Spur von Zweifel zu zeigen.

»Vielen Dank«, sagte sie und stellte sich auf die Zehenspitzen, um seine Wange zu küssen, »aber das kann ich nicht tun.«

Er runzelte die Stirn, als sie ihn wieder ansah. »Warum nicht?«

»Dieses Problem hat nichts mit dir zu tun. Du hast schon genug für mich getan, ich kann nicht zulassen, daß du noch mehr tust.«

»Hast du vielleicht auch daran gedacht, daß ich es meinetwegen wollen könnte?«

Rebecca schüttelte den Kopf. »Du möchtest dein eigenes Restaurant eröffnen und etwas aus dir machen. Du brauchst jetzt wirklich nicht auch noch eine Frau mit dem Kind eines anderen Mannes.«

»Du sagst das nur, weil ich ein Cajun und nur ein Laufbursche bin.«

»Das hat gar nichts damit zu tun!«

Sie wußte, daß er empfindlich war, was seine Herkunft betraf. Die Cajuns, Nachkommen der Acadier aus Nova Scotia im Norden der heutigen Vereinigten Staaten, die während der amerikanischen Kriege im achtzehnten Jahrhundert aus ihrer Heimat nach Süden vertrieben worden waren, lebten nun an den Bayous, den Nebenarmen des Mississippi.

Die Cajuns waren gottesfürchtig, ohne puritanisch zu sein; sie hatten große Familien, liebten das Tanzen, das Trinken und das Spielen; und sie waren gesegnet mit der faszinierenden Fähigkeit, mit ihrem Schicksal zufrieden zu sein. Wegen dieser Charakterzüge sahen manche auf sie herab, weil ihnen angeblich der Ehrgeiz und der Antrieb zum Erfolg fehlten. Sie waren auch Leute, die einen empfindlichen Stolz hatten, und Dante war ein gutes Beispiel dafür. Sie entschuldigten sich nicht für ihre Lebensart und waren schnell beleidigt, wenn jemand sie herablassend behandelte. Dante selbst schämte sich nicht, ein Laufbursche zu sein, war aber durch jene Leute irritiert, die glaubten, daß das alles sei, was er konnte, und alles, was er je tun würde.

Jetzt nickte er. Sie waren umgeben von der Unruhe, den Rufen, dem Dampf und den vielen Gerüchen der Küche. Als einer der Chefs vorbeiging und über sie die Stirn runzelte, nahm Dante einen Teller und begann ihn abzukratzen. »Aber ich möchte gern für dich sorgen, *chère.*«

»Das tust du ja auch, jeden Tag.« Im Augenblick plagte sie die Übelkeit nicht. Sie griff nach einem Teller und spülte ihn.

»Du weißt schon, was ich meine.«

»Ja, ich weiß, und es ist wirklich lieb von dir«, sagte sie mit einem traurigen Lächeln, »aber ich – ich muß wirklich wieder nach Hause. Dort gehöre ich hin, nicht hierher.«

»Du vermißt dein Zuhause.« Das war eine einfache Feststellung.

»Ich träume manchmal davon und davon, wie es war, bevor Beth starb.«

»Warum bist du dann immer noch hier? Warum gehst du nicht einfach?«

»Das kann ich nicht. Was wäre, wenn sich Mama darüber aufregt, daß ich schwanger und nicht verheiratet bin und stirbt?«

Er drehte ihr sein Gesicht zu und sah sie ernst an. »Ich glaube schon, *chère,* daß du dir Sorgen machst, was mit deiner Mutter passieren könnte, aber du hast auch Angst vor dem, was deine Schwester sagen könnte. Und vor allem hast du Angst vor der Liebe.«

Er hatte recht. Eine kurze Zeit hatte sie geglaubt, sie könnte Edison lieben, und gedacht, er würde sie lieben. Sie hatte sich getäuscht. Was sie wirklich empfunden hatte, war eine starke Mischung aus Mitgefühl und den ersten Regungen ihrer körperlichen Lust gewesen. Was Edison außer seinem Begehren noch empfunden hatte, konnte sie sich nicht vorstellen.

Jetzt wünschte sie nur noch, alles könnte wieder so werden wie vorher und sie könnte wieder in Sicherheit zu Hause bei ihrer Familie sein. Das letzte, was sie jetzt brauchte, war der nächste Ehemann, noch ein Mann, für den sie kochen und putzen und dem sie Rechenschaft ablegen müßte. Sie wollte keinen Mann, der ihr Bett teilte und ihren Körper zu besitzen versuchte, als gehöre er ihm.

»Ich weiß es wirklich nicht«, sagte sie schließlich leise.

»Ich könnte dich lieben, weißt du das?« Er sah sie an und wartete auf ihre Antwort.

»Könntest du das wirklich?« fragte sie.

»Das wäre ganz leicht.«

»Du bist ein ungewöhnlicher Mann, Dante.«

»Und ich sehe auch gut aus. Außerdem liebe ich Kinder und bin bestimmt ein phantastischer Vater.«

Sie schüttelte den Kopf und lächelte über seine Begeisterung. »Das bezweifle ich nicht, besonders, wenn du die richtige Frau dafür findest.«

»Du könntest die Richtige sein, wenn du es wolltest.«

»Und was wäre ich für einen Freund?«

Er sah eine ganze Weile zur Seite, atmete langsam ein und aus. Als er sich ihr wieder zuwandte, war sein Gesicht klar. »Also gut, aber was willst du jetzt tun?«

»Ich werde erst mit Margaret reden müssen, dann weiß ich es.«

Margaret war entsetzt, als Rebecca das nächste Mal anrief. Sie könne es nicht glauben, sagte sie immer und immer wieder. Die Schwangerschaft war eine Strafe für Rebecca, für das, was sie getan hatte. Ihre Mutter war sehr beunruhigt gewesen über Rebecca und hatte immer wieder nach ihr gefragt, aber auf keinen Fall durfte sie diesen letzten Teil der Tragödie erfahren. Wenn sie es ihr sagte, würde Margaret jede weitere Verantwortung für den Gesundheitszustand der Mutter ablehnen.

Als dann ihre Mutter am Telefon war, schien es völlig unmöglich, ihr die Wahrheit zu sagen. Es gehe ihr gut, erzählte Rebecca, Edison gehe es auch gut, es sei schön in New Orleans. Die Erleichterung in der Stimme ihrer Mutter war ihre Belohnung. »Ich habe mir solche Sorgen gemacht, weil du dort unten bist, Becky«, sagte ihre Mutter und gebrauchte den alten Kosenamen mit warmer und ein wenig trauriger Stimme. »Margaret konnte mir nichts über dich sagen, und sie schien auch nicht zu wissen, wie man dich erreichen kann. Hast du Spaß gehabt?«

Spaß.

»O ja, Mama. Es ist nur... an alles muß man sich eben erst gewöhnen.«

»Das verstehe ich. Aber du darfst uns nicht vergessen.«

»Nein, nein, das tue ich bestimmt nicht, Mama.«

»Na gut, dann werde ich mal wieder gehen. Ich bin ein wenig müde, und es ist Zeit, daß ich mich hinlege und schlafe. Denk daran, was ich dir immer gesagt habe – jetzt, wo du dich zwischen all den feinen Leuten bewegst.«

Rebecca versuchte nachzudenken, aber alles, worauf sie sich konzentrieren konnte, war die atemlose Stimme ihrer Mutter. »Ich weiß nicht –«

»Wenn du keine Dame sein kannst, benimm dich wenigstens wie eine. Das hat meine Mama immer zu mir gesagt, und es war wirklich hilfreich. Also, paß gut auf dich auf, Becky, und laß von dir hören.«

»Jawohl, Madam.«

Als Margaret ein paar Sekunden später wieder am Telefon war, klang ihre Stimme aufgeregt. »Ich habe eine Idee«, sagte sie. »Ich weiß, was wir tun können. Es funktioniert bestimmt, ich bin ganz sicher.«

Und seltsamerweise tat es das wirklich.

Margaret schickte Rebecca mehr Geld mit der Anweisung, sie solle zu einem guten Gynäkologen gehen, der ihr helfen konnte, herauszufinden, wie weit genau die Schwangerschaft schon war. Als Rebecca mit einiger Sicherheit wußte, daß sie im dritten Monat war, erzählte Margaret ihrer Mutter, sie selbst sei im dritten Monat schwanger, und begann sofort, Umstandskleidung zu tragen und Kinderkleidung anzuschaffen. Als Rebecca im achten Monat war, täuschte Margaret plötzlich Komplikationen vor, die es erforderten, daß sie einen Spezialisten in New Orleans aufsuchte und dann bis zur Entbindung dort blieb.

Sie besuchte jedoch trotz der Geschichte, die den Nachbarn erzählt worden war, keinen Spezialisten, und es gab auch keine Komplikationen in ihrer nicht existierenden Schwangerschaft. Sie zog nur bei Rebecca ein und wartete mit ihr auf die Geburt.

Sie brauchte keinen ganzen Monat zu warten. Sei es, weil sich der Gynäkologe verrechnet hatte oder weil Rebecca noch so jung und ziemlich nervös war, auf jeden Fall bekam Rebecca eine Woche später Wehen. Margaret wollte zuerst nicht glauben, daß das Baby jetzt auf die Welt kam. Als sie es schließlich begriff, wurde sie hysterisch, rannte im Nachthemd in der Wohnung herum, rang die Hände und suchte nach einem Telefon, das es nicht gab. Rebecca mußte ihr viermal sagen, daß sie sich anziehen und zum Lebensmittelgeschäft an der Ecke gehen mußte, um den Arzt zu rufen. Margaret weigerte sich, nachts und in dem kalten Regen auf die Straße zu gehen.

Die Schmerzen kamen oft und waren stark. Rebecca hatte sich angezogen, besaß aber kaum noch Kraft, um zu reden. Etwas stimmte nicht. Sie hatte die Bücher über Schwangerschaft und Niederkunft gelesen, die Dante ihr aus der Bibliothek geholt hatte, und sie glaubte, daß es nicht in Ordnung war, wenn alles so heftig und so schnell ablief. Als schließlich bei einer schrecklich schmerzhaften Wehe die Fruchtblase platzte, keuchte sie: »Geh und hol Dante.«

»Was willst du mit ihm?«

Margaret wollte Dante nicht hierhaben, die beiden hatten sich vom ersten Augenblick an nicht leiden können, vielleicht, weil Dante Rebecca in jeder Beziehung für die Beste hielt und er sich nicht die Mühe machte, zu verbergen, daß er Margaret für eine Wichtigtuerin und einen Eindringling hielt.

»Ich brauche ihn.«

»Er hat aber doch mit dieser Sache überhaupt nichts zu tun. Oder etwa doch?«

Rebecca stand da, ihr Körper war aufgetrieben und schmerzte, ihre Schuhe standen voller warmem, mit Blut gemischtem Fruchtwasser. Sie funkelte ihre Schwester böse an und schrie: »Los, hol Dante!« Margaret schwieg und ging. Einen Augenblick später hörte Rebecca, wie sie unten an die Tür klopfte.

Mit Dantes Hilfe brachte dann Rebecca das Kind zur Welt. Das Baby, ein Mädchen, hatte ein faltiges rotes Gesichtchen und schrie so laut, als sei es wütend über die Welt. Doch trotz der Tatsache, daß es zu früh geboren war, klangen seine Schreie sehr kräftig. Rebeccas Schwester badete das Kind mit unbeholfener und unsicherer Vorsicht, zog es an, wickelte es in eine Decke und brachte es ins Zimmer, als Rebecca sich gerade in ihrem frischen Nachthemd in ihr Bett legte.

Dann lag Rebecca da, das Baby in ihrer Armbeuge, und ihr Haar, das im Licht der Deckenlampe glänzte, war um sie herum auf dem Kopfkissen ausgebreitet. Sie berührte die zarte Haut des kleinen Gesichtchens, breitete seine Händchen aus und wunderte sich über die langen Finger; sie spürte das leichte, schnelle Schlagen des Herzens in diesem kleinen, warmen Körper. Sie sah mit leuchtenden Augen auf zu Dante, der neben ihr auf dem Bett saß. Seine dichten Locken standen in alle Richtungen von seinem Kopf ab, er hatte müde Ringe unter den Augen, und Blut – ihr Blut – hatte sein T-Shirt verschmiert. Trotzdem lag ein Ausdruck von Zufriedenheit, ja sogar Begeisterung auf seinem Gesicht.

Ein wunderschönes Lächeln spielte um ihren Mund, und sie hielt ihm ihre linke Hand entgegen. »Vielen Dank«, sagte sie einfach. Er starrte sie an, und Tränen stiegen ihm in die Augen. Seine Stimme klang heiser vor Bewunderung, als er sagte: »Ach, *chère*, du siehst aus wie eine junge Madonna.«

Margaret, die am Fußende des Bettes stand, räusperte sich. »Das ist wirklich lieb, daß Sie so etwas sagen, Dante. Ich kann mir nicht vorstellen, woher Sie wußten, was zu tun war, aber ich möchte Ihnen auch danken.«

Er wandte den Blick nicht von Rebecca ab, während er antwortete: »Das war doch nichts Besonderes. Ich habe früher öfter meinem Großvater geholfen, der ein kleines Stück Land an der Flußstraße hatte. Er zeigte mir, wie man den Kühen beim Kalben hilft.«

»Igitt!« rief Margaret aus. »Das kann doch nicht dasselbe sein.« Dante zog nur eine Schulter hoch, als wäre ihr Kommentar keine Antwort wert.

Margaret sprach weiter. »Auf jeden Fall ist es gut so. Jetzt brauchen wir nicht ins Krankenhaus zu gehen.«

»Was meinen Sie damit?« Dante ließ Rebeccas Hand los und erhob sich langsam, so daß er Margaret gegenüberstand. »Wir sollten jetzt gleich einen Krankenwagen rufen. Sowohl Ihre Schwester als auch das Baby sollten von einem Arzt untersucht werden. Ich verstehe davon nichts. Was ist, wenn irgend etwas nicht in Ordnung ist?«

»Ich finde, sie sieht völlig in Ordnung aus. Beide sehen gut aus.«

»Aber das können Sie doch nicht sicher sagen!«

»Wenn wir nicht ins Krankenhaus gehen, müssen wir das Kind auch nicht hier in New Orleans anmelden. Ich kann später dann alles mit Mamas Arzt arrangieren. Er wird das bestimmt für uns tun, wenn ich ihm die Lage erkläre. Alles, was das Kind früher zu meinem macht, ist gut.«

»Zu Ihrem?« fragte er langsam. »Sie werden Rebeccas Kind zu sich nehmen?«

Heiße Röte stieg in Margarets Gesicht. Sie legte ihre Hände auf ihre breiten Hüften. »Ich nehme es nicht, sie gibt es mir!«

Dante wandte sich Rebecca zu. »Stimmt das?«

Rebecca schluckte und versuchte den Schmerz in der Kehle zu verdrängen. »Das ist das beste, was wir tun können. Verstehst du das denn nicht?«

»Nein.« Das Wort klang hart und unnachgiebig.

»Sie wird ein ganz normales Heim haben, mit beiden Elternteilen und viel Liebe, die Liebe von drei Menschen statt von nur einem. Und ich kann sie besuchen, sooft und wann immer ich will. Auf diese Art wird niemand verletzt, weder meine Mutter noch das Kind. Es ist das beste für alle.«

»Wer sagt das?«

»Na ja, Margaret, aber –«

»Und was ist mit dir?«

Rebecca biß sich auf die Unterlippe und sah zur Seite. Ihre Stimme schwankte, als sie sagte: »Für mich ist es auch das beste. Ich müßte gleichzeitig für das Kind sorgen und genug verdienen, damit wir beide davon leben können. Das ist einfach – einfach zuviel für mich.«

»Also gehst du nicht wieder nach Hause?«

Margaret hatte die Hände um das Fußende des billigen Eisenbettes gelegt und rief: »Das kann sie nicht, nicht jetzt! Es wäre zu offensichtlich. Sie würde sich zwangsläufig ständig um das Kind kümmern, abgesehen von ihrer Schwäche und alldem. Die Leute könnten Verdacht schöpfen und anfangen zu reden. Mama würde bestimmt merken, daß etwas nicht stimmt.«

Dante wandte sich Rebecca mit einem mitleidigen Blick zu. »O *chère*.«

Tränen stiegen in Rebeccas Augen und flossen warm und feucht über ihr Gesicht. Mit belegter Stimme wiederholte sie: »Ich muß daran denken, was für alle das beste ist.«

Dante antwortete nicht. Er ballte die Hände zu Fäusten, entspannte sie dann wieder und ließ sie an seinen Seiten herabhängen. Er wandte sich um und ging aus dem Zimmer. Die Wohnungstür schloß sich leise hinter ihm.

Abraham brachte den Eistee in Margarets Schlafzimmer in Bonne Vie. Sie trank schon die Hälfte, bevor der Butler das Zimmer verlassen hatte.

Dann füllte sie ihr Glas erneut aus dem Krug auf dem silbernen Tablett und ging neben dem Bett auf und ab.

»Was ist mit diesem Fotografen, diesem Doug Gorsline?« fragte sie. »Was will er? Warum verfolgt er uns?«

Riva stand am Fenster. »Er scheint sich für Erin zu interessieren.«

»Blödsinn. Da steckt bestimmt noch mehr dahinter, das kann doch gar nicht anders sein. Hast du denn keine Ahnung, was es sein könnte?«

»Nein.« Riva hätte ihrer Schwester erzählen können, daß sie den jungen Mann am früheren Nachmittag gesehen hatte. Sie tat es nicht. Es war unwahrscheinlich, daß Margaret den Impuls verstehen würde, aus dem heraus sie beschlossen hatte, Erin Doug Gorslines Telefonnummer zu geben. Außerdem war sie nicht in der Stimmung, sich die Tiraden ihrer Schwester anzuhören.

»Du bist ihm doch bei der Wahlveranstaltung begegnet«, sagte Margaret, und eine steile Falte stand auf ihrer Stirn. »Glaubst du, wir könnten ihn möglicherweise mit Geld loswerden?«

»Oh, ich bitte dich, Margaret, wir sind doch nicht in einem billigen Kinokrimi! Etwas so Melodramatisches wie Bestechung ist sicher nicht nötig. Und selbst wenn die Situation anders wäre, ist es sehr unklug, ihm Geld anzubieten. Wenn er wirklich hinter irgend etwas her ist, würde das denselben Effekt haben, wie wenn man einen Jagdhund auf eine Blutspur ansetzt.«

Margaret trank aus ihrem Teeglas und wischte sich dann mit den Fingern über den Mund. »Vielleicht hast du recht. Aber ich wünschte trotzdem, ich wüßte, was er will. Glaubst du, er hat irgend etwas über Erin herausgefunden?«

»Was meinst du damit?«

»Du weißt ganz genau, was ich meine. Über dich und Erin.«

Natürlich wußte Riva, was sie meinte. Sie fragte nur nach, damit Margaret gezwungen war, sich ganz klar auszudrücken und Erin richtig als ihre, Rivas, Tochter zu bezeichnen. Ihre Schwester vermied immer, diese Worte auszusprechen. Sie hatte Erin immer als Rivas Nichte bezeichnet, von dem Augenblick an, als sie eine Woche nach der Geburt die Wohnung in New Orleans mit dem Baby verlassen hatte. Aber wenn es Riva gelang, Margaret dazu zu zwingen, andere Worte für dieselbe Sache zu finden, spürte sie dabei eine seltsame Befriedigung. Margaret schien das jedoch nie zu bemerken. Riva fragte sich immer wieder, ob der Grund dafür vielleicht war, daß ihre Schwester sich nicht vorstellen konnte, daß Riva immer noch über den Verlust ihres Kindes Schmerz empfand. Vielleicht hatte sich Margaret aber auch inzwischen selbst eingeredet, daß Erin wirklich ihre eigene Tochter war.

Riva kehrte noch einmal zu dem gegenwärtigen Problem zurück und sagte: »Es ist eigentlich wahrscheinlicher, daß Gorsline hinter Edison her ist. Schließlich versucht Edison, ein hohes Amt zu bekommen.«

»Gebe Gott, daß du recht hast! Der Gedanke, daß sich dieser Fotograf mit Erin herumtreiben könnte, bereitet mir Übelkeit.«

»Das wäre aber doch immer noch besser als Erin mit Josh, oder?«

Margaret ächzte und ließ sich auf einen samtüberzogenen Stuhl fallen. »O Gott, sprich nicht davon. Warum? Warum mußte sie sich von allen jungen Männern, denen sie begegnet ist, ausgerechnet in diesen verlieben?«

Riva hob eine Hand und rieb sich die Augen. »Einfach Pech oder Zufall, vielleicht auch einfach die Gene. Sie sind sich in einem Kurs über politische Wissenschaft begegnet. Josh hat natürlich für Erin den Posten im Hauptquartier seines Vaters gefunden. Aber auf jeden Fall spricht eigentlich nichts dafür, daß sie sich wirklich lieben.«

»Aber auch nichts dagegen«, antwortete Margaret heftig, ließ dann ihren Kopf gegen die hohe Rückenlehne ihres Stuhls sinken, und ihr Teeglas kippte in ihrer Hand fast um. »Warum konnte Edison denn in Gottes Namen nicht zustimmen, die beiden zu trennen? Warum nicht?«

»Weil«, erklärte Riva gleichmütig, »er es nicht leiden kann, wenn ihm jemand vorschreiben will, was er zu tun hat, besonders wenn es sich um eine Frau handelt.«

»Das wußte ich. Du hast die ganze Sache falsch angefangen.«

»Wenn du glaubst, daß du es besser kannst, solltest du es selbst versuchen.«

»Schlechter kann ich es bestimmt nicht machen«, meinte Margaret, setzte sich wieder aufrecht hin und leerte ihr Glas, bevor sie es mit einem Klirren auf das Tablett neben ihrem Stuhl stellte. »Aber eigentlich verstehe ich wirklich nicht, warum er nicht sein Einverständnis gibt. Er hat dabei doch am meisten zu verlieren.«

»Dieser Meinung ist er nicht. Genaugenommen ist er sogar so arrogant, sich sicher zu fühlen, weil er glaubt, ich würde nichts unternehmen.«

»Warum sollte er auch nicht so denken? Schließlich wäre das genau dasselbe, was du schon vor Jahren getan hast: nichts.«

»Ich hätte auch nichts tun können.«

Margaret sah sie ungläubig an. »Aber natürlich hättest du! Man hätte ihn dazu bringen können, Alimente für Erin zu bezahlen. Darauf hättest du in jedem Fall Anspruch gehabt, und ich bin sicher, ein guter Rechtsanwalt hätte ein hübsches Sümmchen durchgesetzt!«

»Das wußte ich damals nicht. Und auf jeden Fall wollte ich es auch nicht.«

»Na ja, manche Leute sind weniger empfindlich, was das Geld betrifft!« sagte ihre Schwester pikiert. »Eigentlich sollte man ihn jetzt noch dazu kriegen, für Erin zu bezahlen.«

»Das ist unmöglich, Erin ist inzwischen volljährig. Auf jeden Fall könnte ich sowieso nichts von ihm fordern, ohne ihm zu sagen, daß Erin seine Tochter ist, und das werde ich niemals tun. Niemals!«

»Vielleicht wäre es das beste, es ihm zu sagen. Hast du daran schon einmal gedacht? Dann würde er wohl kaum noch ablehnen, Josh von ihr zu trennen.«

»Wenn du das glaubst, kennst du ihn schlecht.«

Margaret starrte sie aus weit geöffneten, fast berechnenden Augen an. »Ja, das stimmt, ich kenne ihn nicht, nicht so gut wie du. Wie ist er jetzt? Sieht er immer noch so gut aus wie früher?«

»Ich denke schon.« Die Antwort fiel etwas kurz aus, denn Riva dachte immer noch über Margarets Vorschlag nach.

»Du denkst schon? Weißt du es denn nicht? Hast du ihn nicht angesehen?«

In Margarets Stimme klang außer der Neugierde noch eine Spur von Ärger mit – und auch etwas Neid. Riva betrachtete sie genau. »Was macht das schon für einen Unterschied?«

»Mein Gott, Riva! Edison Gallant war der bestaussehende junge Mann, der je seinen Fuß in unsere Stadt gesetzt hat. Er kam immer in unser Haus und hat an unserem Tisch gegessen, und jetzt wird er vielleicht der neue Gouverneur. Man wird dich wahrscheinlich in die Villa des Gouverneurs einladen, wenn der Ball zu seinem Amtsantritt gefeiert wird. Vielleicht werden Boots und ich sogar eingeladen, als Erins Eltern. Stell dir das doch mal vor! Bedeutet das denn gar nichts für dich?«

Riva stellte sich neben ihre Schwester. Mit gleichmäßiger, sorgfältig beherrschter Stimme sagte sie: »Edison Gallant darf man nicht trauen. Wenn er von Erin erfährt, wird er das als Waffe einsetzen.«

»Wozu? Wofür könnte er sie denn schon einsetzen, diese Waffe?«

»Er könnte sie als Druckmittel gegen mich verwenden.«

Margaret lachte verächtlich und deutete mit einer Hand auf das teure Zimmer. »Also ich bitte dich, Riva, wie denn?«

»Indem er mir droht, es Erin zu sagen. Ich weiß, daß du das auch nicht willst.«

Margaret erbleichte unter den feinen roten Äderchen, die man auf ihren Wangen deutlich erkennen konnte. »Mein Gott, nein. Das würde er doch nicht tun.«

»Er würde es jederzeit tun, wenn ich nicht tue, was er will.«

»Will er denn etwas Konkretes von dir?« Margarets Blick verengte sich. »Weißt du, was es ist?«

»Ich habe schon einmal versucht, es dir zu sagen. Er hat den Ehrgeiz, mich noch einmal in sein Bett zu kriegen.« Sie sprach die Worte mit ironischem Ton, um sie unbeschwerter klingen zu lassen.

»Ach das«, wehrte ihre Schwester mit einer ablehnenden Geste ab. »Woher willst du wissen, daß er das wirklich möchte?«

»Er hat es ganz deutlich gesagt, als ich ihn bat, Josh wegzuschicken.«

»Du meinst, er würde wirklich tun, was du von ihm verlangst, nur damit er unter deine Röcke kommt?«

Riva verzog angesichts dieses Ausdrucks das Gesicht. »So könnte man es ausdrücken.«

»Mein Gott, ich könnte wirklich laut aufschreien«, sagte Margaret mit einem Lachen, das die rasiermesserscharfe Kante der Verachtung beinhaltete. »Das wäre doch wirklich kein allzu großes Opfer für dich, Riva. Worauf wartest du noch? Wenn das alles ist, was er will, dann gib es ihm doch, um Himmels willen!«

9

Riva hatte den Wohltätigkeitsball fast vergessen. Margaret fand die Eintrittskarten am folgenden Morgen, als sie den Inhalt des antiken Briefständers auf Rivas Schreibtisch durchstöberte. Riva hatte, mit ihrer üblichen Großzügigkeit gegenüber Dingen, die ihre Billigung fanden, wesentlich mehr als nötig gekauft – es waren ein ganzes Dutzend Eintrittskarten zu diesem Galaabend zugunsten von Louisianas Feuchtgebieten. Der Ball sollte noch am gleichen Abend im Gebäude der alten Münzprägeanstalt am Rande des French Quarter stattfinden. Margaret hielt die überzähligen Karten in der Hand und wurde ganz rot vor Aufregung. Wenn Riva hinging, gab es eigentlich keinen Grund, warum sie und Boots sie nicht begleiten sollten. Riva sah, während sie sich anzog, voller Zweifel ihre Schwester an. »Ich sollte auf alle Fälle hingehen, denn ich habe meine Unterstützung zugesagt, und die Feuchtgebiete gehören zu Noels ganz speziellen Interessen, aber bist du sicher, daß du auch hinwillst? Alle werden schwarze Anzüge tragen, und da du niemanden kennst, wirst du dich bestimmt zu Tode langweilen.«

»Natürlich will ich hingehen«, rief Margaret. »Ich kann mit dir im Auto in die Stadt fahren und einen Frack für Boots ausleihen. Und was mich betrifft, bin ich sicher, daß du etwas hast, was ich anziehen kann.«

Margaret ging zu den Türen des Einbauschranks, der die eine Wand des creme- und altrosafarbenen Schlafzimmers einnahm, und öffnete sie. Sie starrte nachdenklich die ordentlich aufgehängten Reihen von farblich zueinander passenden Kleidern und Kostümen an, die Abendkleider und Pelze, jedes mit passenden Schuhen und Handtaschen, die darunter standen. Dann holte sie tief und begeistert Luft und begann, Abendkleider aus der Reihe zu ziehen.

Riva sah Margaret wortlos zu. Als sie noch halbwüchsige Mädchen gewesen waren, hatten sie und Margaret und Beth immer die Kleider getauscht. Daß Margaret sich einfach aus Rivas Kleiderschrank bediente und alles, was ihr gefiel, herausnahm, als wäre sie in einem Bekleidungsgeschäft, war nichts Ungewöhnliches; sie machte das schon seit Jahren so. Allerdings war es nicht nur eine Reminiszenz an die Vergangenheit – Margaret fühlte sich einfach berechtigt, an Rivas Besitz teilzuhaben.

»Ich glaube manchmal wirklich, du könntest den monatlichen Geldbetrag, den du mir gibst, etwas erhöhen, Riva«, sagte Margaret. »Der Himmel weiß, daß du es dir leisten kannst, wenn man bedenkt, was du für Kleidung ausgibst.«

»Ich weiß wirklich nicht, was meine Kleidung damit zu tun haben soll«, antwortete Riva. »Das Geld ist für Erins Ausgaben gedacht.«

»Ich kann selbst für sie sorgen, danke. Abgesehen davon braucht eine junge Frau in ihrem Alter nicht so sehr viel Geld für Kleidung und ähnliches – sonst macht sie sich nur falsche Vorstellungen von sich selbst. Aber ich denke, du solltest öfter an deine Schwester denken und dir wünschen, daß sie hübsch aussieht, ohne immer auf abgelegte Dinge angewiesen zu sein.«

»Du mußt die Kleider ja nicht annehmen, die ich dir gebe.« *Geben* war eigentlich nicht ganz der richtige Ausdruck, aber das machte ja nichts. Irgendwie stimmte es ja auch, dachte Riva. Sie konnte sich kaufen, was sie wollte, und jedes Stück problemlos ersetzen, das Margaret aus ihrem Schrank nahm, wenn es ihr besonders gut gefiel. Daß sich ihrer beider Leben in so unterschiedliche Richtungen entwickelt hatte, war ja nicht Margarets Schuld. Die Tatsache, daß es allerdings auch nicht die ihre war, kam ihr nur kurz in den Sinn und wurde schnell wieder gestrichen.

»Oh, mir macht das nichts aus«, sagte Margaret schnell. »Meine Freunde haben sowieso nicht gesehen, daß du sie vorher schon getragen hast.«

Riva seufzte und griff dann nach ihrem Scheckbuch. »Wieviel möchtest du haben?«

Margaret hatte in den letzten paar Jahren zugenommen, ihre Tendenz zu breiten Hüften war inzwischen ganz deutlich sichtbar geworden. Das hielt sie jedoch nicht davon ab, Rivas Kleider zu tragen. Sie hielt die Luft an, um widerspenstige Reißverschlüsse, Haken und Knöpfe zu schließen, und stellte sich vor den Spiegel, als wäre es nicht zu sehen, daß die Röcke zu eng waren, daß zartes Material völlig aus der Form gezerrt oder Linienführungen ruiniert wurden, weil darunter Wölbungen lagen, die sie nicht kaschieren konnten.

Rivas einziger Trost war, daß ihre Schwester gewöhnlich genau die Dinge anziehend fand, bei denen sie für ihren eigenen Geschmack einen Fehlgriff getan hatte, also Kleider, deren Stoffe und Farben sich als für sie eigentlich unpassend erwiesen hatten. Diesmal war es genauso. Margarets Interesse konzentrierte sich auf ein Kleid mit schillernden Glasperlen und Pailletten auf goldenem Chiffon, das Riva einmal während der vergangenen Karnevalszeit getragen hatte; danach hatte sie beschlossen, daß es für jeden anderen Zweck zu schillernd war. So wenig es ihr also eigentlich ausmachte, so sehr haßte sie es, wenn Margaret etwas trug, was so wenig zu ihrer Figur und ihrem rosigen Teint paßte oder was bei dem heißen Wetter so schwer wirkte.

»Glaubst du nicht, daß das ein bißchen viel ist für den Sommer?« fragte sie. »Da drüben ist noch ein italienisches Seidenkleid, ein Armani-Modell. Ich hatte eigentlich vorgehabt, es zu tragen, aber es würde dir sehr gut stehen, weil es einen weiten Rock hat.«

»Willst du damit andeuten, daß ich einen weiteren Rock brauche?« fragte Margaret.

»Ich sage nur, es würde gut an dir aussehen.«

»Ich wette, du wolltest in Wirklichkeit das Glitzerding hier selbst anziehen. Du hast darin spektakulär ausgesehen und warst in allen Zeitungen abgebildet.«

»Ich habe dir ja schon das Kleid gezeigt, das ich anziehen werde.«

Margaret betrachtete das Kleid, auf das Riva deutete, mit einem abschätzenden Blick. »Du kannst diese laschen Farben behalten. Ich mag lieber etwas Lebendiges.« Sie nahm das schwere, enganliegende Kleid mit den Perlen von seinem gepolsterten Bügel und wand sich hinein.

Als sie schließlich alle fertig waren, um zu dem Ball zu gehen, hatte sich Margaret auch ein Paar von Rivas Abendschuhen und die Tasche mit den Perlen, die zu dem Kleid paßte, angeeignet. Sie hatte sich von Rivas Friseur zurechtmachen lassen und sich großzügig mit Rivas speziellem Parfüm eingesprüht, das schon sehr alt war, aber einen herrlichen Duft hatte und ›Paradies‹ hieß und das exklusiv von der Bourbon French Perfume Company an der St. Anne Street im French Quarter angefertigt wurde. Sie rauschte zum Wagen, als gehöre er ihr, drängte sich vor Riva und Constance und besetzte die Mitte des Sitzes, von dem aus sie nach vorn sehen konnte.

Constance, elegant und cool in schwarzweißem Voile hob eine Augenbraue. Als sie sich setzte, meinte sie beiläufig: »Wie sehr Sie doch Ihrer Schwester ähnlich sehen, Mrs. Green. Das war mir bis zu diesem Augenblick noch gar nicht aufgefallen.«

Die doppelte Spitze – gegen Margaret, weil sie Rivas Kleidung trug, was der ganze Haushalt wußte, und gegen Riva, weil sie damit als genauso ohne gutes Benehmen dargestellt wurde, wie ihre Schwester es gerade bewiesen hatte – hatte Margaret nicht verstanden. Sie lächelte zufrieden. »Das haben die Leute schon immer gesagt.«

»Das kann ich mir vorstellen.«

Der kalte Ton in der Stimme der anderen Frau wischte das Lächeln von Margarets Gesicht. Doch noch bevor sie etwas sagen konnte, stieg Noel hinter Boots in den Wagen, sagte leise etwas zu George und schon fuhren sie die Einfahrt hinab.

In der alten Münzprägeanstalt der Vereinigten Staaten, ein Gebäude im viktorianischen Stil, das rostbraun gestrichen war, wurden von den späten dreißiger Jahren des neunzehnten Jahrhunderts bis zum Ende der ersten Dekade des zwanzigsten Jahrhunderts mit nur einer kurzen Ausnahme während des Bürgerkriegs die Münzen der Vereinigten Staaten gepreßt. Danach hatte es als Staatsgefängnis gedient und als Büro für die Küstenwache, war dann jedoch in den letzten Jahren völlig renoviert und zu einem Teil des Staatsmuseums erklärt worden. Es war sehr passend, daß das Gebäude bei manchen Gelegenheiten als Hintergrund für besondere Veranstaltungen und Bälle gewählt wurde. Vor etwa einhundertundvierzig Jahren hatte der Superintendent der Prägeanstalt hier einen Maskenball für das Debüt seiner Tochter veranstaltet, und das war das einzige gesellschaftliche Ereignis gewesen, das sich je im Gebäude der Münzprägeanstalt der Vereinigten Staaten ereignet hatte. Das war für Riva der typische Beweis dafür, wie wenig man in New Orleans immer schon für Bürokratie übrig hatte.

Innen war das Gebäude geräumig und luftig, mit einer großen Treppe in der Mitte, durch die die verschiedenen Stockwerke des Museums erreichbar waren. So wie vieles andere in dieser Stadt bestand die Ausstellung aus einer seltsam gegensätzlichen Mischung von Altem und Neuem, aus hellen Lichtern und glänzenden Oberflächen, verbunden mit feinen, herrlich oberflächenbehandelten alten Hölzern in phantastischer Handwerksarbeit. Hinter dem Gebäude, umgeben von einem steinernen Zaun, gab es einen Innenhof, der von Lichterketten erhellt wurde, die man in die Zweige der Bäume gehängt hatte.

Bei der Gala war ganz offensichtlich, daß die Herren sehr formal gekleidet waren. Es hatte eine Zeit gegeben, während der sechziger und frühen siebziger Jahre, in der man in der Stadt nur selten einen Frack zu sehen bekam, doch in den letzten paar Jahren war er wieder notwendiger Bestandteil der Garderobe eines Mannes geworden.

Die an verschiedenen Stellen aufgebauten Bars waren stark frequentiert, und der Sekt floß in Strömen. Auf silbernen Serviertellern wurden Vorspeisen – Shrimps und Krebsfleisch in knuspriger, gebackener Hülle, Flußkrebse und kleine heiße Würstchen mit Grillsauce, dazu gefüllte Pilze und ähnliche Delikatessen – angeboten. Süßspeisen wurden in hohen Glasschalen gereicht und enthielten frische Erdbeeren mit Schokolade und Cremesaucen. Auf dem Buffet standen Skulpturen aus Eis in Form von Wildenten, Gänsen, Pelikanen, Reihern und Kranichen, deren Lebensraum in den Sümpfen des Landes diese Gala ja zu bewahren helfen sollte.

Im zweiten Stock spielte ein Streichquartett für die älteren oder romantischeren Gäste Walzer; im ersten Stock ertönten die temperamentvollen Rhythmen einer Cajun-Band, und in dem Zimmer, das der Erhaltung des Jazz diente, spielte eine Jazz-Combo Swing. Doch die meisten Menschen hielten sich im Hof mit seinem gedämpften Licht und der angenehmen nächtlichen Brise auf. Dort gab eine moderne Combo lockere Cocktailmusik zum besten, die sich zum Tanzen eignete, aber doch kein unüberwindliches Hindernis für Konversationen darstellte. Die Gruppe aus Bonne Vie blieb eine kurze Zeit zusammen – lange genug, um ein paar Tänze aufs Parkett zu legen. Dante, der wie üblich Rivas Begleiter war, führte sie zuerst auf die Tanzfläche. Sie bewegten sich leicht und unbeschwert miteinander, wenn auch nicht sehr leidenschaftlich; für Dante war der Tanz nur ein guter Vorwand, um seine scharfen, humorvollen Kommentare zu allem und jedem abzugeben. Boots, der Riva als nächster aufforderte, hatte nicht sehr viel zu sagen, war aber ein erstaunlich guter Tänzer, obwohl er so massig wirkte. Seine Bewegungen waren geschmeidig und absolut rhythmisch. Als Riva mit Noel über die Tanzfläche schwebte, wurde ihr wie schon unzählige Male zuvor bewußt, daß sie sich in völliger Harmonie miteinander bewegten. Ihre Körper schienen füreinander geschaffen zu sein. Darüber hinaus hatte Noel eine besondere Art, auf Musik zu reagieren, als verbinde ihn etwas mit den Rhythmen, was ihn über den Durchschnitt hinaushob. Es schien fast, daß er Musik brauchte, um all die Dinge zum Ausdruck zu bringen, die er sonst in seinem Innern verschlossen hielt. Diese Entdeckung war Riva nicht neu; es war ihr schon vor Jahren aufgefallen, als sie zum ersten Mal miteinander getanzt hatten. Trotzdem hatte sie das Gefühl, als wäre er sich gar nicht bewußt, wie sehr er die Musik zu einem Teil seines Körpers machte.

Schließlich trennte sich die Gruppe aus Bonne Vie. Riva wanderte mit Dante hierhin und dorthin, bis er ihr von einer Matrone weggeschnappt wurde, die eine Hochzeitsparty in einem der Räume, die es bei Lecomte's für diese Zwecke gab, veranstalten und mit Dante über Einzelheiten sprechen wollte. Nachdem ein Bekannter ihr einen fröhlichen Gruß zugerufen hatte, wanderte Riva allein weiter. Sie hatte ein Sektglas in der Hand, und als sie den Sekt ausgetrunken hatte, ersetzte sie ihn durch Mineralwasser. Die Speisen, die in solcher Fülle angeboten wurden, regten ihren Appetit an, und sie versuchte hier und da ein Häppchen. Oft blieb sie unterwegs stehen und begrüßte Freunde oder Bekannte, und einmal posierte sie auch mit einigen der Veranstalter des Abends für die Fotografen der Gesellschaftsseiten verschiedener Zeitungen.

Nach einer Weile wurde sie von dem vollen Sound und dem Geräusch von Applaus aus dem Jazzraum angelockt. Sie ging langsam in diese Richtung. Als sie ankam, war dort eine ganze Menge von Leuten am Eingang versammelt, und sie schob sich geschickt hindurch, bis sie einen Platz an der Seite fand. Von diesem Standpunkt aus hatte sie einen guten Blick auf die Combo, die im Zentrum des Interesses stand.

Die Instrumente waren Trompete, Klarinette, Klavier, Baß und Schlagzeug. Die Melodie, die sie spielten, war voll, traurig, eine eindeutige Erinnerung an die beliebten Jazzmelodien aus der alten Basin Street. Der erdige, klare Rhythmus umgab Riva, erfaßte ihr Herz, sammelte sich in ihrem Bauch und erzeugte ein Kribbeln in ihren Füßen, so daß sie fast gezwungen war, sich zu bewegen.

Der schwarze Trompeter war hervorragend und der Klarinettist ebenfalls gut, aber der Schlagzeuger brachte das eigentliche Leben in das Stück. Der Rhythmus, den er vorgab, war kompliziert und sinnlich, ein doppelter Herzschlag, der stetig und in perfekter Abwechslung erfolgte, allmählich schneller wurde und auch fast unhörbar immer lauter. Mit jeder Wiederholung der wenigen grundlegenden Takte der Melodie wurde der Rhythmus kräftiger, brach allerdings gelegentlich zu einem seltsam andersartigen, kurzen Stottern ab, das dem Ganzen zusätzlich Schwung verlieh. Die Bedeutung des Musikstücks war einfach, aber wirkungsvoll, ein Siegeslied der Liebe, im Dunkeln gelebt, Körper, die sich in uneingeschränkter Lust auf einen Augenblick zubewegen, in dem die Zeit aufgehoben ist. Der Schlagzeuger war Noel.

Sein Gesicht drückte Konzentration aus, und eine dichte Beziehung schien zwischen ihm und den anderen Spielern zu bestehen, doch in seinen grauen Augen stand auch ein strahlendes Lächeln – ein Zeichen dafür, wieviel Freude ihm die Musik machte. Riva, die erstaunt zusah, spürte seine rückhaltlose Begeisterung. In der intensiven Spannung der Musik, in dem immer schneller werdenden Tempo und in der Präzision seiner Bewegungen wurde sein klarer, kreativer Instinkt erkennbar, aber auch die Tatsache, daß er sich in diesem Augenblick absolut nicht bewußt war, wo er sich befand und wer er war.

Sie hatte nicht die leiseste Ahnung, wie Noel dazu gekommen war, hier mitzuspielen, oder wie lange er es schon tat. Sie war verwirrt von dieser Eigenschaft, die sie seit einem stürmischen Nachmittag auf einer Insel vor vielen Jahren für tot gehalten hatte. Und während sie noch zusah, erhob sich in ihr die Sorge, daß ihre Gegenwart Noels Freude zerstören könnte. Warum sollte es nicht wieder so wie früher sein? War es nicht immer schon so gewesen?

Langsam und vorsichtig trat sie den Rückweg zur Tür an. Sie hielt unterwegs den Blick auf Noel gerichtet, aber er sah nicht auf. Sie war froh, daß sie ihn bald aufgrund der Enge der Zuschauermenge nicht mehr sehen konnte, denn das bedeutete, daß er sie auch nicht mehr entdecken würde.

Sie war wieder in der mittleren Halle, als sich das Jazzstück zu einem pulsierenden Crescendo erhob. Und dann plötzlich – in einem triumphierenden Ausbruch der angespannten Melodie und in einem donnernden Trommelwirbel – endete die Musik. Der letzte Ton war, aus einem Grund, den Riva sich nicht recht erklären konnte, eine Erleichterung.

Der Hof bot Kühle und relative Ruhe. Riva machte sich auf den Weg dorthin. Dante holte sie kurz vor der Tür ein und versprach, in ein paar Minuten mit einem neuen Glas Sekt für sie nachzukommen.

Riva fand einen Platz auf der niedrigen Stützmauer, die eine Seite des gepflasterten Bereichs begrenzte, und setzte sich, um den Tanzenden zuzusehen. Es saßen noch andere in der Nähe, aber nicht nah genug, so daß sie sich nicht verpflichtet fühlte, mit ihnen zu reden. Es war angenehm, einen Augenblick Ruhe zu haben.

Sie sah Margaret und Boots zwischen den Leuten, die unter den Bäumen tanzten. Sie sahen gut aus zusammen – Boots in seinem schwarzen Frack und Margaret mit den glitzernden Perlen auf ihrem Kleid, die das Licht der Lämpchen reflektierten.

Die Musik endete, und die Band verkündete eine Pause von fünf Minuten. Margaret und Boots verließen die Tanzfläche. Margaret sagte etwas zu ihrem Mann, und er nickte und ging fort, wahrscheinlich zur Bar. Rivas Schwester stand allein im Schatten auf der anderen Seite des Springbrunnens und wandte Riva den Rücken zu.

Riva bemerkte einen Mann, der sich von einer Gruppe bei der Tür löste und um die beleuchteten Bäume und die Menschen herumging. Es war Edison, und einen Augenblick glaubte Riva, er hätte sie im Halbdunkel entdeckt. Doch dann stellte sie fest, daß Margaret sein Ziel war. Er näherte sich ihr von hinten. Als er sie fast erreicht hatte, streckte er eine Hand aus und umfaßte eine ihrer Pobacken mit einem schnellen, kräftigen Druck seiner rechten Hand.

Margaret stieß einen kleinen Schrei aus. Sie wirbelte herum und stolperte rückwärts. Edison war verblüfft, als er ihr Gesicht erkannte. Er faßte sich aber sofort wieder und entschuldigte sich.

»Oh, das tut mir leid. Das war ein Irrtum. Dieses Kleid – ich dachte ... also eigentlich dachte ich gar nichts. Ich bin nur gestolpert und wäre beinah hingefallen.«

Margaret blinzelte und sah sich um. Als sie begriff, daß niemand den kleinen Vorfall beachtet hatte, entspannte sie sich und kam einen Schritt näher. »Edison«, sagte sie, »Edison Gallant. Kennen Sie mich denn nicht mehr?«

Jetzt sah sich Edison um. Dann musterte er sie eingehend und fragte: »Sollte ich Sie denn kennen?«

»Ich bin Margaret, Rivas Schwester. Sie haben mich mit ihr verwechselt, stimmt's? Sie war nämlich letzten Karneval mit diesem Kleid in allen Zeitungen.«

»Nein, ich habe nicht an Riva gedacht.«

»Ja sicher, Sie haben natürlich gedacht, ich wäre Ihre Frau.« Ihre Worte klangen bemüht spielerisch.

»Ich habe Ihnen doch schon gesagt, daß ich gestolpert bin«, murmelte Edison kaum hörbar.

Margaret lachte schrill. »Riva ist irgendwo in der Nähe, wenn Sie mit ihr sprechen möchten.«

»Warum sollte ich mit ihr sprechen?«

»Ich dachte, Sie wollten etwas von ihr.«

Edison betrachtete Margaret und ließ seinen Blick dabei langsam über ihren Körper wandern, bis sie errötete. »Vielleicht«, sagte er mit leiser, vielsagender Stimme und sah ihr wieder in die Augen, »sollte ich es mal mit Ihnen versuchen.«

Margarets Augen weiteten sich, und sie schnappte nach Luft. Ein verwirrter Ausdruck erschien auf ihrem Gesicht. Es war leicht zu erkennen, daß sie in Versuchung geführt war, aber von Angst und Scheu zurückgehalten wurde. Ihr Blick schweifte zu Riva auf dem Mäuerchen. »Ich – ich glaube kaum. Meine Schwester ist dort drüben, hinter Ihnen.« Edison drehte sich um. Ohne Margaret mehr als nur ein kurzes Nicken zu schenken, wandte er sich ab und ging in Rivas Richtung. Er sah sie finster an, als er schließlich vor ihr stand. »Gehe ich recht in der Annahme, daß du das gesehen hast?«

»Ich denke schon.«

»Ich hoffe, du hast dich gut amüsiert.«

»Es waren durchaus erfreuliche Momente darunter.«

»Scheiße«, flüsterte er fast unhörbar. Er starrte an ihr vorbei in die Dunkelheit.

Es war interessant, daß es ihm so viel ausmachte, sich wie ein Esel aufgeführt zu haben. Es war natürlich ein Hinweis für das Format seines Ego, ließ ihn aber auch irgendwie menschlicher wirken.

Er legte den Kopf schief, als er sich ihr langsam wieder zuwandte. »Du bist noch nicht weggelaufen, das überrascht mich.«

»Ich bin gestern auch nicht vor dir weggelaufen, ich wollte nur weg von dieser unangenehmen Situation.« Riva hielt ihre Stimme sorgsam neutral.

»Was immer es war, ich bin froh, daß du noch hier bist. Wir müssen miteinander reden.«

»Ich dachte, wir hätten unsere Positionen schon ganz klar dargelegt.«

»Da sind noch ein paar Einzelheiten, die ich nicht so recht mitbekommen habe. Könnten wir vielleicht woanders hingehen?«

Sie sah ihn ironisch an. »Wenn du damit vorschlagen willst, diese Veranstaltung zu verlassen, nein.«

»Du läßt einem Mann nicht viel Spielraum, stimmt's? Seltsam, ich kann mich gar nicht erinnern, daß du früher auch so gewesen bist.«

»Nein?«

»Genaugenommen«, sagte er, und seine Stimme wurde leiser, »kann ich mich überhaupt nicht daran erinnern, daß wir je irgendwelche Probleme miteinander gehabt hätten. Du warst immer bereit, alles zu tun, was ich von dir verlangt habe.«

»In meiner Erinnerung warst du zu sehr damit beschäftigt, etwas zu verlangen, als daß du dir je Gedanken darüber gemacht hättest, ob ich zu irgend etwas bereit war oder nicht.«

»Ach Gott, du warst so süß, das süßeste kleine Stück –«

»Sprich ruhig weiter«, sagte sie mit einem strahlenden Lächeln. »Ich bin sicher, daß deine Wähler auf diesem Ball das sehr unterhaltsam finden.«

»Du weißt, daß mir selbstbewußte Frauen gefallen. Sie erregen mich.«

»Ich muß wohl kaum betonen, daß das nicht meine Absicht ist.«

Er ignorierte ihren Einwurf. »Frauen, die nur zetern oder jammern, sind langweilig. Du erregst mich.«

Ihr fiel auf, daß er sich bemühte, seine Stimme leise zu halten. Sie sah über seine Schulter und musterte die Menge. Sie änderte ganz bewußt das Thema und sagte: »Ich frage mich, was wohl aus Dante geworden ist. Er ist schon so lange weg, daß er den Sekt aus Paris hätte holen können.«

»Ist das der Freund, mit dem du auch bei der Wahlveranstaltung warst? Ich habe ihn zusammen mit einer heiß aussehenden Ausländerin gesehen, als ich meine Runde gedreht habe. Er war gerade damit beschäftigt, ihr den Cajun-Walzer beizubringen.«

»Ja? Das war nett von ihm.« Dante mußte Constance begegnet sein. Da Noels ehemalige Frau so wenige Leute hier kannte, hatte er sich bestimmt verpflichtet gefühlt, ein paar Minuten mit ihr zu verbringen.

»Eifersüchtig?« fragte Edison.

Riva lächelte nur.

»Ich würde dir gern anbieten, einen Drink zu holen, aber ich befürchte, dann würdest du verschwinden. Falls du gern die Bar aufsuchen und nach deinem Freund Ausschau halten möchtest, begleite ich dich gern.«

Das war immer noch besser, als nur dazusitzen und Edison auf sich herabstarren zu lassen. Außerdem verschwanden die Leute hier draußen langsam, weil die Musik aufgehört hatte zu spielen, und bewegten sich auf die fröhlichen Klänge der Cajun-Fiedeln zu. Margaret war auch in diese Richtung gegangen. Es wirkte etwas zu sehr, als bliebe Riva nur zurück, weil das vielleicht bestimmte Möglichkeiten bot.

»Also gut«, sagte Riva.

Als sie aufstand, streckte Edison die Hand aus. Es war ganz natürlich, seine Hilfe anzunehmen, auch wenn sie es eigentlich gar nicht brauchte. Seine Finger schlossen sich um ihre, dann wurde sein Griff fester, und er zog sie kräftig hoch. Der plötzliche Schwung kam unerwartet. Riva geriet aus dem Gleichgewicht und fiel gegen ihn. Er zog sie an seinen Körper, eine Hand auf ihre Brust und die andere um ihre Taille gelegt.

»So, und genau da gehörst du hin«, sagte er mit zufriedener Stimme.

»Laß mich los!« zischte Riva durch zusammengebissene Zähne und versuchte mit beiden Händen, ihn von sich zu schieben. Sie bemerkte, daß einige Leute neugierig in ihre Richtung sahen, nahm jedoch an, daß das Licht zu schwach war, um zu erkennen, wer sie waren. Sich zu wehren wäre der sicherste Weg, die Aufmerksamkeit der Leute auf sich zu ziehen.

Edison seufzte und lockerte dann seinen Griff. Als sie einen Schritt zurückwich, legte er den Kopf zur Seite und sah sie mit einem bedauernden Grinsen an. »Ich habe es schon wieder gemacht, stimmt's? Alles, was ich in deiner Nähe tue, scheint verkehrt zu sein. Ich denke, ich bin einfach nervös. Dich wiederzusehen hat mich ganz schön durcheinandergebracht.«

Sie traute weder seinem Lächeln noch seinen demütigen Worten. Es war bitter, daß er annahm, sie würde ihm vielleicht nachgeben. »Du könntest versuchen, mich wie einen Geschäftspartner zu behandeln. Eine andere Beziehung besteht zwischen uns nicht.«

»Aber ich wünsche mir mehr, Darling.«

»Nenne mich nicht Darling. Ich bin niemandes Darling, schon gar nicht deiner, und ich war es auch seit langer Zeit für niemanden mehr.«

Er griff nach ihrer Hand. »Bitte, ich habe gestern einen Fehler gemacht. Dein Vorschlag kam so unerwartet, daß ich nicht wußte, was ich darauf antworten sollte, und nicht über das nachgedacht habe, was ich sagte. Bitte nimm mir das nicht übel. Laß uns neu anfangen, laß uns irgendwo reden, lange und gemütlich über die alten Zeiten. Ich bin sicher, daß wir das Problem irgendwie lösen können.«

Seine Stimme klang tief und triefte vor Charme. Sie mußte seine schauspielerischen Fähigkeiten bewundern und fragte sich sogar, ob wirklich alles nur Theater war. Sie versuchte, ihre Hand loszureißen, aber er wollte sie nicht freigeben. »Es gibt nichts, worüber wir reden oder was wir lösen müßten. Ich habe dir schon gesagt, was ich von dir erwarte. Ich kann – und werde – mich nicht mit weniger zufriedengeben.«

»Sei nicht so unvernünftig. Mein Sohn ist wichtig für mein Image als Familienvater. Ich muß ihn nah bei mir haben.«

Sie zog ihre Hand mit einer schnellen Bewegung zurück. »Dann solltest du deine Kampagne an anderen Orten als nur in der Gegend von New Orleans fortsetzen.«

»Hier gibt es eine große Gruppe von Wählern – die größte im Land – und außerdem bist du hier.«

»Daß ich hier bin, hat nichts damit zu tun«, erwiderte sie scharf. »Ich bin überzeugt, daß es außerordentlich dumm von dir ist, hier an diesem Ort mit mir zu sprechen. Hast du keine Angst, daß irgendein Fotograf vorbeikommt und uns fotografiert oder daß die Leute über uns reden?«

»Meine Frau ist in der Nähe, sie verringert das Problem. Außerdem kann ich immer noch behaupten, wir hätten über eine Wahlspende geredet.« Sein Tonfall klang unendlich vielsagend.

Riva preßte die Lippen aufeinander. »Wenn du dich schon nicht um deine Interessen kümmerst – ich werde mich auf jeden Fall um meine kümmern.«

Sie wandte sich von ihm ab. Er griff nach ihrem Arm und ließ sie dann plötzlich los, als er hinter sie sah. Riva wandte den Kopf. Noel näherte sich über die Steinplatten und duckte sich gerade unter dem tiefhängenden Zweig eines Baumes hindurch, in dem Lämpchen schimmerten, so daß silberblaue Lichter auf den dunklen Wellen seines Haars tanzten. In seiner Hand hielt er ein Glas Sekt.

»Ich unterbreche das Gespräch nur ungern«, sagte er. »Aber Dante Romoli schickt dies hier mit der Bitte, ihn zu entschuldigen.« Er reichte Riva das Glas und musterte dabei ihr Gesicht. Er schaute zu Edison hinüber und nickte einen kurzen Gruß, dann wandte er sich Riva wieder zu.

Sie nahm das Glas mit einem automatisch gemurmelten Dank. Noels Blick bewirkte, daß sie sich plötzlich seltsam verwirrt fühlte. Ihr war noch nie aufgefallen, wie dynamisch er war, nicht nur körperlich, sondern auch im Innern. Diese Kraft war in Höflichkeit gekleidet, aber sie existierte. Möglicherweise wurde dieser Charakterzug auch erst durch den Gegensatz zu Edison offenbar, aber es war doch eine neue Erkenntnis für sie. Offensichtlich war das heute ein Abend der Erkenntnisse.

Noel sprach weiter: »Ich möchte dir auch sagen, daß wir jetzt zu Romolis Restaurant am See fahren. Es sieht so aus, als ob Constance mehr als nur eine Kleinigkeit essen möchte, und sie ist mit keinem anderen Ort einverstanden.«

Riva, die seinen trockenen Ton bemerkte, fragte sich, ob er das Interesse seiner ehemaligen Frau an Dantes Restaurant unangenehm fand oder ob er vermutete, ihr Interesse richte sich auf Dante selbst. Bei diesem Gedanken runzelte sie die Stirn.

Edison wurde unruhig. »Ich gehe jetzt besser und suche meine Frau. Ich denke, für uns ist es auch Zeit, an den Aufbruch zu denken.«

Er wartete einen Augenblick. Offensichtlich hoffte er auf eine Einladung, die Gruppe aus Bonne Vie zu begleiten. Als sie nicht erfolgte, ging er mit steifen Schritten ins Haus. Noel sprach weiter, als hätte ihn niemand unterbrochen. »Wenn du keine Lust hast, mit den anderen zu fahren, bringe ich dich gern nach Hause, nachdem wir sie hingefahren haben.«

»Nein«, warf Riva schnell ein – zu schnell. »Ich bin immer gern am See.« Eine lange Fahrt im Dunkeln allein mit Noel war nicht gerade eine erhebende Aussicht.

Sein Gesicht wurde hart, aber er sagte nur: »Romoli hat vorgeschlagen, daß wir vorausfahren sollen. Er möchte Constance in seinem Auto mitnehmen. Sollen wir?« Bei seiner kurzen Geste, die andeutete, daß sie vorausgehen solle, machte sich Riva auf den Weg. Sie mußte sich noch verabschieden und mit einigen Leuten reden, die ihr auf ihrem Weg durch die bevölkerten Räume etwas zuriefen. Schließlich waren sie draußen und gingen den Weg zu den gußeisernen Toren hinunter.

Der Wagen war mit anderen Limousinen in einer Reihe am Bordstein geparkt – auch Dantes Alfa Romeo stand dort. Riva und Noel gingen auf den Wagen zu. Als sie näher kamen, bemerkten sie jedoch, daß das lange Fahrzeug dunkel und leer war.

»Wo sind sie denn alle?« fragte Riva überrascht.

»George ist wahrscheinlich in der nächstgelegenen Bar. Wahrscheinlich hat er nicht angenommen, daß wir den Ball schon so früh verlassen wollen. Warte einen Augenblick.«

Noel ging ein Stück zurück bis zum Tor und sprach mit dem Pförtner. Dann kam er zurück. »Man wird George telefonisch verständigen, daß wir bereit zur Abfahrt sind.«

»Das erklärt noch nicht, wo die anderen sind«, meinte Riva

Noel zuckte mit den Schultern. »Sie kommen bestimmt gleich. Margaret war auf der Suche nach Boots.«

»Wir könnten ja noch einmal hineingehen«, schlug Riva vor. Auf dem Bürgersteig herumzustehen und zu warten, fand sie unangenehm, besonders in Gegenwart von Noel. Er bemühte sich, höflich zu sein, aber in seiner Stimme lag ein Ton, der sie nervös machte.

»Wir können im Auto warten.«

»Es ist abgeschlossen.« Sie betätigte den Griff, um das zu beweisen.

Er schob die Hand in die Hosentasche seines perfekt sitzenden Abendanzugs. »Ich habe einen Schlüssel.«

»Wie praktisch.« Ihre Worte klangen scharf.

Noel weigerte sich, auf die Provokation einzugehen. »Nur eine Gewohnheit, ich bin gern auf alles vorbereitet.«

Riva konnte nichts anderes tun, als in das lange Fahrzeug zu klettern, als er die Tür aufschloß und für sie aufhielt. Sie setzte sich auf den Rücksitz, und Noel ließ sich neben ihr nieder. Er schloß die Tür hinter ihnen, und die Lichter im Innern gingen aus und ließen sie im Dunkeln zurück.

Sie schwiegen lange Zeit und sahen einem Pärchen zu, das die Münzprägeanstalt verließ und Arm in Arm über den Bürgersteig auf ein geparktes Auto zuging. Irgendwo tönte eine Polizeisirene, wurde lauter und verklang dann wieder.

Riva wollte die Stille überbrücken und erwähnte betont beiläufig: »Irgend jemand hat gesagt, daß du heute abend bei der Jazz-Combo mitgespielt hast. Ich wußte gar nicht, daß du auch Musiker bist.«

»Bin ich auch nicht«, antwortete er kurz.

»Gruppen, die so gut sind, lassen aber normalerweise nicht jeden beliebigen in der Öffentlichkeit mitspielen.«

»Der Trompeter ist ein Freund von mir. Er stammt aus New Orleans, aber ich bin ihm in Paris begegnet. Dort drüben spielt der Jazz eine große Rolle, schon seit den zwanziger Jahren, und er hatte vor ein paar Jahren in der Nähe des Place Pigalle in einem der Clubs eine Band. Ich bin immer hingegangen, um ihn und seine Jungs zu hören, und sie haben mich ab und zu ans Schlagzeug gelassen. Wir Exil-Louisianer haben uns dann angewöhnt, spät in der Nacht noch Jam-Sessions abzuhalten.«

»Habt ihr euch mit der Musik von zu Hause getröstet?« fragte sie etwas verwirrt von dem Bild, das seine Worte in ihr erzeugten.

»So könnte man es auch nennen.«

Seine Antwort war keine Ermutigung, noch etwas zu dem Thema zu sagen, und Riva schwieg.

»Glaubst du nicht«, sagte Noel und wandte sich ihr zu, »daß es etwas geschmacklos ist, so kurz nach dem Tode meines Vaters eine Affäre mit Edison Gallant anzufangen?«

Sein plötzlicher Angriff erschütterte sie. »Ich habe keine –«, begann sie, hielt dann verwirrt inne und sagte fest: »Es gibt keine Affäre.«

»O natürlich, er hat dich umarmt, weil ihr nur getanzt habt.«

»Und was hast du gemacht? Spioniert?« Gegenangriff, hatte sie festgestellt, war oft die beste Möglichkeit, unvernünftige Vorwürfe abzuweisen.

»Die Szene war doch ziemlich öffentlich, was dich aber nicht wesentlich zu beeinträchtigen schien. Seltsam, ich dachte immer, das wäre das einzige, was wir gemeinsam hätten – den Respekt für das Andenken meines Vaters.«

Seine Worte taten ihr weh. Ihre Stimme klang gedrückt, als sie sagte: »So ist es auch.«

Er wandte sich ihr zu und legte seinen Arm auf die Rückenlehne, als er sich zu ihr herüberbeugte. »Was geschieht denn dann, in Gottes Namen, zwischen dir und Gallant? Warum willst du es mir nicht sagen?«

»Das ist meine Angelegenheit, ausschließlich meine!«

»Du meinst wohl dein Verhältnis«, sagte er mit bitterem Vorwurf in der Stimme. »Wenn du ein so großes Bedürfnis nach Zuneigung hast, warum wendest du dich dafür Fremden zu? Bisher ist doch so etwas auch immer in der Familie geblieben, oder?«

»Noel!« rief sie, und ihre Augen weiteten sich ungläubig.

Noch bevor das Wort ihren Mund wirklich verlassen hatte, griff er nach ihren Schultern und zog sie an sich. Seine Lippen senkten sich fest und warm auf die ihren. Die Berührung brannte auf ihren Lippen und breitete sich in sinnlichem Genuß über ihren ganzen Körper aus. Ihre Muskeln bebten, weil sie sich bemühte, Widerstand zu leisten und ein ebenso großes Bedürfnis hatte, den Widerstand aufzugeben. Irgendein Instinkt der Selbsterhaltung hielt sie zurück; trotzdem konnte sie es irgendwie nicht verhindern, daß sich ihre Hand auf seine Schulter stahl. Sie ließ die Handfläche langsam und vorsichtig aufwärts gleiten, senkte ihre Finger in die dichten, seidigen Wellen seines Haars im Nacken. Er folgte der Linie ihrer leicht geöffneten Lippen mit seiner Zungenspitze, berührte die perlige Glätte ihrer Zähne und kostete die süße und zarte innere Oberfläche ihres Mundes. Ihre Zunge begegnete der seinen, sie spielten miteinander, teilten das Aroma von Sekt und süßer Leidenschaft.

Er ließ seine Hand über ihr Haar und die geschwungene Kontur ihres Rückens gleiten und zog sie noch näher zu sich heran. Er atmete tief den Duft ihres Parfüms ein, diese üppige Mischung aus Rosen, Gardenien,

Jasmin und anderen exotischen Düften, die so sehr ein Teil von ihr zu sein schienen, hielt den Atem an, als könnte er damit ihre Essenz in sich einsaugen.

Er erstarrte. Seine Muskeln wurden hart, ein Schauder durchlief ihn. Er schob sie von sich, ließ sie los und bewegte sich von ihr weg, bis er mit der Schulter die Tür berührte. Eine Hand hatte er auf den Sitz gedrückt, die andere zur Faust geballt auf seinen Oberschenkel gelegt. Er starrte aus dem Fenster, sein Gesicht lag im Schatten und erschien undurchdringlich im düsteren Licht.

»Was ist los?« fragte Riva mit einem rauhen Flüstern.

Er atmete tief durch, einmal, zweimal. Dann antwortete er, und seine Stimme klang wie von fern. »Es tut mir leid. Ich hätte das nicht tun sollen.«

»Nein. Warum hast du es getan?«

»Es wird nicht wieder vorkommen.«

Sie sank in den Sitz zurück, lehnte ihren Kopf nach hinten und schloß die Augen. Unter ihren Wimpern war ein stechendes Gefühl. Sie blinzelte, bis es verging. »Ich gehöre weder den Staulets noch sonst jemandem. Ich gehöre nur mir.«

»Ja, ich weiß.«

Sie öffnete die Augen und starrte verwirrt sein dunkles Profil an. Seine Stimme klang rauh und gefaßt zugleich und rief eine Schar von Erinnerungen wach, von denen sie geglaubt hatte, sie hätte sie sicher in den tiefsten Abgründen ihres Gedächtnisses vergraben. Sie wollte sie nicht wiederbeleben, sie konnte es nicht ertragen.

Ein spitzes Lachen durchdrang die Nacht. Margaret kam aus dem Gebäude. Sie hing am Arm ihres Mannes. Ihr Gang und das seltsame Lächeln auf ihrem Gesicht wiesen darauf hin, daß sie zuviel getrunken hatte.

Riva seufzte erleichtert, und Noel atmete ebenfalls tief aus.

10

Erin kam ins Haus geweht wie eine frische Brise. Sie ließ die Hintertür laut ins Schloß fallen und nahm auf der Treppe zwei Stufen auf einmal, während sie nach ihrer Mutter rief. Sie fand Margaret mit Riva auf der oberen Galerie beim Frühstück. Sie stürzte sich auf sie und umarmte die beiden überschwenglich.

»Bitte, Liebes«, sagte Margaret und hob eine Hand zu ihrer Schläfe, »mein Kopf.«

Erin ließ sich in einen Stuhl fallen und schleuderte ihre dichte, gelockte Mähne hinter ihre Schultern. Sie zog die Serviette zur Seite, die den Korb mit den Croissants bedeckte, nahm eines und biß hinein. »Was ist los? Kopfschmerzen von den Stirnhöhlen?«

»Der Sekt, den es bei dem Wohltätigkeitsball gestern abend gegeben hat, war offensichtlich ziemlich billig. Ich habe davon einen scheußlichen –«

»Ach, du hast 'nen Kater!« rief Erin in vergnügtem Erstaunen.

»Habe ich nicht!« Margaret sah die junge Frau wütend an, bevor sie die Augen schnell wieder schloß, weil das grelle Licht sie blendete.

»Meiner Ansicht nach hängst du ganz schön in den Seilen.« Erin biß mit strahlendem Blick noch einmal in ihr Croissant.

»Deine Mutter ist an das Nachtleben nicht gewöhnt«, erklärte Riva.

Margaret öffnete die Augen wieder und bedachte ihre Schwester mit einem giftigen Blick. »Du brauchst das gar nicht so zu betonen, als ob ich nur eine Stubenhockerin vom Lande wäre.«

Aus Rivas Lächeln sprachen sowohl Sympathie als auch Erstaunen. »Ich dachte, das wäre dir lieber, als eine Schnapsdrossel genannt zu werden.«

»Ich habe dir schon gesagt –«

»Ach Mama, sei doch nicht so bissig. Niemand hat behauptet, du hättest dich absichtlich vollaufen lassen!«

Margaret schien anzuschwellen. »Ich habe mich nicht vollaufen lassen. Wie sprichst du eigentlich mit deiner Mutter? Ich muß schon sagen! Ich vermute, ich muß nicht sehr weit gehen, um herauszufinden, von wem du diesen Mangel an Respekt übernommen hast. Wenn ich geahnt hätte, daß es so kommen würde, hätte ich es nie zugelassen, daß du hierher zum College gehst. Ich verstehe sowieso nicht, was an dem anderen College nicht in Ordnung war. Auf jeden Fall wärst du nicht so weit von

Zuhause weg gewesen.« Das war ein Vorwurf, den Erin schon oft gehört hatte. Sie verdrehte die Augen zum Himmel, sagte aber nichts dazu. Riva nutzte die Gelegenheit. »Apropos: Warum bist du eigentlich heute nicht am College?«

Erin grinste verschmitzt. »Ich schwänze. Schließlich kommen meine Eltern nicht jeden Tag zu Besuch. Und wenn ich das richtig sehe, machst du ja auch heute blau.«

Riva lächelte zustimmend. Sie ging nicht zur Arbeit, wenn Margaret zu Besuch kam. Ihre Schwester erwartete das. Außerdem war ihr die Vorstellung, daß Margaret und Constance allein im Haus waren und sich miteinander beschäftigen mußten, zu riskant gewesen. Aber es stellte sich heraus, daß sie sich darüber keine Sorgen hätte machen müssen. Constance hielt sich gewöhnlich bis zum Mittag in ihrem Zimmer auf und blieb dafür abends lange wach, während Margaret früh aufstand, sich nach dem Mittagessen für ein Schläfchen zurückzog und abends dann auch früh ins Bett ging. Die beiden Frauen waren sich kaum begegnet.

»Hast du meine Nachricht bekommen, bevor du weggegangen bist, ich meine die über den Fotografen?« fragte Riva. Sie hatte Doug Gorslines Telefonnummer an Erins Zimmergenossin weitergegeben, da sie Erin nicht erreichen konnte.

»Mein Gott, ja. Ist das nicht verrückt, daß er sich so viel Mühe gibt, mich kennenzulernen? Ich habe ihn angerufen. Er kommt heute nachmittag vorbei.«

Sie sagte das so beiläufig, daß es Riva den Atem verschlug. »Du – du meinst, er kommt hierher?«

»Klar. Gibt es denn einen bestimmten Grund, warum er das nicht tun sollte?« Erin sah von Riva zu Margaret, die mit den Händen ihre halbgeschlossenen Augen beschattete und kaum zuhörte. »Ich weiß, daß ich dich vorher hätte fragen sollen, aber meine Freunde schienen dir bisher auch nie Schwierigkeiten bereitet zu haben, Tante Riva.«

Riva, die sich langsam von ihrem Schreck erholte, winkte ab. »Nein, nein, das ist gar kein Problem.«

»Das ist prima, weil ich diesen Typ ja gar nicht kenne, und ich wollte es nicht wie eine richtige Verabredung aussehen lassen.«

»Sehr klug. Kommt... kommt denn sonst noch irgend jemand?«

»Wer? Ach, du meinst Josh?« Erin grinste. »Hast du Angst, daß so eine Art Dreiecksgeschichte in deinem Haus abläuft?«

»Der Gedanke war mir kurz gekommen.«

Erin schüttelte den Kopf, während sie nach der Brombeermarmelade griff und sich ein zweites Croissant nahm. »Josh hat Telefondienst im Hauptquartier seines Vaters. Eigentlich hätte ich nach dem College Adressen schreiben und Broschüren verschicken sollen, aber Josh hat eingesehen, daß ich den Nachmittag mit euch verbringen möchte.«

Margaret schniefte. »Nett von ihm.«

»Ja, finde ich auch. Aber es ist, glaube ich, auch besser, wenn er nicht hier ist. Es gibt eine Sache, über die ich mit euch beiden reden wollte.«

Margaret warf Riva einen schnellen, beunruhigten Blick zu, bevor sie fragte: »Etwas über Josh?«

»Ja, sozusagen. Ein paar Leute aus dem College planen eine Radtour durch die Berge von Colorado in den Sommerferien, und Josh und ich wollten gern mitfahren. Wir wären nur etwa eine Woche weg. Ich dachte, wir könnten alle in deinem Ferienhaus wohnen, Tante Riva, und von da aus Picknicks und kleine Tagestouren unternehmen, vielleicht auch einmal eine Nachtfahrt mit dem Rad. Das wäre wirklich so schön! Die meisten aus dem College haben noch nie ein Haus wie deines gesehen, und wir würden auch eine Menge Geld sparen.«

»Nun, ich –«, begann Riva.

»Einen Augenblick«, unterbrach Margaret sie mit angespannter Stimme. »Junge Dame, du willst, daß ich dir erlaube, eine Woche mit Edison Gallants Sohn in Colorado zu verbringen?«

»Es werden noch zwei oder drei andere Pärchen dabeisein. Wahrscheinlich schlafen die Mädchen in einem Zimmer und die Jungen im anderen.«

»Wahrscheinlich? *Wahrscheinlich?* Was soll das heißen? Wenn du glaubst, ich würde zulassen, daß du mit diesem Kerl schläfst oder in Rivas Ferienhaus mit diesen anderen Paaren herummachst, mit Orgien und Haschrauchen und was weiß ich, was für anderen Dingen, dann hast du dich aber gewaltig getäuscht. Nein, du darfst nicht nach Colorado fahren!«

Erin sprang auf, warf ihr Croissant auf den Teller, und Tränen traten in ihre Augen. »Das wußte ich! Ich wußte, daß du etwas Schmutziges daraus machen würdest. Also, alles, was daran schmutzig ist, ist deine Phantasie, Mama. Josh ist nicht so!«

»Sie sind alle so!«

»Wie willst du das denn wissen, sag mir das? Tante Riva ist ganz anders als du. Sie sieht nicht an allem, auf das sie schaut, etwas Schlechtes. Durch deine Ansichten fühle ich mich bei einer so schönen und sauberen Sache wie Sex ganz schmutzig.«

Margaret beugte sich vor. »Und was bitte weißt du über Sex, sauber oder sonstwie, sag mir das einmal?«

»Nicht sehr viel, aber mach ruhig so weiter, dann komme ich vielleicht auf den Gedanken, es auszuprobieren, um festzustellen, was daran eigentlich so schlimm sein soll. Josh wäre für den Anfang genauso gut geeignet wie jeder andere Mann, auch wenn er ein Jahr jünger ist als ich.«

Margaret machte eine heftige Bewegung, als wolle sie Erin schlagen, ächzte dann aber plötzlich und griff sich gleichzeitig an den Kopf und ans Herz. Erin wurde rot, wandte sich dann aber Riva zu. »Rede mit ihr, Tante Riva«, bat sie. »Erkläre ihr, daß an der Tour nichts Schlechtes ist. Du kennst Josh, er würde nichts Unrechtes tun.«

Riva stand auf, legte ihre Hand auf die Schulter der jungen Frau und drückte sie in einer tröstenden Geste. »Erin, Liebes, ich würde dir ja wirklich gern helfen, aber in diesem Falle hat deine Mutter nicht ganz unrecht. Ich meine, wenn du nichts Ernstes mit Josh im Sinn hast, hieße es, das Schicksal zu versuchen, wenn du eine solche Tour machst.«

»Wenn wir das Schicksal versuchen wollten, wie du es nennst, dann könnten wir das auch gleich hier in New Orleans tun!«

»Das sehe ich ein, aber –«

Erins Gesicht verzog sich. »Nein, tust du gar nicht! Ihr erwartet nur, daß Leute in meinem Alter bei der erstbesten Gelegenheit miteinander ins Bett gehen. Da könnte man wirklich anfangen, sich zu fragen, was ihr gemacht habt, als ihr jung wart, oder was ihr jetzt tut, wenn ihr eine Gelegenheit dazu bekommt!«

»Erin!«

Margaret kreischte gleichzeitig: »Das reicht jetzt, meine Liebe!«

»Ja, wirklich«, rief Erin laut, »es ist mehr als genug. Ich bin volljährig. Wenn ich gehen oder mit Josh oder der Hälfte aller Männer von New Orleans schlafen will, könnt ihr nichts tun – keine von euch –, um mich davon abzuhalten!«

Sie wirbelte herum und verließ die Galerie. Sie hörten ihre Schritte die teppichbelegten Stufen hinunterhasten. Ein paar Minuten später wurde ihr Auto angelassen und fuhr knirschend durch die Einfahrt davon.

Riva setzte sich hin. Sie nahm ihre Kaffeetasse und trank einen Schluck. Der Kaffee war kalt und bitter. Sie stellte die Tasse wieder weg. Die Unruhe rauschte ihr nach wie vor so heftig in den Adern, daß sie schließlich das Gefühl hatte, sie könnte es in ihrer eigenen Haut kaum noch aushalten. Erin ähnelte Beth sehr.

Margret, die sich immer noch mit den Fäusten auf die Schläfe und die Brust drückte, wandte den Kopf und starrte Riva an. »Das ist deine Schuld. Erin hat mir ihr ganzes Leben lang noch nie so widersprochen oder solche Dinge gesagt. Du hast sie mit deinen liberalen Ideen völlig verzogen. Du gibst ihr immer alles, von dem sie auch nur andeutet, daß sie es gern haben würde. Wenn sie jetzt mit dem Typ loszieht und dieses schreckliche Verbrechen begeht, dann bist du schuld. Das ist alles, was ich dazu zu sagen habe, die Schuld liegt ausschließlich bei dir.«

Riva sah ihre Schwester mit ausdruckslosem Blick an. »Daran ist doch nichts Neues, Margaret. Die Schuld lag doch schon immer bei mir.«

»Ja, und darum mußt du etwas unternehmen, bevor es zu spät ist.«

»Das versuche ich ja.«

»Das ist nicht genug. Du weißt, was Edison Gallant von dir will, das hat er doch ganz deutlich zum Ausdruck gebracht. Ich habe es gestern abend in seinen Augen gesehen, als er mich mit dir verwechselt und dann mit dir gesprochen hat. Du brauchst ihm einfach nur nachzugeben.«

»Bist du deswegen weggegangen und hast mich mit ihm allein gelassen?«

»Du benimmst dich, als wäre es das erste Mal. Was soll daran denn nur so Schlimmes sein?«

»Wenn du es nicht von allein weißt, kann ich es dir auch nicht erklären.« Riva biß die Zähne zusammen, um nicht noch mehr zu sagen.

Margarets Gesicht wurde hart. »Ich finde wirklich, daß das nur ein kleines Opfer ist, besonders wenn man bedenkt, daß die Zukunft deiner Tochter auf dem Spiel steht.«

Riva starrte ihre Schwester an. Sie konnte nicht glauben, daß Margaret zugegeben hatte, daß Erin ihre Tochter war. Es hatte Momente gegeben, in denen Riva vor sich hin geflüstert hatte: ›meine Tochter‹ oder ›mein kleines Mädchen‹, nur um sich selbst wieder deutlich zu machen, daß sie ein Kind geboren hatte, so vollständig hatte Margaret von Erin Besitz ergriffen. Es war deswegen in diesem Augenblick fast beängstigend, daß Margaret ihr einen Anspruch auf Erin zugestand.

Sie räusperte sich, um das beklemmende Gefühl in der Kehle loszuwerden. »Bei Edison kann man sich nicht darauf verlassen, daß er seinen Teil der Vereinbarung auch wirklich einhält. Vielleicht sagt er auch nur, er wolle mich nur noch einmal in sein Bett bekommen, aber es würde ihm ähnlich sehen, wenn er danach nur immer mehr und mehr fordern würde.«

»Was immer er auch will«, entgegnete Margaret, streckte die Hand aus und ergriff Rivas Handgelenk. »Ich stehe trotzdem auf dem Standpunkt, daß du ihm nachgeben solltest. Wenn du das nicht willst, weiß ich nicht mehr, was wir unternehmen sollen.«

Bevor sie zu Ende gesprochen hatte, erschien Boots in der Tür. Er kam mit einem Stirnrunzeln auf seinem rötlichen Gesicht zu ihnen herüber. »Was ist denn los?« fragte er. »Was hat Erin denn? Sie sah aus, als ob sie in Tränen ausbrechen würde, als sie an mir vorbeigestürmt ist, und sie hat nicht einmal Hallo gesagt.«

Margaret lehnte sich erschöpft in ihrem Stuhl zurück. »Nichts. Nichts ist los.«

»Das stimmt doch nicht, Margaret, ich habe gehört, was du zu Riva gesagt hast, und ich weiß, daß es etwas mit Erin und mit Edisons Sohn zu tun hat. Ich will wissen, worum es geht.«

Boots konnte manchmal ziemlich unbeugsam sein. Sein Verstand gehörte vielleicht nicht zu den schnellsten, aber er arbeitete stetig und sicher, und wenn er sich erst einmal auf eine Sache festgelegt hatte, hielt er mit der Sturheit einer Bulldogge daran fest. Es schien durchaus möglich zu sein, daß er vor ihnen stehenbleiben würde, bis er erfahren hatte, was er wissen wollte.

»Also gut«, sagte seine Frau, und ihre Lippen wurden schmal. In ein paar kurzen Sätzen erklärte sie ihm genau, was vorgefallen war, bis Erin fortgelaufen war.

Boots bewegte langsam seinen Kopf vor und zurück, als sie zu Ende gesprochen hatte. »Ich denke, wir sollten Erin sagen, daß Josh ihr Halbbruder ist.«

»Riva will nicht, daß sie es erfährt«, erwiderte Margaret scharf.

»Erin ist erwachsen, sie wird es verkraften.« Boots' Worte klangen störrisch.

»Ja, vielleicht«, sagte Riva mit einem müden Lächeln. »Aber ob ich es auch verkraften werde?«

»Wenn dir dein guter Ruf Sorgen macht –«, begann Margaret.

»Nicht meiner, eher der der Staulet Corporation«, warf Riva ein. »Selbst Edison hat begriffen, daß eine Menge Leute betroffen sind, wenn die Geschichte bekannt wird.«

Margaret stand mit grimmiger Miene auf. »Da kann man nur eins tun. Riva weiß, was es ist, sie ist nur zu stolz, um es in die Tat umzusetzen. Ihr müßt mich jetzt entschuldigen, ich muß noch meine Medizin nehmen.«

Boots machte keine Anstalten, seiner Frau zu folgen. Er stand da und dachte stirnrunzelnd nach, bis Riva schließlich sagte: »Möchtest du einen Kaffee, Boots?«

»Was? Ja, danke«, antwortete er zerstreut. Als sie eine Tasse füllte, setzte er sich langsam auf den Stuhl, den Margaret verlassen hatte. Er löffelte sich Zucker in die Tasse und starrte in das schwarze Gebräu, sah zu, wie es in der Tasse herumwirbelte, und schob dann die Tasse zurück, ohne den Kaffee probiert zu haben. Schließlich sah er zu Riva auf.

»Das meint sie nicht ernst, weißt du.«

Riva dachte an Erin und daran, was sie jetzt tat, wo sie in ihrem Zorn hinfuhr und ob sie vorsichtig fuhr. »Was?«

»Margaret, meine ich. Sie erwartet eigentlich nicht im Ernst, daß du etwas tust, was du für falsch hältst. Sie ist nur durcheinander. Wenn sie in einer solchen Verfassung ist, sagt sie immer Dinge, die sie eigentlich nicht wirklich meint. So ist sie nun einmal.«

Er war wirklich ein guter Mann. Riva lächelte ihm matt zu. »Ich weiß. Mach dir darüber keine Gedanken.«

Die Linien in seinem Gesicht entspannten sich etwas, aber er war noch nicht ganz fertig. »Sie wird in letzter Zeit von Tag zu Tag religiöser. Sie liest sehr viel in der Bibel und betet – sie betet sogar fast eine Stunde jeden Abend. Das heißt, an den Abenden, an denen sie nicht mehr Whisky-Cola trinkt, als gut für sie ist, oder ein paar Tabletten Valium extra nimmt. Sie ist wirklich ziemlich wirr im Kopf. Ich glaube, es belastet sie sehr, was vor vielen Jahren passiert ist. Diese Sache mit Josh Gallant hat das alles wieder zum Vorschein gebracht.«

»Ja, für uns beide.«

»Aber da ist noch mehr. Sie – sie hat es eigentlich nie so recht überwunden, daß sie selbst keine Kinder haben konnte. Eigentlich hätte sie fünf oder sechs gebraucht, für die sie hätte sorgen können und die sie in Bewegung gehalten hätten. Statt dessen hat sie nur diese eine Tochter.

Ich glaube, sie ist immer eifersüchtig gewesen, und sie hat dir übelgenommen, daß Erin eigentlich deine Tochter ist. Ich denke, auf eine seltsame Art hat sie das Gefühl, daß sie vielleicht selbst Kinder bekommen hätte, wenn sie dir deines nicht weggenommen hätte. Sie glaubt, dafür bestraft zu werden.«

»Sie hat damals getan, was sie für das beste hielt.«

»Aber es war das, was sie gern wollte, nicht das, was du brauchtest oder gern gehabt hättest, und das hat sie nie vergessen. Darum hat sie, als Erin zu dir gekommen ist, immer befürchtet, daß du ihr die Wahrheit sagst und Erin zu sehr verwöhnst.«

»Ich hatte niemals etwas Derartiges vor«, sagte Riva mit einem Kopfschütteln. »Ich wollte Erin nur ein paar der Dinge zukommen lassen, die ich niemals hatte, als ich jung war.«

Boots nickte. »Das sind teilweise auch die Dinge, die Magaret nie hatte. Das ist ihr im tiefsten Innern zuwider. Sie sagt nie etwas darüber, aber es tut ihr weh, daß sie niemals schöne Kleider und Schmuckstücke und Autos hatte, die du jetzt schon seit Jahren besitzt, und daß sie nie an all die Orte gekommen ist, an denen du warst, und all die Dinge nie zu sehen bekommt, die du gesehen hast.«

»Dafür kann ich nichts. Ich habe ihr angeboten, sie mit mir nach Europa zu nehmen, und du weißt, daß ihr beide jederzeit die Häuser in Colorado oder auf den Inseln benutzen könnt.«

»Das wissen wir schon, aber es geht nicht nur um dic Orte. Es geht auch um die Leute, die du kennst, die Dinge, die du tun kannst, deinen ganzen Lebensstil. Ich glaube manchmal, sie wäre gern wie du – zumindest für eine Weile.«

»O Boots, das kann doch nicht wahr sein. Sie hat so vieles, dich und Erin und so viele Jahre schönes Familienleben mit all den Menschen, die sie schon ihr Leben lang kannte. Sie hat etwas von ihrem Ursprung und wirkliche Freunde. Sie muß sich nicht ständig fragen, was die Leute wohl über sie denken, wenn sie ihnen den Rücken zukehrt. Sie hat dich und nicht nur –« Sie schwieg plötzlich. Es gab Dinge, die man lieber nicht in Worte fassen sollte.

»Ja, und meistens ist es ja auch gut, aber es gibt eben Tage, da nagt das alles an ihr.«

Riva sah eine ganze Weile ihren Schwager an. »Du mußt sie sehr lieben, weil du sie so gut verstehst.«

»Wir sind schon lange verheiratet«, antwortete Boots und rutschte unbehaglich auf seinem Stuhl hin und her.

»Ja, und mir ist klar, daß ihr viel von dieser Zeit damit verbracht habt, euch um meine Tochter zu kümmern, ihr ein sicheres Heim zu geben, ein gutes Heim. Ich war euch immer dankbar, habe mich aber noch nie dafür bei euch bedankt.«

»Du brauchst mir jetzt auch nicht zu danken«, sagte er mit kurz angebundener Stimme. »Erin ist mir ans Herz gewachsen wie meine eigene Tochter. Das wird auch immer so bleiben.«

Riva lächelte, als sie seinem offenen Blick begegnete. Nach einer kleinen Weile sagte sie: »Ich weiß, daß Margaret manchmal etwas schnippisch ist, aber das macht nichts. Sie hat so viel für mich getan, daß ich ihr vergeben muß.«

»Auch das weiß sie und verläßt sich darauf. Ich habe nur Angst, daß sie sich vielleicht einmal zu oft darauf verläßt.«

Sie musterte sein rundes, ehrliches Gesicht, sah die dunkle Farbe, den Schimmer von Schweißperlen auf seiner Oberlippe, die Anspannung in seinen Augen. Es hatte ihn sehr viel Überwindung gekostet, so offen über seine Frau zu sprechen. Es war wichtig, daß er sich diese Mühe gemacht hatte. Langsam wurde ihr bewußt, daß er sich Sorgen machte, Margaret könnte sie zu etwas drängen, was sie nicht tun wollte, genau wie es schon vor Jahren gewesen war.

Riva nickte langsam. »Ich werde daran denken«, sagte sie. »Aber mach dir keine Gedanken. Ich tue nichts, was ich nicht tun will.«

»Mag sein«, sagte er. »Aber das Problem scheint mir eher zu sein, daß du dich freiwillig entschließen könntest, es zu tun.«

Darauf gab ihm Riva keine Antwort.

Noel verließ Bonne Vie schon früh. Er wußte, daß das feige war, aber er hatte einfach keine Lust, am Frühstückstisch Small talk zu machen, und wollte Riva nicht so schnell nach dem Ereignis des vergangenen Abends wiedersehen.

Er hatte für einen Augenblick die Kontrolle verloren. Riva hatte so reizvoll in ihrem schimmernden, cremefarbenen Abendkleid ausgesehen, und sie war für ihn schon seit so langer Zeit unberührbar gewesen, daß er es unerträglich gefunden hatte, sie auch nur für eine kurze Sekunde in Edison Gallants Armen zu sehen. Es war, als wäre sie dadurch irgendwie besudelt worden, und die Tatsache, daß sie es selbst nicht gemerkt zu haben schien, es vielleicht sogar provoziert hatte, hatte ihn verrückt gemacht.

Und darüber hinaus wollte er erreichen, daß sie sich seiner bewußt wurde. Vielleicht war ihm das zu gut gelungen. Riva hatte ein sehr feines Gespür für Leute.

Mein Gott, aber er hatte sich nicht mehr so sehr am Rande des Lebens gefühlt seit seinen ersten Tagen als Militärberater in Vietnam. Damals hatte er genau das gebraucht. Sein Vater hatte ihn aus dem Nest geworfen, weil Noel seine kindliche Braut zu sehr verehrt hatte, und Noel war so versunken gewesen in Schmerz und Desillusionierung, daß es ihn kaum interessierte, ob er den Krieg überlebte. Das hatte er sich wenigstens eingeredet, bis die erste Granate an seinem Kopf vorbeigezischt war. Selbstmitleid und der einfache Widerstand, die ihn dazu gebracht hatten, lieber zu den Marines zu gehen, als sich im Pariser Büro seines Vaters nützlich zu machen, wichen daraufhin einer gesunden Wut. Die Wut war geblieben. Es war hilfreich, wenn man raste vor Wut, sobald jemand versuchte, einen umzubringen. Die Hälfte der Heldentaten, für die er später ausgezeichnet wurde, hatte er nur vollbracht, weil er sich geweigert hatte, Schwierigkeiten aus dem Weg zu gehen. Das hatte er einmal getan und dabei alles zurückgelassen, was ihm wirklich etwas bedeutete. Er hatte nicht die Absicht, so etwas je wieder zuzulassen.

Noel genoß es, selbst zu fahren, genoß das starke Schnurren des Zwölfzylindermotors unter der Haube des BMW 750 IL, genoß es, die Kurven der Great River Road zu nehmen, die am Mississippi entlangführte. Es entsprach seiner Natur, sich immer unter Kontrolle zu haben; ob das ein Vor- oder Nachteil war, wußte er nicht so genau, und es war ihm auch egal. Eine Menge wichtige Leute achteten heutzutage sehr auf ihre Sicherheit. Sie stellten Bodyguards an oder installierten Apparaturen in ihren Autos, um Entführern ihr Vorhaben zu erschweren. Selbst George, ob Riva das nun wußte oder nicht, war ausgebildet, seinen Fahrgast zu beschützen, ganz zu schweigen davon, daß er auch beim Militär gewesen war und in Vietnam ein sehr realistisches Überlebenstraining hinter sich gebracht hatte. Noel jedoch zog es vor, sich auf die überlegene Kraft seines Wagens, die zugelassene Waffe im Handschuhfach und sich selbst zu verlassen.

Die Erinnerung daran, wie Riva in seinen Armen gelegen hatte, überrollte ihn plötzlich mit einer Welle von Hitze. Es war schon lange her, seit er das letzte Mal eine Frau in den Armen gehalten hatte, und ein ganzes Zeitalter, seit es Riva gewesen war. Er hatte gewußt, wie es sich anfühlen würde, und er hatte recht behalten. Verbotene Früchte. Er war mit einemmal wieder einundzwanzig gewesen und in eine wilde ödipale Tragödie verstrickt. Oder war das alles nur eine Farce gewesen? Angesichts der langen Zeit, die seither vergangen war, konnte er es kaum noch sagen.

Nichtsdestotrotz blieben ihm Rivas Geschmack und ihr Geruch ganz deutlich in Erinnerung. Sie waren ein Teil von ihm, fast so vertraut wie er selbst. Er hatte sie heraufbeschworen in Hunderten von schlaflosen Nächten, hatte versucht, aus ihnen ein warmes, atmendes Bild zu erschaffen, das er im Geiste neben sich in sein Bett gelegt hatte – voller Anmut und zärtlichen Gefühlen, nackt und endlos entgegenkommend. Das hatte ihm geholfen. Doch die Wirklichkeit schien manchmal eher dazu angetan, an seinem klaren Verstand zu zweifeln. Selbst jetzt, wenn er darüber nachdachte, fühlte er sich, als würde er von einem Feuer verzehrt. Um zu verhindern, daß man seinen Schmerz bemerkte, brauchte er seine ganze Kraft, seine gesamte Energie.

»Kümmere dich um Riva.«

Er umklammerte das Steuerrad fester, als sich diese Worte in seine Gedanken drängten. Sein Vater hatte sie auf seinem Sterbebett gesagt. Sein Vater hatte seinen Arm gehalten mit dem letzten Rest seiner schwindenden Kraft und ihn angesehen mit Hoffnung und Verzweiflung und, ja, auch mit Liebe und ihm dann diesen Auftrag gegeben. Noel wünschte, er wüßte, was er damit gemeint hatte. War es ein heiliges Anliegen oder, auf Dauer betrachtet, eine Erlaubnis?

Noel brauchte keine Erlaubnis – die hatte er noch nie gebraucht. Was er brauchte, hier und jetzt, war die Absolution.

Er würde sich um Riva kümmern.

Noel ging gewöhnlich nicht zu Versammlungen von Bürgervereinen. Verschiedene waren an ihn herangetreten, als er nach New Orleans zurückgekehrt war, und hatten ihn um seine Unterstützung gebeten, aber er hatte abgelehnt. Er war kein Mensch, der sich gern organisierte, und hatte das Gefühl für das Konzept von amerikanischen Bürgervereinen verloren, während er in Europa war. Sein Anruf bei einem Freund wegen des Essens der Handelskammer, zu dem er heute gehen wollte, hatte auch eher etwas mit dem Gastredner zu tun, als mit seinem Interesse an den zweifellos großen Werten dieser Vereinigung. Der Redner war Edison Gallant.

Kurze Zeit später saß Noel in einem Konferenzsaal eines Hotels und hörte dem Mann zu und beobachtete ihn genau. Er versuchte, Gallants Erscheinung und seine Worte möglichst objektiv einzuschätzen. Er entdeckte eine kraftvolle Fassade, eine gute Sprechstimme und blendendes Aussehen in der Art des erprobten Kennedy-Stils – wenn auch mit Südstaatlerakzent. Aber eigentlich war da keine Substanz. Darüber hinaus bewegte sich Gallant nervös, und sein Gesicht war so angespannt, daß Noel den Eindruck gewann, er würde sich selbstbewußter geben, als er tatsächlich war. Was Gallant zu sagen hatte, wurde gut aufgenommen, und als das Essen vorüber war, versammelten sich seine Anhänger um ihn, damit sie ihm ihre Sympathie zum Ausdruck bringen konnten. Es dauerte eine Weile, bis Noel mit ihm sprechen konnte. Nach einem nichtssagenden Kompliment über seine Rede bat Noel um ein paar Minuten seiner Zeit. Ein leichter Anflug von Unwillen huschte über Edisons Gesicht. »Ist es wichtig?«

»Möglicherweise.«

»Was soll das heißen?«

»Ich kann ja nicht wissen, was Sie für wichtig halten. Ich hatte allerdings den Eindruck, daß Beiträge zum Wahlkampfetat bisher immer von Interesse für die Kandidaten waren.«

Edison schürzte die Lippen. »Ich verfüge über eine angemessene Summe für diese Kampagne; ich könnte sogar sagen, sie ist mehr als angemessen.«

Noel neigte den Kopf, er war überrascht. »Wenn Ihnen schon mehr als genug zur Verfügung steht, möchte ich Ihre und meine Zeit nicht weiter verschwenden.«

»Einen Augenblick noch«, sagte Edison. »Worüber möchten Sie mit mir reden?«

»Eine Angelegenheit in unser beiderseitigem Interesse, so sagt man, glaube ich.«

Edison lachte mit einem kleinen Schnauben. »Ich kann einen Mann mit Ihrem Einfluß immer auf meiner Seite gebrauchen. Ich komme.«

Eine halbe Stunde später saßen die beiden in einem Café des Hotels. Sie waren allein bis auf zwei Kellner in Uniform, die damit beschäftigt waren, die Reste des Buffets wegzuräumen.

»Sie haben einen finanziellen Beitrag erwähnt«, meinte Edison, nachdem sie Kaffee bestellt hatten.

Noel lehnte sich in seinem Stuhl zurück. Der Mangel an Finesse in dieser Frage war sowohl ärgerlich als auch angenehm; ärgerlich, weil Gallant offensichtlich versuchte, Druck zu machen, und angenehm, weil Noel nichts anderes erwartet hatte. »Ich dachte, Sie hätten schon genug?«

»Ich habe es mir noch einmal durch den Kopf gehen lassen. Es gibt immer unvorhergesehene Ausgaben. Vielleicht können wir uns einig werden.«

»Die Möglichkeit besteht«, antwortete Noel.

»Wieviel?«

Noel sah den Politiker direkt an. »Wieviel brauchen Sie?«

»Alles bis zur Grenze des Illegalen«, sagte Edison mit einem kurzen Lachen.

»Warum sollte man an dieser Grenze aufhören?«

Das Lächeln verschwand aus Edisons Gesicht. Er beugte sich über den Tisch. »Ich bin im Augenblick nicht in der Stimmung, um den heißen Brei herumzureden. Was wollen Sie von mir?«

Noel nahm den Löffel, den er aus seiner Serviette gewickelt hatte, und malte Kreise auf die Tischdecke. Dann legte er den Löffel wieder hin. Schließlich sagte er: »Informationen.«

»Worüber?«

»Über Ihre Verbindung zu Riva Staulet.«

Edison grinste. »Das hätte ich wissen müssen.«

»Ja, wirklich?« Noel rührte keinen Muskel.

»Sie wollen sich die scharfe Person auch an Land ziehen.«

»Ich erinnere Sie daran, daß Sie von der Gattin meines verstorbenen Vaters sprechen, und die Ausdrücke, die Sie gebrauchen, gefallen mir nicht besonders. Ich fasse sie als Beleidigung unseres Namens auf.«

»Mein Gott, ich dachte, diese Scheiße hätten wir mit dem Bürgerkrieg hinter uns gelassen.«

»Ihr Fehler.«

»Also, worum, zum Teufel, geht es dann? Sie wollen sie um das Vermögen Ihres alten Herrn bringen, aber ohne den guten Namen zu beschmutzen?«

»Ich bin eigentlich eher daran interessiert, was Sie mit ihr vorhaben.«

»Ich will's mit ihr treiben, wenn Sie es unbedingt wissen wollen.«
»Und was will sie?« Noels Stimme klang hart.
»Weiß der Himmel. Ich habe das noch nie gewußt.«
Noel betrachtete ihn prüfend. »Ich glaube, daß das nicht ganz der Wahrheit entspricht.«
»Ich habe ja auch keine Ahnung, was Sie mir geben wollen«, sagte Edison mit einem angespannten Lachen.
»Das stimmt«, sagte Noel leise, »aber Sie haben wohl nichts, was mich interessieren könnte.«
»Ich denke schon. Informationen.«
»Die ich mir jederzeit woanders besorgen kann, wenn es vielleicht auch länger dauern mag.«
Unbehagen erschien auf Edisons Gesicht, als er Noels hartem, grauem Blick begegnete. Er winkte ab. »Sei's drum. Ihre Chancen, an die Süße heranzukommen, sind sowieso viel besser als meine, und mehr Macht haben Sie auch. Wie Sie das anstellen, kann mir ja egal sein. Was wollen Sie wissen?«

11

Riva saß in einem Sessel im Schatten auf der vorderen Galerie in Bonne Vie und beobachtete Doug Gorslines Ankunft. Erin war vor etwa einer halben Stunde zurückgekommen, um ihre Verabredung einzuhalten. Eine der vielen guten Eigenschaften der jungen Frau war es, daß sie sich immer ihrer Verpflichtungen bewußt war. Sie war allerdings sowohl Riva als auch Margaret aus dem Wege gegangen, indem sie dem Kindermädchen, einer Enkelin von George und Liz, die Betreuung von Noels Kindern abnahm. Erin war mit Coralie und Pietro im Pool, fungierte bei den Wasserkämpfen der beiden als Schiedsrichterin und achtete darauf, daß die Kinder möglichst im Schatten blieben, damit sie keinen Sonnenstich bekamen.
Der Fotograf stieg aus seinem Auto und starrte eine ganze Weile das Haus an. Bonne Vie hatte stets eine große Wirkung auf Neuankömmlinge – Bewunderung und nostalgische Gefühle, verbunden mit einer Spur von Neid. Riva hatte jetzt eine bessere Meinung von ihm, weil sie

sah, daß er vergangene Pracht schätzte, wie sehr auch immer er sonst darauf bedacht sein mochte, die Gegenwart festzuhalten.

Doug Gorsline kam den Weg herauf und verschwand unter der Galerie. Einen Augenblick später klingelte es. Riva wartete, bis er hereingelassen wurde, stand dann auf und ging ins Haus und durch den oberen Flur zur hinteren Galerie.

Sie hatte Glücksspiel noch nie leiden mögen, wie gut kalkuliert das Risiko auch sein mochte. Ihre Handflächen waren feucht, und ihr Magen verkrampfte sich. Symbolische Bilder kamen ihr in den Sinn, und ihre Lippen verzogen sich zu einem freudlosen Lächeln. Sie konnte sich nicht entschließen, ob sie jetzt die Spinne war, die die Fliege eingeladen hatte, näher zu kommen, oder die Großmutter, die den Wolf hereingelassen hatte.

Sie versuchte gerade, das Leben ihrer Tochter zu manipulieren. Dieser Gedanke erzeugte Schuldgefühle in ihr. Sie hatte die besten Absichten, aber das zählte eigentlich nicht – es war nicht gut, sich in das Leben anderer Leute einzumischen. Ihr selbst war das auch nie recht gewesen, und man sollte so etwas nie absichtlich und aus Eigennutz tun. Ihr einziger Nutzen war in diesem Falle zwar ihr Seelenfrieden, aber das Prinzip blieb doch dasselbe.

Sie hoffte ganz einfach, daß es Doug Gorsline gelingen würde, Josh Gallants Platz in Erins Herzen einzunehmen. Er war ein klar denkender, intelligenter, gutaussehender Mann, und er hatte die besondere Beharrlichkeit, die einer jungen Frau wie ihrer Tochter vielleicht imponieren konnte. Und darüber hinaus war er ganz offensichtlich Feuer und Flamme für Erin.

Oder er war ein wirklich guter Schauspieler, und in diesem Falle konnten sich seine Instinkte als Zeitungsmann als extrem gefährlich erweisen.

Von der oberen, hinteren Galerie aus konnte man den Pool übersehen, von der Säulenreihe am anderen Ende über den sanften, rasenbewachsenen Hang mit den alten Bäumen, der bis zu dem Schmuckteich reichte. Die grelle Nachmittagssonne leuchtete silbrigweiß auf dem tempelähnlichen kleinen Gebäude inmitten des unbeweglichen, von Schilf umstandenen Teiches. Selbst von der Galerie aus konnte sie den riesigen, Ruhe ausstrahlenden, glänzenden Buddha im Innern des Tempelchens sitzen sehen. Das Inselchen war einer der Lieblingsplätze von Cosmo gewesen. Er und Riva hatten dort oft im Sommer Kaffee getrunken und am Morgen den Sonnenaufgang beobachtet. Seit Cosmos Tod war Riva eigentlich kaum noch dort draußen gewesen. Es erinnerte sie zu sehr an den vor noch nicht allzulanger Zeit erlittenen Verlust.

Deswegen fand Riva es seltsam, als sie sah, daß Doug Gorsline in diese Richtung wanderte, wobei er ihrer Meinung nach zu weit in ihre private Sphäre eindrang. Es war nichts dagegen einzuwenden, wenn er in der Nähe des Pools blieb, aber der Ort, zu dem er gerade unterwegs war, erschien ihr zu persönlich.

Einen Augenblick später sah Riva den Grund dafür. Erin und die Kinder hatten den Pool verlassen und waren auf der Insel. Sie machten Picknick zu Füßen des großen Buddhas.

»Wer ist das?«

Riva fuhr bei Margarets Frage erschrocken zusammen. Sie war so versunken gewesen in das Geschehen dort unten, daß sie nicht gehört hatte, wie ihre Schwester auf die Galerie herausgekommen war.

»Das ist Doug Gorsline«, antwortete Riva und wartete dann auf die Explosion.

»Doug – aber ist das denn nicht der Name des Fotografen, der... was tut er hier?« Margarets Stimme erhob sich zu einem Kreischen.

»Beruhige dich. Er wollte Erin sehen.«

»Bist du verrückt? Du hast doch gewußt, daß er kommen würde, oder? Als du heute morgen etwas über einen Fotografen gesagt hast, wäre ich niemals auf den Gedanken gekommen, daß du von ihm sprechen könntest! Ich dachte, es hätte irgend etwas mit der Kampagne zu tun oder vielleicht mit dem College.«

»Es hat etwas mit einem attraktiven jungen Mann zu tun, der an Erin interessiert ist.«

»Er ist bei der Zeitung!« Margaret konnte nicht glauben, daß Riva die Situation wirklich verstand, und sie wollte ihr durch Lautstärke die Sachlage klarmachen. Ihre Augen waren weit vor Grauen, als sie zusah, wie der junge Mann die kleine Insel erreichte und sich auf ein Knie herunterließ, als wolle er bei dem Picknick mitmachen.

Riva nahm den Arm ihrer Schwester und schüttelte ihn. »Reiß dich zusammen. Willst du, daß alle im Haus mitbekommen, was hier vorgeht?«

»Das können sie ruhig. Es ist sowieso bald kein Geheimnis mehr, wenn dieser Kretin seine Nase in unsere Familienangelegenheiten steckt.«

»Ich glaube nicht, daß er das überhaupt will.«

»Du bist verrückt«, sagte ihre Schwester.

»Um Himmels willen, Margaret. Er hat ein Foto gemacht. Das ist doch kein Verbrechen.«

»Das ist es schon, wenn er hierherkommt, um noch weiter herumzuschnüffeln. Ich kann nicht glauben, daß du ihn hergebeten hast!«

Riva achtete nicht mehr auf Margarets Gezeter. Sie wischte die Bemerkung ihrer Schwester mit einer Handbewegung beiseite und horchte. Direkt unter ihnen ertönten Stimmen. Jetzt kam ein Mann unter der Galerie hervor. Er lief in schnellem Schritt am Pool entlang und bewegte sich auf den Teich zu. Als er den Schatten der Eichen verließ, erzeugte die Sonne einen leuchtenden Schimmer auf seinem weichen, blonden Haar.

Es war Josh Gallant, der offensichtlich seine Pflichten im Hauptquartier seines Vaters für heute erfüllt hatte. Erin sah ihn kommen, und sie rief ihm über das Wasser ein freudiges Willkommen zu. Sie stand auf, lief den kleinen Pfad hinunter und über die Brücke und warf sich in Joshs Arme. Sie bot ihm ihren Mund dar, um sich von ihm küssen zu lassen. Die beiden schienen für beinahe endlos wirkende Augenblicke zusammenzuhängen, bis sie sich schließlich voneinander lösten und auf das Tempelchen zugingen.

»Hast du das gesehen?« zischte Margaret. »Hast du's gesehen? Das muß aufhören. Du mußt etwas unternehmen! Wenn du es nicht schaffst, ohne alles noch schlimmer zu machen, werde ich es tun, hörst du, ich werde es tun!«

Margaret riß sich von ihr los und wandte sich dem breiten Durchgang zum Haus zu. Riva sagte nichts, denn sie waren nicht mehr allein. Noels ehemalige Frau trat zur Seite, als Margaret an ihr vorbeiging, dann kam sie langsam auf die Galerie und stellte sich ans Geländer. Sie legte ihre Hand über die Augen, um sie von der Sonne abzuschirmen und starrte zu dem Inselchen hinüber. Sie lächelte, als sie ihre Kinder auf der Brücke hinter Erin entdeckte.

Die beiden auf der Galerie sahen schweigend zu, wie Erin, Coralie und Pietro und die beiden Männer auf das Haus zukamen.

Riva sah Constance seit dem vergangenen Abend zum ersten Mal wieder. Sie war erst ziemlich spät nach Hause gekommen und hatte sich immer noch nicht richtig angezogen. Ihr dunkles Haar war unfrisiert, sie hatte kein Make-up aufgelegt, und sie trug einen Bademantel in meergrüner Baumwolle mit passenden Schuhen dazu. Sie war erst knapp über fünfunddreißig und umwerfend schön. Um die langsam ungemütlich wirkende Stille zu unterbrechen, sagte Riva höflich: »Haben Sie gut geschlafen?«

Constance sah sie mit einem leicht spöttischen Lächeln an. »Ja, sehr. Ich mag Ihren Freund Dante gern. Er ist wirklich sehr nett – ein amüsanter Mann.«

»Ja«, stimmte sie ihr höflich zu. »Sie brauchen sich keine Gedanken über Ihre Kinder zu machen, wie Sie sehen. Erin hat mit ihnen gespielt.«

»Wie lieb von ihr. Und wie ich sehe, mag sie wie ihre Tante die Männer gern paarweise.«

»Wie bitte?«

»Nichts, nichts«, wehrte Constance ab und machte einen Rückzieher angesichts von Rivas kühler Stimme. »Sie scheinen nur so viele männliche Freunde zu haben. Ich habe mich gefragt, ob Sie möglicherweise wohl auf Dante verzichten würden.«

»Er ist nicht in meinem Besitz, so daß ich ihn weder behalten noch auf ihn verzichten kann«, erwiderte Riva gleichmütig. »Er schließt seine Freundschaften gewöhnlich allein.«

»Wie großzügig von Ihnen. Dann würde es Ihnen also nichts ausmachen, wenn ich ihn mir aneigne?«

»Für die Dauer Ihres Aufenthalts?«

»Oder auch länger, falls es sich so ergibt.« Das Lächeln der Frau war vielsagend.

Riva drehte sich zur Seite, um Constance anzusehen. »Ich bin nicht sicher, worauf Sie hinauswollen, aber es ist eigentlich auch egal. Wie ich schon sagte, Dante wählt seine Freunde selbst aus.«

»Seltsam.«

»Was ist seltsam?«

Constance zuckte mit den Schultern. »Sie meinen es wirklich ernst. Es erscheint mir seltsam, daß Sie nicht eifersüchtig sind.«

»Um eifersüchtig zu sein, muß man Angst haben.«

»Und Sie haben keine Angst vor mir? Welches Selbstvertrauen.«

»Stört Sie das?« fragte Riva. »Vielleicht weiß ich ganz einfach, daß Dante im Augenblick andere Dinge im Kopf hat.«

»Ach, wirklich?«

Der Zweifel in Constances Stimme brachte Riva dazu, weiterzureden.

»Zum Beispiel die Tatsache, daß gestern abend plötzlich die Droge XTC, auch als ›Ecstasy‹ bekannt, in seinem Restaurant am See aufgetaucht ist. Es war ihm bisher immer gelungen, Schieber und Drogensüchtige fernzuhalten, aber das ist jetzt vorbei. Und er will nicht, daß sein Restaurant nach dieser Sache in Mißkredit gerät. Dafür hat er zu hart daran gearbeitet.«

»Haben Sie heute morgen schon mit Dante gesprochen? Ist er hiergewesen?«

»Er hat angerufen.«

»Und er wollte nicht mit mir sprechen?«

»Nicht, daß ich wüßte.«

Constance zuckte mit den Schultern. »Ich nehme an, daß er, wie Sie sagen, sehr mit dieser Drogensache beschäftigt war. Ich bin damit nicht vertraut.«

Mit diesem Kommentar wollte sie offensichtlich andeuten, daß diese Droge so gefährlich und wichtig auch wieder nicht sein könne. Riva sagte: »XTC ist eigentlich nicht wirklich neu, sagte Dante, nur wird es gerade wiederentdeckt, aber das Problem eskaliert immer mehr. Es besteht aus Amphetamin und dem Meskalin der Indianer im Südwesten, aber es ist gefährlicher als beide. Wenn ich das richtig verstehe, bewirkt es die allerseltsamsten Reaktionen, sowohl körperlich als auch geistig. Die Droge ist augenblicklich so beliebt, weil man sie für ein Aphrodisiakum hält.«

»Ah, jetzt verstehe ich.«

Riva bezweifelte das. Sie selbst machte sich mehr Sorgen wegen der Bedrohung, die die Angelegenheit für Dante bedeutete, als wegen der Wirkungen dieser neuesten Designer-Droge. Es gab eine Menge Leute, darunter auch ihre Schwester Margaret, die glaubten, daß Dante mehr vom Drogenhandel verstand, als er zugab, und daß er sich so viel Mühe gab, sein Restaurant am See sauberzuhalten, weil er damit seine Unschuld unter Beweis stellen wollte. Es gab schon seit Jahren Gerüchte – seit der Zeit, die er unter den Italienern auf dem französischen Markt verbracht hatte –, die ihn mit Unterweltpersönlichkeiten und ihren unheilsamen Methoden in Verbindung brachten. Riva wußte zwar, daß Dante Freunde hatte, deren Geldverhältnisse und Aktivitäten keiner näheren Untersuchung standhalten würden, aber sie war schon so lange mit Dante befreundet, daß sie ihn nicht verdächtigte, etwas Ungesetzliches getan zu haben. Er war gläubiger Katholik und das Produkt einer gewissenhaften Erziehung durch seine Mutter, die eine Cajun gewesen war. In all den Jahren, die Riva Dante jetzt kannte, und trotz einiger Schwierigkeiten hatte Riva noch nie erlebt, daß er etwas Unrechtes oder Unehrenhaftes getan hatte. Und das reichte ihr.

Jetzt sagte sie: »Vielleicht verstehen Sie auch, daß Dante nicht der richtige Mann für ein kurzes Abenteuer ist.«

»Glauben Sie, daß er daran kein Interesse haben könnte?« Constance funkelte Riva herausfordernd an.

»Das weiß ich nicht. Ich weiß nur, daß Dante... etwas Besonderes ist.«

»O ja, er ist ein Cajun-Playboy.«

»Eigentlich nicht.«

»Ich habe andere Dinge über ihn gehört.«

»Dann haben Sie etwas Falsches gehört. Oh, er hat Frauen, aber nur eine bestimmte Sorte, niemals Frauen, die er kränken könnte.«

»Wollen Sie damit andeuten, daß ich –«

»Auf keinen Fall«, sagte Riva hastig. »Ich versuche nur, Ihnen mitzuteilen, daß Dante ein Mann ist, der nur etwas Dauerhaftes im Sinn hat. Es mag sein, daß er sich von Ihnen angezogen fühlt – in diesem Falle möchte ich Sie bitten, vorsichtig zu sein. Er ist sehr empfindsam.«

»Ich bin sicher, daß Sie das wissen müßten.«

Die Gruppe von der Insel versammelte sich jetzt um den Pool. Riva hatte das plötzliche Bedürfnis, bei ihnen zu sein, mit ihnen zu lachen und Scherze zu machen. Über ihre Schulter hinweg sagte sie: »Ja, ich muß es wissen.«

»Ich schäme mich so«, hatte Rebecca Dante jammernd an dem Abend erzählt, als sie zum ersten Mal auf dem Tisch einer Bar getanzt hatte und dabei nur ein Paar straßbesetzte weiße Pumps mit hohen Absätzen und ein Stückchen Fransenstoff getragen hatte, das von einem Band um die Taille und zwischen den Pobacken gehalten wurde.

Das war der einzige Job, den sie hatte finden können. Die Stellung als Tellerwäscherin im Restaurant war während der Zeit, in der sie sich von der Geburt erholt hatte, wieder besetzt worden, und zwar von einem mechanischen Monstrum, das mit Wasser spülte, das viel heißer war, als menschliche Hände es ertragen konnten, und mit Spülmittel, das scharf genug war, um die Goldränder von den Tellern zu fressen. Sie war nicht gebildet genug oder alt genug, um als Restaurantleiterin zu arbeiten, und das einzige Vorstellungsgespräch um eine Stellung als Verkäuferin war schlimm gewesen, denn die rundliche, grauhaarige Frau mit Schnurrbart, die es mit ihr geführt hatte, hatte ihre Nase gerümpft, als sie Rebeccas schäbige Kleidung gesehen hatte, und ihr auch das Gefühl vermittelt, sie sei dumm, weil sie nur eine Volksschulbildung hatte. Sie meldete sich auf eine Anzeige, in der ein Stubenmädchen gesucht wurde, und gab sozusagen ihren letzten Pfennig für eine Busfahrkarte in einen Vorort aus, nur um dort zu erfahren, daß für diese Stellung eine verläßliche schwarze Frau mittleren Alters gesucht wurde.

Sie war verzweifelt gewesen. Margaret bestand immer noch darauf, daß sie nicht nach Hause kam, weil es der Gesundheitszustand ihrer Mutter nicht erlaubte. Boots' Gehalt reichte nicht für zwei Haushalte aus. Margaret hatte Rebecca jetzt schon fast zwei Monate nach der Geburt des Kindes unterstützt und meinte, daß das genug sei. Rebeccas Miete war fällig, ihre Stromrechnung war überfällig, und die letzte Dose mit billigem Thunfisch war schon aufgegessen. Zwei Abende hintereinander hatte Dante jetzt sein Abendessen mit ihr geteilt. Als sie eines späten Nachmittags das Schild an der Tür der Bar entdeckt hatte, auf dem geschrieben stand, daß dort eine Helferin gesucht würde, hatte sie ihren ganzen Mut zusammengenommen und war hineingegangen.

Der Mann, mit dem sie sprach, war so ungeheuer übergewichtig, daß sein Körper an den seltsamsten Stellen Wölbungen aufwies, wie ein mit Wasser gefüllter Ballon. Sein Kopf war kahl, seine Augenbrauen sahen aus wie gelbe Raupen, und sein Gesichtsausdruck wirkte säuerlich. Aber immerhin fragte er nicht danach, wie alt sie war oder welche Schulbildung sie hatte. Er ließ sie sich vor seinem Schreibtisch langsam um ihre eigene Achse drehen und fragte sie dann, ob sie tanzen könne. Sie sagte ja. Es war nicht wirklich gelogen, denn sie und Beth und Margaret hatten verschiedene Tänze gelernt, Jitterbug, Walzer und Rumba und natürlich auch Twist. Daraufhin gab ihr der Mann die weißen Schuhe mit dem Glitzerbesatz und forderte sie auf, sie anzuprobieren. Sie paßten. Der Barbesitzer wackelte mit seinem Doppelkinn, was vielleicht als Nicken zu verstehen war, und sagte dann, sie solle am Abend um sechs Uhr wiederkommen.

Als sie dann wieder dort war, gab er ihr den spärlichen Stoffetzen. Sie verstand sofort, was es war, hatte aber nicht die leiseste Ahnung, wie man so etwas anzog. Eines der anderen Mädchen zeigte es ihr, eine milchkaffeebraune Mischlingsfrau, die sich Trixie nannte. Sie bürstete auch Rebeccas Haar und ließ es über ihren Rücken fallen, den es zur Hälfte bedeckte wie ein schimmernder Vorhang, und rückte dann noch die Fransen des Höschens zurecht, so daß es gerade das Notwendigste bedeckte. Die Breite des Fransenstücks, erzählte sie, würde sorgfältig von der Polizei überwacht, und deshalb sollte es auch wirklich bedecken, was es zu bedecken galt. Trixie berichtete hastig, wieviel Geld die Mädchen an Trinkgeldern bekamen und wie viele Wege es gab, mit denen die Männer versuchten, die Mädchen zu kneifen oder sonstwie zu berühren; dann drängte sie Rebecca, sich zu beeilen, damit der Boß nicht nach ihr suchen mußte. Er sei ein fetter alter Fiesling, der von seinen Mädchen erwarte, daß sie ihre Titten und Hintern mit Hingabe schwangen. Falls die Polizei vorbeikam, sollte Rebecca sagen, sie sei achtzehn, auf keinen Fall jünger.

In dem zugigen Loch von Ankleidezimmer hinter der Bar gab es keinen Spiegel. Trotzdem sah Rebecca, daß sie fast nackt war, daß es eigentlich keinen Unterschied mehr machte, ob sie noch das winzige weiße Ding trug. Sie war schon mit Edison ein- oder zweimal an der Tür dieser Bar vorbeigekommen und hatte einen Blick auf die Frauen geworfen, die auf den Tischen warteten und manchmal tanzten. Sie wußte, was von ihr erwartet wurde. Trotzdem hatten diese Frauen nie so nackt ausgesehen, wie sie sich jetzt fühlte. »Ich kann das nicht machen«, sagte sie und tastete nach ihrem Höschen.

Trixie, die ein grünes Fransenhöschen und dazu Stiefel mit heruntergeklappten Stulpen trug, als käme sie direkt von Robin Hood aus dem Sherwood Forest, runzelte die Stirn und stemmte ihre Fäuste in die nackten Hüften. »Was ist los?« fragte sie fordernd. »Glaubst du, daß du was Besseres bist als wir?«

»Nein, aber ich kann es einfach nicht.«

»Vielleicht hast du einen süßen Daddy, der deine Rechnungen für dich bezahlt? Oder bist du eine reiche Kuh, die das nur macht, weil es sie anturnt?«

»Ich brauche das Geld, sonst wäre ich nicht hier. Aber wenn ich da raus gehe, mache ich mich nur lächerlich.«

»Daran wirst du dich gewöhnen. Du darfst nur nicht drüber nachdenken.«

»Wie? Wie kann ich das tun, wenn alle diese Männer mich ansehen?«

»Laß sie dich doch einfach ansehen! Das tut doch nicht weh. Und was hast du schon so Außergewöhnliches?« Trixies Blick war kühl und doch irgendwie ausdruckslos, so als könnte sie sich nicht an die Gefühle erinnern, die Rebecca ihr zu erklären versuchte, als hätte sie sie ganz weit weg in einen der hintersten, dunkelsten Winkel ihres Gehirns gedrängt.

»Nichts. Ich bin nur –«

»Hör zu, wenn du jetzt nicht da rausgehst, stecken wir beide bald bis zum Hintern in Schwierigkeiten. Dieser fette Hund macht keine großen Umstände. Er hat mal ein Mädchen krankenhausreif geschlagen, weil es versucht hat, das Geld für einen Drink zu behalten. Wenn er heute abend das Nachsehen hat, kann es gut sein, daß er versucht, seinen Verlust aus dir rauszuprügeln.«

»Aber er kann mich doch nicht zwingen, es zu tun«, jammerte Rebecca, und ihre Lippen wurden schmal. Sie wand sich und suchte nach dem Verschluß des Höschens.

»Nein, aber er kann dich auf eine Weise behandeln, daß du dir wünschst, du hättest seine Anweisungen befolgt. Und außerdem, wenn du jetzt abhaust, denkt er wahrscheinlich, daß ich irgendwas Falsches zu dir gesagt hätte, und dann stürzt er sich auf mich. Das willst du doch nicht, oder?« Als sie sah, daß Rebecca zögerte, sprach sie weiter: »Wer macht sich denn schon Gedanken darüber, was du hier tust?«

»Ich zum Beispiel.«

»Das schon, aber dein Körper gehört dir. Du kannst ihn einsetzen, um damit Geld zu verdienen, wenn du willst. Wenn es sonst irgend jemanden gäbe, der sich um dich sorgen oder sich etwas aus dir machen würde, wärst du ja wohl nicht hier.«

Das enthielt genug Wahrheit, um Rebecca wirklich weh zu tun. Sie hatte entdeckt, daß sie den Schmerz unterdrücken konnte, wenn sie nicht daran dachte. Jetzt merkte sie jedoch, wie sich dieses Gefühl von Taubheit über sie ausbreitete, ihren Zorn und ihr Gerechtigkeitsgefühl auslöschte und nur Verzweiflung übrigließ. Als Trixie ihren Arm nahm und sie in die Bar führte, leistete sie keinen Widerstand.

Es war, als käme sie in einen Alptraum. Die Musik war so laut, daß sie in einem massiven Echo von den Wänden widerhallte. Die Männer saßen an den Tischen so dicht beieinander, daß sich ihre Schultern berührten, und Rebecca konnte nicht zwischen ihnen hindurchgehen, ohne sich in diese und jene Richtung zu winden, um ihnen auszuweichen. Trotz all ihrer Bemühungen berührten sie sie, und manche streckten sogar die Hände aus, um ihre Finger über ihren Körper wandern zu lassen. Der Geruch von billigem Whisky und saurem Wein mischte sich mit der grauen Wolke aus Zigarettenrauch, drang beißend in ihre Kehle und machte ihr das Atmen schwer. Innerhalb weniger Minuten rochen ihr Körper und ihr Haar genauso. Das einzig Gute daran war die schwache Beleuchtung. Sie machte es nicht nur schwer, die Scheine für die Drinks richtig zu zählen, sondern erzeugte die Illusion einer gewissen Züchtigkeit.

Vielleicht war es ihre unverbrauchte Art oder gerade ihr ungewollt schamhaftes Aussehen, vielleicht auch ihre lange goldbraune Mähne und die nach der Schwangerschaft noch zurückgebliebene Fülle ihres Körpers, was sie an diesem Abend sehr beliebt machte. In welche Richtung auch immer sie sah, überall starrten sie die Männer an, sprachen mit ihr und winkten sie zu sich. Als man ihr zum ersten Mal auf einen Tisch half, war Trixie auch da. Sie flüsterte Rebecca ins Ohr: »Denk nicht daran, tu's einfach. Und mach es sexy. Mach es gut.« Rebecca wußte nicht, wie. Sie gab sich die größte Mühe, zu vergessen, wo sie war und wie sie gekleidet – oder besser entkleidet – war. Sie bemühte sich verzweifelt, den Mann zu ignorieren, der sie aus rotgeränderten und lüsternen Augen anstarrte, den Mann, der diesen Tanz gekauft hatte. Sie schloß die Augen, dachte an Erin und ihre Mutter und die unbezahlten Rechnungen, die in ihrer Wohnung auf dem Tisch lagen. Dann riß sie der harte, schnelle Rhythmus der Musik mit. Es war ein Job, sagte sie sich. Es war ja nur ein Job.

Dante wartete auf sie, als sie schließlich in den frühen Morgenstunden nach Hause kam. Sein Gesicht wurde erst bleich und dann rot, als sie ihm erzählte, wo sie gewesen war und was sie dort getan hatte.

»Mein Gott, warum hast du mir nichts gesagt? Ich hätte etwas anderes für dich gefunden, irgendwas!«

Die Gefühle, die sie so sorgfältig verborgen hatte, drängten jetzt mit aller Kraft an die Oberfläche. Ihr Gesicht verzerrte sich. »Es gab nichts anderes. Ich habe gesucht, wirklich gesucht!«

»Es heißt, daß der fette Typ, der die Bar leitet, auch noch anderweitig Geschäfte macht. Er vermietet Mädchen, die für ihn tanzen. Er ist ein Zuhälter, Rebecca.«

»Ein Zuhälter?«

»Er verkauft Frauen, verkauft ihre Körper an fremde Männer.«

Sie starrte ihn an, als ihr klar wurde, was er da sagte. Ihre Augen füllten sich mit Tränen, die durch ihre Wimpern drangen und in warmen Rinnsalen über ihr Gesicht strömten. »Aber es gibt keine andere Möglichkeit. Was soll ich nur tun, Dante? Was soll ich nur tun?«

Er berührte besorgt ihre Schulter, dann seufzte er und nahm sie in die Arme. »Ist schon gut«, murmelte er in ihr Haar. »Ist ja schon gut. Du stehst doch so unglaublich weit über dem allen.«

»Für einen alten Mann habe ich sechsmal getanzt«, schluchzte sie an seiner Schulter. »Sechsmal. Er hat nicht einmal versucht, mich anzufassen wie die anderen; er hat auch nicht versucht, das Geld in mein – mein Kostüm zu stecken. Er hat mir jedesmal zwanzig Dollar gegeben, jedesmal! Als er es mir gab, hat er sich verbeugt und mir die Hand geküßt. Ich habe mich schrecklich gefühlt.«

»Vergiß es«, sagte er mit leiser Stimme und streichelte ihr übers Haar.

Sie standen im Wohnzimmer ihrer Wohnung. Es war Mai, und die Fenster waren geöffnet, so daß die milde Luft hereindrang. Das Licht der nackten Glühbirne an der Decke war gelb und nicht allzu grell. Dantes Herz schlug mit stetigem Rhythmus unter Rebeccas Ohr. Seine Arme, die sie hielten, waren warm und stark; sie trösteten sie und vermittelten ihr das Gefühl der Geborgenheit. Sie lehnte sich an ihn. Sie war so müde, so unwahrscheinlich müde.

»*Chère*«, sagte er, und seine Stimme klang gepreßt und belegt. Sie spürte etwas Hartes gegen ihren Unterbauch drücken und wußte plötzlich, was los war.

»Oh, entschuldige«, sagte sie weich und versuchte, sich ihm zu entziehen.

»*Chère*«, flüsterte er, während er sich herunterbeugte und ihre Lippen mit den seinen streifte. Sein Kuß war zärtlich, fast zurückhaltend, so als hätte er Angst, sie würde protestieren. Der Gedanke kam Rebecca jedoch nicht ein einziges Mal. Dante war so gut zu ihr gewesen, und sie schuldete ihm so viel. Darüber hinaus liebte sie ihn mit einer ruhigen Zuneigung, die ganz anders war als die kurze Verliebtheit, die sie Edison entgegengebracht hatte. Und sie empfand eine schmerzliche Sehnsucht nach Liebe.

Sie führte ihn ins Schlafzimmer. Dort in der Dunkelheit, die nur von einem langen Lichtstrahl unterbrochen wurde, der durch die Tür vom anderen Zimmer hereindrang, standen sie und kosteten die Haut des anderen. Er hielt ihr Gesicht in seinen Händen und drückte seine Lippen auf ihre Lider, ihren Nasenrücken, die Kanten ihrer Wangenknochen und ihr Kinn. Er ließ seine Handflächen über ihre Schultern gleiten und zog ihre Arme um sich. Sie klammerte sich an die festen Muskeln seines Rückens und atmete tief den Duft seines Körpers an seinem Halsansatz ein und kostete seine salzige Haut. Mit zitternden Fingern zog sie das T-Shirt, das er anhatte, aus seinen Jeans, ließ ihre Hände nach oben wandern und strich mit ihren Daumen über seine Brust.

Zusammen sanken sie auf die weiche Matratze mit den quietschenden Bettfedern darunter. Er machte sich an den Knöpfen ihres Kleides zu schaffen und atmete dann mit einem scharfen Geräusch ein, als er mit seinen geschlossenen Lidern und den Flächen seines Gesichts über die weichen Wölbungen ihrer Brüste strich. Sie spürte die heiße, feuchte Liebkosung seiner Zungenspitze zuerst auf der einen, dann auf der anderen Brustwarze. Er breitete seine Finger auf der flachen, fast hohlen Oberfläche ihres Bauches aus, ließ sie abwärts gleiten, bis er die warme, sanfte Erhebung ihres Schamhügels berührte.

Er erstarrte.

Sie spürte, wie er schauderte. Er zog sie ganz eng an sich, wiegte sie und begrub sein Gesicht an ihrem Hals. Nach einem kurzen Augenblick spürte sie den heißen Strom seiner Tränen.

»Was ist los?« flüsterte sie erschrocken. Sie ließ beunruhigt ihre Hände über seinen Körper gleiten, als könnte sie die Verletzung finden, die ihn schmerzte.

»Ich kann nicht. O Gott, *chère*, ich kann es nicht.«

»Aber... warum? Willst du mich denn nicht?« Ihre Stimme klang angespannt, fast erstickt. Sie ließ ihre Finger schnell über seinen Körper nach unten wandern, doch die Festigkeit war verschwunden.

»Mehr als das Leben, mehr als das Leben.« Er schwieg einen Augenblick, und sie spürte, wie er die Zähne zusammenbiß und sich sein Gesicht zu einer Grimasse verzog, während er mit seinen Gefühlen kämpfte.

Ihre Stimme erhob sich verzweifelt, und sie sagte: »Was ist los? Dante, bitte.«

»Scht, scht«, flüsterte er. »Es ist nicht deine Schuld, sondern meine.«

»Das verstehe ich nicht!«

»Es liegt daran, wie ich dich sehe. Ich – ich sehe dich als Madonna mit ihrem Kind, eine heilige Frau, unsere kleine Mutter, zu heilig, als daß man sie berühren dürfte. Ich sehe dich mit Blut verschmiert und entschlossen, nicht zu weinen trotz der Schmerzen bei der Geburt eines Kindes. Ich sehe dich wie Maria, die Mutter Gottes, die die Sünden der Männer vergibt.« Seine Stimme brach. »Ich sehe dich so weit über mir.«

»Nein, das bin ich nicht. Ich bin doch gar nicht so!«

Er schluckte mühsam. »Doch, für mich bist du es.«

»Maria war rein – sie hat keine Fehler gemacht, sie war ganz anders als ich. Sie hat nicht einfach ihre Mutter und ihre Schwester verlassen. Sie gab nicht einfach ihr Kind auf. Und sie tanzte nicht nackt vor... vor Männern.«

Tränen liefen über ihre Wangen, als könnte sie nie mehr aufhören zu weinen. Tränen des Verlustes, der Schuld und der Angst. Damit verbunden war das verzweifelte Gefühl, daß sie und Dante nie zueinander finden und nie wirklich zusammengehören würden. Sie hatte irgendwie erwartet, daß es dazu kam, immer. Sie hatte nicht gewußt, wie sehr sie es sich gewünscht hatte, bis sie spürte, wie die Hoffnung enttäuscht wurde.

»Das tust du auch nicht – in meiner Vorstellung. Du... ich weiß nicht, ob ich das erklären kann. Was ich für dich empfinde, ist für mich so wundervoll, daß es mir angst macht. Ich verehre dich so sehr, daß ich es nicht wage, dich zu berühren. Ich glaube nicht – ich bin mir nicht sicher, ob ich dich jemals lieben kann.«

»Ich will nicht, daß du so empfindest. Ich will nicht so für dich sein!« Ihr Körper bebte neben dem seinen.

»Ich kann nichts dafür. Gott weiß, daß ich es tun würde, wenn ich könnte.«

»Ich bin nur ich«, jammerte sie leise. »Ich bin doch nur ich.«

»Scht«, beruhigte er sie, »es tut mir leid, so leid.«

Sie versuchte mit Weinen aufzuhören, rieb sich schnüffelnd mit der Hand das Gesicht. »Es ist nicht deine Schuld – es ist meine.«

»Sag das nicht. Ich denke, wahrscheinlich ist es gar niemandes Schuld.« Er strich mit dem Handballen über ihr Gesicht und zog sie dicht an sich. »So sind die Dinge eben einfach.«

Es war schon fast Morgen, als er schließlich noch einmal mit den Lippen über ihre Stirn strich und dann aus dem Bett glitt. Sie hatte vielleicht ein wenig in seinen Armen gedöst, aber sie schlief nicht. Sie sah ihn zur Tür gehen, sah, wie er eine ganze Weile dort stehenblieb und sie betrachtete. Sein Gesicht wirkte so leer, daß sie am liebsten wieder geweint hätte, aber sie hatte keine Tränen mehr.

Schließlich drehte er sich um und ging durchs Wohnzimmer und durch die Hintertür hinaus. Sie schloß sich leise hinter ihm.

Rebecca sah Dante am nächsten Tag nicht. Er kam nicht in ihre Wohnung, und sie besuchte ihn auch nicht. Sie brauchten etwas Abstand, bevor sie sich wieder begegneten. Er würde sicher kommen, ehe es für sie Zeit war, zur Arbeit zu gehen. Sie mußten auf jeden Fall noch einmal über ihren Job reden. Schließlich hatte Dante gesagt, daß er noch etwas anderes für sie finden konnte.

Am Nachmittag klopfte der Laufbursche vom Lebensmittelladen an der Ecke an ihre Tür. Da war ein Anruf für sie, ein Notfall, sonst hätte sich der Lebensmittelhändler niemals entschlossen, die Nachricht weiterzugeben.

Margaret hatte angerufen. Rebecca sollte nach Hause kommen. Ihre Mutter sei gestorben, sagte Margaret, und es würde seltsam aussehen, wenn Rebecca nicht auch zur Beerdigung käme.

Rebecca hatte sich getäuscht, sie hatte doch noch Tränen, die sie vergießen konnte. Jetzt war sie dem alten Mann dankbar, der ihr so viel Trinkgeld gegeben hatte. Sie verwendete es für die Busfahrkarte und ein ordentliches Kleid, das sie bei der Beerdigung tragen konnte.

Sie wohnte bei Margaret und Boots in dem Haus, in dem sie geboren und aufgewachsen war. Sie war dort einen Tag vor und noch drei Tage nach der Beerdigung. Margaret erlaubte es ihr fast nie, die kleine Erin auf dem Arm zu halten. Es wäre nicht gut für sie, sagte ihre Schwester, wenn sie das Kind zu liebgewinnen würde, nicht, wenn sie wieder fortgehen wollte.

Vielleicht hatte Margaret recht. Der warme kleine Körper in ihren Armen und der süße Duft des Babys brachten Rebecca zum Weinen. Manchmal saß sie da, strich über das feine Haar auf Erins Kopf, wenn sie schlief, und dachte sich abenteuerliche Szenen aus. Sie malte sich aus, wie sie das Kind einpacken und nachts verschwinden würde oder wie sie mit Erin in die Stadt fahren, dort mit ihr auf dem Arm durch die Straßen und in Geschäfte gehen und sagen würde: »Dies ist mein Baby. Sie ist in meinem Bauch gewachsen. Erin ist mein Baby.«

Sie konnte das nicht tun. Sie konnte Erin nichts geben außer Liebe. Sie hatte keine Möglichkeit, für sie zu sorgen. Wer würde sich um sie kümmern, wenn Rebecca die ganze Nacht arbeitete, und was für ein Leben wäre es für sie mit einer Mutter, die oben ohne auf den Tischen einer Bar in der Bourbon Street tanzte, um Geld zu verdienen?

Außerdem glaubten alle, die Kleine wäre das Kind ihrer Schwester. Ihnen jetzt etwas anderes zu erzählen würde nicht nur Margaret zur Lügnerin stempeln, sondern ihr auch den Lebenszweck nehmen. Margaret war verrückt nach Erin, kümmerte sich sorgfältig um jede kleinste Regung von ihr, jedes Lächeln, jedes Geräusch, das sie machte. Sie schimpfte mit Rebecca und machte ihr Vorhaltungen darüber, wie sie das Baby auf dem Arm hielt und wie sie es wickelte, und ständig beobachtete Margaret ihre Schwester mit ängstlichen, furchtsamen Blicken.

Rebecca erzählte Margaret nicht, wo sie arbeitete und was sie tat. Margaret fragte nicht, sie fragte auch nicht nach Dante oder ob Rebecca etwas von Edison gehört hatte. Es schien ihr lieber zu sein, nichts über Rebeccas Leben in New Orleans zu erfahren; sie hatte Angst davor. Und sie sprach so oft davon, daß Rebecca bald nach New Orleans zurückfuhr, daß Rebecca sich schließlich auf den Rückweg machte. Erst als sie wieder im Bus nach Süden saß, wurde ihr klar, daß es eigentlich keinen Grund mehr gab, ihr Zuhause zu verlassen. Ihre Mutter war tot, das Kind, das sie geboren hatte, galt als Margarets Kind. Warum also sollte sie gehen?

Die Wahrheit war, daß sie eben nicht bleiben konnte. Es war besser für Erin, wenn sie mit Margaret als Mutter und dem guten alten Boots als Vater in einer glücklichen, normalen Familie aufwuchs. Rebecca war sich nicht sicher, ob sie das zulassen und mit ansehen könnte, wenn sie in demselben Haus wohnte. Außerdem kamen ihr die Dinge dort jetzt ganz verändert vor: das Haus erschien ihr jetzt kleiner, die Stadt schäbiger und die Menschen dort engstirniger. Margarets Stimme war noch beißender, Boots noch sturer geworden. Rebecca hatte sich von ihnen entfernt. Sie gehörte dort nicht mehr hin. Außerdem wollte sie Dante wiedersehen.

Der Weg zu dem Wohnhaus in der Nebenstraße kam ihr unglaublich lang vor. Sie ging schneller und schneller, trabte dann über den Hof hinter dem Haus, der ruhig und unbeweglich in der Nachmittagswärme lag. Sie ließ ihren Koffer am Fuß der Treppe stehen, die zu ihrer Wohnung führte, und rannte die letzten Schritte zu Dantes Tür. Die Tür stand offen, und das Fliegengitter war nicht verriegelt. Sie schob die Tür mit dem Drahtnetz auf und rief: »Dante! Ich bin's. Ich bin wieder da!«

Sie waren auf der Couch, ein Mann und eine Frau, deren Körper vom

Schweiß der Anstrengung glänzten, bleich schimmernd in ihrer Nacktheit. Dante lag auf der Frau und bearbeitete sie mit heftigen Stößen, drängte sich in sie und zog sich wieder zurück. Die Frau hatte den Kopf nach hinten geworfen und ihre Beine weit gespreizt. Sie wand sich und stöhnte. Die Muskeln seiner Hüften und seines Rückens bewegten sich heftig, sein Glied war straff und versank mit Feuchtigkeit bedeckt in der Frau, als er es noch einmal, zweimal hineinstieß.

Dann drehte Dante den Kopf in ihre Richtung. Er fluchte. Die Frau war grell geschminkt, und ihre Fingernägel waren blutrot lackiert. Sie fluchte ebenfalls. Rebecca wirbelte herum und rannte los. Sie blieb nicht stehen, um ihren Koffer aufzuheben, sondern stürmte die Treppe hinauf, als würde sie von Höllenhunden gehetzt. Ihre Hände zitterten so, daß sie es kaum schaffte, den Schlüssel ins Schloß zu stecken. Dann öffnete sich die Tür plötzlich, und sie stolperte in ihre Wohnung, schlug die Tür zu und schloß ab.

Dante kam fünf Minuten später und klopfte an ihre Tür. Er rief nach ihr, als sie nicht reagierte, aber sie umklammerte ihr Kopfkissen und lag im Bett. Sie bewegte sich nicht und gab kein Geräusch von sich. Er kam eine Stunde später wieder, und eine Stunde später noch einmal.

»Laß mich rein, *chère*«, rief er und klopfte leise an die Tür. »Ich möchte dir alles erklären. Was du gesehen hast, hatte nichts mit dir zu tun, wirklich nicht, das verspreche ich. Laß mich rein!«

Rebecca machte die Tür nicht auf. Sie konnte es nicht. Später begann sie zu weinen. Sie ging am Abend in die Bar und am nächsten und übernächsten auch. Dante war nirgendwo zu sehen, sie nahm an, daß er früh zur Arbeit ins Restaurant ging. Sie war erleichtert, daß sie ihm nicht gegenüberzutreten brauchte, aber es tat ihr auch leid, daß sie ihn nicht hereingelassen und sich geweigert hatte, mit ihm zu reden. Es stand ihr nicht zu, ihn zu verurteilen; schließlich hatte er sie auch nicht verurteilt, weil sie oben ohne tanzte. Je mehr Zeit verging, bevor sie wieder miteinander sprachen, desto schwieriger würde es werden. Aber während ihrer Arbeit hatte sie keine Zeit mehr, darüber nachzudenken.

Der alte Mann, der ihr die Hand geküßt hatte, war jeden Abend da. Er half ihr mit galanten Bewegungen auf seinen Tisch, saß dann ganz still und lächelte bewundernd, während er ihr zusah. In seinen grauen Augen lag so viel Toleranz und Freundlichkeit. Sie wurde langsam neugierig, was er wohl für ein Mann war. Er war auch gar nicht so alt, wie sie zuerst angenommen hatte, vielleicht in den Vierzigern, aber in seinen schwarzen Haaren schimmerten schon silbrige Strähnen. Seine Kleidung war ganz anders als die der anderen Gäste – von besserer Qualität, feiner. Eigentlich wirkte er etwas deplaziert zwischen all den Arbeitern von den Ölfeldern, Fußballspielern, Männern aus Studentenverbindungen und Ehemännern auf der Flucht. Sie konnte sich nicht vorstellen, was er hier machte. Jedesmal, nachdem sie ihren Tanz beendet hatte, bewies er seine ungewöhnliche Großzügigkeit und versäumte es auch nie, ihr zu danken. Einmal sagte er sogar: »Ich bin froh, daß Sie zurück sind. Ich habe Sie vermißt und mir Sorgen gemacht.«

Ungefähr eine Woche später schickte der fette Barbesitzer nach ihr, bevor die Bar schloß. Ein Mann saß bei ihm in seinem Büro, dunkel und untersetzt. Sein Haar war pomadisiert, und er sprach mit einem Akzent, den sie für südamerikanisch hielt, als er sie begrüßte.

Der Fette deutete mit dem Kopf auf sie. »Ist es diese hier?«

»Ja, das ist sie«, sagte der andere Mann in unbeholfenem Englisch.

»Komm her«, befahl ihr der Fette mit einem Lächeln, das zwar lüstern wirkte, jedoch nicht eine Spur von Heiterkeit auszudrücken schien.

Rebecca trat einen oder zwei Schritte vor.

»Noch näher.«

Sie biß sich auf die Unterlippe und kam noch näher, bis sie direkt vor seinem Schreibtisch stand und der Fremde nur noch dreißig Zentimeter von ihr entfernt war.

»Dreh dich um und sieh zur Tür«, forderte der Fette.

Sie sah von einem Mann zum anderen. Die Musik aus der Bar, die sonst immer so laut war, klang weit entfernt. Das Zimmer wirkte jetzt besonders eng, denn es war eine warme, feuchte Nacht, und es gab nur einen kleinen, sich hin- und herdrehenden Ventilator, der die stickige Luft durcheinanderwirbelte. Sie roch die Pomade, die der Fremde auf sein Haar geschmiert hatte und plötzlich fühlte sie sich in ihrem winzigen Höschen und den hochhackigen Schuhen nackter als je zuvor. Sie befeuchtete sich die Lippen. »Warum?«

»Tu, was ich sage«, brummte der Fette so mürrisch, daß sie zusammenzuckte.

Langsam drehte sie sich um.

»Beug dich vor.«

»Aber nein«, wehrte der Fremde ab, »das ist nicht nötig.«

Sie fühlte, wie seine Hand über ihre Hüfte glitt und seine Finger unter den Tanga rutschten. Sie schrie erschrocken auf und drehte sich mit einem Ruck zur Seite, um seiner Hand zu entkommen.

Der Fremde lachte. Er schnippte mit den Fingern und drehte sich wieder dem fetten Mann zu. »Sehr schön«, sagte er. »Ich nehme sie.«

12

Edison Gallant war gerade beim Rasieren, als es an der Tür klopfte. Er fluchte. Warum, zum Teufel, wollte immer jemand etwas von ihm, wenn er sich gerade im Badezimmer aufhielt und sonst keiner da war, der an die Tür hätte gehen können? Ein paar Minuten früher, dann hätte Anne noch gehen können. Aber nein, verdammt, es mußte jetzt sein.

Er nahm ein Handtuch, wischte sich über das Gesicht und hängte es sich über die Schulter. Nur bekleidet mit seiner Schlafanzughose ging er zur Tür und sah durch das Guckloch.

Draußen stand eine Frau. Sie war weder jung noch alt, nicht häßlich, aber auch keine hinreißende Schönheit. Sie sah den Flur hinauf und hinunter wie eine Hure, die nach dem Hoteldetektiv Ausschau hält, während sie sich das Haar ordnete und die Lippen zusammendrückte, um ihren Lippenstift gleichmäßig zu verteilen. Das Kleid, das sie trug, war ein teures Modell aus einem weichen, mit Blumen bedruckten Stoff, aber eine Nummer größer wäre es schöner gewesen. Das Umschlagtuch, das sie dazu trug, bestand aus cremefarbener Seide, doch die ungeschickte Art, in der sie es sich um die etwas kompakten Schultern gelegt hatte, paßte nicht so recht dazu.

Er kannte sie. Es dauerte sicher nur noch einen Augenblick, und dann würde ihm ihr Name wieder einfallen. Ein grimmiges Lächeln umspielte kurz seinen Mund und verschwand dann. Er streckte die Hand aus und riß die Tür auf.

Die Frau schnappte nach Luft und preßte sich erschrocken die Hand auf die Brust. Mit atemloser Stimme sagte sie: »Hallo!«

Klasse. Es gefiel ihm, wenn sie ein bißchen nervös waren. Er raunzte sie an: »Was wollen Sie?«

»Äh – kennst du mich denn nicht?«

»Woher sollte ich Sie denn kennen?« Er ließ seine Worte möglichst kalt klingen, beleidigend, während er sie von oben bis unten musterte.

»Ich dachte, du würdest dich vielleicht erinnern, da ich dich doch erst vor zwei Tagen auf dem Ball getroffen habe.«

Sie schmollte tatsächlich. Mein Gott, was für eine Tussi! »Ich habe keine Zeit für Spielchen. Wenn Sie etwas von mir wollen, spucken Sie's aus.«

Sie wurde rot. »Ich möchte gern mit dir reden. Ich – ich bin Margaret, Rivas Schwester, die Frau deines Vetters Boots.«

Natürlich wußte er das. Trotzdem zahlte es sich meist aus, Leute in der Defensive zu halten, die etwas von ihm wollten, und er würde seinen Hintern darauf verwetten, daß Margaret etwas wollte. Das war schon in Ordnung. Könnte sein, daß er ja auch was von ihr bekam.

»Komm am besten erst mal rein, Margaret«, sagte er und trat einen Schritt zurück, damit sie an ihm vorbei ins Zimmer kommen und er die Tür wieder zumachen konnte.

Er betrachtete sie. Er hatte schon eine Menge Frauen in Hotelzimmer kommen sehen, alle möglichen Arten von Frauen. Diese hier war nicht daran gewöhnt. Sie war nervös, aber es gefiel ihr anscheinend auch ganz gut. Sie sah sich in der Suite um, als ob sie noch nie in einer gewesen wäre. Der alte Boots hatte sicher noch nie genug Geld gehabt, seine Frau in ein so feines Zimmer auszuführen, und sie sah wirklich nicht aus wie die Art Frau, die sich für solche Zwecke gelegentlich jemand anderen suchte.

Der Gedanke an seine alte Wette mit sich selbst, daß er alle drei Schwestern haben könnte, tauchte in seinem Gehirn auf. Margaret war die letzte. Bei diesem Gedanken spürte er eine leichte Unruhe in seinen Leisten. Er fand Hotelzimmer sehr anregend.

Margaret drehte sich um und sah ihn an. »Ich werde nicht lange bleiben. Ich vermute, daß du Termine hast.«

»Die habe ich normalerweise auch.«

»Ich wollte nur ein paar Minuten mit dir reden, und ich habe in der Zeitung gelesen, daß deine Frau heute nachmittag bei der Eröffnung von irgendeiner Entbindungsstation ist.«

»Ja genau.« Die Frau vom alten Boots mußte in der Hotelhalle herumgestanden haben, bis sie Anne hatte weggehen sehen. Er fand den Gedanken, daß sie unauffällig den Aufzug beobachtet hatte, ziemlich erregend.

Er war sicher, daß sie auch aufgeregt war, als ginge es hier um irgendein wichtiges, geheimes Treffen. Ihre Wangen waren gerötet, als sie ihn erst ansah und sich dann abwandte. »Es ist schon einige Zeit vergangen seit dem Sommer, in dem wir alle uns begegnet sind.«

»Ja, findest du?« Er ging weiter ins Zimmer und wischte sich langsam die Wassertropfen auf der Brust mit dem Zipfel seines Handtuchs ab.

»Mehr als fünfundzwanzig Jahre. Ich habe immer gedacht, du würdest irgendwann einmal im Urlaub wieder zu uns kommen, aber du hast es nie getan.«

»Ich stehe nicht besonders auf so etwas.« Auf nichts in jener Stadt stand er besonders. Er hatte sich sogar bemüht, nie wieder dorthin zu gehen, nicht einmal im Wahlkampf, aber es hatte ja keinen Sinn, ihr das zu sagen.

Sie bewegte die Schulter in einer schnellen Geste, und ihr Blick war auf seine Brust gerichtet und auf das, was er mit dem Handtuch machte. »Ich schätze, es gibt auch nicht mehr viel Grund für dich, zu uns zu kommen, seit dein Onkel und deine Tante nicht mehr am Leben sind.«

»Es gab auch vorher eigentlich nicht viele Gründe dafür.«

»Nein, natürlich nicht für jemanden wie dich.«

Der anerkennende Ton in ihrer Stimme gefiel ihm. In letzter Zeit hatte er so etwas selten von Frauen gehört.

Nichtsdestotrotz hatte er in zwei Stunden eine Verabredung zu einem Treffen mit ein paar Bankleuten, und er hatte noch nicht einmal einen Blick auf die Rede geworfen, die sein Sekretär für diese Gelegenheit verfaßt hatte. Er rieb sich mit dem Handtuch über den Hals und sagte: »Was hast du auf dem Herzen?«

Margaret ging zur Couch, setzte sich hin und zog das Kleid über ihre Knie herunter. Ihr Gesicht war leicht gerötet, als sie ihn ansah. »Ich weiß, daß du Schwierigkeiten mit Riva hattest, ich dachte, ich könnte vielleicht helfen.«

Er schwieg eine ganze Weile und starrte sie an. Schließlich schlang er sich das Handtuch wieder über die Schulter und kam langsam auf sie zu. Er zog seine seidenen Schlafanzughosen etwas hoch und setzte sich auf die Couch neben sie. In ganz weichem Ton sagte er: »Ach, wirklich?«

»Es gibt keinen Grund, warum ich das nicht tun sollte.« Sie sah ihn defensiv an.

»Weiß Riva, daß du hier bist?«

»Nein, aber was macht das schon?«

»Sie hat dich nicht hergeschickt?«

»Nein, hat sie nicht. Es kommt ab und zu vor, daß ich selbst etwas tue.«

Edison ignorierte den leichten Unterton von Widerwillen in ihrer Stimme. Offensichtlich wollte sich Margaret in die Sache einmischen. Andererseits war es auch immer möglich, daß es nur so aussehen sollte und daß Riva sie dazu überredet hatte, herzukommen. »Ich nehme an, daß Riva nicht besonders erfreut wäre, wenn sie davon erfahren würde.«

»Ganz bestimmt nicht.« Margaret schauderte leicht bei dem Gedanken.

»Hast du denn keine Angst vor ihr?«

»Vor Riva? Mach dich nicht lächerlich! Sie hat manchmal eine scharfe Zunge, aber sie ist schließlich meine Schwester.«

»Sie wird dir aber auch nicht gerade dankbar sein, wenn du dich einmischst.«

»Das vielleicht nicht, aber ich denke, du wirst mir zustimmen, daß die Dinge nicht in diesem Stil weitergehen können. Jemand muß jetzt etwas unternehmen, und ich kann es nicht ertragen, einfach nur herumzusitzen und darauf zu warten, daß sich Riva endlich entscheidet, was sie jetzt tun will.«

»Tut sie das denn?« fragte er nachdenklich.

»Ja, das tut sie! Sie benimmt sich, als ob sie die einzige wäre, die über Erins Leben zu entscheiden hätte.«

Er schüttelte verständnisvoll den Kopf. »Sie ist in den vergangenen Jahren ziemlich barsch geworden.«

»Sie ist sogar herrschsüchtig, wenn du mich fragst. Sie hat versucht, mir klarzumachen, daß ich mich aus der Sache heraushalten soll. Mich heraushalten, so als ob die Frau, zu der Erin Mutter sagt und die sie vom Babyalter an aufgezogen hat, gar nichts dazu zu sagen hätte!«

»Ich habe das auch ein bißchen seltsam gefunden.«

»Ist es auch. Riva mag sie ja vielleicht geboren haben, aber ich bin ihre eigentliche Mutter.«

Edison spürte, wie ihn eine plötzliche Nervosität überflutete, genau die Art von Aufregung, die er immer spürte, wenn er auf dunkle Geheimnisse stieß. »Ich glaub', ich spinne.«

»O Gott!« flüsterte Margaret.

Edison sah ihre geweiteten Pupillen, dann kniff er seine Augen zusammen. »Los, rede«, forderte er scharf. »Wie alt ist Erin genau?«

Margaret starrte ihn mit offenem Mund an, und die Farbe wich aus ihrem Gesicht. »Ich hatte vergessen, daß du es nicht weißt«, flüsterte sie. »Wie konnte ich das nur vergessen?«

»Mir scheint, Riva hat vergessen, mir etwas zu erzählen. Ist Erin von mir, oder ist sie von einem anderen Mann, den sie vor dem alten Staulet aufgegabelt hat?«

Margaret gab ein wimmerndes Geräusch von sich und sprang auf. »Das wird Riva mir nie vergeben.«

Edison streckte hastig die Hand aus, um sie am Arm zu packen. »Halt, wir sind noch nicht fertig miteinander, meine Liebe.«

Margaret wehrte sich gegen seinen Griff. »Ich muß gehen.«

»Noch nicht. Da sind noch ein paar Dinge, die wir klären müssen.«

Er zog sie kräftig zu sich, und sie stolperte auf ihn zu und fiel über seinen Schoß. Sie versuchte, sich von ihm zu lösen, aber er packte sie an der Schulter und warf sie rückwärts in die Kissen, während er sich herumdrehte und sich kniend über sie beugte. »So«, zischte er und grinste boshaft, »jetzt wollen wir beide uns mal unterhalten.«

»Du tust mir weh«, protestierte Margaret. Sie versuchte, sich loszureißen, aber seine Finger gruben sich in ihren Arm, und ihre Bewegungen brachten sie in Berührung mit etwas Langem, Hartem zwischen seinen Beinen, und sie hielt erschrocken inne.

»Ich bin Erins Vater, stimmt's?« fragte er. »Darum geht es bei der ganzen Sache. Du und Riva – ihr macht euch in die Hosen, weil ihr glaubt, daß sie es mit meinem Sohn treibt, der ganz zufällig ihr Bruder ist.«

»Halbbruder«, stieß Margaret hervor. »Und jetzt laß mich los!«

»O nein, irgendwie gefällt es mir ganz gut, wenn du unter mir liegst. Es ist wie in alten Zeiten. Erinnerst du dich noch an den einen Abend hinter dem Haus, als du den streunenden Hunden die Essensreste rauswerfen wolltest? Hm? Erinnerst du dich noch, daß ich dich küssen durfte? Ich hatte dich vorher schon einmal geküßt, aber an dem Abend hätte ich noch mehr bekommen, wenn Beth nicht die Tür aufgemacht und dich gerufen hätte, stimmt's? Na, sag schon, stimmt's?«

Er rieb sich an ihr, während er sprach, und lehnte sich dabei vor, bis sein Schritt genau die Stelle traf, an der ihre Beine zusammentrafen. Der Gedanke an das Erlebnis hinter dem Haus und an sein Vorhaben, sie im

Dunkeln auf dem taufeuchten Boden zu nehmen, machte ihn unwahrscheinlich geil. Die Tatsache, daß sie Angst vor ihm hatte, steigerte seine Begierde noch. Ihre Augen waren weit aufgerissen und aus ihrem Mund drang ein Stöhnen.

Er lachte leise. »Nun komm schon, Baby, du willst es doch auch, oder etwa nicht? Wie lange ist es denn schon her? Hm, sag mal, wie lange ist es her, seit mein alter Vetter Boots es wirklich mit dir gemacht hat?«

Er senkte den Kopf und drückte sie mit dem Gewicht seines Körpers in die Couch, während er sie küßte. Sie drehte den Kopf von einer Seite zur anderen, aber er folgte ihrem Mund, bis er seine Zunge hineinschieben konnte. Er stieß seine Zunge kräftig hinein, um ihr eine Vorstellung von dem zu geben, was sie gleich noch erwartete. Ihre erstickten Proteste heizten ihm noch weiter ein.

Er hob sich ein wenig, um seine Hand um ihren Busen zu schließen. Er drückte ihn zusammen, erfreute sich daran, daß er schön voll war, und machte sich an den Knöpfen an ihrem Kleid zu schaffen. Sie atmete schwer und versuchte, ihn abzuschütteln. Er zerrte ihr Oberteil auseinander, griff sich den Rand ihres BHs und zerrte ihn zur Seite, um eine Brustwarze bloßzulegen. Dann öffnete er den Mund, schob ihn darüber, saugte kräftig daran und senkte seine Zähne in ihr Fleisch, während er mit einer Hand die weiche Halbkugel knetete.

»Halt still und genieß es lieber«, keuchte er zwischen zwei Bissen, »dann gibt es nicht so viele blaue Flecken.«

»Geh runter«, schnaubte sie. »Laß mich los, oder ich schreie so laut, daß deine Trommelfelle platzen. Ich werde es allen sagen und dich bei der Polizei anzeigen.«

»Ja, und wenn sie dich fragen, was du hier zu suchen hattest, was dann? Ich werde ihnen sagen, daß du es mir angeboten hast wie viele andere Frauen auch. Außerdem habe ich eine Menge Freunde in der Stadt. Kein Wort wird je davon bekannt werden.«

»Ich erzähle Boots davon. Er wird – er wird es dir heimzahlen.«

»Bestimmt. Ich nehme an, er weiß genausogut, daß du hier bist wie Riva. Stimmt doch, oder? Hm? Hm?« Er griff nach unten, um ihren Rock hochzuziehen, und zog dabei seine Fingernägel über die Innenseite ihrer fülligen Schenkel. Er fühlte den Rand des Gummis von ihrem Höschen, schob seine Finger darunter und suchte nach der feuchten Spalte. Die Art, wie sie sich wand, und ihr Wimmern stachelten ihn an. Er lutschte noch einmal an ihren Brustwarzen, als er fand, wonach er gesucht hatte, und schob seinen Finger in den weichen Spalt.

Doch das war auf die Dauer nicht genug. Er riß sich seine Schlafanzughosen herunter und griff nach seinem Glied. Sie versuchte, die Beine zusammenzupressen, aber er drückte sie mit den Knien auseinander, während er sich zu jener heißen, geschützten und bebenden Öffnung bewegte. Dann drängte er sich hinein. Er wand die Hüften hin und her, rammte sich immer tiefer hinein, bis er schließlich ganz tief in ihr war und sie einen kleinen Schrei ausstieß.

Ein Bild von seinem ersten Erlebnis mit Riva stand plötzlich vor seinem inneren Auge wie in einem Traum. Es war so ähnlich gewesen, fast dasselbe. Hatte er das absichtlich gemacht? »Gott«, stöhnte er laut, versuchte dann das Bild zu halten und begann mit den schnellen harten Stößen, die ihn zum Höhepunkt seines Vergnügens brachten.

Der Anruf kam, genau zehn Minuten nachdem Riva festgestellt hatte, daß Margaret nicht in ihrem Zimmer war. Riva hatte angenommen, daß ihre Schwester schlief, da sie nichts von ihr gehört oder gesehen hatte. Das war zwar etwas ungewöhnlich für Margaret, aber doch nicht besorgniserregend. Bonne Vie hatte eine entspannende Wirkung auf viele Leute. Das Haus war so groß, so ruhig und so bequem, daß die Gäste oft später aufstanden als gewöhnlich.

Als das Telefon klingelte, wollte Riva gerade nach dem Hörer greifen, um George anzurufen und ihn zu fragen, ob eines der Autos weg war. Sie erkannte Margarets Stimme, doch ihre Stimme klang schrill, und ihre Worte ergaben keinen Sinn.

»Beruhige dich doch«, tröstete Riva ihre Schwester. »Und jetzt sag's mir noch einmal. Wo bist du?«

Margaret begann wieder zu reden. Ihr Atem ging stoßweise, und sie schluchzte, aber sie war in der Lage, sich verständlich zu machen.

»Bleib, wo du bist«, sagte Riva, als ihre Schwester schwieg. »Ich komme sofort zu dir.«

»Bring Boots nicht mit. Hörst du? Bring ihn nicht mit und sag ihm auch nichts. Komm nur einfach her.«

Riva wiederholte: »Ich bin gleich da.«

Sie hörte das klickende Geräusch, als Margaret auflegte. Einen Augenblick saß sie still und starrte ins Leere, dann drückte sie einmal die Gabel herunter, um wieder telefonieren zu können. Boots war nicht in Bonne Vie. Er war früh aufgestanden, um sein Auto in die Werkstatt zu bringen. Das war wahrscheinlich einer der Gründe, warum Margaret sich entschlossen hatte, heute früh nach New Orleans zu fahren. Margaret sollte eigentlich wissen, was sie tat. Dann schüttelte Riva den Kopf, bemerkte, daß schon das Freizeichen ertönte, und rief den Chauffeur an.

»Ich dachte, du würdest nie kommen!« rief Margaret, als sie Riva eineinhalb Stunden später in das Hotelzimmer ließ.

»Ich bin gekommen, so schnell ich konnte.«

»Hast du die Sachen mitgebracht?«

Riva deutete auf den kleinen Koffer in ihrer Hand. Als Margaret ihn ihr abgenommen hatte, sah sie sich um. Das Hotelzimmer war alles andere als sauber. Genaugenommen sah es eher so aus, als hätte eine Gruppe von College Studenten eine Party darin gefeiert. Es waren Flekken an den Wänden, Brandlöcher von Zigaretten im Teppich, und ein Geruch nach Urin und Desinfektionsmittel hing in der Luft. Das Hotel sah von außen ganz ordentlich aus, aber es war doch zu nah an der Bourbon Street, um gut sein zu können.

»Ich war zu mitgenommen und hatte Angst zu fahren. Ich habe so gezittert und konnte mich nicht einmal mehr genau erinnern, wie ich zur Autobahn komme. Das Auto ist noch in der Parkgarage; ich bin zu Fuß hergekommen. Kannst du dir vorstellen, daß Edison mich nicht einmal in seinem Zimmer hat duschen lassen? Er hat gesagt, daß seine Frau das bemerken könnte.«

Margaret hatte sich jetzt ein wenig gefaßt, aber ihre Augen waren rot, und ihre Stimme klang belegt vom Weinen. Ihre Worte hatten jetzt einen beißenden Unterton, der vorher nicht dagewesen war.

Riva sagte plötzlich: »Bist du sicher, daß du nicht zur Polizei gehen willst?«

»Damit sie mir dann peinliche Fragen stellen und mich zur körperlichen Untersuchung schicken? Du bist verrückt!« Ihr Tonfall wurde immer hektischer. »Außerdem würden es dann alle erfahren, und das könnte ich nicht ertragen.«

»Ist ja schon gut, ich habe ja nur gefragt.«

»Ich nehme an, du möchtest es wahrscheinlich auch lieber nicht bekannt werden lassen. Ich würde schließlich Gründe nennen müssen, warum ich zu ihm gegangen bin, und dann würden auch deine Geheimnisse bekannt.«

»Das ist egal, wenn du Edison verklagen willst.« Riva meinte es ehrlich. In ihrem Innern brannte ein ungeheurer Zorn, der auf Konsequenzen keine Rücksicht nahm, zumindest jetzt nicht.

»Nein, ich tue es nicht. Ich kann es einfach nicht tun!«

»Und wenn du wenigstens zu einem Arzt gehst? Vielleicht könnte er mit dir reden, nachsehen, ob alles in Ordnung ist, dir ein Beruhigungsmittel geben.« Es war schon eigenartig, wie peinlich ihr das alles war, dachte Riva. Sie würde gern ihre Arme um Margaret legen und sie an sich drücken, aber der Körper ihrer Schwester war so angespannt, so steif und abwehrbereit, daß Riva fürchtete, ihr könnte diese Geste unangenehm sein. Wenn Margaret keine Sympathie und keine Hilfe wollte, was konnte sie dann für sie tun?

»Ich habe schon ein Mittel genommen, das mir mein Hausarzt immer für meine Nerven verschreibt, danke. Ich brauche sonst nichts. Außerdem würde ein Arzt auch nur meine weiblichen Teile genau besehen und befühlen wollen, und davon habe ich genug für heute.«

»Bist du – bist du sicher, daß es dir gutgeht? Ich meine, bist du sicher, daß dich Edison nicht verletzt hat?«

»Ich bin sicher.« Ihre Worte klangen sehr kurz angebunden.

Riva preßte die Lippen zusammen, aber sie konnte ihre Besorgnis nicht verbergen. »Du siehst aber nicht so aus, als ob du in Ordnung wärst.«

»Was glaubst du, wie du aussehen würdest, wenn man dich auf eine Couch geworfen und benutzt hätte wie eine billige Hure? Genaugenommen hättest du das eigentlich sein sollen. Wenn du getan hättest, was Edison von dir verlangt hat, hätte ich nicht zu ihm gehen müssen, und es wäre nichts passiert!«

Riva starrte ihre Schwester eine ganze Weile an. »Also ist jetzt wieder einmal alles meine Schuld?«

Margarets Wimpern zuckten, aber sie sah nicht weg. »Wenn du zu ihm gegangen wärst –«

»Ich bin nicht so unvernünftig und gehe zu einem Mann in sein Hotelzimmer«, erwiderte Riva mit beißendem Ton, »und ganz besonders nicht in Edison Gallants Zimmer. In Wirklichkeit wäre nichts passiert, wenn du dich nicht in meine Angelegenheiten eingemischt hättest. Also, warum hast du das getan?«

»Du hast gesagt, ich könnte es ja versuchen, wenn ich glauben würde, daß ich Edison besser überreden könnte als du!«

»Und hast du ihn überredet?«

»Du weißt doch, daß ich ihn nicht überredet habe –«

»Du weißt aber auch, daß ich nicht wollte, daß du das tust. Also, warum, Margaret?«

»Schließlich ist Erins Wohlergehen auch meine Angelegenheit!«

»Nur weil ich es dir erlaube, das solltest du nicht vergessen.«

»Erin ist meine Tochter!« rief Margaret. »Ich habe mich um sie gekümmert, als sie klein war, habe sie zum Arzt gebracht, wenn sie krank war, und sie getröstet, wenn sie hingefallen ist. Ich habe ihr ihr erstes Abendkleid gekauft und bin wach geblieben, bis sie von ihrem ersten Rendezvous nach Hause kam.«

»Und das alles nur, weil du sie mir weggenommen hast.«

»Du wolltest sie ja nicht!«

»Woher willst du das wissen? Hast du mich je danach gefragt?«

Margaret starrte sie an, als hätte sie sie noch nie gesehen. Plötzlich wurde ihr Gesicht aschfahl. »O Riva, ich habe es ihm gesagt.«

Ein kaltes, hartes Gewicht drückte auf Rivas Brust. Sie flüsterte: »Was hast du getan?«

»Ich habe Edison von Erin erzählt. Eigentlich wollte ich es gar nicht, wirklich nicht. Manchmal – in letzter Zeit vergesse ich manchmal Dinge. Ich habe einfach nicht mehr daran gedacht, daß er gar nichts von der Sache wußte.«

Riva atmete tief – einmal, zweimal. Ihre Stimme schmerzte in der Kehle vor Anspannung, als sie sagte: »Weißt du eigentlich, was du damit angerichtet hast?«

»Vielleicht ist es so das beste. Jetzt wird er auf jeden Fall verstehen, warum Erin und Josh nicht zusammensein dürfen.«

»Er wird es gegen mich verwenden.«

»Vielleicht auch nicht. Was hätte er davon?«

»Weil er eben so ist. Zweifelst du etwa noch daran? Gerade jetzt?«

Margaret sah sie an, und Tränen stiegen ihr in die Augen. »Daran hättest du mich wirklich nicht zu erinnern brauchen.«

Es war dasselbe alte Spiel wie immer, aber es funktionierte auch noch wie immer. Das Schuldgefühl, das Riva plötzlich in sich aufkommen spürte, war ihr nur allzu bekannt. Sie wandte sich dem Telefon zu, das neben dem Bett stand. »Paß auf, ich werde Boots anrufen. Du brauchst ihn jetzt. Er weiß, was er tun muß, um dir zu helfen.«

»Nein!« schrie Margaret laut. »Ich will ihn jetzt nicht sehen! Du willst dich doch nur an mir rächen!«

»Rächen?« Riva wandte sich ihr zu. »Was meinst du denn damit?«

»Du willst dich an mir rächen, weil ich es Edison gesagt habe.«

»Auf den Gedanken wäre ich nie gekommen. Margaret, du bist hysterisch. Was hast du denn vor? Willst du für immer vor deinem Mann geheimhalten, daß du vergewaltigt worden bist?«

»Das muß ich, verstehst du das denn nicht? Er wird mich nie wieder so sehen wie vorher, wenn ich es ihm nicht verheimliche. Es würde alles verändern.« Margaret preßte die Hände auf ihren Mund, und ihre Augen darüber waren weit aufgerissen und standen voller Tränen.

Riva antwortete erst einen Augenblick später, dann klang ihre Stimme schleppend. »Siehst du denn nicht, daß das jetzt völlig egal ist? Es hat sich doch schon alles verändert.«

»Nein, hat es nicht«, widersprach Margaret nervös. »Ich werde jetzt ein Bad nehmen und saubere Kleider anziehen, dann fahren wir zurück nach Bonne Vie. Wir erzählen allen, daß ich einkaufen gehen wollte, aber Schwierigkeiten mit dem Auto hatte. Anstatt mir einfach nur den Wagen zu schicken, bist du selbst gekommen, damit wir noch ein bißchen zusammen bummeln können. Du kannst jemanden von deinem Personal den anderen Wagen holen lassen, und damit wäre alles geklärt.«

»Du kannst doch nicht einfach ignorieren, was mit dir geschehen ist, Margaret. Das ist nicht gut.«

»Das ist mir egal. Ich werde nicht mein Leben wegen Edison Gallant ruinieren. Damit würde ich ihn ja gewinnen lassen.«

»Das ist doch kein Spiel!«

Margaret ging ins Badezimmer und hörte ihr nicht mehr zu. »Und wie auch immer«, sagte sie über ihre Schulter hinweg, »ich habe gar nicht vor, es zu ignorieren. Ich werde es ihm eines Tages heimzahlen.«

»Was soll denn der Unsinn?« rief Riva hinter ihr her. »Kinder zahlen sich gegenseitig Dinge heim.«

Margaret schlug die Tür hinter sich zu, ohne zu antworten.

Es gab nur ein Problem mit Margarets Geschichte: Boots glaubte sie nicht. Nicht einmal die mit Kleidern gefüllten Einkaufstaschen, für die sie noch schnell gesorgt hatten, konnten ihn überzeugen. Er sah sie sich kaum an, als Margaret und Riva sie auf dem Bett ausbreiteten. »Du hast mir gar nicht gesagt, daß du einkaufen gehen willst«, sagte er und musterte seine Frau mißtrauisch. »Und du wolltest auch gar kein Geld.«

»Ich habe doch Kreditkarten, oder?« protestierte Margaret. »Außerdem war es ein plötzlicher Entschluß.«

»Warum hast du das Auto in der Garage des Royal Orleans geparkt? Von da hat jemand angerufen und gesagt, du wärest eingestiegen, um damit wegzufahren, als sie es dir gebracht hätten, aber du wärst nur ein kleines Stückchen weitergefahren, hättest es dann einfach stehenlassen und wärst mit den Schlüsseln weggegangen.«

»Ich habe dir doch gesagt, daß ich Schwierigkeiten mit dem Auto hatte.«

»Als sie es kurzgeschlossen haben, ist es aber prima angesprungen. Deswegen haben sie angerufen. Sie haben nach dem Besitzer gesucht, um die Erlaubnis einzuholen. Der Mann hat gesagt, daß du aus dem Hotel gekommen bist und ziemlich verstört ausgesehen hast.«

»Ich war gar nicht in diesem Hotel. Der Idiot hat bestimmt jemand anderen gemeint. Nein, der Motor ist vermutlich abgesoffen.«

»Warum hast du nicht einen der Männer bei der Garage um Hilfe gebeten?«

»Ich habe nicht weiter darüber nachgedacht.«

»Warum hast du nicht nachgedacht? Hat dich Edison Gallant so durcheinandergebracht? Ich weiß, daß er da wohnt, ich habe nämlich gehört, als Erin dir davon erzählt hat.«

»Er – er hat nichts damit zu tun. Ich habe die Hotelgarage benutzt, weil ich durch das French Quarter gehen wollte. Du weißt, wie schwierig es ist, einen Parkplatz zu finden.«

Eigentlich war das alles einigermaßen plausibel. Bei einer anderen Gelegenheit wäre Margaret vielleicht sogar damit durchgekommen. Aber jetzt war sie zu überdreht, und ihre Stimme klang schrill. Sie konnte ihrem Mann nicht in die Augen sehen, und ihre Hände zitterten, während sie an ihren Haaren zupfte.

»Margaret, das ist nicht wahr«, erwiderte Boots. »Irgend etwas ist passiert, das weiß ich. Jetzt erzählst du's mir, sonst muß ich Edison anrufen und ihn fragen, ob du bei ihm gewesen bist und worüber ihr gesprochen habt.«

»Das würdest du doch nicht tun!«

»Du weißt, daß ich das tun würde.«

Margaret brach in Tränen aus und erzählte ihrem Mann in unvollständigen Sätzen, was geschehen war. Während ihres Berichts kniete sich Boots vor den Stuhl, auf dem sie saß, und zog sie in seine Arme. Auf seinem Gesicht spiegelte sich Schmerz und zugleich Zorn. Ein solcher Gesichtsausdruck war bei Boots so ungewöhnlich, daß Riva Angst bekam.

Sie fühlte sich unbehaglich bei Margarets Beichte, die immer wieder von Schluchzen unterbrochen wurde. Als Margaret schließlich verstummte, sagte Riva: »Sie will keinen Arzt sehen.«

»Ich bin nicht verletzt«, behauptete Margaret hartnäckig und wischte ihre Tränen von den Wangen.

»Du hast einen Schock erlitten.« Boots ließ seine Frau los und stand langsam auf. »Wahrscheinlich ist es das beste, wenn du dich jetzt ausruhst.«

Margaret rang die Hände im Schoß und sah zu den beiden auf. »Behandelt mich nicht wie ein Kind.«

»Sei jetzt still«, sagte Boots. »Zieh dich nur aus und leg dich hin.«

»Was hast du vor?« Margarets kurzer Anflug von Ärger verschwand, und sie starrte ihren Mann entsetzt an.

»Das ist doch egal. Tue jetzt einfach nur das, was ich sage. Vielleicht kann dir gleich jemand eine Suppe oder etwas anderes zum Essen bringen, und dann solltest du versuchen, ein wenig zu schlafen.«

»Ich könnte keinen Bissen runterkriegen.«

»Du kannst es ja mal versuchen.«

In Boots' Stimme schwang ein eisenharter Unterton mit, und Margaret bedachte Riva mit einem bitteren Blick. »Ich habe dir ja gesagt, daß dadurch alles anders wird.«

Riva erwiderte den Blick ihrer Schwester, sagte aber nichts dazu. Dann drehte sie sich um und ging zur Tür. »Ich kümmere mich um das Essen.«

Sie wußte nicht, daß Boots ihr folgte, bis Margaret rief: »Wo gehst du hin?«

»Ich bin gleich wieder zurück«, entgegnete ihr Mann und schloß die Schlafzimmertür hinter sich.

Riva blieb stehen und murmelte: »Es tut mir leid.«

Boots sah sie an und runzelte die Stirn. »Warum? Das ist doch nicht deine Schuld.«

»Oh, nicht direkt, aber vielleicht wäre nichts passiert, wenn ich diese ganze Sache gar nicht angefangen hätte.«

»Du konntest ja nicht einfach zusehen.«

»Das sage ich mir auch, aber vielleicht wäre aus der Beziehung zwischen Erin und Josh sowieso nichts geworden.«

»Aber es wäre möglich.«

»Ich schätze, es ist zu spät, sich jetzt darüber Gedanken zu machen.« Als er nichts erwiderte, sprach sie weiter: »Ich kann nicht verstehen, warum Edison das getan hat. Ich will nicht behaupten, daß Margaret nicht attraktiv ist, und es war vielleicht auch nicht sehr klug von ihr, in sein Hotel zu gehen, aber warum hat er ihr das angetan?«

»Es gibt bestimmt eine Menge Gründe, aber vor allem wollte er es so.«

»Vielleicht hat er auf diese Art versucht, sich an mir zu rächen.«

»Oh, vielleicht ein bißchen, aber es geht weiter zurück als das. Ich erinnere mich, daß er irgendwann einmal gesagt hat, daß ihr drei Benson-Mädchen die aufregendsten Frauen seid, die er je gesehen hat, und daß er euch gern alle drei – na ja, du weißt schon. Aber hauptsächlich nehme ich an, daß Margaret eben da war, als ihn das Bedürfnis überkam. Er hatte noch nie viel Selbstbeherrschung.«

»Warum sollte er ein solches Risiko eingehen? Das scheint mir für einen Mann, der so in der Öffentlichkeit steht, ziemlich dumm.«

»Menschen wie er denken, daß sie mit allem durchkommen. Sie bilden sich ein, sie wären besser als alle anderen und nichts könnte ihnen etwas anhaben.«

Sie waren an der Treppe im hinteren Teil des Hauses angekommen. Riva blieb stehen und sah Boots an. »Was hast du jetzt vor?«

»Wie kommst du auf die Idee, daß ich etwas vorhabe?«

»Ich weiß es nicht. Es ist nur so ein Gefühl.«

»Edison ist mit mir verwandt. Ich dachte, ich rede mal mit ihm, sozusagen von Familienmitglied zu Familienmitglied.«

Riva merkte, daß Boots die Hände zu Fäusten ballte. »Ein freundliches Schwätzchen, um ihm klarzumachen, an welcher Stelle er sich nicht ganz richtig benimmt?«

»So etwas Ähnliches.«

»Bitte sei vorsichtig.«

»Mach dir keine Sorgen um mich.«

Seltsamerweise machte sie sich auch keine Sorgen. Und es war auch sehr ungewöhnlich, daß sie nicht die leiseste Absicht verspürte, ihn zu bremsen.

»Ich dachte nur«, fuhr Boots fort, »ich sollte dich besser warnen, nur falls du das Gefühl hast, daß sich dadurch an deinem Vorgehen in der Sache mit Josh und Erin etwas ändern könnte.«

»Ich weiß es nicht. Ich habe noch nicht darüber nachgedacht«, sagte sie mit einem Stirnrunzeln. »Aber eigentlich ist es egal. Dies hier ist deine Sache.«

»Erin eigentlich auch.«

Sie sah ihm eine ganze Weile in die Augen. Dieser Mann war mehr Erins Vater, hatte mehr Einfluß darauf gehabt, daß aus ihr eine so offene und warmherzige junge Frau geworden war, als alle anderen. »Ich denke, da hast du recht. Und es war dumm von mir, daß ich daran nicht gedacht habe. Du hättest etwas sagen sollen.«

»Ach, Margaret hat genug Lärm für uns beide gemacht.«

Es war wirklich ungewöhnlich, daß er seine Frau kritisierte, und die Bemerkung zeigte, daß durch die Ereignisse des Nachmittags doch eine gewisse Entfremdung eingetreten war.

»Es ist eben ihr Wesen, sich Sorgen zu machen und andere dirigieren zu wollen«, seufzte Riva.

»Ich weiß. Ich weiß auch, daß du versucht hast, das Beste für Erin zu tun, ohne allzuviel Aufhebens davon zu machen. Ich finde es schrecklich, daß Margaret Edison die Wahrheit erzählt hat. Ich werde alles tun, um zu verhindern, daß Edison sein Wissen gebraucht und Erin verletzt.«

»Hast du Angst, daß er mit ihr darüber spricht?«

Seine Augen wurden schmal. »Ich denke, ich kann ihn davon überzeugen, daß das nicht sehr klug wäre. Ich weiß nicht, ob ich mehr erreichen kann.« Boots wollte damit andeuten, daß er Riva nicht vor Edisons Machenschaften beschützen konnte.

»Mach dir keine Gedanken um mich. Ich werde schon mit ihm fertig«, beruhigte ihn Riva.

»Das vermute ich auch. Aber wenn ich irgend etwas tun oder dir helfen kann, dann sag's mir bitte.«

»Das mache ich«, sagte Riva.

Boots nickte, drehte sich um und ging zum Schlafzimmer zurück. Riva schaute ihm nach. An Boots war mehr, als sie gedacht hatte. Es war gut, daß sie ihn auf ihrer Seite hatte.

13

»Er hat mich benutzt, Riva.«

Margarets Stimme ertönte aus dem Halbdunkel ihres Schlafzimmers. Riva saß auf einem Stuhl neben dem Bett. Ihre Schwester hatte darauf bestanden, daß sie bei ihr blieb, als sie mit dem Tablett zurückgekommen war. Margaret wollte nicht allein sein. Riva wünschte sich eigentlich nichts mehr, als von hier wegzukommen. Sie wollte ihre eigenen Schuldgefühle und ihr Mitleid und die Wut auf ihre Schwester vergessen und konnte Margarets Selbstmitleid nicht mehr ertragen. Wußte ihre Schwester denn nicht, daß sie auch benutzt worden war?

Riva sagte: »Du solltest nicht mehr daran denken.«

»Ich kann nicht anders, ich muß, verstehst du das denn nicht? Ich bin so gedemütigt. Zuerst dachte ich, als Edison mich in sein Zimmer ließ, daß er mich anziehend findet. Er lächelte und zeigte sich interessiert. Aber dann – dann hat er mich nur gerammelt wie ein Tier. Es bedeutete ihm nichts, absolut nichts. Ich bedeutete ihm gar nichts. Er wollte etwas beweisen und hat mich dafür benutzt. Er hat mich benutzt, um sich an dir zu rächen!«

»Das tut mir leid. Ich hatte nie die Absicht, dich in diese Sache mit hineinzuziehen.«

»Ich bin aber mit drin – ich hatte immer damit zu tun.«

Margarets Stimme klang erschöpft. Riva hoffte, daß die Beruhigungsmittel, die sie genommen hatte, endlich wirkten. Trotzdem war Margaret noch nicht fertig.

»Ich habe immer gedacht, es wäre wirklich etwas Besonderes, so gutaussehend und reich zu sein. Edison ist so ganz anders als der arme Boots.«

»Edison?«

Margaret nickte im Halbdunkel. »Ich habe dich und Beth beneidet, wirklich, weil er euch begehrt hat. Oh, ich weiß schon, es war für euch beide nicht das Richtige mit ihm, aber das war mir egal. Ich habe manchmal an ihn gedacht, wenn ich Geschirr gespült habe, oder nachts im Bett, wenn Boots – o Gott!«

»Sprich nicht davon. Du quälst dich nur.«

Margaret ignorierte sie. »Ich habe immer gedacht, wenn ich frei gewesen wäre, wenn ich nicht schon halb mit Edisons Vetter verlobt gewesen wäre, dann wäre er vielleicht mit mir durchgebrannt. Ich habe manchmal Erin angesehen und mir ausgemalt, sie wäre meine und Edisons Tochter. Ist das nicht wirklich dumm? Ist das nicht das Blödeste, was man je gehört hat?«

»Margaret –«

»Wenn ich nicht solche Tagträume gehabt hätte, wäre ich vielleicht gar nicht zu ihm gegangen. Denk nur mal an die verschwendete Zeit, die vergeblichen Gefühle. Und er war es nicht wert. Er ist es nie wert gewesen. Du hättest es mir sagen können.«

»Das habe ich getan«, sagte Riva ruhig. »Du hast mir nur nicht zugehört.«

»Er hat mich zum Narren gemacht und mir eine Komödie vorgespielt. Das werde ich ihm bestimmt niemals vergessen.«

Darauf schien es keine Antwort zu geben. Die Stille dehnte sich aus und wurde nur von der zentralen Klimaanlage unterbrochen, die sich einschaltete. Nach einer Weile drehte Margaret plötzlich ihren Kopf heftig zu Riva und jammerte: »Wo ist Boots?«

Riva antwortete möglichst beiläufig. »Ich weiß es nicht.«

»Eigentlich müßte er hier sein. Es sieht ihm gar nicht ähnlich, mich allein zu lassen.«

»Ich bin sicher, daß er bald wiederkommt.«

»Ja? Aber wo ist er denn hingegangen? Er ist doch nicht – er hat doch nicht vor, zu Edison zu gehen, oder?« Margaret stützte sich auf einen Ellenbogen und starrte ihre Schwester an. »O Gott, Riva, ist er dort? Sag's mir, Riva, ist er bei Edison?«

»Versuch jetzt zu schlafen.«

»Ja, er ist dort, ich weiß es. Warum hast du ihn hingehen lassen?«

»Ich konnte ihn nicht davon abhalten.«

»Wer weiß, was Edison zu ihm sagt, welche Lügen er ihm auftischt!«

»Ich bezweifle, daß er dazu die Gelegenheit haben wird. Boots war... nicht in der Stimmung, um sich zu unterhalten.«

»Edison wird die Polizei rufen und ihn festnehmen lassen.«

»Wir können im Moment nichts tun. Leg dich wieder hin und ruh dich aus.«

Margaret sank mit einem Ächzen in die Kissen. »Ich bin nicht müde, und ich bin nicht krank, ich bin vergewaltigt worden! Verstehst du das denn nicht?«

Doch, das konnte Riva gut verstehen. Ihr erstes Mal mit Edison war nicht wesentlich anders gewesen. Und dann war da noch das zweite Mal – fast – mit diesem fremden Mann in der Bourbon Street. Aber sie sagte nichts. Als ihre Schwester schwieg, lehnte Riva den Kopf an die Rückenlehne ihres Sessels und schloß die Augen.

In dieser heißen Mainacht im Büro hinter der Bar an der Bourbon Street versuchte sie, sich vor den beiden Männern, die sie betrachteten, zurückzuziehen. Ihre Gesichter glänzten in dem fahlen Licht, und der Blick in ihren Augen war lüstern und selbstbewußt. Der Fremde nahm eine Brieftasche aus der Tasche seines Jacketts und begann, Zwanzigdollarscheine auf den Tisch zu zählen. Als der Barbesitzer seine fette Hand ausstreckte, um sie sich zu nehmen, drehte sich Rebecca um, öffnete hastig die Tür und rannte los.

Hinter ihr hörte sie, daß ein Stuhl umgestoßen wurde, und einen Schrei. Schritte dröhnten. Sie sah sich über die Schulter hinweg um und bemerkte, daß der Fremde aus der Bürotür stürzte, den fetten Barbesitzer direkt hinter sich. Ihre hohen Absätze eigneten sich nicht zum Rennen, trotzdem lief sie, so schnell sie konnte, durch den schummerigen Flur auf die mit einem Vorhang verschlossene Öffnung zu, die in die Bar führte.

Die Wände schienen von den schweren Schritten hinter ihr zu beben. Das Geräusch war wie ein Donnern und mischte sich mit dem Pochen ihres Herzens in ihren Ohren. Sie fühlte sich schrecklich schutzlos und nackt.

Der Vorhang schwankte vor ihr. Sie schlug ihn zur Seite und stolperte in den stickigen, von Rockmusik erfüllten Raum. Sie sah Männer, die mit verschwommenen Blicken an den Tischen saßen und den fast nackten Frauen zusahen, die sich über ihnen drehten, sah den Nebel aus grauem Zigarettenrauch, der durch die auf die Tische gerichteten Spotlights deutlich erkennbar wurde. Niemand bemerkte sie.

Von hinten packte jemand ihren Arm mit einem harten Griff. Sie fiel gegen die Wand und wurde gewaltsam herumgedreht. Sie atmete mit einem schmerzlichen Aufschrei aus, der noch lauter wurde, als der Fremde sich ihr zuwandte und sie an der Kehle packte. Seine Hand war kräftig und grub sich in ihr weiches Fleisch. Sein Atem stank. Dieser Geruch, gemischt mit dem fettigen Dunst aus der Pomade auf seinem Haar, verursachte ihr Übelkeit. Er entblößte seine Zähne in einem breiten Grinsen des Vergnügens und der Erwartung. »So leicht wirst du mir nicht entkommen«, zischte er und drückte sein Becken gegen ihre von Fransen bedeckte Scham. Rebeccas Hände stemmten sich gegen die Brust des Fremden. Plötzlich gab sie ihm einen kräftigen Stoß, so daß er rückwärts taumelte. Ein Mann stand drohend hinter dem Fremden. Er griff nach seiner Schulter und drehte ihn herum, stellte ihm aber gleichzeitig ein Bein, so daß der Fremde zu Boden stürzte. Der Mann auf dem Boden sah kurz über seine Schulter hinter sich, raffte sich dann auf und stürmte aus der Bar. Rebeccas Retter wandte sich dem Barbesitzer zu.

»Regen Sie sich bitte nicht auf, Mr. Staulet!« flehte der Fette, hob schnell eine Hand und wich einen Schritt zurück. »Wie hätte ich denn wissen sollen, daß sie keine Lust hatte? Ist ja alles in Ordnung, ganz langsam bitte. Die Kleine kann jetzt für Sie tanzen, falls Sie das wünschen.«

»Die Frage ist nur«, sagte der Mann, der Staulet hieß, »was ›die Kleine‹ sich wünscht.«

Er wandte sich um und sah Rebecca an. Sie hielt seinem Blick stand. Er war der ältere Mann, der sie schon so oft gebeten hatte, für ihn zu tanzen, und der ihr immer Zwanzigdollarscheine zusteckte. In seinen Augen erkannte sie den verblassenden Ärger, unendliche Freundlichkeit und eine eigenartige Verwunderung, so als sei er erstaunt über seine eigenen Aktionen.

Sie schluckte und atmete tief ein. »Ich will hier raus.«

Staulet nickte. »Holen Sie Ihre Sachen.«

Sie mußte nur ihr billiges Baumwollkleid und die abgetragenen Sandalen holen, die sie für den Weg zur Arbeit angezogen hatte. Sie streifte in zitternder Eile die Straßschuhe und das Höschen aus – sie hatte Angst, Mr. Staulet könnte ohne sie gehen. Sie schleuderte das lächerliche Kostüm auf den Boden und eilte hinaus, um zu ihm zu gehen.

Er stand immer noch neben dem Durchgang mit dem Vorhang. Der Barbesitzer war nirgends zu sehen. Mr. Staulet nahm ihren Ellenbogen und führte sie aus der Bar, ohne nach rechts oder links zu sehen.

Auf dem Bürgersteig blieb er einen Augenblick stehen. Überall lag Müll, und es stank erbärmlich, aber die Straße war fast menschenleer. Nur einige Pärchen waren unter den vielfarbigen blinkenden Neonlichtern unterwegs, und ein Würstchenverkäufer zog seinen Wagen langsam über den Gehsteig. Harte, rhythmische Klänge vermischten sich mit einer sehnsüchtigen Melodie einer Bluestrompete.

Rebecca betrachtete das Gesicht ihres Begleiters. Er wirkte abwesend und nachdenklich, und Rebecca schwieg deswegen. Ein leichtes Zittern lief durch ihren Körper, aber sie versuchte, es zu unterdrücken. Schließlich sah Mr. Staulet sie an, bot ihr seinen Arm und lächelte. Er sagte: »Mein Auto steht gleich dort vorn.«

»Ich kann zu Fuß gehen. Es ist nicht weit bis zu meiner Wohnung.« Sie nahm seinen Arm, weil es unhöflich gewesen wäre, sein Angebot abzulehnen und ihn einfach stehenzulassen, ohne die Geste irgendwie anzuerkennen, und weil sie Angst hatte, ihre Knie könnten bald nachgeben, wenn er sie nicht stützte. Sein Ärmel fühlte sich unter ihren Fingern seidig an, und die Muskeln seines Arms waren fest.

»Erlauben Sie mir, Sie nach Hause zu bringen«, sagte er und drehte sie sanft in die Richtung, in die er gedeutet hatte.

Er führte sie zu einer grauen Limousine. Der Fahrer, ein junger Schwarzer, der fast so breit war wie hoch, stieg aus und hielt die Tür auf. Falls er es seltsam fand, seinen Arbeitgeber zu sehen, der eine junge Frau mit billigem Make-up und noch billigerem Kleid am Arm hatte, ließ er es sich nicht anmerken. Staulet sagte leise etwas zu ihm. Der Chauffeur nickte und schloß die Tür. Er setzte sich hinter das Steuer und fuhr los.

Der Wagen war wie ein kühler, samtiger Kokon, der sie von der Unruhe und dem Lärm der engen Straßen abschirmte. Er vermittelte Rebecca ein Gefühl der Sicherheit, gleichzeitig schüchterte er sie aber auch ein. Sie schluckte schwer, bevor sie etwas sagte, und trotzdem klang ihre Stimme noch dünn und unsicher.

»Ich muß Ihnen danken, weil Sie mir geholfen haben.«

»Es war mir ein Vergnügen, das versichere ich Ihnen.«

»Ich weiß nicht, was ich getan hätte, wenn Sie nicht dagewesen wären.«

Er lächelte. »Aber ich bin oder war doch immer da, um Ihnen beim Tanzen zuzusehen, das müßten Sie doch eigentlich wissen.«

»Wirklich, Mr. Staulet.«

»Nennen Sie mich Cosmo bitte, ja? Das würde mir gefallen. Wissen Sie, daß dies das erste Mal ist, daß wir mehr als ein paar Worte wie ›hallo‹ und ›danke‹ gewechselt haben?«

»Ja, ich –«

»Das muß Ihnen doch seltsam vorkommen. Im stillen habe ich schon ziemlich viel mit Ihnen geredet. Ich liebe Sie.«

Sie starrte ihn mit leicht geöffnetem Mund an. Sie mußte sich wohl verhört haben. Menschen wie er sagten nicht einfach solche Dinge, nicht zu Menschen wie ihr.

Er lachte, und in seiner Stimme klang eine gewisse Nervosität mit. »Das überrascht Sie, nicht wahr? Sie dachten, ich wäre ein alter Lüstling, der Ihren sinnlichen Körper begehrt. Nun, ich bekenne mich schuldig, aber es ist mehr als das, mehr, als Sie ahnen.«

»Sie – Sie sollten sich nicht über mich lustig machen.«

»Denken Sie das von mir? Ich schwöre beim Grabe meines Vaters, daß ich das wirklich nicht tue. Und ich sage etwas Derartiges auch nicht so ohne weiteres.«

Rebecca wandte sich ab von dem strahlenden Ausdruck in seinen grauen Augen. Trotzdem sah sie ihn ganz deutlich vor sich: das Silber in dem schwarzen Haar an seinen Schläfen, die starke Kontur seiner Nase, sein kantiges Kinn und die Anmut und Kraft seiner Hände. Er hatte diese undefinierbare Ausstrahlung, die nur vornehme Leute besitzen, und die Selbstsicherheit, die eine Begleiterscheinung des Wohlstandes ist. Sie war fasziniert von ihm, und das machte ihr angst.

Sie konzentrierte ihre Aufmerksamkeit auf den von einem Zaun umgebenen Friedhof, an dem sie gerade vorbeifuhren. Sie blinzelte. »Das ist nicht der Weg zu meiner Wohnung.«

»Nein, ich weiß. Deshalb habe ich Ihnen auch so schnell meine Liebe erklärt. Ich wollte, daß Sie es wissen, bevor Sie meinen Verrat bemerken.«

Sie befeuchtete ihre Lippen. »Was meinen Sie damit?«

»Ich bringe Sie nicht nach Hause.«

»Wo – wo fahren wir hin?«

»Zu meinem Haus, nach Bonne Vie.«

»Ich kann nicht mit Ihnen kommen!« Ihre Worte klangen angespannt, während sie versuchte, ruhig zu bleiben.

»Warum nicht?«

Sie drehte sich zur Seite, so daß sie mit dem Rücken zur Tür saß. »Ich kenne Sie nicht. Sie kennen mich auch nicht.«

»Ich weiß mehr, als Sie ahnen«, antwortete er und begann in seiner ruhigen, aristokratischen Art die wesentlichen Daten ihres Lebens aufzuzählen: Ihr Geburtsdatum, Geburtsort, Name des Vaters, Name der Mutter, die Schule, die sie besucht und welche Notendurchschnitte sie dort bekommen hatte; was sie am liebsten aß, welche Farben und Blumen sie am liebsten hatte; er wußte, wann sie mit Edison von zu Hause weggegangen war, er kannte das Datum von Erins Geburt. Irgend etwas in seiner Stimme sagte ihr, daß er noch mehr wußte, es jedoch für besser hielt, nichts davon zu sagen.

»Wie?« fragte sie atemlos. »Warum?«

»Es gibt Mittel und Wege. Und was das Warum betrifft: Ich wollte alles über Sie wissen. Nennen Sie es eine fixe Idee – das ist nicht allzuweit von der Wahrheit entfernt. Bei Männern meines Alters sind eine oder zwei fixe Ideen erlaubt.«

»Ich – ich schäme mich so.«

»Aus welchem Grund? Es gibt nichts, worüber Sie sich schämen müßten. Ich sollte mich schämen, weil ich Nachforschungen angestellt habe und in Ihre Privatsphäre eingedrungen bin. Dafür möchte ich mich entschuldigen.«

»Sie wissen so viel über mich, und ich weiß fast nichts über Sie«, murmelte sie.

»Dann erlauben Sie mir, Ihnen einiges zu erzählen.«

»Aber ich kann nicht mit Ihnen gehen! Nicht so – mitten in der Nacht.« Sie hatte das schon einmal gemacht – und sie wußte, was daraus geworden war.

»Warum denn nicht?« fragte er. »Was sollte Sie davon abhalten? Wem sollte es schon etwas ausmachen?«

Diese Worte hätten eigentlich grausam klingen müssen, aber er sprach sie mit so viel ruhiger Sympathie und Gefühl aus, daß Rebecca schauderte und die Tränen kaum unterdrücken konnte. Er hatte recht. Es gab niemanden, der sich um sie sorgte. Keine Menschenseele.

»Was haben Sie mit mir vor?« fragte sie matt.

»Ich will mich nur um Sie kümmern und Sie lieben, sonst nichts. Hauptsächlich Sie lieben. Ich möchte Ihnen zunächst ein spätes Abendessen servieren lassen. Sie sind zu dünn. Danach werde ich Sie nach Hause bringen. Natürlich nur, wenn Sie dort immer noch hinwollen.«

»Sind Sie sicher, daß das alles ist?« Sie spürte eine Schwäche in ihren Muskeln, weil ihre Angst allmählich der Ruhe und dem Gefühl des Vertrauens wich.

»Ganz bestimmt, Kleines. Es würde mir sehr viel bedeuten, Sie eine Weile bei mir zu haben und Ihnen mein Heim zu zeigen.«

Irgendwie ließ er es so vernünftig erscheinen, und es war ihr unmöglich, ihm das abzuschlagen. Er hatte so viel für sie getan an diesem Abend, wie konnte sie da noch mißtrauisch oder gar undankbar sein?

Als sie das Haus am Ende der von Bäumen gesäumten Auffahrt sah, das im Mondlicht schimmerte wie ein weißes Märchenschloß mit Säulen, hätte sie ihn fast darum gebeten, wieder umzukehren. Aber Cosmo erzählte ihr gerade, wie er als Junge von einer der berühmten großen Eichen in der Allee vor dem Haus gefallen war und sich seine Mutter danach mehr Sorgen um den Ast gemacht hatte, den er dabei von dem Baum abgebrochen hatte, als um sein gebrochenes Schlüsselbein. Dann hielt die Limousine direkt vor den Stufen, die zum Eingang der Villa hinaufführten, und Cosmo half ihr beim Aussteigen. Die Haustür wurde von einem schwarzen Butler geöffnet, der auf den Namen Abraham hörte, und Cosmo führte Rebecca in die Halle.

»Willkommen in Bonne Vie«, sagte er, und der Stolz und die Freude in seiner Stimme hallten durch den langen, düsteren Raum. Dann öffnete sich die hohe, dicke Tür links von ihnen. Ein junger Mann kam in die Halle aus einer Bibliothek, in der Bücherregale aus Mahagoni mit verglasten Türen davor im weichen Licht schimmerten. Er hielt irgendein Buch in der Hand und hatte den Zeigefinger dort hineingelegt, wo er aufgehört hatte zu lesen. Er war dünner als Cosmo und viele Jahre jünger. Dennoch war die Ähnlichkeit unverkennbar. Ein Lächeln huschte über sein Gesicht, und er sagte: »Du bist spät dran, findest du nicht, Dad? Deine kleine Tänzerin muß ungewöhnlich –«

»Noel«, unterbrach Cosmo ihn, wandte sich um und zog Rebecca, die an seiner anderen Seite stand, ins Licht. »Hier ist jemand, den ich dir gern vorstellen möchte. Miss Benson, darf ich Ihnen meinen Sohn vorstellen? Noel, dies ist die junge Dame, von der ich dir erzählt habe.«

Der junge Mann musterte Rebecca von oben bis unten, und sie bemerkte die erstaunte Geringschätzung und die Scham, die ihn erstarren ließen. Hitze stieg flammend in ihr Gesicht, und ihre Hand schloß sich fester um Cosmos Arm.

Cosmo sah sie an und dann seinen Sohn, und er wurde ernst. Die Blicke der beiden Männer trafen sich kurz und hart. Noel verstand offenbar die Botschaft seines Vaters, senkte den Kopf und murmelte schließlich: »Miss Benson.«

»G-guten Abend«, stammelte sie.

Er sah ihr fast eine Ewigkeit lang mit seinem klaren grauen Blick in die Augen. Rebecca war in ihrem Leben noch niemals so prüfend und kritisch betrachtet worden. Dieser mißbilligende Blick war schlimmer als alles, was sie je hatte aushalten müssen. Sie wäre am liebsten aus dem Haus gerannt oder hätte Cosmos arrogantem Sohn eine Ohrfeige gegeben.

Schließlich brach Cosmo die angespannte Stille zwischen ihnen. »Möchtest du dich nicht bei unserem späten Abendessen zu uns setzen?«

»Nein danke. Ich bin sicher, ihr beide möchtet lieber allein sein.«

»Wie du willst«, erwiderte Cosmo äußerlich ungerührt. Rebecca spürte, wie sehr er sich bemühte, seinen Ärger nicht zu zeigen. Er ging mit ihr durch die Halle und auf die hintere Galerie, wo er sie zu einem Tisch geleitete.

Schon nach wenigen Minuten erschienen Kerzen, Wein, knuspriges französisches Brot und luftige Omeletts, die mit Käse, Pilzen und dünnen Schinkenscheiben gefüllt waren. Ihr Appetit, der zuerst nur gering gewesen war, vergrößerte sich unter dem sanft dahinplätschernden Gesprächston, mit dem Cosmo sie unterhielt, so daß sie sich ohne weiteres auch noch einem Dessert aus Bananeneiscreme widmen konnte. Plötzlich fragte Cosmo sie, ob sie ihn heiraten wolle.

Sie hielt mitten in der Bewegung inne und starrte ihn fassungslos an. Sie hatte keine Ahnung, was sie darauf erwidern sollte.

Er brach in Gelächter aus. »Sie halten mich für verrückt, nicht wahr?«

»Absolut wahnsinnig«, murmelte sie verwirrt.

»Seien Sie gemeinsam mit mir verrückt. Sagen Sie einfach ja.«

Sie legte ihren Löffel auf den Teller. »Das können Sie nicht machen.«

Er grinste sie an. »Kann ich das nicht? Warum?«

»Ich bin ein Mädchen von der Bourbon Street. Ein Mädchen, das fast nackt auf einem Tisch in einer Spelunke getanzt hat.«

»Also müssen Sie doch zugeben, daß es nicht viel an Ihnen gibt, das ich noch nicht kenne, oder?«

»Ich bin jung genug um Ihre – ich bin jünger als Ihr Sohn.«

»Wie taktvoll. Wirklich charmant.«

Sie sah auf ihren Dessertteller und schüttelte den Kopf.

»Finden Sie mich zu alt?« In seiner Stimme schwang ebensoviel Besorgnis wie Neugierde mit.

Er war in keinster Weise zu alt. Er war einfach überwältigend. »Nein, aber vielleicht bin ich zu jung.«

»Sie werden schon älter werden. Was stört Sie noch?«

Sie nahm wieder den Löffel in die Hand und tunkte seine Spitze langsam in das geschmolzene Eis. »Sie sagen, daß Sie mich lieben, aber Sie haben mich noch nicht gefragt, wie ich empfinde.«

»Was empfinden Sie für mich?«

»Ich weiß es nicht! Manchmal glaube ich, ich weiß nicht, was Liebe ist oder wie sie sich anfühlt. Ich frage mich, ob ich je Liebe empfinden kann.«

»Also empfinden Sie nichts für mich?«

»Ich fühle –« Sie hielt inne, sah ihm tapfer in die Augen und sagte: »Ich fühle mich sicher bei Ihnen. Ich fühle mich wohl, so, wie ich mich früher immer gefühlt habe, wenn ich an einem kalten Wintermorgen aufgestanden bin und alle anderen außer mir und meinem Vater noch geschlafen haben. Vater wickelte mich in seinen Morgenmantel, damit ich nicht fror, während er wartete, daß der Kaffee in die Kanne lief.«

Sie war sich eigentlich nicht sicher, warum sie sich in diesem Augenblick gerade daran erinnerte. Sie dachte eigentlich fast nie an ihren Vater, der gestorben war, als sie zehn Jahre alt gewesen war. Trotzdem stimmte das, was sie sagte. Cosmo Staulet vermittelte ihr wirklich dasselbe Gefühl von warmer Geborgenheit.

Er lächelte zärtlich. »Ich bin nicht Ihr Vater. Aber der Anfang ist schon ganz gut.«

In seiner Zärtlichkeit lag eine solche Unerbittlichkeit, daß sie Angst bekam. Sie legte den Löffel wieder hin und stieß hervor: »Ich habe ein Kind, ohne verheiratet gewesen zu sein.«

»Ein fürchterliches Vergehen – aber das hat dieser Idiot zu verantworten, der ein so übles Spiel mit Ihnen gespielt hat.«

»Sie wissen doch gar nicht, was für eine Frau ich wäre.«

»Eine schöne! Mehr brauche ich nicht zu wissen.«

»Ihr Sohn kann mich nicht leiden.« Sie sah zur Seite, als sie das sagte, und die heiße Schamröte stieg wieder in ihre Wangen.

»Sie sollen ja auch nicht meinen Sohn heiraten. Außerdem hat er bestimmt nichts gegen Sie. Wenn er sich über jemanden ärgert, dann wahrscheinlich über mich, weil ich Sie entdeckt habe und nicht die Großzügigkeit besitze, Sie ihm zu überlassen.«

»Sie täuschen sich.«

»Am besten, Sie heiraten mich einfach, dann werden wir es ja sehen.«

Rebecca brachte noch mehr Argumente vor, sie diskutierten, und Cosmo bot seine ganze Überredungskunst auf. Schließlich wurde ihr klar, daß er meinte, was er sagte, und daß er sie wirklich heiraten wollte. Sie konnte sich nicht im mindesten vorstellen, warum Männer sie so anziehend fanden. Sie wußte, daß sie nicht häßlich war, glaubte aber, daß sie sich kaum von Hunderten anderer Mädchen unterschied. Es war angenehm, von Männern beachtet zu werden, aber sie fürchtete sich auch davor.

Nach langen Gesprächen willigte Rebecca ein, Mrs. Cosmo Staulet zu werden.

Cosmo führte sie durch die berühmten alten Kaufhäuser in New Orleans – Maison Blanche und Holmes –, schenkte ihr zarte Unterwäsche und wunderschöne Kleider, elegante Kostüme und Tageskleider, Handtaschen, die herrlich nach Leder dufteten, und Schuhe, die ihre schlanken Füße umgaben, als wären sie für sie gemacht.

Rebecca mußte vor der Hochzeit zum Katholizismus konvertieren, und bis dahin bewohnte sie ein Schlafzimmer im ersten Stockwerk und schlief allein. Sie wollte Dante besuchen, als sie ihre paar Habseligkeiten aus ihrer Wohnung holte. Sie wollte ihm sagen, was sie vorhatte und ihn zur Hochzeit einladen, aber sie traf nur das Mädchen an, mit dem Rebecca ihn an jenem denkwürdigen Nachmittag gesehen hatte. Rebecca hinterließ eine Nachricht für ihn, aber Dante rief sie nie an. Die eigentliche Zeremonie fand in privatem Rahmen statt; nur ein paar von Cosmos engsten Freunden und sein Sohn waren in der Kirche. Rebecca trug ein langes Kleid aus ganz zarter, cremefarbener Seide, das mit pfirsichfarbenen Bändern und am Saum mit handgemachten Spitzen besetzt war. Natürlich hatte Cosmo es ausgesucht. Vor der Zeremonie stand Rebecca lange vor dem Spiegel und betrachtete sich. Ihr Haar und ihr Make-up waren von einem Mann zurechtgemacht worden, der einzig zu diesem Zweck nach Bonne Vie gekommen war. Sie war hübsch – zart wie eine Feenprinzessin. Eigentlich erkannte sie sich gar nicht recht wieder und fühlte sich nicht wie sie selbst. Es war, als würde sie langsam in eine Person verwandelt, die nichts mit ihr zu tun hatte. Das war beängstigend und aufregend.

Ein Gefühl der Panik beschlich sie, aber Rebecca verdrängte diese Empfindung rasch. Sie hatte doch ihre Entscheidung getroffen, oder? Sie konnte jetzt nicht mehr zurück und wollte es auch eigentlich gar nicht. Es wäre unvorstellbar für sie, Cosmo so zu verletzen. Und sie war auch neugierig auf das Leben in Bonne Vie und wünschte sich, dorthin zu gehören und Mrs. Cosmo Staulet zu sein. Es war nicht des Geldes wegen, ganz bestimmt nicht. Sie reizten die gesellschaftliche Stellung und die Achtung, die man ihr dann entgegenbrachte. Und auch der Mann zog sie an. Sie wurde langsam abhängig von seiner zärtlichen Fürsorge und seiner schützenden Wertschätzung. Zu dem Hochzeitsempfang, der nach der Trauung in Bonne Vie stattfand, waren relativ viele Leute eingeladen. Rebecca stand neben Cosmo, um die Gäste in der Halle zu begrüßen. Sie war nervös, und ihr schwirrte der Kopf von Namen und Gesichtern. Ihr Lächeln, das sie mühsam aufrechtzuerhalten versuchte, wirkte ein wenig zittrig. Sie wiederholte immer wieder dieselben Sätze, bis sie ihr völlig sinnlos erschienen. Jeder, der zur Tür hereinkam, erschien ihr so natürlich und so entspannt. Sie kannten jeden, und jeder kannte sie, und sie gingen von einer Gruppe zur anderen, wurden alle akzeptiert und waren sicher, daß sie dazugehörten. Die Leichtigkeit, mit der sie sich in der Gesellschaft bewegten, ließ Rebecca sich als Außenseiterin fühlen. Sie war sich bewußt, daß man über sie tuschelte, sie genau betrachtete und beurteilte.

Aber Cosmos Sohn bereitete ihr das größte Unbehagen. Noel stand in der Nähe und beobachtete sie unter gesenkten Wimpern hervor, während er seinen Sekt trank. Er sah ausgesprochen gut aus in seinem Abendanzug, obwohl er noch reizvoller gewesen wäre, wenn er gelächelt hätte. Er tat es aber nicht. Mit nüchterner Gründlichkeit schien er jedes ihrer Worte und jede ihrer Gesten zu prüfen, als wäre er von ihrer Vorstellung gefesselt.

Es war ihm schon zur Gewohnheit geworden, sie unablässig zu beobachten, und Rebecca war sich dessen in jeder Sekunde bewußt. Obwohl Noel am Anfang alles andere als freundlich gewesen war, hatten sie wortlos eine Art Waffenstillstand geschlossen. Schließlich waren sie fast gleichaltrig, und es war nicht unbedingt überraschend, daß sie dieselbe Musik gern hatten – von Rock bis Jazz – oder den gleichen seltsamen Sinn für Humor hatten, den Cosmo oft unverständlich, wenn nicht gar albern fand. An diesem Abend fühlte Rebecca, daß Noel sie genau durchschaute. Er wußte, daß ihr Herz raste und daß sie sich nichts sehnlicher wünschte, als von dieser Gesellschaft akzeptiert zu werden. Und vermutlich ahnte er auch, daß sie vor der bevorstehenden Hochzeitsnacht Angst hatte. Sie bemerkte, daß aus dem Blick seiner grauen Augen Mitgefühl sprach. Es war da, als bestünde schon eine ungeheure Nähe zwischen ihr und dem jungen Mann, der seit heute, so unglaublich es auch klingen mochte, ihr Stiefsohn war.

Inzwischen waren fast alle Gäste angekommen, und Cosmo schlug vor, daß sie sich zu den anderen gesellten. In diesem Augenblick trat Noel langsam auf Rebecca zu. Gleichzeitig wandte sich Cosmo zur Seite und flüsterte seinem Butler einige Anweisungen zu.

Noel ergriff Rebeccas Hand, die sie ihm entgegenstreckte, doch – anstatt wie so viele andere ihre Wange zu küssen – beugte er sich vor und berührte ihre Lippen mit den seinen. Sein Mund war weich und warm und schmeckte nach Sekt. Die Berührung stieg Rebecca genauso zu Kopf wie der Sekt und sandte Wellen von vibrierendem Genuß durch ihren Körper, die in ihrem Unterkörper zu verschmelzen schienen. Sie zuckte zurück, als hätte sie sich verbrannt. Ihre Blicke trafen sich, und sie war verwirrt von dem schmerzlichen Ausdruck in seinem Gesicht.

»Meinen Glückwunsch«, hauchte er sarkastisch. »Vater hatte doch recht; du wirst eine wunderbare Herrin von Bonne Vie.«

Dann ließ er sie los, drehte sich abrupt um und ging fort. Rebecca holte tief Luft, als wäre sie plötzlich aus dem Wasser aufgetaucht. Cosmo wandte sich ihr zu, um ihre Stirn mit den Lippen zu streifen. »Was ist los, Liebste?«

»Nichts«, versicherte sie spröde. »Gar nichts.«

Er schwieg, aber zwischen seinen Augenbrauen entstand eine steile Falte, als er seinen Sohn entdeckte, der gerade verschwand.

Als der Empfang vorüber war, fühlte sich Rebecca grenzenlos erschöpft, und ihre Nerven waren von der Anstrengung der letzten paar Tage so gespannt, daß Cosmo sie erst mit etwas Sekt beruhigte und sie zu ihrem Bett führte. Er erklärte, daß er selbst viel zu müde war, um noch romantisch werden zu können. Er hielt Rebecca im Arm, bis sie eingeschlafen war. Ihr Flugzeug nach Europa startete früh am nächsten Morgen vom internationalen Flughafen von New Orleans aus. Ihr Ziel war Paris, und Cosmo wollte über London zurückfliegen, doch der Rest ihrer Reiseroute war ungewiß und, so sagte Cosmo, würde sich ganz nach Rebeccas Lust und Laune richten.

Paris war für Rebecca ein wahr gewordener Traum. Ihre Hotelsuite hatte ein Fenster, von dem aus man einen alten Platz mit Sandsteingebäuden ringsherum sehen konnte. Die Schlafzimmerwände waren mit blaßgrünem Satin bespannt und die Vorhänge waren mit Goldfransen besetzt. Der Balkon hatte ein geschwungenes Geländer, das Rebecca an New Orleans erinnerte. Eine Flasche Sekt und eine Schale mit Früchten standen für sie bereit. Cosmo und Rebecca aßen zusammen eine Birne und tranken auf die Stadt der Lichter, während sie von ihrem Balkon aus zusahen, wie das Tageslicht allmählich in einem rosa Dunst über den grauen Dächern von Paris verblaßte.

Danach erklärte Cosmo Rebecca mit einem Ernst, der von dem warmherzigen Leuchten in seinen Augen Lügen gestraft wurde, den Gebrauch des Bidets, das sich in einem der Badezimmer der Suite befand, und ließ sie dann allein, damit sie sich in aller Ruhe einem duftenden Schaumbad hingeben konnte. Er selbst benutzte das andere Badezimmer.

Als Rebecca das Bad verließ und den Gürtel eines seidenen Hausmantels um ihre Taille band, entdeckte sie auf dem Bett ein eingepacktes und mit einem hübschen Bändchen verziertes Geschenk. Cosmo saß in einem Sessel, gekleidet in einen Morgenrock aus dunkelblauem Kaschmir und las Zeitung, die er völlig zu vergessen schien, als Rebecca das Zimmer betrat. Sie lächelte ihm unsicher zu, und er deutete auf das Geschenk.

»Mach es auf«, forderte er mit tiefer Stimme.

»Was ist es diesmal? Du hast mir schon viel zu viele Dinge geschenkt.«

Die vergangenen Wochen waren wie ein nicht enden wollendes Weihnachtsfest gewesen, kaum ein Tag war vergangen, an dem Cosmo ihr nicht irgendein Geschenk gemacht hatte, von Badesalz und Parfüm bis hin zu dem riesigen ovalen Diamanten an ihrer linken Hand. Es war ihr schon fast unangenehm, ja sogar lästig geworden, sich immer bedanken zu müssen.

»Dieses Geschenk ist nur teilweise für dich. Es ist auch für mich.«

Rebecca sah, daß ihr Ehemann nicht ganz so entspannt war, wie er auf den ersten Blick wirkte.

Genaugenommen hatte seine Haut eine leichte rosa Tönung, und unter seinen Augen lag ein kleiner Schatten von Zweifel. Sie spürte, daß auch ihre Wangen heiß wurden und sich ihr Magen zusammenzog, als ihr klar wurde, daß der Augenblick der Intimität jetzt endlich gekommen war. Sie hatte genug Zeit gehabt, darüber nachzudenken, schon fast zuviel. Jetzt war sie halb ängstlich und halb fasziniert. Trotzdem verspürte sie den Drang, aus dem Zimmer zu stürmen.

»Bitte«, flüsterte er, faltete seine Zeitung zusammen und stand auf, um sich neben sie zu stellen.

Sie wandte sich etwas ab, um nach dem Geschenk zu greifen. Es war schwerer, als sie erwartet hatte, und aus dem Inneren ertönte ein seltsames, gedämpftes Rappeln. Es war leichter, das Bändchen zu lösen und das Papier abzureißen, als Cosmo anzusehen. Sie packte eine muschelförmige Schachtel aus abgenutztem, blauem Samt aus. Der Verschluß war schwer zu öffnen, aber schließlich hob sie den Deckel.

Im Innern lag auf einer Unterlage von schimmernder weißer Seide eine doppelreihige Perlenkette. Die Perlen bewegten sich ganz leicht mit dem Schlag ihres Herzens, während sie die Schachtel an sich drückte. Die Perlen waren so glänzend und schön, daß sie ihr fast lebendig erschienen. Sie waren die größten und vollendetsten, die sie je gesehen hatte, und obwohl sie eigentlich nur eine unklare Vorstellung davon hatte, wußte sie instinktiv, daß sie unbezahlbar waren.

»Das sind die Staulet-Perlen«, erklärte Cosmo, als sie so regungslos vor Staunen auf sie hinuntersah. »Einer meiner Vorfahren kaufte sie auf einer Reise in den Orient und schenkte sie an seinem Hochzeitstag seiner Braut. Meine erste Frau, Noels Mutter, legte nie sehr viel Wert auf sie, weil sie glaubte, Perlen würden Tränen bedeuten. Ich hoffe, du bist nicht so abergläubisch.«

»Nein«, flüsterte sie leise. »Sie sind wirklich wunderschön, aber ich weiß nicht, ob ich sie je tragen kann. Ich hätte Angst, sie zu verlieren.«

»Das bezweifle ich, der Verschluß ist sehr sicher. Aber du kannst ja damit anfangen, sie für mich zu tragen. Sie müßten gut zu – zu diesem hier passen.«

Er griff nach der Seide, die die Schachtel auskleidete, und zog sie heraus. Er hielt ein winziges Fransengebilde in der Hand, das Rebecca allzu vertraut war. Es war ein weißseidenes Höschen mit Fransen, ganz ähnlich dem, das sie in der Bar in der Bourbon Street getragen hatte, nur der Stoff war feiner.

Rebecca starrte ihn ungläubig an. Er schenkte ihr einen flehenden Blick und flüsterte leise: »Nur dieses eine Mal. Bitte.«

Rebecca hatte geglaubt, diesen Teil ihres Lebens hinter sich gelassen zu haben. Sie hatte gedacht, sie würde die Demütigungen von damals vergessen und neu beginnen können. Als sie feststellte, daß es nicht so war, schwand die Farbe aus ihrem Gesicht und ihre Hände wurden eiskalt.

»Bitte sieh mich nicht so an«, flehte Cosmo mit rauher Stimme. »Ich brauche es, daß du das für mich tust, weil ich wirklich so bin, ich bin ein alter Lüstling. Es hat nichts damit zu tun, was du früher warst oder was du jetzt bist.«

Sie erkannte den Schmerz in seiner Stimme, und plötzlich war ihr eigener Schreck fort. Sie zwang sich zu lächeln. »Du bist kein Lüstling, du könntest niemals ein Lüstling sein. Und alt bist du auch nicht.«

Er antwortete nicht und beobachtete atemlos, wie Rebecca die Perlen hinlegte, den Morgenmantel abstreifte, ihm das Höschen aus der Hand nahm. Sie zog es über ihre Hüften und rückte es zurecht, so daß die Fransen kühl und seidig über ihrer Scham lagen. Dann drehte sie sich um und sah ihn an.

Cosmo griff nach den Perlen. Er legte sie ihr um den Hals und schloß die Kette. Ihr Gewicht lag zwischen ihren Brüsten. Er berührte sie, drückte sie leicht in ihre Haut, so daß sie die Wärme ihres Körpers annahmen und sich dem weichen, cremerosa Schimmer ihrer Haut anpaßten.

Er umfaßte ihre Brüste mit den Händen, neigte den Kopf, um die nach oben zeigenden Spitzen zu küssen, und kniete sich ihr zu Füßen. Er ließ seine Hände über ihren Körper abwärts gleiten, folgte den Rundungen und hielt sie fest. Dann flüsterte er ihren Namen und drückte sein Gesicht in die seidenen Fransen.

Sie spürte seinen warmen Atem und dann seine feuchte und heiße Zunge. Sie hielt beschämt die Luft an und protestierte leise, aber Cosmo hielt nicht inne. Rebecca schloß die Augen und beruhigte sich. Ihre Haut wurde langsam feucht und heiß. Sie schnappte nach Luft und stöhnte erstickt. Das Blut pulsierte durch ihre Adern. Ihre untere Körperhälfte wurde immer schwerer. Sie legte ihre Hände auf Cosmos Schultern, drückte sie und hielt sich daran fest. Das Entzücken begann ganz tief in ihrem Innern, erhob sich in langsamen Wellen und nahm sie immer mehr gefangen. Es verbannte Denken und Fürchten, wurde zum lockenden Ziel. Sie wollte es, brauchte es und konnte nicht ertragen, es nicht zu erreichen.

Plötzlich brach es über sie herein. Sie stieß einen leisen Schrei aus, und ihre Knie gaben nach. Cosmo ließ sie nach hinten auf das Bett sinken und wand sich aus seinem Morgenrock. Er setzte ein Knie auf die Bettkante und zögerte, als wäre er nicht sicher, ob er wirklich willkommen war. Rebecca öffnete die Augen und streckte die Arme nach ihm aus.

14

Sie blieben drei Monate in Frankreich. Cosmo genoß es sehr, Rebecca die Baudenkmäler und Museen zu zeigen, aber auch, sie in den großen Modemetropolen auszustatten. Er saß gern in einem Straßencafé, während sie in den Läden an der Rue de la Paix und den Champs Élysées einkaufte. Er freute sich, daß sie es vorzog, sich in den Galeries Lafayette einzukleiden, fand es allerdings nicht so amüsant, daß sie ihn in die Métro zerrte, um ferne Winkel der Stadt zu erforschen, oder daß sie lange Spaziergänge mit ihm unternahm, die unabänderlich zu den Bücher- und Blumenständen am Ufer der Seine oder durch alle möglichen Antiquitätengeschäfte am linken Ufer des Flusses führten. Er nahm sie mit in die Pariser Büros der Staulet Corporation, wo er sie mit offensichtlichem Stolz einführte und ihr den Blick auf den Eiffelturm von den Fenstern im obersten Stock aus zeigte. Sie gingen einmal mit dem Präsidenten der Pariser Zweigstelle essen, einem Mann, der Rebecca anzüglich und herablassend behandelte, so daß sie sich schließlich innerlich zurückzog und schwieg. Sie konnte den Mann nicht leiden, aber als sie Cosmo später davon erzählte, konnte sie ihm eigentlich nicht so genau sagen, warum.

»Soll ich ihn rauswerfen, weil du ihn nicht leiden kannst?« fragte er mit einem spöttischen Lächeln.

»Du meinst, das würdest du tun?«

»Ich glaube ganz stark an die Intuition der Frauen.«

»Ich habe es aber nicht böse gemeint. Ich habe nur gesagt –«

»Du mußt lernen, die Verantwortung für das zu übernehmen, was du sagst, Liebste.«

»Kann ich nicht eine Meinung haben, ohne daß es einen Mann seine Stellung kostet? Kann ich nicht zu dir sagen, was ich denke, ohne –«

»Ohne Konsequenzen? Das funktioniert fast nie. Alles, was wir sagen, hat Konsequenzen, was auch immer wir ursprünglich damit beabsichtigt haben.«

»In diesem Falle ist es eigentlich ein Wunder, daß die Menschen überhaupt je reden.«

»Ja, nicht wahr?« sagte er und lachte.

Sie mieteten ein Auto und fuhren aufs Land und am Ufer der Seine entlang, die außerhalb von Paris so klar und grün wie Gras war, und dann wanderten sich durch Weinberge.

Rebeccas siebzehnten Geburtstag feierten sie in der Nähe von Marseilles. Cosmo schenkte ihr ein Paar Ohrringe mit Diamanten und Aquamarinen und eine kleine Taschenpistole. Er zeigte ihr, wie man damit umging, und erklärte, daß er nicht ständig in ihrer Nähe sein konnte, um sie zu beschützen. Eine Waffe würde ihr sicher zumindest so viel Selbstbewußtsein vermitteln, daß sie versuchen konnte, sich selbst zu verteidigen; manchmal sei ein Versuch schon völlig ausreichend.

Sie nahmen Sonnenbäder an einem Strand in der Nähe von Nizza und unterhielten sich ohne konkrete Absicht über die Möglichkeit, ein Haus in Frankreich zu kaufen. Bei dieser Gelegenheit erfuhr Rebecca auch, daß Cosmo schon zwei Landhäuser besaß, eines in Colorado und ein zweites auf einer Insel der Bahamas. Sie konnte sich beim besten Willen nicht vorstellen, wozu er dann noch ein weiteres brauchte, und sagte ihm das auch. Da packte er sie und rollte mit ihr über den Sand, bis sie auf ihm lag und sich an ihn schmiegte. Er sagte ihr zum zehntausendsten Mal, daß er sie liebte, und weil es ihn glücklich machte, sagte sie ihm auch, daß sie ihn liebte. Sie war sich inzwischen nicht mehr sicher, ob das nur eine fromme Lüge war.

Die Zeit, die sie in Frankreich verbrachten, veränderte Rebecca. Sie war nicht mehr dasselbe Mädchen, das sie bei ihrer Abreise aus New Orleans gewesen war. Es war nicht nur der phantastische Schnitt und Schimmer ihres Haars oder das dezente Make-up, auch nicht die modisch elegante Kleidung oder der Schimmer der Perlen um ihren Hals. Es war das Bewußtsein, einen eigenen Stil zu haben, eine bequeme und selbstbewußte Eleganz, die ihr etwas Aristokratisches verlieh, ohne daß sie sich allzusehr darum bemüht hatte. Es waren auch die Anmut, mit der sie sich bewegte, die leicht zur Seite gewandte Richtung ihres Kinns und die kultivierte Ausdrucksweise, die ihre Herkunft nicht verheimlichte. Doch vor allem waren es die Wärme ihres Lächelns und die Art, in der sie jedem, dem sie begegnete, klar und unumwunden in die Augen sah. Niemand war sich dieser Veränderungen bewußter als Rebecca selbst. Sie wußte auch, daß sie das Cosmos sanfter Führung, seiner freigebigen Unterstützung und seinem unfehlbaren Vorbild verdankte. Sie war dankbar für all diese Dinge, aber ganz besonders für seine ungeheure Geschicklichkeit, mit der er es vermied, daß sie sich jemals in seiner Gegenwart unbehaglich fühlte oder glaubte, ihr fehlten die Eigenschaften, die er von seiner Frau erwartete. Das hatte sie noch mehr angestachelt, so zu werden, wie er es sich, ohne ausdrücklich darauf hinzuweisen, wünschte.

Cosmo hatte begonnen, sie Riva zu nennen, als sie in Südfrankreich ankamen. Sie sehe jetzt einfach nicht mehr aus wie eine Becky, hatte er gemeint. Riva war eine andere Abkürzung von Rebecca, die entschieden mehr Stil bewies. Es hatte noch ein ganzes Weilchen gedauert, bis sie sich an diesen Namen gewöhnt hatte, aber noch bevor sie die Heimreise antraten, hatte sie keine Schwierigkeiten mehr mit dem neuen Namen.

Noel kam mit George und dem Wagen zum Flughafen. Diese höfliche Geste hatten sie nicht erwartet. Das letzte, was sie von ihm gehört hatten, war, daß er aus Bonne Vie ausgezogen war und auf dem Campus der ›Georgia Tech‹-Universität wohnte, zu der er für das Herbstsemester übergewechselt war. Diese Entscheidung war recht plötzlich gekommen, aber Cosmo billigte sie ohne allzu große Überraschung und versuchte auch nicht, Noel davon abzuhalten.

Riva freute sich, Noel zu sehen, und lächelte ihm scheu zu. Er sprach jedoch auf der langen Heimfahrt kaum mit ihr und konzentrierte sich darauf, seinen Vater mit den Ereignissen vertraut zu machen, die sich in ihrer Abwesenheit ereignet hatten. Dann und wann taxierte er Riva, sah aber immer sofort wieder weg, sobald sich ihre Blicke begegneten.

Riva merkte, daß er sich unbehaglich in ihrer Gegenwart fühlte. Die Frage war nur, warum. Sie musterte ihn unauffällig und versuchte den Grund dafür herauszufinden. Möglicherweise war es einfach die Veränderung in ihrem Aussehen, obwohl sie es eigentlich nicht glaubte. Sie hatte in der Bourbon Street gelernt, die Anerkennung in den Augen eines Mannes wahrzunehmen, und genau das bemerkte sie jetzt auch bei Noel. Gleichzeitig hatte sie das Gefühl, daß er etwas verbarg, etwas wie Unruhe oder vielleicht sogar Furcht. Wenn das so war, mußte sie irgend etwas unternehmen. Sie hatte nicht die Absicht, ein mögliches Mißverständnis zwischen Noel und ihr zu dulden. Das Abendessen erwartete sie, als sie in Bonne Vie ankamen – ein herrliches Angebot an verschiedensten Gartengemüsen und den würzigen Gerichten der Cajun und der Kreolen, die sie in den letzten Monaten so vermißt hatten. Riva bemühte sich sehr, am Tischgespräch teilzunehmen, und wurde dadurch belohnt, daß die beiden Männer völlig natürlich und unbekümmert mit ihr plauderten. Sie schienen fast eine Familie zu sein, zumindest bis das Essen vorüber war.

Es gab ein oder zwei geschäftliche Angelegenheiten, um die Cosmo sich sofort kümmern wollte. Jetzt, da er wieder in heimischen Gefilden war, nahmen die Firma und seine Pflichten einen Stellenwert für ihn ein, den sie seit mehreren Monaten nicht mehr gehabt hatten. Er entschuldigte sich, stand auf und ging in die Bibliothek, um von dort aus zu telefonieren. Plötzlich war Riva mit Noel allein. Riva, die bemerkte, daß der Butler sich im Hintergrund hielt, um zu gegebener Zeit den Tisch abzuräumen, stand auf. Noel tat aus Höflichkeit dasselbe. Als Riva in die Halle ging und sich der hinteren Galerie zuwandte, ging er neben ihr her.

Die Luft war warm draußen, aber nicht unangenehm, denn der Sommer neigte sich dem Ende zu. Die Dunkelheit unter dem vorstehenden Teil der oberen Galerie war weich und einladend. Riva trat ans Geländer und lehnte sich mit einer Schulter an eine der großen Säulen. »Es ist schön, wieder an der frischen Luft zu sein«, sagte sie beiläufig.

»War in Europa keine frische Luft?«

»Doch, natürlich. Ich meine nur nach den vielen Flugzeugen und Flughäfen und Autos mit Klimaanlage.«

»Also hat dir deine Reise gut gefallen?«

»Ja, sehr.«

»Mir scheint, die Hochzeitsreise war ein Erfolg.«

Sie drehte sich um und sah ihn an. »Ich denke schon.« Als er schwieg, fragte sie: »Noel?«

Er betrachtete sie in der Dunkelheit und steckte lässig eine Hand in die Hosentasche. Das Licht aus der Halle fiel über seine Schulter und eine Seite seines Gesichts, aber seine Augen blieben im Schatten.

»Ja?«

»Ich... ich möchte, daß du weißt, daß ich keine Bedrohung für dich bin.«

»Wirklich nicht?« Seine Stimme klang höflich, aber zweifelnd.

»Nichts wird sich ändern, nicht entscheidend.«

»Nein, denn es hat sich schon alles geändert.«

»Ich will damit nur sagen, ich möchte nichts haben, was dir gehört, und werde dir nie etwas wegnehmen.«

Er starrte sie eine ganze Weile schweigend an. In seinem Gesicht lag eine Anspannung, die auf seinen unterdrückten Ärger hinzuweisen schien, aber auch auf Traurigkeit und ein seltsames Verlangen.

Schließlich meinte er: »Das hast du schon getan.«

Sie sah überrascht zu ihm auf. »Was?«

Er trat einen Schritt näher. Dann streckte er die Hand aus und berührte die Perlen, die auf ihrer Brust lagen. »Der Tradition nach gehören diese

Perlen mir als dem erstgeborenen Sohn, und ich gebe sie dann meiner Frau.«

»Du hast doch noch gar keine Frau.«

»Aber mein Vater hat eine. Und wenn ich mich entschließen sollte, zu heiraten, wirst du sie dann wieder aufgeben?«

»Wenn es so Tradition ist, werde ich das tun, ja.« Sie meinte das wirklich so, allerdings taten ihr seine Worte irgendwie weh.

»Welche Opferbereitschaft.«

Getroffen von seinem Spott sagte sie: »Ich habe nicht um diese Perlen gebeten. Cosmo hat sie mir gegeben!«

»Das glaube ich gern.«

»Du kannst sie jetzt gleich haben, wenn du unbedingt willst!« rief sie und tastete in ihrem Nacken nach dem Verschluß. »Ich möchte nichts besitzen, was Probleme zwischen uns verursacht.«

Mit einer schnellen Bewegung ergriff er ihre Hände und hielt sie fest. »Sei nicht albern! Ich will die Perlen nicht.«

Er war ihr jetzt so nah, daß sie das Aroma seines Rasierwassers von Hölzern und Zitrusfrüchten und seinen eigenen männlichen Duft wahrnahm. Seine Nähe irritierte sie und betäubte ihre Sinne, so daß sie zu schwanken begann und ihm dadurch noch näher kam. Entsetzt bemerkte sie, daß die Leidenschaft, die ihr inzwischen so vertraut war, sie zu überwältigen drohte. Sie mußte all ihre Energie aufwenden, um dieses Gefühl sofort zu unterdrücken.

»Ich wollte nur –«, begann sie, hielt inne und begann dann noch einmal. »Ich wollte eigentlich nur, daß du mich gern hast.«

Es entstand ein Augenblick der tiefsten Stille, bevor er ein Geräusch von sich gab, das sowohl ein weiches Lachen als auch ein Ausdruck von Schmerz gewesen sein konnte. Er ließ sie quälend langsam los, trat dann zurück und schob seine Hände wieder in die Taschen. »Dafür ist es schon zu spät«, antwortete er. »Viel zu spät. Ich glaube, ich gehe jetzt besser. Ich möchte zeitig zurückfahren, damit ich am Montag pünktlich an der Uni sein kann. Ich werde mich nur noch schnell von Vater verabschieden.«

Eine Mücke summte um Rivas Gesicht und verschwand wieder. »Du willst doch nicht noch heute nacht fahren?«

»Ich denke, das ist das beste«, brachte er mühsam hervor. »Das glaube ich wirklich.«

Er gab ihr nicht die Gelegenheit, ihm zu antworten, und drehte sich abrupt um und ging zurück ins Haus. Nach einigen Minuten ertönte Motorengeräusch. Erst eine ganze Weile später bewegte sich Riva. Sie ging ins Haus.

Sie und Cosmo begannen, eine gewisse Routine miteinander zu entwickeln. Anfangs blieb sie zu Hause, aber nachdem sie jetzt so viele Monate ständig mit ihrem Mann zusammengewesen war, fand sie das auf die Dauer langweilig. Sie las viel, um die Mängel ihrer unterbrochenen Schulbildung auszugleichen. Für ein paar Monate fand sie das interessant genug, aber nach einiger Zeit genügte ihr diese Beschäftigung nicht mehr. Es gab Clubs, denen sie beitreten, Teeparties und andere gesellschaftliche Mahlzeiten, an denen sie teilnehmen konnte, doch das interessierte sie eigentlich nicht besonders. Sie hatte den Eindruck, daß Cosmo nicht gern von ihr getrennt war, denn als er von ihrer Unzufriedenheit erfuhr, ließ er das Büro neben dem seinen im Staulet-Gebäude räumen und richtete es für Riva neu ein.

In den ersten paar Tagen kam er nur zweimal täglich zum Kaffee und blieb gelegentlich für ein halbes Stündchen bei ihr. Schließlich begann er immer häufiger, geschäftliche Probleme mit ihr zu besprechen. Er ließ Dampf ab, wenn er sich über etwas geärgert hatte, oder erklärte ihr seine neuen Ideen.

Sie hatte keine Ausbildung in wirtschaftlichen Dingen und ganz sicher auch keine Erfahrung, aber sie hatte eine schnelle Auffassungsgabe, ein gutes Gedächtnis und mehr als genug gesunden Menschenverstand, und sie haßte es, herumzusitzen, Däumchen zu drehen und nichts zu tun. Darüber hinaus konnte sie gut mit Menschen umgehen und war in der Lage, die klugen und originellen Leute von Bewerbern zu unterscheiden, die nur viel reden und Eindruck machen wollten. Innerhalb eines Monats erledigte sie kleine Arbeiten für Cosmo, führte Telefonate für ihn, stellte Listen zusammen und schrieb ihm Merkzettel.

Zu Beginn hatte Cosmos Sekretärin, die seit fünfzehn Jahren für ihn arbeitete, Bedenken, daß ihre Stellung dadurch gefährdet wäre. Aber Riva gab unumwunden zu, daß sie weder Schreibmaschine schreiben noch stenografieren konnte und gewiß nicht die Absicht hatte, ihr die organisatorischen Pflichten abzunehmen – und schon war der Friede wiederhergestellt. Bald tippte die Sekretärin die Texte, die Riva diktierte, und nahm für sie Nachrichten entgegen, und vereinbarte Termine mit

Rivas Friseur. Nach sechs Monaten wurde Riva als Cosmos persönliche Assistentin anerkannt, als die Frau, mit der man zuerst sprechen mußte, wenn man etwas beim Chef erreichen wollte.

Es war auch allgemein bekannt, daß sie zwar die junge Frau eines viel älteren Mannes war, man aber trotzdem gut daran tat, ihr gegenüber zurückhaltend zu sein. Sie konnte eine zweideutige Bemerkung mit einem eisigen Blick quittieren, und der betreffende Mann konnte froh sein, wenn sie nicht Schlimmeres unternahm. Jeder Mann, der so unvernünftig war, sie anzufassen, konnte von Glück sagen, wenn seine Finger heil blieben.

Als Cosmos Sekretärin ihr zum ersten Mal gestand, wie man ihre Kälte gegenüber Männern beurteilte, war Riva betroffen. Es war ihr gar nicht bewußt gewesen, daß sie so schroff reagierte. Allerdings hatte sie schon genügend laszive und demütigende Bemerkungen gehört, um für den Rest ihres Lebens genug zu haben, und sie legte keinen Wert auf geistlose Flirts und zweideutige Anspielungen. Männer, die sie bewunderten oder zu betören versuchten, ließen sie kalt, und manchmal empfand sie sogar ihrem Mann gegenüber eine gewisse Kälte. In Frankreich war das nie so gewesen. Damals hatte sie sogar das Gefühl gehabt, eine gesunde und normal empfindende Frau zu sein. Das hatte jedoch nicht lange angedauert. In letzter Zeit hatte sie oft das Gefühl, daß Cosmo sie eher beiläufig liebte, als würde er die Empfehlungen, die er in einem Buch gelesen hatte, genau ausführen. Er nahm kaum noch Rücksicht darauf, wie sie empfand und was sie brauchte. Manchmal erschien es ihr sogar so, als ob Cosmo absichtlich verhindern wollte, daß sie Lust empfand. Es schien, als fürchtete er, die Kontrolle zu verlieren oder zum Höhepunkt zu kommen, bevor er es für richtig hielt. Vermutlich dachte er zuviel über das nach, was er tat, statt seinen Impulsen zu folgen. Er wollte sichergehen, daß er sie nicht enttäuschte, und das trieb Riva dazu, ständig Rücksicht auf ihn zu nehmen. Die Leidenschaft blieb dabei auf der Strecke, und Rivas Bedürfnisse wurden immer seltener befriedigt, so daß sie leer und kalt zurückblieb.

Sie hatte versucht, darüber zu reden, aber keinen Erfolg gehabt. Das Thema war Cosmo fast genauso peinlich wie ihr selbst; außerdem schien er alles, was sie in dieser Richtung vorbrachte, als Beschwerde aufzufassen. Er hatte nach diesem Gespräch Hemmungen, sie zu lieben, oder, was noch schlimmer war, er war nicht in der Lage dazu. Also blieb Riva nur noch die Möglichkeit, zu schweigen und Gefühle vorzutäuschen, die sie nicht empfand – außer bei wenigen seltenen Gelegenheiten. Allmählich machte sie sich ernsthafte Sorgen darüber, ob sie überhaupt fähig war, körperliche Lust mit einem Mann zu empfinden.

Erst zu Weihnachten kam Noel wieder nach Bonne Vie. Er sagte, er hätte an einem größeren Projekt gearbeitet und deshalb nicht vorher kommen können. Sein Hauptfach war Wirtschaftswissenschaften und Verwaltung, aber sein Nebenfach war Elektronik, und so erschien diese Erklärung immerhin einigermaßen plausibel. Cosmo stellte keine weiteren Fragen, und Riva wagte es auch nicht, aber sie wunderte sich doch.

Noels Besuch verlief ohne bemerkenswertes Ereignis, wenn auch nicht ohne Spannung. Am Weihnachtsabend schauten sich Riva, Cosmo und Noel die Freudenfeuer auf dem Mississippidamm an. Riesige Mengen Holz, Treibholz und getrockneter Zuckerrohrtrester wurden pyramidenförmig oder auch in der Form von Dampfschiffen oder sogar von Häusern aufgestapelt und angezündet, um – wie es hieß – dem Weihnachtsmann den Weg über den Fluß zu weisen, damit er den Jungen und Mädchen der Cajuns ihre Geschenke bringen konnte. Im Licht der großen flackernden Feuer auf dem Damm wurde musiziert und getanzt, und starke alkoholische Getränke halfen, die feuchte und durchdringende Kälte des Dezembers abzuwehren.

Cosmo war es zufrieden, im Auto langsam am Damm auf und ab zu fahren oder, wenn sie anhielten und ausstiegen, mit Freunden zusammenzusitzen und aus der Bar im Rücksitz der Limousine Bourbon auszuschenken. Er drängte jedoch Noel und Riva, auszusteigen und zu den jungen Leuten zu gehen, die auf dem Damm feierten, und den Jambalaya-Eintopf und den heißen Apfelmost zu kosten, die von geschäftstüchtigen Leuten angeboten wurden.

Die Musik der Fiedeln und Akkordeons wirkte anregend, und als Noel nach Rivas Hand griff, um sie zwischen die tanzenden Paare zu ziehen, erschien es ihr ganz natürlich, sich seinen Schritten anzupassen und den Bewegungen der anderen zu folgen. Die Melodie war ein Walzer, aber ein Walzer mit einem schnelleren, kräftigeren Rhythmus. Noel bewegte sich sicher und so geschmeidig, als würde ihm die Musik im Blut liegen. Sie wirbelten in schwindelerregender Geschwindigkeit herum, und Rivas Arme umschlangen Noels Hals, während er ihre Taille umfing. Ihre Blicke begegneten sich im flackernden Schein der Flammen, die im gleichen Rhythmus zu züngeln schienen. In Noels Gesicht leuchtete ein Lächeln von fast atemberaubender Zärtlichkeit, und Riva schüttelte verwirrt den Kopf. Das Strahlen tief aus seinen schwarzen Pupillen gaben ihrem Herzen einen kräftigen Stoß, so daß es wie rasend schlug. Ein Zittern begann ganz tief in ihrem Innern und wuchs mit einer schrecklichen Geschwindigkeit. Sie wollte aufhören zu tanzen, sich losreißen und zum Auto zurückrennen, zurück zu Cosmo, bei dem sie in Sicherheit war. Gleichzeitig wußte sie, daß es so etwas wie Sicherheit gar nicht gab.

Später gingen sie alle zusammen zu einer Mitternachtsmesse in eine wunderschöne, alte Kirche in Gramercy. Die Zeremonie bei Kerzenlicht war ernst und bewegend. Riva kniete sich auf das Bänkchen, schloß fest die Augen und faltete die Hände, aber obwohl sie betete, fand sie nur wenig Trost und noch weniger Frieden.

Sie war erleichtert, als Noel wieder an die Universität zurückkehrte. Die verworrenen Gefühle, die er in Riva geweckt hatte, beruhigten sich langsam wieder. Sie ging zurück an ihre Arbeit, lernte es, mit dem Haushalt von Bonne Vie zurechtzukommen, und wurde langsam ein Teil der Gesellschaft von New Orleans, die von Januar bis März besonders aktiv war. In dieser Zeit fanden zahlreiche Wohltätigkeitsbälle und sonstige vielfältige kulturelle Ereignisse statt. Außerdem begann der Karneval am Dreikönigstag und dauerte bis Aschermittwoch.

Als der Sommer kam, hatte Riva beschlossen, Distanz zu Noel zu halten. Eine harmlose Freundschaft zwischen ihnen konnte wohl nie entstehen. Sie verhielt sich ihm gegenüber freundlich, aber kühl, während er sich in Bonne Vie aufhielt und bei der Staulet Corporation arbeitete. Sie sorgte dafür, daß sie niemals für längere Zeit allein mit ihm war und daß jedes Gespräch zwischen ihnen entweder ganz allgemeiner Natur war oder möglichst präzise auf ein konkretes Thema beschränkt blieb. Auf diese Art verging das Jahr. Dann machte Noel seinen College-Abschluß. Er entschloß sich, zu dem Haus auf den Bahamas zu fahren, um sich einen oder zwei Monate zu entspannen, bevor er sich daran machte, seine Arbeit bei der Staulet Corporation aufzunehmen. Zwei Wochen nach Noels Abreise verkündete Cosmo, daß er mit Noel über seine Zukunft reden wolle. Er meinte, es wäre das beste, wenn das Gespräch ohne jede Störung verliefe, und dafür gebe es keinen besseren Ort als die Insel. Außerdem waren er und Riva seit ihrer Hochzeitsreise nicht mehr als einen oder zwei Tage weggewesen, sie brauchten beide Urlaub.

Das Ferienhaus war weiß gestrichen und umgeben von Terrassen, die bis zum Meer hinabreichten. Es war nicht besonders groß, denn es war nur als Erholungsstätte und nicht als Wohnhaus gedacht. Es gab nur drei Schlafzimmer mit den dazugehörigen Badezimmern, eine Küche mit Eßplatz und ein geräumiges Wohnzimmer mit großen Glasschiebetüren, durch die man die Terrassen und den Strand überblicken konnte. Das Grundstück wurde von einer Mauer mit einem schmiedeeisernen Tor abgegrenzt. Im Innern dieser Mauer gab es eine Vielzahl von Hibiskus- und Bougainvillea-Sträuchern, die verschiedensten anderen tropischen Pflanzen und riesige majestätische Palmen. Das Meer rollte in lässiger, grüntürkis schimmernder Pracht auf den rosa-weißen Sandstrand. Es waren keine anderen Häuser und weit und breit kein Mensch zu sehen.

Die Schönheit der Insel war überwältigend, wie ein Balsam, der Schwierigkeiten glättete und Freude am Augenblick hervorrief. Aus irgendeinem Grunde wurde die Diskussion, die Cosmo mit seinem Sohn führen wollte, immer wieder verschoben. Das Verhältnis zwischen ihnen dreien war so unbeschwert, die Atmosphäre so entspannt, daß Riva zu glauben begann, sie hätte sich nur eingebildet, mit Noel nicht zurechtzukommen.

Cosmo ging nicht schwimmen. Natürlich konnte er schwimmen, aber er verabscheute den Sand und mochte das Salzwasser nicht. Er empfand Schwimmen im Prinzip als nutzlose Tätigkeit, obwohl er bereit war zuzugeben, daß es als Fitneßtraining gut geeignet war. Diese Einstellung war einer der wesentlichen Gründe gewesen, warum er sich in den vergangenen Jahren nicht mehr auf der Insel aufgehalten hatte. Er hatte das Haus gekauft, um seiner ersten Frau und Noel eine Freude zu machen.

Riva liebte es, zu schwimmen und das Wasser auf ihrer Haut zu spüren; sie liebte das Gefühl von Schwerelosigkeit, wenn sie sich auf der Oberfläche treiben ließ, und das Meer mit den veränderlichen Farben und Stimmungen und dem Lied und der Bewegung der endlosen Wellen. Strände hatten ihr immer schon gefallen, und ihr Besuch am französischen Mittelmeer war herrlich gewesen, aber das war noch gar nichts im Vergleich zu dieser zauberhaften Insel.

Eines Morgens holte Noel die Schnorchelausrüstung hervor. Unten am Strand, so sagte er, gebe es eine Stelle, wo man alle möglichen Arten von Korallen, leuchtendblaue Papageienfische und die verschiedensten anderen Fischarten sehen konnte. Riva hatte zwar bisher nie geschnorchelt, aber sie hatte große Lust, neue Dinge auszuprobieren. Sie konnte es kaum erwarten, das Schnorcheln zu versuchen.

Es war lächerlich einfach. Es war auch faszinierend, so viele wundervolle Pflanzen und Tiere unter der Wasseroberfläche zu entdecken. Sie waren durch die glasklaren Tiefen, die die tropische Sonne mühelos durchdrang, ganz deutlich zu erkennen. Ein nicht unbedeutender Teil an der Faszination ging auf den jungen Mann an ihrer Seite zurück, auf das kameradschaftliche Gefühl, Schulter an Schulter dahinzuschwimmen und sich gegenseitig auf neue Entdeckungen aufmerksam zu machen. Sie genossen den Tag, waren sich nah, machten alberne Späße und tobten im Wasser herum. Riva fühlte sich in einer Weise jung und sorglos, wie sie es schon seit langem nicht mehr getan hatte – seit sie von zu Hause fortgegangen war. Sie wollte gar nicht mehr zum Haus zurückkehren – auch nicht als Noel ihr mitteilte, ihr Rücken sei jetzt medium gegart und sie könnte ernstlich krank werden, wenn sie nicht vorsichtig war.

Aber nicht nur sie allein hatte einen Sonnenbrand. Noels Haut war auch hier und da gerötet, und beide lachten, obwohl die Badekleidung auf der wunden Haut rieb. Sie jammerten über ihre eigene Unvernunft und wanderten über den Strand zurück zum Haus, als die Sonne schräg am Horizont stand.

Cosmo ruhte sich aus, und seine Schlafzimmertür war geschlossen. Das Haus war still. Die Klimaanlage blies kühle Luft auf ihre erhitzte Haut und die nassen Badesachen, so daß sie fröstelten. Da Riva nicht zu ihrem Badezimmer gelangen konnte, ohne Cosmo zu wecken, duschte sie sich schnell im Bad des Gästezimmers. Sie konnte auch nicht an ihre Kleidung gelangen, und die Vorstellung, den Badeanzug wieder anzuziehen, in dem noch Sandkörner waren, erschien ihr unerträglich. Sie entdeckte einen kurzen baumwollenen Bademantel im Badezimmer und zog ihn über.

Noel war damit beschäftigt gewesen, die Schnorchelsachen wegzuräumen. Er beachtete sie kaum, als sie im Flur an ihm vorbeiging – so wirkte es wenigstens, aber kurze Zeit später wurde es doch offensichtlich, daß er genug gesehen hatte.

»In meinem Zimmer liegen ein T-Shirt und ein Paar Shorts, die leihe ich dir, wenn du das lieber anziehen möchtest«, schlug er vor.

»Vielen Dank, aber ich glaube, ich könnte im Augenblick keine engen Kleider ertragen.«

»Wie du möchtest. Ich dusche schnell, und dann machen wir uns was zum Essen. Ich bin völlig ausgehungert.«

Er ging an ihr vorbei, sorgfältig darauf bedacht, sie nicht zu berühren, und verschwand dann in seinem Zimmer. Nach ein oder zwei Sekunden schloß sich die Badezimmertür. Es dauerte ein paar Minuten, dann begann schließlich das Wasser zu laufen.

Riva ging in die Küche und begutachtete den Inhalt des Kühlschranks. Das Ehepaar, das jeden Morgen kam, um das Haus in Ordnung zu halten, die Pflanzen zu versorgen, einzukaufen und zu kochen, war schon gegangen. Die Frau hatte gebratenes Hühnchen und Salat zum Mittagessen gemacht, dazu gab es frische Ananasscheiben und einen Teller mit englischen Teekuchen. Riva stellte die Sachen auf ein Tablett, dazu Pappteller und Gläser mit Eistee, dann trug sie das Ganze auf die schattige Seite der Terrasse, wo ein Tisch und ein paar Stühle standen.

Die Stille des Spätnachmittags und die Hitze wirkten drückend. Am Horizont über dem Wasser hing ein lavendelblauer Dunst, und nichts außer dem Meer und dann und wann ein Palmwedel rührte sich. Das gleißende Licht, das vom Sand reflektiert wurde, war so grell, daß Riva blinzeln mußte, obwohl sie eine Sonnenbrille trug. Die Anstrengung des Tages und die intensive Sonne hatten sie ermüdet. Riva wollte jetzt nur noch ein kühles Getränk, etwas essen und sich dann in ihrem Sessel zurücklegen und schlafen. Sie nahm ein Stück Ananas und biß hinein, dann wandte sie den Kopf zur Seite, als Noel aus dem Haus kam.

Er trug nur khakifarbene Shorts, und sein Haar war wirr, als hätte er es nur mit den Fingern gekämmt. Seine Nase, seine Ohren und seine Schultern waren verbrannt, aber er hatte schon eine gewisse Bräune von den zwei Wochen, die er jetzt auf der Insel verbracht hatte, und würde bald noch dunkler werden. Als er sie ansah, schüttelte er den Kopf. »Du siehst aus wie ein gut durchgekochter Hummer.«

»Vielen Dank, sehr freundlich, mein Herr«, erwiderte sie zuckersüß. »Nehmen Sie sich doch ein Stück von dem köstlichen Hühnchen.«

»Keine Sorge, das werde ich auch. Und dann müssen wir irgendwas mit deiner Haut tun, sonst schrumpelt sie, und du verwandelst dich direkt vor meinen Augen in eine Rosine.«

Sie legte den Kopf schief und zog die Vorderseite ihres Bademantels etwas vor, so daß sie einen Blick auf ihre Brust werfen konnte. »Ist es denn wirklich so schlimm?«

»Du bist schon drei Farbtöne dunkler als vor einer Stunde.«

»Wirklich?«

»Ist egal, ich habe eine gute Creme. Wenn wir sie dick genug auftragen, bleibt vielleicht ein kleiner Rest deiner früheren Schönheit übrig, nachdem sich deine Haut geschält hat.«

Sie sah ihn in gespielter Verärgerung an. »Du bist mir wirklich ein großer Trost.«

»Freut mich, daß du meine Bemühungen zu schätzen weißt.«

Als sie seinem Blick begegnete, grinste er sie an. Plötzlich verschwand der vergnügte Ausdruck aus Noels Gesicht, und er sah Riva traurig und irgendwie seltsam an. Sie spürte einen Kloß in der Kehle und ein Brennen hinter den Augen. Sie blinzelte schnell und schob ihm den Teller mit dem Hühnchen hinüber.

»Iß«, sagte sie.

»Ja, Stiefmama«, antwortete er mit tiefer, leiser Stimme. Noch einmal sahen sie sich an und schnell wieder zur Seite. Am Horizont, wo der Himmel und das Meer sich begegneten, war der Dunst purpurrot geworden, und das dumpfe Grollen von fernem Donner ertönte aus der Richtung.

Sie saßen zusammen in einem Clubsessel, Riva zwischen Noels gespreizten Knien. Sie hatte den Bademantel von den Schultern gestreift, so daß ihr Rücken bis zur Taille freilag, als Cosmo von seinem Schläfchen erwachte und auf die Terrasse kam.

»Was ist hier los?« fragte er, und seine Worte klangen ärgerlich und mißtrauisch. Eine heftige Brise zerzauste sein Haar. Die Sonne war hinter einer Wolke verschwunden, die sich aus dem Meer erhoben hatte, so daß sein Gesicht düster wirkte.

Riva wischte sich eine Haarsträhne aus den Augen und hielt den hinuntergeschobenen Bademantel, mit dem sie ihre Brüste bedeckt hatte, noch fester zusammen, während sie gleichzeitig zu lächeln versuchte. »Ich fühle mich ganz taub, weil ich so lange in der Sonne gewesen bin. Noel hat eine besonders gute Creme –«

»Das glaube ich gern. Los, ins Haus mit euch beiden.«

Riva spürte, wie das Blut aus ihrem Gesicht wich. Gleichzeitig bemerkte sie, daß Noel aufhörte, die beruhigende Creme auf ihren wunden Rücken zu streichen, und mit schuldbewußter Hast die Hände hob. Eisige

Kälte sammelte sich in ihrer Magengrube. Der Gegensatz zur fiebrigen Hitze ihrer Haut verursachte ihr plötzlich Schwindelgefühle.

»Ich meine, jetzt sofort.«

Das war ein Befehl. Noel konnte sich nicht bewegen, wenn sie es nicht zuerst tat. Riva versuchte, den Bademantel zurechtzuziehen, aber der Wind, der über die Terrasse fegte, zerrte daran, schlug ihn auf und legte ihren nackten Oberschenkel frei. Sie zog ihn schnell wieder zusammen, band den Gürtel fest zu und stand auf. Da Cosmo zur Seite trat, ging sie vor ihm durch die Glasschiebetüren. Sie drehte sich nicht um, wußte aber, daß Noel direkt hinter ihr war.

»Zieh dir etwas an«, forderte Cosmo. »Dann will ich dich wieder hier sehen.«

Sie ging ins Schlafzimmer und zog ein trägerloses Sonnenkleid an. Sie bürstete ihr Haar mit kräftigen, schnellen Strichen und hielt es sich auf beiden Seiten mit Schildpattspangen aus dem Gesicht. Sie hörte die erhobenen Stimmen der beiden Männer, aber sie konnte nichts verstehen.

Als sie schließlich ins Wohnzimmer zurückkehrte, war es draußen noch viel dunkler geworden. Graue Wolken rasten über die wogende See, und Sand wurde mit leisem, seufzendem Flüstern vom Sturm gegen das Haus gepeitscht.

Die beiden Männer wandten sich ihr zu, als sie den Raum betrat. Ihre Gesichter waren erhitzt und ihre Fäuste geballt. Sie sahen sich jetzt auf einmal so ähnlich, daß Riva erstaunt stehenblieb und von einem zum anderen starrte.

Cosmo sagte schließlich: »Ich glaube, wir sind uns dahingehend einig, daß es das beste wäre, wenn Noel ein oder zwei Jahre im Pariser Büro der Staulet Corporation verbringt, um alles über unsere Arbeit zu lernen. Darüber wollte ich mit ihm schon reden, als wir hierherkamen, und jetzt erscheint es mir doppelt angebracht.«

»Was meinst du mit ›jetzt‹?« fragte Riva. Ihr Zorn war bisher nur gedämpft gewesen, aber jetzt spürte sie ihn deutlich wachsen. »Hat er dir denn nicht gesagt, daß nichts zwischen uns gewesen ist?«

»Du vergißt, daß ich es mit eigenen Augen gesehen habe.«

»Du hast gar nichts gesehen!«

»Ich habe meinen Sohn gesehen, der meine Frau gestreichelt hat, während sie halbnackt auf seinem Schoß saß. Das kann man ja wohl kaum als nichts bezeichnen!«

»Wenn du das sagst, zeigt das nur deine schmutzige Phantasie. Er hat mir den Rücken eingecremt.«

»Immerhin bestreitest du nicht, daß du nackt warst«, entgegnete er mit beißender Verärgerung.

»Ich war weniger nackt als bei unserer ersten Begegnung«, rief sie.

»Da kannst du einmal sehen, wohin dich das gebracht hat.«

Sie zuckte erschrocken zusammen, dann verengten sich ihre Augen zu Schlitzen. »Was soll das bedeuten?«

Noel trat einen Schritt vor. »Hört auf damit! Das ist doch alles völlig unwichtig. Ich werde nicht nach Paris gehen.«

»Du wirst tun, was ich dir sage«, herrschte Cosmo ihn an und drehte sich zu ihm um.

»Den Teufel werde ich tun!«

»Wenn du meine Anweisungen nicht befolgst, wirst du auch nicht bei der Staulet Corporation arbeiten!«

»Wer braucht schon die Staulet Corporation?« erwiderte sein Sohn. Er wirbelte herum und stürmte zu den Glastüren. Er öffnete sie mit einem kräftigen Stoß und trat hinaus. Einen Augenblick später hatte ihn das wachsende Gewitter verschluckt.

»Noel, warte!« rief Riva und lief ihm nach. Cosmo hielt sie an der Tür auf und drehte sie mit einem kräftigen Griff um ihren Unterarm zu sich herum.

»Wo willst du hin?«

Sie sah ihn fest an, der Wind fegte durch die geöffnete Tür und ließ ihr Kleid und ihr Haar flattern. »Er ist dein Sohn. Du mußt ihm nachgehen.«

»Wenn er sich wieder daran erinnert, daß er mein Sohn ist und nicht mein Rivale, kann er zurückkommen. Bis dahin soll er gehen, wohin er will.«

»Das kannst du nicht zulassen«, flehte sie und griff nach seinem Hemd, um ihn ein Stück näher zu ziehen. »Das ist nicht richtig, nicht meinetwegen.«

Sein Gesicht war schmerzverzerrt. »Es gibt keine andere Möglichkeit. Ich habe versucht, eine zu finden, aber es gibt keine.«

»Es muß aber eine geben«, beharrte sie, während sie ihn kräftig schüttelte und ihm schließlich einen Stoß versetzte. »Es muß aber eine geben!«

Sie riß sich von ihm los und stürzte aus der Tür. Sie hörte, daß Cosmo ihren Namen brüllte und hinter ihr herstürmte. Plötzlich blieb er stehen und fluchte, dann ging er ins Haus und schlug die Tür hinter sich zu. Sie schaute nicht zurück. In wenigen Augenblicken war sie die Terrassen zum Meer hinuntergehastet und am Strand.

Sie kniff die Lider zusammen, während sie den langen Sandstreifen mit Blicken absuchte. Der Wind zerrte an ihrem Haar und ihrem Kleid, und Sand flog beißend in ihr Gesicht. Sie konnte nichts erkennen außer den aufgewühlten Wellen und den schnell vorüberziehenden Gewitterwolken. Dann kamen die ersten Regentropfen, nasse, warme Flecken in der Größe von Silberdollars. Sie fielen klatschend auf den Sand, und sie hörte sie auf das Wasser schlagen, als wäre es aus Blech.

In diesem Augenblick entdeckte sie die Fußspuren. Es waren nur flache Eindrücke im feuchten Sand, die schnell durch die glättende Wirkung des starken Windes verweht wurden, aber sie zeichneten eine Linie, die vorher nicht dagewesen war. Sie führten vom Strand landeinwärts in Richtung Gartenschuppen, der unter einer Gruppe von raschelnden Palmen stand. Zwischen den dunklen Formen der Baumstämme stand eine dunkle Gestalt.

Riva lief zu den Palmen. Halb geblendet vom Regen sah sie nicht, daß Noel ihr entgegenkam, bis sie gegen seinen harten Körper prallte und von seinen Armen umfangen wurde. Sie lachte und schluchzte gleichzeitig, dann trafen seine Lippen auf die ihren. Einige Augenblicke standen sie engumschlungen da und küßten sich. Als sie sich voneinander lösten, starrten sie sich voller Angst und Verlangen an. Als sie spürten, daß der Regen immer stärker wurde, drehten sie sich wortlos um und zogen sich in den Schutz des Schuppens zurück.

Es war düster und staubig, und es roch nach Insektenvernichtungsmitteln und Blumentopferde, aber der Wind, der mit ihnen hereinkam, nahm den unangenehmen Geruch mit sich fort. In einer Ecke lag ein großes Stück Segeltuch, das bei irgendeiner längst vergessenen Party als Sonnenschutz gedient hatte. Noel breitete es auf dem sandigen Boden vor der offenen Tür aus, dann sanken sie Seite an Seite nieder und umarmten sich. Der Regen klatschte auf das Metalldach und strömte in platschenden Bächen über den Boden. Das Rasseln und Dröhnen verband sich mit dem rauschenden Wind und dem Donnern der Brandung.

Riva schauderte. Ob die eigentliche Ursache nun die Auseinandersetzung mit Cosmo, Noels Kuß oder das nasse Wetter war, hätte sie nicht sagen können. Noels Nähe wirkte beruhigend auf sie, und sie schmiegte sich ganz nah an ihn, verwirrt von den Gefühlen, die in ihrem Innern tobten. Vielleicht hätte sie ihr Pflichtgefühl Cosmo gegenüber bewahrt, wenn Noel nicht ihr Gesicht in seine Hände genommen und sie noch einmal geküßt hätte.

Sein Mund war warm und fest, und seine Zunge folgte der empfindsamen Linie ihrer Lippen und glitt zärtlich-rauh über die weiche innere Haut. Er roch nach Meerluft, Creme und Jugend.

»Ich will dich«, flüsterte er in ihr Haar. »Trotz allem, was gewesen ist, will ich dich. Wenn ich schon so viel deinetwegen verliere, dann sollte ich auch eine Belohnung dafür bekommen.«

In seinen Worten klang eine Spur von verzweifeltem Zorn, der sich fast so anhörte, als richtete er sich gegen sie. »Was?« fragte sie verwirrt. »Was hast du gerade gesagt?«

»Nein, vergiß das, ich habe es nicht so gemeint. Aber ich begehre dich so sehr, daß mir jede Ausrede willkommen ist.«

Sie hätte ihm gern Fragen gestellt, doch sein Mund erstickte ihre Worte. Er streifte das trägerlose Kleid über ihre Brüste herunter und berührte eine rosa Spitze, so daß sie sich mit beinah schmerzhafter Lust aufrichtete. Einen Moment lang wollte Riva Widerstand leisten, aber dann gab sie langsam auf. Seine Berührung, das Gefühl seines Körpers neben ihrem und der Geschmack seiner Lippen erschienen ihr so richtig. Es war, als wären sie für diesen Augenblick und füreinander geschaffen. Das zu verleugnen war unmöglich; ihm zu widerstehen überstieg ihre Kräfte.

Sie preßte sich an ihn und bot sich ihm dar. Zärtlich drückte er sie auf das Segeltuch. Seine Brust weitete sich vor Freude, und er hielt die Luft an. Als er wieder ausatmete, spürte Riva seinen heißen Atem auf ihrer Brust, bevor seine Zunge eine feuchte Spur über ihre Haut zog.

Sie schmolz im Innern, und sie hatte keine Kraft mehr. Ihre Prinzipien und ihr Stolz blieben irgendwo weit abgeschlagen zurück, so daß sie sie nicht mehr erreichen konnte und wollte. Die Erregung wuchs in ihr, aber dennoch fürchtete sie sich. Was sie hier tat, war verboten und gefährlich. Sie und der Mann, in dessen Armen sie lag, konnten vom Sturm verschlungen oder, was ihr noch schlimmer vorkam, entdeckt werden. Doch diese Empfindungen änderten nichts an ihrer Begierde – sie steigerten nur die feurigen Wellen, die ihren Körper überspülten.

Sie liebte einen Mann mit ihrem Körper. Zum ersten Mal überließ sie sich vollkommen ihren Empfindungen, während sie Noels Zärtlichkeiten genoß und sie vorsichtig erwiderte. Sie bewunderte seinen wie von einem Bildhauer geformten Körper und die seidige Dichte seines Haars, das bis tief in seinen Nacken reichte, und sie gab sich der Sanftheit seiner Hände hin. Sie war frei und wußte es. Sie machte sich ihm zum Geschenk, ein Geschenk, das niemand von ihr fordern konnte und das nur sie selbst geben konnte. Und als Gegengabe empfing sie ihn.

Wilde Leidenschaft erfüllte Noel, aber er war sehr geduldig. Er spürte ihre Reaktionen und führte sie sorgfältig und genußvoll zu den höchsten Gipfeln der Lust. Er war großzügig und zärtlich, aber auch erfinderisch. Er genoß seine eigenen Empfindungen und schenkte ihr doch auch jede nur erdenkliche Freude.

Und er war unermüdlich in seiner herrlichen Kraft, rhythmisch und energisch. Er hörte ihr lustvolles Stöhnen, flüsterte ihr seine Freude darüber zu, verstärkte ihre Erregung um das Zehnfache, bis er sich gemeinsam mit ihr in einer heftigen Explosion verlor.

Das Gewitter ließ nach. Sie sahen schweigend zu, wie die Wolken über das Meer segelten und das düstere Meer allmählich wieder blau wurde. Doch die Wellen donnerten immer noch zornig an den Strand, und die Wellenkämme schimmerten schmutzigweiß. Es war Abend.

Riva erwartete, daß Noel etwas über ihre Zukunft sagen würde. Sie wußte nicht, ob er vorschlagen würde, seinem Vater ihre gemeinsame Abreise mitzuteilen, oder sie vielleicht bitten würde, mit Cosmo über eine Scheidung zu reden. Das letzte, was sie erwartet hätte, war, daß er gar nichts tat.

Doch genau so kam es. Er nahm ihre Hand und zog sie hoch, dann führte er sie in finsterem Schweigen zum Haus. Er stand einen Augenblick im Wohnzimmer, wo Cosmo saß und aufs Meer hinausstarrte. Als sein Vater kein Wort sprach und keinen von ihnen beiden ansah, ließ Noel Rivas Hand los und verschwand in seinem Zimmer. Dort blieb er und kam nicht einmal zum Abendessen heraus. Am nächsten Morgen war er fort.

Am Frühstückstisch nahm Cosmo Rivas Hand und sah ihr in die Augen. Es war das erste Mal, daß er ihre Gegenwart zur Kenntnis nahm, seit sie am Abend vorher zurückgekommen war. Er hatte die Nacht im Gästezimmer verbracht, und Riva hatte gehört, daß er bis zum Morgen ruhelos umherging. Jetzt klang seine Stimme sachlich, aber ruhig. »Es tut mir leid, daß du den Bruch zwischen meinem Sohn und mir miterleben mußtest. Es tut mir besonders deswegen leid, weil du glaubst, daß ich ungerecht gewesen bin.«

»Ja, vielleicht ein wenig.« Riva schluckte und vermied es, ihn anzusehen. Seine Stimme ließ in keiner Weise darauf schließen, ob er argwöhnte, wie sie und Noel die Zeit verbracht hatten, während sie sich vor dem Regen in Sicherheit gebracht hatten. Aber sie konnte dieses Erlebnis nicht vergessen, sie würde es sicher niemals vergessen.

»Ich war eifersüchtig, als ich euch zusammen gesehen habe, das gebe ich zu«, fuhr Cosmo fort. »Aber mir war schon bald klar, daß dich keine Schuld traf. Das Verhalten meines Sohnes bereitet mir am meisten Kummer. Ich hätte mir nie träumen lassen ... Nun ja, es ist eben immer ein Schock, wenn man erfährt, daß jemand, den man liebt, nicht so ist, wie man dachte.«

Sie befeuchtete sich voller Furcht die Lippen. »Was meinst du damit?«

»Gestern nachmittag, während du dich angezogen hast, hatten Noel und ich eine Auseinandersetzung. Ich wollte es dir eigentlich nicht sagen, aber vielleicht ist es doch besser, wenn du erfährst, was geschehen ist. Er hat mir gegenüber zugegeben, daß er versucht hat, dich zu erobern. Er wollte erreichen, daß wir uns entzweien.«

»Du meinst, er – er wollte unsere Ehe zerstören?«

»Genau so ist es, aber das ist noch nicht alles. Er sagte, daß du ihm ... wie soll ich es ausdrücken? Daß du ihm ein Angebot gemacht hast.«

»Er hat was gesagt?« Bestürzung durchströmte sie. Sie konnte einfach nicht glauben, was sie gerade gehört hatte.

»Er sagte, du hättest dich sozusagen in seine Arme geworfen. Ich habe es nicht geglaubt, und schließlich habe ich auch die Wahrheit aus ihm herausgekriegt. Er hatte dir etwas vorgemacht und versucht, dich in sein Bett zu locken, nur um Zwietracht zu säen.«

»Nein«, flüsterte sie und schüttelte den Kopf.

»Es tut mir leid, meine Liebe, wirklich. Ich nehme an, er hatte Angst, daß er eines Tages womöglich sein Erbe mit einem Halbbruder oder einer Halbschwester teilen muß. Oder vielleicht fürchtet er, daß du für die Firma unersetzlich werden könntest.«

»Das kann ich nicht glauben«, murmelte sie undeutlich und erschrokken.

»Ich hatte ursprünglich vor, dir zu ersparen, daß du erfährst, was für ein Mann aus meinem Sohn Noel geworden ist, aber es wäre nicht richtig gewesen, wenn du über etwas trauerst, das deine Tränen nicht verdient.«

Sie starrte ihren Mann aus weit aufgerissenen Augen an. Hatte er es doch erraten? Nein, das war nicht möglich – er sah sie immer noch mit unverändert liebevollem Verständnis an. Noel. Sie hatte das Gefühl, als ob etwas in ihrem Innern zerbersten würde. Was war nun mit diesem Gefühl von Nähe, mit dieser Empfindung, daß sie sich in einer Weise verstanden hatten, die nur wenigen Menschen geschenkt war? Hatte das alles nur in ihren Gedanken stattgefunden? Ausschließlich in ihren?

»Es ist grauenhaft«, flüsterte sie und sah wieder weg.

Cosmo seufzte schwer und nickte. »Wir können nur hoffen, daß ein paar Monate oder Jahre in Paris einen besseren Menschen aus ihm machen.«

Aber Noel ging nicht nach Paris, er meldete sich bei den Marines und wurde bei einer der besten Elitekampfeinheiten ausgebildet, bevor man ihn als Militärberater nach Südostasien schickte. Sein Spezialgebiet war Elektronik, und diese Fähigkeit war sehr gefragt. Es vergingen oft viele Monate, in denen sie nichts von ihm hörten. Riva wußte nicht, wo er war oder was er tat. Er hatte jedoch überlebt und in dem, was sie weiter stur als Indochina bezeichneten, viele Kontakte mit den dort zurückgebliebenen Franzosen geknüpft, aber auch einige wertvolle Freundschaften mit Asiaten geschlossen. Nach dem Fall von Saigon hatte er das Militär verlassen. Eine kurze Zeit später tauchte er im Pariser Büro der Staulet Corporation auf und brachte einige ganz neue Ideen zur Herstellung und Vermarktung von Mikroprozessoren mit. Sein Vater gab ihm auf Rivas Intervention hin grünes Licht zum Weitermachen. Noel steigerte die Umsätze der Pariser Abteilung in kürzester Zeit. Er hatte herausgefunden, daß der Leiter der Niederlassung, den Riva schon bei ihrem Besuch in Paris spontan abgelehnt hatte, seit Jahren einen Teil des Profits in seine eigene Tasche gesteckt hatte. Der Mann wurde entlassen und Noel zum Direktor ernannt. Nach Ablauf von achtzehn Monaten war die Abteilung erfolgreich wie nie zuvor.

Ein oder zwei Jahre später heiratete Noel die sizilianische Prinzessin, die Comtessa Constance di Lampedusa. Die Regenbogenpresse berichtete ausführlich über dieses glanzvolle gesellschaftliche Ereignis. Riva, die zu jener Zeit öfter nach Washington, Palm Beach, New York und Dallas reiste, hörte von der Pracht der Hochzeitsfeier. Die Neider, die nicht eingeladen worden waren, behaupteten, daß mehr ›Sicherheitsspezialisten‹ – sonst einfach Bodyguards genannt – für die sizilianischen Aristokraten auf der Feier waren als Gäste. Riva war es nicht möglich, das Gerücht zu bestätigen oder zu widerlegen; sie und Cosmo waren zwar eingeladen gewesen, aber nicht nach Europa geflogen. Erst achtzehn Monate später besuchten sie das Paar in Paris. Cosmo hatte sich entschlossen, die völlig neu organisierte Zweigstelle zu besichtigen. Riva war sicher, daß das nur ein Vorwand war und Cosmo eigentlich nur sein erstes Enkelkind sehen wollte, ein Mädchen, das nach Noels Mutter genannt worden war. Zu jener Zeit hatte Cosmo seinen Sohn schon seit vielen Jahren nicht mehr gesehen. Noel hatte sich verändert. Es war auch nicht überraschend, wenn man bedachte, was er in Vietnam alles erlebt hatte. Dennoch tat es Riva weh, daß er sich so unversöhnlich und unbeugsam seinem Vater gegenüber zeigte. Das einzige Thema, über das er und sein Vater sprachen, war das Geschäft, und die meiste Zeit, die sie miteinander verbrachten, arbeiteten sie in der Staulet Corporation. Riva, inzwischen selbst ins Management eingestiegen, konnte zwar den Einzelheiten folgen, aber das änderte eigentlich nichts für sie. Sie empfand keine Befriedigung dabei, so langweilige Dinge zu besprechen. Constance, die kein Interesse am Beruf ihres Mannes hatte, hatte keinen Grund für ihre Eifersucht.

Die Scheidung, die der Geburt von Noels zweitem Kind folgte, fand in aller Stille statt, zumindest wirkte es so von der anderen Seite des Atlantiks aus. Noel teilte bei einem Telefongespräch mit seinem Vater nur beiläufig mit, daß er sich von seiner Frau getrennt hatte. Ein paar Monate später kam er nach Louisiana, weil eine Sondersitzung einberufen worden war. Damals nahm er dann Riva beiseite und fragte sie, wann sein Vater das letzte Mal bei einem Arzt gewesen sei.

Es war schon eine ganze Weile her. Cosmo war kaum je krank. Er aß mäßig, verschaffte sich ausreichend Bewegung, indem er viel zu Fuß ging, rauchte nicht und trank auch nicht viel. Wenn er eine schlechte Gewohnheit hatte, dann war das seine Hingabe an die Arbeit.

Eigentlich hätte er hundert Jahre alt werden müssen, aber er erlebte nicht einmal seinen siebzigsten Geburtstag.

Als er die endgültige Diagnose erfuhr – das große K, vor dem sich so viele Leute fürchteten –, rief er Noel zu sich. Die Vaterliebe hatte gesiegt. Es war ganz klar für Riva, daß er die Absicht hatte, die Firma, die er aufgebaut und für die er so hart gearbeitet hatte, seinem Sohn zu hinterlassen. Das erschien ihr auch ganz richtig so. Sie war schockiert, als sie erfuhr, daß sie als Miteigentümerin eingetragen werden sollte und genausoviel Macht und Autorität wie Noel hatte.

Das war aber nicht der einzige Schreck dieser Tage gewesen. Riva verbrachte viel Zeit in Cosmos Krankenzimmer und pflegte ihn aufopfernd. Eines Abends, als Riva in einem Sessel am Bett ihres Mannes saß und las, rief er ihren Namen.

»Ja, Cosmo«, sagte sie, legte das Buch weg und trat an sein Bett. »Ich bin hier. Hast du Schmerzen?«

Er schüttelte den Kopf. »Noch nicht. Nein, da ist etwas anderes –«

»Möchtest du vielleicht etwas Wasser? Oder die Bettpfanne?«

Ein leichter Schatten von Ärger huschte über sein Gesicht. Er keuchte vor Schmerz und hustete. »Ich muß dir etwas sagen. Ich habe gelogen. An jenem Tag damals auf der Insel habe ich gelogen.«

Rivas Herz machte einen Satz, aber sie bemühte sich um einen gleichgültigen Gesichtsausdruck. »Was meinst du damit?«

»Noel hat niemals gesagt, was ich dir damals erzählt habe. Er hat nie versucht, sich zwischen uns zu stellen. Wenn er mit dir geschlafen hat, dann nur, weil er selbst es wollte.«

Die Worte waren wie Messer, die sich in ihre Brust bohrten. Doch die größte Überraschung war für Riva nicht ihre Bedeutung, sondern die Tatsache, daß sie nach so langer Zeit einen grenzenlosen Schmerz verursachten. »Aber warum hast du das gesagt? Warum hast du so etwas getan?«

Er sah sie an, ein Flehen stand in seinen Augen. »Ich hatte Angst. Mein Gott, ich hatte solche Angst, daß du ihn lieben könntest. Ich hatte Angst vor meinem eigenen Sohn, also habe ich ihn fortgeschickt. Ich habe meinen Sohn fortgeschickt.« Tränen sammelten sich in seinen Augenwinkeln und liefen über seine faltigen Wangen. Sie betrachtete sie, und ihr brach fast das Herz, um ihrer selbst willen, aber auch um seinetwillen. Und um Noels willen. Sie griff nach einem Papiertaschentuch und tupfte mit zärtlicher Sorgfalt die Tränen ab, dann nahm sie seine Hand und hielt sie ganz fest in der ihren.

»Das ist jetzt egal«, flüsterte sie. »Es macht nichts. Er ist ja wieder da.«

»Ich habe ihn auch angelogen. Ich habe ihm erzählt, daß du nur vorgehabt hättest, ihn zu verführen und ihm dann die Schuld daran zu geben, damit ich ihn enterbe.«

»Mein Gott«, flüsterte sie, bevor sie es verhindern konnte.

»Ich habe dich verletzt, euch beide, das weiß ich. Es tut mir leid. Es tut mir furchtbar leid.«

Sie atmete langsam aus und ein, einmal, zweimal, dreimal, um den schrecklichen explodierenden Kummer unter Kontrolle zu bekommen. Schließlich sagte sie leise: »Es ist ja nichts Schlimmes passiert. Es – es macht nichts.«

»O doch, es macht wohl etwas. Aber ich glaube, daß ich mich selbst damit mehr verletzt habe als euch. Ich habe nie erfahren, was du getan und ob du mich vielleicht trotzdem geliebt hättest.«

»Natürlich hätte ich das getan.« Sie legte ihre Wange an seinen Handrücken, um die Tränen zu verbergen, die aus ihren Augen quollen.

»Natürlich hättest du das getan«, wiederholte er mit einem Seufzer, aber er schien nicht überzeugt zu sein.

Eine Stunde später, seine Hand lag immer noch in der ihren, stieß er noch einmal einen langen Seufzer aus, dann hörte er auf zu atmen.

Riva, die im abgedunkelten Zimmer am Bett ihrer Schwester saß, rieb sich mit den Fingerspitzen beider Hände die Schläfen. So viel Liebe, so viel Schmerz und so viele Jahre. Sie konnte immer noch nicht glauben, daß Cosmo so rücksichtslos gewesen war und sie belogen hatte, um sie von seinem Sohn zu trennen. Sie fragte sich manchmal, ob Noel etwas davon wußte. Wenn das so war, hatte sie dennoch in den vergangenen sechs Monaten nichts davon gemerkt.

Aber was erwartete sie eigentlich? Sie und Noel waren nicht mehr jung und spontan. Es lagen zu viele Mißverständnisse und Ereignisse zwischen ihnen.

Und doch hatte er sie in der dunklen Limousine geküßt. Warum hatte er das getan? Warum? War das nur das reine männliche Bedürfnis gewesen, sie körperlich zu beherrschen, weil er das im geschäftlichen Bereich nicht konnte? Hatte er damit versucht, der Erinnerung an seinen Vater nachzuhelfen? Oder bedeutete das, daß er immer noch etwas für sie empfand, und sei es auch nur körperliches Verlangen?

Was empfand sie selbst? Sie wünschte, sie wüßte es. Es hatte eine Zeit gegeben, in der sie sich gefühlt hatte, als wäre sie gestorben, weil er sie verlassen hatte. Sein Bild hatte sie Tag und Nacht verfolgt, und so vieles hatte sie an ihn erinnert. Dennoch hatte sie mit der Zeit den Schmerz überwunden. Cosmo hatte ihr Liebe und Vertrauen entgegengebracht, und sie war glücklich gewesen. Sie war wirklich glücklich gewesen.

Daß sie auf Noels Kuß mit so erstaunlicher Leidenschaftlichkeit reagiert hatte, war eigentlich nicht weiter erstaunlich. Es war schon sehr lange her, seit sie in den Armen eines Mannes gelegen hatte. Vielleicht war es nicht mehr gewesen als eine einfache körperliche Reaktion; es mußte ja nicht Liebe sein. Sie war sich gar nicht sicher, ob sie zu der Art von Liebe, wie sie sie aus Büchern kannte, überhaupt fähig war – zu jener alles verzehrenden Leidenschaft, der kein Opfer zu groß sein konnte. Sie war im Prinzip beherrscht und verschlossen. Sie war dankbar für die Liebe und Zuneigung, die ihr entgegengebracht wurden, aber sie konnte auch problemlos ohne solche Gefühle leben. Und manchmal fragte sie sich, ob sie bei ihren Bemühungen um Selbstkontrolle nicht endgültig die Fähigkeit zu lieben verloren hatte. Vielleicht war das auch eine gerechte Strafe.

15

Anne Gallant nahm den cremefarbenen Seidenschal in die Hand, der auf dem Ankleidetisch im Schlafzimmer ihrer Hotelsuite lag. Sie sah ihn einen Augenblick mit hochgezogenen Augenbrauen an und schüttelte ihn dann aus. Er war sehr groß und aus feiner Seide, sehr schön gesäumt und mit dem Label eines Designers versehen, aber er gehörte nicht ihr. Sie trug diese Farbe nicht.

Anne kam gerade vom Essen zurück und rätselte, wie dieser Schal in ihre Suite gelangt war. Daß er dort so sorgfältig zusammengefaltet und deutlich sichtbar auf dem Toilettentisch lag, brachte sie auf den Gedanken, daß das Zimmermädchen ihn vielleicht dorthin gelegt haben könnte. Auch andere Dinge, die bei der zweimal am Tag vorgenommenen Inspektion des Zimmers gefunden wurden, hatten schon ihren Weg dorthin gefunden: ein Gürtel, der hinter den Ankleidetisch gefallen war, eine von

Edisons Krawatten, die er über die Handtuchstange im Badezimmer gehängt hatte.

Mit dem Schal in der Hand ging sie zum Telefon, hob den Hörer ab und rief die Hausverwaltung an. Ein paar Minuten später klopfte das Zimmermädchen, das für dieses Stockwerk zuständig war, an die Tür.

»Ich habe den Schal hinter dem Sofa gefunden, Mrs. Gallant«, erklärte das braunhäutige Mädchen mit seiner weichen Stimme. »Ich habe ihn bestimmt nicht zerrissen oder sonst etwas damit gemacht, das schwöre ich.«

»Nein, nein, das weiß ich ja«, beschwichtigte Anne. »Das einzige Problem ist nur, daß er nicht mir gehört. Er muß von einem früheren Gast hier vergessen worden sein.«

Das Mädchen runzelte die Stirn. »Das kann ich mir nicht vorstellen. Wir reinigen nach jeder Abreise das ganze Zimmer gründlich, und wir haben bis jetzt immer alle vergessenen Gegenstände gefunden, bevor die Zimmer neu bezogen wurden. Vielleicht hat die Besucherin ihn liegenlassen.«

»Die Besucherin?«

Das Mädchen schaute betreten zur Seite, als es Annes verengten Blick bemerkte. »Aber natürlich kann es sein, daß ich ihn einfach übersehen habe. Ich kann ihn ja mit ins Fundbüro nehmen.«

Annes schlimmste Vermutung hatte sich bestätigt. Sie zwang sich zu lächeln. »Ach, ich weiß schon. Er gehört bestimmt der Reporterin. Heute morgen haben wir eine Frau erwartet, die meinen Mann interviewen wollte.«

»So ist es bestimmt gewesen«, sagte das Mädchen mit einem erleichterten Lächeln. »Ich habe gerade auf der anderen Seite dieses Stockwerks gearbeitet und sah sie aus dem Aufzug kommen. Ich erinnere mich, daß sie den Schal um den Hals gelegt hatte. Sie hat ihn bestimmt ausgezogen und dann vergessen.«

»Ja. Ich kümmere mich selbst darum, daß sie ihn zurückbekommt. Tut mir leid, daß ich Sie extra habe rufen lassen.«

»Ist schon in Ordnung, Mrs. Gallant.«

Das Mädchen verließ das Zimmer, aber bevor es die Tür hinter sich schloß, sah es noch einmal schnell zurück zu Anne.

Es war keine Reporterin. Anne wußte es, und das Zimmermädchen wußte es auch. Hotelpersonal wußte immer Bescheid, wenn etwas vorging, was nicht ganz sauber war. Eine Frau hatte Edison besucht, nachdem sie fortgegangen war. Die Frage war nur: Wer war sie? Und was genau hatte sie hier mit Edison gemacht? Edison kam eine halbe Stunde später in die Suite. Anne hatte sich hingelegt. Sie schwang die Füße vom Bett, als sie seinen Schlüssel im Schloß hörte. Der Seidenschal lag ausgebreitet über einem der Sessel. Sie nahm ihn in die Hand, als sie ins Zimmer trat, hielt ihn Edison entgegen und ging auf ihn zu.

»Dein Gast hat das hier vergessen«, sagte sie und lächelte ihm eisig zu. »Glaubst du nicht, daß Frauenbesuche und deine Vergnügungen in deinem Hotelzimmer unter den gegebenen Umständen nicht sehr angebracht sind?«

Edison rührte den Schal nicht an, und Anne ließ ihn fallen. Er flatterte sanft zu Boden und landete auf den glänzendpolierten Spitzen seiner Schuhe. Er sah darauf hinab, dann wieder seine Frau an.

»Es ist nicht so, wie du denkst.«

»Nein? Du solltest daran denken, daß ich ein ziemlich guter Detektiv bin. Auf dem Sofa sind feuchte Flecken, Edison, was soll das? Wer ist es diesmal? Ihre Stimme hob sich, während sie sprach. Sie konnte selbst die scharfe Anklage darin hören, aber sie gab sich keine Mühe, das zu verhindern. Es war einfach schon zu oft vorgekommen, mit zu vielen Frauen.

»Die Frau, die mich hier besucht hat, war Riva Staulets Schwester Margaret. Sie kam, um mir zu sagen, daß Riva es auf mich abgesehen hat.«

Anne starrte ihn an. Diese Ausrede kam so unerwartet, war so anders als jede andere bisher, daß sie ein paar Sekunden brauchte, bis sie seine Worte wirklich verstand. »Riva Staulet? Warum in aller Welt sollte sie das tun?«

»Ich habe sie früher einmal gekannt, vor vielen Jahren.«

»Ach ja?« Dante hatte auch schon etwas Ähnliches angedeutet. Sie hätte wissen müssen, daß das stimmte.

Edison ging um sie herum und zog sein Jackett aus. Er löste seine Krawatte und warf sie über die Armlehne eines Stuhls auf seinem Weg zur Anrichte mit den Flaschen. Anne beobachtete, wie er sich einen steifen Drink mixte. Sie wußte, daß das eine Verzögerungstaktik war, damit er in Ruhe nachdenken konnte. Sie bewahrte mit Mühe die Geduld.

»Ich kann es dir eigentlich auch sagen«, meinte er, als er sich wieder umdrehte. »Vor vielen Jahren hatten wir... ein Verhältnis, Riva und ich. Sie wurde schwanger. Heute habe ich erfahren, daß ich eine Tochter habe. Erin.«

»Erin? Du meinst Erin, die in deinem Büro arbeitet, das Mädchen, mit dem Josh...«, stammelte sie verblüfft.

»Genau das. Riva Staulet will, daß die beiden getrennt werden. Sie hat mir ihre Schwester geschickt, um mir ein Ultimatum zu setzen.«

»Ach ja, das hat sie getan? Ein Ultimatum welcher Art?«

»Ich muß Josh wegschicken, in eines der Büros im Norden, oder sie bringt die ganze Sache an die Öffentlichkeit.«

»Also dann schick ihn doch weg, um Himmels willen!«

»Damit sie glaubt, daß sie mich herumkommandieren kann? Auf keinen Fall!« Seine Worte klangen rauh vor Zorn. Er trank seinen Drink in wenigen Schlucken und goß sich einen zweiten ein.

»Aber wir können doch nicht zulassen, daß aus Erin und Josh ein Paar wird. Das wäre nicht richtig.«

»Die Sache zwischen den beiden ist doch harmlos, nichts, worüber man sich Gedanken machen muß.«

»Das weißt du doch gar nicht!« Da er als Antwort nur mit den Schultern zuckte, fuhr Anne fort: »Aber was kannst du schon anderes tun? Du willst doch keinen Skandal.«

»Sie auch nicht«, erwiderte er. »Das ist doch alles nur Bluff, und wir brauchen uns den Kopf nicht darüber zu zerbrechen. Die gute Riva hat genausoviel zu verlieren wie ich, wenn nicht noch mehr.«

Diese Worte machten Anne mißtrauisch. Die harte Erfahrung hatte sie gelehrt, daß es zweckmäßig war, genauer nachzufragen. Eine Erinnerung rührte sich und drängte in ihr Bewußtsein. »Ich glaube nicht, daß du erst heute davon erfahren hast. Darüber wollte Riva Staulet auch schon auf der Wahlveranstaltung mit dir sprechen, stimmt's?«

Er stritt es nicht ab und senkte den Blick, während er antwortete: »Damals war es ein Vorschlag. Jetzt ist es eine Drohung.«

»Eine Drohung? Durch ihre Schwester?«

»Sie ist eine falsche Schlange.«

»Wenn das wahr ist, kann sie dir bestimmt Schaden zufügen, ohne sich selbst bloßzustellen.«

»Ich habe noch andere Methoden, die ich anwenden kann, wenn sie es auf die häßliche Tour regeln will.«

»Wovon redest du eigentlich?«

»Erin denkt, daß Riva ihre Tante ist. Riva hat bestimmt großes Interesse daran, daß es dabei bleibt.«

»Und du willst ihr drohen, daß du Erin die Wahrheit sagst? Und wenn das nicht klappt?«

»Wir könnten es auch so ausdrücken: Ich habe schließlich Freunde in hohen Positionen.«

»Die Medien?«

»Mach dir keine Sorgen darüber, es wird schon nichts Schlimmes passieren.«

Er wich ihrer Frage aus, und sie wußte, daß es nichts nutzen würde, weiter in ihn zu dringen. Außerdem hatte sie noch etwas anderes im Sinn. »Also eine Drohung war es? Das erklärt aber noch nicht die feuchten Flecken auf dem Sofa.«

»Genaugenommen glaube ich, daß es Margarets eigene Idee war hierherzukommen. Sie war immer schon scharf auf mich, und ich brauchte sie als Verbündete.«

Anne hatte im Laufe ihrer Ehejahre Margaret nur ein- oder zweimal gesehen – sie war mit einem von Edisons Cousins verheiratet. Sie war ihr auch bei dem Ball in der alten Münzprägeanstalt aufgefallen, eine Frau, die ihre erste Jugend schon hinter sich hatte und etwas matronenhaft zu werden begann. Der Gedanke daran, was Edison mit ihr getrieben hatte, war keine besondere Stütze für ihre Selbstachtung. »Also hast du mit ihr geschlafen.«

»Deswegen war sie ja hier.«

»Du Hund!« zischte Anne durch zusammengebissene Zähne.

Er stellte seinen Drink abrupt ab. »Was ist los mit dir? Du hast mich gefragt, und ich hab' dir geantwortet!«

»Wie kannst du es wagen, mir solche Dinge ins Gesicht zu sagen! Weißt du denn nicht, daß ich auch Gefühle habe?«

»Wenn du so viele Gefühle hast, warum hast du mich dann danach gefragt? Ich dachte, du hörst so etwas gern und es macht dich scharf. Ich wette, wenn ich dich jetzt gleich mit ins Bett nehmen würde, wärst du ganz heiß und zu allem bereit.«

»Du bist widerwärtig.«

»Das sagst du zwar ständig, aber trotzdem bleibst du bei mir.«

»Vielleicht wirst du eines Tages noch eine Überraschung erleben!« rief Anne bitter.

»Ja, bestimmt«, grinste er höhnisch. »Das habe ich auch schon mal gehört.«

»Irgendwann verliere ich vielleicht die Geduld.«

Er schnaubte. »Es gefällt dir viel zu gut, die Frau eines berühmten Mannes zu sein.«

Sie schüttelte den Kopf. Mit zitternder Stimme sagte sie: »Daran liegt es nicht. Mich hält einzig und allein mein Pflichtbewußtsein. Aber vielleicht versuche ich es mal mit einem anderen Mann, um zu sehen, wie sich das anfühlt.«

Im nächsten Augenblick stürzte er sich auf sie, preßte sie gegen die Wand und drückte dabei seine Hände mit schmerzhaftem Griff um ihre Unterarme zusammen. »Versuch das ruhig, aber es wird dir bestimmt nicht gefallen, was ich dann mit dir tue.«

Ihr Rücken brannte, und ihre Arme taten weh, aber sie starrte ihm in die Augen, ohne mit der Wimper zu zucken. »Oh, das bezweifle ich nicht«, gab sie gepreßt zurück. »Aber ich bin nicht so wie du. Ich hätte kein Interesse daran, daß du davon erfährst, und ich würde alles tun, um es vor dir geheimzuhalten.«

»Hast du schon einmal mit einem anderen geschlafen?« fragte er heiser und drängte sie noch mehr gegen die Wand. »Los, rede!«

»Nein, noch nie«, flüsterte sie. »Ich habe nie einen anderen Mann als dich gehabt. Bis jetzt noch nicht.«

Sein Gesicht verzerrte sich. »Ich warne dich, ich habe keine Zeit für so eine Scheiße. Ich habe morgen den ganzen Tag Veranstaltungen, am Tag danach muß ich in Shreveport sein und übers Wochenende dort bleiben und ein paar Sachen erledigen. Ich nehme Josh mit, aber dich kann ich eigentlich nicht brauchen. Du kannst hierbleiben und dich hier um alles kümmern. Danach komme ich wieder her, um euch zu beweisen, daß ich keinen Pfifferling auf Drohungen von Frauen gebe. Weder Riva noch Margaret oder du können mir etwas anhaben. Das weiß ich zu verhindern. Wenn du mir Schwierigkeiten machst oder meinen Wahlkampf in irgendeiner Weise gefährdest, wird es dir leid tun, dumme Gans, fast so leid wie der lieben Riva!«

Er gab sie frei und versetzte ihr einen Stoß, daß sie durchs Zimmer taumelte. Anne rieb sich die Arme, während sie ihn wütend anfunkelte.

Am folgenden Morgen hatte Edison eine Verabredung zum Frühstück mit einem Mitglied des Kongresses. Anne zog sich bequeme Sachen an und kramte in ihrer Handtasche nach einer Visitenkarte. Dann ging sie zum Telefon und wählte eine Nummer. Ihr Herz schlug ihr bis zum Hals, als sie darauf wartete, daß der Hörer am anderen Ende der Leitung abgenommen wurde.

Dantes Stimme klang verschlafen, aber voll und warm. Im Hintergrund hörte Anne das Pfeifen seines Papageis. Ihre Kehle war plötzlich so trocken, daß sie keinen Ton herausbekam. »Hallo?« sagte er noch einmal.

Anne schluckte schwer. »Hier – hier ist Anne Gallant.«

»Anne, hallo, wie geht es Ihnen?«

Sie hörte die Überraschung in seiner Stimme. Sie nahm ihm das nicht weiter übel, denn sie konnte selbst kaum glauben, daß sie sich zu diesem Anruf entschlossen hatte. »Mir geht's prima. Ich habe nur... ich dachte... ob wir uns vielleicht treffen könnten? Da ist eine Angelegenheit, die ich gern mit Ihnen besprechen würde.«

»Sicher. Woran hatten Sie denn gedacht? Mittagessen?«

»Ich habe ein paar Einkäufe zu erledigen. Ich wollte zum Canal Place oder zum Riverwalk gehen. Vielleicht könnten wir irgendwo in der Nähe eine Tasse Kaffee trinken oder so etwas?«

»Es gibt mehrere geeignete Cafés am Riverwalk. Ich schlage vor, wir treffen uns beim Springbrunnen auf dem Platz, sagen wir, ungefähr um elf Uhr. Würde Ihnen das passen?«

»Prima«, sagte sie und wiederholte dann, nachdem sie aufgehängt hatte, noch einmal leise zu sich selbst: »Ja. Prima.« Sie hatte nicht gelogen. Sie wollte wirklich nach einem Kleid suchen für ein ungewöhnliches Hochzeitsfest, das in einem Garten gefeiert wurde. Sie fand allerdings nichts beim Canal Place, auch nicht bei Saks. Alles war entweder zu kurz oder zu lang, zu auffällig oder zu schlicht, zu grell oder zu matt in den Farben. Vielleicht lag der Fehler bei ihr. Sie konnte sich einfach nicht auf das konzentrieren, was sie gerade machte, und hatte eigentlich gar keine Lust, nach einem Kleid zu suchen. Sie ging hierhin und dorthin, wanderte ins Einkaufszentrum und wieder heraus und lehnte dabei die Hilfe von zahlreichen Verkäuferinnen ab. Es war eine ziemlich ermüdende Art, die Zeit totzuschlagen.

Sie war zu früh beim Riverwalk. Sie ging unter der goldenen Schrift des großen Eingangsschildes hindurch, das in weißem Eisenrahmen verkündete, daß diese Einkaufsstraße auf dem Gelände gebaut worden war, auf dem 1984 die Weltausstellung stattgefunden hatte. Sie wanderte über den Platz mit dem geometrischen Mosaik in Creme-, Rost- und Grautönen und fand einen Platz auf einer Bank, von der aus man einen Blick über den breiten Mississippi hatte. Sie betrachtete die turmhohen Wassersäulen des Springbrunnens und die Touristen, die sich davorstellten, um sich fotografieren zu lassen. Das Weiß des Ausflugsdampfers, der abfahrbereit an einer Mole lag, blendete in der Sonne, und der graue Rauch aus den Schornsteinen malte eine schmutzige Spur in den blauen Himmel. Daß dieser Rauch von Dieselmotoren stammte und nicht von den holzverbrennenden Maschinen der Dampfschiffe, die hier in früheren Zeiten gelandet waren, machte kaum einen Unterschied; es war immer noch ein sehenswertes Schauspiel.

»Sie sehen so aus, als ob Sie es hier recht behaglich fänden.«

Anne hob den Kopf, um Dante anzublinzeln, und unbewußt spielte ein Willkommenslächeln um ihre Lippen. »Das sieht nur so aus. Die Hitze macht mir zu schaffen.«

»Ich hätte mich drinnen mit Ihnen verabreden sollen«, sagte er mit einem bedauernden Grinsen.

»Machen Sie sich keine Gedanken, ich habe den Ausblick sehr genossen.«

»Außer dem Jackson Square ist das hier mein Lieblingsplatz, allerdings ist es im Frühling und im Herbst noch schöner. Gehen wir?« Er deutete auf die Glasfront des Eingangs zur Riverwalk-Einkaufsstraße. Sie stand auf und folgte ihm zu den Türen, auf die ein goldenes Dampfschiff gemalt war.

Er hielt die schwere Glastür für sie auf. Das wirkte bei ihm nicht wie eine Geste der Überlegenheit oder bedeutungsloser Höflichkeit, sondern es war Ausdruck seiner beschützenden Haltung. Anne musterte ihn unauffällig. Dieser Mann vermittelte Geborgenheit, und sie fragte sich, ob er sich nur ihr gegenüber so fürsorglich verhielt oder ob er sich immer so benahm. Vielleicht bildete sie sich das alles auch nur ein, weil sie sich so sehr wünschte, daß jemand sie beschützte und Rücksicht auf sie nahm.

Dante trug bequeme, khakifarbene Hosen und passende Stoffschuhe, dazu ein grünes Polohemd. Ihre lockere Bluse und ihr khakifarbener Rock paßten sehr gut zu seiner Aufmachung – ganz anders als bei ihrer letzten Begegnung. Diese Entdeckung war ihr sehr angenehm, und sie hatte das Gefühl, als wären sie ein Paar. Gleich darauf schalt sie sich wegen dieses törichten Gedankens – sie war schließlich kein Teenager mehr, der sich in solchen Schwärmereien verlor.

Die Einkaufsstraße war sehr belebt, allerdings schienen die meisten Leute hier Touristen zu sein. »Haben Sie nicht gesagt, Sie kommen öfter hierher?« fragte Anne, während sie sich ihren Weg durch die Ströme von Menschen bahnten.

»Dann und wann. Es gibt hier ein paar sehr gute Geschäfte. Haben Sie schon gefunden, was Sie heute morgen gesucht haben?«

»Eigentlich nicht.« Sie erzählte ihm, welche Schwierigkeiten sie hatte.

»Haben Sie es auch bei Yvonne La Fleur versucht?«

»Was ist das?«

»Nicht was, sondern wer. Hier entlang«, sagte er und führte sie in den Laden, vor dem sie gerade standen. Es duftete wunderbar nach Veilchenparfüm, und überall waren Veilchen – das Markenzeichen des Geschäfts – zu sehen. Sommerliche Kreationen aus alter Spitze in gedämpften Farbtönen waren an die Wände drapiert, und ein paar sehr feminine und in satten Farben gehaltene Kostüme hingen auf Bügeln. Es gab wundervolle elegante Hüte mit breiten Krempen und hübschen Bändern.

Anne fiel sofort ein Kleid ins Auge. Es war aus blaßlavendelfarbenem, zartem Musselin, der mit kleinen Fliedersträußchen bestickt war. Dazu gab es einen passend gefärbten Strohhut mit seidenen Fliederblüten auf der Krempe. Das Kleid war völlig anders als alles, was sie je besessen hatte, und trotzdem gefiel es ihr.

»Probieren Sie es an«, drängte Dante. »Ich verlasse mich meist auf den ersten Eindruck.«

Das Kleid schmeichelte Anne ungeheuer und ließ sie jünger aussehen. Es saß perfekt und war hervorragend gearbeitet. Der Hut unterstrich die Eleganz und gab Annes Aufmachung den letzten Pfiff. Der Preis war relativ hoch, aber nicht unverschämt für ein Modellkleid. Anne betrachtete sich im Spiegel der Ankleidekabine. Noch nie hatte sie ein so verspieltes, romantisches Kleid angehabt, und sie war sich ganz und gar nicht sicher, ob es zu ihrem Typ paßte.

»Kommen Sie heraus, und lassen Sie es uns auch sehen!« forderte Dante sie auf, und die Verkäuferin stimmte dem zu.

Anne wurde auf einmal klar, daß sie noch nie mit einem Mann einkaufen gewesen war, der sich dafür interessierte, wie sie aussah. Edisons einzige Sorge war üblicherweise, wieviel Zeit er dabei verschwendete. Es machte ihn nervös, mit Anne einkaufen zugehen, und es war ihm ohnehin egal, wie sie aussah, wenn sie nur nicht auffiel. Wenn sie ihn nach seiner Meinung fragte, reagierte er üblicherweise mit einem Schulterzucken oder gab einen beißenden Kommentar über ihren Geschmack oder ihre Figur ab.

»Sie sehen wunderbar aus«, sagte Dante.

Sie lächelte ihm über die Schulter zu, während sie sich langsam umdrehte, damit er sie von allen Seiten betrachten konnte. »Glauben Sie, das wäre passend für ein Gartenfest? Es ist eine Hochzeit.«

»Perfekt. Die einzige Gefahr, die ich dabei sehe, *chère*, ist, daß Sie die Braut übertreffen.«

»Sie wollen mir doch nur Komplimente machen, aber ich muß sagen, daß mir das sehr gefällt«, lachte sie und bemerkte die Bewunderung in seinen Augen.

Dante trug das Kleid, während Anne die Hutschachtel nahm. Sie sah das Spiegelbild von ihnen beiden im Glas des Schaufensters. Sie sahen so glücklich aus und wirkten so intim. Ein kalter Schauer lief ihr über den Rücken. Wie dumm sie doch war. Leute, die über dem Vergnügen am Augenblick die Vorsicht vergaßen, wurden immer bestraft. Sie hatte sich bis jetzt nicht so recht klargemacht, daß sie sich in aller Öffentlichkeit in Gegenwart eines Mannes zeigte. Eigentlich hätte sie darauf bestehen müssen, daß sie woanders hingingen.

Doch wie konnte sie das machen, ohne bei Dante den Eindruck zu erwecken, daß sie diese Begegnung als eine Art heimliches Rendezvous betrachtete? Sie wollte auf keinen Fall, daß er auf den Gedanken kam, sie würde mehr von ihm erwarten als einen Rat in modischen Dingen und seine Freundschaft. Oder?

»Wie ist es mit dem Kaffee?« fragte sie.

»Wir könnten doch essen gehen. Eigentlich wäre es jetzt genau die richtige Zeit dafür.«

»Also gut.«

Irgend etwas in ihrem Verhalten mußte ihn auf ihr Unbehagen aufmerksam gemacht haben. »Ich glaube nicht, daß eine dunkle Ecke in einem Restaurant mit Bar das Richtige wäre. Was halten Sie von einem einfachen, aber guten Fischrestaurant mit einem Tisch, von dem aus man über den Fluß sehen kann?«

Ihre Antwort war ein erleichtertes Lächeln.

Sie gingen zu Mike Anderson's auf dem Bon Fête Level. Es war ein Schnellrestaurant, und man aß aus Plastiktellern, aber die Portionen waren groß und der Duft herrlich. Sie nahmen ihre Tabletts mit auf die schattige Terrasse, von der aus man einen phantastischen Blick über den Fluß hatte. Eine kühle Brise wehte vom Wasser her, und die Tische standen nicht allzu dicht beisammen. Sie widmeten sich ausgiebig ihrem Flußkrebsgumbo, dem würzigen einheimischen Eintopf, zerkrümelten ihre Kräcker, um damit die Tauben zu füttern, die herumflatterten, und sahen den Schleppern, Fähren und Frachtschiffen auf dem Fluß zu.

Schließlich lehnte sich Anne in ihrem Stuhl zurück. Den Blick auf den Becher Limonade in ihrer Hand gesenkt, sagte sie: »Sie fragen sich bestimmt, was ich heute morgen so Dringendes von Ihnen wollte. Ich möchte es eigentlich nicht besonders spannend machen, aber ich weiß nicht so recht, wo ich anfangen soll.«

Dante tupfte sich mit seiner Serviette den Mund ab und warf sie auf seinen leeren Teller. »Dann lassen Sie mich Ihnen helfen. Es hat etwas mit Riva zu tun.«

»Woher wissen Sie das?« Sie musterte besorgt sein Gesicht.

»Das ist doch eigentlich logisch. Ich weiß, daß sie ein Problem hat, und ich bin ziemlich sicher, daß es etwas mit Ihrem Mann zu tun hat. Sie erinnern sich bestimmt daran, daß ich auch bei der Wahlveranstaltung war, als sich Riva und Ihr Mann abseits der Menge unterhalten haben. Außerdem kenne ich Riva schon sehr lange. Ich kann mir vorstellen, was im Gang ist, aber ich weiß nichts Genaues. Wenn Sie etwas Licht auf die Angelegenheit werfen könnten, wäre ich Ihnen sehr dankbar.«

»Ich hatte angenommen, Sie könnten mir helfen, die Sache zu verstehen«, erwiderte sie verwirrt.

»Vielleicht können wir uns gegenseitig helfen.«

War da noch mehr hinter seinen Worten? Anne konnte aus dem Ausdruck in seinen dunklen Augen nichts schließen. Sie schienen Sympathie und Mitgefühl zum Ausdruck zu bringen, aber vielleicht war das auch nur ein Widerschein des hellen Lichts. Sie schob ihren Becher von sich und begann ihm zu erzählen, was Edison über Riva Staulet gesagt hatte, über seine Tochter Erin und über Rivas Drohung.

Er runzelte die Stirn, als sie fertig war. »Das verstehe ich nicht so ganz. Edison muß Ihnen doch etwas verheimlichen.«

»Was meinen Sie damit?«

»Das ist sicher nicht alles.«

»Ich denke, es ist genug. Edison schadet es sicher, wenn bekannt wird, daß er der Vater eines unehelichen Kindes ist.«

Er stimmte ihr nachdenklich zu und meinte dann: »Natürlich war da noch die Sache mit der vorgespiegelten Ehe.«

»Mit der was?« Anne starrte ihn eine ganze Weile über den Tisch hinweg an.

Schließlich sagte Dante: »Es tut mir leid, *chère*. Ich dachte, Sie wüßten das auch, da Ihr Mann Ihnen ziemlich viel erzählt hat.«

Sie schüttelte langsam den Kopf. »Er hat nur etwas von einem Verhältnis gesagt. Wollen Sie damit sagen, daß Edison eine Trauung mit Riva inszeniert hat?«

»Sie wußte nicht, daß es keine echte Trauung war, aber er war schon mit Ihnen verheiratet, also war die Eheschließung ungültig.«

»Und Erin war das Ergebnis dieser vorgespiegelten Ehe?«

»So ist es.«

»Aber wie –«, fing sie an, hielt dann inne und richtete einen leeren Blick auf die weite Fläche des Flusses. Eine lange Zeit herrschte Schweigen, und ihre Stimme klang spröde, als sie schließlich wieder das Wort ergriff. »Es wäre eine Katastrophe, wenn es auch einen Beweis dafür gäbe.«

»Ich weiß nicht, ob es einen gibt. Aber schon das Gerücht von einem derartig falschen Spiel, selbst wenn es vor vielen Jahren geschehen ist, könnte ziemlich unangenehm werden.«

»Ja, da muß ich Ihnen recht geben.« Anne rutschte auf die Stuhlkante. »Ich glaube, Sie sollten wissen, daß Edison alles in seiner Macht Stehende tun wird, um zu verhindern, daß das je publik wird. Mrs. Staulet ist sich wohl nicht darüber im klaren, was sie tut und was sie von ihm verlangt.«

»Wenn ich das richtig sehe, braucht Ihr Mann doch eigentlich nur Josh und Erin voneinander zu trennen.«

»Das wird er niemals tun, nicht unter diesen Umständen.«

»Um Himmels willen, warum denn nicht?«

Sie hob in einer hilflosen Geste die Hand. »Arroganz, Egoismus, Sturheit – nennen Sie es, wie Sie wollen. Er wird einem Ultimatum einfach nicht nachgeben. Es liegt außerhalb seines Vorstellungsvermögens, daß ihm die Kontrolle über diese Angelegenheit entgleiten könnte. Aber wenn er sich ernsthaft bedroht fühlt, kann er außerordentlich gefährlich werden. Er hat keinerlei Skrupel. Ich habe den Verdacht, daß er fürchtet, Riva Staulet könnte sich ihm als einziger Mensch, als einzige Frau widersetzen.«

»Wie kommen Sie auf diese Idee?« wollte Dante wissen.

Anne hatte ganz im Innern das beunruhigende Gefühl, Verrat zu begehen. Sie war schon zu lange verheiratet, um ohne weiteres von ihrem Mann und seinem Charakter zu sprechen. Trotzdem mußte sie etwas unternehmen. Josh war schließlich auch ihr Sohn.

»Er hat die Absicht, Rivas Drohungen zu begegnen, indem er seinerseits droht, Erin die Wahrheit zu sagen. Ich weiß nicht, ob das ausreicht, um Riva einzuschüchtern, aber wenn nicht, schreckt Edison bestimmt vor nichts zurück. Er will sich rächen, weil Riva ihm Angst eingejagt hat. Und das wird er auf jede nur erdenkliche Art tun.«

»Wenn er Erin sagt, daß er ihr Vater ist, erreicht er nur das, was Riva will, nämlich das Ende der Romanze zwischen Erin und Josh.«

»Ja, aber offensichtlich will Riva nicht, daß Erin es erfährt, sonst hätte sie es ihr ja selbst schon sagen können.«

»Das stimmt«, meinte Dante und seufzte dann.

»Also hat Edison die Trümpfe in der Hand. Die Frage ist: Was hat Riva jetzt vor?«

»Wenn sie bei der Drohung bleibt, die Wahrheit über die Vergangenheit ans Licht der Öffentlichkeit zu bringen, erfährt Erin ohnehin alles. Ich kenne Riva gut genug, um anzunehmen, daß sie sich nicht abschrekken läßt. Sie könnte ihre Drohung wahrmachen und wirklich alles veröffentlichen.«

»Edison wird sie daran hindern.«

»Aber wie?«

»Ich bin nicht sicher. Er hat etwas von Freunden in wichtigen Positionen gesagt. Und die Art, wie er es sagte, klang nicht mehr ... freundlich.«

»Dann bin ich Ihnen wirklich dankbarer, als ich sagen kann, daß Sie zu mir gekommen sind. Er ist nicht der einzige, der Freunde hat.«

Meinte er damit, daß er Riva als Freund zur Seite stehen wollte oder daß er selbst Freunde in wichtigen Positionen hatte, die ebenso einflußreich waren, wie Edison es für die seinen beanspruchen konnte? Anne wußte es nicht, sie wollte aber auch nicht danach fragen. Es reichte aus, daß sie ihre Warnung losgeworden war.

»Das freut mich«, sagte sie einfach.

Sein dunkler Blick ruhte nachdenklich auf ihr. Er legte den Kopf schief. »Es geht mich ja eigentlich nichts an, aber wenn Sie so wenig Respekt vor Gallant haben, wenn Sie so große Zweifel an seiner Ehrenhaftigkeit hegen – warum, in aller Heiligen Namen, bleiben Sie denn dann bei ihm?«

»Er ist mein Mann«, entgegnete sie schwach.

»Es gibt doch so etwas wie eine Scheidung«, sagte er leise.

Anne reagierte darauf mit einem matten Lächeln. »Das sagt sich so leicht. Aber ich habe viel in meine Ehe investiert, und ich habe bestimmt große Schwierigkeiten dabei, wenn ich sie auseinanderreiße. Wahrscheinlich würde es mir leichter fallen, wenn ich Witwe würde.«

»Aber das wird vermutlich kaum eintreten, nur weil es Ihnen leichter fiele.«

»Ich weiß«, sagte sie und spürte, wie ihr Lächeln verschwand.

Er streckte den Arm aus und berührte ihre Hand. »Ich wollte Ihnen nicht weh tun. Ich wollte nur –«

»Ich weiß. Das ist mein Problem, und ich werde es lösen, so gut ich kann.«

Sie hatte Angst, daß ihre Wortwahl für seinen Geschmack zu direkt war. Sie sah ihn schnell an, aber seine Aufmerksamkeit war auf ihren Arm gerichtet. Sie sah hinunter und bemerkte, daß er die neuen blauen Flecke gesehen hatte, die Edisons Finger hinterlassen hatten. Sie griff etwas beschämt nach dem Ärmel und zog ihn herunter.

»Er ist wieder grob geworden, deswegen sind Sie hier«, sagte er plötzlich.

»Wenn Sie glauben, ich wollte ihm nur etwas heimzahlen, weil wir so etwas wie einen Ehekrach hatten, dann –«

»Das habe ich nicht gesagt«, unterbrach er sie, »und auch nicht gedacht.«

Sie sah ihm einen Herzschlag lang in die Augen, dann legte sich ihre Verwirrung. »Nein, ich sehe, daß Sie das nicht gedacht haben.«

»Vielen Dank.«

Sie schüttelte nur den Kopf.

»So höflich, so ruhig, und doch werden Sie heute abend wieder hingehen und mit diesem Mann, der Frauen bedroht und mißbraucht, schlafen. Er läßt es zu, daß sein Sohn Inzest begeht, nur weil er sich nicht dem Willen eines anderen Menschen beugen will. Wie können Sie sich einem solchen Ungeheuer hingeben?«

»Gewohnheit?« Sie versuchte, locker zu wirken, aber es gelang ihr nicht so recht.

»Nein, ich möchte es wirklich gern wissen. Was hat er an sich, was Sie zum Bleiben bewegt oder eine Frau wie Riva damals fasziniert hat? Ist er in privaten Augenblicken so charmant? Ist er ein so wunderbarer Liebhaber?«

Anne lachte bitter und höhnisch zugleich.

»Nein?«

»Nein.«

Es entstand ein kurzes Schweigen. Anne betrachtete Dante und spürte dabei, daß die nackte Wut, die sie so lange unterdrückt hatte, plötzlich an die Oberfläche drängte. Dante hielt ihrem Blick stand, griff nach ihrer Hand und hielt sie in der seinen mit warmer Kraft.

»Sie sind eine schöne Frau. Es gibt keinen Grund, daß Sie ohne Liebe leben müssen. Wie ich Ihnen schon einmal gesagt habe: Wenn es je eine Möglichkeit geben sollte, daß ich Ihnen dienlich sein kann, hoffe ich, Sie werden es mich wissen lassen.«

Dieses Angebot klang hintergründiger als vor einigen Tagen im Innenhof seines Hauses. Anne hielt den Atem an. Es gab jedoch keine Gelegenheit mehr, darauf zu antworten, denn sie wurden durch lautes Kindergeschrei unterbrochen.

»Mr. Dante, 'allo, Mr. Dante!«

Zwei Kinder waren gerade aus dem Gebäude gestürmt, und als sie Dante sahen, fingen sie an zu rufen. Ihre Mutter, beladen mit einem Tablett voller Cola und Hamburgern folgte ihnen etwas langsamer.

»Pietro«, sagte Dante, und seine Züge schmolzen zu einem breiten Lächeln, während er aufstand. »Und Coralie. Was macht ihr denn hier, ihr kleinen Räuber?«

»Erin hat uns gesagt, daß wir uns den Riverwalk ansehen sollen, solange wir hier sind«, antwortete Coralie, während ihr Blick zu Anne wanderte.

»Das stimmt auch«, sagte Dante und fügte dann hinzu, als die Mutter der Kinder näher kam: »Und wie ich sehe, versucht ihr auch unsere amerikanische Küche.«

Enthusiastische Rufe der Zustimmung erschollen. Danach kam die unvermeidliche Vorstellung. Anne spürte die Hitze in ihr Gesicht steigen, als Constance Staulet sie mit Ironie in ihren großen dunklen Augen von oben bis unten taxierte. Anne behielt jedoch ihr freundliches Lächeln bei und war froh, daß sie gut trainiert war und dadurch ohne weiteres in der Lage, sie kühl, aber freundlich zu begrüßen. »Sie können meinen Platz am Tisch hier übernehmen«, sagte sie dann und sah sich nach ihren Paketen um. »Ich muß zurück ins Hotel.«

»Ich werde mitkommen und Ihnen helfen, ein Taxi zu finden«, schlug Dante vor.

»Bemühen Sie sich nicht, ich komme sicher auch allein zurecht«, sagte Anne. »Sie haben schon genug für mich getan.«

»Aber es macht mir keine Mühe«, widersprach er mit höflichem Nachdruck, während er die Hand ausstreckte, um das Kleid an sich zu nehmen.

Constance, die sich damit beschäftigte, den Kindern ihre Hamburger zu geben, sagte freundlich: »Es war nett, Sie kennenzulernen, Mrs. Gallant. Dante, Sie müssen gleich wieder zurückkommen und noch etwas mit uns trinken. Ich bin sicher, die Kinder würden sich sehr freuen.«

Wieder ertönten laute Zustimmungsrufe der Kinder, und Anne sah, daß Constance und Dante einen langen, ernsten Blick austauschten. Es dauerte eine Weile, bevor sie das Gefühl erkannte, das da in ihr entstand, und es erschreckte sie sehr. Es war Eifersucht.

16

Riva traf Dante an diesem Abend mit Constance und den Kindern in ihrem Haus an. Es war eine gemütliche Szene. Constance und Dante nahmen einen Drink auf der hinteren Galerie, während die Kinder auf den kühlen Ziegeln im Schatten auf dem Bauch lagen und schwer beschäftigt waren, Abziehbildchen in die Alben zu kleben, die sie extra für diese neue Sammlung bekommen hatten. Riva begrüßte sie alle und sah dann zu Boots, der allein am anderen Ende der Galerie saß. Er hatte einen Drink in der Hand und die Füße auf das Geländer gelegt. Riva gesellte sich zu ihm.

»Na, wie geht's, Boots?«

Er winkte ihr einen Gruß zu. »Nicht schlecht.«

Sie hatte ihn noch nie so betrunken gesehen. Seine Augen waren rot gerändert und sein Gesicht gerötet. Er lümmelte so leger in dem Sessel, daß es ein Wunder war, daß er nicht herausfiel.

»So siehst du aber gar nicht aus«, sagte sie offen.

»Wie soll ich denn aussehen, nachdem meine Frau es gerade mit einem anderen getrieben hat?«

»Wovon sprichst du?«

»Na, ich war bei Edison, um ihm die Leviten zu lesen, und weißt du was? Er hat mich ausgelacht. Ausgelacht! Er hat gesagt, ich wäre ein Idiot und sie wär' nicht mal 'ne gute Nummer und würde es deswegen wahrscheinlich allen möglichen Männern anbieten.«

Riva sah sich hastig um, um sicherzugehen, daß Constance oder ihre Kinder die Unterhaltung nicht mit anhörten. Daß Boots ihr gegenüber solche Worte gebrauchte, bewies, daß er schon mehr als genug getrunken hatte.

Niemand achtete auf sie. Sie wandte sich ihm wieder zu. »Wenn du ein Idiot bist, dann nur, weil du Edison diesen Unsinn glaubst.«

»Ja? Du weißt ja nicht, daß ich mir schon seit Jahren anhören mußte, wie toll er ist. Seit Jahren! Vielleicht hat Margaret es ihm ja wirklich angeboten.«

Es hatte keinen Sinn, mit ihm zu streiten, solange er in diesem Zustand war. »Wo ist Margaret jetzt?«

»Oben, hat sich hingelegt.«

»Geht's ihr gut?«

Er zuckte mit den Schultern. »Sagt, sie hat Kopfschmerzen, aber es ging ihr immerhin so gut, daß sie heute in der Stadt war. Ich glaub', sie will nix mehr mit mir zu tun haben.«

»Ich werde nach ihr sehen, wenn ich mich umgezogen habe.« Riva ging ins Haus.

Sie hörte, wie Dante seinen Stuhl zurückschob, nachdem sie an seinem Platz vorbeigegangen war. Er holte sie auf der Treppe ein.

»Kann ich kurz mit dir reden?«

Seine Stimme klang ausdruckslos, und Riva sah ihn prüfend an. Der Ärger, den sie in seinen Augen aufflackern sah, gefiel ihr nicht. Mit einem kurzen Nicken ging sie voraus zu der Sitzecke im oberen Flur. Hier konnte sie niemand hören, wenn sie leise sprachen.

Als sie sich gesetzt hatten, beugte er sich vor, die Hände zwischen die Knie geklemmt. »Du hast mir wirklich nicht mehr vertraut, seit du mich damals – vor mehr als zwanzig Jahren! – mit diesem anderen Mädchen im Bett gefunden hast, stimmt's?«

Riva hatte mit allen möglichen Dingen gerechnet, aber nicht damit. »Mach dich nicht lächerlich«, meinte sie mit einem überraschten Lachen. »Natürlich vertraue ich dir; es gibt keinen, dem ich mehr vertraue.«

»Das glaube ich nicht. Ich denke sogar, du hättest dich überhaupt nicht mehr um mich gekümmert, wenn ich nicht wieder in dein Leben getreten wäre, bevor du mich ganz vergessen hast.«

Sie schüttelte den Kopf und lächelte angesichts der Erinnerung, die plötzlich wieder da war. »Du bist hereingestürmt mit einem Arm voller Moosrosen, die du im Garten des Ursulinerinnenklosters geklaut hattest. Es ist ein Wunder, daß sie dich nicht geschnappt und exkommuniziert haben. Wie könnte ich jemanden vergessen, der so etwas tut?«

»Ich habe damals versucht, mich bei dir zu entschuldigen, und ich hatte kein Geld, um Blumen zu kaufen.«

Dante war wieder in ihr Leben getreten, kurz nachdem Noel fortgegangen war, zu einer Zeit, in der Riva einen Vertrauten und Freund gebraucht hatte. Er hatte sich dafür entschuldigt, daß er nicht zu ihrer Hochzeit gekommen war. Er hatte die Einladung gar nicht bekommen und nichts von ihrer Heirat erfahren, bis schließlich das Mädchen, das damals mit ihm zusammengelebt hatte, ihm die Nachricht an den Kopf geworfen hatte, bevor sie ihn Hals über Kopf verließ. Stück für Stück waren sich Riva und Dante dann langsam wieder nähergekommen, verbunden durch gemeinsamen Schmerz. Cosmo hatte Dante gemocht und ihm vertraut.

Jetzt sagte Riva: »Es hat doch auch funktioniert, oder? Wir sind seitdem immer Freunde geblieben.«

»Das habe ich auch gedacht, aber ganz offensichtlich ist es nicht so.«

»Ich verstehe nicht, was du damit meinst.«

»Bis heute hast du mir erlaubt, mich am Rande deines Lebens herumzutreiben, aber ich habe eigentlich nie wirklich erfahren, was du denkst und was du empfindest. Und die wichtigen Angelegenheiten und die wichtigen Ereignisse in deinem Leben behältst du für dich.«

»Das ist nicht wahr!« protestierte sie.

»Warum, um Himmels willen, mußte ich dann von jemand anderem erfahren, daß du versuchst, Edison Gallant zu erpressen?«

»Das tue ich nicht«, widersprach sie, und ihre Augenbrauen zogen sich zusammen.

»Ich weiß nicht, wie du das nennst. Oh, ich bin davon überzeugt, daß du moralisch einwandfreie Gründe hast, aber ich verstehe nicht, warum du mir nichts davon erzählt hast. Ich hätte dir helfen können.«

»Was hättest du schon tun können? Edison ist kein Mann, der gern einen Rat von anderen annimmt.« Ihre Stimme war voll von beißender Ironie.

»Ich habe Beziehungen, Freunde, die mir einen Gefallen schuldig sind. Glaube mir, ich hätte ihn bestimmt überreden können.«

»Beziehungen«, wiederholte sie und starrte ihn an. Sie hatte ihn bisher nie nach seinen Freunden bei der Mafia gefragt, das war auch nie nötig gewesen. Jetzt schauderte sie plötzlich. Er warf die Hände in die Luft. »Ich will damit nicht sagen, daß ich mir jemanden hätte suchen können der – wie sagt man? – ihn kaltmacht. Obwohl, wenn ich es mir genau überlege, die Idee gar nicht so schlecht ist. Ich kenne Leute, die das haben, was Edison will, nämlich politischen Einfluß. Dafür hätte er seinen Sohn nach Timbuktu geschickt, aber das war, bevor er in Erfahrung gebracht hat, daß Erin seine Tochter ist.«

Sagte Dante die Wahrheit? Irgend etwas an seiner Ausdrucksweise vermittelte ihr ein unbehagliches Gefühl. Aber vielleicht war das auch nur ihre eigene Unsicherheit. Sie fühlte sich aus dem Gleichgewicht gebracht, gefangen zwischen Vergangenheit und Gegenwart, Wahrheit und Täuschung, Böse und Gut.

Plötzlich erfaßte sie den genauen Sinn seiner Worte. »Wer hat dir eigentlich gesagt, daß er das weiß?«

»Anne Gallant«, bekannte er und stand langsam auf, um Riva in die Augen sehen zu können. »Sie war... besorgt.«

»Das glaube ich!«

»Ich meine nicht, daß sie rachsüchtig ist. So hat es keinen Augenblick lang ausgesehen. Aber sie ist Joshs Mutter.« Seine Stimme klang ruhig. Riva wurde mit einemmal klar, daß sie ziemlich laut geworden war. Sie wandte sich von ihm ab und schlang die Arme um ihren Oberkörper.

»Was hat sie vor?« fragte sie.

»Anne? Nichts, soviel ich weiß.«

Sie empfand diese Antwort nicht als Erleichterung. »Ich nehme an, daß sie dir das weisgemacht hat. Ich wußte gar nicht, daß ihr beide so eng befreundet seid.«

»Sind wir auch nicht. Aus irgendeinem seltsamen Grund glaubte sie, daß ich vielleicht wissen könnte, was du vorhast.«

Sie ignorierte den Sarkasmus in dieser Aussage. »Ich weiß nicht, was ich tun soll. Wir scheinen mehr oder weniger bei einem Stillstand angekommen zu sein, Edison und ich. Aber ich bin sicher, daß dieser Kampf nichts mit dir zu tun hat.«

»Selbst wenn ich gern beteiligt wäre?«

»Selbst dann.«

»Weißt du jetzt, was ich meine? Du hältst mich immer auf Distanz.«

»Dafür gibt es Gründe«, sagte sie und drehte sich um, damit sie ihn wieder ansehen konnte.

»Ich weiß«, antwortete er, und sein dunkler Blick war fest. »Aber jetzt ist er tot.«

»Es gab noch andere. Du erinnerst dich –«

»Ich erinnere mich«, sagte er mit rauher Stimme, während er ihr das Wort abschnitt. »Vierundzwanzig Jahre sind eine lange Zeit, aber diesen einen Versager werde ich ganz bestimmt nicht vergessen.«

Irgendwie hatte sie das Gefühl, daß sie im Augenblick alles falsch machte, aber es schien nicht anders zu gehen. »Oh, Dante, warum mußtest du das nach dieser langen Zeit wieder ins Gespräch bringen? Es war doch gut, so wie es war.«

»Dinge ändern sich, Menschen ändern sich. Willst du meine Hilfe oder nicht?«

»Hat sie einen Preis?«

Er starrte sie eine ganze Weile an und wurde blaß. »Ich schätze, das ist eine Absage.«

Ihr Gesicht verzerrte sich, als sie merkte, wie gekränkt er war. »Ich möchte deine Freundschaft, aber ich brauche deine aktive Hilfe nicht!«

»Dann brauchst du mich auch nicht«, sagte er.

Er stand auf, wandte sich ab und ging den Flur hinunter. Riva sah ihm nach und ihr war, als wäre eine der Säulen des Hauses eingestürzt. Das Dach selbst würde vielleicht halten, aber es war doch eine ernste Schwäche in der Struktur entstanden.

Was hatte sie getan, das ihn vertrieben hatte? Was hätte sie sagen können, um ihn zurückzuhalten? Sie wußte es natürlich, aber sie konnte sich nicht vorstellen, warum es plötzlich so wichtig für ihn war, daß ihr Verhältnis zueinander sich veränderte.

Er wollte im Prinzip ausdrücken, daß sie ihn ausgenutzt, ihm aber selbst nichts von sich dafür gegeben hatte. Stimmte das? War sie wirklich so egoistisch? Wenn ja, dann eigentlich nur, weil sie geglaubt hatte, er wäre mit ihrem jetzigen Verhältnis zufrieden. Sie waren gute Freunde mit der zusätzlichen Wärme einer lange währenden erotischen Anziehungskraft. Sie konnte nicht glauben, daß er nicht mehr zurückkommen würde. Trotzdem hatte er noch nie zuvor so distanziert gewirkt oder einen so entschlossenen Eindruck gemacht. Vielleicht gab es ja auch noch jemanden. Constance machte kein Geheimnis aus der Tatsache, daß sie ihn für einen anziehenden Mann hielt. Die beiden hatten gemütlich zusammen auf der Galerie gesessen, als sie angekommen war. Trotzdem glaubte sie nicht, daß sich Dante von Noels ehemaliger Frau verabschiedet hatte, als er das Haus verlassen hatte.

Riva runzelte in Gedanken versunken die Stirn, während sie durch den Flur zu ihrem Schlafzimmer ging, dort ihre Kostümjacke auszog und sie aufs Bett warf.

Möglicherweise hätte sie sich von Dante helfen lassen können, um die Angelegenheit mit Edison zu regeln. Aber wenn sie sich nur auf sich selbst verließ, brauchte sie sich nicht von der Meinung eines anderen beeinflussen zu lassen. Wenn sie niemanden um Hilfe bat, hatte auch keiner das Recht, ihr Vorschriften zu machen. Sie hatte sich an ihre Selbständigkeit gewöhnt, und es gefiel ihr nicht, jemanden zu brauchen. Öfter, als ihr lieb gewesen war, hatten sie die Menschen, auf die sie sich verlassen hatte, enttäuscht. Man ersparte sich eine Menge Kummer, wenn man sich nur auf sich selbst verließ.

Und dann war da noch die Tatsache, daß sie sich niemandem aufdrängte, wenn sie unabhängig war. Sie haßte den Gedanken, daß sie vielleicht auf die Idee kommen könnte, Dantes Gefühle für sie irgendwie zu mißbrauchen. Manchmal glaubte sie allerdings, daß er sich wünschte, immer für sie dazusein. Aber das wäre nicht fair. Dennoch fühlte sich Dante jetzt zurückgestoßen, weil sie ohne ihn auskommen wollte.

Sie zog die Bluse aus und streifte ihren Rock ab und ging zu ihrem begehbaren Schrank, der beinahe schon ein kleines Ankleidezimmer war, um die Sachen aufzuhängen. Sie stieg aus den Schuhen und bückte sich, um sie über die Schuhständer zu stülpen. Ein ärgerlicher Ausdruck erschien auf ihrem Gesicht. Auf dem Boden lag ein Paar Schuhe auf der Seite, darauf ein Kleid. Margaret war wieder hier gewesen. Das Kleid hatte schwarze Flecken, die, das sah sie, von den beschmierten Schuhsohlen daran gekommen waren.

Riva haßte diese Art von Schludrigkeit. Sie räumte vielleicht auch nicht jedesmal ihre Sachen sofort auf, aber zumindest legte sie sie sorgfältig über einen Stuhl, um zu verhindern, daß sie verknautscht oder schmutzig wurden. Manchmal fragte sie sich, ob ihre Schwester wohl absichtlich so nachlässig mit den Sachen umging, die sie sich von ihr auslieh. Es war, als müßte Margaret dadurch beweisen, wie wenig sie sich von ihrem Preis beeindrucken ließ. Bei anderen Gelegenheiten hatte Riva den Eindruck gewonnen, daß Margaret neidisch war, weil sie so teure Dinge besaß. Aber im Augenblick war es sowieso nicht möglich, mit Margaret darüber zu sprechen. Sie war von den Ereignissen schon betroffen genug. Trotzdem nahm sich Riva vor, nach ihr zu sehen und sie zu fragen, wie sie sich fühlte und ob sie Probleme mit ihrem Herzen hatte.

Riva fand ihre Schwester allein im Wohnzimmer. Sie kauerte in einer Ecke des Sofas und hatte die Arme um die angezogenen Knie geschlungen. Sie lächelte Riva müde an, als sie sie begrüßte.

Riva setzte sich neben Margaret. »Was tust du denn hier so ganz allein?«

»Ich bin im Augenblick keine besonders geeignete Gesellschafterin.«

Geeignet inwiefern? Riva wunderte sich über diesen Ausdruck, aber sie sah sich nicht veranlaßt, Margarets augenblickliche Depression noch zu vergrößern, indem sie ein längeres Gespräch über dieses Thema begann. »Trotzdem solltest du zu den anderen gehen. Hier zu sitzen und zu schmollen hilft dir auch nicht.«

»Was weißt du denn schon davon?« fauchte Margaret, aber dann bedeckte sie ihr Gesicht mit den Händen. »Ach Riva, was soll ich denn nur tun, wenn Boots mich verläßt? Er ist alles, was ich habe. Ich überlebe das nicht, ich weiß es genau, ich werde sterben.«

Margaret musterte sie scharf und bemerkte, daß Riva auch über ihre eigenen schmerzlichen Erfahrungen sprach. Aber der Moment war nur kurz, und Margaret verlor sich rasch wieder in ihrem Selbstmitleid.

»Aber ich liebe Boots doch«, rief sie.

Riva fragte sich, ob Margaret glaubte, daß sie ihr Kind und ihren Mann nicht geliebt hatte. Riva hatte noch andere Verluste erlitten, von denen Margaret nichts wußte, aber offensichtlich interessierte sie sich auch nicht dafür.

»Hast du ihm denn gesagt, daß du ihn liebst?« fragte Riva.

»Das könnte ich nicht. Ich meine, wir –«

»Dann kannst du auch nicht erwarten, daß er es weiß.«

»Daran ist nur Edison schuld. Der Mann ist ein Tier, eine wilde Bestie, die mein Leben ruiniert hat. Er hat sich nicht einen Deut um meine Gefühle gekümmert und nur an sich und seine Begierde gedacht. Für ihn war ich nur ein Körper, eine weitere Eroberung, mit der er sein männliches Ego noch mehr aufplustern kann.«

Diese wohlbekannte Litanei der Schuldzuweisung wurde Riva plötzlich zuviel. Sie spürte, wie der Ärger in ihrem Innern wuchs, und versuchte, ihn zu unterdrücken, brachte es aber nicht fertig.

»Edison hat sich benommen wie ein Tier, das stimmt. Aber er ist nicht zu dir gekommen, Margaret; du bist zu ihm gegangen. Was geschehen ist, war teilweise deine eigene Schuld. Aber das bedeutet doch nicht das Ende der Welt. Wir alle machen Fehler. Gestehe ihn dir ein und vergiß die ganze Sache. Dann ist alles gar nicht so schlimm. Es ist in Ordnung, solange wir aus Fehlern etwas lernen.«

»Wie philosophisch. Ich hoffe, du wirst dich an das alles erinnern, wenn du bei Edison drankommst. Schließlich ist er eigentlich hinter dir her.«

»Ich habe schon genug von ihm gehabt«, erwiderte Riva.

»Und du wirst noch mehr von ihm kriegen, wenn er nicht aufgehalten wird.«

»Aber du wolltest doch vor nicht allzu langer Zeit, daß ich ihm gebe, was er von mir verlangt. Hast du deine Meinung geändert?«

»Meine Meinung ist, daß du etwas gegen ihn unternehmen mußt. Du bist Riva Staulet. Das müßte doch etwas nutzen!«

»Was meinst du damit?«

Margaret vollzog eine hilflose Geste. »Ich weiß es nicht. Du kennst so viele Leute und hast mächtige Freunde. Sitz nicht herum und warte auf Edisons nächsten Schachzug. Unternimm etwas!«

Draußen fuhr ein Auto vor. Riva drehte sich um und schaute aus dem mit Spitzengardinen bedeckten Fenster. Mit lakonischer Stimme sagte sie: »Es scheint, als wäre es zu spät, Edison zuvorkommen zu wollen.«

»Was meinst du damit?« fragte Margaret erschrocken.

»Er kommt gerade ins Haus.«

Das Gesicht ihrer Schwester wurde weiß, und ihr Griff um ihre Knie fester. »Was will er? Ich kann jetzt nicht ertragen, ihn zu sehen, ich kann es einfach nicht! Wo kann ich mich verstecken?«

»Stell dich nicht so an«, wies Riva sie scharf zurecht und fügte dann sanfter hinzu: »Es gibt überhaupt keinen Anlaß, dich zu verstecken, und ganz bestimmt auch keinen Grund, warum du ihn oder er dich sehen sollte. Bleib, wo du bist. Abraham fragt ihn bestimmt, was ihn zu uns führt.«

Margaret sah nicht unbedingt überzeugt aus, blieb aber doch ruhig sitzen. Die beiden hörten, wie der Butler ohne Eile an die Tür ging, nachdem es geklingelt hatte. Der ältere Mann bat Edison, in der Bibliothek zu warten. Ein paar Sekunden später klopfte Abraham an die Wohnzimmertür und streckte seinen Kopf herein.

»Da ist ein Herr, der Sie sehen möchte, Miss Riva«, sagte er und betonte das Wort *Herr* in der Weise, wie es die älteren Bediensteten im Süden noch tun, wenn der Status eines Mannes zweifelhaft ist.

»Danke sehr, Abraham«, sagte sie und sah Margaret an. Sie drängte sich in ihre Ecke, als könnte sie sich in den Tiefen des Sofas verstecken. Riva straffte ihre Schultern, stand auf und ging zur Tür.

Der alte Mann legte den Kopf schief. »Soll ich Mr. Noel bitten, Ihnen Gesellschaft zu leisten? Er ist vor einer Weile nach Hause gekommen.«

»Nein, das ist nicht nötig, danke. Ich kümmere mich schon um den Besucher.«

Abraham sah aus, als hätte er seine Zweifel, trat jedoch einen Schritt zurück, um Riva vorbeizulassen. Dann ging er voraus, um ihr die Tür zur Bibliothek zu öffnen.

Edison hatte ein Buch in der Hand, Cosmos Erstausgabe von Hemingways *Fiesta*. Er stellte das Buch wieder ins Regal zurück und sagte: »Sehr schön. Meine Investitionen gehen eher in Richtung Rennpferde und riskante Aktiengeschäfte, aber die Geschmäcker sind eben verschieden.«

Riva bemerkte seinen sarkastischen Unterton und wußte, daß er mit den wertvollen Büchern, die Cosmo so viel Freude gemacht hatten, nichts anfangen konnte. Edison bemühte sich, diesem eindrucksvollen Raum, der all das zum Ausdruck brachte, wofür Bonne Vie stand, nicht allzuviel Beachtung zu schenken. Riva kochte vor Zorn. Sie hätte ihn am liebsten umgebracht. Wenn sie jetzt eine Waffe zur Hand gehabt hätte, hätte sie für nichts garantieren können. Das war beunruhigend, aber auch irgendwie erfreulich.

»Was tust du hier?« fragte sie fordernd. »Wie kannst du es wagen hierherzukommen, nach allem, was du Margaret angetan hast?«

»Margaret? Ich habe nichts mit ihr getan, was sie nicht gewollt hätte.«

Sein Lächeln war so selbstzufrieden, daß sie es ihm am liebsten vom Gesicht gewischt hätte. Für immer. »Das ist gelogen.«

»Ach ja? Ich habe gar nicht gehört, daß sie schreiend zur Polizei gelaufen ist.«

»Ist das dein Kriterium dafür, ob eine Frau Sex mit dir will – ob sie schreiend zur Polizei läuft oder nicht, wenn du sie anfaßt?«

»Du hattest schon immer eine spitze Zunge«, antwortete er, und sein Lächeln war etwas dumpfer geworden.

»Und du warst immer ziemlich arrogant. Es überrascht mich, daß du keine Angst hast, du könntest Boots begegnen«, entgegnete Riva.

»Dem alten Boots? Warum sollte ich vor dem Angst haben? Er ist schon selbst zur Hälfte davon überzeugt, daß seine Frau mich aufgefordert hat, es ihr zu besorgen.«

»Du meinst, du hast ihn davon überzeugt.«

»Und wenn es so wäre?«

»Hat es dir dabei geholfen, eine bessere Meinung von dir selbst zu bekommen, als du Boots dazu brachtest, das Schlimmste von Margaret anzunehmen?« fragte sie. »Aber egal. Wie auch immer deine Antwort lauten mag, ich bin sicher, daß du dich für besonders schlau hältst. Also, was willst du hier?«

Er stemmte seine Hände in die Hüften und wurde langsam rot. »Also gut, wenn du es unbedingt so willst. Ich bin hier, um dir eines zu sagen: Lege deinen Arsch in mein Bett wie deine Schwester, oder ich sage Erin, wer ihre Mutter ist.«

Sie hatte gewußt, daß ein so niederträchtiger Kerl wie Edison solche Drohungen ausstoßen würde.

»Es Erin sagen? Eine sehr gute Idee, wirklich, daran hatte ich auch schon gedacht.«

»Du lügst. Das hättest du doch schon längst tun können.«

»Möglicherweise. Aber möglicherweise auch nicht.« Riva ging zum Fenster. Das fahle Licht der Dämmerung hatte sich über das Land gesenkt. In dieser Beleuchtung betrachtete sie prüfend Edisons Gesicht. Es wirkte verquollen, von Ausschweifungen gezeichnet. Es war ganz und gar nicht mehr gutaussehend, und sein Haar war schon schütter. Schließlich sagte sie: »Ich frage mich, ob dir klar ist, was du verlierst, wenn du mir den kleinen Gefallen verweigerst, um den ich dich bitte. Ein Bekannter von mir hat heute abend etwas von einflußreichen Freunden und Leuten mit Geld gesagt. Vielleicht sollte ich dich daran erinnern, daß ich dir nicht nur helfen kann, wenn du kooperativ bist, sondern daß ich dir auch schaden kann.«

Er lachte. »Das ist die schwächste Drohung, die ich je gehört habe!«

»Verwechsle nicht Worte und Handlungen.«

»Keines von beiden macht mir angst. Ich gehe meinen Weg, meine Dame, und daran kannst du gar nichts ändern. Ich brauche dein Geld und deine Freunde nicht, denn ich habe von beidem genug. Aber ich will, daß du unter mir liegst, und ich werde es erreichen. Du wirst es mir aus demselben Grund geben, aus dem du nicht ausplappern wirst, was vor vielen Jahren geschehen ist, oder deine wichtigen Männer einsetzen wirst, um meine Chancen zu vernichten. Riva, du hast Angst. Es gefällt dir, Tante Riva und Mrs. Staulet aus Bonne Vie und von der Staulet Corporation zu sein. Ich hab' dich in der Hand, meine liebe Dame, und je eher du das zugibst, desto glücklicher werden wir beide sein.«

In seinen Worten lag genug Wahrheit, um ihren Zorn in kalten Widerwillen zu verwandeln. »Da würde ich lieber sterben«, entgegnete sie ruhig.

»Das könnte man vielleicht auch arrangieren.«

Da war die Drohung. Sie hörte sie und spürte, wie die Worte in ihren Körper eindrangen durch jede Pore ihrer Haut. Sie glaubte jedoch nicht, daß er sie wirklich hatte aussprechen wollen. Sie sah, wie seine schmalen Augen sich weiteten, als wäre er sich eines Fehlers bewußt geworden. Sie war so konzentriert auf den Mann vor sich, daß sie nicht hörte, wie sich die Tür öffnete.

»Ich scheine die Gewohnheit zu haben«, sagte Noel, »immer in eure Streitigkeiten zu platzen.«

Riva war erleichtert und beunruhigt zugleich, und sie brauchte eine Weile, bis sie antworten konnte. Schließlich sagte sie: »Es gibt keine Streitigkeiten. Edison und ich haben versucht, eine kleine Meinungsverschiedenheit beizulegen. Wir hatten uns gerade geeinigt, und Edison wollte gleich gehen.«

Noel musterte den anderen Mann. »Ach, wirklich?« fragte er in der ganzen Herablassung der Herren des Südens, die entschlossen sind, ihren Besitz und die Menschen, die darauf leben, zu beschützen. Daß Edison das auch klar war, wurde offenbar an dem mörderischen Blick, den er

Noel zuwarf. Er stellte sich ihm breitbeinig entgegen, die Fäuste in die Hüften gestemmt. »Ich werde, verdammt noch mal, erst dann gehen, wenn ich fertig bin!«

Noel bewegte sich kraftvoll und schnell wie eine Stahlfeder. Er packte Edisons Handgelenk und wirbelte ihn herum, zog dabei seine Hand nach oben und drückte sie in die Mitte seines Rückens.

Gleichzeitig legte er einen Arm um Edisons Hals, so daß er in einem unbequemen Winkel nach hinten gebogen wurde. Der Kandidat für das Amt des Gouverneurs wurde, während er nach Luft schnappend Flüche ausstieß und glasige Augen bekam, aus dem Zimmer und in den Flur befördert.

Abraham, der sich dort zu schaffen machte, ging auf die Tür zu, um sie zu öffnen. Noel warf Edison aus dem Haus, so daß er über die Veranda auf die Stufen zustolperte. Der Butler schlug die Tür zu und rieb sich die Hände. Er nickte zufrieden und blinzelte Riva an, die in der Tür der Bibliothek stand, dann entfernte er sich leise durch den Flur.

Man hörte Edisons Auto mit dumpfem Grollen anspringen, dann wurde heftig der Gang eingelegt und das Autor fuhr weg. Noel drehte sich zu Riva um, sah sie an und ging auf sie zu. Riva, verwirrt von dem grimmigen Leuchten in seinen Augen, trat in die Bibliothek und floh ans andere Ende des Zimmers.

Über ihre Schulter hinweg sagte sie fast beiläufig. »Ich vermute, Abraham hat dich geholt.«

»Er schien anzunehmen, daß ich an eurer Unterhaltung interessiert sein könnte.«

»Ach ja?« Wieviel hatte Noel gehört? Wieviel hatte er verstanden? Aus seiner harten, leidenschaftslosen Stimme konnte sie nichts entnehmen.

Noel starrte sie wortlos an. Das rosa Licht der Abenddämmerung tauchte sie in goldenes Licht. In ihrem cremefarbenen Kaftan und mit den über die Schultern gebürsteten Haaren wirkte sie irgendwie ätherisch, so als wäre sie eigentlich nicht aus Fleisch und Blut.

Noel hatte gehört, daß Edison sie bedrohte, und war mit der Absicht hereingekommen, Hand an den Schurken zu legen. Jetzt hätte er am liebsten Riva geschüttelt, um eine Erklärung aus ihr herauszubringen.

Er tat dabei, als würde er die Ärmel seines Hemdes zurechtrücken, während er um Selbstbeherrschung kämpfte. Schließlich stieß er heftig hervor: »Wenn es dir unangenehm war, daß ich auf solche Methoden zurückgegriffen habe, tut es mir leid. Gallants Tonfall hat mir nicht gefallen, und dies ist mein Heim.«

»So ist es. Das hatte ich vergessen.«

»Das bezweifle ich, ich wollte damit aber auch nur sagen, daß ich dafür verantwortlich bin, was unter diesem Dach geschieht. Egal, wieviel oder wie wenig ich damit zu tun haben mag, was zwischen dir und Gallant vorgeht – er wird dich in meinem Haus nicht beleidigen. Das werde ich nicht zulassen.«

»Ich nehme an, dafür sollte ich mich bei dir bedanken.«

»Bemüh dich nicht; ich habe es nicht allein für dich getan, sondern auch für mich und irgendwie auch für meinen Vater.« Der Zorn war aus seiner Stimme verschwunden.

Riva drehte sich langsam zu ihm um. »Das ist egal. Ich hatte den Nutzen davon – und ich weiß deine Hilfe wirklich zu schätzen.«

»In diesem Falle war es mir ein Vergnügen.«

Jetzt waren sie in eine Sackgasse geraten. Rivas nachdenklicher Blick ruhte auf seinem Gesicht, und sie fragte sich, ob er das Gespräch absichtlich in diese Richtung gelenkt hatte, um jede weitere Unterhaltung im Keim zu ersticken. Sie standen eine ganze Weile da und sahen sich an, bis Abraham kam, um das Abendessen anzukündigen.

Anne lag ganz still, das Gesicht abgewandt und die Augen fest geschlossen, während Edison sich ächzend auf ihr abrackerte. Als er fertig war, von ihr herunter und aus dem Bett rollte, um ins Badezimmer zu gehen, rührte sie sich immer noch nicht. Sie lag in der Dunkelheit, und ihre Muskeln waren steif. Sie dachte an Ehebruch.

Wie es wohl war, wirklich von jemandem geliebt und nicht einfach nur benutzt zu werden? Wie war es, wenn ein Mann sie zärtlich berührte, der sich wirklich Gedanken um ihre Bedürfnisse machte? Sie hatte in den vergangenen paar Minuten versucht, sich vorzustellen, daß Dante Romoli und nicht Edison in ihrem Bett lag. Es hatte ihr ein wenig geholfen, aber ihre Bedürfnisse waren dennoch nicht erfüllt.

Sie hätte sich weigern können. Sie hatte daran gedacht, ihren Mann wegzuschicken und ihn aufzufordern, sie in Ruhe zu lassen. Aber die Sache war keine blauen Flecken wert. Irgend etwas war am vergangenen Abend in Bonne Vie geschehen, was ihn zornig gemacht hatte, soviel war ihr zumindest aus seinen Flüchen klargeworden. Er hatte das gewaltsame Verlangen, über jemanden zu herrschen, und da es nicht Riva Staulet sein konnte, mußte sie eben herhalten. Aber sie konnte ihm das heimzahlen. Die Methode war alt und geheim und äußerst geeignet.

Der Gedanke war ihr nicht zum ersten Mal gekommen. Seit Jahren schon hatte sie sich immer wieder ausgemalt, daß sie eines Tages ihren Plan verwirklichen würde. Aber die Vorstellung war ihr immer gemein und niederträchtig vorgekommen. Aber damals hatte sie Dante noch nicht gekannt. Jetzt war es nur noch eine Frage des Muts. Ob sie wohl so viel Courage hatte?

Anne hatte schon am vergangenen Abend Edisons Sachen gepackt. Es war nur eine Reisetasche, denn er wollte nur drei Tage wegbleiben. Trotzdem rief Edison einen Träger, der sie hinuntertragen sollte. Der Himmel bewahre ihn, einen Kandidaten für das Amt des Gouverneurs, davor, daß er etwas so Gewöhnliches tat, wie sein eigenes Gepäck zu tragen, und sei es auch um fünf Uhr morgens.

Anne tat so, als würde sie schlafen, während Edison ungeduldig im Zimmer auf und ab ging und darauf wartete, daß der Träger erschien. Als der Mann kam, ging Edison ohne ein Wort hinaus. Anne war erleichtert. Sie hatte keine Lust, sich von ihm zu verabschieden.

Nach ein paar Minuten setzte sie sich im Bett auf und machte das Licht an. Sie nahm das Buch in die Hand, das sie am vergangenen Abend zu lesen begonnen hatte und versuchte, sich darauf zu konzentrieren. Nach einer Weile wurde sie wieder schläfrig und löschte das Licht. Sie streckte sich und genoß es, das große Bett für sich allein zu haben. Als sie wieder wach wurde, war es schon fast zehn Uhr. Sie griff nach ihrer Handtasche und fand Dantes Nummer. Dann holte sie tief Luft, nahm den Hörer und wählte.

Es war mitten am Vormittag, und Riva hatte gerade eine Besprechung mit einem der Vizepräsidenten der Staulet Corporation, als ihr Telefon klingelte. Sie ärgerte sich über sich selbst; sie hatte vergessen, ihrer Sekretärin zu sagen, daß sie nicht gestört werden wollte.

Am anderen Ende der Leitung war Dante.

»Störe ich dich bei etwas Wichtigem?« fragte er. »Ich kann später noch einmal anrufen.«

»Nein, nein«, sagte sie und gab sich Mühe, ihre Stimme unbeschwert klingen zu lassen. »Also, wegen gestern nachmittag wollte ich noch sagen –«

»Deswegen wollte ich auch mit dir reden. Ich habe mich benommen wie ein Idiot, als ich einfach so weggegangen bin. Es tut mir leid.«

»Das macht doch nichts«, versicherte sie und betrachtete den Mann, der ihr am Schreibtisch gegenübersaß. »Ich denke, ich hätte dir sagen müssen, was im Gange ist. Warum essen wir nicht zusammen und –«

»Du brauchst mir nichts zu erklären. Es geht mich wirklich nichts an. Ich kann mich nur mit Überarbeitung entschuldigen. Ich habe große Sorgen wegen der Drogen in meinem Restaurant am See.«

»Immer noch nicht bekannt, wer den Stoff verkauft?«

»Nichts. Es sieht fast so aus, als wären es mehr als nur einer. Ich habe ein paar Fühler ausgestreckt, aber alle schweigen eisern. Ich hatte vor, ein paar Tage auszuspannen, um Abstand zu gewinnen. Vielleicht fahre ich in die Berge oder so. Gehe ich recht in der Annahme, daß du keine Lust hast, mitzukommen und mir Gesellschaft zu leisten?«

»Ich wünschte, ich könnte es«, antwortete Riva und meinte es auch wirklich so. »Aber ich kann nicht weg, wenn das Haus voller Gäste ist. Dann ist da noch diese Sache mit Edison. Aber ich werde dir was sagen. Warum fährst du nicht in das Haus nach Colorado? Es steht sowieso leer. Irgend jemand sollte es ab und zu benutzen.«

»Das wäre phantastisch, wenn du nichts dagegen hast.«

Diese letzten Worte waren reine Höflichkeit. »Das weißt du doch«, sagte Riva. »Ich habe dir schon vor Jahren gesagt, daß du es jederzeit bewohnen kannst.«

»Und du bist ganz sicher, daß ich dich nicht dazu überreden kann, mitzukommen?«

»Es ist wirklich eine Versuchung, aber ich glaube nein.«

Riva versprach, das junge Paar anzurufen, das das Haus in Ordnung hielt und nebenher noch Kräutertee anbaute und verkaufte. Nach ein paar freundlichen Bemerkungen hängte sie ein. Sie lächelte und empfand eine große Erleichterung. Sie haßte es, mit jemandem in Unfrieden zu leben, besonders mit Dante.

Immer noch lächelnd, setzte sie die Besprechung fort. Im Laufe des Tages überlegte sie sogar, ob sie es sich nicht doch erlauben konnte, wenigstens am Wochenende nach Colorado zu fahren. Vielleicht konnte sie

Erin dazu überreden, sie zu begleiten. Margaret hätte bestimmt nichts dagegen, wenn Erin einen Ausflug machte, und es wäre schön, Dante zu überraschen.

17

Ein Gewitter braute sich über dem Golf zusammen. Als Anne neben Dante über das Rollfeld ging, spürte sie, wie die feuchte Hitze vom Boden aufstieg, und sah sie in schimmernden Wellen zwischen sich und den Flugzeugen wabern. Die Cessna 310, die Dante für ihren Flug nach Colorado gechartert hatte, schien auf ihren Gummirädern ein anmutiges Tänzchen zu vollführen. Anne wurde ganz übel bei dem Anblick.

Es war natürlich nicht nur die Hitze. Es waren einfach die Nerven, die schiere Angst, die ihren Magen attackierte und ihre Handflächen feucht werden ließ. Sie hatte noch nie so etwas getan. Sie hatte sich noch nie heimlich mit einem Mann auf dem Flughafen getroffen, sich noch nie absichtlich bemüht, sich mit Hilfe einer dunklen Brille und einer blonden Perücke unkenntlich zu machen. Sie hatte sich noch nie hübsche Wäsche gekauft, die sie vielleicht nur ein einziges Mal tragen würde, und noch nie ihren Körper und ihren guten Namen einem Mann anvertraut, den sie kaum kannte. Kein Wunder, daß sie Angst hatte. Und es war gut, daß sie so entschlossen war, sonst wäre sie sofort weggelaufen.

Dante, der neben ihr ging, sah finster aus. Sie nahm an, daß er auch nicht glücklich über ihre Verkleidung war. Oh, er lächelte, als er sie ansah, und sagte ihr, wie gut sie aussehe und wie schön sie es miteinander haben würden, aber sie glaubte nicht, daß dies der aufregendste Tag seines Lebens war. Das war ein weiterer Grund für ihre Angst. Sie hatte das Gefühl, daß sie ihn zu diesem Wochenende gezwungen hatte. Denn schließlich hatte sie ihn angerufen und ihn an sein Versprechen, ihr zu helfen, erinnert. Aber vielleicht bildete sie sich das alles ja auch nur ein. Sie war dazu erzogen, darauf zu warten, daß die Männer den Anfang machten. Daß sie die Konventionen außer acht gelassen hatte, machte sie unsicher, aber gleichzeitig genoß sie die Freiheit, die sie dadurch gewann.

Sie fühlte sich wirklich frei, und trotz der Furcht und der Übelkeit freute sie sich. Es würde bestimmt alles gut werden, wenn sie endlich in der Luft waren und New Orleans hinter sich gelassen hatten.

Es war ein unruhiger Flug. Das tropische Gewitter, das sich nördlich der Yucatan-Halbinsel sammelte, hatte die Luftverhältnisse sowohl über Texas als auch über Louisiana durcheinandergebracht. In Südosttexas erwartete man, daß sich der Sturm nach Norden ausbreiten und in der Nähe des Festlandes heftiger werden würde.

Der Pilot der Cessna war Texaner, jung und groß und freundlich, aber er machte nicht den Eindruck, daß er viel Erfahrung in seinem Beruf hatte. Anne hatte das Gefühl gehabt, er hätte Dante und sie seltsam angesehen, als sie an Bord gingen, aber während der meisten Zeit ignorierte er sie und ging nur seiner Arbeit nach. Das Flugzeug war geräumig. Sie saßen sich, nur von einem schmalen Gang getrennt, gegenüber, so daß sie sich unterhalten konnten. Es war jedoch nicht leicht, sich über den Lärm der Maschinen hinweg verständlich zu machen. Einmal beugte Dante sich zu ihr, um ihr etwas auf der Erde unten zu zeigen. Ihr nackter Arm berührte seine Schulter, und einen überraschenden Augenblick lang spürte sie die Festigkeit der Muskeln unter seinem Hemd und die Wärme seiner Haut durch den Ärmel. Der aufregende, lustvolle Schreck, den sie dabei empfand, war beunruhigend. Einen Augenblick später, als er sich wieder zurückzog, berührten seine Finger ihr Knie. Sie empfand das so intensiv, daß ihre Beinmuskeln zuckten. Sie lachte kurz, spürte aber auch die Röte in ihr Gesicht aufsteigen und senkte den Blick. Es dauerte eine kleine Weile, bevor sie wieder etwas sagen konnte.

Schließlich vertiefte sich Anne in eine Zeitschrift. Das Dröhnen der Maschinen machte sie allmählich müde, und sie schloß die Augen.

In Denver war es genauso heiß, wie es in New Orleans gewesen war, aber die Luft war wenigstens trocken. Dante schaltete in dem Cherokee-Jeep, den sie gemietet hatten, die Klimaanlage ein, sobald sie die Türen geschlossen hatten. Dann verließen sie die heiße Stadt auf der Autobahn in Richtung Westen. Nach einer Weile bogen sie ab und fuhren in die Berge. Die Veränderung war verblüffend. Sie schalteten die Klimaanlage ab und kurbelten die Fenster herunter, so daß die kühle, frische, sauerstoffreiche Luft in den Jeep strömen konnte. Sie waren begeistert von der wunderschönen Gebirgslandschaft. Die Farben der Blumen am Straßenrand, das Blau der Lupinen und das leuchtende Scharlachrot der Kastilleen waren so viel lebhafter als die Farben der Wildblumen, die sie kannten, und die wilden Felsformationen, die kantig und schroff in alle Richtungen aufragten, beeindruckten sie sehr. Anne zog die Perücke vom Kopf und warf sie auf den Rücksitz, lockerte ihr Haar mit den Fingern und ließ den Wind hindurchwehen. Ihre Stimmung hob sich, und sie lachte Dante an.

Das Berghaus stand auf einem Hügel, der mit Fichten und Gestrüpp bedeckt war. Man hatte Ausblick auf einen gewundenen, rauschenden Bach, dessen Ufer mit zartgrünen Weiden bewachsen waren. Die Bezeichnung Ferienhaus war für das Gebäude eigentlich nicht ganz passend. Genaugenommen war es ein großer, flacher Bau aus Glas und Holz, mit Winkeln, hellen Oberflächen und wunderschönen Aussichten in alle Richtungen. In der Mitte gab es einen großen Raum mit einem aus Natursteinen gemauerten Kamin. Indianische Teppiche lagen auf den Eichenholzfußböden und hingen an den Wänden, und an der einen Seite war eine riesige Glaswand, die von unten bis zum Dach reichte. Stufen aus poliertem Fichtenholz führten zu der balkonartigen Galerie, die die obere Hälfte des riesigen Raums umgab und von der aus man in die Schlafzimmer gelangte.

Der Brennpunkt des großen Raums und damit des ganzen Hauses war eine Bronzeplastik, die an der riesigen steinernen Front des Kamins befestigt war. In beeindruckender Größe stellte sie eine übermenschliche Gestalt dar, die halb Indianer, halb Adler zu sein schien und die Flügel ausbreitete.

Anne sah die Plastik an und spürte die Freude und den Schmerz des Künstlers. Sie verbanden sich mit ihren eigenen Gefühlen und wurden zu verzehrender Wehmut in ihrem Innern. Dante trat von hinten an sie heran, legte seine Arme um sie und hielt sie eng an sich gedrückt. Anne vergaß die Plastik und wandte sich ihm zu.

Was Anne am besten gefiel, war, daß Dante nicht viel redete. Sie hätte die Demütigung nicht ertragen können, wenn er wie Edison vulgäre und erniedrigende Worte gesagt hätte, während er sie liebte. Dante war ruhig und geschickt und liebevoll um sie bemüht. Er berührte sie mit derselben wissenden Zärtlichkeit, mit der sie sich selbst auch berührte, und führte sie geduldig und kraftvoll zum Höhepunkt.

Eng umschlungen schliefen sie ein und atmeten die kühle, berauschende Gebirgsluft, die durch das geöffnete Fenster hereinströmte. Sie erwachten erfrischt und liebten sich noch einmal, dann wanderten sie, vom Hunger getrieben, nackt durch das stille Haus und suchten etwas zu essen. Sie fanden eine Nachricht vom Hausverwalter und seiner Frau. Sie seien nach Colorado Springs gefahren und würden erst am Sonntagabend zurückkommen.

Dante und Anne beluden ein Tablett mit gegrilltem Fleisch, Bohnen, Sauerteigbrot, Früchten und Wein und aßen im Bett. Dann stellten sie die Reste beiseite und wandten sich einander wieder zu, um sich richtig kennenzulernen.

Anne war durch die Freude der neuen Erfahrung mutig und großzügig geworden. Sie erforschte zum ersten Mal den Körper eines Mannes. Während sie Freude zu geben beabsichtigte, fand sie sie selbst. Und als sie zu weinen begann, hielt Dante sie in den Armen und tröstete sie.

»Du mußt der letzte Gentleman im eigentlichen Sinne des Wortes sein: der letzte zärtliche Mann.«

Anne lehnte – mit drei Kissen im Rücken – am Kopfende und schaute aus dem offenen Fenster. Dantes Kopf lag in ihrem Schoß, und sie steckte ihm einzeln Weintrauben in den Mund. Sie war ein wenig melancholisch, verliebt wie ein Backfisch und empfand das, was sie bisher in ihrem Leben sorgfältig vermieden hatte. Früher hatte sie solche Gefühle immer für geschmacklos gehalten. Jetzt genoß sie diese Sentimentalität.

Dante zerbiß eine rote Traube, schluckte, und sagte dann: »Ich weiß nicht, wovon du redest. Ich bin kein Gentleman, ich bin Restaurantbesitzer.«

»Das ist wirklich eine Verschwendung. Du könntest als bezahlter Liebhaber Millionen verdienen, vielleicht Milliarden.«

»Ich glaube, dafür habe ich nicht genug Ausdauer«, sagte er traurig. »Vielleicht, als ich jünger war, hätte ich –«

»Als du jünger warst, hattest du wahrscheinlich nicht die ... na, sagen wir mal, Übung, oder?«

Er riß die Augen weit auf. »Das ist die Antwort! Du bist ein Genie, *chère*. Du hast entdeckt, warum Gigolos nicht mehr modern sind. Heutzutage haben die jungen Männer keine Geduld, und wenn sie sie dann lernen, sind sie zu alt.«

»Junge Männer haben zuwenig Selbstbeherrschung.«

» – und zuwenig graue Haare.«

»Natürlich gibt es leider auch ältere Männer, die nicht besser sind«, sagte sie nachdenklich.

»Nur die dummen.«

»Und diejenigen, die einfach zu sehr mit sich selbst beschäftigt sind, um etwas lernen zu können. Von denen gibt es viele. Wie ich schon sagte, du bist der letzte zärtliche Mann.«

Er beobachtete die Weintraube, die sie ihm hinhielt, nicht und sah sie fest an. »Ist es wirklich so schlimm?«

Sie zuckte resigniert mit den Schultern und wurde sich plötzlich bewußt, daß sich ihre Brüste dadurch hoben. Sie schämte sich, weil sie fürchtete, daß ihre Brüste nicht mehr schön genug für Dante waren. Sie bemühte sich, Edison aus ihrem Gehirn zu verbannen.

»Und wie ich schon gesagt habe –«

»Ich weiß, ich weiß.« Sie aß abwesend die Weintraube, die sie in der Hand hatte, richtete ihren Blick auf die fernen Berge und atmete, ohne es recht zu merken, tief ein. »Seit wir beim Riverwalk gegessen haben, habe ich darüber nachgedacht, daß ich wieder zum College gehen würde, wenn ich allein wäre. Ich war immer gut in Sprachen. Ich könnte noch ein paar Pädagogikkurse absolvieren, mein Französisch verbessern und dann vielleicht Französischlehrerin werden. Oder ich könnte auch meine Kontakte als Politikerfrau nutzen und ein Geschäft eröffnen, das sich auf die Restauration alter Möbel und Gebäude spezialisiert; ich glaube, das würde mir viel Spaß machen.«

»Das wäre wirklich gut für dich, *chère*!« sagte er und musterte sie überrascht.

»Geld wäre ein Problem; ich müßte meinen Lebensstil ändern, obwohl ich ein kleines Einkommen aus dem Besitz meines Vaters habe. Es ist nicht so leicht, ein Leben aufzugeben, das ich über zwanzig Jahre geführt habe. Ich würde meine Freunde verlieren, müßte aus den Clubs und Komitees austreten und die ganze sorgfältig konstruierte soziale Welt, in der ich gelebt habe, hinter mir lassen. Ich mache mir nichts vor, und ich weiß, daß sich alles verändern würde. Ich müßte Josh dazu bringen, mich zu verstehen und meine Entscheidung zu billigen. Aber am schlimmsten wäre es wahrscheinlich, Edison gegenüberzutreten und mich all den Drohungen, die er ausstoßen wird, zu stellen.«

»Wenn er es zu wild treibt, kannst du immer noch zur Polizei gehen – oder zu mir kommen.«

Ihr Lächeln zeigte ihm ihre Dankbarkeit, trotzdem schüttelte sie den Kopf. »Ich weiß nicht so recht. Es wäre eine so ungeheure Veränderung, und wenn sie erst einmal angefangen hat, kann mich nichts mehr aufhalten. Im Grunde meines Herzens bin ich feige. Ich war immer schon feige.«

»Das glaube ich nicht«, widersprach Dante. »Es erfordert nicht nur Mut zu gehen, sondern auch zu bleiben.«

Sie lächelte ihm traurig zu. »Laß uns über etwas anderes reden, ja? Ich habe auch all meinen Mut zusammengenommen, um hierherzukommen, aber ich hätte für nichts in der Welt darauf verzichten wollen.«

»Ich auch nicht«, antwortete er mit fester Stimme und folgte damit ohne zu zögern dem neuen Thema, das sie angeschlagen hatte.

»Du bist wirklich galant.«

»Ich verstehe nicht, warum du das sagst«, murmelte er verwirrt.

»Weil es stimmt. Ich weiß doch, daß du mit dem Herzen gar nicht richtig bei der Sache bist.«

»Und wo bin ich mit meinem Herzen?« fragte er, stützte sich auf einen Ellenbogen und wandte ihr seinen Oberkörper zu.

»Ich nehme an, in New Orleans«, erwiderte sie ruhig, »bei Riva Staulet.«

Er blinzelte, und eine Spur von Röte überzog sein Gesicht. »Wir sind nur Freunde, sonst nichts.«

»Oh, das macht mir nichts aus, wirklich nicht. Ich habe nicht angenommen, daß du aus Liebe zu mir verschmachtest.« Sie streckte die Hand aus und strich ihm das feine dunkle Haar hinter sein Ohr. »Etwas an der Art, wie du von Riva sprichst, gibt mir das Gefühl, daß du schon seit langer Zeit an ihr hängst.«

»Wenn ich wirklich so an ihr hänge, wie du es ausdrückst, dann nur, weil es mir so gefällt. Sie war ohnehin unerreichbar, solange sie nicht frei war. Ich hatte jemanden, den ich lieben konnte, und gleichzeitig konnte ich meinen eigenen Weg gehen und mich auf meine Arbeit konzentrieren. Was hältst du davon?«

Er wollte wirklich gern wissen, wie sie seine Lage beurteilte. Das war ein Kompliment. »Ich weiß es nicht«, sagte sie. »Ich denke, es hängt eher davon ab, was du jetzt – nach dem Tod ihres Mannes – für sie empfindest.«

»Ich bin mir nicht sicher. Manchmal glaube ich, daß sie Cosmo Staulet schon vor vielen Jahren verlassen hätte, wenn sie je vorgehabt hätte, mit mir zu leben. Aber ich glaube, ich möchte meinen Weg jetzt nicht mehr weiter allein gehen. Ich denke daran, eine Familie zu gründen und Kinder zu haben. Dazu ist es noch nicht zu spät, weißt du.«

»Um Gottes willen, nein. Männer über fünfzig und sechzig –«

Er vollzog eine schnelle Geste mit einer Hand. »Das weiß ich ja alles, aber die Sache ist eben, daß es vielleicht zu spät sein könnte für eine richtige Ehe mit einer Frau, mit der ich alt und grau werden möchte.«

Sie lächelte. »Wie ich schon gesagt habe, der letzte Gentleman. Und romantisch bis zur letzten Faser.«

»Wenn ich so ein vollkommener Bursche bin, warum willst du mich dann nicht?«

»Aber das ist es doch gar nicht, wirklich«, protestierte Anne.

»Also ich finde, es hört sich ganz so an«, sagte er und sah ihr in die Augen.

»Aber du willst doch eine junge Frau, die Kinder bekommen kann.«

Seine Mundwinkel zogen sich nach unten. »Na also, wenn mein Drang, kleine Romolis zu zeugen, so stark gewesen wäre, hätte ich mich vor langer Zeit darum gekümmert, anstatt Restaurants einzurichten. Vielleicht wäre ich ein viel besserer Großvater, denn dann kann man die Kinder, wenn sie einem auf die Nerven gehen, zu ihren Eltern nach Hause schicken.«

»Um Großvater zu sein, müßtest du aber erst einmal Vater werden«, gab sie zu bedenken.

»Oder eine Frau heiraten, die schon ein Kind hat, zum Beispiel einen Sohn, der alt genug ist, Vater zu werden.« Anne war hin- und hergerissen zwischen Belustigung und Dankbarkeit. »Das ist nicht dein Ernst.«

»Na siehst du, das ist es wieder. Also, jetzt hör mir mal genau zu: Du bist eine phantastische, begehrenswerte Frau, und die Stunden, die wir in den vergangenen Tagen miteinander verbracht haben, waren wunderbar. Sie haben mir mehr bedeutet, als ich sagen kann. Liebe ist ein Wort, das ich immer vermieden habe, aber ich weiß, daß ich dich lieben könnte, wenn du mich nur ein kleines bißchen ermutigen würdest.«

Sie zwang sich zu lächeln und schloß gleichzeitig die Augen. »Aber ich habe mich doch selbst zu dem Wochenende mit dir eingeladen, weißt du das nicht mehr?«

»Nur weil ich mich nicht getraut habe, dich einzuladen. Ich habe nicht einmal gewagt, mir vorzustellen, daß du so etwas in Betracht ziehen würdest.«

Zum ersten Mal, seit sie New Orleans verlassen hatten, war Anne ganz sicher, daß Dante ihr seine ganze Aufmerksamkeit zuwandte. Ihr Lachen war mehr als nur ein bißchen atemlos. »Du bist wirklich gut für mein Ego – unter anderem.«

»Das war aber nicht meine Absicht.«

»Nein?«

»Meine Absicht war es, herauszufinden, ob du dich vielleicht dazu entschließen könntest, mehr zu wollen als nur ein Wochenende mit einem Mann in mittleren Jahren, mit ergrauendem Haar und etwas zu fülliger Figur.«

»Welches ergrauende Haar? Und was deine Figur betrifft: Du siehst aus wie eine griechische Statue, und meiner Meinung nach weißt du das auch ganz genau.«

Jetzt sah ihn Anne wieder an, wartete mit klopfendem Herzen, was er sagen würde. Es kam zu früh, das Gespräch über Liebe, oder zumindest war es zu früh für sie. Sie konnte ihm noch nicht glauben, aber sie wollte es, sie wollte es mehr als alles andere in der Welt.

Er sah ihr in die braunen Augen, erkannte die Besorgnis darin und die Wärme, und ein Lächeln huschte über sein Gesicht. Mit ungeheurem Taktgefühl folgte er ihrer Vorgabe. Er schob seine Hand mit einer weichen Bewegung unter das Laken, das sie von der Taille abwärts bedeckte, und begann, die empfindliche Innenseite ihres Oberschenkels zu streicheln.

»Also gut, ganz wie du möchtest«, sagte er mit einem gespielten Seufzer. »Ich bin ein Adonis, ein Prinz, ein Muster von Mann, und ich bin verrückt nach deinem Körper. Wenn du mir noch einmal wie eine duldende Heilige begegnest, lehne ich jede Verantwortung für das folgende ab. Gibt es denn gar nichts an mir, das dich zu irgend etwas reizt?«

»Na ja, da du es gerade erwähnst...«

»Ja?« fragte er zurückhaltend.

»Also...«

»Sag mir einfach nur, was du möchtest.«

Anne entdeckte, daß man Lust in Worte fassen und es trotzdem herrlich finden konnte.

Es nieselte, als Riva am Freitagnachmittag das Staulet-Gebäude verließ. Am Nachmittag hatte ein Gewitter die Straßen saubergewaschen und den üblichen Staub und Müll in die Gossen gespült. Die vielen Pumpstationen der tiefliegenden Stadt hatten das überschüssige Wasser weggesaugt, aber die Straßen dampften noch.

George holte Riva mit dem Schirm an der Tür ab und begleitete sie zum Auto. Sie bedankte sich, obwohl sie eigentlich auch ganz gern den Regen auf dem Gesicht gespürt hätte. Dieser Augenblick der Frische hätte ihr gutgetan. Es war ein langer Tag gewesen. Sie hatte ein schlechtes Gewissen, weil sie so lange nicht mehr in Bonne Vie gewesen war. Sie hatte eigentlich vorgehabt, nur ein paar Schriftstücke zu unterschreiben, hatte sich aber dann entschlossen, auch noch andere Dinge zu erledigen.

Sie hatte einen Moment bei Noels Büro haltgemacht. Er war noch bei der Arbeit gewesen. Als sie ihm gesagt hatte, daß es Zeit zum Aufbruch sei, hatte er sie angesehen, als wäre sie verrückt. Sie war sich nicht sicher, ob er nicht glauben konnte, daß sie wirklich schon ging, oder ob er gar nicht bemerkt hatte, wie spät es schon war. Auf jeden Fall hatte er auf seine Uhr gesehen, gelacht und angefangen, Papiere zusammenzulegen und sie wegzuräumen. Sie hatte ihm zugewunken und war dann weitergegangen.

Der Verkehr stadtauswärts war dicht. Die Straßen waren schmierig, und der Nieselregen behinderte die Sicht. Manche Fahrer hatten sicherheitshalber die Lichter angeschaltet, aber es gab noch eine ganze Menge, die sich die Mühe nicht gemacht hatten.

Sie wurden zehn Minuten aufgehalten, weil vor ihnen ein Unfall passiert war. Während sie standen, schaltete George das Radio ein und suchte nach einem Sender mit Wetterbericht, der etwas von dem Sturm über dem Golf von Mexiko brachte. Jeder Sturm über dem Golf konnte sich um diese Jahreszeit in einen Hurrikan verwandeln, und jeder Hurrikan konnte kurzfristig drehen und auf New Orleans zurasen. Es war das beste, wenn man auf dem laufenden blieb.

Der Sturm war noch nicht ganz zu Hurrikan-Stärke angewachsen, und er bewegte sich auf die mexikanische Küste in der Nähe der Grenze nach Texas zu. Inzwischen wurden Springflutwarnungen ausgegeben, und es zeigte sich, daß man infolge der Stürme Hochwasser und schweren Regen erwartete.

Schließlich konnten sie wieder weiterfahren, verließen die Autobahn und fuhren auf die Schnellstraße. Riva lehnte sich zurück und nahm einen Stapel von Berichten aus ihrem Köfferchen.

Einige Zeit später brach plötzlich die Limousine mit quietschenden Reifen zur Seite aus. Riva wurde vom Sitz geschleudert und landete in einem Haufen von Büchern und Papieren auf dem Boden. George kämpfte mit dem Steuer und fluchte leise, dann rief er über seine Schulter nach hinten: »Bleiben Sie unten, Miss Riva, bleiben Sie unten!«

Sie waren auf der Straße, die am Fluß entlangführte. George war wohl abgebogen, ohne daß Riva es bemerkt hatte. Diese Straße war nicht besonders breit, und der Randstreifen, wenn es überhaupt einen gab, bestand aus Kies. Während Riva sich bemühte, auf alle viere zu kommen, spürte sie, wie der Wagen schneller wurde und wild über die schmale Fahrbahn hinweg von einem Randstreifen zum anderen geschleudert wurde. Sie hörte, wie die kleinen Steinchen gegen die Kotflügel prallten. Doch da war noch ein anderes, seltsameres Geräusch. Es waren die quietschenden und knirschenden Reifen eines zweiten Autos, das ihnen folgte und dicht hinter ihnen war. Aus Georges Fahrverhalten konnte sie schließen, daß er versuchte, das andere Auto am Überholen zu hindern.

»Was ist los?« rief sie.

»Das Auto da hinten kam plötzlich aus dem Nichts. Der Fahrer hat versucht, uns von der Straße zu drängen, und der Mann auf dem Beifahrersitz hat eine Maschinenpistole.«

Es war nicht zu fassen. Riva glitt langsam nach oben, bis sie über die Rückenlehne des Sitzes spähen konnte. Da waren zwei Männer in einem grauen Wagen. Sie trugen dunkle Anzüge und verspiegelte Sonnenbrillen, und der Beifahrer hielt eine Waffe aus dem Seitenfenster.

Solche Dinge mochten vielleicht in Italien geschehen, aber nicht in Louisiana. Vielleicht wurden Anschläge auf international wichtige Milliardäre, Diplomaten und Politiker verübt, aber ihr konnte das doch nicht passieren, nicht in Louisiana auf der Great River Road am Mississippi.

Das Rückfenster zerbarst unter einer Salve von Schüssen in lauter Einzelteile. Glassplitter segelten durch die Luft wie Eishagel und rissen Löcher in die Innenbespannung des Wagendaches. Im selben Augenblick rief George eine Warnung. Riva hatte sich schon geduckt, aber sie warf doch noch die Arme hoch, um ihr Gesicht zu schützen, und ließ sich mit dem Kopf nach unten auf alle viere fallen.

»Nehmen Sie das Telefon!« rief Riva. »Rufen Sie 911!«

»Einen Augenblick!« rief George. Er brauchte beide Hände am Steuer wegen des Gegenverkehrs.

Ein kleiner Ladewagen rauschte in der entgegengesetzten Richtung vorbei.

Die Limousine knirschte auf zwei Rädern um eine Kurve. Regen und Wind fegten durch das Rückfenster, und der Motor ihrer Verfolger heulte auf. Sie versuchten, sie zu überholen, und kamen bis auf wenige Meter an die hintere Stoßstange der Limousine heran. George konnte den Abstand nicht vergrößern, als sie durch eine kleine Ortschaft rasten. George griff nach dem Telefonhörer, ließ ihn aber fallen, als er einer alten Frau mit einem Handwagen ausweichen mußte, die vor ihnen die Straße überquerte. Sie drehte sich um und schüttelte ihre Faust hinter ihnen her, dann waren sie wieder auf dem offenen Land.

Der graue Wagen kam wieder näher. Stückchen für Stückchen schob er sich weiter heran. Riva sah den Mann mit dem Gewehr. Er zielte offenbar auf George. George hatte sich ganz tief in den Sitz gedrückt, und nur noch der obere Teil seines Kopfes war über der Lehne zu sehen. Riva nahm an, daß er nach dem Telefonhörer tastete oder ans Handschuhfach kommen wollte. Er ächzte und schimpfte, während er versuchte, seinen Sicherheitsgurt zu dehnen. Die Limousine geriet auf den Randstreifen und schleuderte Dreck und Gras in die Luft. Die Hinterräder kamen ins Rutschen, und sie rammten einen am Straßenrand aufgestellten Briefkasten, während George das lange Fahrzeug wieder auf die Straße zwang. Dann richtete er sich plötzlich auf. In seiner Hand lag eine Smith & Wesson Pistole. Er griff nach einem Schalter, um das automatische Fenster zu öffnen. Die Scheibe glitt herunter. Er beugte sich hinaus und schoß zweimal nach hinten. Der Lärm der Schüsse hallte im Innern des Wagens, und ein beißender Pulverdampf drang in Rivas Nase. Der Wagen hinter ihnen bremste kurz ab. Die Schüsse waren zu weit gegangen. George konnte nicht gleichzeitig den Wagen lenken und nach hinten zielen. Der graue Wagen gewann erneut an Fahrt und setzte sich neben sie. Der Fahrer riß das Lenkrad herum und rammte die Limousine mit einem dumpfen Knall und dem knirschenden Geräusch von Metall auf Metall. Die Limousine wurde von der Straße gedrückt. Rivas Kopf schlug gegen die Armlehne, dann kam sie wieder auf die Knie, während George die Kontrolle über das Fahrzeug zurückgewann. In verwirrtem Erstaunen wurde ihr klar, daß die beiden Männer sie von der Straße zu drücken versuchten, um dann leichter auf den Wagen zielen zu können. Oder auf sie selbst.

Im selben Augenblick kam ihr Edisons Gesichtsausdruck vom vergangenen Abend wieder in den Sinn. Sie hatte zwar Lust gehabt, ihn umzubringen, als er ihr in der Bibliothek gegenüberstand, doch jetzt hatte es ganz den Anschein, als ob er dabei gründlicher zu Werke ginge. Die Drohung, die er ausgestoßen hatte, war zur Wirklichkeit geworden. Langsam kam der graue Wagen wieder näher. Das Symbol auf der Kühlerhaube wurde immer deutlicher erkennbar. Wenn es den Türrahmen direkt hinter Georges Sitz erreicht hatte, hatte der Schütze Riva direkt vor dem Lauf.

Eine Kurve. George gab einen Schuß ab, als sie sie nahmen. Man hörte das Klirren von Glas, als der Scheinwerfer des grauen Wagens zersprang. Der Wagen fiel ein Stückchen zurück, kam dann aber wieder näher.

Wenn Riva ein Ziel für den Schützen war, dann war er auch ein Ziel für sie. Riva beugte sich nach vorn und rief: »Geben Sie mir die Pistole«, rief sie.

»Aber Sie können nicht schießen!«

»Doch, ich kann! Geben Sie mir die Pistole!«

»Also gut. Sie haben noch vier Schüsse. Nutzen Sie sie richtig!«

Die graue Kühlerhaube schob sich vor. Riva sah den Lauf des Gewehrs, die Hand des Schützen am Griff und sein Gesicht. Es war der richtige Winkel. Aber wenn sie ihn sah, dann sah er sie auch. Als ihr das klargeworden war, warf sie sich nach hinten, und im selben Augenblick spuckte die Uzi Feuer.

Löcher mit scharfen Kanten entstanden im Seitenfenster, und die Kugeln schlugen in die Rücklehne des Fahrersitzes ein – genau dort, wo Riva vor einer Sekunde gesessen hatte. George stieß einen Schrei aus und fluchte dann.

Riva hatte keine Zeit, um nachzusehen, wie schwer ihr Fahrer verwundet war. Immerhin saß er noch aufrecht. Sie drehte sich um, hob sich auf ein Knie, stützte ihren Arm auf die Rückenlehne und schoß zweimal auf die Windschutzscheibe des grauen Autos.

Es war ihr ein Vergnügen zu beobachten, wie sich die Windschutzscheibe in ein Spinnengewebe verwandelte und dann nach innen fiel. Sie sah, daß sich die beiden Männer duckten. Einer blutete im Gesicht, und der Wagen fing an zu schlingern. Offenbar hatte Riva den Fahrer nicht getroffen, denn das Auto fiel ein paar Meter zurück, holte dann aber wieder auf. Der Mann auf der Beifahrerseite beugte sich noch einmal mit der

Waffe aus dem Fenster. Riva warf sich auf den Boden, um aus seiner Schußlinie zu kommen.

Die Schüsse trafen die Karosserie. Gleich darauf krachte wieder Metall auf Metall, als der graue Wagen sie noch einmal rammte. George duckte sich aus der Schußlinie und ließ das Steuerrad los, packte es aber gerade noch rechtzeitig, bevor die Limousine in einem Graben neben der Straße landete. Während er den Wagen wieder unter Kontrolle brachte, sah er in den Rückspiegel. »Zum Teufel!« Seine Worte klangen triumphierend.

»Was? Was ist?«

Riva drehte den Kopf, um etwas sehen zu können. Sie mußte wissen, was George sah. Vielleicht hatte ein Streifenwagen die Verfolgungsjagd bemerkt und kam ihnen zu Hilfe, oder der andere Wagen war schwer beschädigt.

Es war keines von beidem. Es war Noel.

Er hatte New Orleans kurz nach ihnen verlassen. Jetzt kam er immer näher. Sein BMW hinterließ eine Dunstwolke, weil er so stark beschleunigte. Das schwere Fahrzeug wirkte, als könnte es durch nichts aufgehalten werden. Die Männer in dem grauen Auto hatten Noel ebenfalls bemerkt. Sie reckten die Hälse nach hinten, um zu sehen, wie er auf sie zuraste. Ihre Geschwindigkeit ließ nach, so daß sie um fast eine Wagenlänge zurückfielen. Dann setzten sie sich noch einmal neben die Limousine, und der Beifahrer feuerte noch eine Salve ab. Nur ein Schuß traf und prallte an der Chromleiste des Fensters ab.

Noel kam näher. Der Mann mit der Automatik drehte sich nach hinten und feuerte eine wilde Salve auf den BMW ab. Noel wich zur Seite aus, wurde aber nicht langsamer. Der BMW war nicht getroffen. Er schien noch schneller zu werden. Sein dunkler und glänzender blauer Lack schimmerte im Regen. Die Reifen sangen und sprühten Wasser nach hinten. Dann ließ Noel das automatische Fenster herunter. Er streckte den Arm heraus. In seiner Hand war eine schwarze, kurzläufige Pistole.

Der Mann in dem grauen Wagen bemerkte die Gefahr und versuchte zu beschleunigen. Es war sinnlos. Sie wichen zur Seite aus. Es nutzte ihnen nichts. Der BMW donnerte heran. Er kam näher und näher.

Noel schoß. Der Schuß traf den Wagen irgendwo in die Karosserie. Er schoß noch einmal, und eine Radkappe wirbelte wie ein Diskus durch die Luft. Das Gesicht des Schützen verzerrte sich zu einer bösen Grimasse. Er sah nach vorn. Er zielte durch das Vorderfenster und feuerte.

Kugeln schlugen in schnell aufeinanderfolgenden Abständen in das Blech ein und zerschmetterten Glas. Riva rollte sich auf dem Boden zusammen. Ihr Herz hämmerte wild. Sie war voller Schreck, Wut und Rachedurst. Im letzten Moment, bevor sie sich auf den Plüschteppich der Limousine geworfen hatte, sah sie noch, daß der BMW einen Satz nach vorn machte, und erkannte mit erschreckender Deutlichkeit, was Noel vorhatte. Der BMW prallte mit einem lauten Knall auf den grauen Wagen. Metall knirschte, und die Luft war erfüllt mit dem Gestank von brennendem Gummi. Die knatternden Schüsse endeten plötzlich.

Riva richtete sich gerade noch rechtzeitig auf, um zu sehen, wie der graue Wagen mit zusammengedrücktem Kotflügel auf der Rückseite langsamer wurde und dann plötzlich bremste. Noel wich dem Fahrzeug aus, und der graue Wagen setzte mit quietschenden Reifen zurück und drehte um. Er schlingerte und landete im Graben, kam dann aber mit Schwung und in einem Hagel von Schlamm und Kies wieder auf die Straße. Er preschte davon, wobei das linke Hinterrad rauchte und zischte.

Der BMW holte Rivas Limousine ein und kam auf gleiche Höhe. Noel drehte den Kopf. Sein Gesicht war angespannt, und seine Augen waren grauschwarz vor Sorge, als er nach Riva schaute. Sie erwiderte seinen Blick, während sie sich langsam auf ihren Sitz zog. Noel nickte und sah dann zu George. Der Chauffeur hielt seinen Daumen als Bestätigung nach oben. Dann fuhr der BMW wie eine Eskorte voraus.

George verlangsamte das Tempo nicht, Noel auch nicht. Sie hielten nicht an, bis sie Bonne Vie erreicht hatten.

18

Noel sprang aus seinem BMW und schlug die Tür zu, als die Limousine gleich hinter ihm eintraf. Er ging zur hinteren Tür und öffnete sie, bevor George den Motor abgestellt hatte. Dann half er Riva heraus.

Ihr Gesicht war aschfahl, und sie hatte ein paar kleine, leicht blutende Kratzer an der Wange und der Schläfe. Auch an der Hand, die Noel in der seinen hielt, war eine Schnittverletzung, und sie war eiskalt. Ihr Kostüm war zerrissen und hatte Blutflecken, und ein Schuh fehlte ihr. Noel zog Riva in seine Arme und drückte sie fest an sich.

Er spürte das leichte Zittern, das ihren Körper in Wellen durchlief. Gleichzeitig waren ihre Rundungen an seinem Körper warm und wirklich, und die Art, in der sie sich an ihn lehnte, raubte ihm den Atem. Er schloß die Augen, um ganz tief Luft zu holen, dann öffnete er sie wieder.

George stieg aus dem Wagen und sagte: »Das waren wirklich Amateure. Die müssen zu viele Filme gesehen haben. Wenn die Profis gewesen wären, hätten sie als erstes versucht, die Reifen kaputtzuschießen, so, wie Sie es gemacht haben. Die Halunken hätten eigentlich wissen müssen, daß es nicht so leicht ist, ein Auto anzuhalten, auch nicht mit einer von diesen automatischen Waffen.«

Noel ließ Riva los und trat einen Schritt zurück. Er lächelte George zu und schüttelte den Kopf. »Sie haben bestimmt auch nicht erwartet, daß Sie ihnen so viel Schwierigkeiten machen.«

»Ach, ich habe schon Fahren gelernt, bevor die beiden trocken hinter den Ohren waren. Und der Vietkong in Vietnam hätte die beiden zum Frühstück verspeist, wenn sie nicht besser hätten schießen können. Sie haben ihnen wirklich die Schwierigkeiten gemacht, Mr. Noel. Ich habe schon seit einer ganzen Weile niemanden mehr so gut fahren sehen.«

»Ja, aber sieh dir dein Auto an«, sagte Riva zu Noel.

Noel und George drehten sich um und betrachteten die verbeulte Motorhaube und die verbogene Stoßstange. Noel meinte nur: »Du hättest das andere Auto sehen sollen.«

»Das habe ich gesehen.« George schüttelte den Kopf. »Aber ich glaube, ich werde eben doch langsam alt, weil ich diese beiden Typen nicht bemerkt habe, als sie uns aufgelauert haben.«

»Aber eigentlich ist das doch wirklich das letzte, was man erwarten würde«, sagte Riva.

»Ich weiß es nicht. Mr. Noel hat mir erst vor ein paar Tagen gesagt, ich sollte lieber die Pistole mitnehmen. Ich hätte besser aufpassen sollen.«

Noel spürte Rivas Blick, als sie sich umdrehte, blieb aber George zugewandt. »Ist das Blut auf Ihrem Ärmel? Warum, in Gottes Namen, haben Sie nicht gesagt, daß Sie verletzt sind? Kommen Sie mit ins Haus, damit wir uns die Wunde ansehen können. Vielleicht sollten wir Sie lieber ins Krankenhaus bringen.«

»Ich habe schon Schlimmeres überlebt«, behauptete George, während sie auf das Haus zugingen. »Meine alte Dame kann mich wieder zusammenflicken.«

»Das mag schon sein, aber wir sollten trotzdem die Polizei benachrichtigen – außer Sie haben das schon vom Autotelefon aus gemacht.«

»Das habe ich getan, als wir die Burschen los waren«, sagte George. »Ich hoffe, die Polizei kriegt diese Hunde – verzeihen Sie den Ausdruck, Miss Riva.«

Noel runzelte die Stirn. »Es geht mir wirklich gegen den Strich, daß wir die beiden entkommen lassen mußten.«

»Ja, mir auch, aber mit einer Automatik diskutiere ich nicht besonders gern«, antwortete George.

Die Haustür stand offen. Abraham mußte sie schon gesehen und die anderen alarmiert haben. Liz rannte ihnen entgegen. Constance, Margaret und Boots kamen gleich hinter ihr, gefolgt von ein paar Hausmädchen. Hände griffen nach ihnen und zogen sie ins Haus. Ausrufe und Fragen erhoben sich. Pietros Stimme klang schrill, während er zwischen den Erwachsenen hin und her lief. »Waren das Terroristen?« rief er aufgeregt. »Haben sie Papas Auto bombardiert?« Constance beruhigte ihn und murmelte ihm auf italienisch etwas zu. Dann ertönte das ferne Heulen einer Polizeisirene, das sich schnell näherte. Das Auto des Sheriffs stand fast eine Stunde lang mit Blaulicht und laufendem Funkgerät, aus dem ab und zu Knistern und Funksprüche zu hören waren, vor dem Haus in der Einfahrt. Der hiesige Sheriff, ein Cajun, mit einem Körper wie ein Bierfaß und einem Gehirn, das an verwickeltes Denken gewöhnt war, nahm Aussagen zu Protokoll, während er gleichzeitig lachte und redete, Kaffee trank und eines von Liz' gebackenen Apfelteilchen aß.

Noel ließ sich nicht täuschen. Der Mann war klug und absolut nicht zufrieden mit dem möglichen Grund für den Angriff, den sie ihm genannt hatten. Die sorglos klingenden Fragen, die er über dieses und jenes Detail stellte, hatten den Sinn, möglichst das Geheimnis zu lüften, das der Sheriff hinter ihrer wohlerzogenen Fassade vermutete.

Dieses Spiel konnte natürlich nicht nur einer spielen. Es gab wenige Masken, die so wirkungsvoll waren wie die ausgesprochener Höflichkeit. Noel betrachtete Riva anerkennend. Sie beantwortete lächelnd alle Fragen, schenkte Kaffee aus und bot Apfelteilchen an. Es gab wirklich wenig, was darauf hindeutete, daß sie noch vor weniger als einer Stunde um ihr Leben gefürchtet hatte. Sie hatte sich das Blut von Gesicht und Händen gewaschen und Pflaster auf die Wunden geklebt, hatte sich ein bequemes Hauskleid in cremefarbener Seide angezogen und die Haare gebürstet.

Sie war noch blaß, aber ansonsten sah sie aus, als könne sie genausogut einem Damenkränzchen vorsitzen. George gab sich die größte Mühe, mit militärischer Korrektheit und Respekt zu antworten. Noel war wie die anderen so kurz angebunden wie möglich, ohne unhöflich zu erscheinen.

»Keiner von Ihnen hat je vorher die beiden Kerle gesehen?« fragte der Sheriff.

»Noch nie.« Riva sah nicht einmal von ihrer Kaffeetasse auf.

»Ich auch nicht«, sagte George.

»Nein.« Noel faßte sich kurz.

»Und Sie glauben wirklich, daß das ein ganz alltäglicher Versuch war, Sie zu entführen, mit der Absicht, ein Lösegeld zu erpressen?«

Noel sah den Sheriff an. »Ich kann mir keinen anderen Grund für den Überfall vorstellen.«

»Sie müssen aber zugeben«, sagte der Hüter des Gesetzes mit einer Spur von Strenge, »daß es den Gaunern anscheinend egal war, in welchen Zustand sie ihr Opfer mit ihrer Schießerei versetzen. Miss Rivas Limousine sieht aus wie ein Sieb.«

Noel kniff leicht die Augen zusammen, während er den Sheriff betrachtete. »Vielleicht haben sie den Kopf verloren, als ihnen Widerstand entgegengebracht wurde – oder haben Sie eine bessere Theorie?«

Der Sheriff wollte die Herausforderung nicht annehmen. »Ich gebe mich geschlagen. Es erscheint seltsam. Also gut, wir werden sehen. Sie sagen, es war ganz zufällig eine Pistole in der Limousine?« fragte der Sheriff den Chauffeur.

»So ist es, Sir«, sagte George.

Der Chauffeur log, um Noel zu schützen. George formulierte seine Antwort so, daß es sich anhörte, als hätte die Waffe schon seit einiger Zeit im Handschuhfach gelegen.

»Genaugenommen«, schaltete sich Noel ein, »habe ich George gebeten, sie mitzunehmen.«

Jetzt wurde Riva aufmerksam und behauptete: »Noel hat ihn gebeten, die Waffe mitzunehmen, aber eigentlich war es meine Idee. Einige Wochen nach dem Tode meines Mannes beunruhigte mich die lange Fahrt ins Büro und zurück jeden Tag. Ich bin sicher, daß Sie das verstehen können. Es heißt ja auch, daß Witwen öfter solche Anwandlungen haben. Eigentlich hatte ich völlig vergessen, daß das Ding im Handschuhfach lag. Ich nehme an, wir hatten es alle vergessen.«

Noel, der in seiner Absicht unterbrochen worden war, lehnte sich zurück und hörte sich Rivas Erklärung voller Bewunderung an. Es war ganz offensichtlich, daß Riva schamlos Cosmos Namen und ihre Witwenschaft einsetzte, um Sympathien zu gewinnen und den wahren Grund für das Vorhandensein der Waffe zu verschleiern. Daß der Sheriff diese Taktik durchschaute, war an seinem mißtrauischen Gesichtsausdruck zu erkennen, aber es war auch offensichtlich, daß der Mann nicht die Absicht hatte, sich in die Nesseln zu setzen. Und er war auch nicht bereit, die prominente, verwitwete Madame Staulet einer Falschaussage zu bezichtigen, nachdem sie gerade erst einem Anschlag auf ihr Leben entkommen war.

Erin kam im Laufe der Befragung in Bonne Vie an. Sie war in Begleitung von Doug Gorsline. Noel hatte nichts gegen den jungen Mann, aber in diesem Augenblick hätte er ihn am liebsten zum Teufel gewünscht. Das war jetzt wirklich nicht der geeignete Ort für einen Fotografen mit journalistischem Instinkt.

Doug kam hinter Erin ins Eßzimmer, wo sie um den Tisch herumsaßen. Das war das Zeichen für Margaret, sich auch ins Zimmer zu drängen und die Diskussion zu unterbrechen, die bis zu diesem Augenblick eigentlich in weitgehend privatem Rahmen verlaufen war.

Erin reagierte laut und verärgert auf den Vorfall. Daß jemand auf die Idee kommen konnte, ihrer Tante Riva etwas zuleide zu tun, fand sie einfach schockierend. Man sollte die beiden Männer jagen wie Tiere. Sie konnte sich nicht erklären, warum der Sheriff hier in Bonne Vie herumsaß und seine Zeit verschwendete, wenn er eigentlich unterwegs sein und Verbrecher jagen sollte. Am liebsten wäre sie sofort in ihr Auto gesprungen und hätte sich auf den Weg gemacht, um die Halunken selbst zu suchen. Doug überzeugte sie schließlich davon, daß das sicher sinnlos wäre. Er war aber eigentlich eher daran interessiert, mehr Einzelheiten über den Fall zu hören.

Er war nicht der einzige. Margaret fragte schaudernd, warum der Sheriff jetzt nicht sofort etwas unternahm. Boots ließ sich immer wieder über die Reparaturkosten aus, und seine einzige Zufriedenheit war, daß irgendeine Versicherungsgesellschaft das Ganze bezahlen mußte. Constance zog ein paar Vergleiche zu Ereignissen in Italien und Sizilien und schien es ganz erfreulich zu finden, daß solche Dinge auch in Amerika geschehen konnten.

Der arme Sheriff stand plötzlich so sehr unter Druck, daß er in seinem Büro anrief. Was er zu berichten hatte, war nicht sehr erfreulich. Obwohl man ihn weniger als zwei Minuten nach dem Angriff benachrichtigt hatte, war bisher noch keine Spur von den beiden Männern in dem grauen Auto gefunden worden. Sie schienen vom Erdboden verschluckt zu sein.

Offensichtlich war der Versuch einer Entführung, falls es eine werden sollte, sehr sorgfältig geplant. Ohne Zweifel würde der graue Wagen in ein paar Tagen in einer Seitenstraße oder auf einem öffentlichen Parkplatz in New Orleans gefunden oder in Teile zerlegt werden.

Während die Versammelten zu diesem Ergebnis kamen, fiel es Noel auf, daß Rivas Tasse auf der Untertasse klapperte, als sie sie abstellte. Sie hielt sie sofort wieder fest, aber ihre Finger, die sich um das feine Porzellan schlossen, waren weiß. Er stand gegen die Wand gelehnt, weil er Margaret seinen Stuhl überlassen hatte, und richtete sich jetzt auf.

»Ich glaube, das sollte jetzt eigentlich reichen, meinen Sie nicht auch, Sheriff? Ich glaube, diese Diskussion führt zu nichts.«

»Ja, es sieht ganz so aus«, stimmte ihm der Gesetzeshüter trocken zu.

»Dann würde ich vorschlagen, daß wir Riva und George etwas Ruhe gönnen. Ich bin ziemlich sicher, daß sie erschöpft sind.«

»Ich möchte nur noch darum bitten«, sagte der Sheriff in einem Versuch, die Situation wenigstens scheinbar wieder unter Kontrolle zu bekommen, »daß Sie alle hier in der Nähe bleiben, falls sich irgend etwas ergibt.«

»Ich dachte, nur die Bösen dürfen die Stadt nicht verlassen«, maulte George.

»Bedeutet das«, fragte Riva mit einer Spur von Amüsement in der Stimme, »daß ich am Wochenende nicht nach Colorado fahren soll?«

Der Sheriff ignorierte Georges Bemerkung und stand auf.

»Nein, nicht direkt, Madam. Es wäre mir nur lieber, wenn Sie es nicht tun würden.«

»Sie könnten mich jederzeit in unserem Ferienhaus dort erreichen. Ich hatte schon geplant –«

»Ich bezweifle, daß Sie morgen früh noch Lust auf diesen Ausflug haben. Wenn ich mich nicht allzusehr täusche, Madam, stehen Sie mehr unter Schock, als Sie selbst wissen. Wen auch immer Sie dort treffen wollten, er oder sie wird das sicher verstehen.«

»Es wäre vielleicht das beste, wenn du in der Nähe des Hauses bleiben würdest«, sagte Noel mit einer Spur von Verwirrung. »Oder daß du wenigstens nicht allein bist. Es wäre ja möglich, daß man noch einmal versucht, dich zu überfallen.«

»Es tut mir leid, daß du dir Sorgen um mich machst«, antwortete sie leichthin, »aber diesmal war ich ja auch nicht allein, George war dabei.«

Noel schüttelte den Kopf. »Ich glaube, du weißt schon, was ich meine.«

»Er hat recht«, mischte sich der Sheriff ein. »Es ist keine gute Idee, das Schicksal herauszufordern.«

Riva sagte nichts weiter. Plötzlich machten sich so viele Leute um sie und George Gedanken, als wären sie Invaliden.

Margaret begleitete Riva in ihr Zimmer. Liz nahm George mit, obwohl er etwas von einem Drink sagte, der seine Schmerzen im Arm lindern würde. Die anderen zerstreuten sich. Noel begleitete den Sheriff zu seinem Wagen und stand dann in der Einfahrt, bis das Motorgeräusch verklungen war.

Er sah zum Himmel. Der Nieselregen hatte aufgehört, und ein unruhiger Wind war an seine Stelle getreten. Aus der Ferne erklang das dumpfe Rollen eines Donners. Blitze zuckten am baumbestandenen Horizont. Hinter dem Haus, in der Nähe des Zierteiches, quakte ein Ochsenfrosch, und die Laubfrösche kündigten an, daß es noch mehr Regen geben würde.

Noels Blick fiel auf die Limousine und sein Auto, die immer noch in der Einfahrt standen. Sie mußten weggeräumt werden, besonders der große Wagen mit dem zertrümmerten Rückfenster. Er tastete in seiner Tasche nach dem Schlüssel für den BMW. Da war er. Der Schlüssel der Limousine steckte noch im Zündschloß, denn George hatte die Absicht gehabt, später zurückzukommen.

Noel kümmerte sich um die Autos und schloß dann die Garagentüren. Die Frösche quakten immer noch. Er steckte die Hände in die Taschen und wanderte zum Teich. Er wollte noch nicht ins Haus gehen. Dort würden nur weitere Fragen gestellt und noch mehr Diskussionen geführt werden. Aber davon hatte er erst einmal genug.

Der kleine Tempel auf dem Inselchen schimmerte bleich in der Dunkelheit des Teiches. Noel ging über die Brücke, betrat den Tempel und lehnte sich an den Buddha. Die Bronze war noch warm von der Hitze des Tages. Dadurch wirkte die Statue wie ein freundlicher Mensch. Er legte seine Hand in die Hand des Buddhas, die auf seinem Knie ruhte, und sah dann zum Haus und zu den beleuchteten Fenstern.

Er wußte, welches der Zimmer Riva gehörte, das Zimmer, in das sie umgezogen war, als sein Vater krank wurde. In diesem Zimmer waren die Vorhänge zugezogen. Während er in die Richtung schaute, ging das Licht dahinter aus. Er dachte daran, wie sie jetzt ihr Hauskleid ausziehen, ins Bett schlüpfen und ihr Haar auf dem Kopfkissen ausbreiten würde. Er fluchte.

Noel bemühte sich, seine Gedanken auf den Überfall zu konzentrieren. Er hätte schwören können, daß er irgend etwas mit Gallant zu tun hatte, konnte sich auch die Gründe denken, obwohl die brutale Gewalt ihn verwirrte. Noel machte sich Sorgen um Riva. Er wünschte, sie würde ihm alles anvertrauen, wußte aber, daß sie das nie tun würde. Er konnte nur warten und aufpassen. Und das gefiel ihm ganz und gar nicht.

Eine Gestalt erschien auf der oberen Galerie des Hauses. Sie war hell und schien irgendwie zu leuchten, fast wie ein Geist, während sie sich auf und ab bewegte. Noel stand unbeweglich da und sah ganz genau hin. Nach einem Augenblick verschwand die Gestalt. Aber nach wenigen Sekunden erschien sie auf der unteren Galerie und bewegte sich unter den Eichen und Palmen zum Pool. Unwirklich, aber doch zielstrebig bewegte sie sich auf den Teich zu.

Es war Riva. Sie trug immer noch das weite Kleid aus cremefarbener Seide. Der Stoff war so dünn, daß er in den leichten, feuchten Windstößen flatterte. Als sie näher kam, rief sie: »Es tut mir leid, wenn ich dich störe, Noel, aber Menschen, die die Einsamkeit suchen, sollten nicht im Dunkeln weiße Hemden tragen.«

»Woher wußtest du, daß ich hier bin und nicht Boots?«

»Ich weiß, wo Boots ist, er sitzt auf der oberen Galerie und betrinkt sich.«

»Ich habe aber nur dich dort oben gesehen. Du sahst aus wie ein Geist.«

»Wahrscheinlich ist das der Ursprung der Hälfte aller Geistergeschichten der Welt – irgendeine Frau, die in ihrer Nachtkleidung herumläuft und sich schämt, etwas so Peinliches zuzugeben.«

»Möglich«, stimmte er ihr zu. »Aber es ist auch egal, ich war weniger auf der Suche nach Einsamkeit als nach Ruhe.«

»Also werde ich nicht viel Lärm machen oder zumindest nicht sehr lange. Ich habe dich hier gesehen, und plötzlich fiel mir auf, daß ich mich noch nicht einmal bei dir bedankt habe für das, was du heute nachmittag getan hast.«

»Es wäre mir lieber, wenn du es nicht tun würdest.«

»Oh, das weiß ich. Ich will mich auch nicht weiter darüber auslassen, aber ich bin dir dankbar. Ich liebe mein Leben, und heute nachmittag wäre ich fast getötet worden.«

»Da ich das Gefühl habe, daß das wirklich eine Verringerung der Lebensqualität in diesem Haus bedeutet hätte, freut es mich, daß ich dir helfen konnte.«

»Gut, ich bin sehr froh, daß wir diese Sache auch erledigt haben«, sagte sie.

Er wartete darauf, daß sie weitersprechen und möglicherweise etwas über die Gründe für den Angriff sagen würde. Er hoffte wider besseres Wissen, daß sie ihm ihre Ängste anvertrauen und über ihre Gedanken und ihren Verdacht sprechen würde. Als sie es nicht tat, wurde er ärgerlich. »Findest du nicht, daß ich verdienen würde, zu erfahren, warum es dazu gekommen ist?«

Ihre Stimme klang sehr leise, als sie schließlich antwortete: »Wie kommst du auf den Gedanken, daß ich das wissen könnte?«

»Ich kenne mich mit Geheimnissen aus. Ich hatte früher viele Geheimnisse.«

»Ja, wirklich?«

Er antwortete nicht sofort. »Ich bin immer hierhergekommen, als ich noch klein war. Der Buddha war mein Freund. Ihm habe ich alles erzählt. Meine Mutter fand das süß. Mein Vater fand es unmännlich und meinte, ich hätte meinen Kopf in den Wolken. Damals war ich vielleicht acht oder neun, nicht viel älter, als Pietro jetzt ist.«

»Ich nehme nicht an, daß der Buddha allzuviel dazu zu sagen hatte.«

»Nein, aber er hat auch nie jemandem etwas verraten. Er war nie schockiert und hat auch nie geschimpft.«

»Menschen sind nur selten so.«

»Ich komme immer noch manchmal hierher und besuche ihn.«

»Er ist sehr alt, er hat bestimmt schon viel gehört und gesehen.«

Sie sprach etwas unkonzentriert, fast so als hätte sie etwas anderes im Kopf. Der Wind trug ihren weichen Duft zu ihm herüber. »Das nehme ich auch an«, murmelte Noel.

»Es gibt etwas, das ich ihm erzählen könnte.«

»Ja?« Das war es, was er sich gewünscht hatte. Und doch erschien es ihm nicht so wichtig, ihr Vertrauen zu gewinnen, wenn sie ihm so nah war.

»Genaugenommen ist es nicht mein Geheimnis, sondern eines, das Cosmo mir verraten hat.«

Noel zog die Augenbrauen zusammen. Er wünschte, er könnte ihr Gesicht sehen, aber sogar im Dunkeln hatte sie den Kopf abgewandt. »Was ist es?«

»Cosmo hat mir gesagt, daß er dich angelogen hat. Er hat dir damals auf der Insel erzählt, daß ich versuchen würde, dich zu verführen, nur um zwischen ihm und dir Unfrieden zu stiften; daß ich euch hätte trennen wollen, damit ich das Staulet Vermögen allein bekomme.«

»Das hat er wirklich gesagt, ja.«

»Hast du auch gewußt, daß er mir gesagt hat, du würdest nur versuchen, mich für dich zu gewinnen, um zwischen ihm und mir Unfrieden zu stiften, weil du mich loswerden und das Erbe für dich allein haben wolltest?«

»Mein Vater war ein intelligenter Mann, manchmal zu intelligent. Er hatte Angst, dich zu verlieren.«

»Es ist alles nicht wahr, nichts davon war jemals wahr.«

»Ich weiß.«

»Also hat er dir auch gestanden, daß er uns damals angelogen hat, bevor er starb?«

»Er brauchte es mir nicht zu sagen; ich habe es immer gewußt. Ich habe eine ganze Weile gebraucht, bevor ich seine Gründe akzeptieren konnte, aber ich habe immer gewußt, daß er gelogen hat.«

»Also bist du ohne Grund fortgegangen.«

»Nein«, sagte er mit tiefer Stimme. »Es war nicht ohne Grund.«

Sie wandte sich ihm zu, und ein Blitz erleuchtete ihr Gesicht, das voller Schmerz war. »Ich wollte nicht deinen Platz bei deinem Vater einnehmen oder dir deine Position in der Firma streitig machen – selbst Bonne Vie wollte ich nicht haben. Ich habe das alles nur bekommen, weil du fort warst.«

»Wenn ich geblieben wäre«, sagte er, »wäre dann jetzt alles, wie es ist?«

Für den Augenblick eines Herzschlages herrschte Stille. Riva quälten tausend unausgesprochene Dinge.

Schließlich sagte sie: »Ich weiß es nicht, aber es wäre nicht während all dieser Jahre alles so falsch gelaufen.«

»Nein, es hätte noch schlimmer kommen können. Was an jenem Nachmittag zwischen uns geschehen ist, hätte wieder geschehen können. Das hätte meinen Vater sicher umgebracht. Er hat dich verehrt. Du warst seine scheue junge Braut, die ihm Jugend und Hoffnung geschenkt hat, und noch etwas darüber hinaus, das ich nie so recht verstanden habe, das aber wie eine geheime Sünde war. Er war bezaubert von dir. Ich war mir nicht sicher, ob er ohne dich hätte leben können.«

»Und du konntest es?«

Er öffnete den Mund, um etwas zu sagen, aber es fiel ihm nichts ein. Er konnte es nicht aussprechen, konnte nicht diese einfache Zustimmung geben, die sie voneinander gelöst hätte.

Statt dessen sagte er langsam und nachdenklich: »Erinnerst du dich an das Gartenhäuschen und an die Art, wie es geregnet hat? Es war fast so wie heute, mit dem Gewitter, dem Donner und dem Wind.«

»Es war überhaupt nicht so.« Ihre Stimme klang angespannt, während sie sich ein Stückchen von ihm entfernte. »Erstens war es nicht Abend, sondern Nachmittag. Außerdem konnten wir das Meer sehen.«

»Aber es war ein einfacher Unterstand so wie hier.«

»Es war ein Häuschen mit Bambuswänden und einem Blechdach, nicht ein steinerner Tempel, und es roch nach Insektengift und Benzin.«

»Wenn wir ganz leise sind, können wir die Palmen vom Schwimmbekken hören wie damals die am Gartenhäuschen.« Er trat einen Schritt auf sie zu und blieb dicht neben ihr stehen. Der Wind ließ den Saum ihres leichten Kleides flattern und sich an seine Beine legen mit einer weichen Berührung, die ihn gleichzeitig abzuweisen und festzuhalten schien.

»Die um das Gartenhäuschen herum waren höher«, sagte sie, »und näher bei uns.«

»Das Gewitter war auch da.«

»Es war fast wie eine Sintflut.«

»Wir hatten vorher Streit.«

»Diesmal haben wir keinen Streit.«

»Nein? Ich dachte, wir hätten uns schon seit zwanzig Jahren nicht mehr richtig verstanden und lägen in einem ständigen schweigenden Streit.«

»Damals war ich verheiratet.« Sie erinnerte ihn mit ganz ruhiger Stimme daran.

»Und jetzt bist du es nicht. Ich gebe zu, die Situation ist wirklich anders.«

Sie sah zu ihm auf. »Nur wir beide sind dieselben, obwohl wir älter und erfahrener sind und weniger von Gefühlen getrieben werden, die wir nicht verstehen und deshalb nicht beherrschen können.«

»Das mag sein, aber du kannst nicht bestreiten, daß du dich an alles erinnerst.«

»Nein, das würde ich niemals tun.« Ihre Stimme klang unsicher.

»Bist du so sicher, daß wir anders geworden sind?« flüsterte er und beugte sich vor, um ihre Lippen mit den seinen zu berühren.

Sie leistete keinen Widerstand, das war eine bittersüße Tatsache. Ihre Lippen waren süß, so süß. Seine Hand hob sich zu ihrem Gesicht. Ihre Haut fühlte sich weich wie Samt an. Sie legte ihre Hände in seinen Nakken. Ihre Zustimmung mochte ein Zeichen der Dankbarkeit oder des Mitleids sein, aber das war ihm egal. Er holte tief Luft und hielt Riva ganz fest, als er die feuchte und zarte innere Oberfläche ihres Mundes spürte. Er sah das Spiel der Blitze durch seine geschlossenen Augenlider und spürte das dumpfe Dröhnen des Donners in seinem Blut. Der Wind wehte durch ihr Haar, so daß es mit einer seidigen Berührung sein Gesicht streifte, und der leise und bezaubernde Duft ihres Parfüms, der so sehr ein Teil von ihr war, brachte ihn um den Verstand. Sein Herz pochte wild.

Er wollte sie, o Gott, er wollte sie so sehr. Aber nicht hier, wo jederzeit jemand kommen konnte. Er wollte sie in seinem Zimmer und in seinem Bett lieben und sich unendlich viel Zeit nehmen, all die Kleinigkeiten kennenzulernen, an die er tausendmal gedacht hatte. Er hätte gern auch ihr Vertrauen gewonnen, aber wenn ihm das schon fehlte, würde er sich nicht mit weniger als geschlossenen Türen, dicken Wänden und einer langen Nacht zufriedengeben.

Er hob sie auf seine Arme und trug sie zum Haus. Blitze flackerten mit silbrigem Feuer, und der Donner grollte lauter, als Noel die Stufen zur unteren Galerie hinaufging. Er stieß die Doppeltür auf und betrat das Haus.

Noels Schlafzimmer lag im Flur gleich rechts. Es war nach Cosmos Tod neu eingerichtet worden, und es gab dort nichts mehr, was an das Krankenzimmer erinnerte. Das massive Mahagonibett und der dazugehörige Schrank, die Cosmo am besten gefallen hatten, waren in ein Gästezimmer verbannt und durch Möbel aus Rosenholz ersetzt worden, die Noels Mutter gehört hatten. Die Farben Königsblau und Grau verliehen dem Zimmer eine männliche Note.

Die einzige Lampe, die auf dem Marmortischchen neben dem Bett stand, beleuchtete das riesige Zimmer nur mit einem milden Schimmer. Aber trotzdem drehte sich Riva, als Noel sie sanft auf die Matratze legte, zur Seite, griff nach dem Schalter und löschte das Licht. Es war nicht Schamhaftigkeit, das sie dazu bewegte, eher kam es ihr so vor, als wenn das Band, das sie mit diesem Mann verknüpfte, und das Verlangen, das sie zueinander geführt hatte, bei Licht unerträglich würden. Im Dunkeln konnten sie so sein, wie sie einst gewesen waren. Das Bett schwankte, als Noel sich langsam neben sie legte. Er streckte die Hand aus und berührte ihre Wange mit warmen, zärtlichen Fingern. Mit seinem Daumen strich er über die glatte Oberfläche ihrer Lippen, so daß die empfindlichen Ränder kitzelten. Er ließ seine Fingerknöchel über ihr Kinn gleiten und ihren Hals entlang abwärts, wobei er kurz innehielt, um das stetige Pochen ihres Pulses in ihrer Halsgrube zu spüren. Dann senkte er den Kopf und drückte seine Lippen auf den weichen, schnellen Schlag. Dabei wanderte seine Hand über ihre Brust und hinunter zu der schmalen Taille.

Mit einem rauhen Atemzug preßte er sie an sich und vergrub sein Gesicht an ihrem Hals, während er sie in seinen Armen hin- und herwiegte. »Davon habe ich geträumt«, flüsterte er heiser, »immer wieder. So viele Male.«

Riva spürte das schnelle Rauschen des Bluts in ihren Adern, und eine heiße Welle überströmte sie, so daß sie glühte vor Verlangen. Die Empfindung von seinem Körper so nah an ihrem ließ sie alles andere vergessen. Seine Muskeln bebten vor verhaltener Leidenschaft, und Riva spürte plötzlich den wilden Drang, ihn dazu zu bringen, diese Beherrschung aufzugeben.

Sie ließ die Handfläche einer Hand über seine Schulter gleiten und massierte die langen Stränge seiner Muskeln unter dem feinen Baumwollärmel seines Hemdes, dann wandte sie ihren Kopf zu ihm hin, um seinem Mund zu begegnen, wobei sie ihre Finger in das feste Haar in seinem Nacken schob. Mit ihrer Zunge folgte sie den scharfen Konturen seiner Lippen, dann erfoschte sie zärtlich und weich die Linie, an der sie sich trafen, die glatten Kanten seiner Zähne, die süße und zarte innere Haut.

Begehren überrollte sie und sammelte sich schwer und drängend in ihrem Unterleib. Sie schmiegte sich an ihn, streifte einen ihrer Schuhe ab und strich mit ihrem kühlen, nackten Fuß über seine Knöchel.

Sie war verloren, und sie wußte es, überspült von Gefühlen und alten Erinnerungen. Der alte Zauber hielt sie noch immer auf herrliche, wunderbare Weise gefangen. Und doch war etwas anders als damals. Sie besaßen jetzt die Reife, diesen Augenblick ganz vorsichtig anzugehen und seine Außergewöhnlichkeit zu schätzen.

Noel verlor nicht die Beherrschung, sondern gab sie eher mit Anmut und ohne jedes Bedauern auf. Gleichzeitig begann er einen zarten Angriff auf die Verteidigungslinien, hinter denen Riva sich noch verschanzte, riß sie Stück für Stück von ihr, während er die Kleidungsstücke auszog, die sie beide noch bedeckten.

»Ich will dich, mein Gott, ich will dich so sehr«, sagte er mit voller, leiser Stimmer, die tief unten in seiner Kehle vibrierte, während er den Gürtel ihres Kleides löste und einen Ärmel über ihren Arm schob. Er umschloß die runde Halbkugel ihrer Brust, die er entblößt hatte, kostete ihre pfirsichrosa Spitze, strich mit seiner rauhen Zungenspitze darüber und spielte mit ihr, bevor er fortfuhr: »Sag, daß du mich willst.«

»Ich will dich«, flüsterte sie, und um es zu beweisen, wölbte sie sich ihm entgegen.

»Ich habe dich vermißt«, sagte er, und sein Atem strich warm und feucht über die glatte Fläche ihres Bauches, als er die seidige Haut dort mit den Lippen streifte. »Sag, daß du mich vermißt hast.«

»Ich hab' dich so sehr vermißt.« Ihre Worte waren ein leiser Aufschrei, beinahe schmerzhaft, weil sie so sehr der Wahrheit entsprachen. Mit zitternden Fingern begann sie die Knöpfe seines Hemdes zu öffnen.

»Niemand hat mir je ein Gefühl gegeben wie du«, flüsterte er, und seine Stimme klang heiser und erstaunt.

Ohne Aufforderung erwiderte Riva in demselben Ton: »Bei mir ist es auch so.«

Er streifte ihr das Kleid vollends ab und warf es zur Seite. Es ertönte das Rascheln von Stoff, als er sein Hemd und die Hose auszog. Er legte sich wieder ganz nah zu ihr, stützte dabei sein Gewicht auf einen Ellenbogen und legte seine Hand auf das weichgelockte Vlies dort, wo sich ihre Schenkel trafen, hielt sie mit seiner Wärme und Kraft ein paar Sekunden fest und erforschte dann langsam und mit unendlichem Feingefühl die feuchte und heiße Mitte ihres Seins.

Draußen rollte der Donner immer näher, und vor den Fenstern, die zu Galerie und Terrasse hinausgingen, seufzte der Wind und sang in den Eichen. Riva hatte das Gefühl, als wäre das herankommende Gewitter in ihrem Blut, ein lebendiger Teil von ihr, und wenn es hereinbrach, würde sie fortgerissen werden. Sie fürchtete sich vor der Gewalt dieses Gefühls, und doch drängte sie sich ihm entgegen.

»Wir haben uns einmal geliebt«, sagte Noel, und seine Stimme klang so leise, daß sie Teil des Windes zu sein schien, »aber ich habe es dich nie aussprechen hören. Wirst du es sagen? Jetzt?«

»Ich...«, begann sie und verstummte dann, weil ihre Stimme versagte.

»Sage es«, drängte er im Dunkeln, »selbst wenn es nicht stimmt.«

Sie flüsterte die Worte in weicher Bereitwilligkeit und streckte die Hände nach ihm aus, berührte seine feste, federnde Länge, versuchte den bebenden Genuß zu erwidern, der in ihr erblühte. Er holte mit einem leisen Zischen Atem, spürte ihre Freude und genoß die Stille, bis sie sich mit einem leisen Ausruf in seine Arme warf.

Ein Blitz zuckte vor dem Fenster, als er sich über sie hob. Das kurze grelle Licht tauchte sein Haar in blaues Feuer und zeichnete seine Schultern in Gold nach. Und als er in ihr versank, schloß Riva fest die Augen, um der Übermacht der Lust zu begegnen. Sie klammerte sich an seine Arme und hob ihre Hüften, um ihm entgegenzukommen, ihn einzuhüllen, mit ihm einer lockenden Vollendung entgegenzustreben.

Stark, er war so stark und von endloser Ausdauer, und er bewegte sich im Rhythmus des immer schneller werdenden Stroms ihres Blutes. Ihr Atem war rauh und stoßweise, ihre Glieder wurden feucht von Schweiß, der Schlag ihrer Herzen übertönte den Donner. Die Zeit erstreckte sich rückwärts, zog sie näher zueinander, brachte den entscheidenden Augenblick dichter zu ihnen. Enger und enger.

Der Augenblick der Vollendung ergriff sie, splitterte auf, vervielfältigte sich, explodierte in einer Kettenreaktion, die die dunkle Nacht mit ihrer Magie zu erfüllen schien. Sie sanken zusammen, wiegten sich und murmelten weiche, unverständliche Worte, während sie um Atem rangen, ihre Münder gegeneinanderdrückten in gedankenloser gegenseitiger Dankbarkeit für die Befreiung ihrer überspannten Sinne. Und in der folgenden Stille hörten sie das Rauschen und Strömen des Regens.

Die Sekunden verstrichen. Ihre Atmung wurde ruhiger. Der Wind erstarb, und der Regen wurde zu einem gedämpften stetigen Trommeln. Immer noch lagen sie unverändert, Arme und Beine umeinandergeschlungen und die Lider fest geschlossen. Noel strich das Haar aus Rivas feuchtem Gesicht und drückte seine Lippen auf ihre Stirn. Er bewegte sich etwas zur Seite, um sie nicht mit seinem Gewicht zu belasten, machte aber keine Anstalten, sich von ihr zu lösen. Er holte tief Luft und hielt sie einen Augenblick an, als wollte er etwas sagen, was ihm viel bedeutete.

Plötzlich wurde die Schlafzimmertür aufgerissen und krachte gegen die Wand. Ein leises Klicken ertönte, und der Kronleuchter an der Decke wurde plötzlich blendend hell. Riva fuhr auf und sah Constance. Ihr Gesicht war hochrot vor Zorn, und als sie sprach, ertönte aus ihrer Stimme boshafter Triumph. »Als ihr beide gleichzeitig verschwunden seid, wußte ich, daß ich euch hier finden würde«, sagte sie. »Es gibt Orte, wo man das, was ihr gerade tut, als Inzest bezeichnen würde.«

Noel griff schon nach der Bettdecke, auf der sie lagen. Er zog sie hoch, um Riva zu bedecken. Wut, die trotz seiner äußerlichen Ruhe deutlich zu spüren war, klang rauh aus seiner Stimme. »Geh raus.«

Seine ehemalige Frau zog eine Augenbraue hoch und konterte mit knisternder Ironie: »Du glaubst mir nicht? Siehe Leviticus: ›Die Nacktheit von deines Vaters Gattin sollst du nicht aufdecken.‹ Dabei sind sicher Stiefmütter gemeint, denn Mütter sind in einem eigenen Vers angesprochen.«

Noel hätte Constance erwürgen können. Ihre höhnische Art, das schlechtzumachen, was zwischen ihm und der Frau in seinen Armen war, erschien ihm unerträglich. Er fühlte, wie Riva sich bewegte, und begegnete ihrem fragenden Blick. Das, was er sah, zerrte an den Resten seiner Fassung und Vernunft.

Er wandte sich Constance zu und sagte: »Ich hätte nicht gedacht, daß du so gern in der Bibel liest.«

»Wenn es mir gerade gelegen kommt«, antwortete sie.

»Dann solltest du dir darüber klarwerden, daß mein Vater tot und Riva deshalb nicht mehr seine Frau ist.«

»Das ist wahr, aber Menschen haben ein langes Gedächtnis, und manche Dinge sind eher eine Frage des Instinkts als der Logik und der Gesetze. Sie wissen, daß es falsch ist, was andere tun, und sie können sehr grausam sein. Du bist ein Narr!«

Noel hielt ihrem Blick gleichmütig stand. »Aber nicht so sehr, daß ich nicht mehr sehen kann, was du hier tust. Es wird nichts ändern.«

»Nein? Ich warne dich, noch einmal deine Stiefmutter in die Arme zu nehmen, ohne dir der Tatsache bewußt zu sein, daß du den Platz deines Vaters einnimmst. Vielleicht ist das genau das, was du willst, was du immer schon wolltest.«

Jetzt schaltete sich Riva ein, und ihre Stimme bebte vor Zorn. »Es ist wirklich abstoßend, so etwas zu sagen!«

»Und abstoßend, so etwas zu sehen!« erwiderte Constance zischend, indem sie ihre Feindseligkeit auf Riva richtete.

»Nur in Ihrem Kopf. Es gibt keine Blutsverwandtschaft zwischen uns, keine rechtliche Einschränkung.«

»Das habe ich auch nie behauptet. Aber das Verbot ist schon sehr alt, und es gibt Gründe dafür.«

»Keine, die uns jetzt noch betreffen. Cosmo ist nicht mehr am Leben.«

»Nein, Ihr Mann ist tot, und wie Sie das jetzt freut!«

Riva starrte Constance an, und die Farbe wich aus ihrem Gesicht. Noch bevor sie antworten konnte, fuhr Noel dazwischen. »Du weißt ja nicht, was du tust, Constance. Halte dich da raus, hörst du? Und jetzt verschwinde von hier, bevor ich dich hinauswerfe!«

»Wie charmant«, spottete Constance, »aber manche Frauen wecken eben die Beschützerinstinkte bei Männern. Aber einen ihrer Ritter hat Riva vielleicht doch verloren. Sie sollte vorsichtig sein mit Colorado. Ich glaube nicht, daß unser lieber Dante allein in den Bergen ist. Die Kinder und ich haben ihn mit einer Frau essen sehen, bevor er abgereist ist. Er hat sie uns als Anne Gallant vorgestellt.«

Noel spürte, wie Riva erstarrte; trotzdem sah er sie nicht an. Er schleuderte die Bettdecke von seinen Beinen. Constances Gesichtsausdruck veränderte sich, und sie zog sich schnell zurück und schlug die Tür hinter sich zu.

Ein Augenblick des Schweigens folgte. Dann bewegte sich Riva, griff nach ihrem Kleid und stieg aus dem Bett. Noel zog sein Hemd an.

»Du brauchst nicht mit mir zu kommen«, sagte Riva nervös.

»Doch.«

Das klang so endgültig, daß sie nicht widersprach. Sie zogen sich schweigend an. Riva strich sich mit den Fingern durchs Haar, bemühte sich aber nicht weiter, ihre Erscheinung in Ordnung zu bringen. Als sie sich der Tür zuwandte, streckte Noel die Hand aus, um sie für sie zu öffnen und aufzuhalten.

Der Regen schien aufgehört zu haben. Sie gingen mit langsamen Schritten die Treppe hinauf und durch den Flur zu Rivas Schlafzimmer. Er drehte den Knauf und schob die Tür auf, machte aber keine Anstalten, hineinzugehen.

»Es tut mir leid«, sagte er einfach.

Sie atmete langsam ein und wieder aus. »Mir auch. Ich weiß, daß es nicht so gewesen ist, wie Constance es dargestellt hat. Wir haben – haben uns einfach gebraucht. Manchmal braucht man eben jemanden, den man halten kann.«

Wenn er sie noch nie geliebt hätte, hätte er es spätestens jetzt getan, als sie so dastand, mit dunklen Schatten unter den Augen und Kratzern im Gesicht, und versuchte, ihm ein besseres Gefühl zu vermitteln, weil er sie begehrt hatte. Er hob seine Hände, um sie um ihr Gesicht zu legen, strich mit zärtlichen Bewegungen seiner Daumen über ihre Wangen und streichelte ihre Mundwinkel. »Ich weiß«, sagte er in weicher Zustimmung. »Gewitter wirken einfach so bei mir. Schon seit langer Zeit.«

Ihr Lächeln zitterte ein wenig, während sie sein Gesicht musterte. Er spürte die leise Bewegung unter seinen Händen. Bevor er noch seinem Drang folgen konnte, dieses Zittern auszulöschen, strich er mit seinen warmen Lippen über ihren Mund und trat dann zurück.

»Gute Nacht«, sagte sie weich.

»Gute Nacht«, antwortete er.

Sie schloß langsam und sorgfältig die Tür. Es dauerte lange, bis sie seine Schritte durch den Flur verschwinden hörte. Ihr Kopf war eigenartig leer, als wollte sie sich selbst vor schmerzlichen Gedanken bewahren.

Ihr Schlafzimmer erschien ihr plötzlich wie ein Zufluchtsort. Sie machte kein Licht, und vor dem Fenster zuckten noch immer ferne Blitze. Während sie im Dunkeln stand, begann erneut das Rauschen des Regens. Sie schlang ihre Arme eng um ihren Körper und rieb sich die Unterarme mit den Händen, dann ging sie zum Fenster und starrte hinaus.

Dieses Gewitter kam aus der entgegengesetzten Richtung wie das erste und war noch heftiger. Es fegte über Bonne Vie hinweg, brachte die schweren Äste der Eichen zum Schaukeln, erzeugte Wellen auf dem Pool und durchweichte das Gras.

Heute abend hatten sie und Noel sich in einer Weise geliebt, die gemäßigt war durch die Zeit und die Umstände, zwei Menschen, die in der Lage waren, den Augenblick gelten zu lassen und ihn sich zu eigen zu machen.

Sie hatte ihm gesagt, daß sie ihn liebte, aber er hatte diese Worte nicht erwidert.

Er hatte auch damals an dem Nachmittag auf der Insel nicht gesagt, daß er sie liebte. Er hatte sie geliebt und war dann fortgegangen und viele Jahre weggewesen.

Verlangen, das war das einzige, was es zwischen ihnen gab. Noel hatte nie ein Geheimnis daraus gemacht, daß er sie wollte. Und auf dieselbe Art hatte sie sich immer zu ihm hingezogen gefühlt. Gegenseitiges Begehren war die bindende Kraft zwischen ihnen. Es war dagewesen, als sie jung waren, und sie hatten es jetzt wiederbelebt.

Es war ein mächtiges Gefühl, das Verlangen. In Verbindung mit Liebe konnte daraus etwas entstehen, das bleibenden Wert hatte, ohne Liebe konnte es zu einer zerstörerischen Waffe werden.

Warum hatte sich Noel ihr auf dem Inselchen genähert? Warum hatte er sie in die Arme genommen? Warum? Und warum hatte sie darauf reagiert? Oh, sie konnte sich einreden, daß es auch eine Reaktion auf ihre Begegnung mit dem Tod und darauf, daß Noel sie gerettet hatte, gewesen war, oder sie konnte dabei bleiben, daß nur das Verlangen sie getrieben hatte. Dennoch blieb die Frage bestehen.

So konnte es nicht weitergehen. Sie brauchte eine Ablenkung, eine ruhige Stimme weit entfernt von dem Gewitter draußen und dem Aufruhr, der in ihr ausgelöst worden war. Sie mußte den Vorwurf vergessen, den Constance ihr gemacht hatte. Inzest war ein so häßliches Wort. Es paßte eigentlich gar nicht auf sie und Noel, wirklich nicht, und doch beunruhigte sie der Gedanke daran zutiefst. Der Grund dafür war nicht schwer zu finden. Es war dasselbe Wort, das sie immer und immer wieder in ihrem Innern hörte, wenn sie an Erin und Josh Gallant dachte.

Sie hatte ihm gesagt, daß sie ihn liebte.

Sie konnte nicht mehr darüber nachdenken, konnte es nicht ertragen. Es mußte doch etwas anderes geben, jemand anderen, der ihre Gedanken zerstreuen und ihr helfen konnte, ihr Gleichgewicht wiederzufinden.

In Colorado war es eine Stunde früher, noch gar nicht spät. Sie ging zu dem Tisch neben ihrem Bett und nahm den Telefonhörer auf. Dann wählte sie. Es klingelte am anderen Ende.

»Hallo«, sagte Dante.

Noch bevor Riva etwas sagen konnte, ertönte ein Geräusch im Hintergrund wie das Gleiten einer Glastür, gefolgt von der Stimme einer Frau: »Darling, komm nach draußen und sieh dir das an. Es ist ein herrliches Farbenspiel am Himmel – oh, entschuldige.«

Riva erkannte die Stimme. Sie war sich nicht sicher, ob sie sie erkannt hätte, wenn Constance nicht erwähnt hätte, daß sie Dante und Anne Gallant zusammen gesehen hatte. Schließlich hatte sie Edisons Frau nicht oft sprechen hören. Sie drückte schnell den Knopf, um die Verbindung zu unterbrechen. Eine ganze Weile danach stand sie noch da und starrte ins Nichts.

19

Die Beechcraft Bonanza war ein gutes Flugzeug, versicherte sich Edison, während die Maschine in der grauen Wolkenmasse ruckte und schwankte, aber sie war nicht dafür konstruiert, einen Hurrikan zu durchfliegen. Vielleicht hätte er doch besser auf den Wetterbericht achten sollen. Aber er hatte verdammt noch mal die Nase voll davon, immer nur zu warten und sich von den blöden Zeitungsleuten immer wieder dumm anquatschen zu lassen wegen des Geldes. Die Hunde hatten keine Ahnung von Politik – sie konnten genaugenommen im Dunkeln mit beiden Händen ihren eigenen Hintern nicht wiederfinden. Warum er immer wieder von so himmelschreienden Dummköpfen abhängig war, das würde er wahrscheinlich nie verstehen. Es hatte nun mal hier und da einmal eine Ungereimtheit gegeben; jeder, der auch nur eine Spur Grips im Kopf hatte, wußte doch, daß Politiker sich dann und wann anpassen mußten. So wurde dieses Spiel eben gespielt. Der Trick war, viel zu kriegen, ohne eine allzu große Gegenleistung bringen zu müssen.

Es war ein Geniestreich gewesen, daß er auf die Idee gekommen war, Josh mitzunehmen. Es zahlte sich immer aus, einen netten Jungen vom College bei sich zu haben, der auch noch guten Gewissens dastehen und sich ungeheuer aufregen konnte über die Beschuldigungen, die die Presseleute gegen seinen Vater erhoben. Josh, und das war das wichtigste, glaubte, was er sagte. Sie hatten wirklich ein paar gute Punkte gemacht, dachte er, wahrscheinlich hätte er Riva dafür danken müssen, daß sie ihn auf die Idee gebracht hatte. Obwohl Dankbarkeit eigentlich nicht genau das war, was er ihr zeigen wollte. Es war jetzt schon mehr als zwei ganze Tage und Nächte her, seit er seine Frau gehabt hatte. Es gefiel ihm nicht besonders, so lange ohne Vergnügen auskommen zu müssen.

Er hatte am Abend vorher daran gedacht, für sich und Josh etwas zu organisieren, er wollte eine Frau anrufen, die saubere Mädchen liefern konnte. Aber beim genaueren Nachdenken war ihm die Idee doch nicht so gut vorgekommen. Josh war da mehr wie seine Mutter und hatte seltsame Vorstellungen von Treue und all diesem Mist, und dann wäre er beim nächsten Mal vielleicht nicht mehr ganz so aufgebracht gewesen, wenn die Presseleute seinen Vater angriffen. Der Junge schlief fest hinten in der Maschine, er war noch etwas mitgenommen gewesen nach dem Abendessen gestern abend mit den Jungs vom Hauptquartier. Sie hatten ein paar Gläser Wein und dann in irgendwelchen Bars noch einige Biere getrunken. Am Morgen hatte er Josh dann nur mit Mühe aus dem Bett ziehen können. Wie wäre der Junge wohl klargekommen, wenn er noch eine Nummer oder zwei mit einer Frau gehabt hätte?

Diesmal flogen sie wirklich wie durch eine Wand aus Wasser, kleine Bäche flossen an den Seitenfenstern entlang, und ringsum zuckten Blitze. Edison war eigentlich ein guter Pilot, aber solche Wetterverhältnisse machten ihn nervös. Auch Blindflüge und Instrumentenlandungen machten ihn nervös – er haßte es, sich auf irgendwelche Maschinen verlassen zu müssen. Trotzdem konnte er wahrscheinlich von Glück sagen, wenn er überhaupt etwas von der Landebahn zu sehen bekam, bevor er in dieser Suppe unten ankam. Er streckte die Hand aus, um das Funkgerät zu nehmen. Es war wohl besser, wenn er ankündigte, was er vorhatte.

Der Landeanflug war ziemlich rauh. Er hatte das Gefühl, als würde er ziemlich schnell sinken, aber in diesem Nebel konnte er kaum etwas beurteilen. Er mußte sich schwer beherrschen, um nicht seinem Impuls zu folgen und die Nase der Maschine hochzuziehen. Die Wolken fegten vorüber, grau, weiß und wieder grau. Räder ausfahren. Wo, zum Teufel, war die Landebahn?

Tiefer und tiefer. Das dumpfe Dröhnen der Maschine schwoll an und verebbte wieder. In seinen Ohren schrillte das hochtönende Singen. Plötzlich durchzuckte ein Ruck das Flugzeug. Edison kam es vor, als würden sich all seine Zähne lockern. Noch ein paar Minuten. Nur noch ein paar Minuten. Er strengte seine Augen an und streckte die Hand zur Scheibe aus, um sie mit den Fingern abzuwischen, als könnte er dadurch die dichte Watte davor wegwischen. Es half nichts. Jetzt mußte es jeden Augenblick so weit sein.

Durchbruch!

Verdammte Scheiße! Zu tief, zu tief! Die Landebahn war noch drei verdammte Meilen weit weg. Er verlor zu schnell an Höhe. Zu kurz!

Er schaltete mit einer schnellen Bewegung den Autopiloten aus und umklammerte das Steuer. Die Maschine dröhnte und strengte sich mächtig an. Knistern im Funk, jemand sagte ihm, was er schon wußte. Josh war wach und schrie. Baumwipfel, jedes Blatt war deutlich erkennbar und glitzerte naß. Sumpfland unter ihnen rauschte vorbei. Der Flughafenzaun war vor ihm, weit genug unten. Er konnte es schaffen. Er sah die Zypresse nicht, die rechts immer näher kam und höher war als die anderen. Die Flügelspitze streifte den Baumwipfel, blieb hängen und riß sich los. Die Maschine kippte. Edison verlor die Kontrolle. Die Landebahnleuchten wirbelten. Sie überflogen den Zaun. Ein Flügel streifte ihn. Der Holm gab nach und zerbarst mit einem Krachen. Die Metallumhüllung des Flugzeugs knisterte. Elektrische Funken sprühten. Mein Gott! Streben quietschten über den Beton, es knirschte, schleifte, bremste. Das angeschlagene Flugzeug rutschte seitlich weg, kippte und wirbelte um die eigene Achse und blieb stehen.

Edison saß sekundenlang da, die Hände um das Steuerruder geklammert. Sein Sitz war nach hinten gekippt, so daß er nur den grauen Himmel sehen konnte. Er schmeckte Blut und wußte, daß er seine Lippe durchgebissen hatte. Aber er war am Leben. Am Leben. Irgendwo hörte er das Zischen entweichender Luft und ein metallisches Knacken. Er roch Brennstoff und noch etwas anderes. Ihm war schwindlig, und sein Kopf schmerzte. Aber er war am Leben, verdammt noch mal. Und er hatte sich auch nicht in die Hosen geschissen, nicht ganz. Sein Glück blieb ihm immer noch treu, das berühmte Gallant-Glück.

Josh.

Er riß an seinem Sicherheitsgurt, machte ihn gewaltsam los und fiel aus seinem Sitz. Er mußte auf der Seitenwand nach hinten zu den Passagiersitzen klettern. Der Rumpf war verbeult. Josh lag halb unter der gebrochenen Strebe, sein Kopf war zur Seite gefallen. Er war bewußtlos. Quer über den Spant lief schräg eine rote Blutspur.

Es war ein Alptraum aus roten Blinklichtern, gerufenen Anordnungen, überall war chemischer Schaum. Hände zerrten an ihm, während er schrie und fluchte und die Leute anflehte, seinen Sohn da rauszuholen. Mechaniker kamen mit einem Lastwagen und Acetylengasschweißgeräten angerast. Schließlich trugen sie Josh auf einer Trage auf die Piste. Die Strebe hatte seinen Arm getroffen und halb abgetrennt. Die Blutung war gestoppt, aber er stand noch unter Schock. Sie mußten ihn sofort in eine Klinik bringen. Edison griff nach der Hand seines Sohnes und hielt sie bis zum letzten Augenblick. Die Türen des Krankenwagens wurden geschlossen.

Ein Polizist fragte nach seinem Namen, und er starrte den Mann an, als ob er verrückt wäre. Warum sollte er seinen Namen angeben?

Mein Gott, bis zum Einbruch der Dunkelheit würde es in allen Zeitungen stehen. Er würde aussehen wie ein inkompetenter Idiot. Er konnte jetzt schon die Schlagzeilen vor sich sehen. Wenn Kandidat Gallant schon sein Flugzeug nicht in der Luft halten konnte, wie sollte man dann erwarten, daß er einem Staat vorstand? Aber er war kein unbrauchbarer Pilot. Irgendwas war mit dem Flugzeug nicht in Ordnung gewesen. Irgendwas war verdammt schiefgegangen.

Doch jetzt im Augenblick zahlte es sich aus, daß er der Kongressabgeordnete Gallant war. Er würde eine Polizeieskorte zum Krankenhaus und einen Platz auf dem Vordersitz neben dem Fahrer bekommen. Noch bevor sich die Tür des Streifenwagens schloß, wandte er sich an einen Flughafenbeamten. »Rufen Sie meine Frau an«, sagte er. »Royal Orleans Hotel. Sagen Sie ihr, daß sie zu uns ins Krankenhaus kommen soll.«

Fünf Stunden später kam Josh aus dem OP und wurde auf die Intensivstation verlegt. Sein Gesundheitszustand war stabil, einigermaßen. Das Ärzteteam im Oshner-Hospital nahm an, daß es gelungen war, den Arm zu retten, aber es würde mindestens achtundvierzig Stunden dauern, bevor sie mit Sicherheit etwas sagen konnten. Es gab nichts, was Edison tun konnte, und die Ärzte rieten ihm, ins Hotel zu gehen und sich auszuruhen.

Edison wollte sich aber nicht ausruhen. Er wollte wissen, wo, zum Teufel, Anne war. Warum war sie nicht im Hotel ans Telefon gegangen? Er mußte herausfinden, was mit seinem Flugzeug passiert und wer dafür verantwortlich war. Er wollte keine Scheißpillen für die Nerven. Er wollte Antworten. Und er würde auch Antworten kriegen.

Das Hotelzimmer war leer. Annes Kleider hingen im Schrank, aber es fehlten ein oder zwei Sachen, ein Paar Hosen und einer ihrer Lieblingspullis. Und es fehlte auch ihre kleine Reisetasche.

Er rief wieder in seinem Haus in Alexandria an, um herauszufinden, ob sie nach Hause gefahren war. Nachdem sie nicht ins Krankenhaus gekommen war und man ihm gesagt hatte, sie sei im Royal Orleans nicht zu erreichen, hatte er schon ein- oder zweimal versucht, in Alexandria anzurufen. Immer noch keine Reaktion. Es war später Sonntagnachmittag. Das Haus war leer, denn die Hausgehilfin hatte am Wochenende frei.

Edison donnerte beim zehnten Klingeln den Hörer auf die Gabel. Er dachte daran, jemanden aus Annes Familie anzurufen, entschied sich dann aber dagegen. Er wollte keine Aufregung verursachen, wenn sie nur einen Besuch bei Freunden machte. Außerdem hatte er auch keine Lust, über die ganze Geschichte mit dem Flugzeugabsturz mit Joshs Großmutter oder seinen Tanten zu diskutieren oder sich ihre Vorwürfe und Anschuldigungen anzuhören. Sollte Anne mit ihnen reden. Und was den Aufenthaltsort seiner Frau betraf, mußte es dafür eine einfache Erkärung geben. Es war verdammt besser, wenn es eine gab.

Er brauchte einen Drink. Er ging zur Anrichte und goß sich einen großen Whisky ein, den er zur Hälfte herunterkippte. Mit dem Glas in der Hand kehrte er zum Telefon zurück. Er legte sich den Hotelnotizzettel so zurecht, daß er gleichzeitig die Nummern darauf sehen und wählen konnte. Als beim Flughafen jemand ans Telefon ging, fragte er nach einem Mann, den er bei der Flugzeugwartung kannte. Edison hatte schon vorher einmal mit ihm telefoniert. Jetzt bekam er den Bericht, um den er vorher gebeten hatte. Der Autopilot der Beechcraft Bonanza war funktionsuntüchtig gewesen, genau wie er angenommen hatte. Jemand hatte daran herumgebastelt.

Jemand hatte versucht, ihn umzubringen. Nur wenige Piloten überlebten diese Art von Absturz, wie er ihn heute erlebt hatte. Das Flugzeug rammte dabei gewöhnlich mit der Nase den Boden, und der Pilot war zuerst betroffen. Daß er am Leben und sozusagen ohne einen Kratzer davongekommen war, war ein Zeichen für sein Glück, sein unglaubliches, phänomenales Glück. Er hatte immer schon Glück gehabt. Nur Josh, verdammt, Josh hätte es fast erwischt. Josh, seinen einzigen Sohn. Wenn er herausfand, wer für diese Sauerei verantwortlich war, dann hatte der Betroffene nichts mehr zu lachen.

Er hörte das Geräusch des Schlüssels im Schloß. Er stellte das Glas ab. Als die Tür aufging, stand er schon daneben und schlug sie hinter seiner Frau wieder zu. Sie wirbelte herum, um ihn aus weit aufgerissenen, aber wachsamen Augen anzusehen.

»Wo, zum Teufel, bist du gewesen?« fragte er. Er stemmte die Hände in die Hüften, während er auf eine Antwort wartete.

»Was ist denn los? Stimmt irgendwas nicht?« fragte Anne verwirrt.

»O nein, nicht besonders viel. Das Flugzeug deines Mannes ist fast abgestürzt, und dein Sohn mußte mit Blaulicht ins Krankenhaus gebracht werden, und du warst nicht da.«

»Josh? Was ist mit ihm? Ist er – wie geht es ihm?«

»Ich habe dich zuerst etwas gefragt«, erinnerte er sie mit grimmiger Zufriedenheit über die panische Angst.

»Was? Du meinst –«

»Wo zum Teufel warst du?«

»Ich – oh, ich bin nach Hause gefahren.« Sie ergriff seinen Arm. »Verdammt noch mal, Edison, was ist mit Josh?«

Er schüttelte sie ab. »Einen Scheiß warst du. Ich habe zu Hause angerufen, und du warst nicht da. Und außerdem: Wenn du nach Hause gefahren bist, warum hast du dann dieses alte Bronzeding da nicht mitgenommen, das du für den Wintergarten gekauft hast?«

»Wenn du angerufen hast, mußt du mich gerade verpaßt haben. Ich bin schon früh losgefahren und habe unterwegs gegessen. Ich wußte ja nicht, daß man mich hier braucht. Und was den Putto betrifft, ich hatte zwar vor, ihn mitzunehmen, habe ihn dann aber ganz einfach vergessen. Also, Edison, bitte!«

»Dein Sohn hätte fast einen Arm verloren. Er liegt auf der Intensivstation, sein Zustand ist stabil. Vielleicht muß der Arm aber doch noch amputiert werden.«

Ihr Gesicht wurde totenbleich. Sie sank auf den am nächsten stehenden Sessel und ließ ihre Handtasche und ihre Reisetasche danebenfallen. Ohne den Blick von Edison zu wenden, sagte sie: »Du bist ein Dreckskerl. Du weißt, wie es um ihn steht, und hast nichts anderes zu tun, als mich zu verhören.«

»Das ist doch ganz egal, zum Teufel! Ich habe herausgefunden, was ich wissen wollte, und für Josh ändert das sowieso nichts.«

Sie sprang auf. »Aber für mich!«

»Warum? Du warst unterwegs und hast dich amüsiert, als er verletzt wurde. Du warst nicht für ihn da, als er dich gebraucht hat. Kommt es da auf die paar Minuten noch an?«

»Wer ist jetzt bei ihm?«

»Niemand. Er ist ganz allein dort, weil seine Mutter –«

»Er hat auch einen Vater! Warum bist du nicht dort? Was tust du hier, außer dich zu betrinken?«

»Ich habe einen Drink gebraucht. Ich bin hier, weil ich verdammt noch mal erfahren wollte, wo du dich herumtreibst.«

»Das ist doch völlig egal! Josh braucht jemanden!«

»Ja, genau, dich. Du bist seine Mutter.«

»Ich hätte wissen müssen, daß du alles so zurechtbiegst, wie es dir gerade paßt. Du verstehst nie den Standpunkt anderer Menschen, immer nur deinen. Dir ist es völlig egal, was andere fühlen.«

»Also entschuldige mal! Ich bin heute nachmittag fast ums Leben gekommen. Das macht einen empfindlich.«

»Du bist immer empfindlich oder Schlimmeres, aber das, was du jetzt gerade getan hast, werde ich dir nie vergessen.«

Er schnaubte verächtlich und trank einen kräftigen Schluck. »Es ist nichts Unrechtes daran, wenn ein Mann versucht, herauszufinden, was seine Frau gerade treibt.«

Anne starrte ihn lange an und zischte dann verächtlich: »Genaugenommen hast du gar nichts herausgefunden. Ich war nämlich nicht zu Hause. Ich war in Colorado.«

Sie wandte sich von ihm ab und ging zur Tür. Er holte sie mit drei langen Schritten ein und packte ihren Unterarm. »Was soll das heißen, Colorado? Was, zum Teufel, hast du dort gemacht?«

»Wenn du es unbedingt wissen willst: Ich war mit meinem Liebhaber im Bett. Und jetzt laß mich los! Ich muß meinen Sohn sehen.«

»Dich loslassen? Dir werd' ich's zeigen, du Hure! Warum, zum Teufel, sagst du so etwas?«

»Weil es die Wahrheit ist. Aber da du es mit der Wahrheit nicht so genau nimmst, bin ich nicht erstaunt, daß du sie nicht erkennst.«

»Du meinst, du – das glaube ich nicht!«

»Warum?« Sie sah ihn direkt an. »Weil das deinem Ego einen Schlag versetzt? Weil du geglaubt hast, du wärst der einzige, der sich in anderen Betten herumtreiben kann?«

»Weil du eine frigide Niete bist, deswegen!«

»Oh, nein. Wenn ich frigide war, dann nur, weil du ein miserabler Liebhaber bist. Das habe ich an diesem Wochenende herausgefunden.«

Er hatte das Gefühl, als hätte ihm jemand in den Magen getreten. »Du kannst doch nicht – du hast doch nicht –«, stammelte er verwirrt.

»Ich kann und ich habe. Und jetzt geh mir aus dem Weg.« Anne riß ihren Arm los.

Er schleuderte sein Glas weg, so daß es dumpf auf dem Teppich landete und ins Schlafzimmer rollte. Dann war er bei ihr, drehte sie zu sich herum und versetzte ihr einen so harten Hieb mit der Faust, daß sie gegen den Türrahmen prallte und dann langsam an der Wand entlang zur Seite rutschte. Er stürzte sich auf sie, packte ihr Haar und riß sie hoch. »Wer war das?« fragte er mit beißendem Ton. »Wer ist dein Liebhaber?«

In ihren Augen stand die Angst, und an ihrem Unterkiefer war ein roter Fleck mit bläulichen Schatten zu sehen. Trotzdem verzog sie die Lippen zu einem bebenden Lächeln. »Fahr zur Hölle.«

»Ich werde es schon herausfinden, und wenn ich mit ihm fertig bin, wird er nie mehr eine Frau anrühren.«

»Ich wäre da an deiner Stelle vorsichtig. Vielleicht bist du in diesem Fall der Verlierer.«

Sein Griff lockerte sich etwas, aber seine Gesichtszüge waren wie versteinert. »Er hat Einfluß, was?«

»Na, sagen wir mal, er steht nicht ohne Freunde im Leben.«

»Die Sorte Freunde, die auch keinen Heller dafür geben, daß sie deinen Sohn mit umbringen, während sie versuchen, mich zu erwischen?«

Er erkannte das Grauen in ihrem Blick, und ihre Pupillen weiteten sich. Sie fuhr sich mit der Zunge über die Lippen und flüsterte ungläubig: »Du meinst doch wohl nicht –«

»Der Absturz war kein Unfall.«

»So etwas würde er nicht tun«, flüsterte sie. »Das könnte er nicht tun, Dante nicht.«

Edison grunzte überrascht und lachte dann laut, während er sie von sich stieß. »Wahrscheinlich nicht, nicht für dich. Aber vielleicht für Riva Staulet.«

»Wovon redest du?« Die Worte klangen tapfer, aber dennoch wirkte sie verängstigt.

»Ich schätze, das kannst du erraten, aber sei's drum. Geh jetzt zu Josh, danach will ich deinen Hintern hier wieder sehen. Wir sind noch nicht fertig miteinander.«

Sie richtete sich auf, sah sich um, entdeckte ihre Handtasche neben dem Stuhl und holte sie. Sie ging zur Tür und drehte sich dann noch einmal um. »Glaubst du etwa, mit dieser liebenswürdigen Bitte kriegst du mich dazu, bei dir zu bleiben und diese Ehe weiter zu führen?«

»Ich will dir damit klarmachen, wo du stehst, und das heißt neben mir bis zum Schluß.«

»Seltsam, ich finde, so hat es sich wirklich nicht angehört. Weißt du, Menschen wie ich sagen nur selten, was sie wirklich denken. Man versucht freundlich zu bleiben, um die häßlichen Dinge zu verbergen. Oder man übergeht die Gemeinheiten einfach, um Schwierigkeiten zu vermeiden und das Leben leichter und schöner zu machen. Aber unter der Oberfläche ist das Häßliche doch immer da. Ich bin es leid, mit dem zu leben, was unter dieser Oberfläche ist, Edison.«

»Du bist meine Frau, und damit basta.«

»Selbst jetzt, wo mein Heiligenschein so angekratzt ist?« Ihre Worte klangen spöttisch.

»Darum kümmern wir uns später.«

»Da soll ich dann bereuen? Tut mir leid, aber dazu bin ich nicht in der Lage. Unsere Ehe, wenn man sie so nennen kann, ist zu Ende.«

»Du wirst mich und die Aussicht, die Frau des Gouverneurs zu sein, nicht aufgeben, nicht für irgendeinen Burschen, dessen Lokal in Drogengeschäfte verwickelt ist.«

»Ich bleibe auf keinen Fall bei einem oberflächlichen, egoistischen Mann, der seine Zornausbrüche und seine Gelüste nicht unter Kontrolle hat – und noch dazu ein Wüstling im Bett ist.«

»Du wirst zurückkommen«, brüllte er, ballte eine Faust und streckte sie ihr entgegen. Sie antwortete nicht. Sie ging hinaus und schloß leise die Tür hinter sich.

Edison kochte vor Zorn. Jemand hatte versucht, ihn umzubringen, sein Sohn lag halbtot im Krankenhaus, und seine frigide Frau hatte plötzlich jemanden gefunden, der ihr einheizte. Seine Karriere war in Gefahr wegen dieses Absturzes. Und als ob das noch nicht genug wäre, drohte seine Frau auch noch, ihn lächerlich zu machen und ihn zu verlassen. So konnte man keine Wahl gewinnen.

Er sah auf seine Uhr, warf sich aufs Sofa und schaltete mit der Fernbedienung, die auf dem Tisch lag, den Fernseher ein. Es gab Nachrichten. Zuerst kam ein politischer Bericht aus Washington, dann sprang ihm sein eigenes Gesicht vom Bildschirm entgegen. Flugzeugabsturz – schlechtes Wetter – Anflug auf die Landebahn zu flach. Sie zeigten eine Einstellung von dem Wrack, bei deren Anblick Edison schauderte und sich fragte, wie es möglich gewesen sein konnte, daß überhaupt jemand da lebendig herausgekommen war. Dann sah man ihn an der Seite der Trage, auf der Josh gefahren wurde. Mein Gott, er sah wild und völlig verstört aus. Er konnte sich nicht einmal daran erinnern, daß da Kameras gewesen waren. Wenn er sie bemerkt hätte, hätte er sich um einen cooleren Ausdruck bemüht. Die Stimme der Kommentatorin strahlte deutlich Sympathie aus, was sich erst änderte, als sie von der Möglichkeit einer Untersuchung der Unfallursache sprach.

Eine Untersuchung! Er mußte nachdenken. Jemand würde das mit dem Autopiloten herausfinden. Was dann? Konnte sich die Tatsache, daß jemand Sabotage betrieben hatte, zu seinem Vorteil auswirken, konnte er es vielleicht verwenden, um damit Wähler für sich zu gewinnen? Oder würde die Suche nach Gründen zu Fragen führen, die vielleicht genau das Faß mit Schlangen öffnen würden, das er sich schon seit so langer Zeit zuzuhalten bemüht hatte?

Er schaltete den Fernseher aus. Mein Gott, er schwitzte. Die Sache gefiel ihm nicht. Er rieb seine Hände aneinander, um die Feuchtigkeit auf den Handflächen loszuwerden. Er ballte eine Faust, öffnete dann die Finger wieder und sah seine Hand an.

Er hätte Anne nicht schlagen sollen. Natürlich hatte sie es verdient, aber es war nicht besonders klug gewesen. Er brauchte sie und die Fassade, die sie darstellte. Alles mußte nett und normal aussehen. Aber wer hätte sich träumen lassen, daß sie einen anderen Mann finden würde? Wie konnte sie ihm das antun? Und ihm jetzt zu drohen, daß sie ihn mitten im Wahlkampf verlassen wollte? Er konnte es nicht glauben. Und der Mann, den sie sich ausgesucht hatte, dieser Dante, war Rivas Freund. Seine Frau hatte Riva den Mann ausgespannt, wirklich komisch!

War es das? Vielleicht hatte sich Dante an Anne herangemacht. Riva könnte ihn auf sie angesetzt haben. Das mußte es sein. Anne wäre sonst bestimmt nie so aus der Reihe getanzt. Das würde Riva ähnlich sehen, dieser heimlichtuerischen Hündin. Sie war der Grund für seine Schwierigkeiten, für alle seine Schwierigkeiten. Wenn sie nicht gewesen wäre, hätte er schon vor Jahren ein gemütliches Leben haben können. Aber nein, sie mußte sich ihm in den Weg stellen. Sie war schon immer eine Bedrohung gewesen, die ihm das Leben schwermachte.

Er hatte gedacht, er hätte das schon erledigt. Deshalb hatte er ja die Stadt verlassen. Er wollte möglichst weit vom Geschehen entfernt sein, aber offensichtlich war gar nichts geschehen. Er hatte das ganze Wochenende gewartet, es war aber nichts im Fernsehen berichtet worden. Es gab keinen Unfall, in den Riva verwickelt war. Das bewies wieder, daß man eben keinem trauen konnte.

Aber Moment mal. Wenn Riva nicht nur verhindern konnte, was er für sie arrangiert hatte, könnte sie es ihm mit gleicher Münze zurückgezahlt haben? Mein Gott, das war beunruhigend. Sie hatte ihn beinahe umgebracht. Wer hätte gedacht, daß sie solche Beziehungen hatte und so viel Kaltschnäuzigkeit besaß? Sie hatte es wirklich faustdick hinter den Ohren, an ihr war immer schon mehr gewesen, als er früher geahnt hatte.

Edison lehnte sich zurück. Er mußte über diese Sache nachdenken. Er mußte sich seine nächsten Schritte genau überlegen. Er konnte es nicht einfach dabei belassen. Jetzt nicht. Außerdem war er immer noch scharf auf sie. Mein Gott, war er scharf auf sie!

20

»Warum hast du mir das nicht gesagt?«

Es war ein Ausruf voller Schmerz. Erin kam sofort auf die Beine, und Tränen standen in ihren Augen. Doug Gorsline, der ihr bei einem friedlichen Kartenspiel gegenübergesessen hatte, stand auch auf. Sein schmales, junges Gesicht war dunkel vor Sorge, während er Erin ansah.

»Ich wünschte, ich hätte es gewußt«, sagte Riva leise. »Der Absturz ist schon heute nachmittag passiert, aber Liz hat es gerade in der Küche im Radio gehört und kam zu mir, um es mir zu sagen.«

Das war nicht die ganze Wahrheit. Edison hatte angerufen, aber er hatte sich so eigenartig angehört und war so ausfallend geworden, daß Abraham ihm gesagt hatte, Riva sei nicht zu Hause. Da er etwas von einem Flugzeugabsturz gesagt hatte, war der Butler in die Küche gegangen und hatte das kleine Fernsehgerät eingeschaltet, das Liz immer benutzte, wenn sie beim Kochen ihre Lieblingsserien nicht versäumen wollte. Liz war dann sofort losgelaufen, um Riva zu erzählen, was geschehen war, während Abraham sich immer noch überlegte, ob er Riva wegen des Anrufs belästigen sollte oder nicht.

»Josh, was ist mit Josh?« fragte Erin.

»Er ist im Oshner-Hospital. Sie haben gesagt, sein Zustand sei stabil, was immer das auch heißen soll.«

»Ich muß ihn besuchen. Glaubst du, sie lassen mich zu ihm?« Erin sah Riva mit einem erwartungsvollen Blick an, als ob ihre Tante auf alles eine Antwort wüßte.

»Ich weiß es nicht. Es hängt wohl davon ab, wie – wie schlecht es ihm geht. Aber eigentlich kannst du nichts für ihn tun.«

»Ich muß es trotzdem versuchen.«

»Bist du sicher? Selbst wenn man dich zu ihm läßt, kannst du höchstens für ein paar Sekunden bei ihm bleiben. So, wie sich das anhört, ist er wohl kaum ansprechbar. Wir können anrufen und nach seinem Zustand fragen, wenn du das möchtest.«

Riva fand die Aussicht, daß Erin mit Edison zusammenkam, nicht besonders erhebend. Er war bestimmt im Krankenhaus, und wenn er so wütend war, wie Abraham angedeutet hatte, konnte er Erin Schaden zufügen. Es lag sogar im Bereich des Möglichen, daß er Erin etwas antun könnte, wenn er tatsächlich den Anschlag auf sie selbst inszeniert hatte. Vielleicht war er so zornig, weil Riva unbeschadet davongekommen war.

»Nein, ich will hingehen«, beharrte die junge Frau nachdrücklich. »Ich will bei ihm sein.«

»Ich glaube wirklich nicht, daß du in diesem Gemütszustand Auto fahren solltest, und die Limousine ist im Augenblick nicht zu gebrauchen.« Riva hatte kein Recht, ihrer Tochter diesen Besuch zu verbieten, obwohl sie sich wünschte, sie könnte es. Aber das hätte vermutlich auch nichts genutzt. Erin war erwachsen und wie ihre Mutter zu selbständig, um sich von einem Vorhaben abbringen zu lassen.

»Ich werde sie hinfahren«, bot Doug an.

»Ja, würdest du das wirklich tun?« sagte Erin und streckte dankbar ihre Hand nach ihm aus. »Bist du ganz sicher, daß es dir nichts ausmacht?«

»Nein, ich bin jederzeit für dich da.«

Wenn Doug Eifersucht empfand wegen Erins Sorge um einen anderen Mann, versteckte er seine Gefühle sehr gut.

Riva sagte: »Ihr Angebot ist gut gemeint, Doug, aber ich bezweifle, daß Joshs Eltern sehr glücklich wären, wenn ein Zeitungsfotograf im Krankenhaus erscheint.«

»Ich lasse meine Kamera im Auto, auf meine Pfadfinderehre.«

»Ich verstehe nicht, warum das etwas ausmachen sollte, was er ist«, protestierte Erin, »die Gallants haben bestimmt nichts dagegen, wenn er mit mir zusammen kommt.«

Riva erhob keine weiteren Einwände und traf kurzfristig eine Entscheidung. Sie wollte Erin begleiten, um sie zu beschützen. Noel hatte gesagt, daß sie im Augenblick das Haus nicht allein verlassen sollte, aber sie war ja nicht allein, wenn sie mit Erin und Doug wegfuhr, und sie mußte dafür sorgen, daß ihr nichts passierte. »Ich komme mit.«

»Das brauchst du wirklich nicht für mich zu tun«, sagte Erin.

»Nein, aber ich kann mir genausogut dort Sorgen machen wie hier. Außerdem kann ich dich später wieder nach Hause bringen, und Doug muß den Weg nicht noch einmal machen.« Das war natürlich nur eine Ausrede, aber sie hoffte, daß Erin das nicht bemerkte.

»Das macht mir nichts aus«, wehrte Doug ab.

Riva lächelte. »Ich weiß, aber mir. Es wäre wirklich nicht fair, Ihnen diese ganze Mühe aufzuladen.«

»Aber es ist keine Mühe.«

Ihr Lächeln wurde wärmer. »Vielleicht ein anderes Mal.«

Es war schon dunkel, als sie im Krankenhaus ankamen. Sie fanden den Weg zur Intensivstation, wo die normalen Besuchszeiten nicht galten. Der Warteraum war mit abgewetzten Sesseln und Sofas ausgestattet, es lagen zerlesene Zeitungen und Zeitschriften herum, und um diese Tageszeit waren die Papierkörbe übervoll mit Plastikbechern und Limonadendosen. Es war auch um diese Zeit niemand mehr da, der das Telefon betreute, aber Freunde und Verwandte konnten die Schwestern in der Intensivstation anrufen, um zu erfahren, wie es den Patienten ging.

Anne Gallant saß allein dort und blätterte in einer Zeitschrift. Sie legte sie zur Seite und stand auf, als sie Riva und Erin hereinkommen sah. Erin ging sofort zu ihr und drückte sie kurz an sich. »Wie geht es ihm?«

»Er hält sich tapfer«, sagte Anne und lächelte schwach, während sie sich etwas zurückzog.

Riva begegnete Annes Blick über die Schulter ihrer Tochter hinweg. Anne Gallant sah sie fragend und auch schamhaft an. Einen Augenblick später wurde ihre Aufmerksamkeit noch einmal von Erin in Anspruch genommen.

»Glauben Sie, daß ich zu ihm darf?« fragte die junge Frau.

Anne sah auf ihre Uhr. »Im Moment lassen sie niemanden hinein, aber man kann ihn durch eine Glaswand sehen.«

»Das wäre wenigstens etwas.«

»Aber machen Sie sich darauf gefaßt, daß er... Er sieht anders aus, bleich, fast wächsern, und er ist überall bandagiert. Er hat noch nicht die Augen aufgemacht oder irgendein Geräusch von sich gegeben, seit sie – seit der Operation.« Annes Stimme kippte. Tränen stiegen ihr in die Augen, und sie wischte sie ab, ohne es so recht zu merken.

»Kommen Sie mit?« fragte Erin.

»Es darf jedesmal nur einer hinein, und dann auch nur für ein paar Sekunden. Gehen Sie zuerst, und wenn Sie zurückkommen, sehe ich nach ihm.«

Doug begleitete Erin zur Tür, und Riva blieb allein mit Anne zurück. Sie setzten sich, und Stille senkte sich über sie, die nur von dem gedämpften Klang einer Glocke auf dem Flur unterbrochen wurde, dem eine Lautsprecheransage folgte.

Dann sagte Anne: »Josh und Erin sind sich wirklich ähnlich, nicht wahr, sehr ähnlich.«

Das war eine Art von Erklärung, in der etwas mitgeteilt, aber nicht deutlich ausgesprochen wurde. Riva war erleichtert. Sie brauchte jetzt nicht mehr zu rätseln, woran sie war.

»Ja, das sind sie«, antwortete Riva. »Sie könnten fast richtige Geschwister sein, oder? Es tut mir leid, daß Ihrem Sohn ein solches Unglück geschehen ist.«

Anne sah mit so viel Schmerz in den Augen zu Riva auf, daß sie fast um zehn Jahre älter wirkte. »Wissen Sie irgend etwas darüber?«

»Eigentlich nicht. Ich habe erst vor zwei Stunden davon gehört.«

»Sind Sie sicher?«

»Gibt es irgendeinen Grund, warum Sie annehmen, ich könnte davon gewußt haben?«

Rivas Stimme klang erstaunt, und ihr Blick war fest auf die andere Frau gerichtet.

»Ich glaube Ihnen.«

Ein Schauder überlief Anne, und sie sah auf ihre zitternden Hände hinunter. Riva bemerkte den nur ungenügend von Make-up überdeckten blauen Fleck an Annes Unterkiefer. »Ich glaube«, sagte sie, »daß Sie mir das schon etwas genauer erklären müssen.«

»Ja, das denke ich auch. Edison – Edison meint, daß Sie den Flugzeugabsturz arrangiert haben könnten.«

»Was? Nein!«

»Irgend jemand hat aber die Maschine manipuliert.« Diese Worte klangen hohl, fast tonlos.

Rivas Gedanken überschlugen sich, während sie Theorien aufstellte und verwarf. »Ich verstehe. Und soll ich das als Vergeltung getan haben?«

Anne sah auf und runzelte die Stirn. »Ich verstehe nicht, was Sie meinen. Ich hatte angenommen, daß Sie wegen der Vergangenheit...«

Sie sprachen offensichtlich von verschiedenen Dingen. Edisons Frau schien nichts von dem Anschlag auf Riva und ihren Fahrer zu wissen. Also beschrieb Riva ihr schnell, was geschehen war. Danach berichtete ihr Anne das wenige, was sie über den Flugzeugabsturz wußte.

Riva schüttelte ungläubig den Kopf. »Aber wie sollte ich das denn angefangen haben? Habe ich einen Mechaniker mit Spezialwissen in Elektronik aufgetrieben, oder habe ich das einfach einem Killer überlassen?«

»Keines von beidem. Am wahrscheinlichsten ist, daß Sie Dante Romoli angerufen haben.«

»Dante?«

Riva starrte die andere Frau an. Anne Gallant wich ihrem Blick aber nicht aus, sondern erwiderte ihn fest.

Schließlich sagte Riva: »Und wenn sich Dante einverstanden erklärt hätte, für wen hätte er das dann getan? Für mich oder für Sie?«

Annes Gesicht zuckte, und sie wurde rot. »Also Sie wissen über uns Bescheid. Und ich dachte, ich wäre sehr vorsichtig gewesen. Es scheint ganz so, als ob ich für solche heimlichen Aktionen nicht gemacht wäre. Aber genaugenommen ist diese Frage doch eigentlich nicht so wichtig. Mich interessiert nur, ob er überhaupt so etwas fertigbringen würde.«

»Wissen Sie das nicht?«

Eigentlich war es ihrer nicht würdig, dachte Riva, so etwas zu sagen, aber sie konnte einfach nicht anders. Sie hatte kein Recht, auf Dante eifersüchtig zu sein, und genaugenommen hatte ihr die lange Reihe von Frauen, die sein Bett für ein Wochenende oder eine Nacht geteilt hatten, nichts ausgemacht. Aber die anderen waren keine Bedrohung für seine Loyalität ihr gegenüber gewesen, und das hatte sie auch gewußt. Bei Anne Gallant könnte das anders sein.

»Ich glaube es, ehrlich gesagt, nicht«, sagte Anne, »aber andererseits habe ich ihm auch gesagt, daß ich lieber zur Witwe würde, als mich durch eine schmutzige Scheidung zu quälen. Und darüber hinaus ist da seine Beziehung zu Ihnen. Es scheint irgendwie... etwas Besonderes zu sein, denn er will nicht darüber reden, aber ich weiß nicht, wie tief diese Freundschaft ist oder wie weit er dafür gehen würde.«

»Der Gedanke ist abscheulich. Wenn ich mir vorstelle, daß ihn das dazu bringen könnte...«

»Sie kennen ihn schon seit Jahren, während ich... nun ja, bei mir sind es erst ein paar Tage. Sie können mir doch bestimmt sagen, ob er dazu imstande wäre.«

»Ich wünschte, ich könnte es. Ich verstehe, warum Sie annehmen, daß ich Ihnen mehr über ihn erzählen kann. Aber es gibt ein paar Bereiche in Dantes Leben, in die ich mich nie eingemischt habe.«

Anne schüttelte den Kopf. »Ich bin so verwirrt. Er schien wirklich jemand zu sein, dem man trauen kann. Er ist so sympathisch und mitfühlend. Und jetzt – jetzt liegt mein Sohn hier...«

»Denken Sie nicht darüber nach.«

»Wie sollte ich das nicht tun? Was ist, wenn Dante etwas damit zu tun hat? Man müßte doch etwas unternehmen, damit er es nicht noch einmal versucht. Wir – Sie und ich – können doch nicht einfach tatenlos zusehen.«

»Ich habe nicht vor, tatenlos zuzusehen. Ich werde mit ihm reden, habe aber keine Ahnung, ob uns das weiterbringt. Wenn er unschuldig ist, ist es nicht sehr wahrscheinlich, daß er das auch beweisen kann, und wenn nicht, wird er nicht so dumm sein, es zuzugeben, nicht einmal mir gegenüber.«

Die große Gestalt eines Mannes erschien in der Tür. Da sie aus dem Augenwinkel sah, daß jemand gekommen war, schaute sie sich um. Es war Edison. Ein Gefühl von Ärger und Unbehagen überkam sie. Sie hatte schon beinahe gehofft, daß sie diesen Besuch hinter sich bringen konnte, ohne ihm zu begegnen.

Er zögerte einen Augenblick, als er sie erkannte, und ging dann mit ganz langsamen Schritten weiter. »Na, was findet hier statt, eine Hühnerversammlung?«

Riva fühlte sich nicht genötigt, auf diese Frage zu antworten, und Edisons Frau schien auch nicht darauf reagieren zu wollen. Riva stand auf und sah Anne an. »Ich denke, Sie beide möchten jetzt zu Josh gehen. Wenn Sie mich entschuldigen, werde ich versuchen, ob ich irgendwo eine Tasse Kaffee bekomme.«

»Es gibt einen Erfrischungsraum mit einer Kaffeemaschine am Ende des Flurs um die Ecke«, erklärte Anne. »Was Sie da bekommen, ist nicht besonders toll, aber heiß.«

Riva wich Edisons starrem Blick nicht ausdrücklich aus, erwiderte ihn aber auch nicht, während sie um ihn herumging. Sie atmete erleichtert auf, als sie auf dem Flur war. Die Situation war schon seltsam, und sie wußte nicht so recht, was sie damit anfangen sollte. Was sollte man schon zu einem Mann sagen, der ziemlich sicher einen Mordanschlag auf sie inszeniert hatte und dachte, sie hätte ihrerseits jemanden engagiert, der ihn umbringen sollte? Normale Höflichkeit schien bei einer solchen Begegnung nicht das Geeignete zu sein, aber wenn es nicht genug Beweise gab, um eine Anschuldigung auszusprechen – was gab es da schon für eine Alternative?

Sie hoffte, daß Erin bald wiederkommen würde, so daß sie nach Hause fahren konnten. Konfrontationen dieser Art, wie glimpflich auch immer sie ausgingen, waren nur schwer zu ertragen. Anne hatte recht, der Kaffee war heiß. Riva setzte sich mit der vollen Plastiktasse an einen der kunststoffbeschichteten Tische. Der Stuhl war ebenfalls aus Plastik und fühlte sich kalt an. Krankenhäuser waren immer kalt, selbst im Hochsommer und ganz besonders nachts. Sie rührte pulverisierte Sahne in den Kaffee und hob dann ihre Hand in den Nacken, massierte die angespannten Muskeln dort und bewegte den Kopf vor und zurück, um die Spannung zu lindern.

Eine ältere Frau stand an einem der Getränkeautomaten. Sie hatte ihr Haar zu einem Knoten geschlungen und trug einen Polyesterhosenanzug, der an ihrer mageren Gestalt hing wie Wäsche auf einer schlecht gespannten Leine. Die Frau steckte Geld in den Automaten, suchte sich etwas aus, drückte auf eine Taste, und die Dose kam heruntergepoltert. Mit dem Diätgetränk in der Hand warf die Frau Riva den gewohnten freundlichen Blick zu, der üblicherweise zwischen Krankenhausbesuchern ausgetauscht wurde. Dann drehte sie sich um und schlurfte aus dem Zimmer.

»Wie nett von ihr, uns allein zu lassen«, sagte Edison mit rauher Höflichkeit hinter Riva. »Ich hatte gehofft, wir könnten einen Augenblick miteinander reden.«

Riva hätte fast ihren Kaffee umgestoßen, weil sie sich so plötzlich nach ihm umdrehte. Sie nahm eine Serviette aus dem Ständer auf dem Tisch, um wegzuwischen, was sie verschüttet hatte. Während sie damit beschäftigt war, sagte sie: »Ich dachte, du wolltest deinen Sohn besuchen.«

»Das hilft ihm auch nicht.« Seine Worte klangen ernst.

»Und wenn er es nicht schafft? Wenn er –«

»Oh, Josh wird es schaffen, mach dir darüber keine Gedanken. Du solltest dir lieber Sorgen machen, ob du es schaffst. Oder ob ich dich schaffe.«

»Du bist ungehobelt. Aber von dir hatte ich nichts anderes erwartet.«

»Was man erwartet und was man kriegt, sind bestimmt zwei verschiedene Dinge. Anne hat erzählt, daß du eine kleine Begegnung mit zwei Männern und einem Maschinengewehr hattest. Ich wette, so etwas hast du nicht erwartet.«

Wie selbstsicher er doch war. Er hatte kaum die Stimme gesenkt und glaubte, daß er mit allem, was sie ihm an den Kopf werfen könnte, fertig wurde. Sie hatte plötzlich das Bedürfnis, den größten Stein zu nehmen, den sie finden konnte.

Sie sagte: »Es war eine Überraschung, ja. Wahrscheinlich warst du genauso erstaunt, als du diese Bruchlandung fabriziert hast.«

»Also hast du mir das heimgezahlt, wie?«

»Hätte sein können – nur ein kleines Detail stimmt nicht.«

»Nämlich?«

»Ich hatte mit deinem Problem am Flughafen nichts zu tun. Du wirst dir Gedanken machen müssen, wer dich sonst noch gern tot sehen würde.«

»Außer dir?«

»O ja, ich gehöre bestimmt auch dazu. Aber von meinem Standpunkt aus betrachtet, scheinen dir eine ganze Menge Leute nicht gerade freundschaftliche Gefühle entgegenzubringen.«

Er grinste dreist. »Es gibt aber auch eine ganze Menge Leute, die mich zu schätzen wissen.«

»Gehe ich recht in der Annahme, daß du damit Frauen meinst? Für guten Geschmack gibt es eben keine Garantie.«

»Früher einmal hast du mich auch gut genug gefunden.«

»Da machst du dir was vor. Damals war ich noch ziemlich unerfahren und war in einer Notlage.«

»Mag sein, aber auf jeden Fall war da noch Beth.«

»Die deinetwegen gestorben ist, keine sehr gute Empfehlung. Ich frage mich, wie viele andere am Schluß auch bedauert haben, daß sie jemals etwas mit dir zu tun hatten.«

»Es gab mehr, denen es leid getan hat, daß sie diese Chance nicht hatten.«

»Wie zum Beispiel Margaret, die jetzt dafür bezahlt hat, daß sie vor Jahren davongekommen ist?«

»Ja, und noch eine oder zwei andere, wie diese Kuh von Bürgerrechtlerin. Sie hat über mich gelacht, sie hat laut gelacht, als ich bei ihr landen wollte. Aber sie hat nicht lange gelacht, dafür habe ich gesorgt. Und ich habe auch dafür gesorgt, daß du deinen Mund hältst.«

Rivas Gedanken machten einen Sprung, aber sie konnte nicht lange genug überlegen, um die genaue Bedeutung seiner Worte zu begreifen. »Das beweist ja nur, daß ich recht habe. Vielleicht ist es ein Schock für dich, Edison, aber du wirst nicht von allen geliebt. Seltsam, nicht wahr, wenn man bedenkt, daß du Gouverneur werden willst.«

»Mein Gott, was für eine kluge Frau, am liebsten würde ich –«

»Entschuldigen Sie mich, Herr Kandidat«, unterbrach sie ihn, stand auf und nahm ihre Handtasche, um sie sich unter den Arm zu klemmen. »Ich glaube, diesen Teil Ihrer Rede habe ich schon einmal gehört.«

»Nein, das tust du nicht! Diesmal nicht.« Er packte ganz schnell ihr Handgelenk und zerrte sie an sich.

Sie war darauf vorbereitet. Sie drehte ihr Handgelenk kurz und lokkerte damit seinen Griff. Eine Sekunde später war sie schon im Flur. In Sicherheit. Oder? Hinter sich hörte sie seine schnellen Schritte.

Der lange, glänzend gebohnerte Gang war leer, das einzige, was Riva sehen konnte, war ein Wagen mit Putzmitteln ganz weit hinten. Sie hätte schreien können, aber ihr Gehirn konnte nicht akzeptieren, daß sie hier, mitten in einem öffentlichen Krankenhaus voller Ärzte, Schwestern, Techniker, Hilfspersonal, Patienten und Besucher wirklich in Gefahr schwebte.

Dann war es zu spät. Edison umfaßte sie von hinten mit einem harten Arm um die Taille und stieß sie auf eine Tür zu, auf der ABSTELLRAUM stand. Die Tür schwang auf, und ein automatisches Licht schaltete sich ein. Riva wurde hineingestoßen. Sie sah kurz die Regale voller Bündel von Papierhandtüchern, Bettlaken, Toilettenpapier und ordentliche Reihen von Dosen und Sprühflaschen mit Desinfektionsmitteln und Luftverbesserern. Dann ging das Licht aus, weil die Tür zugeschlagen wurde, und sie war von Dunkelheit umgeben.

Sie verlor ihre Handtasche, als sie gegen die Regale prallte, und Schmerz explodierte mit roten Lichtern hinter ihren Augenlidern. Sie schrie auf voller Erstaunen, daß Edison so viel riskierte. Harte Hände streiften sie im Dunkeln, ergriffen das Oberteil ihres Kleides und rissen sie herum.

Sie schnappte nach Luft, als er eine Hand um eine ihrer Brüste schloß. Sofort zog sie wie im Reflex ihr Knie hoch und stieß es ihm zwischen die Beine. Er wich ihr aus und fluchte, wobei er die zarte Halbkugel ihrer Brust fest drückte. Übelkeit wallte in ihr auf. Sie schlug kräftig mit der Faust nach ihm. Sie wollte schreien, aber sie hatte keine Zeit und keinen Atem. Sie wehrte sich mit allen Kräften. Edison riß sie an sich. Riva versuchte, ihm das Gesicht zu zerkratzen. Er wich aus und schlug nach ihr. Der Schlag traf sie an der Schläfe. Den Bruchteil einer Sekunde glaubte sie, das Bewußtsein zu verlieren. Sie klammerte sich an den Regalen fest. Flaschen und Dosen klapperten, und Riva wischte sie auf den Boden, so daß sie dort krachend landeten. Ihre Finger schlossen sich um das kühle Metall einer Spraydose. Der Deckel war zu. Sie brauchte zwei Hände, um ihn aufzuschrauben. Sie lehnte sich gegen das Regal, um sich abzustützen, und hämmerte die Dose auf Edisons Kopf. Er fluchte leise, drohte ihr, machte sich lustig über ihre Bemühungen und griff nach der Dose. Sie wich seinen Fingern aus und hielt die Dose hoch über ihren Kopf.

Mit einem plötzlichen Zug riß er ihr die Beine weg. Ihre Hüfte donnerte gegen das Regal, dann war er über ihr. Die Dose rutschte ihr aus der Hand und rollte davon. Sie zog sich auf die Ellenbogen, um sie noch zu erwischen, während Edison sich hinter ihr auf die Knie fallen ließ und ihr den Rock hochschob.

Einen Augenblick lang gruben sich seine Finger in ihr Fleisch, während er sich mit seiner harten Schwellung an ihr rieb. Sie griff nach der Dose, während er an ihrer Strumpfhose herumfummelte. Das dünne Nylon zerriß mit einem schrillen Geräusch, und Riva umklammerte die Dose mit beiden Händen. Der Deckel der Dose gab nach, und sie konnte ihn öffnen. Sofort wirbelte sie herum, zielte mit der Düse in die Richtung, in der sie sein Gesicht vermutete, und drückte auf den Sprühknopf. Edison stieß einen rauhen Schrei aus und sank zurück. Sie stieß ihn zur Seite und versuchte auf die Beine zu kommen.

Zu langsam. Edison sprang zurück, grapschte nach ihrem Haar, vergrub seine Hände darin und zerrte daran, bis Riva den Schmerz nicht mehr ertragen konnte. Dann fühlte sie unter sich ihre Handtasche.

Sie tastete danach, riß sie auf und stieß die Hand hinein. Sie schloß ihre Finger um die kleine Pistole, die sie hineingesteckt hatte, bevor sie das Haus verlassen hatte. Es war die Waffe, die Cosmo ihr vor vielen Jahren gegeben hatte. Sie zog sie heraus und stieß den Lauf in Edisons Bauch.

»Hör jetzt sofort auf!« zischte sie.

Genau in diesem Augenblick öffnete sich die Tür der Kammer. Das Licht ging an. Anne stand in der Tür. Sie schien die Lage auf einen Blick zu erkennen: Riva lag auf dem Boden, ihr Rock war bis über die Taille hochgezogen, ihre Unterwäsche war zerrissen, und eine Pistole lag in ihrer Hand. Edison stand über sie gebeugt. Seine Augen waren rot und weit aufgerissen, und sein Gesicht war zu einer mörderischen Grimasse verzerrt. Mit einer weichen Bewegung nach vorn, ohne wirklich nachzudenken oder sich zwingen zu müssen, trat Anne in die Kammer, nahm einen Besen mit einem Metallgriff und donnerte ihn mit einem kräftigen, direkten Schlag auf den Kopf ihres Mannes.

Ein dumpfer Knall ertönte. Die verzerrte Wut auf Edisons Gesicht verschwand, und seine Züge wurden ausdruckslos. Er schwankte einen Augenblick und fiel dann nach vorn wie ein Sack Kartoffeln.

»Schnell, bevor jemand kommt«, rief Anne.

Riva war schon dabei, sich aufzurichten und aufzustehen. Sie schob die Pistole in ihre Handtasche, zog ihre Kleidung zurecht und prüfte, ob ihr Kleid zerrissen war. Sie legte ihre Hand auf Annes Arm. Mit heiserer Stimme sagte sie: »Danke.«

»Bitte. Es war mir ein Vergnügen. Könnten Sie mir helfen, ihn auf den Flur zu ziehen?«

»Ja, aber was sollen wir –«

»Ihm ist schwindlig geworden. Die Ereignisse des heutigen Tages waren zuviel für ihn. Er hat sich bei dem Sturz den Kopf verletzt.«

»Ich ... ja«, sagte Riva. »Ja, ich verstehe.«

Sie zerrten ihn auf den Flur. Er lag gerade in der richtigen Position, als ein Mann in einem weißen Kittel um die Ecke bog. Anne ließ sich sofort auf die Knie fallen und klopfte Edisons Gesicht mit Schlägen, die vielleicht etwas kräftiger waren als unbedingt nötig. »O Herr Doktor«, rief sie. »Bitte helfen Sie mir! Mein Mann ist ohnmächtig geworden!«

21

Riva steuerte den Wagen nach Bonne Vie. Sie war verletzt – und nicht nur körperlich. Ein ganz wesentliches Element von ihr war geschädigt worden. Noch mehr als der Mordversuch auf der Straße hatte dieser persönliche Angriff ihre Verteidigungslinie durchbrochen. Sie fragte sich, ob sie ihr Selbstwertgefühl wiederherstellen konnte, wenn sie es ihm heimzahlte. Es gab eine ganze Menge Leute, die es gerecht nennen würden, wenn sie ihn jetzt vernichtete. War es falsch, im Namen der öffentlichen Ordnung seine persönliche Rache zu üben? War das wirklich von Bedeutung?

Edison hatte recht. Sie konnte ihn nicht ruinieren, ohne auch sich selbst großen Schaden zuzufügen. Er würde sie mit sich in den Abgrund ziehen. Es war eine Sache, Drohungen auszustoßen, aber eine ganz andere, sie in die Tat umzusetzen. Früher hätte sie es vielleicht getan, früher, bevor Noel sie geküßt hatte. Jetzt konnte sie schon beinah eine winzige Hoffnung von Glück am Horizont erkennen. Es hatte den Anschein, als könnten sie und Noel ihre Differenzen überwinden, vergangene Mißverständnisse ausräumen und eine gemeinsame Zukunft genießen. Aber Noel würde sich von ihr abwenden, wenn er erfuhr, was sie gewesen war und getan hatte. Er hatte schon so viel hingenommen, sie konnte nicht erwarten, daß er das auch akzeptieren würde. Sie fürchtete nicht so sehr die Schande, sondern die Tatsache, daß sie ihm all die Jahre etwas vorgemacht hatte. Er war kein Mann, der eine so ungeheure Lüge ohne weiteres vergessen konnte. Wenn sie ihm ihre Vergangenheit enthüllte, mußte er zwangsläufig alles in Frage stellen, was sie je gesagt hatte und was je über sie gesagt worden war. Das wäre unerträglich.

Erin saß auf dem Beifahrersitz neben Riva und schwieg. Sie war in sich gekehrt und starrte aus dem Seitenfenster in die Dunkelheit. Offenbar hatte sie Joshs Anblick sehr schockiert. Mit vierundzwanzig Jahren empfand man den Tod immer noch als etwas sehr Abstraktes, und wenn man sah, wie nah er herankommen konnte, war es jedesmal ein Schock.

Riva hatte Erin nichts über das Ereignis in der Kammer erzählt. Sie hatte sich auf der Toilette einigermaßen hergerichtet: die Haare gebürstet, die zerrissene Strumpfhose ausgezogen und in den Müll geworfen. Es gab keine äußerlichen Anzeichen für ihre innere Unruhe.

Riva sah keinen Anlaß, Erin mit einer Erzählung von Edisons Dreistigkeit zu beunruhigen. Ihre Tochter war schon erschrocken genug.

»Du magst Josh nicht, stimmt's?«

Riva wandte auf Erins Frage hin den Kopf zu ihr um. Im schwachen Licht des Armaturenbretts wirkten Erins Augen vorwurfsvoll.

»Warum sagst du das?« fragte Riva. Diese Frage war nur ein Versuch, Zeit zu gewinnen.

»Du wolltest ihn gar nicht sehen. Und außerdem glaubt Josh das. Er hat es mir erzählt, bevor er mit seinem Vater weggeflogen ist.«

»Es hätte Josh nicht geholfen, wenn ich zu ihm gegangen wäre. Er hätte es ja nicht einmal bemerkt. Aber ich mag ihn eigentlich ganz gern.«

»Aber nicht gern genug, daß ich mit ihm einen Ausflug nach Colorado machen könnte.«

»Ich verstehe wirklich nicht, was das ausmacht, ob ich ihn mag oder nicht. Er kommt ja nicht meinetwegen nach Bonne Vie.«

»Das vielleicht nicht, aber er bewundert dich und findet es phantastisch, wie du mit Dingen umgehst, deiner Arbeit, gesellschaftlichen Situationen und derartigem. Er kann sich nicht vorstellen, was du gegen ihn hast, und das macht ihm Sorgen.«

Riva war bisher nie auf den Gedanken gekommen, Josh könnte bemerken, daß sie gegen ihn intrigierte. Wie leicht man doch Menschen verletzen konnte, ohne es zu wissen oder zu beabsichtigen. Natürlich verurteilte sie ihn nicht, sie hatte nur ein unangenehmes Gefühl, wenn er in der Nähe ihrer Tochter war, und lud ihn nicht ausdrücklich nach Bonne Vie ein. Aber wie sollte sie das erklären, ohne von Dingen zu sprechen, die sie verheimlichen wollte?

Sie wählte ihre Worte sehr sorgfältig und sagte: »Josh ist ein netter junger Mann. Aber es wäre mir eben lieber, wenn du jetzt zu niemandem eine zu ernste Beziehung hättest.«

»Doug Gorsline gegenüber hast du dich nicht so abweisend gezeigt.« In Erins Stimme lag eine Spur von Widerwillen. Das klang so, als ob Doug Gorslines Chancen nicht allzu gut wären.

»Ja, wirklich? Nun ja, er ist auch ein sehr netter junger Mann. Magst du ihn denn nicht?«

»Was heißt nicht mögen?« erwiderte die junge Frau mit einem schnellen Schulterzucken. »Er sieht vielleicht nicht so toll aus, aber er ist gescheit und witzig, und er hört einem zu, wenn man etwas erzählt.«

»Aber Josh magst du lieber?«

»Das habe ich nicht gesagt. Es ist eigentlich eine ganz andere Sache mit Josh, wirklich. Bei Josh habe ich immer das Gefühl, als würde ich ihn schon mein ganzes Leben kennen.«

»Wie bei einem Bruder?« fragte Riva mutig.

»So ähnlich«, meinte Erin. »Aber nicht ganz.«

Riva hatte im Augenblick nicht die Nerven, das Thema noch mehr zu vertiefen, und schwieg. Sie waren auf der Straße am Fluß. Es war spät; die Leute, die weder ein Rendezvous hatten noch zu einer Party wollten, waren schon längst im Bett. Der Nachthimmel war bedeckt, allerdings hatte der Regen aufgehört, da die Sturmfront landeinwärts gezogen war. In der feuchten Nacht konnte man nur wenige Geräusche hören: das Sirren von Insekten, das Quaken eines Frosches aus einem Kanal, den Schrei eines Nachtvogels. Es war friedlich, und die letzten Nächte waren so unruhig gewesen, daß Riva begann, schläfrig zu werden.

Plötzlich erschienen die Scheinwerfer eines anderen Autos, das schnell näher kam, im Außenspiegel ihres Autos. Die Geschwindigkeit dieses Fahrzeugs und die Art und Weise, wie es gefahren wurde, erschreckten Riva. Es ähnelte zu sehr dem, was erst vor zwei Tagen an dieser Stelle passiert war. Riva versuchte, sich zu beruhigen. Wahrscheinlich hatte es nur jemand eilig, nach Hause zu kommen. Trotzdem erschien es ihr jetzt so, als ob Noel recht gehabt hätte: sie hätte nicht ohne George als Schutz aus dem Haus gehen sollen.

Der Wagen blendete schließlich ab, als er dichter herankam. Er kam näher und noch näher, als würde er gleich zum Überholen ansetzen. Riva blieb bei der gleichen Geschwindigkeit. Plötzlich bediente der Fahrer hinter ihr die Lichthupe. Dann wurden die Scheinwerfer wieder dunkler. Der Wagen wurde langsamer und fiel zurück. In einem vernünftigen Abstand fuhr er weiter hinter ihr her.

Riva beschleunigte. Der Wagen beschleunigte ebenfalls. Sie wurde langsamer. Er auch. Auf einem geraden Straßenstück wich sie so weit wie möglich nach rechts aus, um ihrem Verfolger das Überholen leichter zu machen. Er nahm die günstige Gelegenheit nicht wahr.

Zufall. Genau das war es. Riva starrte in den Außenspiegel, konnte aber die Automarke nicht erkennen. Vielleicht war es ja einer ihrer Nachbarn.

Schließlich kam die Abzweigung nach Bonne Vie. Riva setzte den Blinker und wurde langsamer. Der Wagen hinter ihr bremste auch ab. Sie bog in die Einfahrt ab. Der Wagen folgte ihr.

Riva trat das Gaspedal durch und raste die Einfahrt hinauf. Erin hielt sich an der Tür fest und wandte sich ihr erstaunt zu. »Tante Riva, was –«

»Hör zu«, unterbrach sie Riva. »Wenn ich gleich vor der Tür halte, springst du so schnell wie möglich aus dem Auto und rennst ins Haus. Schau nicht zurück. Bleib nicht stehen. Renn einfach los.«

»Warum? Sind das wieder diese Männer?«

»Ich weiß es nicht. Tu bitte, was ich dir sage.«

Erin musterte prüfend Rivas Gesicht im grünen Licht vom Armaturenbrett. »Und was ist mit dir?«

»Ich tue dasselbe.«

Riva nahm die Kurve vor dem Haus so schwungvoll, daß der Kies in die Luft geschleudert wurde, und dann bremste sie voll ab.

Erin stieß die Tür auf und rannte los. Als Riva ihren Sicherheitsgurt gelöst hatte und aus dem Wagen sprang, hatte Erin schon die Haustür erreicht. Abraham erwartete sie, die Tür stand weit offen. Erin stürzte hinein, sah zurück und fing an zu lachen.

Riva wandte den Kopf. Im Licht der Lampe, die unter der Galerie hing, sah sie einen Romeo – einen knallroten Alfa Romeo.

Sie schlug die Tür ihres Wagens zu und ging langsam auf Dantes Alfa zu. »Du Mistkerl«, zischte sie, »du hast mir eine Todesangst eingejagt!«

»Tut mir leid«, sagte er und lächelte, aber seine Augen wirkten dunkel. »Wenigstens habe ich dich so dazu gekriegt, mit mir zu reden. Ich habe schon befürchtet, du würdest es nicht tun.«

»Weil du meine Gastfreundschaft ausgenutzt und Anne Gallant nach Colorado mitgenommen hast? Das ist ausschließlich deine Angelegenheit.«

Er verzog das Gesicht. »Ich dachte schon, daß du das am Telefon gewesen bist. Die Nummer dort haben nicht viele Leute, und außer dir wußte keiner, daß ich dort war.«

»Sehr klug.«

»Nicht klug genug. Ich habe mich erwischen lassen. Darf ich hereinkommen und dir alles erklären? Ich möchte mich gegen diesen idiotischen Gedanken verteidigen, daß ich versucht haben soll, Edison umzubringen.«

»Ist der so idiotisch?«

Er schwieg einen Augenblick, und in der Tiefe seiner Augen stand Schmerz. »Ich verstehe Anne. Sie kennt mich nicht besonders gut und ist außer sich wegen ihres Sohnes. Aber dich kann ich nicht verstehen, Riva, dich nicht.«

Riva sah mit einem Seufzer zur Seite. »Gehe ich recht in der Annahme, daß sie dich angerufen und dir von unserem Gespräch erzählt hat?«

»Ja. Kann ich reinkommen?«

Riva nickte und ging voran ins Haus.

Dante schüttelte den Kopf, als Abraham ihm Kaffee und Kuchen anbot, und auch Riva lehnte ab und schickte den Butler ins Bett. Erin war offensichtlich schon hinaufgegangen. Nur in der Bibliothek brannte Licht, ein Zeichen dafür, daß Noel noch wach war. Ansonsten war das Haus dunkel und still.

Riva ging ins Wohnzimmer und schloß die Tür hinter ihnen. Dante wartete nicht, bis sie sich ihm wieder zugewandt hatte. »Ich habe es nicht getan. Ich weiß, daß es nicht viel beweist, was ich jetzt behaupte, aber ich versichere dir, daß ich nichts damit zu tun habe.«

Riva ließ den Türknauf los, drehte sich um und sah ihn an. »Ich möchte dir glauben, wirklich. Das einzige Problem ist – irgend jemand hat an dem Flugzeug herumgebastelt, und du hattest die Möglichkeit – und dazu ein hervorragendes Motiv.«

»Wobei du Anne als das Motiv und meine vermutlichen Beziehungen zur Mafia als Möglichkeit sehen würdest?«

»Kannst du eines von beidem bestreiten?«

»Oberflächlich gesehen, nein.«

»Anne scheint anzunehmen, daß du es für mich getan haben könntest.«

»Das hätte ich vielleicht auch, wenn du mich darum gebeten hättest.«

»Nein!« rief sie.

»Warum nicht? Es ist aber die Wahrheit.«

»Das macht es mir nicht leichter, dir zu glauben!«

»Da kann ich leider nicht ändern.«

»Aber das wirft ein falsches Licht auf mich! Du machst aus mir eine Madonna, eine Frau, die irgendwie rein und unglaublich gut ist, die es wert ist, daß du ihr deine Prinzipien opferst. Aber ich bin nicht so! Ich bin nur ich. Ich möchte nicht verehrt werden. Ich möchte geliebt werden mit all meinen Fehlern. Ich möchte einfach nur geliebt werden!«

Sein Gesicht wirkte wie aus Stein gehauen. »Ich habe immer gewußt, daß das, was ich für dich empfinde, nicht genug ist. Aber das bedeutet nicht, daß ich für dich töten würde, um dich für mich zu gewinnen.«

»Wenn du nichts mit diesem Attentat zu tun hast – sei es für Anne oder für mich – wer war es dann?«

Die Tür, die ins Eßzimmer führte, quietschte, als sie geöffnet wurde. »Tut mir leid, daß ich gelauscht habe«, sagte Constance, während sie langsam hereinkam, »aber ich habe mich schon den ganzen Abend zu Tode gelangweilt und habe nach einer Beschäftigung gesucht. Ich finde dieses Gespräch äußerst interessant und möchte es um nichts in der Welt versäumen. Außerdem habe ich auch das eine oder andere dazu beizutragen.«

Riva sah Constance überrascht an, die jetzt in ihrer bernsteinfarbenen langen Hausrobe, unter der sich ihre vollen Rundungen deutlich abzeichneten, auf Dante zuging. Constance breitete ihre Arme in einer sehr italienischen Geste aus, die sowohl umfassend als auch wie eine Bitte wirkte, ihre völlige Offenheit zu erkennen.

»Ich habe mich in Ihr Leben eingemischt, Dante Romoli«, sagte Constance, »das gebe ich zu. Meine Gründe waren – na ja, ich werde sie Ihnen eines Tages erklären, wenn Sie interessiert sind. Aber das steht jetzt nicht zur Debatte. Ich habe Riva den Tip gegeben, daß Sie Anne Gallant mit in die Berge genommen haben könnten.«

Dante zog mit finsterer Miene die Augenbrauen zusammen, als er sie jetzt anstarrte. »Was haben Sie getan?«

Die Frau trat so dicht an Dante heran, daß es fast den Anschein hatte, daß sie ihn umarmen wollte. Sie tat es nicht, aber der Blick, mit dem sie ihn unter ihren Wimpern hervor betrachtete, war direkt. »Ich bin sehr impulsiv, wenn ich mich ärgere. Aber um das wiedergutzumachen, was ich damit angerichtet habe, und um meinen Verdacht zu bestätigen, habe ich ein paar Nachforschungen angestellt. Ein paar Freunde meiner Familie hier in New Orleans – meiner sizilianischen Familie, verstehen Sie – haben mir geholfen. Ich bin bereit, zu schwören, daß Sie nicht das Flugzeug von Edison Gallant – wie soll ich sagen – präpariert haben.«

Für zehn volle Sekunden herrschte absolutes Schweigen. Dante betrachtete die sizilianische Prinzessin, als hätte er sie noch nie zuvor gesehen. Constance erwiderte seinen Blick mit einem erstaunlichen Mangel an Zurückhaltung.

Schließlich fragte Riva: »Wissen Sie denn, wer es gewesen ist?«

»An diese Art von Information kommt man nicht so leicht«, antwortete Constance, ohne den Blick von Dante abzuwenden.

»Aber alles andere hat man Ihnen erzählt?« murmelte Dante.

»Haben Sie vielleicht zufällig auch herausgefunden, wer die Männer bezahlt hat, die mich und meinen Fahrer angegriffen haben?« wollte Riva wissen.

Constance wandte sich Riva mit einem spöttischen Blick zu.

»Das war Edison Gallant. Das habe ich sozusagen nebenher erfahren, als Kuriosum. Edison ist mit... mit meiner Familie schon seit einiger Zeit bekannt, zumindest nimmt er ihr Geld. In den vergangenen Tagen haben sie allerdings entschieden, seinen Forderungen nicht mehr nachzukommen. Er ist gierig geworden und hat zuviel von ihnen verlangt. Er wollte sie dazu überreden, die Staulet Corporation zu unterminieren. Sie sollten Aktien kaufen, um einen Kursabfall an der Börse zu bewirken. Aber Sie und Noel haben zu große Anteile, als daß das hätte funktionieren können.«

Der Versuch, ihre Firma anzugreifen, war nur ein weiterer bei der Bemühung, Riva in die Knie zu zwingen. Das hätte möglicherweise sogar funktionieren können.

Constance wandte sich Dante zu. »Es sieht so aus, als ob Gallant seine Freunde auch gebeten hätte, sich auf Ihr Restaurant am See zu konzentrieren und dort Drogengeschäfte abzuwickeln. Das hat er aus reiner Bosheit getan. Sie sind ein Freund von Riva, also wollte er Ihnen Schwierigkeiten machen. Na bitte, jetzt können Sie sehen, wie ich mich für Sie einsetze. Sind Sie nicht dankbar?«

»Unendlich«, sagte Dante mit ausdrucksloser Stimme. »Und hat Ihre Familie weiterhin die Absicht, mich zu ruinieren?«

»Ich glaube nicht«, entgegnete Constance und schürzte ihre vollen Lippen. »Ich habe ihnen gesagt, daß das dumm ist, aber das hatten sie selbst schon bemerkt. Sie haben inzwischen den Eindruck, daß Gallant zuviel verlangt und ein wenig unbeständig ist. Sie reden davon, daß sie ihn aufgeben wollen. Ich nehme an, daß sein Unfall mit dem Flugzeug und das Gerede über Unfähigkeit und persönliche Feinde die Sache abschließen werden.«

Riva runzelte nachdenklich die Stirn. »Ich verstehe immer noch nicht, warum Sie, obwohl Sie schon so viel herausgefunden haben, nicht erfahren konnten, wer den Unfall angezettelt hat.«

Constance schüttelte den Kopf, und ihr dunkles Haar schwang um ihren Kopf. »Ich vermute, daß das nichts mit der Familie zu tun hat. Mit anderen Worten: Sie wissen es nicht.«

»Die Sache mit dem Restaurant am See...«, sagte Riva zu Dante. »Deine sogenannten Freunde hätten doch bestimmt erfahren, daß Edison dahintersteckte?«

Dante zuckte mit den Schultern. »Meine Freunde sind wirklich nicht mehr als Freunde. Ich habe sie kennengelernt, als ich als Teenager auf dem französischen Markt und in den Restaurants gearbeitet habe; ich habe keinerlei geschäftliche Kontakte zu ihnen. Wenn einer von ihnen ein Gerücht gehört oder etwas erfahren hätte, was mich betrifft, hätte er es mir vielleicht gesagt. Aber ihr Einfluß erstreckt sich nicht auf die ganze Mafia von New Orleans.«

»Warum dann die Geheimnistuerei während all der Jahre?«

»Über solche Dinge spricht man eben nicht, sonst sind die Betroffenen bald keine Freunde mehr, und manche von ihnen kenne ich schließlich schon so lange wie dich und sogar länger.«

»In Italien sind solche Freundschaften nur mit Bruderliebe zu vergleichen.« Constance lege ihre Hand auf Dantes Arm und strich langsam darüber.

Constances herablassender Ton machte Riva wütend.

Dante schien das gar nicht zu bemerken.

»Trotzdem«, murmelte Riva, »hättest du selbst danach fragen und Constance die Mühe ersparen können.«

»Das hätte ich vielleicht tun können«, erwiderte er, »wenn ich nicht Angst vor der Antwort gehabt hätte.«

»Was meinst du damit?« Rivas Stimme klang ungeduldig.

Jetzt sah Dante sie an. »Ich wußte, daß jemand versucht, mir zu schaden. Alles deutete darauf hin: die Droge ist plötzlich aufgetaucht und nur in meinem Club – nicht in den umliegenden Lokalen. Außerdem sind fremde Gäste mit schlechtem Ruf und viel Geld in meinem Restaurant erschienen.«

»Davon hast du nie ein Wort erzählt.«

»Ich wollte niemanden fälschlicherweise beschuldigen.«

»Zum Beispiel?«

Dantes Gesicht wurde hart, er griff nach Constances Hand, mit der sie gerade über seinen Arm bis zu seinem Hals strich. »Wie zum Beispiel deinen Gast hier.«

Dunkles Rot stieg in das Gesicht der Frau. Sie riß ihre Hand los und massierte ihr Handgelenk. »Was sagen Sie da?«

Gleichzeitig ertönte hinter ihnen ein klares, stetiges Klatschen. Sie drehten sich um und sahen Noel, der am Türrahmen lehnte und applaudierte. Wie lange er dort schon gestanden hatte, wußte niemand, aber offensichtlich hatte er mitbekommen, was sich hier ereignete. Sein Haar war wirr, als hätte er es während der Arbeit mit den Fingern zerwühlt, und unter dem Arm trug er einen Aktenordner. Er neigte den Kopf in Dantes Richtung und sagte mit ruhigem Nachdruck: »Meinen Glückwunsch, es kommt nicht oft vor, daß ein Mann eine Frau so schnell durchschaut.«

Constance funkelte Noel wütend an und ballte die Hände zu Fäusten, bevor sie sich Dante wieder zuwandte. »Erklären Sie, was Sie damit gemeint haben. Erkären Sie es sofort.«

»Unbedingt, Romoli, das wäre wirklich interessant«, stimmte ihr Noel zu.

Dante räusperte sich. »Nun ja, ich bin nicht gerade der charmante Prinz in Person, also war ich anfangs ziemlich erstaunt, daß die Prinzessin mir die Ehre gegeben hat. Als sie dann auch noch dabei blieb, wurde ich mißtrauisch, besonders als mir klar wurde, daß sich unsere Gespräche immer um dich drehten, Riva. Mir wurde immer klarer, wie groß Constances Abneigung gegen dich ist.«

»Gegen mich?« fragte Riva und runzelte die Stirn. »Aber warum?«

»Sie brauchen gar nicht zu versuchen, so unschuldig auszusehen«, rief Constance. »Sie haben meine Ehe zerstört.«

»Das ist verrückt«, protestierte Riva.

»Hah!«

Riva sah Noel an, aber sein Gesicht war völlig ausdruckslos, und er forderte Dante auf fortzufahren.

»Constance schien so versessen darauf zu sein, mir meinen Skalp zu rauben, und sie war so interessiert an Vendettas im allgemeinen, daß ich mich fragen mußte, ob sie mich benutzte, um Riva zu schaden.

Darüber hinaus stellte sie ungewöhnlich viele Fragen über den Club. Die alten sizilianischen Familien hatten die Gewohnheit, ihre Rache gegen ihre Feinde auch auf deren enge Freunde auszudehnen. Genau das behauptet sie auch von Edison. Ich konnte nicht sicher sagen, ob Constance Beziehungen in New Orleans hatte, aber es schien mir plausibel, daß es so war. Also hegte ich den Verdacht, daß sie versuchte, mir zu schaden. Ich vermutete, daß sie die Drogengeschichte im Club auf die Spitze treiben würde, wenn ich nicht ihrem Charme erlag. Sie wollte Riva eifersüchtig machen und sie verletzen.«

»Etwas derartiges ist mir niemals in den Sinn gekommen!« protestierte Constance.

»Müssen wir dafür dankbar sein?« fragte Noel.

Seine Ex-Frau sah ihn an. »Ehrlich, so weit wäre ich nie gegangen. Und wenn ich auf den Gedanken gekommen wäre, hätte ich genügend Verstand gehabt, das nicht so offensichtlich zu zeigen!«

Noels Gesicht entspannte sich nicht. »Ich denke, ich glaube dir, in beiden Punkten.«

»Oh, du bist unmöglich!« Constance wandte sich von ihm ab.

Riva meinte nachdenklich: »Was bleibt uns dann?«

Constance verschränkte die Arme vor der Brust und sagte schnell, um die Aufmerksamkeit von sich abzulenken: »Das ist eine gute Frage, Riva. Schließlich ist da noch die Sache mit diesem Edison Gallant. Soweit ich es beurteilen kann, sind Sie am meisten daran interessiert, daß ihm etwas passiert. Vielleicht haben Sie den Absturz selbst arrangiert, beschuldigen jetzt aber andere, um Ihre eigene Schuld gut zu verschleiern.«

»Nein«, sagte Dante scharf. »Zu solchen Aktionen ist Riva nicht fähig.«

»Nein?« Constance ertrug den Hieb gegen sie mit Gleichmut. »Nun gut, was ist mit dir, Noel? Gallant stellt eine Bedrohung für Riva dar, also auch für die Staulet Corporation. Die Firma, die dein Vater aufgebaut hat, bedeutet dir ziemlich viel, stimmt's?«

»Nein!« schrie Riva. »Noel wußte gar nicht, daß Edison das Flugzeug benutzen wollte.«

»Ach nein, wußte er das nicht?« Constance lächelte vielsagend. »Sie müssen wissen, daß er ihn nur kurze Zeit vorher besucht hat.«

Rivas Augen weiteten sich. Ihre Stimme klang vor Staunen erstickt, als sie fragte: »Was hat er getan?«

»Seltsam, nicht wahr? Aber ich weiß, daß er bei ihm war. Er hat verschiedene Telefonate geführt, um herauszufinden, wo sich Gallant zu einer bestimmten Zeit aufhielt. Du warst doch bei ihm, nicht wahr, Schatz?«

»Ich habe mit ihm gesprochen«, stimmte Noel zu.

»Aber warum?« fragte Riva.

Constance antwortete schnell für ihn. »Er hat sich Sorgen um die Firma gemacht.«

»Ich habe mir Sorgen gemacht um alles, was mit Gallant zu tun hat. Ich wollte in Erfahrung bringen, was Gallant vorhat.«

Constance bedachte ihn mit einem scharfen Blick. »Wie umsichtig.«

»Das bin ich mehr als alles andere.« Noel erwiderte den Blick seiner Ex-Frau mit so stetiger Kraft, daß sie sich abwandte.

»Und umsichtige Männer«, stellte Riva gelassen fest, »versuchen gewöhnlich nicht, andere umzubringen.«

Riva begegnete Noels Blick nur einen kurzen Augenblick und sah dann Dante an. Auf dem Gesicht ihres alten Freundes war so viel Sympathie zu erkennen, daß sie sich sofort wieder abwandte. Manchmal waren die Bande der Freundschaft zu eng.

»Aber irgend jemand hat es getan«, stellte Constance ungeduldig fest.

»Edison muß wohl noch mehr Feinde haben.« Diese Feststellung kam von Noel.

»Das mag sein«, meinte Constance. »Aber bis heute hat ihn noch niemand tätlich angegriffen, und hier in Bonne Vie hat er doch in letzter Zeit einige Unruhe gestiftet.«

Riva konnte dem nur zustimmen, wenn sie an Boots und Margaret dachte.

Dante seufzte müde und fuhr mit der Hand über seinen Hinterkopf. »Diese Diskussion bringt uns nicht weiter. Ich glaube, ich gehe jetzt besser. Anne ist allein im Krankenhaus, und irgend jemand sollte bei ihr sein.« Er sah Riva an. »Begleitest du mich hinaus?«

Sie folgte ihm in die Halle. An der Haustür drehte er sich noch einmal zu ihr um und nahm ihre Hand. »Es tut mir leid, wenn dir dies alles nahegegangen ist, ich wollte eigentlich gar nicht mit dir über all das sprechen. Ich konnte nur den Gedanken nicht ertragen, daß du mich für das, was mit Josh passiert ist, verantwortlich machen könntest.«

Sie schaffte es zu lächeln. »Wenn ich das getan habe, dann doch nur für einen Augenblick.«

»Na wenigstens etwas.« Er beugte sich vor und drückte seine Lippen auf ihre Stirn. »Gute Nacht.«

Seine Worte klangen zögernd, und Riva hatte das Gefühl, daß sich heute abend etwas zwischen ihnen geändert hatte. Es war, als hätte sich Dante eine Spur von ihr zurückgezogen.

Oder hatte sie selbst sich zurückgezogen? Sie war sich nicht ganz sicher.

Als sich die Tür hinter ihm geschlossen hatte, drehte sich Riva um und stellte fest, daß Constance direkt hinter ihr stand.

»Sie haben mir geraten, ihn nicht zu verletzen«, sagte Constance nachdrücklich, »aber Sie haben ihn selbst mehr verletzt, als ich es je hätte tun können.«

Sie hatte recht, das wußte Riva. Die Menschen, an denen uns etwas liegt, sind immer auch diejenigen, die uns am meisten und am einfachsten verletzten können. Riva sagte: »Woher die plötzliche Betroffenheit?«

»Er ist ein starker Mann und viel klüger, als ich erwartet hatte. Coralie und Pietro mögen ihn gern.«

»Das ist doch kein Grund.«

»Ich mag ihn auch sehr gern.«

»Wenn Sie mich damit warnen wollen – sparen sie sich die Mühe.«

Constance verzog den Mund. »Das sehe ich, aber ich versuche, höflich zu sein. Ich bin vielleicht nicht so umsichtig wie Noel, aber höflich bin ich.«

Riva erwiderte nur: »Danke.«

»Keine Ursache«, sagte Constance, drehte sich um und ging langsam und graziös durch die Halle bis zur Treppe am anderen Ende.

Noel stand jetzt in der Tür des Wohnzimmers, eine Schulter gegen den Türrahmen gelehnt. Als Constances Schritte auf der Treppe verklangen, war das Haus still.

»Ich konnte dich bisher noch nicht fragen, wie es Gallants Sohn geht«, begann Noel.

»Unverändert«, antwortete Riva, »und das wird offensichtlich als positiv aufgefaßt.«

»Und Erin?«

»Ist in Ordnung. Sie will ihn morgen wieder besuchen.«

»Wenn du vorhast, sie beim nächsten Mal wieder zu begleiten, hoffe ich, daß du es mir sagst oder wenigstens George mitnimmst. Du solltest versuchen, etwas zu schlafen. Du siehst aus, als ob du Schlaf gebrauchen könntest.«

Ein kurzes Lächeln spielte um ihre Lippen angesichts seines ungewöhnlichen Mangels an Taktgefühl, aber bis in ihre Augen drang es nicht ganz vor. »Das kann ich mir denken«, antwortete sie.

Ein ungemütliches Schweigen entstand. Es war das erste Mal, daß sie allein waren seit der vergangenen Nacht. Die Spannung zwischen ihnen wuchs. Rivas Puls begann in ihrem Kopf zu dröhnen.

Plötzlich stieß sich Noel vom Türrahmen ab und wandte sich seinem Schlafzimmer am Ende der Halle zu. »Also dann, gute Nacht.«

Ihre Stimme klang angespannt, als sie hinter ihm herrief.

»Noel?«

»Ja?« Er drehte sich um und kam wieder auf sie zu.

Für einen Moment vergaß sie, was sie ihm hatte sagen wollen. Und selbst, als es ihr wieder einfiel, konnte sie ihm die Frage, ob er für das Flugzeugunglück verantwortlich war, nicht so direkt stellen wie Dante. Sie rang die Hände und senkte den Blick, während sie nach Worten suchte.

»Was ist denn?« fragte er.

Schließlich sah sie auf. »Hast du gewußt, daß Edison nach Shreveport wollte und dabei sein Flugzeug selbst fliegen würde?«

Die Sekunden verstrichen langsam, während er ihr Gesicht prüfend betrachtete. »Und wenn es so wäre?«

»Ich versuche nur, dahinterzukommen, was wirklich passiert ist.« Aber das war nicht alles. Langsam kam ihr noch eine andere Möglichkeit in den Sinn. Sie war so schrecklich, daß die Farbe aus ihrem Gesicht wich. Sie befeuchtete ihre Lippen. »Was hat er dir sonst noch gesagt?«

Er sah sie durch eng zusammengezogene Lider an. »Eine ganze Menge, aber nichts davon war wichtig. Warum?«

Jetzt konnte sie wieder atmen. Er würde ihre Vergangenheit sicher für wichtig halten.

»Und Edison hat nichts gesagt, was dich dazu bringen könnte zu denken, daß es besser wäre, wenn er sterben würde?«

Er stieß ein kurzes Lachen aus. »Ich dachte, du wärst in diesem Punkt zufriedengestellt. Ich habe mir bisher nicht zur Gewohnheit gemacht, die Menschen umbringen zu wollen, die mir Schwierigkeiten bereiten könnten.«

Sie hob die Hand zum Gesicht und wunderte sich nicht, daß sie zitterte. »Nein, nein, das weiß ich. Ich habe nur ... Jemand hat versucht ihn zu töten, und Josh schwebt in Lebensgefahr. Davon komme ich einfach nicht los. Normale Menschen tun so etwas nicht, aber es ist nicht immer leicht, festzustellen, wer normal ist.«

Er sagte ruhig: »Das wirst du nicht herausfinden, indem du danach fragst.«

»Nein, das glaube ich auch nicht.« Genau dasselbe hatte sie auch zu Anne gesagt, es dann aber wieder vergessen. Sie lächelte ihm kläglich zu und war froh, daß er nicht verärgert war.

»Was ist los?« fragte er. »Irgend etwas bedrückt dich mehr als die Sorge um Josh Gallant, die Drohungen gegen Edison oder sogar gegen dich. Hat dich jemand verletzt?«

Daß er merkte, wie verstört sie war, fand sie beunruhigend. »Eigentlich nicht.«

»Aber man hat es versucht, stimmt's? Wer war es, Gallants Frau?«

Sie schüttelte rasch den Kopf. »Es ist nicht wichtig.«

»Doch. Erin oder Doug Gorsline waren es bestimmt nicht. Also Gallant. Er muß auch im Krankenhaus gewesen sein.«

Sie wußte, daß Noel unnachgiebig sein konnte – vor allem in geschäftlichen Angelegenheiten –, aber er hatte sich ihr gegenüber noch nie so benommen.

»Es war nichts Besonderes – eine kleine Meinungsverschiedenheit.«

»Worüber? Ob du es gestattest, daß er mit dir ins Bett geht oder nicht? Wie weit ist er gegangen?«

Sie war verwirrt, weil er nicht lockerließ. »Falls du wissen willst, ob es ihm gelungen ist: Die Antwort heißt nein!«

»Aber er hat es versucht, und zwar mit Gewalt.« Als sie nicht antwortete, wurde sein Gesicht hart. »Warum schützt du ihn? Warum verschonen ihn alle? Was hat er nur an sich? Margaret, du und sogar seine Frau – ihr alle wollt ihm nicht schaden – warum?«

»Vielleicht schützen wir uns dadurch selbst«, entgegnete sie.

»Ist es das? Oder liebt ihr ihn alle?«

»Natürlich nicht!« sagte sie verächtlich.

»Es wäre aber durchaus möglich. Er ist immun bei allem, was er tut.«

»Dagegen kann man nichts machen.«

»Doch, das kann man, und man sollte es auch. Männer, die sich nie den Konsequenzen ihrer Taten stellen müssen, glauben irgendwann, alles vollbringen zu können.«

»Willst du damit sagen, daß ich selbst schuld bin, daß mich Edison angegriffen hat?«

»Nein, aber es gibt ein altes Sprichwort: Wenn ein Feind dich einmal angreift, ist das seine Schuld. Beim zweiten Mal ist es deine eigene.«

»Ich will keine Rache, nur Frieden.«

»Manchmal ist das dasselbe, weil man der Gefahr ein Ende setzen muß.«

Sie sah suchend in die klaren Tiefen seiner grauen Augen. »Das mag sein.«

Sie standen eine ganze Weile da und sahen sich an. »Bist du in Ordnung?« fragte er schließlich.

Meinte er körperlich oder seelisch? Wollte er mit dieser Frage wissen, ob Edison sie verletzt hatte oder ob sie beunruhigt war wegen dem, was gestern nacht zwischen ihnen geschehen war? »Mir geht's gut«, murmelte sie.

Er legte seinen Arm um ihre Schultern. »Dann komm«, sagte er. »Zeit, ins Bett zu gehen.«

Eine wilde, sehnsüchtige Sekunde lang dachte sie, er fordere sie auf, mit ihm zu gehen. Das wäre eine Bestätigung dafür, daß ihm die letzte Nacht etwas bedeutet hatte. In seinen Armen zu liegen, hätte sie bestimmt getröstet. Sie wollte nicht mehr, als sich in den Armen eines Mannes zu verlieren – in den Armen dieses Mannes – um alles zu vergessen, was in dieser Woche und in der Vergangenheit geschehen war.

Aber er ließ sie wieder los, als sie ans Ende der Halle kamen, wo sich auf einer Seite die Treppe erhob und auf der anderen Seite die Tür zu seinem Zimmer lag. »Gute Nacht«, sagte er noch einmal.

»Gute Nacht«, antwortete sie und ging die Treppe hinauf, allein. Sie war schon im oberen Flur angekommen, als sie hörte, wie sich seine Tür hinter ihm schloß.

Riva nahm ein Bad und zog sich ihr Nachthemd an. Dann machte sie das Licht aus, ging ins Bett und schloß die Augen. Sie schüttelte ihr Kissen genau so, wie sie es gern hatte, und zog sich ihre Decke zurecht. Es half alles nichts – sie konnte nicht schlafen.

Sie starrte in die Dunkelheit, bis ihre Augen brannten. Sie wollte nicht an Noel denken. Was für einen Sinn hatte das?

Ihre Gedanken kehrten immer wieder zu Edison zurück. Er hatte etwas Wichtiges gesagt, aber sie konnte sich nicht mehr daran erinnern. Sie überlegte, bis ihre Gedanken im Kreise gingen. Sie zwang sich, sich jedes Wort ins Gedächtnis zu rufen, bis ihr Kopf zu schmerzen begann.

Sie konnte nur zu einem Schluß kommen. Und der war ziemlich vage.

Edison hatte mit seinem Egoismus, seinen selbstsüchtigen Forderungen und seinem sorglosen Umgang mit Menschenleben einen Menschen zum Mörder gemacht. Und Riva hatte ihm in ihrer Angst und ihrem Stolz dabei geholfen. Es gab nur eines, was sie dagegen tun konnte.

22

»Hier ist Riva Staulet. Könnte ich bitte mit Doug Gorsline sprechen?«

»Einen Augenblick bitte.«

Riva spürte den Schweiß auf ihren Handflächen, als sie darauf wartete, daß Doug ans Telefon kam. Sie betete, daß er in der Redaktion war. Noch einmal hätte sie wahrscheinlich nicht den Mut aufgebracht, ihn anzurufen. Ihr Vorhaben war eigentlich gar nicht so schlimm, nur die Vorbereitung dazu fiel ihr ziemlich schwer.

»Hallo?«

Beim Klang von Dougs Stimme sagte sie sofort: »Hier ist Riva Staulet, und ich brauche Ihre Hilfe. Ich würde gern eine Pressekonferenz abhalten. Können Sie mir sagen, wie ich das bewerkstelligen kann?«

Er fragte sie nicht nach ihren Gründen und wollte nur wissen, wann und wo die Pressekonferenz stattfinden sollte. Als sie den kommenden Morgen in Bonne Vie vorschlug, sagte er: »Ich hab's aufgeschrieben, Mrs. Staulet. Ich werde mich um alles Weitere kümmern.«

»Danke, Doug, ich bin Ihnen wirklich sehr dankbar.«

Das war sie tatsächlich, und nicht nur, weil er ihr eine Pflicht abnahm, sondern auch, weil er so unkompliziert und nicht neugierig war.

Sie hatte etwas mehr als zwanzig Jahre gebraucht, um ihr Leben in Bonne Vie zu festigen. Jetzt brauchte sie nur noch etwas mehr als zwanzig Stunden zu warten, und dann war alles vorbei.

Es war ein Fehler gewesen, die Pressekonferenz auf den nächsten Tag anzusetzen, sie hätte schon am gleichen Nachmittag mit den Journalisten reden sollen. Nun fing das Warten an. Und sie wußte jetzt schon, daß es schlimmer war als die Vorbereitungen.

Aber sie hatte genug Zeit, sich zu verabschieden. Sie bezweifelte nicht, daß Noel sie nicht mehr in Bonne Vie duldete, wenn er alles über ihre Vergangenheit erfuhr. Das Haus gehörte ihm. Sicher würde er sich großzügig zeigen, denn er war ein gerechter Mann, aber er mußte seinen Namen und den seines Vaters reinwaschen. Und wer konnte ihm das übelnehmen?

Riva verließ ihr Zimmer und ging auf die obere Galerie, von der aus sie die Einfahrt übersehen konnte. Sie horchte nach dem Hall ihrer Schritte auf dem Holzboden, streckte die Hand aus und ließ sie über das Geländer streifen. Sie kannte jeden Winkel und jede Beschädigung daran, jedes lose Teil war ihr vertraut. Die Außenwände des Hauses mußten bald gestrichen werden. Sie mußte daran denken, Noel eine Notiz zu hinterlassen, auf der sie den genauen Namen und die Nummer der Farben angab. Es gab ein ganz spezielles Geschäft, wo man die Teile zur Reparatur der Fensterläden kaufen konnte, das mußte er auch noch erfahren. Und man mußte ihn daran erinnern, auf die Farne in den Töpfen neben den Türen zu achten, deren Wedel sich in jeder Brise leicht bewegten. Er mußte jemanden beauftragen, sie zu gießen, umzudrehen, umzutopfen und zu düngen, sonst würden sie innerhalb von zwei Wochen eingehen.

Sie blieb in der Mitte der Galerie stehen, um durch den langen, dunkelgrünen Tunnel, den die Äste der Eichen über der Auffahrt bildeten, hinunterzuschauen. Die Bäume waren herrlich, wenn die Morgensonne durch ihre Zweige fiel und bewegliche Schatten auf dem Boden darunter zeichnete. Die Eichen würden noch da sein, wenn sie schon längst fort war. Wie viele Menschen hatten sie wohl hier schon kommen und gehen sehen, wie viele würden sie noch überleben?

Sie war noch so jung gewesen, als sie zum ersten Mal nach Bonne Vie gekommen war, so voller Ungeschicklichkeit und Verwunderung. Sie hatte Cosmo aus Dankbarkeit und Zuneigung geheiratet. Sie hatte sich vorgenommen, ihm eine gute Frau zu sein, und schließlich war ihr das beinahe auch gelungen. Sie hätte nie erwartet, daß sie sich in seinen Sohn verlieben könnte.

Sie hatte Noel geliebt. Er war der erste und einzige Mann, den sie wirklich geliebt hatte. Wie tief ihre Gefühle für ihn gewesen waren, hatte sie selbst nicht gewußt, bis er Bonne Vie verlassen hatte. Und sie hatte nie aufgehört, ihn zu lieben. Jede Begegnung mit ihm in den vergangenen Jahren hatte ihr eine schmerzliche Freude bereitet. Die Nachricht von seiner bevorstehenden Heirat hatte ihr Herz wie ein Stoß mit dem Degen verletzt, der erst wieder herausgezogen worden war, als sie von seiner Scheidung hörte. Und doch hatte sie die Jahre in dem großen alten Haus genossen, dafür hatte Cosmo gesorgt. Er hatte ihr alles gegeben, was sich eine Frau nur wünschen konnte, sogar mehr als das. Er hatte sie mit nicht nachlassender Liebe und Aufmerksamkeit verwöhnt. Sie war stolz gewesen, seine Partnerin in der Firma zu sein, und hatte gelernt, sein Heim zu lieben und eine ausgezeichnete Gastgeberin zu sein. Sie war selbstbewußt geworden und wurde in der Gesellschaft akzeptiert. Dennoch hatte sie eigentlich nie so recht die Ehrfurcht vor den berühmten Personen verloren, denen sie begegnet war: den Staatsmännern, den Schriftstellern und Schauspielern; den bekannten Sportlern; und jenen, deren Anspruch auf öffentliche Beachtung aus ererbtem Vermögen herrührte. Trotzdem bewegte sie sich unbeschwert zwischen ihnen, und niemand ahnte, daß sie im Grunde ziemlich scheu war.

Sie hatte sich nie gewünscht, daß Cosmo starb, und sie war nach seinem Tod sehr erschüttert gewesen. Die Trauer war sogar noch schwerer erträglich geworden, weil sie wußte, was er getan hatte, um sie von seinem Sohn zu trennen. Es bewies, daß er geahnt hatte, was sie fühlte, und sich bemüht hatte, sie zu halten. Er hatte die Liebe seines Sohnes für sie geopfert. Er hatte sie seinem eigenen Fleisch und Blut vorgezogen und war gezwungen gewesen, mit dieser Entscheidung zu leben.

Die Zeit war doch etwas Seltsames. Manchmal, wenn sie an die wenigen Stunden zurückdachte, die sie mit Noel in dem Gartenhaus verbracht hatte, kam es ihr vor, als sei es erst gestern gewesen. Bei anderen Gelegenheiten erschien es ihr eher, als hätte eine andere Frau in einem anderen Leben das alles erlebt. Manchmal konnte sie sich an jedes Wort erinnern, das Noel gesagt hatte, an jeden Blick, jede Berührung. Und manchmal war sie sich nicht einmal sicher, ob diese Erinnerungen nicht nur pure Phantasie waren.

Sie liebte ihn immer noch. Wenn sie je daran gezweifelt hatte, war es ihr in der gewittrigen Nacht wieder bewußt geworden. Warum sollte sie ihn nicht lieben? Er hatte sein Leben riskiert, um das ihre zu retten, hatte sie dann in den Armen gehalten, als sie vor Angst gezittert hatte. Seine Arme waren wie ein Hafen, ein Heim für sie gewesen.

Er hatte ihre Gefühle erwidert, das wußte sie. Eine kurze Zeit war es gewesen wie damals auf der Insel. Er hatte sie begehrt und für ein paar kurze Augenblicke gebraucht.

Constance hatte den Zauber zerstört. Sie hatte die Worte ausgesprochen, die das Schuldgefühl und den alten Schmerz zurückgebracht und das, was sie und Noel empfanden, wieder in etwas Häßliches, Verbotenes verwandelt hatten.

Aber diese Liebe konnte niemals ausgelöscht werden, nicht, solange sie atmete. Sie würde in ihr weiterleben wie eine verbotene Erinnerung.

Riva ging durchs Haus und berührte hier eine alte chinesische Vase aus zartem Porzellan, dort eine kühle Silberschüssel, blieb stehen, um die Stickerei einer Tischdecke zu befühlen oder sich die Farben eines Porträts einzuprägen. Sie ging auch in die Küche und machte dann draußen eine Runde, blieb hier und da stehen, um an einer Gardenie oder Rose zu schnuppern oder Unkraut aus den Begonienbeeten zu zupfen.

Für den Schluß hob sie sich das Inselchen auf. Unter dem Schutz des kleinen Tempels stand sie eine ganze Weile mit geschlossenen Augen, den Rücken an das Knie des großen Bronzebuddhas gelehnt. In ihren Gedanken regnete es im Dunkeln, obwohl die Sonne gerade hoch am Himmel stand und heiß und gnadenlos auf das Tempelchen herunterbrannte.

Schließlich seufzte Riva und ging langsam zum Haus zurück. Es gab noch einiges zu tun.

»Was willst du tun? Aber das kannst du doch nicht machen!« kreischte Margaret.

Sie lag, wie ein Invalide an einen Kissenberg gelehnt, auf einer Chaiselongue, die sie sich in ihr Zimmer hatte bringen lassen. Die Reste ihres Frühstücks standen auf einem Tablett neben ihr, und unzählige Zeitschriften waren unordentlich über ein kleines Tischchen neben der Chaiselongue verstreut. Daneben standen eine Flasche Nagellack und ein Röhrchen mit Beruhigungsmittel. Sie hatte schon fast drei Tage ihr Zimmer nicht mehr verlassen. Ihr Gesicht war verschwollen und fleckig vom Weinen, und sie hatte sich nicht gekämmt oder die Kleidung gewechselt, seit sie sich zurückgezogen hatte. Boots brachte seiner Frau regelmäßig die Pillen. Er war wieder nüchtern genug, um für sie zu sorgen, hielt sich aber nie lange in Margarets Zimmer auf. Wenn man ihn nicht brauchte, saß er bei George in der Garage und unterhielt sich über Vietnam, Football und Entenjagd.

Riva sah ihre Schwester mit einer Mischung aus Besorgnis und Anspannung an. »Du solltest dich freuen, daß Edison für das, was er dir angetan hat, büßen muß.«

»Du wirst mich zur Lügnerin stempeln, die das Kind ihrer Schwester als ihr eigenes ausgegeben hat! Das willst du mir antun, und dann erwartest du noch, daß ich mich darüber freue?«

»Warum nicht? Es war doch sehr großzügig, daß du Erin aufgezogen hast.«

»Aber ich war immer gegen Leute, die etwas verbergen, gegen ledige Mütter und jede Unmoral. Was werden die Leute denken? Was wird Erin denken?«

Riva seufzte. Sie war am Ende ihrer Geduld. »Es tut mir leid, Margaret, aber wegen deiner Schwindelei werde ich meine Pläne nicht ändern.«

»Du bist so grausam, Riva. Du verstehst mich nicht. Mein Herz, o mein Herz.«

Riva musterte sie. »Ist es nicht seltsam, daß dir dein Herz keine Beschwerden gemacht hat, als Edison so grob mit dir umgegangen ist? Das hätte dich ungeheuer belasten müssen.«

»Willst du damit andeuten, daß ich deiner Meinung nach nur Theater spiele?« Margaret setzte sich auf, und ihre Leidensmiene wich einer zornigen Grimasse.

»Tust du's?«

Margaret ließ sich wieder in die Kissen fallen und wandte den Blick zur Decke. »Ich werde noch an einem Herzanfall sterben, weil mir niemand glaubt. Das und die Tatsache, daß niemand versteht, was ich durchgemacht habe und wie ich mich fühle, reicht aus, um mich in den Wahnsinn zu treiben.«

»Das tut mir leid, aber wenn du weiterhin in diesem Zimmer sitzt und vor dich hin brütest, würde es mich nicht wundern, wenn du verrückt wirst.«

Margarets Mund öffnete sich und schnappte wieder zu. Schließlich sagte sie: »Du bist hart geworden, Riva. Du scheinst gar nicht mehr du selbst zu sein. Noch vor ein paar Monaten wärest du nie auf den Gedanken gekommen, solche Dinge von mir zu sagen.«

»Ich vermute, da hast du recht, aber das ist jetzt gleichgültig. Ich muß hart sein.«

»Also wirst du deine Pläne verwirklichen?«

»Ja, das werde ich.« Die Worte klangen entschlossener, als Riva sich im Augenblick fühlte.

»Du – du wirst doch nicht auch erzählen, daß ich vergewaltigt worden bin?«

»Es gibt keinen Grund, warum ich das tun sollte – das ist deine Angelegenheit.«

Margaret schloß die Augen. »Vielen Dank, wenigstens das.« Nach einer kurzen Pause riß sie plötzlich die Augen auf. »Aber wenn Edison den Mund nicht hält und in dieser häßlichen, höhnischen Art alles erzählt? Ich würde nie wieder aufrecht gehen können. Niemals!«

Riva beherrschte mit Mühe ihre Stimme. »Er muß gebremst werden, verstehst du das denn nicht? Wir können es nicht zulassen, daß er weiterhin sein Unwesen treibt.«

»Wenn ich es vergessen kann, was er mir angetan hat, dann sehe ich nicht ein, wieso du das nicht auch kannst.«

»Ich habe es vergessen oder habe es zumindest versucht. Aber er hat versucht, mich umbringen zu lassen. Bedeutet das denn nichts für dich, Margaret? Was ist, wenn er das mit irgend jemand anderem macht, mit jemandem, der weniger gut beschützt wird als ich?«

»Er kann doch nicht so dumm sein.«

»Aber die Wahrheit ist«, erwiderte Riva matt, »daß er schon einmal eine Frau getötet hat. Warum sollte er das nicht wieder tun?«

»Wovon redest du, um Himmels willen?«

Riva wandte sich ab und setzte sich aufs Bett. »Gestern abend hat er etwas gesagt von dieser Bürgerrechtlerin, die damals in dem Sommer vor vielen Jahren getötet wurde. Erinnerst du dich an sie? Sie fuhr einen Lastwagen und wurde von einem jungen Mann erschossen, der hinter dem Steuer eines Wagens voller Rowdies saß, die eine Vergnügungsfahrt machten. Ich habe diesen Wagen später in der Nacht gesehen, Margaret, ich habe gesehen, daß er hinter dem Haus zum Teich gerast ist.«

Ihre Schwester setzte sich wieder gerade hin und runzelte die Stirn. »Was sagst du da?«

»Ich glaube, daß Edison diesen Wagen gefahren und die Frau erschossen hat. Gestern abend hat er sich verraten. Ich bin sicher, daß er mich damals nur deswegen nach New Orleans gebracht hat. Alles, was ich gegen ihn hätte aussagen können, wäre als Rache für seine Mißhandlungen angesehen worden.«

»Und jetzt? Wofür wird es jetzt angesehen, wenn du eine so alte Geschichte wieder aufwärmst?«

»Wen interessiert das schon! Er hat eine Frau getötet, Margaret! Und denke an das, was er Beth angetan hat. Außerdem hat er nicht nur versucht, mich umbringen zu lassen, sondern er hat mich gestern abend noch einmal auf brutale Art angegriffen, das habe ich dir ja erzählt. Vielleicht hätte er mich sogar eigenhändig umgebracht, wenn er mit mir fertig gewesen wäre. Ich habe die Möglichkeit, ihm Einhalt zu gebieten. Wenn ich es nicht tue, bin ich für jedes Verbrechen verantwortlich, das er in Zukunft begeht. Damit könnte ich nicht leben.«

»Kannst du ohne Freunde leben? Kannst du in Schande leben? Denk doch nach, Riva!«

»Ich muß mein Bestes tun. Aber ich habe dich nicht um deinen Rat gebeten, Margaret. Ich wollte dir nur mitteilen, was ich zu tun gedenke, damit du mit den Folgen besser fertig wirst.«

»Was ist mit Erin?«

»Ich sage ihr heute noch die Wahrheit. Es wäre nicht fair, wenn sie morgen aus den Medien erfährt, daß sie meine Tochter ist.«

»O Riva, warum kannst du es nicht dabei belassen, es nur Erin zu erzählen? Dann hast du, was du ursprünglich wolltest. Erin weiß dann, daß Josh ihr Halbbruder ist, und das wird jeder eventuellen Affäre zwischen ihnen einen Riegel vorschieben. Sie weiß dann, daß ich nicht ihre Mutter bin, aber es muß doch nicht die ganze Welt erfahren.« Margaret holte sich mit unsicheren Fingern ein Papiertuch aus einer Schachtel, um damit ihre Augen zu trocknen.

Riva schüttelte langsam den Kopf. »Das ist nicht genug. Stell dir vor, was geschehen könnte, wenn ein Mann wie Edison Gouverneur wäre.«

»Er liegt doch im Krankenhaus. Wird es nicht ein wenig bösartig wirken, einen Mann öffentlich anzuklagen, der im Krankenhaus liegt und dessen Sohn mit dem Tode ringt?«

»Ich habe mich heute morgen nach Josh erkundigt und dabei erfahren, daß Edison nur eine Nacht dortbehalten wurde. Ich gebe zu, daß der Zeitpunkt nicht ideal ist, weil Joshs Zustand immer noch bedenklich ist, aber das kann ich nicht ändern.«

»Es muß doch eine andere Möglichkeit geben!« kreischte Margaret. »Es muß einfach eine geben!«

»Wenn es eine gäbe, würde ich anders handeln.«

Margaret starrte Riva kalt an. Sie wischte sich noch einmal das Gesicht trocken, dann ließ sie die Hand mit dem zerknautschten Papiertuch sinken und wandte den Kopf ab.

Erin hatte das Haus am Morgen verlassen und war im Krankenhaus. Riva überlegte sich, ob sie sich anziehen und auch hinfahren sollte, aber damit würde sie nur noch mehr Schwierigkeiten heraufbeschwören. Es hatte keinen Sinn, ins Büro zu gehen, sie konnte sich ohnehin nicht konzentrieren. Und außerdem war Noel ja dort. Er konnte sich um alles kümmern; darum brauchte sie sich keine Sorgen zu machen. Sie fürchtete sich vor dem Gespräch mit Erin und wünschte, sie hätte es schon hinter sich, trotzdem fühlte sie sich seltsamerweise gut. Sie war sogar fast euphorisch, weil sie sich von einer tonnenschweren Last befreien konnte.

Sie war die Geheimnistuerei leid. Solche Geheimnisse eiterten still vor sich hin wie ein Dorn in der Haut und vergifteten das Blut. Der Körper war vielleicht in der Lage, die Infektion zu überstehen, aber man wußte nie, wann sie wieder ausbrach. Die einzige Möglichkeit, gesund zu werden, war, den Fremdkörper herauszuschneiden. Die Operation mochte vielleicht schmerzhaft sein, vielleicht sogar eine Narbe zurücklassen, aber sie war doch die beste Lösung.

Der Nachmittag verging wie im Fluge. Es dämmerte schon, als Erin zurückkam. Sie war nicht allein, Doug Gorsline war bei ihr. Die beiden gingen zu Riva auf die Galerie. Joshs Zustand sei unverändert, erzählte Erin, doch Anne Gallant habe die Hoffnung, daß er die Krise überstehe. Erin fragte nach der Pressekonferenz. Doug hatte ihr davon berichtet, wollte ihr aber nichts über den geheimnisvollen Anlaß verraten. Was, in aller Welt, war eigentlich los?

Riva hatte ihre Rede sorgfältig vorbereitet, aber mit einemmal wußte sie nicht mehr, was sie sagen sollte.

»Tante Riva? Was ist los? Stimmt etwas nicht?«

Riva lächelte kläglich. »Es stimmt alles nicht«, gestand sie und erzählte von dem Sommer 1963 und davon, wie es gekommen war, daß sie mit Edison getraut worden war und er sie verlassen hatte. Sie erzählte von ihren Tagen in der Restaurantküche mit Dante und der Geburt ihres Kindes, das Margaret zu sich genommen hatte; von der Bar in der Bourbon Street und von Cosmo. Sie erwähnte sogar, daß sie eine Affäre mit Noel gehabt hatte. An Cosmos Tod erinnerte sich Erin, ebenso wie an den Tag der Wahlveranstaltung. Erin war zwar blaß, blieb aber ruhig und stellte hin und wieder Fragen.

Schließlich sagte Erin: »Wie ist es möglich, daß Joshs Vater ein solches Monster ist, obwohl Josh doch so – so nett und so lieb ist?«

»Das kann ich dir auch nicht erklären. Vielleicht hat Josh mehr von seiner Mutter als von seinem Vater.«

»Er ist mein Bruder, mein Halbbruder. Ich kann es nicht glauben.« Erin starrte auf ihre Finger, die sie in ihrem Schoß verschlungen hatte. Doug, der hinter ihr stand, legte seine Hand beruhigend auf ihre Schulter.

»Ich kann es manchmal selbst auch nicht glauben«, gestand Riva.

Erin lachte leise. »Ich habe mir oft gewünscht, daß du meine Mutter wärst. Ich fühlte mich dabei sehr schuldig, aber es war so. Zum Teil war es wegen des Geldes; ich habe mir vorgestellt, daß du mir alles kaufst, was ich mir wünsche, und daß ich nie mehr hören müßte, daß etwas zu teuer ist. Aber wichtiger war, daß ich immer so sein wollte wie du, immer ausgeglichen und selbstbewußt. Jetzt bin ich mir da nicht mehr so sicher.«

Riva wurde das Herz schwer. »Warum?«

»Ich könnte nie jemandem so etwas Schreckliches antun wie du Edison und seiner Familie mit dieser Pressekonferenz.«

»Ich tue es nicht als Akt der Rache«, protestierte Riva.

»Nein? Wenn das, was Edison Gallant getan hat, wirklich so schlimm ist, warum gehst du dann nicht zur Polizei?«

»Es gibt keinen wirklichen Beweis dafür – nur mein Wort.«

»Hast du dir vorgenommen, ihn dafür zu bestrafen, daß er dich vor vielen Jahren betrogen hat?«

»Erin, ich bitte dich! Ich würde ganz sicher nicht an die Öffentlichkeit treten, wenn ich keine triftigen Gründe hätte.«

»Das sagst du, ja, aber weißt du wirklich, warum du es tust? Gibt es keine Alternative, als Joshs Vater der öffentlichen Verachtung preiszugeben? Und wenn du dich täuschst? Du zerstörst eine brillante, politische Karriere nur wegen eines Fehlers, den er vor vielen Jahren begangen hat.«

Riva schüttelte den Kopf. »Es mag sein, daß er ihn vor vielen Jahren begangen hat, aber er hat denselben Fehler in dieser vergangenen Woche wiederholt. Verstehst du denn nicht? Ich weiß, daß du das Gefühl hast, Edison gegenüber loyal sein zu müssen, und ich bin mir sehr wohl der Tatsache bewußt, wie überzeugend Edison sein kann. Aber laß dich dadurch nicht blenden. Dieser Mann, den du als einzigartiges politisches Genie bewunderst, hat deine Tante vergewaltigt und dasselbe auch bei mir versucht. Ich kann nicht beweisen, daß er im Sommer 1963 diese Frau erschossen hat oder daß er vor einigen Tagen versucht hat, mich umbringen zu lassen, aber er hat Margaret vergewaltigt und mich tätlich angegriffen.«

»Es läßt sich aber auch nicht leugnen, daß jemand ein Attentat auf sein Leben verübt hat. Vielleicht war es dieselbe Person, die dich umbringen wollte. Hast du daran schon einmal gedacht? Möglicherweise seid ihr beide nur Opfer!«

»Es hat keinen Sinn, ich sage dir –«

Erin sprang auf. Tränen standen in ihren Augen. »Nein, sag es nicht. Ich will es nicht hören. Ich kann es nicht ertragen.«

Riva stand auch auf. »Ich weiß, daß es viel verlangt ist, das alles zu begreifen, und es tut mir leid, daß diese Dinge alle auf einmal über dich hereinbrechen. Laß uns etwas trinken und in Ruhe darüber reden –«

»Ich habe für heute genug gehört.« Erin wandte sich dem jungen Mann zu. »Doug, kannst du mich von hier wegbringen – irgendwohin?«

»Warte«, sagte Riva und legte ihre Hand auf Erins Arm. »Geh nicht fort, solange du so verstört bist.«

Erin riß sich los und verließ im Laufschritt die Galerie. Doug folgte ihr nach einem schnellen Blick zu Riva, der entschuldigend oder strafend oder beides hätte sein können. Nach ein paar Minuten ertönte das Geräusch seines anspringenden Wagens, der dann die Einfahrt hinunterrollte und verschwand.

Riva ging in ihr Zimmer und blieb dort. Abraham brachte ihr zur Essenszeit ein Tablett mit ein paar Leckerbissen, aber sie konnte nichts essen. Eine Weile später klopfte es leise, und Noel rief nach ihr. Sie antwortete nicht. Sie saß in einem Sessel im Dunkeln und starrte ins Leere.

Was hatte sie vor? War es richtig, oder beging sie ein noch grausameres Verbrechen als Edison je zuvor? Vernichtete sie einen Mann aus persönlichen Gründen oder um der Gerechtigkeit willen? Und selbst wenn es das letztere war, stand es ihr zu, den Richter zu spielen? Aber so machte man das doch heutzutage, oder? Es gab keine öffentlichen Pranger mehr, und deshalb teilte man der Presse alle Sünden eines Mannes mit. So mußte es sein, sonst würden die privaten Verbrechen der Großen und beinahe Großen nie bekannt werden. Für solche Menschen war es leicht, Fakten und Gesetze zu manipulieren, und deswegen war diese öffentliche Entehrung notwendig.

Aber war das richtig? War das fair? Waren diese Regeln auch gültig, wenn die Taten, um die es dabei ging, mehr waren als kleine Kavaliersdelikte?

Gerechtigkeit oder Rache? Was wollte sie? Wo hörte das eine auf, und wo fing das andere an?

Vielleicht hatte Margaret recht, vielleicht war es nur wichtig, daß Erin alles wußte. Vielleicht sollte sie hoffen, daß Edison Vernunft annahm und Drohungen nicht wahrmachte – jetzt, wo so viele Menschen wußten, was er war und was er getan hatte.

Der Morgen kam mit hellem Licht. Riva stand auf und zog die Kleider vom vergangenen Tag aus. Sie duschte und suchte sich ein türkisfarbenes Seidenkleid aus, dann schminkte sie sich und legte ihre Perlen an, die Staulet-Perlen, die ihre Erscheinung klassisch-elegant wirken ließen. Ihr gutes Aussehen verlieh ihr Selbstvertrauen. Und das brauchte sie auch.

Sie trank gerade Kaffee – das einzige, was sie zum Frühstück ertragen konnte –, als sie das erste Auto in der Einfahrt hörte. Sie wußte, daß das, was sie angezettelt hatte, jetzt ins Rollen gekommen war, als sie aus dem Fenster schaute und Männer in T-Shirts und kurzen Hosen entdeckte, die die Kameras und Aufnahmegeräte auspackten. Perfekt gekleidete Männer und Frauen standen vor dem Haus und sprachen in Mikrofone.

Gegen halb zehn, eine halbe Stunde bevor die Konferenz beginnen sollte, war die Einfahrt voller Autos und der Rasen bedeckt mit Kabeln und schwarzen Kästen und silbernen Kamerakoffern. Abraham servierte Kaffee und heißes Gebäck auf der Galerie. Erin war hinausgegangen, um ihm zu helfen, verteilte Servietten und holte frische Tassen aus der Küche. Margaret war immer noch in ihrem Zimmer, und Constance hatte sich mit ihren Kindern zurückgezogen, um zu verhindern, daß sie in Kontakt mit der Presse kamen. Boots und George ordneten den Verkehr und schrien sich heiser, um die Leute von den Blumenbeeten und aus den Ästen der Eichen zu vertreiben. Noel hatte sich in der Halle postiert und ließ niemanden ins Haus. Er wollte sie in kleinen Gruppen um neun Uhr fünfundvierzig hereinlassen, aber keine Sekunde früher. Er wollte nicht, daß sie das Haus überrannten und überall herumstöberten.

Riva war bereit, oder zumindest hoffte sie das. Ihr Magen schien sich vor Anspannung zu verkrampfen, und ihre Kehle war so trocken, daß sie ziemlich sicher war, kein Wort herauszubringen. Alle möglichen Gedanken wirbelten durch ihren Kopf, während sie vergeblich versuchte, sich genau zu überlegen, was sie sagen wollte. Ihr fiel einfach kein Eröffnungssatz ein. Wenn sie nur wüßte, wie sie anfangen sollte, könnte sie auch den Rest hinter sich bringen. Aber bisher war ihr noch nichts eingefallen.

Abraham verließ die vordere Galerie gerade so lange, um ihr noch einen Kaffee zu bringen und sie zu drängen, etwas zu essen.

Zwanzig Minuten vor zehn verließ Riva ihr Zimmer. Ihr Gesicht wirkte gefaßt, und ihre Atmung war gleichmäßig. Sie ging mit langsamen, ruhigen Schritten die Treppe hinunter und versuchte sich zu sammeln.

Sie war an der untersten Stufe angekommen, als sich die Hintertür öffnete und ein Mann in die Halle trat. Er sah auf und entdeckte sie dort mit der Hand auf dem Endpfosten des Geländers. Er lächelte ohne eine Spur von Humor.

»Kleine Überraschung«, sagte er leise, und seine Stimme klang selbstzufrieden.

Es war Edison.

23

Riva blieb wie vom Donner gerührt stehen. »Was tust du hier?« preßte sie hervor.

»Wie, ist das denn keine Party?« fragte er spöttisch. »Du willst mir doch nicht sagen, daß ich nicht eingeladen bin, oder? Ich dachte, ich wäre der Ehrengast.«

»Wie hast du –«, fing sie an und schwieg dann.

»Beziehungen, Süße. Was wäre ein Politiker ohne Beziehungen?«

»Mafia«, sagte sie verächtlich.

»Nennen wir es doch einfach Freunde in wichtigen, wenn nicht sogar hohen Positionen.«

Am anderen Ende der langen Halle öffnete sich in diesem Augenblick die Tür. Noel kam herein und zögerte kurz, als er Riva mit Edison sah, dann schloß er die Tür hinter sich und ging auf die beiden zu. Er bewegte sich mit schneller und sicherer Entschlossenheit.

»Genug von dem Geschwätz jetzt«, zischte Edison leise. »Wir müssen uns unterhalten, Riva, du und ich. Es gibt ein oder zwei Dinge, von denen du noch nichts weißt.«

»Ich habe dir nichts zu sagen.«

»Das mag sein, aber ich habe dir eine ganze verdammte Menge zu sagen. Wenn du klug bist und wenn du auch nur ein kleines bißchen Wert auf unsere kleine Erin legst, wirst du mir zuhören.«

»Was ist mit Erin? Wo ist meine Tochter?« wollte Riva wissen.

Plötzlich hatte sie panische Angst. Edison benahm sich nicht wie ein Mann, der gekommen war, um seiner eigenen Vernichtung tatenlos zuzusehen. Er glaubte offensichtlich, daß er sie aufhalten konnte.

Er grinste sie grimmig an. »Ach, es braucht dir nicht gleich der Schweiß auszubrechen, unsere Tochter ist draußen. Aber ich glaube, wir sollten über sie reden – und über ihre Zukunft. Jetzt!«

Noel hatte sie erreicht. Seine Gesichtszüge waren hart, als er sagte: »Kann ich etwas für Sie tun, Gallant?«

»Ich glaube nicht, Staulet. Riva wird das erledigen, nicht wahr?«

Sie biß die Zähne zusammen. »Gib uns fünf Minuten. Bitte, Noel.«

Noels Blick war spöttisch und ungläubig zugleich. Er deutete mit einem Daumen über die Schulter. »Du hast nicht mehr viel Zeit, dann wird die Horde da draußen die Tür einrennen.«

»Ja, ich weiß. Bitte!«

In seinen Bewegungen war deutlich sein Widerwille zu erkennen, als er sich abwandte. Seine letzten Worte galten nicht ihr, sondern Edison. »Fünf Minuten«, sagte er, »nicht mehr.«

Riva ging voraus ins Eßzimmer. Die Morgensonne strömte durch die Fenster. Sie trat in einen Teich aus Licht, der die gedämpften Farben des alten Brüsseler Teppichs zum Leuchten brachte, drehte sich dann um und sah Edison an.

»Was ist los?«

Er verschwendete nicht mehr Zeit als sie. »Wenn du mich bloßstellst, ziehe ich dich mit in den Abgrund.«

Sie lachte leise. »Ich habe nichts anderes erwartet.«

»Oh, ich meine nicht ein wenig Tratsch oder einen kleinen Makel auf deinem Image als Dame des Hauses. Du landest wieder auf der Straße, mußt nackt auf den Tischen tanzen und versuchen, dich zu verkaufen, um deine Miete zu bezahlen. Du bist ein wenig zu alt dafür, aber du wirst zurechtkommen.«

»Du mußt gleichzeitig kränkend und melodramatisch sein, damit du zufrieden bist, nicht wahr? Aber du beeindruckst mich keineswegs.«

»Ich kann es nicht leiden, wenn man mich und meine Karriere bedroht. Du wirst jetzt brav nach draußen gehen und diesen verdammten Journalisten sagen, daß du es dir anders überlegt hast, sonst esse ich deinen Hintern zum Frühstück.«

»Ich kann Drohungen auch nicht leiden, Edison. Wenn du mir in den nächsten fünf Sekunden nicht sagst, was das alles mit Erin zu tun hat, gehe ich und rede so, wie ich es vorhatte, mit den Reportern.«

»Wenn du deinen Mund aufmachst, du Hündin, werde ich der ganzen Welt erklären, daß du nicht Riva Staulet bist und es auch niemals warst. Du bist Rebecca Benson Gallant. Du bist meine Frau! Wie gefällt dir das?«

In der plötzlichen Stille schienen die Geräusche von draußen viel lauter zu werden. Riva schluckte schwer.

»Was?«

»So ist es. Du bist meine Frau! Du kannst in aller Öffentlichkeit schmutzige Wäsche waschen – das wird mir schaden, ganz bestimmt, aber du bist dann genauso weit wie vor fünfundzwanzig Jahren.«

»Nein.« Das Wort war nur geflüstert. Es war der einzige Laut, zu dem

Riva fähig war. Sie hatte ein Gefühl, als würde sie in einen tiefen Abgrund fallen. Sie legte ihre Hände an die Schläfen.

»O ja, Baby! Du hast geglaubt, unsere Trauung wäre ungültig gewesen, du dumme kleine Hure. Hast mir jedes Wort geglaubt, was ich damals gesagt habe, nicht wahr? Aber ich wollte einfach nur weg, und ich mußte all dem ein Ende machen, was in diesem Sommer geschehen war. Ich konnte den Gedanken nicht ertragen, daß du dich an mich hängst, Geld aus mir herausholst und Dinge sagst, die meinen Vermögensverwalter dazu gebracht hätten, dumme Fragen zu stellen. Also habe ich dir gesagt, ich wäre schon verheiratet. Zum Teufel, du hast mich nicht mal gefragt, wer meine Frau war und wo sie die ganze Zeit gewesen ist. Das war dir egal. Das war dir scheißegal.«

Ganz langsam hörten Rivas Gedanken auf, sich im Kreise zu drehen, und ihr Hirn begann wieder zu funktionieren. »Du hast dich nie scheiden lassen?«

»Wie, zum Teufel, hätte ich das denn machen sollen, ohne daß mir die Leute blöde Fragen stellten? Abgesehen davon war die Ehe in Arkansas eingetragen, und niemand prüft je nach, ob in einem anderen Bundesstaat eine Ehe geschlossen wurde.«

»Aber wenn ich immer noch mit dir verheiratet bin, dann ist Anne –«

»Das ist doch ein Witz, nicht? Anne, die arme, gradlinige, zugeknöpfte Anne hat jahrelang mit mir in Sünde gelebt.«

Riva runzelte konzentriert die Stirn. »Und wenn also Erin deine legitime Tochter ist, ist es dein Sohn... nicht.«

»Das ist doch egal.« Das Lächeln verschwand aus seinem Gesicht. »Du warst niemals Mrs. Cosmo Staulet. Die Ehe – und das ist der Witz dabei – war ungültig. Das bedeutet, daß dir nichts gehört und du keine Rechte hast. Und wenn du mir jetzt in die Quere kommst, fliegst du bestimmt hier raus. Cosmo Staulets Sohn wird sich persönlich darum kümmern.«

»Und du bietest mir an, darüber Stillschweigen zu bewahren, wenn ich mit dir kooperiere, stimmt das?«

»Genau.« Er lächelte gemein.

»Und ich kann mich natürlich«, sagte sie mit leiser Ironie, »darauf verlassen, daß du es niemals gegen mich verwendest.«

»Damit hast du mich ja auch am Sack, oder? Wer weiß, vielleicht lernst du das irgendwann noch zu schätzen.« Er kicherte über seine obszöne Idee.

Er war sich seiner so ungeheuer sicher. War das alles Theater? Oder glaubte er wirklich, sie könnte jetzt noch die Presseleute wegschicken und mit ein paar schönen Entschuldigungen abspeisen?

Sie könnte sich natürlich irgendeine Geschichte ausdenken – vielleicht über eine große Spende für wohltätige Zwecke –, um das Pressespektakel zu rechtfertigen. Wollte sie das tun?

Margaret und Erin wären bestimmt damit einverstanden. Ein Teil der Wahrheit war bekannt geworden, aber niemand brauchte die ganze Geschichte zu erfahren. Die Unruhe würde sich langsam wieder legen, und alles konnte mehr oder weniger so weitergehen wie bisher. Vielleicht konnte sich die Beziehung zwischen ihr und Noel, die in den letzten paar Tagen begonnen hatte, weiterentwickeln. Sie wußte ja jetzt, daß sie nicht seine Stiefmutter war.

Noel wußte das nicht, und sie konnte es ihm auch niemals sagen, wenn sie sich jetzt Edison unterwarf. Außerdem hatte sie sich zum Ziel gesetzt, diesem Mann das Handwerk zu legen. Er hatte so viele Menschen kaltblütig verletzt und so viel Zerstörung angerichtet. Er war so rücksichtslos, daß er den größten Teil seines Lebens in einer Ehe verbracht hatte, die keine war, und dadurch seinen eigenen Sohn seines Geburtsrechts beraubt hatte. Er war nicht ganz normal. Sein Mangel an Gewissen, sein Bedürfnis, sein Ego zu befriedigen, und seine abartigen Gelüste zeigten das ganz eindeutig. Ein solcher Mann durfte nicht frei herumlaufen und schon gar kein Regierungsamt übernehmen.

»Ist das alles?« fragte sie ruhig.

Ein verärgertes Zucken durchfuhr Edisons Gesicht. »Ja, das ist alles.«

»Ich habe einen Termin einzuhalten«, verkündete sie sachlich und wandte sich von ihm ab.

Er ergriff ihren Arm. »Was wirst du ihnen sagen?«

»Was glaubst du denn?«

Sein Griff wurde fester. »Ich frage dich.«

»Ich werde ihnen die Geschichte meines Lebens erzählen«, sagte sie gleichmütig, »in allen Einzelheiten.«

Er murmelte einen Fluch und machte einen Satz, griff mit seiner freien Hand nach ihrer Kehle. Riva blockierte seinen Arm, indem sie ihren eigenen in einer schnellen Reflexbewegung hochzog. Er schnappte sich ihren Arm, und sie rangen miteinander.

»Hört auf, hört auf, hört auf!«

Der Ausruf kam von Margaret, die durch die Tür zur Anrichte gestolpert war. Ihre Augen wirkten riesig in ihrem bleichen Gesicht, ihr Haar war wirr und verfilzt, und ihr Hausmantel war verknittert und hatte Flecken. In ihrer Hand hielt sie unsicher Rivas kleine Pistole.

Im selben Augenblick, als Margarets Aufschrei ertönte, wurde die Tür zur Halle aufgerissen und krachte gegen die Wand. Noel stürzte ins Zimmer und blieb abrupt stehen, als er die Lage überblickte.

Riva riß sich von Edison los und trat einen Schritt zur Seite. Sie ging langsam auf ihre Schwester zu. »Gib mir die Waffe, Margaret.«

Margaret wich hastig einen Schritt zurück. Die Pistole zitterte in ihrer Hand, blieb aber auf Edison gerichtet. »Nein, Riva, ich habe Edison angerufen und hergebeten, damit ich allem ein Ende machen kann, und genau das werde ich auch tun. Ich werde ihm ein Ende machen. Du hast gesagt, es gebe keinen anderen Ausweg, aber ich glaube, daß es doch einen gibt.«

»Margaret, du erreichst gar nichts – im Gegenteil, du machst alles nur noch schlimmer.«

»Wie? Wie könnte es noch schlimmer werden? Ich habe versucht, ihn loszuwerden und es wie einen Unfall aussehen zu lassen. Ich war bei Jimmy, weißt du, Beths Mann. Ich habe immer noch Kontakt zu ihm. Er ist Mechaniker am Flughafen und kennt sich mit elektronischen Sachen aus. Er hat gesagt, er könnte Edisons Flugzeug abstürzen lassen, das wäre kein Problem. Er wollte keinen Cent dafür nehmen, weil er selbst noch eine alte Rechnung zu begleichen hatte. Aber er wußte nicht, daß Josh mit an Bord sein würde. Keiner von uns beiden hat das gewußt. Die Sache mit Josh tut mir leid, wirklich leid.«

Margarets Stimme klang matt und ausdruckslos. Das mußten die Beruhigungsmittel sein, dachte Riva.

»Margaret, bitte«, sagte sie, »laß mich –«

»Nein! Es tut mir noch mehr leid, daß Edison davongekommen ist. Aber ich kann das wiedergutmachen. Riva, du hättest diesen Mistkerl erschießen sollen, als er versucht hat, dich in der Abstellkammer im Krankenhaus zu vergewaltigen. Da hättest du ihn kaltmachen sollen. Nun ja, ich habe deine Pistole gefunden; ich wußte genau, wo ich deine Handtasche suchen mußte. Jetzt kann ich das erledigen, und dann hast du keinen Grund mehr, den Leuten alles zu erzählen. Dann werden die Leute auch nicht schlecht über mich reden, und ich stehe nicht als Lügnerin da. Das stimmt doch, oder? Stimmt das nicht?«

Edison zuckte und begann stotternd zu sprechen: »U-um Himmels willen –«

»Sei still!« befahl Margaret und zielte auf seine Brust. »Halt dein Lügenmaul. Lügen, das ist alles, was du je von dir gegeben hast. Ich dachte, du wärst etwas Wunderbares, aber alles war nur Lüge. Mit Lügen kann man Menschen töten. Sie sterben im Innern, ganz langsam.«

»Sie ist wahnsinnig!« rief Edison entsetzt aus. »Man darf ihr kein Wort glauben.«

»Du bist der Wahnsinnige von uns beiden«, rief Margaret, »du behandelst Menschen, als wären sie nicht mehr als der Dreck unter deinen feinen Schuhen! Aber ich weiß alles über dich. Du hast versucht, Riva umzubringen. Und Beth hast du wirklich auf dem Gewissen, ja. Du hast sie wie eine Hure benutzt. Und du hast auch das andere Mädchen, das den Lastwagen gefahren hat, erschossen, stimmt's? Ich habe dein Auto in jener Nacht gesehen – genau wie Riva. Ich war wach in dieser Nacht.«

»Margaret«, flüsterte Riva, aber die ganze Aufmerksamkeit ihrer Schwester war auf Edison gerichtet.

»Du hast geglaubt, daß du sicher bist«, fuhr sie unbeirrt fort, »aber ich habe dich gesehen, als du wie ein Verrückter zum Teich gerast bist. Ich habe es nie jemandem erzählt, und ich habe deine Tochter großgezogen und sie geliebt wie mein eigen Fleisch und Blut. War das nicht wirklich dumm von mir? Boots hat steif und fest behauptet, daß du die Bürgerrechtlerin nicht absichtlich erschossen hast. Er sagt, daß es ein Unfall war, und ich habe es ihm geglaubt. Aber du hast es doch gewollt, nicht wahr? Du hast es getan, weil sie dich ausgelacht hat. Boots hat mir das auch erzählt, er erzählt mir immer alles.«

Riva hörte fasziniert zu. Margaret hatte kein Wort gesagt, als sie ihr erzählt hatte, daß sie Edison gesehen hatte. Warum? Dann plötzlich verstand sie, warum Margaret Edison beschützt und warum sie darauf bestanden hatte, Erin zu sich zu nehmen und vorzugeben, sie sei ihre eigene Tochter. Der Grund war Liebe, eine seltsam verdrehte Art von Liebe.

»Du kannst nichts beweisen!« schrie Edison. »Und außerdem hatte die Hure es verdient.«

»Vielleicht kann ich es dir nicht beweisen, aber ich kann erzählen, was ich weiß, und Boots kann das auch tun. Und er schweigt bestimmt nicht. Er haßt dich. Nich wahr, Boots?«

Ihr Mann war hinter Noel ins Zimmer getreten. Er stand wie erstarrt an seinem Platz – ein großer, unbeholfener Mann, der nicht so recht wußte, was er tun sollte. Er schaute seine Frau voller Reue und besorgt an.

Riva schob sich zwischen ihre Schwester und Edison. Sie hörte, wie Noel leise fluchte, und hörte seine Schritte auf dem Teppich, während er näher kam. Riva wollte ihn jetzt nicht ansehen, sondern sich nur auf ihre Schwester konzentrieren. Mit besänftigender Stimme sagte Riva: »Denk doch nur einmal nach, Margaret, bitte. Du kannst das nicht machen, nicht so. Die ganze Welt wird erfahren, wer Edison getötet hat. Der Rasen vor dem Haus ist voller Zeitungsleute, die die Geschichte überall bekanntmachen. Dein ganzes Leben wird in den Zeitungen breitgetreten, möchtest du das?«

Margaret sah Riva an, und Verwirrung trübte ihren Blick. Der Lauf der Pistole senkte sich ein wenig und schwenkte nach links. »Die Reporter hatte ich ganz vergessen. Glaubst du wirklich, daß sie über mich schreiben werden?«

»Ich weiß es. Gib mir die Pistole. Ich räume sie weg, bevor sie jemand sieht. Dann stellt man dir keine Fragen.«

Beinahe wäre alles in Ordnung gewesen, und Riva hätte die Pistole in der Hand gehabt. Aber Edison packte Riva von hinten und hielt sie als Schutzschild vor sich. Margaret kreischte laut und schoß. Die Kugel zischte an Rivas Kopf vorbei und schlug in die Wand hinter ihr ein. Noel stürmte zu Margaret und riß die Hand mit der Pistole nach oben. Dann nahm er die Waffe an sich.

Margaret schrie auf, sank auf dem Boden zu einem schluchzenden Haufen zusammen. Boots kniete sich neben sie, hob sie hoch und murmelte ihr beruhigende Worte zu wie einem weinenden Kind. Margaret lehnte ihren Kopf an ihn und schluchzte bitterlich.

Noel wandte sich mit der Pistole in der Hand Riva und Edison zu. Dunkler Zorn flackerte in seinen Augen, während er von ihr zu ihm schaute, und um seinen Mund bildete sich eine helle Linie.

Edison brach in ein nervöses Lachen aus. Er ließ Riva los und trat einen Schritt zurück, die Hände mit nach oben gerichteten Handflächen ausgebreitet. »Immer mit der Ruhe, Staulet«, sagte er. »Sie wollen doch nichts Unüberlegtes tun, oder?«

Noel gab einen leisen Laut des Bedauerns von sich. »Sie brauchen sich keine Sorgen zu machen.«

Edison entspannte sich sichtlich. Er brachte sogar ein Grinsen zustande. »Ja, ja, ich habe immer gesagt, daß eine Frau wie die andere ist.«

»Sie sind verrückt.« Die Worte klangen scharf wie ein Rasiermesser. Noel drehte sich zu Riva um. »Und du bist doppelt verrückt, weil du ihn geschützt hast. Schon wieder.«

Riva spürte seine Mißbilligung wie Peitschenhiebe und erstarrte. In ihrem Kopf war ein pochender Lärm, aber sie war sich nicht sicher, ob das von draußen kam oder nur das Geräusch ihres Herzschlags in ihren Ohren war. Mit belegter Stimme begann sie: »Aber ich habe nicht –«

Es war keine Zeit, mehr zu sagen. Plötzlich war das Zimmer voller Polizisten. Die fünf Personen wurden umzingelt und zusammengedrängt und von einem halben Dutzend Polizeiwaffen bedroht, während Fragen gerufen und Antworten gefordert wurden.

Noel sprach, und seine Worte klangen klar und bestimmt. Die Polizisten steckten ihre Waffen weg und traten zurück, manche von ihnen fast bis zur Wand. Ein Uniformierter lachte beschämt. »Tut mir leid, Mr. Staulet. Man hat uns gerufen, um Unruhen bei der Pressekonferenz zu verhüten. Als wir den Schuß hörten, mußten wir reagieren.«

»Bleiben Sie ruhig in der Nähe«, sagte Noel mit grimmiger Miene, »der Spaß hat gerade erst angefangen. Inzwischen sollten Sie ein Auge auf diesen Herrn dort haben.«

Der Polizist schaute sich verwirrt um. »Sie meinen, den Kandidaten auf das Amt des Gouverneurs?«

»Genau den meine ich.« Noel wandte sich Riva zu. »Madame Staulet, ich glaube, Sie hatten eine Pressekonferenz einberufen.«

Hatte er seiner Anrede eine ironische Betonung gegeben, oder bildete sie sich das nur ein? Hatte er alles gehört? Sie konnte es aus seinem verschlossenen Gesichtsausdruck nicht schließen. Seine Berührung an ihrem Arm war unpersönlich, als er sie aus dem Zimmer führte. Er ging neben ihr durch die Halle und schwieg wie ein Wächter, der den Verurteilten zum Richtplatz führt. Es hatte fast den Anschein, daß er sie zum Weitergehen zwingen würde. Und warum sollte er das auch nicht tun? Wenn sie alles gesagt hatte, war er von ihr befreit. Ohne sie konnte er die Staulet Corporation leiten, wie es ihm gefiel. Ohne sie würde der Reichtum seines Vaters, den er mit Rivas Hilfe angehäuft hatte, ganz zu seiner Verfügung stehen. Er konnte sich in Zukunft allein an Bonne Vie erfreuen. Warum sollte er ihr also nicht helfen, sich selbst zu vernichten?

Sie blieb in der Nähe der Tür stehen. Es war nicht genug Platz im Haus für die vielen Journalisten. Noel schlug ihr vor, von der Galerie aus mit den Leuten zu sprechen. Das wäre weniger formell und schonte die Möbel.

Riva war einverstanden. Es war ihr egal, wo sie mit ihnen redete. Sie wollte es nur noch so schnell wie möglich hinter sich bringen.

Noel ging zur Tür. Mit der Hand auf dem Türknauf hielt er inne. »Fertig?« fragte er leise.

Riva legte die Hände zusammen und befeuchtete ihre Lippen. Sie fragte sich kurz, ob ihr Haar wohl durch die Handgreiflichkeiten mit Edison im Eßzimmer durcheinandergebracht worden war und ob ihr Kleid richtig saß. Aber eigentlich war ihr auch das egal. Sie hob den Blick zu Noel. Mit ängstlichem Gesichtsausdruck fragte sie tonlos: »Glaubst du, daß ich das Richtige tue?«

Seine Augen waren dunkelgrau und unnachgiebig, als er ihr antwortete: »Ich glaube schon. Es scheint angebracht, daß die Wahrheit endlich bekannt wird.«

Er wußte es. Ob er es nun mitgehört oder auf irgendeine andere Art herausgefunden hatte, er wußte alles, und er verachtete sie. Jetzt hatte sie nichts mehr zu verlieren.

»Ich bin fertig«, flüsterte sie.

24

Die Journalisten drängten nach vorn, hielten Mikrofone und kleine Recorder hoch, schwenkten Blöcke und Stifte, riefen Fragen. Fotoapparate klickten unaufhörlich. Grelle Scheinwerfer flammten auf, während die Fernsehleute von allen Seiten näher kamen. Riva hatte schon öfter vor einer Kamera gestanden, aber niemals inmitten eines solchen Tumults. Sie schluckte, versuchte sich zu räuspern und wartete darauf, daß es still wurde. Je länger sie wartete, desto wilder wurde jedoch das Geschrei:

»War das ein Schuß, was wir vor ein paar Minuten gehört haben?«

»Wer hat ihn abgefeuert?«

»Wurde jemand getroffen?«

»Hinter wem war die Polizei her?«

»Wurde jemand festgenommen?«

»Was ist der Zweck dieser Pressekonferenz?«

Riva holte tief Luft und hob das Kinn. Sie bemühte sich, möglichst laut zu sprechen, und sagte: »Ich habe eine Erklärung abzugeben.«

Der Lärm wurde noch lauter.

»Wenn Sie mich sprechen lassen –«

Die Fragen wurden noch lauter und nachdrücklicher.

Noel, der mit dem Rücken zur Haustür stand, trat ein paar Schritte vor. »Ruhe!«

Das Wort war weder rauh noch besonders laut, aber es klang wie ein Befehl. Die Lautstärke des allgemeinen Getöses verringerte sich plötzlich, und dann wurde es still.

»Danke sehr«, sagte Riva, »und einen besonderen Dank auch, daß Sie alle heute hierhergekommen sind. Wenn Sie etwas Geduld mit mir haben, werde ich alle Ihre Fragen beantworten. Die Geschichte ist jedoch etwas länger, deswegen bitte ich Sie, mir zuzuhören.«

Es war nicht leicht. Sie hatte sich bis zu dem Augenblick, als sie ihre Geschichte zu erzählen begann, niemals klargemacht, wie schwer es war, die Mauer des Schweigens zu durchbrechen.

Es war ein heißer Tag. Die Scheinwerfer strahlten zusätzliche Hitze ab, und es herrschte ein ziemliches Gedränge. Riva traten Schweißperlen auf die Stirn und die Oberlippe. Während sie sprach, wurde sie sich der Tatsache bewußt, daß Noel immer noch an ihrer Seite war. Wollte er sie beschützen, weil sie noch immer den Namen der Staulets repräsentierte, oder war er nur fest entschlossen, niemandem den Zutritt zum Haus zu gewähren? Sie wußte es nicht. Dennoch gab ihr seine Nähe Kraft. Ihre Stimme wurde fester, als sie vom Tod ihrer ältesten Schwester und der Bürgerrechtlerin erzählte, davon, wie Edison sie verführt, dann geheiratet und schließlich in New Orleans verlassen hatte. Sie berichtete von der Geburt ihrer Tochter und davon, wie ihre Schwester sie als ihr eigenes Kind zu sich genommen und erzogen hatte. Plötzlich stiegen ihr die Tränen in die Augen.

Die Menge vor ihr war nicht mehr als eine Masse rotgesichtiger und schweißfeuchter Körper. Ihr Blick fand Erin. Riva brachte ein klägliches Lächeln zustande. Und durch einen dünnen Tränenschleier hindurch sah sie, daß Erin langsam nickte und sich von Doug löste, der mit seiner Kamera, die ungenutzt an seiner Seite hing, hinter der Menge stand. Erin ging um Männer mit Videokameras herum, kletterte über Kabel und murmelte Entschuldigungen, während sie sich durch die Menge nach vorn drängte. Dann war sie an Rivas Seite und drückte sie an sich.

»Tut mir leid«, flüsterte Erin, »es tut mir wirklich leid.«

Als Riva nach einer kleinen Pause weitersprach, lag der Arm ihrer Tochter um sie.

Irgendwann während der langen Erzählung, vielleicht als sie kurz von Cosmo und seinem Zerwürfnis mit seinem Sohn sprach, legte Noel seinen Arm von der anderen Seite um ihre Taille. Die Berührung war fest und warm und vermittelte Riva Sicherheit, und wieder stiegen ihr Tränen in die Augen. Sie versuchte, sie herunterzuschlucken, aber sie strömten über ihr Gesicht. Nach einer Weile konnte sie weitersprechen. Sie ließ wenig aus, aber Margarets Erlebnis mit Edison erwähnte sie nicht – wie sie es ihr versprochen hatte. Sie deutete nur kurz an, was vor kurzem im Haus geschehen war, einschließlich der Tatsache, daß Edison selbst zugegeben hatte, vor so vielen Jahren für den Tod der Bürgerrechtlerin verantwortlich gewesen zu sein. Außerdem erwähnte sie seine Beziehungen zur Mafia, von denen er gesprochen hatte.

Schließlich war alles vorbei, und es herrschte völlige Stille. Dann folgte ein Pandämonium. Die Menge stürzte nach vorn, schleuderte ihr Fragen entgegen, schwenkte Recorder und Mikrofone, und jeder versuchte, noch eine zusätzliche Aussage zu bekommen.

Noel sah über seine Schulter und nickte. Die Gruppe der Polizisten trat vor und schirmte Riva ab.

Einen grauenhaften Augenblick lang glaubte sie, sie sei verhaftet, glaubte, daß sie in irgendeiner Weise für die Verbrechen, von denen sie gesprochen hatte, verantwortlich gemacht wurde – möglicherweise auf Noels Anweisung hin.

Dann drängte Noel sie, den Arm immer noch um ihre Taille gelegt, ins Haus. Noel, Erin und die Polizisten begleiteten sie, und Abraham schlug die Tür hinter ihnen zu, so daß der Lärm und die Fernsehlampen ausgesperrt wurden.

Draußen begann sofort der hastige Aufbruch in Richtung Autos und Kleinlaster. Kameras wurden wieder in ihre gepolsterten Koffer verstaut, und Kabel zischten beim eiligen Aufrollen durch die Luft. Türen schlugen zu, und Motoren heulten auf, dann entfernten sich die Autos eines nach dem anderen. In weniger als einer Viertelstunde waren alle Reporter fort. Alles, was noch auf ihre Anwesenheit in Bonne Vie schließen ließ, war der zertretene Rasen vor dem Haus und überall verstreute Plastikbecher, Zigarettenkippen und zerknülltes Papier. Erst als die letzten Autos verschwunden waren, fuhr auch der Polizeiwagen mit Edison ab. Keiner wußte genau, wie die Anklage gegen ihn lauten würde, ob Mord oder Totschlag, Vergewaltigung, versuchte Vergewaltigung oder tätlicher Angriff, möglicherweise sogar Bigamie. Es gab keinen Mangel an möglichen Beschuldigungen, aber erst die Juristen würden die endgültige Anklage formulieren. Der Polizeichef von New Orleans wollte persönlich mit ihm über die Drogenlage in der Stadt und den umliegenden Vororten reden.

Boots fuhr kurze Zeit später mit Margaret ab. Margaret konnte nicht aufhören zu weinen und plapperte ständig vor sich hin. Ihr Mann hatte einen Spezialisten für psychische Störungen infolge von Vergewaltigung angerufen und auch einen zweiten Termin zu einem Gespräch mit einem Arzt vereinbart, der auf Medikamentenabhängigkeit spezialisiert war. Im Oshner-Hospital gab es ein spezielles Behandlungsprogramm für Patienten wie Margaret. Wahrscheinlich mußte sie Wochen oder Monate in einer Rehabilitationsklinik bleiben.

Riva hatte nichts von Margarets Mitschuld an Edisons Flugzeugabsturz erwähnt. Es war möglich, daß Edison sie beschuldigen würde, aber vielleicht nahm er auch Abstand davon, um nicht erklären zu müssen, was Margaret zu einer solchen Tat getrieben hatte.

Liz bereitete ein rasches Mittagessen – Gemüsesuppe, Sandwiches und verschiedene Salate – zu. Dazu gab es Kaffee, Wein und Fruchtsäfte.

Es war zu heiß, um auf der Galerie zu essen, deshalb wurde im Eßzimmer angerichtet. Riva hatte ein seltsames Gefühl, als sie den Raum betrat, besonders wenn sie das Loch in der Wand betrachtete, das der Schuß aus der Pistole hinterlassen hatte. Doch dieses Unbehagen dauerte nur eine kurze Weile. Nicht Räume erzeugten Kummer, sondern Menschen.

Constance war allein im Zimmer, als Riva hereinkam. Sie drehte sich zur Tür und musterte Riva abschätzend, als würde sie nach einem Makel suchen. Dann sagte sie scharf: »Wo ist Noel?«

»Ich weiß es nicht«, antwortete Riva. »Er war mit dem Sheriff und seinen Männern beschäftigt, bevor sie mit Edison wegfuhren. Er hat gesagt, daß er nach Coralie und Pietro sehen will.«

»Dann muß ich ihn gerade verpaßt haben«, sagte Constance. »Um die

Kinder muß er sich keine Sorgen machen. Sie haben schon öfter Kameras und Paparazzi gesehen, sie sind ohne weiteres in der Lage, solche Leute zu ignorieren. Sie haben ferngesehen und sind hungrig. Ich bin heruntergekommen, um ihnen etwas zu essen zu holen.«

Das war eine unglaubwürdige Ausrede, denn Constance war sonst auch nicht zimperlich, wenn es darum ging, nach dem Personal zu klingeln oder einem Zimmermädchen alle möglichen Aufträge zu erteilen. Sie war aus Neugierde heruntergekommen. Riva deutete auf die Anrichte. »Wie Sie sehen, steht alles bereit.«

Constance nahm einen Teller. »Wie ruhig Sie sind, wenn man bedenkt, daß man vor kurzem auf Sie geschossen hat – oder habe ich Abraham mißverstanden?«

»Durch Hysterie gewinnt man nicht mehr als die Aufmerksamkeit der anderen, und davon habe ich für den Rest meines Lebens genug gehabt.«

»Selbst von Noels Aufmerksamkeit?« fragte Constance sarkastisch.

Riva erstarrte und brachte mühsam hervor: »Noel hat damit in keinster Weise etwas zu tun.«

»Ich denke da anders«, meinte Constance und fuhr widerwillig fort: »Als ich hier ankam, hatte ich Pläne, ihn eifersüchtig zu machen, um ihn zurückzugewinnen. Das war eine Frage des Stolzes. Ich konnte nie verstehen, warum er mich damals verlassen hat. Noel weigerte sich, es mir zu erklären, aber ich wußte, daß Sie etwas damit zu tun hatten, deswegen habe ich Sie gehaßt und wollte Sie verletzen. Aber ich habe Ihren Bericht von der oberen Galerie aus mitangehört, und ich habe das, was Sie gesagt haben, in Verbindung gebracht mit dem, was ich weiß. Ich habe jetzt begriffen, warum sich Noel nicht von Ihnen lösen kann und warum keine andere Frau Chancen bei ihm hat.«

»Das stimmt ja wohl kaum«, sagte Riva und fühlte sich unbehaglich angesichts von Constances Offenheit.

»Natürlich stimmt das! Er ist ein romantischer Mann – sind sie das nicht eigentlich alle? Ihretwegen hat er sich damals zu dieser edlen Geste entschlossen, und jetzt gibt er vor, daß all die Jahre im Exil keine Auswirkung hatten, aber das ist eine Lüge. Haben Sie die Absicht, ihn dafür zu belohnen?«

»Ich verstehe nicht, was Sie damit meinen.«

Constance hob in einer verächtlichen Geste die freie Hand. »O ihr Amerikaner! Warum gebt ihr nie zu, was ihr empfindet? Ja, behalten Sie nur ruhig alles für sich – Sie sind genau wie Noel; ihr werdet ein feines Paar abgeben!«

Riva brauchte nicht zu antworten, denn in diesem Augenblick erschien Dante in der Tür, und er war nicht allein. Anne Gallant war bei ihm. Eine ganze Weile sagte niemand ein Wort, bis Riva die Neuankömmlinge begrüßte. »Ich habe euch gar nicht gehört. Wie lange seid ihr schon hier?«

Dante antwortete ihr mit düsterer Stimme. »Wir sind gerade erst angekommen. Wir haben den Anfang der Fernsehübertragung auf dem Monitor im Warteraum der Klinik gesehen und sind so schnell wie möglich hergekommen, aber mir scheint, wir haben die Party versäumt.«

»Ich fürchte, ja.« Riva sah von Dante zu Anne. Beide waren so blaß, als hätten sie in der Nacht nicht geschlafen.

»Ja, wirklich«, sagte Constance, die das Paar gründlich taxierte. »Die Polizei hat den Gatten dieser Dame bereits abgeführt. Ist das nicht ein Glück für Sie?«

»Er ist nicht mein Gatte und ist es auch niemals gewesen«, sagte Anne und hob etwas das Kinn.

»Also haben Sie gehört, was ich zu sagen hatte«, stellte Riva fest.

»Wir haben im Autoradio zugehört«, erwiderte Anne, »aber das war mir nicht unbedingt neu, seit mir Dante erzählt hat, daß Edison und Sie damals geheiratet haben. Mein Sohn wurde neun Monate nach meiner sogenannten Trauung geboren, und ich wußte, daß Erin fast ein Jahr älter ist als er. Also muß er Sie vor mir geheiratet haben. Meine Ehe ist ungültig. Es war... ein ziemlicher Schock.«

»Die Nachricht kam Ihnen aber doch recht gelegen«, meinte Constance, »Sie brauchten auf Ihrem Ausflug nach Colorado keine Schuldgefühle zu haben, oder irre ich mich da?«

Anne warf Dante einen schnellen Blick zu, und eine leichte Röte überzog ihre Wangen. »Nicht ganz ohne Schuldgefühle«, sagte sie, »aber ganz sicher ohne jedes Bedauern.«

Constance zuckte mit der Schulter. Dann wandte sie sich Dante zu und lächelte ihn vorwurfsvoll an. »Coralie und Pietro haben Sie sehr vermißt. Ich wollte gerade zu ihnen gehen und ihnen ihr Mittagessen bringen. Hätten Sie keine Lust, mitzukommen und sie zu besuchen?«

»Tut mir leid, im Augenblick gibt es Wichtigeres«, entgegnete er fest und ungerührt. »Grüßen Sie sie von mir.«

Das Lächeln verschwand, und Constance wandte sich der Anrichte zu.

»Ich fürchte, dazu werde ich keine Zeit haben. Ich muß anfangen zu pakken.«

»Aber Sie reisen doch nicht schon wieder ab?« fragte Riva. »Noel hatte noch kaum Zeit, sich mit den Kindern zu beschäftigen.«

»Das ist nicht meine Schuld, aber ich denke, sie können noch bleiben. Noel kann sie am Ende des Sommers nach Paris bringen.«

»Das ist... sehr großzügig von Ihnen.«

»Nein, ganz und gar nicht«, lautete die prompte Antwort. »Ich bin eingeladen worden, an einer längeren Kreuzfahrt teilzunehmen. Ich war bis jetzt nicht sicher, ob ich annehmen soll. Jetzt bin ich es. Ist das nicht herrlich?« Constance, die die Teller gefüllt hatte, drehte sich um, bedachte Riva mit einem langen, kühlen Blick und verließ dann wortlos das Zimmer.

Dante kehrte sofort zu dem Thema zurück, das ihn im Augenblick am meisten beschäftigte. »Riva, wohin hat man Edison gebracht?«

»Zum Untersuchungsrichter, nehme ich an.«

Er runzelte die Stirn und rieb sich mit einer Hand den Nacken. »Es ist wohl kaum anzunehmen, daß wir viel tun können, selbst wenn wir zu ihm gehen würden.«

»Das glaube ich auch«, sagte Anne. »Ich möchte Josh nicht allzu lange allein lassen, und Edison erwartet bestimmt nicht, daß ich sein Händchen halte. Es ist sicher das beste, wenn wir seinen Anwalt verständigen und dann wieder ins Krankenhaus fahren.«

Dante stimmte ihr sofort zu.

Anne wandte sich an Riva. »Darf ich Ihr Telefon benutzen?«

Riva empfahl ihr, in der Bibliothek zu telefonieren, bestand aber darauf, daß sie noch einmal zurückkommen und etwas essen oder wenigstens eine Tasse Kaffee trinken müsse. Anne nickte mit einem schwachen Lächeln und verschwand.

»Du hättest mich anrufen können«, sagte Dante, als er mit Riva allein war.

»Du hättest doch nichts für mich tun können.«

»Ich hätte bei dir sein können.«

Sie lächelte ihm müde zu. »Ich hätte dir von meinen Plänen erzählen sollen, dann hättest du Anne vorwarnen können.«

»Touché.«

»So habe ich es nicht gemeint. Du kannst zusammensein, mit wem auch immer du möchtest.«

Er schüttelte den Kopf. »Ich habe alles kaputtgemacht, oder?«

»Nein, eigentlich nicht. Ich hatte nie das Recht, an deinen Beziehungen Anstoß zu nehmen.«

»Du hättest dieses Recht jederzeit haben können, wenn du Wert darauf gelegt hättest. Ich wollte, daß du eifersüchtig bist. Wahrscheinlich habe ich Anne deshalb mit in die Berge genommen. Es hat nicht funktioniert.«

»Ich war eifersüchtig – vermutlich weil sie nicht eines der Mädchen war, die du sonst bevorzugt hast – aufgetakelt, hirnlos und blutjung. Sie ist eine außergewöhnliche Frau.«

»Vielleicht warst du verletzt, aber nicht eifersüchtig. Du hast befürchtet, meine Freundschaft zu verlieren und nicht meine Liebe. Sosehr wir uns auch bemüht haben, wir haben nie wirklich zueinander gefunden.«

Sie sah ihm eine ganze Weile nachdenklich in die Augen. »Nein, das haben wir nie geschafft.«

»Aber wir werden immer Freunde bleiben, egal, was geschieht«, sagte er und nahm ihre Hand in die seine. »Wir haben schon zuviel miteinander erlebt, als daß sich daran etwas ändern könnte.«

Freunde. Das war das Versprechen eines Geliebten, der fortgeht. Das Beste, was Riva tun konnte, war, ihn gehen zu lassen. Schließlich hatte sie nie vorgehabt, ihn zu halten. Sie lächelte ihn durch den Schleier von Tränen an, die in den letzten Tagen so leicht in ihre Augen stiegen. Sie wischte sie schnell weg. »Ja, das werden wir.«

»Dafür danke ich dem Himmel.«

»Dafür danke ich dir«, erwiderte sie und beugte sich vor, um ihn auf die Wange zu küssen.

Ein paar Minuten später kam Anne zurück und verließ dann mit Dante das Haus. Riva begleitete sie hinaus und sah ihnen nach. Schließlich ging sie wieder ins Haus.

Sie begegnete Erin in der Halle. Anne hatte nicht nur den Rechtsanwalt angerufen, sondern auch im Krankenhaus, um nach Josh zu fragen, und Erin hatte sie getroffen und sofort das Neueste erfahren. Josh war wieder ansprechbar; die Ärzte waren sich noch nicht ganz sicher, ob sein Arm zu retten war, aber es ging ihm viel besser; der Patient murrte und wollte mehr zu essen als nur Brühe und Toast. Und er wollte Erin sehen.

Erin war bereit, mit Doug ins Krankenhaus zu fahren. Irgendwann in den nächsten ein oder zwei Tagen wollten sie und Anne ihm schonend beibringen, daß er eine Halbschwester hatte.

Es hatte nicht lange gebraucht, bis Erin Josh als Halbbruder akzeptiert hatte, und sie hatte auch schon vorsichtig vorgefühlt, was ihre Mutter davon hielt, wenn sie im nächsten Sommer zu dritt nach Colorado fuhren, sie und Josh und Doug. Riva hatte Erin an sich gedrückt.

Riva dachte an ihren Abschied von Bonne Vie, von Abraham, George, Liz und den anderen, ja und natürlich von Noel. Sie hoffte, daß sie bei ihrer Abreise die Fassung nicht verlor und die Tränen zurückhalten konnte.

Sie gehörte nicht hierher. Sie hatte niemals hierhergehört. Es war seltsam, aber sie hatte immer noch das Gefühl, als wäre sie hier zu Hause.

Sie und Noel betraten gleichzeitig das Eßzimmer. Sie waren allein. Die anderen hatten sich in sämtliche Himmelsrichtungen verteilt. Sie nahmen sich Teller und Besteck und wollten sich gleichzeitig etwas aus einer Schüssel mit auf Schinkenstreifen angerichteten Pilzen nehmen. Noel ließ Riva den Vortritt.

Es war die erste Gelegenheit, mit Noel zu sprechen. Bis zu diesem Augenblick war er beschäftigt gewesen mit den Beamten und mit Telefonanrufen. Schnell sagte sie, bevor sie den Mut verlor: »Könnte ich wohl in ein paar Minuten mit dir reden, wenn du Zeit hast?«

Er sah sie direkt an und ohne zu lächeln. »Natürlich, jederzeit.«

»Es gibt noch ein paar Probleme, die wir in Ruhe besprechen sollten.«

»Bist du sicher, daß du nicht zu erschöpft bist?«

Riva nickte.

»Warum können wir nicht beim Essen darüber reden?«

»Ja, gut«, sagte sie, und ihre Stimme klang etwas hohl.

Sie nahmen ihre Teller mit in die Bibliothek. Das war der privateste Raum im Haus. Das einzige Geräusch war das Klingen von Besteck auf Porzellan.

Zusammen mit dem Mann, den man liebt, zu essen sollte angeblich eine sinnliche Erfahrung sein, der man mit großem Appetit entgegensehen müßte. Dieser Gedanke war schon fast wieder komisch. Riva hatte eigentlich noch nie etwas Erotisches daran gefunden, erst recht nicht in diesem Augenblick. Ihre Kehle war so eng, daß sie kaum einen Bissen herunterbrachte. Schließlich gab sie es auf, lehnte sich in ihrem Sessel zurück und trank in kleinen Schlucken von ihrem Orangensaft. Sie zermarterte sich das Gehirn, wie sie beginnen sollte, als Noel seine Serviette auf den Tisch warf, den letzten Schluck von seinem Wein trank und dann sagte: »Willst du mich heiraten?«

Sie starrte ihn ungläubig an. Sie hatte die Worte gehört, aber ihr Verstand weigerte sich, sie zu akzeptieren. Sie erinnerte sich schwach daran, daß ihr schon einmal ein Heiratsantrag gemacht worden war, während sie aß. Heiratsanträge beim Essen und die Überraschungstaktik schienen in dieser Familie üblich zu sein.

»Ich meine natürlich, nachdem du von Gallant geschieden bist«, fuhr Noel fort. »Ich habe gehört, was er im Eßzimmer gesagt hat.«

»Nein!« antwortete sie ihm kurz.

»Was meinst du damit? Ich habe gehört, daß du noch immer seine Frau bist.«

Sie beugte sich vor und stellte ihr Glas ab. »Ich meine: Nein, ich will dich nicht heiraten. Oh, es ist sehr großmütig von dir, mich zu bitten, aber das ist unmöglich.«

»Ich sehe nichts Unmögliches daran.« Seine Stimme klang ärgerlich, und seine Finger umklammerten das Weinglas.

»Ich werde dich nicht heiraten, weil du Mitleid mit mir hast oder denkst, daß ich das nach all den Jahren verdient hätte.«

»Was hast du denn vor, willst du alles im Stich lassen, wofür du gearbeitet hast, alles, was du mit meinem Vater aufgebaut hast? O ja, ich weiß, daß es im wesentlichen dein Werk ist. Mein Vater war ein intelligenter Mann, aber er war zu konservativ und zufrieden mit kleinen Freuden und kleinen Gewinnen. Er hat die Staulet Corporation allein nicht so weit gebracht. Es ist auch unwahrscheinlich, daß du es ohne seine Unterstützung und seine Hilfe hättest schaffen können. Ihr habt zusammen etwas aufgebaut, das stark und dauerhaft ist, das kannst du doch jetzt nicht einfach aufgeben.«

»Ich muß«, rief sie, »ich habe kein Anrecht darauf.«

»Du hast jedes Anrecht, nur nicht auf den Namen Staulet. Und den kann ich dir geben, dann bleibt alles beim alten. Warum, in Gottes Namen, erlaubst du mir das nicht?«

Sie stand auf und ging zum Fenster. Über ihre Schulter hinweg sagte sie: »Es war alles eine Lüge.«

»Du hast geglaubt, daß du mit Cosmo verheiratet bist. Cosmo hat geglaubt, daß ihr verheiratet seid. Er wollte dich zu seiner Frau machen. Die Ehe, die ihr beide geschlossen habt, hatte den kirchlichen Segen. Du warst, in seinen Augen und in den Augen der Kirche, seine Frau.«

»Und vor dem Gesetz war ich nicht mehr als eine ausgehaltene Geliebte – gut ausgehalten, das gebe ich zu, aber trotzdem nur eine Mätresse.«

»Das kann ich ändern.«

»Ich habe dich schon einmal fast um dein Erbe gebracht. Ich werde es nicht noch einmal wissentlich tun.«

Er stellte sein Glas ab und stand auf. »Du hast mich noch nie beraubt.«

»O bitte«, flehte sie und drehte sich um, damit sie ihn ansehen konnte. »Wir wissen doch beide, daß das nicht wahr ist.«

»Was geschehen ist, hättest du niemals verhindern können. Das habe ich immer gewußt.«

Sie wollte ihm so gern glauben. »Hast du das wirklich gewußt?«

»Ich habe instinktiv gespürt, daß mein Vater gelogen hat, und ich war ganz sicher in dem Augenblick, als ich dich nach Jahren wiedergesehen habe.«

»Ich konnte eigentlich auch nie so recht glauben, was er über dich gesagt hat, außer... Warum bist du fortgegangen, wenn er dich nicht hinausgeworfen hat?«

»Weil ich mir denken konnte, was er dir sagen würde und weil ich wußte, daß er recht behalten hätte, wenn ich geblieben wäre.«

»Hast du die Situation so gehaßt?«

Er schüttelte langsam den Kopf. »Nein, ich habe dich so geliebt.«

Ein schneidendes Lächeln verzog ihre Lippen. »Du bist fest entschlossen, die Sache bis zum bitteren Ende durchzustehen, oder? Das hättest du nicht zu sagen brauchen.«

»Ich weiß, daß ich es nicht hätte sagen müssen«, antwortete er offen. »Ich habe es gesagt, weil ich es so gemeint habe.«

»Jetzt plötzlich, nach so vielen Jahren? Warum hast du mich dann vor die Presse geführt wie ein Revolutionär Marie Antoinette zur Guillotine?«

»Weil die ganze bedauerliche Geschichte irgendwann ans Licht kommen und jeder Schatten getilgt werden mußte. Es gab zu viele Schuldgefühle und zuviel Mißtrauen.«

Sie schloß die Augen. »Du hast eine Antwort auf alles, nicht wahr?«

Er fluchte leise und wandte sich von ihr ab. Er ging zum Schreibtisch, nahm einen Schlüssel aus seiner Tasche und öffnete die Schublade des Schreibtisches. Er nahm einen Stapel Papiere heraus, brachte sie zu ihr und drückte sie ihr entschlossen in die Hände.

»Was ist das?« Ihre Stimme klang gedrückt vor Mißtrauen.

»Lies.«

Die Papiere bogen sich an den Ecken schon etwas nach oben und hatten sich im Laufe vieler Jahre gelblich verfärbt. Sie wurden von einer kleinen, schon etwas rostig gewordenen Büroklammer in einer Ecke zusammengehalten. Auf der obersten Seite stand ihr voller Name, einschließlich ihres Mädchennamens, und daneben stand ein Datum. Juni 1964. Darunter war ein einziges Wort getippt:

Bericht.

Riva sah in plötzlichem Zweifel zu Noel auf. Sie war nicht sicher, ob sie wirklich wissen wollte, was in den Papieren stand.

»Lies!« forderte er wieder mit harter Stimme.

Sie überflog die Seiten. Es war ein detaillierter Bericht über eine Rebecca Benson Gallant. Die Namen ihrer Eltern, ihre Geburtsdaten und ihr Hochzeitstag waren aufgezeichnet. Auch die Namen ihrer Schwestern waren angegeben, einschließlich Beths Todestages und der offiziellen, nicht der wahren, Todesursache. Es waren sämtliche Zeugnisnoten und Schulereignisse von Rebecca aufgeführt, einschließlich einer Zeit in der dritten Klasse, wo sie drei Wochen gefehlt hatte wegen einer Erkrankung. Es standen auch ihre ärztlichen Berichte in bezug auf Erkältungen und ein oder zwei Verletzungen darin, ebenso ihre zahnärztlichen Behandlungen und ihr Impfbericht von der örtlichen Gesundheitsbehörde. Genaugenommen waren hier mehr Daten über sie gesammelt, als sie selbst kannte. Es stand auch etwas über ihre Heirat in Arkansas darin. Dahinter standen zwei vernichtende Zeilen: *Keine Feststellung einer Scheidung in Arkansas, Louisiana oder den umliegenden Ländern. Ehe vermutlich noch gültig.*

Riva runzelte die Stirn und starrte die letzten Worte an, blätterte dann noch einmal zurück und betrachtete prüfend das Datum.

Schließlich sagte sie: »Diesen Bericht hat Cosmo über mich anfertigen lassen, noch bevor wir geheiratet haben. Er hat einmal davon gesprochen.«

»Genau. Er war über vierundzwanzig Jahre in dieser Schreibtischschublade eingeschlossen.«

Sie schluckte und fragte, ohne ihn anzusehen: »Und du wußtest, daß er dort war?«

»Ich habe ihn selbst dorthin gelegt, als ich ihn fand.«

Das war ein Zugeständnis, das Riva nicht so einfach hinnehmen konnte. »Warum hat Cosmo nie etwas davon gesagt? Warum hat er die Hochzeit veranstaltet, wenn er wußte, daß ich noch verheiratet war?«

»Wer weiß? Vielleicht hat er angenommen, daß der Bericht falsch war oder daß die Eheschließung in Arkansas tatsächlich ungültig gewesen ist. Vielleicht hatte er auch erwartet, daß du ihn nach ein paar Monaten oder Jahren verläßt, dann hättest du keinen Anspruch auf seinen Besitz gehabt. Vielleicht wollte er es auch nicht erwähnen, weil er fürchtete, du könntest Kontakt mit Edison aufnehmen und vielleicht zu ihm zurückgehen. Wir können ihn jetzt nicht mehr dazu befragen.«

»Und angenommen – angenommen, ich hätte ein Kind bekommen?«

»Es ist relativ wahrscheinlich, daß es dann eine schnell arrangierte Scheidung und eine zweite Trauung gegeben hätte.«

»Außer wenn er dich hätte schützen wollen«, warf Riva ein.

»Mein Erbe, meinst du? Ich bezweifle, daß das irgendeine Bedeutung gehabt hätte, wenn du ihm ein Kind geboren hättest.«

»Und du, warum hast du das Geheimnis bewahrt? Es wäre doch nur von Vorteil für dich gewesen, wenn du es bekanntgemacht hättest.«

»Es bekanntgemacht? Ich habe alles getan, was in meiner Macht stand, um die darin enthaltenen Informationen geheimzuhalten, ich bin sogar bei Edison gewesen und habe ihm einen Beitrag zu seiner Kampagne angeboten, wenn er es dir verschweigt und nicht verwendet, um dich zu erpressen.«

»Das hast du getan?« sagte sie und betrachtete ihn erstaunt.

»Oh, ja, allerdings hätte ich wissen müssen, daß Edison unsere Abmachung nur genau so lange einhält, wie es ihm in den Kram paßt.«

Sie schüttelte kurz den Kopf. »Ich verstehe es immer noch nicht.«

»Nein? Ich wollte, daß du hierbleibst. Ich wollte sicher sein, daß dich niemals etwas dazu bringen konnte, wegzugehen. Ist das denn nicht klar?«

»Aber doch nicht zum Preis der Hälfte deines ganzen rechtmäßigen Besitzes?«

Er nahm ihr den Bericht wieder ab und warf ihn auf den Schreibtisch. »Das war vor Jahren schon nicht wichtig, und jetzt ist es erst recht bedeutungslos. Mein Vater war glücklich mit dir, durch dich ist das Haus lebendig geworden. Ich hatte Angst, daß du fortgehst – besonders in der letzten Zeit. Und das war das letzte, was ich wollte.«

»Und damals, als Cosmo sich meinetwegen von dir abgewandt hat?«

»Du warst immer wichtiger als irgendein Haus, wie alt und historisch es auch sein mochte, wichtiger als ein Regal voller Aktien.«

»Also hast du dich zu einer edlen Geste entschlossen –«

»Um Gottes willen, nein! So war es wirklich nicht!«

Sie lächelte über seine energische Reaktion. »Das war Constances Ausdruck, nicht meiner. Aber wie auch immer, du bist fortgegangen und hast alles zurückgelassen – mir zuliebe.«

»Das war genau das, was mein Vater gewollt hat.«

Das stimmte, obwohl sie auch wußte, daß es nicht der einzige Grund war. Sie schüttelte den Kopf, und ihr Blick war nachdenklich, als sie ihn ansah. »Ich kann nicht glauben, daß du das getan hast.«

Ein Muskel zuckte an seinem Unterkiefer. »Was kann ich tun, um dich zu überzeugen? Was kann ich sagen? Wie kann ich dir zu verstehen geben, daß ich bei dir sein will, daß ich dich für immer neben mir in meinem Bett haben will, daß ich in jeder Beziehung an deiner Seite sein will, hier und bei der Staulet Corporation?«

»Um den Platz deines Vaters einzunehmen?«

Sein Blick war trotzig, als er antwortete: »Um meinen Platz einzunehmen, den ich ihm vor vielen Jahren überlassen habe.«

»Aus Liebe?«

»Aus Liebe«, stimmte er zu, »und auch aus Respekt und aus Mitleid, und weil er sich deine Liebe verdient hatte und ich nicht.«

»Ich dachte, daß du mich verachtest, weil ich Edison geschützt habe. Woher jetzt dieser plötzliche Sinneswandel?«

»Ich habe dem zugehört, was du dort draußen vor den Kameras gesagt hast, und ich wußte, daß ich mich getäuscht hatte. Du hast Margaret davor bewahrt, daß sie ihr Leben ruiniert. Das schien mir sinnvoll, nachdem ich erfahren hatte, welches Opfer du für Erin gebracht hast.«

Jetzt wagte sie endlich, die Frage zu stellen, die alles entscheiden konnte. »Es stört dich nicht, daß ich eine Tochter habe?«

»Wie könnte mich das stören? Ich habe selbst eine Tochter und einen Sohn. Außerdem ist Erin etwas Besonderes für mich, weil sie mich so sehr an dich erinnert.«

Ihr Herz schien zu schwellen und erzeugte einen solchen Druck, daß Tränen hinter ihren Augen brannten. »Du bist so großzügig«, sagte sie mühsam. »Bestimmt glaubst du, daß ich dir dafür etwas schulde.«

»Nein«, sagte er. Seine Stimme klang plötzlich müde, und er sah sie verletzt an. »Ich will auch kein Mitleid und kein Opfer.«

Riva ging auf ihn zu und schlang die Arme um seinen Hals. »Würdest du ein Geschenk annehmen?« fragte sie mit ruhiger Sicherheit. »Meine Liebe, die schon immer dir gehört hat?«

Er zog sie zögernd an sich, als befürchtete er, daß sie versuchen würde, sich zu befreien. Er flüsterte in ihr Ohr: »Immer?«

»Immer, das schwöre ich«, sagte sie voller Freude.

Er hob den Kopf, um sie mit unendlicher Liebe anzusehen und wiederholte flüsternd: »Immer.«

Nachwort der Autorin

Das Haus, das ich in diesem Buch Bonne Vie genannt habe, existiert nicht wirklich. Es ist eine Kombination aus mehreren berühmten Häusern in Louisiana. Die Außenfront mit der herrlichen Eichenallee entspricht einem Haus, das zu seinen großen Zeiten Bon Séjour genannt wurde, das aber in der neueren Zeit bekannt geworden ist unter dem Namen ›Oak Alley‹ und sicher auch für diejenigen, die es schon einmal gesehen haben, als solches erkennbar ist. Die innere Einteilung entspricht dem Grundriß eines Hauses mit dem Namen ›Uncle Sam‹, das im Jahre 1940 vom Ingenieurkorps der Armee der Vereinigten Staaten abgerissen wurde, damit das Deichsystem des Mississippi ausgebaut werden konnte. Die Idee für den kleinen Tempel in der Mitte des Zierteiches stammt von dem ähnlichen Gebäude mit einem Bronzebuddha darin, das auf Avery Island steht, auf dem Grund und Boden der Familie McIlhenny, die durch ihre Tabascosauce bekannt geworden ist. Es war mir ein ausgesprochenes Vergnügen, diese Dinge in meinem Buch wiedererschaffen zu können.

In danke einer Reihe von Menschen für ihre Auskünfte, die ich in diesem Buch verwendet habe: dem Rechtsanwalt Jimmy C. Teat aus Jonesboro, Louisiana, dafür, daß er mir die Gesetze des Staates Louisiana in bezug auf Bigamie erklärt hat; Steven Watts, der in Jackson zuständiger Polizist für Drogen ist, für seine Informationen über die Droge XTC und über das Vorgehen bei Einsätzen des Sheriffs; Jerome Faucheux für Informationen darüber, welche Etablissements in New Orleans ›in‹ sind; Scott Woodward, einem Piloten bei der United States Customs Agency, für seine Empfehlungen für die Typen von Privatflugzeugen und technische Informationen; Samuel Lampkin, der zum Büro des Sheriffs von Jackson gehört, und Ted und Kay Colvin von der Zeitung *Independent* in Jonesboro, Louisiana, für ihre Hilfe und Ratschläge in bezug auf Waffen; und ganz besonders meinem Mann Jerry Maxwell, der mir geschäftliche

Vorgänge erklärt und wertvolle Vorschläge für die Gestaltung des Textes gegeben hat. Seine liebende Unterstützung hat mir sehr geholfen. Meine Dankbarkeit ihnen allen gegenüber ist genauso unendlich wie meine Fragen.

Jennifer Blake
Sweet Brier
Quitman, Louisiana
Oktober 1988